［葡萄牙］若泽·罗德里格斯·多斯桑托斯 著

蔚玲 曾韵 译

白色天使

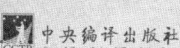
中央编译出版社
Central Compilation & Translation Press

图书在版编目 (CIP) 数据

白色天使 /（葡）若泽·罗德里格斯·多斯桑托斯著；蔚玲，曾韵译. —北京：中央编译出版社，2022.6
ISBN 978-7-5117-4186-8

I. ①白… II. ①若… ②蔚… ③曾… III. ①长篇小说—葡萄牙—现代 IV. ① I552.45

中国版本图书馆 CIP 数据核字（2022）第 092742 号

O Anjo Branco
© Jose Rodrigues dos Santos/Gradiva Publicacoes, S.A., 2010

版权登记号：图字：01-2022-3240

白色天使

责任编辑	翟 桐
责任印制	刘 慧
出版发行	中央编译出版社
地　　址	北京市海淀区北四环西路 69 号（100080）
电　　话	（010）55627391（总编室）　（010）55627302（编辑室）
	（010）55627320（发行部）　（010）55627377（新技术部）
经　　销	全国新华书店
印　　刷	北京印刷集团有限责任公司印刷一厂
开　　本	880 毫米 ×1230 毫米 1/32
字　　数	506 千字
印　　张	19
版　　次	2022 年 6 月第 1 版
印　　次	2022 年 6 月第 1 次印刷
定　　价	98.00 元

新浪微博：@中央编译出版社　　微　信：中央编译出版社（ID：cctphome）
淘宝店铺：中央编译出版社直销店（http://shop108367160.taobao.com）（010）55627331
本社常年法律顾问：北京市吴栾赵阎律师事务所律师　闫军　梁勤
凡有印装质量问题，本社负责调换，电话：（010）55626985

比海洋更浩瀚的是天空,比天空更浩瀚的是心灵。

——维克多·雨果

献给我的父亲,他的名字是和平。
献给我的母亲,她与父亲共同经历战争。

这是一部虚构小说,其灵感来自真实事件。

目录 Contents

第一部　天国

一	003
二	011
三	017
四	024
五	034
六	040
七	054
八	063
九	072
十	085
十一	094
十二	099
十三	107
十四	116
十五	124
十六	129

第二部　炼狱

　　一　140
　　二　149
　　三　157
　　四　167
　　五　175
　　六　182
　　七　187
　　八　195
　　九　198
　　十　207
　十一　209
　十二　222
　十三　225
　十四　235
　十五　238
　十六　247
　十七　249
　十八　256
　十九　265
　二十　271
二十一　278
二十二　284
二十三　288
二十四　291
二十五　305

二十六	317
二十七	321
二十八	330
二十九	338
三十	343
三十一	352
三十二	359
三十三	362
三十四	368
三十五	378
三十六	382
三十七	392
三十八	402
三十九	410
四十	415
四十一	423
四十二	427
四十三	436
四十四	440
四十五	446
四十六	451
四十七	458
四十八	462

第三部　地狱

　　　　一　473
　　　　二　479
　　　　三　489
　　　　四　501
　　　　五　509
　　　　六　518
　　　　七　528
　　　　八　532
　　　　九　546
　　　　十　553
　　　十一　562
　　　十二　571
　　　十三　577
　　　十四　584

　　尾声　589
　　跋　593

第一部　天国

圣母啊,你那样伟大,那样有力量。

——但丁

一

布兰科夫妇的小儿子、也是他们的第四个孩子出生的时候，大家注意到一件极不寻常的事情——婴儿的生殖器官巨大。

"快了……"

第一个有幸看到如此怪事的人是贝阿特丽丝，一个雇来帮忙做家务的乡下姑娘。她身材瘦弱、守规矩、笃信上帝，二十五岁的年纪就已懂得生活不易。1936年的那个星期六，在位于佩纳菲尔上城区的宅子里，她在阳光最充足的房间做接生婆。

"只差一点点。"

临近中午，阿梅丽亚太太开始了分娩前的阵痛，从那时起，贝阿特丽丝一直陪在她身边。直到下午的一半时间就要过去的时候，产妇尖叫着、呻吟着开始分娩了。在那个凉爽的秋日里，阿梅丽亚大汗淋漓，疲惫不堪，但是她知道，这是最后关头，是最需要气力的时候，必须全力以赴。

"快了，太太！"女佣用疲惫而显得沙哑的声音鼓励说，"快了！用力！加油！"

听到女佣的话，女主人拼尽全力做出最后一博，同时疼得大叫起来。贝阿特丽丝感到胎儿的头正从产道娩出，便把手伸进阿梅丽亚的产道深处，抓住了小家伙滑溜溜的肩膀，拉了一下，又一下，胎儿小小的身体滑了出来，离开了母亲温暖身体的呵护，终于闯入人世间。

"一切都好吗？"门外传来一个男人的声音。

那是正在走廊里焦急不安地等待消息的马里奥·布兰科上尉。

阿梅丽亚没有理会丈夫焦急的追问，抬起头向年轻的接生婆望去，只见她抱起婴儿，剪断了脐带，提起婴儿的两脚，将其头朝下晃动起来，直到听到婴儿的啼哭才停手。这是刚刚被逐出母体、被丢到冰冷而浩瀚无垠的未知世界的一个小生命脆弱而无助的啼哭。

"男孩！"贝阿特丽丝大声说，"是一个男孩！"

"给我！"筋疲力尽的母亲呻吟一声，"贝阿特丽丝，把我的孩子给我！"

"稍等。"

看着女佣为新生儿擦洗，阿梅丽亚伸手想抱孩子，却筋疲力尽地垂下了胳膊；她知道，自己需要等待一下才能将孩子搂入怀中。

贝阿特丽丝用一条温热的湿毛巾，一边擦洗婴儿布满皱纹的皮肤，一边高兴地审视着他小小的身体，好像在欣赏一座奖杯。忽然，她的目光停在了小家伙两腿之间一个香肠样的东西上。她以为那是一截脐带，但仔细查看后，却大吃一惊：那不是脐带，而是婴儿的阴茎。

"天哪！"她惊呼一声，连忙用手捂住了嘴。"这么！……"

"一切都好吗？"布兰科上尉在门外追问，开始显得不耐烦。

贝阿特丽丝匆忙用一条黄色被单将新生儿包裹起来，"可不要着凉哦，小家伙。"她想。然后，将婴儿轻轻地放进疲惫的母亲怀里。阿梅丽亚接过孩子，松了一口气。她抚摸着婴儿的头，凝视着他的身体，想确认孩子的性别。和接生婆一样，当她看到赫然出现在其下腹部超出正常婴儿器官大小的阴茎时，立刻吃惊地睁大了眼睛。

"那是什么？"阿梅丽亚问，略显惊愕。

"他的命根啊，太太。"贝阿特丽丝解释道，几乎笑出来。

"什么？"

"小鸟，太太。小家伙的小鸟。"

阿梅丽亚再次盯住那个胖蚯蚓样的东西。起初，她不敢相信自己的眼睛，最终，只得认命，接受了这难以置信的事实：那个"大家伙"是婴儿的生殖器。

好大的生殖器。

"上帝保佑!"她嘟囔着说。

阿梅丽亚吻了吻儿子的额头,仿佛这样就可以免除那个器官预示的罪过。她把儿子搂在怀里,让他感到温暖。这时,疲惫感再次袭来,她的头重重地栽在枕头上。算了,何必早早地自寻烦恼呢,阿梅丽亚深吸了一口气,平静下来。

婴儿安静地睡在母亲怀中。见此,贝阿特丽丝在围裙上擦了擦手,向门口走去,门外的声音显得越来越焦急。

她打开门,望了一眼布兰科上尉。

"恭喜您,上尉,"贝阿特丽丝大声说,"又是一个儿子。"

"是……是男孩?"

"不,上尉,不是男孩,"接生婆微笑着,红了脸,"是一个男人。上帝保佑他!"

"男人?"

"男人,上尉先生。而且很男人,真的!"

上尉冲进卧室,看到妻子躺在巨大的床上,身上的被单随着呼吸轻轻地起伏,从临街的宽大窗户射进来的光线照在她疲惫的脸上,在枕头上散开的头发上投下了一个光环,使阿梅丽亚看上去像是一个面无血色的天使。

突如其来的慌乱和新生儿微弱的哭声引得布兰科夫妇另外两个孩子跑进走廊,一窝蜂地冲进走廊尽头的宽敞卧室,兴奋地互相推搡打闹着。

"别闹!"坐在床沿的父亲呵斥道。接着,他用职业的指挥口吻说:"妈妈需要休息。"

孩子们立即安静下来,踮起脚尖向刚出生的弟弟望过去。打头的是大儿子安东尼奥。他虽然只有五岁,却自信而健谈。紧跟在他身后的是大女儿罗莎,一个有着精致五官和敏感性格的三岁女孩。她总是爱管哥哥和妹妹的事情,所以被称为"小大人"玛娜。后来,贝阿特丽丝抱来了只有一岁的女婴洛德斯,让她向新生儿的位置探了探身,仿佛洛德斯有识别能力,可以在不经意之间成为事情的见证人似的。

"是女孩子吗?"罗莎目不转睛地盯着刚刚出生的婴儿问。

"咱们看看。"父亲说着,向婴儿俯下身去。

上尉掀起被子想确认一下小家伙的性别,阿梅丽亚却用不知道哪里来的力气伸出手臂拦住了丈夫,给孩子重新盖好被子。

"别看!"她一边说,一边搂紧了婴儿。

丈夫吃惊地看着妻子。

"怎么了,亲爱的?"

"是男孩。"

"那我们不能看?"

"不能!"阿梅丽亚说,"不能让大家看……看那个小东西。"

"大家?亲爱的?"上尉惊讶地说,不理解这有什么不好意思的。"但我们是一家人啊。见鬼!而且,他还那么小,完全没有问题。"

"不行。"

贝阿特丽丝意识到女主人的窘境,便转向上尉。

"上尉先生,"她伏在上尉的耳边低声说,"婴儿的那个小东西和大人的一样。"

"什么?"

"小孩子的那个和大男人的一样。"

"哪个?"

"命根,上尉先生。"她压低了声音,仿佛难以启齿。"真是小可怜。这么小的孩子却有大男人的小鸡鸡。太太不想让孩子们看到。"

上尉一脸困惑地望着新生儿。

"咳！"上尉不解地感叹一声。但是，敏锐的洞察力足以使他意识到，既然此时此刻妻子这般阻止，那么一定有她的理由，自己不应该再坚持。"我会搞明白的。"

孩子们伏在母亲胸前，都想好好看看小弟弟；婴儿静静地睡着，他的眼睛仍然肿胀，面色发红，看起来像一只剥了皮的鸭子。

"耶！"大儿子安东尼奥一边说，一边向妹妹使了一个眼色。

"是男孩子！我太高兴啦！真受够了母鸡！"

"你才是母鸡！"罗莎反击说，显得理直气壮。

"我可是一只公鸡。"

"母鸡！"

安东尼奥推了妹妹一把。

"别叫我母鸡！"

"母鸡！"

"安静！"上尉命令道。"别闹。"

孩子们再次安静下来，重新将注意力放到刚出生的小弟弟身上。

"他叫什么名字？"罗莎问。

上尉犹豫了，这是一个好问题。他望向妻子，脸上的表情告诉妻子他还没有考虑这个问题。不过，当他看到阿梅丽亚露出淡淡的微笑时，便意识到事情已经有了结果。

"若泽。"她低声说。之后，便睡着了。

小若泽·布兰科最初的几个星期过得很是艰难。他生来体虚羸弱，瘦得像一只烤兔子；小小的身体发育不良，肚脐像一道久未愈合的带血伤痕般显得十分突兀。除此之外，便是孩子那超常发育的性器官。为了避开人们无孔不入的目光，也为了避免亲戚朋友们喋喋不休的八卦，阿梅丽亚夫人小心地用一层层尿布将其包裹起来，希望用母爱掩藏这件反常的事情。

事实可想而知,她的此番努力是徒劳的。婴儿降生的消息和在他身上发生的怪事立刻不胫而走,传遍了十里八乡。很快地,所有亲戚纷至沓来,登门道喜。就连身在帕索-德索萨镇、派瓦堡、布拉干萨省的阿尔凡德加-达菲的远亲也像朝圣一样来到佩纳菲尔,想目睹发生在新生儿身上的奇怪现象,因为类似事情只可能是上天的礼物,获得神的恩典,应当引以为傲。

"男孩真的是上帝赐福吗?"阿梅丽亚的一个表妹是虔诚的教徒,心痒难耐地这样问道。姑娘是与几个远亲从山后省[1]急急慌慌赶来的,他们的到来令阿梅丽亚的家里也弥漫着不安气氛。

"我所有的孩子都是上帝赐福啊。"阿梅丽亚不动声色地回答道。

"当然,亲爱的,当然。"布拉干萨来的表妹随声附和说。因为激动,她脸上的肌肉抽搐了一下。"不过,前几天,杜尔塞表姐跟我说……她来过你这里,是吗?她说婴儿……那个孩子……有……其实……你知道,对不对?他……那……那个小东西……有些丢脸,是吧?"

"丢脸?"

"这个……丢脸不过是一个说法……"她神经质地笑了笑,摆了摆手,似乎是在寻找合适的词。"如果我没有理解错,他……他有……大男人的特征。"她笑了,为自己终于把想说的话足够清楚地说了出来,而且不失自己这样地位的女人应有的分寸而感到满意。"是真的吗?"

"真的什么?"

"就是这个,姐姐。"

"这个?什么?"

"哎呀!"她耸了耸肩,"男人的命根子呗,表姐,还能是什么?男孩真的有吗?"

---

[1] 葡萄牙1974年前设11个省。

"这都是谁跟你们说的？"

布拉干萨来的表妹在空中做了一个手势，仿佛在说这消息并非来自任何特别的人，而是众人皆知的新闻，就像收音机里广播关于国务委员会主席先生的明智决定那样。

"哦，说说吧……是真的吗？"

阿梅丽亚把婴儿向自己身边搂了搂，将温暖的脸贴在孩子身上。

"我家泽泽是正常孩子！"

既然母亲执意不肯对眼前的重大问题给出明确答案，女人们便一再要求带小家伙去洗澡，这是她们唯一可以近距离看到他超常巨大性器官的机会。一连数日，阿梅丽亚夫人坚持着，不肯让步，因为事关儿子的秘密，但是，随着时间推移和疲惫感的增加，她的警惕性渐渐松懈了。很快地，小泽泽变成了名副其实的玩物，就连街坊邻里的姐妹和闺蜜们也争相帮助这位可怜的女士给他"得天独厚"的小人儿洗澡。

"不用啦，邻家妹子，我一个人可以的。"

"哦，天哪！哪能眼看着像阿梅丽亚太太您这样的人孤立无援呢？你还有另外三个孩子要养呢，却连一个帮忙的人都没有。这种时候，街坊邻居正派上用场！"

"我还有贝阿特丽丝……"

"就算她浑身是铁，又能打几颗钉！三层楼这么大的家呢，不是吗？她一个姑娘楼上楼下地哪里应付得来？结果，孩子就没有人管了！"

"不会的。我丈夫帮我呢。"

"别提啦，婴儿的事情，男人懂什么？他们只知道造人，才不懂怎么照顾他们呢！"

不论阿梅丽亚怎样解释说自己不需要帮助，女邻居仍然固执地认为她的拒绝不过是为人低调；自己养一群孩子，家里只雇一位女佣，却拒绝热心的亲戚和邻居帮她给婴儿洗洗澡这样的举手之劳。哪里见过这样的母亲？

"朝圣"的人群每天川流不息。最初的几次,长舌妇们来到房间,总是需要一番软磨硬泡,才能将孩子从摇篮抢出来抱去洗澡；当她们打开尿布,先是发出一阵亢奋地叫声,接着便叽叽喳喳地议论起来,有人发出"比我男人的壮"的感叹,有的说"小小年纪就这样,可想而知几年后怎样"。查验的结果一经传开,总能引发叽叽嘎嘎的笑声,并且令许多人更加胡思乱想起来。

然而,这样热闹而辛苦的"朝圣"没有持续太久。布兰科上尉是一个严格而冷峻的人,每当他结束军营的公务提前回到家中时,便感觉到家中弥漫着莫名的亢奋情绪。

起初,他什么也没有说,确信这种乱乱哄哄的状况都是女人们自己的事情。但是,当他第三次遇到此番情景,并远远听到"男孩的小鸟"如何如何的议论时,心中疑窦顿生,决定调查此事。当他终于明白事情的原委时,便下令不论是远来的,还是街坊邻居,抑或是猎奇的女人们,统统拒之门外,一家之主可容不下这些小人。

"各回各家,哪里来的滚回哪里去！"上尉大吼着,算是为事情画上了句号。"滚！"

随着布兰科家大门的关闭,各种议论之声逐渐减弱、平息,事情归于沉寂而被遗忘,新生儿竟有与成年人一样的性器官这件事情慢慢变成了一种记忆。斗转星移,事情变得更像是幻想和错觉,是歇斯底里的女人们夸大其辞,而上尉当时就处置妥当了。

"缺少男人的管教。"

二

一个身影出现在门口,挡住了房间门口的光,走到小泽泽的床前。三岁男孩弱小的身体蜷缩在被子里取暖,泪水顺着脸颊淌下来。当那个身影俯身亲吻他的前额时,男孩闻到熟悉的香气,知道是自己的父亲。

"怎么了,泽泽?怎么哭了?"

儿子抽抽搭搭地哭着。

"我怕……"

"怕什么?"

"黑。妈妈呢?"

马里奥·布兰科上尉握着儿子冰冷的手,极力温暖、安慰他。

"她在山后省帮若安娜姨妈。你知道的,路易斯姨父去了天堂,姨妈需要帮助。"

孩子又哭起来。

"我要妈妈!……"

马里奥·布兰科上尉性格冷峻,声若洪钟,身姿挺拔,他的硬朗作风不允许他在处理家庭事务,尤其是处理孩子们事务时表现出太多柔情。的确,在父母和孩子之间,他不允许亲密或爱抚;拥抱和甜蜜的亲吻在这个家中是陌生的。孩子们用恭敬的吻手礼问候父母,在这个优秀天主教徒家庭里,这才是该有的方式。

在当时社会的习俗下,一方面,上尉是一个循规蹈矩的人,但另一方面,他却表现出在当时的男人们中少见的对孩子们的关心备至。

"想听听音乐吗?"

小儿子点点头，不再抽泣，准备迎接即将到来的一切。尽管他还无法理解音乐表达了些什么，却觉得它很神奇，因为在他看来，从父亲嘴里飘出来的似乎是天使的语言，甜蜜而动听，他惊讶地发现如此谜一样的语言与忧郁的旋律完美地融为一体，令他着迷。

若泽还不知道，他听到的是意大利音乐。他的父亲是那不勒斯咏叹调的爱好者，从他在里斯本上军校的学生时代开始，就是圣卡洛斯剧院的常客。那天晚上，夜幕笼罩下的佩纳菲尔这户人家长长的空旷走廊里回荡着响亮明快且旋律柔美的意大利歌剧咏叹调，小儿子就在这样的歌声中进入了梦乡。

> 圣洁的阿依达，
> 你像天仙一样，
> 神秘的花冠，灿烂放光；
> 在我的心中，你是女皇，
> 是照耀我的生命之光。
> 我带你回到亲切的故乡，
> 让你饱览祖国风光；
> 我要把皇冠戴在你的头上，
> 让你的宝座更加辉煌！

这首忧郁的歌似乎是献给那位不在家的女人，是一声只有时间才可以抚平的思念的呐喊。然而，正是时间令布兰科上尉的幻想破灭了。当阿梅丽亚从山后省回来时，却好像她并没有回来：离开的那个女人回来时，变成了另一个人。

自从若安娜死了丈夫以后，阿梅丽亚变得情绪失落，整日沉溺在自己的世界里。在这个世界上，她仿佛已经死了，却在另一个世界孑然而立，看上去活像一个幽灵，她的身影在家里的各个角落徘徊。

丈夫不知道妻子发生了什么事情，带她去看了雷伊斯大夫。大夫打量着患者，经过检查，做出了诊断：

"轻微抑郁，并无大碍。"

"我该怎么办，大夫？"

"不用做什么。她会好起来的。"

事实并非如此。

阿梅丽亚的抑郁症持续了数月，这令上尉陷入了各种猜测之中，面对问题手足无措。他一度以为自己对阿梅丽亚的爱可以将她从深渊中拯救出来，但是，他必须首先了解问题的来龙去脉，才能找到并引导她走上救赎的道路。他一而再、再而三地问她，试图打破她几个月来固守的缄默，但是，无论怎样追问，却连一个字也没有得到。阿梅丽亚一言不发，任泪水流过愈显苍白的面孔。

上尉感到绝望，似乎事情已经无可救药。

直到一个星期天早上，这种无法解释的情况才有所变化。在萨梅罗教堂的主日弥撒后，束手无策的布兰科上尉去见雅辛托神父，向他诉说了自己遇到的问题。

"她不吃饭，不睡觉，一直在哭，几乎连孩子们也不理……老实说，我真不知道该拿她怎么办！"

教区神父的视线越过上尉的肩膀，注意力落到坐在门口的女人身上：她低垂着头，望着自己的双脚，神情憔悴，仿佛失去了灵魂，身体只剩下一个空壳。

"请上尉先回家吧，中午的时候再来接她。"

雅辛托神父让阿梅丽亚留在萨梅罗教堂。那天上午，他倾听了她的忏悔，并提出了一系列补赎建议。当丈夫接她回家时，发现她有了微妙的变化。虽然她的目光仍然悲楚，却出现了某种一时无法言说的变化，仿佛在一团漆黑中点亮了微弱的灯光,那是一团飘忽不定却闪闪发光的火苗。

令上尉惊讶和高兴的是,他的这种印象在后来的日子里得到了证实。从前在自己心灵的角落漂泊的阿梅丽亚成了萨梅罗教堂的常客。上尉随后开始意识到,绝望中的妻子抓住了宗教,十字架成了她的救生圈。每天,阿梅丽亚参加两次弥撒,并经常祷告;"感谢上帝!""上帝保佑!"成了她的口头禅。对于妻子如此极端的改变,作为丈夫的上尉倒感到几分庆幸,毕竟,与一个虔诚信教的女人相处总比与一个整天眼泪汪汪、闹得全家不宁的"幽灵"相处要强。

然而问题是,突然十分虔诚的阿梅丽亚并没有就此止步。她变得《圣经》不离手,开始不停地掐捻手中的念珠,嘴唇颤抖着低声念诵祷文。妻子表现出的对宗教的强烈热情甚至让同样信奉天主教、行为规矩的上尉开始觉得那一切太过分了。

"这位雅辛托神父真可恶。"一天,他在兵营里这样说。"他把我妻子变成了居家修女!"

阿梅丽亚身陷突如其来的莫名变故而无法自拔,已经顾不上照料孩子们。在这种情况下,上尉更加尽心地呵护着四个幼小的孩子,更多地陪伴在他们身边。马里奥·布兰科坚信教育的价值,他像一位将军那样用纪律管理家庭事务,像一位启蒙教师那样用奉献精神教育他的孩子们。

他变得非常有耐心。与他所在那个时代的传统相反,他很少打孩子,总是愿意与他们交谈,回答他们的问题,甚至谈论他们在学校的成绩。诚然,他声若洪钟的嗓音令人生畏,他懂得何时应该撑眉努眼,从他的表情就可以知道什么是对的、什么是错的,但是,他无微不至的关爱足以弥补一切。他不是一个喜欢拥抱或接吻的人,但他似乎具有恰到好处的语言天赋。

红球在精细的绿色台呢上滚动,在球台边缘弹了一下,直奔一个洞而去,然后,像陀螺一样旋转着掉进洞里。

"天啊!"留着小胡子的布兰登法官喊道,"你今天要一杆全收嘛!"

布兰科上尉瞥了一眼小若泽,想确定他的小儿子是否喜欢刚刚这一击。然后,他将球杆立起来,用粉笔在球杆的顶端擦了擦,目光转向球台,考虑如何打下一杆。

"尽你所能吧,朋友。尽你所能。"

那天傍晚,预备役军人们和法官又像往常一样来到军官俱乐部的一楼,像蝴蝶一样围在房子中央那个巨大的台球桌周围。上尉的儿子心不在焉地观看着比赛,他的哥哥姐姐们去上学,母亲依然沉溺于念经和偏执的想法中,家中变得毫无生气,于是,上尉便将小儿子带在身边。此时,俱乐部的棋艺室里人头攒动,其他军官聚集在台球桌周边的小桌子旁下西洋双陆棋和国际象棋。

但是那天傍晚,真正令人难忘的是兴冲冲跑进来的邮递员安东尼奥给布兰科上尉送来他订阅的报纸的那一刻。安东尼奥一边吵嚷着一边挥舞手中的报纸,大家立刻从报纸特有的刊头认出那是一份《波尔图商报》。

"嗨,安东尼奥!"布兰科上尉有些吃惊,"怎么这么风风火火的,小伙子?"

"噢,上尉先生!"安东尼奥气喘吁吁地喊道,"《波尔图商报》来了!"

邮递员挥舞着晨报,把报纸从一只手换到另一只手上,好像报纸着火了一样。军官们盯着那张晃动的报纸,不懂邮递员为何如此亢奋。大家发现占据报纸头版头条位置的是一幅欧洲地图,但是,在安东尼奥的挥舞下,无法看清新闻的标题。

"知道,知道,安东尼奥。是不是新闻里说鸡长出牙齿了?"

军官们笑起来,但是,安东尼奥呆立在台球桌前,眼睛瞪得老大。

"不是。"

笑声渐渐平息了。

"那是什么,小伙子?"布兰科上尉亲热地问,"出什么事了?"

安东尼奥双手拿着报纸,让大家看头版新闻。

"是德国人,上尉。他们进入了波兰。"

三

　　午餐丰盛。为了助消化，马里奥·布兰科上尉决定喝一杯波尔图葡萄酒。他看了看表，发现时间快到了，便走到沙发前，将天线旋转到短波位置，打开收音机，期待远方的声音能穿透天电干扰，给他带来世界新闻。不到一分钟，空中单调的嗞嗞声突然被一个信号打断，像有人吹哨发出指令一样，随之而来的是短暂的静音。突如其来的寂静中，传来一个起伏不定、断断续续的声音，仿佛是一位来访者在走廊的尽头说话。

　　"这里是伦敦。这里是英国广播公司。"

　　收听英国广播公司的广播在葡萄牙是被禁止的行为。马里奥·布兰科上尉尽管是一位乐于遵从的天主教徒，也是一位毋庸置疑的爱国者，但是，对于荒谬的禁令却不予理睬。英国难道不是葡萄牙最重要、历史最悠久的盟友吗？我们的士兵和他们的士兵在无数战斗中难道不是并肩作战、不是从来没有发生过在战场上兵刃相见的事情吗？不许听英国之声？真是一派胡言！是哪个"聪明"的家伙做出如此愚蠢的决定？

　　因此，在上尉家里，收听英国广播公司的节目就成了一件习以为常的事情，每天两次定时收听短波广播，一次在午餐后，另一次在晚餐后。这样做既不是想挑战什么人，也不代表上尉的立场。他只是想了解世界上正在发生的事情，而且是通过一个他信任的声音去了解。他不明白的是，听一听葡萄牙的老盟友说些什么，这能有什么坏处。一位告密者甚至告发这位优秀军官非法窃听，但是，上级却耸了耸肩膀，置之不理；事实上，任何一个有良知的人都不会因为想听新闻这样的小事为难布兰科上尉,更不用说他还是预备役军官。

"英国广播公司新闻,世界都相信。"收音机的喇叭播出声音。

军官从抑扬顿挫的讲话风格听出这正是他最喜欢的播音员奥古斯托·席尔瓦,便将耳朵伏在喇叭上听起来。正在播出的是一首进行曲,这是英国电台独有的插播音乐。

正在这时,小若泽一脸不高兴地来到父亲身边。

"爸爸!哥哥……"

"英国和德国已经宣布进入战争状态。张伯伦先生……"

"……牌藏起来,我……"

"嘘!"上尉打断了儿子的话,"安静!"见到父亲怒目圆睁严厉的样子,若泽吓了一跳。

整座房子突然仿佛寂若无人。如此粗鲁地对待家人不是上尉的习惯。在突如其来的噤若寒蝉之中,只有奥古斯托·席尔瓦沉着有力的声音在凝重气氛中回荡,播报着令人惊愕和恐惧的消息。

"……今天下午,他宣读了一份《告国民书》,告知英国国民,希特勒先生没有接受昨天上午英王陛下政府在柏林递交的要求德国军队立即撤出波兰的最后通牒。因此,张伯伦先生说,英国与德国宣战。"

新闻报道持续了好一会儿,时间却显不足,报道似乎言犹未尽。布兰科家的整座房子里只有奥古斯托·席尔瓦的声音在回荡,这个声音把地狱的消息带到了家门口。终于,播音员用新闻所需的庄重口吻结束了报道。房间里响起"咔哒"一声,这是上尉机械地关掉收音机的声音。

在那一瞬间,整个世界陷入了沉寂,正如每临大事时,人们总会被深沉的寂静包围,仿佛一团阴险而邪恶的浓密乌云笼罩了世界,在世间投下巨大的阴影,扼杀了世界赖以生存的光明。生命是太阳,但广播是暮色的使者,在那个瞬间,白昼在地平线消逝,黑夜的帷幔像一簇渐渐熄灭的火苗缓慢地、一点一点地笼罩每一个人,直至阴森的黑夜笼盖四野。

"叮咚……叮咚……叮咚……"

门铃响了。贝阿特丽丝跑出厨房下楼去看是谁来访。片刻之后,面色严肃、大腹便便的布兰登法官冲进房间,大有世界命运取决于斯的劲头。跟在他身后的是现在受到他保护的寡妇若安娜。

"布兰科!"法官喊道,"布兰科!你听新闻了吗?"

上尉缓慢地从沙发上站起身,自从一小时前英国广播公司新闻节目结束以后,他还没有离开过沙发。

"我怎么会没有听?!"

法官走到他面前,满怀期待地看着他,仿佛他希望这位军官有权平息这一严重事件。

"你怎么看这件事?"

上尉摇了摇头,显得忧心忡忡。

"听着,我一直坐在这里想这件事……"

"怎么样?"

"我觉得这真是一件麻烦事。"

"你真这么认为?"法官问。军官消沉的表情令他感到吃惊。

"就像1914年至1918年那个时期那样,英国和法国一边,德国和奥地利另一边。这次又将是一场劫难!"

"这个希特勒难道失去理智了?他到底想干什么?毁灭世界?大战不是已经开始了吗?"

"他这个人好斗,朋友。自负,毫无疑问,特别有攻击性。这次他走得太远了,把所有的人都卷进了是非之中。"

对于第一次世界大战,人们记忆犹新,因此,紧张程度可想而知。坐在沙发上的法官还没有从震惊中恢复过来,上尉了解他的喜好,便去给他倒了一杯波尔图葡萄酒。

若安娜利用两个男人谈话的间歇，打破了沉默。

"我姐姐在哪？"

"阿梅丽亚和泽泽、洛德斯在卧室休息。"

小姨子进了走廊，去找阿梅丽亚，房间里只剩下两个男人。布兰科上尉手里拿着波尔图葡萄酒瓶，望着她走进了卧室的门。然后，他斟满一杯酒，递向法官。

"这姑娘怎么样？"

"还好，还好。"来访者说着，接过酒杯。

"你看，最艰难的阶段好像已经过去了。她从山后省回来以后在我家安顿下来，现在变得开心多了。怪可怜的。事情发生后，她不能一个人独处，你看到了。"

"不管怎么说，她还有姐姐在这儿。"

"对，当然！"法官随口附和着说，"这很重要！她们一起去教堂，这对她们肯定有好处。不过，有时，她们有些过分，你不觉得？"

上尉慢慢地晃了晃脑袋，对妻子正在经历的变化感到无可奈何。

"总比什么都没有好。"

楼下的铃声再次响起，贝阿特丽丝再次走出厨房下楼应门。原来是上学的孩子们回来了。学校停课了，谁也没有心情在这种形势下继续工作。这一天，教堂成了许多人光顾的场所，一条人流汇聚到萨梅罗教堂。电台的新闻说得过于严重，到处弥漫着恐惧气氛。有的人想通过弥撒获得慰藉，有的人则是通过对形势的分析判断。

两姐妹对突然的喧哗感到吃惊，走进房间来。阿梅丽亚帮孩子们收拾上学用的东西，若安娜则在法官旁边坐下，她已经听说了远方城市发生的那些事情，而通常她对那些城市并无兴趣。

"唉，上帝保佑！"她说，"看见了吧？全都疯了。"

"可不是嘛。"

"我已经说服了阿梅丽亚,我们要去萨梅罗教堂念二十遍《圣母经》,让一切都重新好起来。"

法官做了一个不耐烦的鬼脸。

"圣母管不了……"

"哦,可不要这么说,上帝要惩罚你的!"

"恐怕上帝有更多事情要操心,而不是盯着我们说什么或不说什么。"

"如果我们努力祈祷,他一定会听我们的,一定会怜悯我们。他和圣女法蒂玛。在慈悲教堂主持十一点弥撒的阿布雷神父有一天曾对我说……"

"行啦,姑娘……"法官打断了她的话。那场谈话让他感到不安。"去萨梅罗教堂念几遍万福马利亚吧。让我留在这里和上尉先生聊聊,好吗?"

若安娜向刚刚处理好孩子们事情的阿梅丽亚打了一个手势。

"好啦,姐姐,咱们走吧!"她转身走开了,但还是回头甩出最后一句话。"自从听了广播新闻以后,你就乱了方寸。我会向上帝,我们的主祈祷,让他原谅你……"

九月,酷暑难当,热得让人喘不过气,布兰科上尉躲进了他在一楼的书房,这里是整座宅邸最凉快的地方之一。军官全神贯注地查看往来账目。眼前的重点是要计算一下卖给老客户以后必须存入酒窖的葡萄酒。两个大孩子都上学去了,阿梅丽亚抱着洛德斯与妹妹若安娜一起出门了,于是,上尉给了小若泽一个陀螺,带他来到书房,让他在地板上玩耍。

他正在研究新的一家酒桶供应商的预算时,有人在敲街门。马里奥·布兰科去开门,发现来人正是自己从前所在部队的指挥官,此刻,他显得十分憔悴。

"上尉,我可以进来吗?"

"团长……您怎么来了?"

"可不是嘛。我们可以谈几分钟吗?"

"当然。"

上尉打开门,请西尔维利奥上校进来,将他带到书房,递给他一杯波尔图葡萄酒,让他在书房里最硬的那把椅子上坐下。小泽泽还在玩陀螺,佩纳菲尔部队的指挥官看了一眼孩子,像是想让孩子离开书房,可是主人没有理睬他的示意。

"咱们团现在怎么样?"马里奥·布兰科问。这一问与其说是出于好奇,不如说是出于礼貌。"换防到波尔图对咱们团有好处吗?"

上校摆了摆手。

"马马虎虎吧。"

"别告诉我你来这里是因为思念……"

西尔维利奥上校从衣服口袋里掏出一包香烟,点燃了一支。一团灰蓝色的烟雾从他脸前升起,头顶上烟雾缭绕。

"我可不是因为思念才来这里的,"他说,"是因为公务。"他从衣服内兜掏出一份公函,看了看,微笑着递给马里奥·布兰科。"明天早上向维加斯少校报到吧。"

上尉不解地看了看文件。

"这是什么?"

"这是戈麦斯将军的一道命令。他听说了你的组织能力,希望你负责佩纳菲尔的配给工作。"

"配给工作?"

"对,伙计,"上校笑了,"怎么,难道你还不知道世界已经开战了?朋友,物资会供不应求!整个经济将会以战事为中心,物资的生产和运输都将受到严重影响。德国潜艇甚至已经开始袭击大西洋上的船只了,想想吧！所以，政府决定制订计划，在必要时，在全国采取配给措施。对此，你千万要谨慎行事，我们可不希望在民众中引起恐慌，不过，也可能根本不需要采取这样的措施，当然……像有人说的那样，小心驶得万年船。"

"对不起，上校，我不明白。"布兰科把手掌放在胸前，显得有些困惑。"为什么是我？"

"因为政府把这次行动交给了军队，戈麦斯将军想到了你，让你在佩纳菲尔把这项工作组织起来。"

"但是，上校，我已经不是军人了。"

西尔维利奥缓慢地站了起来，结束了这场谈话。然而，在离开之前，他身体前倾，手掌按在写字台上，眼睛盯着对方，摇了摇头。

"在此之前你不是，亲爱的上尉。在此之前不是。"

四

1940年9月的那个下午，阳光和煦，气候宜人。像每当这种天气一样，布兰科夫妇在朝向后花园的露台摆上茶几，坐在那里喝下午茶。阿梅丽亚正在以异乎寻常的兴趣看《波尔图商报》，这是丈夫刚刚从军官俱乐部带来的。他把报纸放在茶几上，端起茶杯。

"你瞧啊，马里奥，"阿梅丽亚若有所思地问，"那个真的么好看？"

上尉正在点烟斗。他用力吸了一口，目光停在妻子刚刚读过的那一页报纸上。醒目的新闻标题是关于三个月前隆重开幕的年度盛事取得成功——"'葡萄牙世界'展览会"。

"什么？那个展览？"

"对，"阿梅丽亚指着报纸上的新闻图片说，"贡萨尔维斯，就是萨梅罗教堂的司事，上星期去了里斯本，回来时赞不绝口呢。"

第一缕带着香味的烟雾在空气中缓缓升起。

"军官俱乐部的人也这么对我提起过。"

"可是，如果真是盛事一件，在当前的困难时期，你认为有什么意义吗？说到底，战争还在继续……"

"你知道，这还是两年前就计划好的。事实上，1938年那个时候，托尼尼奥[1]怎么也不会想到会爆发战争……"

"绝对不会！看到了吗？这么多人在受苦，我们却在大搞国家盛典！"

上尉仔细看了看自己手中的烟斗。

---

1 指当时的葡萄牙总理安东尼奥·德奥利维拉·萨拉查。

"可不是嘛，亲爱的。"他吸了一口烟，呼出一团带有香气的烟雾。"可是，我们能怎么办？拆掉那座建筑？如果钱已经花了，工程也结束了，你不觉得最好还是继续走下去吗？而且，办展览还有一个好处，就是提高人民的士气，巩固民族自豪感和对未来的信心。在令人沮丧的时期，这些事情可以帮助我们面对生活。你不这样认为吗？"

阿梅丽亚喝了一口茶，放下杯子，心有所想。

"也许你是对的，"她说。阿梅丽亚拿起茶壶，给杯子加了一些茶水。忽然，她停下动作，茶壶悬在空中，好像刚刚发生了什么事情。"你看啊，要是我们也去那里一趟呢？"

"去哪里？"

"展览会啊，马里奥。我们去展览会吧！"

若泽·布兰科最早的完整记忆正是这次与家人前往里斯本的令人兴奋的旅行。那是1940年9月，再过几个星期他就满四岁的时候。他第一次记住了他所看到和感受到的一切细节，包括气味和颜色。

萨拉查下令拆除了贝伦地区热罗尼姆斯修道院和特茹河口之间的棚屋和旧房屋，以便在纪念葡萄牙建国八百年和复国三百年的时候举办"葡萄牙世界"展览会，并使其成为展示卢济塔尼亚民族的巨大窗口。

活动于6月开幕，可是，开始得并不顺利。除了几个展馆尚未准备好之外，就在开幕前的二十四小时法国投降了，德国军队抵达了西班牙边境。葡萄牙的形势变得严峻而令人担忧；战争之风渐渐逼近，这是一场远方的风暴正在地平线聚集的信号，它来势汹汹，令天空阴霾密布。

然而，萧条局面很快被扭转；不久以后，卢济塔尼亚民族的盛大展会开始被视为波涛汹涌的大海上一座平静的小岛、动荡之夜里闪亮着的安宁的火苗、黑暗中点燃的希望之光。人们组织了一个个参观团、一次次游览，先是几百人，后来是数千人，甚至在某个时期达到数万人、数十万人……穿着最好的衣服、带着旅行必备的食品、穿越整个国家汇聚一堂欣赏令人叹为观止盛事的葡萄牙人首次达到了一百万。

活动的盛况传遍了葡萄牙沿海地区和内地。报纸、电台、咖啡馆、酒馆、每一个街角、每一所房子,每一个地方,除了战争新闻之外,无不在谈论盛大展会。那些从里斯本来的人都赞叹不已,称其为"发达国家之杰作"。不绝于耳的热烈赞美之声最终让布兰科夫妇动心了。

全家乘坐马里奥·布兰科从阿尔贝托·平托公司租来的皮卡车前往里斯本。噪声很大的车上,除了上尉、上尉的妻子和孩子们,还有若安娜,以及负责照料小若泽的女佣贝阿特丽丝。布兰登法官留了下来,说自己与大城市"格格不入",但是,当地其他一些人则利用这个机会,贡献几个托斯通[1],搭上了去首都的顺风车,参观备受人们议论的展览会。

从佩纳菲尔到波尔图的旅途几乎用了三个小时,汽车沿着河边弯曲迂回的道路行驶,辛辣的烟雾和河北岸早晨的凉风夹杂着粗柴油燃烧的气味从车窗灌进车内,令女士们感到恶心。时近中午,他们从堂·路易斯大桥跨过了杜罗河,驶上了前往里斯本的一号国道。

但是,旅途漫长而辛苦,且十分乏味。经过了科英布拉之后,天色已晚,于是,大家决定把车停在路边,就在车上过夜。一个个餐盒打开了,若泽美餐一顿从家里带来的饭菜,吃了火腿、鳕鱼球和烤肉,每样菜都配有辫子面包,孩子们还品尝了一种偏酸的红葡萄绿酒[2]。

第二天午后,他们抵达了里斯本,在退役上尉的老战友皮雷斯家安顿下来。皮雷斯过去住在坎波利德,曾经为了一个托斯通与布兰科翻脸。这件事情已经成为布兰科家常讲的故事。似乎刻板的上尉当初曾拒

---

[1] 葡萄牙当时货币的名称。
[2] 葡萄牙的一种特色酒,名为"绿酒",不是绿色的酒的意思。

绝借给他的朋友一个托斯通，声称他们两人挣的钱一样，如果一个人工资够用，另一个人也应该够用，而皮雷斯需要的是学会管理他的所得。不打不成交，两人因此建立了牢不可破的友谊。和解使他们成了好朋友，老战友开门迎客，让乘坐阿尔贝托·平托公司喷着黑烟皮卡而来的一行人住进了他在坎波利德的家，就像野蛮人征服首都一样。

进城的最初几天，一切都是新奇的。在皮雷斯家住下来之后，东道主带布兰科一家步行前往商业区，打算让他们见识一下繁华的罗西奥地区；皮雷斯认为，那里毕竟是里斯本的神经中枢，是城市各色人等聚会聊天的地方，也是感受瞬息万变的生活和生活节奏的地方。

"布兰科，我让你看一个不可思议的东西。"朋友预告说。大家沿着自由大街向光复广场走去。"准备好，那可真的令人眼花缭乱哦！"

"是什么？"

"别急。我这就指给你看，"他回头看了一眼，打量一下其他家庭成员，"我不知道是否该让女士们和孩子们看……"

"白天？"

"当然。"

"政府允许的？"

"对啊。"

"那就看看，伙计。肯定没什么大不了的！"

天气炎热，甚至让人喘不上气。大家感到腋下全都是汗，甚至汗流浃背，却什么也做不了；衬衫、外套、长裙、围巾和帽子是有道德、守规矩的正派人必不可少的标配，哪怕是火伞高张。

众人来到光复广场，由此前往罗西奥地区。一走进巨大的广场，他们便发现了一件绝对的新鲜事：人行便道上摆放着桌子和椅子，顾客们将自己暴露在路人的视线中。

"这是怎么回事,皮雷斯?"

主人笑了,显得很得意,因为是自己让他从乡下来的朋友开了眼界。

"街头咖啡座。"

"间谍……什么?"

"Es-pla-na-des[1],"皮雷斯几乎一字一顿地用字正腔圆的法国口音重复了一遍。"巴黎似乎到处都是。"

"可是……规矩呢?他们竟然如此堂而皇之在大街上抛头露面?"

"这是进步,伙计!这是进步!"

马里奥·布兰科和家人被眼前奇异的景象惊呆了。最让他们感到好奇的是,这种新鲜事似乎很受欢迎,只要看一看那些咖啡座里挤满的那么多顾客、阳光照射下的桌子和阴凉里柜台周围那么多来来往往的人便一目了然了。

"看那边的'苏伊萨',"皮雷斯指了指,狡黠地微笑着,挑了挑眉毛,"好好看看那些顾客!"

上尉仔细观察一阵坐在"苏伊萨"点心店外露天咖啡座彩色遮阳伞下的男人们,他们手上端着冒着热气的咖啡或威士忌酒杯,皮肤很白,头发金黄,眼睛明亮,衣着优雅,非常干净、时髦,看起来像美国电影演员。

"外国人?"

"当然。"

"英国人?"

皮雷斯做了一个含混的手势。

"英国人、美国人、德国人、意大利人、法国人、荷兰人、捷克斯洛伐克人、波兰人,天晓得都是哪国人!全世界来的人!"

上尉听到这一长串国名,露出惊奇的样子。

---

1 法语:露天咖啡座。

"可是,这些人在这里干什么?"

"伙计,你难道不知道一场战争正席卷欧洲吗?"他朝着露天咖啡座方向做了一个夸张的手势。"这些人中大部分是难民,有成千上万,你以为呢?他们为躲避德国坦克而来,想去美国,想乘客船或搭上美国的快船。这些人很有钱。"皮雷斯压低了声音。"不过,也有两手空空的人。许多人是犹太人。"

"还有犹太人?"

"嘀,多得是呢!看来德国人不喜欢他们,可怜的家伙。街上很少见到他们,我听说他们都集中在以色列人的廉价食堂那边,他们都想到美国去,无论用什么方法都行,甚至想游去美国呢。"

上尉若有所思地观察着那些人,有那么一瞬间,他甚至有一种不寻常的感觉,仿佛自己见证了一个具有超凡意义的事件。

"真是活见鬼!该死的,他们跑到这里躲避战争!……"

"不过,大多数是难民,但不是全部!也有许多外交官,还有间谍,哦,像苍蝇似的!听说阿维兹酒店里充斥着间谍活动,那是一个名副其实的蛇窝,所有的人不是搞情报的,就是算计同伴的!"

"就像美国电影里那样?"

"正是,"皮雷斯大笑起来,"就差克拉克·盖博[1]了!"

这些外国人看似云淡风轻的表情之下,掩藏着灵魂深处的暗流涌动。他们有的正在低声交谈,或议论政治和严峻的国际局势,或诉说对家的思念,或感慨从家里传来的消息;也有的人沉默不语,独自想着心事,外表波澜不惊、内心却心急如焚地在里斯本死气沉沉的下午发呆,也许是在想念离别的家乡,天晓得他们是否正在梦见将要去的那个地方。

"皮雷斯,好多人没有戴帽子,你注意到了吗?"

朋友笑了。

---

1 美国著名电影演员。

"见鬼,布兰科!我以为你没有注意到……"

"可是,现在都这样吗?不戴帽子?"

"似乎不戴帽子是一种时髦呢。还能怎么说?"他指着坐在后面的一位正在看法国报纸的男人说,"你看那位。好好看看。"

上尉找到那个人,惊讶地张开嘴。

"可是,那家伙是秃头!"

"可不是嘛。"

"而且没有戴帽子!"上尉用将信将疑的眼神盯着他的朋友。"看到了?"

他又向那个人望去,似乎是想确认自己的眼睛没有看错。"他没有戴帽子!那个家伙让人看到他的秃头!"

"喂,布兰科!这可不算什么……"

身后传来一声女人的尖叫。布兰科和皮雷斯转过身,看见若安娜满脸通红,几乎小跑地走过来。看她的样子,好像遇见了鬼似的。

"怎么了?"阿梅丽亚被妹妹痛苦的样子吓了一跳,连忙问道,"怎么了?"

"哎哟,天父、圣母、至圣的圣女保佑我!"

"怎么了,姑娘?"

"哎哟,不得了,姐姐,不得了,我都喘不上气来了!"她把手放在胸前,似乎这样可以抑制心脏的剧烈跳动。"天啊。"她深吸了一口气,闭上眼睛,逐渐恢复了镇静。"丑闻!"她终于喊了起来,"这是丑闻!"

"什么?什么丑闻?"

若安娜用手示意大家看向罗西奥广场的另一边。所有人都转脸向那边望去,发现那边的"尼古拉"咖啡馆前也有一个露天咖啡座。大家都看过去,只有若安娜用手指了指,脸却没有转过去,好像她因看到的东西太可怕、太龌龊而不敢再看。

"那个！那个！"

众人的目光都集中在"尼古拉"露天咖啡座，开始搜索某些异常情况。

"什么？"

"那些……女人，"若安娜厌恶地说，"你们没有看见吗？"

随着众人的目光，上尉果然看到坐在桌子旁的两名妇女。当他更仔细地看了一眼之后，不禁张大了嘴巴。他引颈望去，瞪大了眼睛，竟不敢相信眼前的一切。

"见鬼！"上尉嘟囔一声，一时竟语塞了。

阿梅丽亚眨了眨眼睛，当她终于看清了令妹妹震惊的事情时，也目瞪口呆了。

"上帝保佑！"她惊愕地叫起来，"你们看到那个了吗？"

还没有回过神的上尉点了点头。

"我看见了，看见了。"

"不可思议，是不是？"

布兰科转向皮雷斯，发现他的朋友正对自己不怀好意地笑，似乎最大的奇观不是那些可耻的人，而是被他们震惊的这群人。

"皮雷斯，那些女人是干什么的？"

"难民。"

"全部都是？"

"全部。"

"不戴帽子？"

"不戴。所有的头发都露出来。他们甚至连头发都散放下来呢。"

"真是活见鬼！她们独自一个人坐着？像现在这样？身边竟没有绅士陪陪她们，哪怕只有一位呢？"

"没有。"

"天啊！"上尉发现一个女人嘴上有一个冒烟的东西，更是几乎说不出话来。"看啊!"他终于大声喊道。"她们吸烟?女人们现在也吸烟了?"

"对,她们吸烟。"

"可是,这让她们看起来像男人。"

皮雷斯耸了耸肩膀。

"人人都觉得很奇怪呢,不过,她们要这样,谁又能奈其何?"

上尉摇了摇头,脸上露出不以为然的表情。

"一切都完了!"

"万事开头难,的确,"朋友说,"不过,随着时间推移,我们会习惯……"

若安娜再次瞄了一眼,却立刻捂住脸,显得更加惊恐。

"天啊,她们的腿,上帝!"

布兰科向那些外国女人的腿望去,再次惊得瞪大了眼睛,感到难以置信。

"她们……她们不穿袜子!"

"不穿。"皮雷斯仍旧带着与先前同样的微笑回答道。"那些家伙也都注意到了。"他指着罗西奥广场一张长椅周围的葡萄牙男人说。一群人正贪婪地向"尼古拉"露天咖啡座那边张望。"看,看到那些人了吗?他们整天待在那里,就为了看外国女人的腿。看到她们翘起二郎腿的时候,天啊!他们就大呼小叫,甚至拍着巴掌起哄!"

"伤风败俗!"若安娜一边大声说,一边怒不可遏地摇着头。"伤风败俗!下流!"说着,她画了一个十字。"如果阿布雷神父看到这一切,如果他看到这么伤风败俗的事情,他……他……天啊,我都不知道他会说什么!不过,他肯定有话要说!"她瞪大了眼睛,"他肯定有好多话要说!有好听的话要说!"

皮雷斯搓了搓手。

"好吧,你们都看到了,这里的情况就是这个样子,"皮雷斯指着露天咖啡座说,"如果说这里已然是这幅景象,那么,海滨浴场就更……"

"海滨浴场？"布兰科问。

"没错，我说的就是海滨浴场。埃什托里尔的情况才是真正丢人现眼呢。你可不知道。男人们竟光着膀子在沙滩上走来走去！"

"什么？"

"就是这样，没错。光膀子，我没有说错！"

上尉又摇了摇头。新鲜事一件比一件更令他震惊。

"怎么搞的……"

"想知道女人什么样吗？"皮雷斯用力挥了挥手。"听着，我是说女人！"

"她们怎么了？"

"怎么了？"朋友又笑了，"听着，那些外国女人穿着紧身游泳衣……我都不敢说。我只能告诉你，那些姑娘不单光着腿，连肚子都快要露出来了。"他用手比画着腿裸露的部分。"整个大腿！"

"什么？怎么能允许这样？"

"天晓得，"皮雷斯笑着说，"在我看来，肯定不许，可是，那些男男女女都这样……"

"丢人。"若安娜继续说，不住地摇头，忿忿不平。

"的确有些过分。"阿梅丽亚说。她的目光被露天咖啡座里的两个正在抽烟的女人牢牢吸引了。"可是，也许这就是进步吧，将来……"

若安娜不高兴地瞪了姐姐一眼。

"天啊，阿梅丽亚！你怎么能这么说？上帝保佑！"

大家的身后，若泽正缠着贝阿特丽丝要她抱。女佣把他抱起来，小男孩向露天咖啡座方向望去，试图理解令大人们如此恼怒、哥哥姐姐们却如此嬉笑吵闹的原因。可是，他并没有发现什么值得一提的事情，只看到艳阳高照的日子里坐在巨大遮阳伞下的餐桌旁喝咖啡、吃点心或者品威士忌的人们。

五

最初的几次城市漫游之后，就连对军校生涯时期的里斯本了如指掌的布兰科上尉本人也对这里的变化感到吃惊不已。

整座城市到处都是在建的或即将开工的项目工地，包括桥梁、道路、高架桥、学校、法院、医院、社区和监狱。一开始，皮雷斯带领大家游览了蒙桑多山，看得出来，他很为这里的工程项目感到骄傲。不久前，原先几乎光秃秃的山谷另一侧，在政府的指示下，现在已经被低矮的小树所覆盖。

"这里将会有一大片森林。"皮雷斯望着小山满怀憧憬地说。

然而，马里奥·布兰科的注意力却在不远处正在进行的平淡无奇的劳动场景上。

"那是什么？通向森林的桥？"

"那是一座高架桥，"皮雷斯解释说，"它将连通市区和蒙桑多山。根据计划，那边要修建一条高速公路，就像希特勒先生下令在德国修建的公路一样。"

上尉心有所动，吹了一声口哨。

"高速公路？"他感叹道，"进步真的来了！"

"你知道旅行的人们在这条公路的尽头会看到什么吗？"总是兴致勃勃的皮雷斯问。"那里将有一座宏伟的古希腊式体育场！虽然现在从这里看不到，但是工程已经开始了。两周前我去那里看过，工程进展顺利！棒极了，超级棒！与咱们这座体育场相比，柏林的奥林匹克体育场就像一座寒酸的斗牛场！"

首都看起来像一个巨型造船厂，肯定给游客们留下了深刻的印象。游览了蒙桑多之后，他们在里斯本又转了一大圈，到处都在大兴土木。令大家赞不绝口的，是可以与阿方索·恩里克大道那座华丽喷泉媲美的几乎完工的高级技术学院。在波尔特拉区，一座飞机场正在兴建中，想想看，那可是唯一的机场，是发达国家才有的，它确凿无误地证明葡萄牙以忘我的精神走上了进步道路。爱德华七世公园正在变成一个花园，皮雷斯固执地认为它将变得"非常美丽"。这位"导游"还告诉大家说，甚至已经有计划在西班牙广场那边的空地上建设一座大型医院。

"说到这个项目，大家都叫它'圣马利亚医院'，"他解释说，"不过，名字还可能会有变化，这个谁也说不准。"

扑面而来的进步景象令来自小地方佩纳菲尔的人们目不暇接，但是，也有一些事情让他们觉得古怪而好笑。例如，在自由大街和亚历山大·埃尔库拉诺路的交叉路口，他们看到一个能变幻颜色的万能灯柱，这令大家觉得很有趣。更让每个人感到滑稽的是，汽车和自行车竟然都听令于它，好像警察站在他们面前似的。

"那是信号灯！"皮雷斯大声喊道，显出骄傲的样子，好像那如此可笑的电器装置是他发明的。"这可是全国独一份哦。"他举起手，像是口若悬河的演说家展望未来似的继续说道："还会有更多，朋友们，更多！"

众人的另一个兴奋点是桑塔儒斯塔电梯。每次他们返回皮雷斯在坎波利德的家时，都要绕道来这里，花上两个托斯通买票，乘坐电梯升上山顶，欣赏夕阳西下时分的里斯本。

但是，新奇的事情还有很多。

"政府已经制订了计划，注意哦，那是所有工程中最最顶尖的工程，"皮雷斯大声说，"在特茹河上建一座大桥。"

这个消息令所有的人都感到惊讶。说到底，这类工程只可能是那些整日沉溺于奇幻世界的梦想家和诗人们的乌托邦式的野心；在偌大的入海口修建一座大桥谈何容易?

所有的成年人,甚至大一点的孩子脸上都露出吃惊的样子,但是,他们又都清楚,对于此次美妙的里斯本之行来说,更精彩的还在后头:盛大的展览会。

四个巨型武士伫立在展览会的入口处,他们个个全神贯注,剑锋向下,盾牌置于胸前,身着锁子甲,头盔低低地压在眼睛上。这些雕塑的原型是中世纪一位伟大武士。四个一模一样的人像排成一列,全神贯注地守卫着骑士之门——进入展览会的大道。

"爸爸,他们是谁?"若泽指着面前高大的武士问。

"是堂·阿丰索·恩里克斯,"上尉对儿子说,"葡萄牙第一位国王。我们的国家就是他在1140年建立的,如今已经八百年了。"他用手环绕整个入口处画了一个圆形,继续说道:"这就是为什么这个入口叫'骑士之门',也叫'建国之门'。"

一行人买了门票,穿过骑士之门——这里正是通往卡斯凯什市刚刚竣工的滨海大道的起点——走进了"葡萄牙世界"展览会。令大家惊叹的是井然有序的设计、明快的风格、典雅的殿堂、高贵的建筑,一切都那么完美而真实,竟丝毫不给人以任何人工或石膏堆砌而成的感觉。展区内,背景音乐来自一部意大利歌剧,激昂的旋律为整个展览平添了恢弘之气。

在展区的左前方特茹河旁的码头里,一艘泊岸的巨大彩色三桅帆船随浪摇摆着,船尾的甲板处装饰如新,所有的桅杆上色泽艳丽的旗帜随风飘扬。

"看啊,真漂亮!"阿梅丽亚说,"那是葡萄牙大帆船。"

"嗯,"上尉犹豫了一下,翻看着从入口处拿到的小册子,"是'圣维森特'号。"

"去看大——船——！"若泽央求说，"去嘛！去嘛！"

"好呀！好呀！"哥哥姐姐们异口同声地喊道，兴奋得手舞足蹈起来。"走啊，走！"

马里奥·布兰科仔细看了看手中的小册子。

"听我说，孩子们。船上有一家餐厅。"他抬起头，望着孩子们。"现在去吃饭还早呢，你们不觉得吗？咱们先在这边转一转，然后再去船上。好不好？"

这样的决定显然不受大家欢迎；说到底，葡萄牙大帆船对孩子们具有强大的吸引力。可是，父亲就是父亲，上尉就是上尉，谁都不敢违抗他的意愿。于是，他们转向左边去参观"形成与征服"馆和位于馆区一角那个形状古怪的"发现之球"，然后，沿着大道继续前行，一路观看展区临河一侧的大帆船和"发现者纪念碑"。展区的另一侧是宽阔的帝国广场，广场上有一个呈几何图案的花园和一些漂亮的喷泉景观，广场的后面便是热罗尼莫斯修道院正面那美轮美奂的外墙。

"里斯本终于拥抱特茹河了，"上尉说，"是时候了！"

"你这是什么意思？"阿梅丽亚问。

"当年我在这里上军校的时候，城市从来不考虑向河的方向发展，根本无视河的存在，而是胡乱地向四面八方扩展。"上尉指着伸展至远处河岸波光粼粼的蓝色河面继续说："可是，现在不同了。里斯本终于转向了特茹河。"

来到大道尽头，他们先是在码头参观了"水上乐园"、迷宫似的"葡萄牙村落"展区，然后，绕过信息站，穿过帝国广场，来到"葡萄牙人在世界"馆，在这里，自高大的"主权"塑像向右转，走过热罗尼莫斯修道院，一路上，上尉大步流星地走在最前面，俨然是一个指挥军队的首长。

"快走，快走！"

"哦，天哪，为什么这么急？"走得气喘吁吁的阿梅丽亚不满地问。

"我带你们去看一个地方,一定会让你们大吃一惊。"

"什么?"

"让你们看看非洲。"

一行人沿着热罗尼莫斯修道院南门一路走去,最后走进了"殖民地民族"展区。展区内有若干展馆,沿着殖民花园一字排列。

他们来到了安哥拉和莫桑比克馆。只见楼梯两侧各有一头河马,楼梯尽头有几幢草房,引来一群好奇的围观者。

大家刚刚走到近前,就听到上尉大声说道:

"你们看到了?看到了?我是不是说过?"

阿梅丽亚和若安娜的视线越过前排拥挤的观众的肩膀和脑袋向草房望去,两个女人立刻吃惊得张大了嘴巴,甚至连女佣和孩子们也为之愕然。

"天啊!"若安娜吓得叫起来,"哦,上帝!"

"竟然是这样!"姐姐阿梅丽亚随声喊着,"要不是我亲眼所见,绝不会相信这是真的!"

长子安东尼奥看了一眼上尉,显得有些害怕。

"爸爸,他们吃人吗?"

"胡说!他们不吃人。"

"吃,吃!"洛德斯坚持说,"他们吃人,我知道!"

"他们不吃。"

人们吃惊地看着眼前的情景,有的显出厌恶的表情,有的表情茫然:一个光着上身的男子,他穿着丁字裤,皮肤黧黑得像煤,头发卷曲,目光忧郁,他坐在草房前,却好像被关在笼子里。没有人确切知道眼前见到的是人还是兽,这个问题值得商榷,但事实是,这不过是马戏团作为噱头的猎奇节目。连连不断的"啊!""哇!"的感叹声足以表明人们绝对被震撼了。所有的人都在看,都在对着他指手画脚。

只有年纪最小的观众除外。

"贝阿特丽丝!贝阿特丽丝!"

女佣一下被眼前的景象惊呆了,此时,她定了定神,见若泽正举着双臂,似乎是在求她抱,便弯下腰:

"来,泽泽。"

贝阿特丽丝抱起若泽,使劲将他举了起来,小家伙终于穿过无数人头看清了令人们愕然的奇事。绝对是见所未见的事、自然界的奇迹、令人感到惊诧的景象。

"哇,"小家伙惊呼道,"黑人。"

这是他有生以来见到的第一个黑人。

六

母亲用力牵着若泽的手,沿着石子路来到仁慈堂。这是 1943 年 10 月一个凉风袭人阴沉的上午。一些人聚集在"奥利维拉"药店门前,喧闹却并不慌乱。母子二人不声不响地走过人群,走进药房旁边一座建筑常有人出出进进的窄门。

若泽扶着墙壁费力地爬上楼梯,努力跟上母亲的脚步。二人走过站在台阶上等候的许多男人和少数妇女,他们正耐心地排队等待轮到自己到达楼梯顶端。这些人肮脏的衣服散发着一股股酒酸味和尿骚味,男人们戴着黑帽子,胡子拉碴,妇女们头戴黑色的围巾,宽大的裙子一直垂到脚面。

小家伙跟在母亲身后,来到楼梯顶端,走进了一个房间。

"下一个!"一个熟悉的声音喊道。

是父亲。

这里是"奥利维拉"药店的楼上,马里奥·布兰科负责的佩纳菲尔配给委员会就设在这里。此时,上尉正坐在房间中央的一张旧办公桌旁。若泽见到身着制服的父亲在一名勤务兵的帮助下向排队的人们发放配给券。

站在门口等候的一位弓腰驼背拄着拐杖的老妇人听到"下一位"的喊声,连忙走了进去。布兰科认出了阿梅丽亚和儿子,用头示意他们等一下。他先去接待那位老妇人,只见上尉先在一个本子上做了一些记录——所有有权获得配给券的人员花名册,然后,递给了老妇人她梦寐以求的花花绿绿的纸券。

老妇人走了出去。上尉向妻子招了招手,让她走近一点。

"什么事,亲爱的?"他低声说,工作被家人打断令他感到些许不快。他讨厌将军务与家务混在一起。"出什么事了吗?"

"出了,出事了!"阿梅丽亚抱怨说,"出太多事情了。"

"什么?"

"我们没有糖,没有大米,没有牛奶,没有黄油,没有面包,没有油,没有……"

"这些,亲爱的,我知道,"上尉打断了妻子的话,压低声音耐心地说,以免被排队的人听到。"你想让我做什么?"

阿梅丽亚一脸吃惊的样子。

"我想让你做什么?这是什么话!"她指了指小儿子,"来,你看看泽泽。看到了?瘦得像一根牙签,可怜的孩子!你看看他!好好看看!活像一只饥饿的小羊。"

上尉看到了,所有的人都看到了,若泽感到局促不安,以这种方式暴露在公众面前让他感到害羞,像一头众目睽睽之下普普通通的小牛犊。

"我知道泽泽很瘦,"马里奥·布兰科承认道。他一边说,一边重新转向妻子,继续说:"但是现在,大家都瘦,亲爱的。时局艰难,供应总处正在尽其所能,但是,战争造成了物资匮乏,这是事实,我们也无能为力!"

"我不是来听你说这些的!我只知道家里没有食物!"

"我知道家里缺这少那。可是,你看,比起大多数人来,咱们还算好的,毕竟咱们还有两处田产。"

"好嘛,可它们只生产葡萄酒、卷心菜和蔬菜!我说的是其他货物!我说的是……"

"好啦,我懂了,"上尉说着,无奈地耸了耸肩膀。"但是,你到底想要我做什么?说吧!"

阿梅丽亚的手围着配给委员会总部整个办公室比画了一下。

"这还用问！你不是这里的头吗？"

"是……"

"那你来解决嘛！"

"我怎么解决？"

妻子身体前倾，压低了声音，也为了让丈夫听清楚。

"听着！"她低声说，"给家人更多配给券！"

马里奥·布兰科翻了一个白眼，叹了一口气，感到恼怒。

"天哪，亲爱的，我已经向你解释过一千多次了，我不能这么做！我们接收一定数量的配给食品和物资，那是提供给所有的人的。如果我为自己家发放更多配给券，那就意味着要剥夺其他家庭的，你明白吗？你觉得这样做合适吗？你觉得合适？"

"你不就是说了算的头吗？"

"我是。"

"那就做你该做的吧！"妻子固执却依然低声说，不想让门口排队的人听到。"给你的家人更多配给券！"

"但是我已经说过了我不能那样做！那样做必定会剥夺其他家庭的配给券！"

"你简直太天真了！"阿梅丽亚大声说，好像一位母亲在教训允许其他人插队的孩子。"劳而无功非傻即笨。"

"别跟我讲成语！"

"这不是成语，是真理！"阿梅丽亚绝望地嘀咕一声。"很多配给部门的负责人都给自己和他们的家人留一些配给券，难道你不知道？"妻子伸出食指，以不容分辨的口吻说："我告诉你，他们做得非常对！"

"这个我不知道，我才不理这些道听途说。我所知道的就是，我有我的职责，我要尽我所能履行这些职责。"

女人神经质地做了一个鬼脸。

"那么你说说看，你当这个头有什么用处？"

"这个……这是我的工作……"

阿梅丽亚提高了嗓门,她已经出离愤怒了。

"你的工作?你的家人正在挨饿,而你,你可是孩子的父亲,是我的丈夫,却宁愿把食物给不相干的人?那么我们怎么办?"

"可是,我们的食物和其他人一样多,亲爱的。不多也不少!我们拥有的与其他人拥有的是一样的。"

"你就是一个吝啬鬼!你看着我们挨饿,却给我们一堆几乎毫无用处的破配给券!见鬼!"

上尉闭上眼睛,他需要缓一下才做出回应。妻子身上出现了新变化,让他觉得对发生在阿梅丽亚身上的事情已经见怪不怪。在他的印象中,当初结婚的时候,她是一个忧伤的姑娘,后来,她变得快活起来,可是也变得疏远、消沉,再后来,她成了虔诚的教徒,而此时此刻,随着战争和接踵而来的苦难,她变成了一名斗士。做事不管不顾。

"阿梅丽亚,"终于,吼声冲破了表面的平静,"立刻回家去!我们回家再谈。"说完,上尉转向房门,结束了这场对话。"下一个!"

"可是,这不……"

"下一个!"马里奥·布兰科提高了声音喊道,故意不再理妻子。

布兰科上尉的日子并不好过。

四年前,他作为预备役应召入伍,便开始为可能采取的配给制做应急计划,负责拨归他管理的佩纳菲尔全体居民少得可怜的食品的分配工作,忙得连一分钟的休息时间都没有。1939 年他重返现役之后,西尔维利奥上校便任命他为佩纳菲尔团第二指挥官;他在西班牙战争最初微妙的几个月里为国家服务并坚定地捍卫了军队荣誉,这是上校能为这名声望显赫的军官所做的最起码的事情。

马里奥·布兰科首先对全市人口开展了普查工作,这项工作耗费了他大量的时间和精力,然而,当这项工作完成的时候,配给制尚未实施。实际上,尽管生活状况不断恶化,但是,政府却竭力拒绝做出这样的决定。在很大程度上,国家的原材料和其他核心产品的供给都依赖交战国家,而当盟国宣布对葡萄牙实行贸易封锁时,情况变得更加糟糕。贸易封锁措施正是对政府做出的保持最严格的中立、以同等方式对待冲突双方并与德国保持密切贸易联系这一决定的报复。盟国希望葡萄牙保持中立,并认为中立应该对他们有利,但是情况并非总是如此,于是,他们中断了对葡萄牙的供给。

物资短缺的情况发生了。一方面,出现了商品匮乏,另一方面,现有的一些物资价格昂贵,普通民众可望而不可及。饥荒在城市和农村蔓延,从开始时的隐伏,到后来一发不可收拾。工资被冻结以阻止通货膨胀,但这并未能解决消费品短缺的问题。街头抗议和罢工接踵而至,最后,发生了农民暴动。

就在那时,萨拉查颁布了配给令。

"这是每个人都能获得物资的唯一办法,"西尔维利奥上校对马里奥·布兰科解释说,命令他启动佩纳菲尔配给委员会,"如果不实行配给,那只有有钱人才能买到食物。"

可是,布兰科上尉不需要解释,他非常了解形势,只是感到惊讶为何命令来得如此迟缓。离开了上级的办公室,他就去找普查名册,并叫来一个勤务兵。短短几天之内,他便更新了人口普查名册,并将配给委员会总部设在了"奥利维拉"药店的楼上。工作进展得如此之快,以至于在接收到第一批配给券时,委员会已经准备就绪,只待开始运作。

"行个方便"的要求,特别是来自城市最富裕家庭的要求成倍增加,致使配给委员会的负责人不胜其烦地重复同样的话:

"我这里不开后门!"

丈夫不肯"开后门",阿梅丽亚对此心知肚明。如果连马里奥·布兰科自己的家人都不能从他那里得到更多配给券,谁又能得到呢?阿梅丽亚对丈夫油盐不进的态度感到恼火,带着不可遏制的满腔愤怒离开委员会下楼去了。她拉着小若泽的胳膊,却似乎已经忘记了他的存在,整个身体都在抖动,头脑里想的全都是如何搞到食品养家的问题。

"怎么会有这种事情?"阿梅丽亚自言自语地抱怨,陷入了不知如何解决问题的苦恼中。"连自己的家人都不给!自己的家人都不顾啊!"

阿梅丽亚拉着儿子沿着街道来到法院附近,直到走进帕谢科先生开的食品店、排进队伍时才从愤怒中回到现实生活。前面有三个人。她不耐烦地叹了一口气,努力让自己平静下来。自从几个月前意识到孩子们的盘中餐越来越少的时候开始,她就脱离了自己得以逃遁的弥撒、圣餐和圣事的世界。现在,只要思绪回到从前的时候,她仍然感到胸口撕裂般的疼痛,不过,失去的一切已如云烟过眼,是时候重新振作了。

阿梅丽亚一边思考着自己的人生道路,一边把手伸进衣服的左边衣袋,取出每周可用配给券的最后三张。这是一些长方形的小纸片,在五分之一处用锯齿线分出的一小片区域标明它们的用途,并用黑体大写字母赫然印着可购买物资的名称。

从口袋里取出的三张配给券上,第一张上写着"土豆",第二张写着"煤、柴和燃油",第三张写着"黄油、奶酪和其他乳制品"。阿梅丽亚记得自己应该还有一张配给券,可以用来买些更好的东西。她翻了翻左边口袋,什么也没有找到;然后,她又搜了搜右边口袋,还是没有。她打开手袋,在手袋里仔细摸索着,直到感觉到一张小纸片从手指间滑过。

"啊!"她高兴地叫起来,"在这里,该死的东西!……"

"怎么了,妈妈?"

稚气的声音让阿梅丽亚想起了身边的儿子。她抚摸着他的头发,安慰说:

"没事,泽泽。妈妈刚才在找它呢。"

她从手袋里拿出那张小小的配给券，先给儿子看了一下，然后将配给券的正面转向自己。阿梅丽亚的心咯噔一下：配给券上没有她所期待的字样，只写着"肥皂"。

"我的天！"

阿梅丽亚心中一惊，吓得以为自己最宝贵的那张配给券丢了，重新去翻手袋，直到手指又碰到一张小纸片。她连忙拿出来，急切地去看上面写的购物名称。"鳕鱼"。她如释重负地松了一口气。这个星期天，他们终于可以不再以土豆加蔬菜充饥了。

队伍向前移动着，阿梅丽亚发现自己的前面只剩下一位顾客。她又看了一眼手中的配给券和售货员身后麻袋里或橱窗里散放的货物。"帕谢科"是佩纳菲尔最好的食品店，货源充足，商品齐全，包括巴西和莫桑比克的食品，例如饼干、糖果和咖啡，甚至还有一个儿童的玩具空间。

但是，当阿梅丽亚看到商品的价格时，心中为之一震。

"圣母马利亚！"

"怎么了，妈妈？"

阿梅丽亚又用手抚摸一下儿子的头发。

"没什么，泽泽。妈妈有些累。"

食品店的店主已经修改了麻袋和橱窗上那些货物的价格，正是这飞涨的价格让阿梅丽亚感到吃惊。一公斤土豆的价格翻了一番，黄油的价格也一样。她看了一眼柜台下面的袋子，发现水果和鱼的价格也涨了。鳕鱼会很贵，她一边摩挲着"鳕鱼"券，一边沮丧地想着。其他必需食品的价格都大幅增加，如大米、糖、肥皂和橄榄油。所有这些都是定量配给，面条、食用油、牛奶、咖啡、可可、豆类、谷物、面包、面粉……

"下一位！"

随着店主的喊声，阿梅丽亚来到柜台前。

"早上好，帕谢科先生。"

"喂,你好,阿梅丽亚太太!我看见您今天把小家伙带来了,"他朝若泽笑了笑,"怎么,小朋友,你也是来买东西的吗?"

小家伙走到柜台跟前,指了指母亲手中的配给券。

"今天买牛里脊肉。"

店主大笑起来。

"小东西,你很幽默嘛,嗯?"

女顾客显出无奈的表情,把配给券递给店主。

"我家小泽泽可能说笑呢,帕谢科先生。笑就笑吧,世事艰难……"

"可不是嘛。"

店主接过顾客递过来的配给券验看一番。每张都按规定带有编号并盖了章。除此之外,这些配给券是提供给一家之主使用的,上面写着地址、职业和家庭成员等信息,不过,帕谢科知道,阿梅丽亚有权以她丈夫的名义领取商品。他拿起顾客放在柜台上的篮子,转过身去,从身后的柜子里取出商品,在配给券上盖了章,并将其作为已被使用过的票据收好,然后,将篮子还给顾客。

"都在这里啦,阿梅丽亚太太!够一顿盛宴了!"

就在西尔维利奥上校把马里奥·布兰科叫到办公室并且向他宣布了一个出人意料的消息这一天,家里的紧张局势加剧了。

"作为配给委员会的负责人,咱们的上尉有权享受特惠待遇,"西尔维利奥上校对马里奥·布兰科这样宣布,"以后,只要委员会存在,你就可以拥有一辆汽车并且配备司机。"

这个消息让上尉大吃一惊。

"我要汽车和司机做什么,上校?从我家步行去军营只要二十分钟。到委员会去的话,路更近呢。"

"这是职务该有的尊严。你现在是这个城市最重要的人物之一,必须得到与你的地位相符的待遇。"

上尉对特惠待遇并不认同,他的沉默不是装腔作势,实际上是表示质疑。他一直认为,"重要"人员的激增是这个国家的问题之一。也许是命运的安排,现在,他也被冠冕堂皇地赋予了这种令人置疑的身份。然而,既然司令官坚持这样做,他何许人也,焉能反对自己的上司?

不出所料,这个消息令妻子十分高兴。上尉是在晚餐后,一边习惯性地喝着波尔图葡萄酒以助消化,一边将这件事告诉了妻子。

"你到现在才告诉我们这个?"阿梅丽亚嗔怪道,脸上露出的微笑却拆穿了她诘问的口气。"汽车和 chauffeur[1] 在哪里?"

"明天来接我去上班。"

妻子得意极了。这项特惠待遇意味着丈夫实际上已经获得了只有市政厅主席和军营司令官才有的地位。

"如果你问我的态度,我认为很好!"阿梅丽亚抑制不住喜悦之情大声说,"西班牙战争期间他们对你做了那一切之后,早就该给你更有尊严的待遇!你有这个权利。"

汽车和司机出现在上尉家门口这件事情值得载入佩纳菲尔市泽菲利诺-德奥利维拉街的史册。一大早,阿梅丽亚悄悄派贝阿特丽丝去通知街坊四邻,并安排孩子们提前吃了早餐。由于兴奋,兄弟姐妹四人一口气喝完了牛奶,时间还不到六点半就站在一楼露台上看所有经过家门口的汽车。

"是这辆!"安东尼奥看到街上出现了第一辆汽车,连忙大喊起来。"是这辆!"

"根本不是,傻瓜,"洛德斯纠正说,"是雷伊斯大夫的车。你看错

---

1 法语:司机。

了吧?"

"是那辆!那辆!"

一辆又一辆汽车开过去,尽管一次又一次失败,孩子们的期望却越来越高。唯一开始感到疲倦的是小若泽,他的注意力不久便转移到街上的其他地方。因为接到了贝阿特丽丝的事先通知,也因为被孩子们的吵闹吸引,邻居们也挤满了各自的露台。

若泽的目光落在左侧邻居家露台上一个小姑娘身上。女孩有浅棕色的卷发、纤细的身材、修长的腿,表情文静,眼睛是明亮的翠绿色。"她应该七岁上下,与我年龄相仿。"若泽想。他盯着姑娘打量着,可是,当她发觉他的时候,连忙将目光移开了,他的羞怯比好奇心更强烈。

"快看!快看!"

若泽的注意力又回到了楼下的事情上。人们的目光聚集在一辆黑色福特汽车身上,坐在驾驶位的士兵正在将车向右转。汽车被洗得一尘不染,光彩照人,连轮胎都闪闪发亮。它带着庄严的轰鸣声开进街来,一直开到布兰科家前方才转向路旁,然后稳稳地停在围观的人群跟前。

露台上响起一片欢呼声。

门开了,布兰科上尉出现在家门口。他面色苍白,局促不安地快步向汽车走去。此时,周到的司机已经为他打开了汽车的后门。街上,掌声、口哨声和欢呼声响成一片,仿佛是部长会议主席本人莅临此地一样。阿梅丽亚身着她最好的星期日套装陪在丈夫身边,准备从敞开的后门上车。正在这时,上尉却伸手拉住了她。

"你要去哪里?"马里奥·布兰科吃惊地问。

"我嘛,"她做出佩纳菲尔第一夫人的样子说,"我要去'巴西'糕点店。"

"现在?"

"当然！既然你有带 chauffeur 的汽车，我们必须利用它。难道不是吗？"

上尉深吸了一口气，试图掩盖不悦的心情。他感觉到孩子们和邻居们望着他们的眼神，这使他无法采取更严厉的态度。然而，事实是他不能听任事情发展下去。上尉看了一眼站在车门口等待他们夫妻上车的司机，指了指方向盘：

"走吧，"他命令说，"今天，我步行去上班。"

"是，上尉！"

司机敬了礼，在目瞪口呆的阿梅丽亚和准备见证重大事件的惊讶的人们的注视下钻进了汽车。

"你在干什么？"女人问，她不明白到底发生了什么，"为什么让他走了？"

上尉伸出手臂轻轻地拉着妻子，示意她跟自己一起走。他强笑了一下，两个人开始挽着手臂一起走在街上，围观的人们纷纷为他们让出道路。军官放轻了脚步，镇定是最重要的。当他感觉自己已经远离了属垣之耳时，才开口讲话：

"人家给我派的车是国家的，只可用于公务。"他面带微笑低声说。别人可能听不到他在说什么，却肯定能观察到他。"只有我可以而且只有在我履行公务的时候可以用。如果我去军官俱乐部打台球，我只能步行去。把这辆车用于私事是不可接受的滥用行为，懂吗？"

"可是，'巴西'糕点店正好顺路，"阿梅丽亚说，"如果你带上我，汽车不会因此而多消耗一毫升汽油……"

"这辆车只用于公务出行。"

"你公务出行的时候带上我。你去委员会总部，我可以中途下车。国家不会因为我坐了车而多花一分钱。"

"这不是花钱多少的问题，"丈夫近乎循循善诱地说，"是原则问题。这是公车，专门用于公务。任何其他用途都不是它的用途，而是滥用行为。"

"可是,所有的人都在用公车做其他事情,马里奥。比如市政厅主席,就在前几天,我还看到他……"

"我们不是你说的'所有的人',阿梅丽亚,"上尉打断了妻子的话,"如果没有人以身作则,那我们国家就不会走正路。领导要率先垂范。"

"可是,谁又在乎这个呢?"阿梅丽亚有气无力地提高声音反驳道,"谁都不会!只有你!所有拥有公车的人都这样做。如果你这样做,你认为会有人谴责你吗?"

"我不知道别人会不会谴责我,但是我知道,我会谴责我自己,这就足够了。"

"切,真是一派胡言!"

"巴西"糕点店亮晶晶的橱窗出现在街道的尽头,明亮的阳光穿过对面屋顶的上方照在橱窗上。上尉整理了一下外套和帽子,然后再次转向妻子:

"随便你怎么说吧,可事实就是,分配给我的汽车是国家的,它只能用于公务。有一个词指的就是那种将国家财产视为自有并用于私人用途的行为,这个词叫作'腐败'。这种事情我不干。"

自从父亲的公车出现的那个著名早晨之后,若泽就经常偷偷关注着邻居家,想再次见到那个有浅棕色头发、戴着发卷、样子顽皮的小姑娘,虽然很少成功,但他总是偷眼观察。那天下午,他又坐在露台上,向邻居家张望。这时,他看见黑色福特汽车像往常那个时间一样停在了自家门前,父亲走下车,从后备箱里取出一个汽车轮胎。

这一幕让若泽既感到吃惊又感到好奇,他猛地站起来,跑进屋里,来到厨房,见母亲、姨妈若安娜,还有贝阿特丽丝和姐姐洛德斯,正围在火炉旁边。

"爸爸回来啦！"他大声喊道。

果然，大家听到了一家之主上楼梯和踩在餐厅地板上那熟悉的脚步声。布兰科出现在厨房门口，一脸神秘地展示他带来的"战利品"。

"喂，看这个！"上尉叫道，举起手中的轮胎。"猜猜这是什么。"

三个女人和两个孩子向那个又老又旧的圆型橡胶制品望去。

"轮胎，"阿梅丽亚说，说话的样子却像是在说"证据确凿"，"而且是脏兮兮的轮胎。拿走！"

丈夫笑了。

"我知道这是轮胎，"他说，没有理会妻子的"命令"，"可是，你们猜猜这是做什么用的。"

"切！"妻子大声说着，一边摇摇头，一边转过身去，她更关心的是坐在火上的锅。"又出幺蛾子呢。一个轮胎还能做什么用？"

"说啊。"上尉望着阿梅丽亚的背影追问。

"安装在轮子上，"她耸了耸肩回答道，"还能做什么，切。"

"你错喽。"

妻子转过头。

"轮胎难道不是装在轮子上吗？"

"这个轮胎可不行。"

"不行？那它能做什么用？"

上尉拿起黑色轮胎拧了一下，露出内胎。

"谁想要橄榄油？"他问道。厨房里所有的人都在看着他。"谁想要产自阿尔凡德加－达菲的优质橄榄油？"

"橄榄油？"大家都围拢过来，仔细查看它的内胎。"什么橄榄油？"

"你们看到了？"上尉指着轮胎里的油渍说，"走私贩就是把橄榄油藏在这里拿到黑市上出售的。在内胎里。"他扬了扬眉毛，笑起来。"嗯？可恶的骗子，不是吗？"

轮胎的话题持续了一个星期，广为流传，令人惊叹，甚至有人说：

"这些人真有想象力！""轮胎藏油"的笑话在各家各户、整个城市传得沸沸扬扬，人们对"歪门邪道嗜好"议论纷纷，这一具有讽刺意味的插曲成为许多夜晚的谈资，引起阵阵笑声。

然而，在布兰科上尉看来，这件事情不过是更大灾难的前兆。随着战事升级和经济愈发吃紧，国家已经的确显现出崩溃迹象。

七

若泽·布兰科的童年，尤其是三到九岁的关键时期，经历了战时经济，过着那个年代严格的节衣缩食生活。

像任何一个将一切视为平常的孩子一样，小家伙习惯了这个时期的严酷和节俭。他就读于军营旁边的费雷拉伯爵小学，这里的物资总是被"物尽其用"。为了不浪费铅笔和纸张，学生们用粉笔在他们称之为"黑板"的石板上涂鸦。若泽放学回家的时候，他的手总会变得很干燥，手指和指甲上沾满了白色的粉末；冬天，每天用冰冷的水把冻得肿胀的手洗干净也是一件痛苦的事情。

然而，家里最痛苦的莫过于每日三餐吃替代食品。由于物资匮乏，人们烹饪时用的是被食品店老板帕谢科吹嘘为"椰子油"的来自非洲的白色板油。早上，菜汤代替了传统的茶；香蕉和可可做的用水冲开食用的"香蕉可可粉"代替了咖啡加牛奶。

"太难喝了。"

若泽恨死了"香蕉可可粉"。女佣贝阿特丽丝总是悉心呵护家中这个最小的孩子，将自己每周定量的糖留给他，她知道，如果没有糖，小家伙连一口"香蕉可可粉"也喝不下去。年轻女佣牺牲节省下的糖让若泽每天喝的奇怪饮料有了甜味。

在全国厉行紧缩的形势下，佩纳菲尔的生活如一潭死水，变得像波涛汹涌的大海上一座惨兮兮怯生生的小岛。在杜罗河畔的这座小城，生活就是日复一日在配给委员会前排那长不见尾的队、听无数教堂敲响安魂的钟声；从遍布全市的无数钟楼随时传出的钟声汇成不和谐的乐曲，但是，最响亮的钟声来自高大的萨梅罗教堂，毕竟，这是离布兰科家最近的教堂，也是全家人经常去望弥撒的教堂。

星期天是佩纳菲尔望弥撒的日子。每到这天，不管天气多么寒冷，不管是否下着连阴雨，哪怕呼啸的狂风将树连根拔起——对阿梅丽亚来说这些都不重要——她都会强迫全家穿上他们最好的衣服，走出家门，前往山上雄伟的萨梅罗教堂。

若泽对讲经布道毫无兴趣，他觉得那一切枯燥乏味、无休无止，是令人费解的絮絮叨叨，其唯一目的就是毁掉他的星期天。冬天，站在教堂坚硬、潮湿又冰冷的地上让他觉得自己的脚冻得生疼，好像那地面是用巨大的冰块铺成的。

然而，在一个星期天，去教堂这件事变得有意思起来：若泽在教堂的队列里看到了那个有浅棕色头发、翠绿眼睛的小姑娘。从那以后，望弥撒成了他每周最期待的事情，特别是弥撒结束、信徒们开始散去的时候。每当这个时候，若泽便会找出各种各样的借口甩下家人，独自匆忙下山回家，像一个追踪猛兽的猎人似的紧紧盯住邻家小姑娘。

"那个，你！"出人意料的是，在第三个星期天，小姑娘忽然叫住了若泽，盯着她的尾随者问道，"你在跟踪我？"

被发现了。最糟糕的是，她的问话听起来似乎有责备的意思。若泽觉得自己被人揭穿了，犹豫不决是该做出回应还是逃走。最终，谨慎和一点点勇气赢得了胜利。

"没有，"他回答道，脸色阴沉，像是准备面对冲突，"怎么了？"

"这已经不是第一次我看见你在弥撒回来的路上，那个，跟着我。你是我家邻居，对吧？"

她的声音清脆、干净而柔和，白皙的脸上带着微笑。

"我想是的。"

"我看也是。我叫米米卡斯。"

"你会伪装术?"

女孩哈哈大笑起来。

"其实,我的名字是玛丽安娜,从小大家都,那个,叫我米米卡斯,就是在非洲也不例外。"

"你是从非洲来的?"

"对,我生在那里。"

邻居的出生地引起了若泽的好奇心,外国的事情总是让他着迷。他仔细看看女孩的皮肤;她像是一个仙女,微黄的细细汗毛很有光感,嘴唇薄薄的,头发虽说不是金色的,在太阳的照射下却闪闪发亮,让人想起天使的光环。

若泽后退一步,满腹狐疑地望着女孩,把眼前看到的与学校教科书和家里杂志上的图片,甚至记忆中几年前在"葡萄牙世界"展览会"殖民地民族"展区看到的景象两相对照。

"如果你出生在非洲,"他用怀疑的口吻问,"怎么不是黑人?"

仿佛星期天的冒险还不够,《教理问答》像一团乱麻纠缠在一起。小家伙每周都面临同样的窘境:必须承认自己有罪。本来看似小事一桩,但是对若泽来说,却是极其严重的问题,复杂得让他无法入睡。

事实上,每当星期六晚上躺在床上,若泽就有些兴奋,因为一想到第二天他将见到米米卡斯、也许在回家的路上能和她聊聊天便感到高兴。他觉得她很迷人,说话时总是心不在焉地"那个""那个"的很有趣,特别是她还有许多关于非洲令人神往的故事。女孩告诉他,自己出生在佛得角群岛一个叫明德卢的地方,父亲在去几内亚的旅途中去世了,他是因为得了一种由蚊子传播的疾病,女孩虽叫不出病的名字,这个细节她却没有忘记。她的母亲在重新安排自己的生活,便把她送到了在佩纳菲尔的舅舅家这里。

"他死了,因为他去的地方没有医生。"她解释说。

"黑人生活的地方没有医生?"

"他去的地方没有。"

若泽陷入了沉思,这件事情给他留下了深刻印象。

"等我长大了,我要去解决这个问题!"

与米米卡斯一路同行变得令人着迷。男孩像机关枪一样向女孩提出许多问题:非洲的生活如何?人们去教堂吗?去体育馆运动吗?有"香蕉可可粉"吗?黑人吃人吗?狮子进过你家吗?真的有人猿泰山吗?

不过,有时在感受星期天的魅力之前,须先感受星期四的焦虑。每个月的第一个星期五是施受圣餐的日子,所以,家里的男孩子们必须在前一天做忏悔,而令人尴尬的是,大多数时候,若泽并不觉得自己有任何罪过需要"开诚布公地"向忏悔师诉说。

一天,羞愧的若泽因为实在没有什么可以站到教区神父面前忏悔的事情而陷入了焦虑,极度绝望之中,他走到正跪在祭坛前的哥哥身旁,对他耳语说:

"安东尼奥,我真不好意思去那里。"

"去哪里?"

若泽的头朝着左侧忏悔用的小木屋晃了晃。

"忏悔室。"

"为什么?你怎么了?"

小家伙耸了耸肩膀。

"我什么罪过也没有。"

"没有吗?"

"没有。"

"一点都没有?"

"一点都没有。"

哥哥陷入了思考。乍一看,事情似乎有些严重,但是,也许是小家伙忘记了什么吧。

"好好想想,你没有说过什么蠢话?"

"没有。"

"也没有违背妈妈的话?"

"嗯……没有,"若泽犹豫了,"等等。有一天,爸爸叫我去开门,我动作慢了一点点,就是故意的。"他充满期待地瞪大了眼睛。"你认为这算罪过吗?"

安东尼奥想了想,最后,做了一个鬼脸,摇了摇头。

"不算。我认为这个不算罪过,"他用手捋了捋头发,"再没有其他的了?"

"没有,真没有。"

"那就这样对雅辛托神父说吧。"

"说什么?"

"说你没有罪过要忏悔。"

弟弟垂下眼睛,摇了摇头。

"他不相信。"

"不信?"

"不信。上次我就是这么说的,他对我说骗人不好。"

安东尼奥撇了撇嘴,表示无话可说。

"哦,要是这样的话嘛……"

若泽沉默不语,眼睛盯着祭坛,神父就要结束布道了。他犹豫了一会儿,又把嘴巴凑到哥哥的右耳旁边。

"安东尼奥。"

"什么?"

"把你的罪过借给我几个呗。"

忏悔的噩梦不久便结束了,而那些因为美好动机而产生的真正罪过,终于开始出现。

若泽第一次犯的大罪过肯定不是有意为之,或者说,至少不是事先谋划的。4月9日是若安娜的生日,布兰科上尉给了小儿子一些零钱,让他去买小点心送给姨妈。接近中午的时候,若泽手里拿着钱上街去了,在"巴西"糕点店买了半打他最喜欢的椰蓉饼;他将纸袋紧紧抱在胸前,沿着人行便道蹦蹦跳跳地向城市另一边的布兰登法官的家跑去。但是,当时那个艰难时期对于特别喜爱糖果的人来说尤其残酷。糖的定量配给使人们难以企及美味的糖果,而手中拿着那样一个装着点心的袋子,与其说是诱惑,倒不如说是地狱般的折磨。

因此,毋庸称奇的事情发生了。小家伙走了几步之后,开始偷看纸袋。起初,他只是小心地瞥上几眼,但是不一会儿,他的目光变得大胆而直接,甚至肆无忌惮。归根结底,想想看,半打椰蓉饼可不算少!姨妈肯定不会全都吃掉嘛。六块还是五块对她来说有那么重要吗?她也许根本不会注意到这两者的区别呢。

推理就这样慢慢地、悄悄地演进着,仿佛轻轻飘浮在天上的云朵顷刻间布满了整个天空;对美食的欲望像云一样不可遏制地充斥了若泽的每一个汗毛孔。很快,馋渴蔓延到手上,进而手指不安分地开始打开纸袋,先是小心翼翼,然后变得迫不及待。若泽出乎意料地猛地打开纸袋,为这来得太快的快乐颤抖着,偷偷拿起一块椰蓉饼,带着饕餮一般的快感贪婪而迅速地吞了下去。

"哈哈哈哈。"

美极啦。

只是稍纵即逝。

当失控的欲望云消雾散、狂喜的火焰熄灭时,若泽清醒过来,意识到自己刚刚的所作所为,吓得瞪大了眼睛环顾一下周围,心怦怦直跳;

他感到内疚，胡乱地关上纸袋，加快步伐，眼睛盯着地面不敢抬起，因为那是逾规越矩的、心虚的、内疚的人的眼睛。

还是一个有罪过的人的眼睛。

若泽终于鼓起勇气抬起头。尽管他在良心上倍感折磨，或许正因如此，他强迫自己去面对自己行为带来的痛苦和周围的人们谴责的目光。可是，当他转头胆战心惊地面对周围的世界时，却惊讶地发现似乎并没有人注意到自己；行人漠然地走着，对刚刚当着他们的面犯下的令人发指的罪行视而不见。事实上，奇怪的事实是，他们都表现得好像若泽不存在一样，好像罪行是子虚乌有，好像少一块椰蓉饼没有什么大不了的。

若泽犹豫了。

"对啊，本来就是嘛！"他小声却坚定地说，"本来就没有什么大不了的！"

多一块或少一块椰蓉饼能怎么样？有区别吗？谁会在乎这样的事？若泽放松了，平静下来。这算什么问题？之前紧张得乱跳的心脏现在平静地跳动着。六块还是五块椰蓉饼都是一回事，谁都不会注意到有什么不同，而且，就算只有四块，还不是一样，难道不是吗？谁会追究？一不做，二不休。有什么区别？

若泽想着想着，他的手指似乎再次获得了生命，不等大脑发出指令便又伸到了纸袋里，偷拿了第二块椰蓉饼。他几乎还没有回过神来，第二块美味已经吞下肚去。唉！他哼唧一声，可是，马上便释然了：六块、五块或四块点心，都是一回事！

他再次关上纸袋，继续走路。然而，就在那个街角，若泽心中疑云再起。谁会相信他只买了四块点心呢？他摇了摇头。谁都不会相信。谁都不会买四块点心送给别人。谁都不会！四块点心，这个买法可不常见！可以是三块，不论如何，总归是半打的一半嘛，这倒是一个不错的数目。可是，四块？嗨……别想！三是一个更令人信服的数字，不是吗？或者六块，或者三块。四块是万万不能的。可不是嘛。他拿定主意,断然地点了点头。必须核准数字。

若泽几乎是在责任感的驱使下把手又伸进了纸袋,从里面取出了第三块椰蓉饼。这一次,他在众目睽睽下吃得平静且坦然,向世人展示了做一个吃货的快乐。他没有做任何有罪过的事情,绝对没有,刚刚只是核准了数字。这样核准数字的确是一个好办法,不是吗?不过,这可不是他的错。哦耶!重要的是这样可以对姨妈有一个交待了。

三块椰蓉饼。

可是,三块点心真的是那么有把握的交待吗?若泽继续走了几十米,又一波疑团向他袭来,令他为之一震。想想看,若安娜姨妈为什么需要三块椰蓉饼?每次她到家里来,她几乎什么都不吃呢!两块点心不够吗?为什么要三块?不行,不能这样。三块太多了!若泽的手变得果断,坚定地伸进了纸袋,又拿出一块椰蓉饼。他慢吞吞地吃着,迈着缓慢而愉快的步伐镇定自如地向姨妈家走去。他吃完点心,舔了舔手指,举起纸袋向里面看了看。两块足矣。完美。它们是理想的礼物。

两块。

若泽开始想象姨妈面带灿烂笑容迎接自己,感谢自己送给她两块椰蓉饼。她会吃一块,估计。但是,另一块怎么办?小家伙摇了摇下巴想:嗯,也许会送给自己吧。姨妈是这样的女人,不是吗?大方的姨妈,非常喜欢送东西给别人,大手大脚,对她的外甥们,嗨,就更不用说了!她想都不想,什么都可以给他们。肯定,毫无疑问,她会把第二块点心送给自己,她绝不是那种把两块点心都舔一舔也不分一块给别人、让别人眼馋的人。亲爱的姨妈,她真好……她是圣女!丈夫去世让她痛苦万分,好可怜!若泽叹了一口气。嗯,可不是嘛。事情是明摆着的,现在就吃掉那第二块点心简直是为她做了一件好事呢。不是吗?这样岂不是把好事提前做了,姨妈会很高兴的。就这样,不必犹豫。

他吃掉了倒数第二块椰蓉饼。

若泽拐过军营旧址的街角,望见了若安娜姨妈的家。这时,他又瞥了一眼纸袋。他掂了掂纸袋感觉一下分量,发现它变得太轻了,比一张报纸还要轻。见鬼！他想。这么大的纸袋里只装着一块椰蓉饼！这让若泽担心起来。不用说，这也太明显啦。这且不说，姨妈见到纸袋里只有一块点心会做什么？她自己吃掉，让外甥看着吗？若泽摇了摇头。咿，她不是这样的人。若泽很了解若安娜姨妈，她会把点心给他吃。多好的姨妈啊！若泽的眼睛盯着最后那块椰蓉饼。毫无疑问，姨妈不会吃的。既然只有一块点心，她一定给他吃。她不是圣女吗？

若泽站在大门口，战胜了最后的犹豫心理，把第六块点心放进了嘴里。他使劲嚼了嚼，慌忙咽了下去，然后，舔干净嘴唇上最后一点甜甜的饼渣，穿过大门，走进了院子。

他敲了敲房门。

他听到越来越近的脚步声，门开了，若安娜姨妈纤细高挑的身影出现在门口，她的嘴角洋溢着微笑。

"看看，这是谁来啦！"姨妈一边惊讶地叫道，一边张开了双臂。"小泽泽！"

若泽背着双手把纸袋藏在身后，低着头，眼睛盯着地板。

"姨妈好！"他打了一个招呼，声音小得几乎听不到。

"怎么了，泽泽？快进来。"若安娜把他拉进屋里。"是什么风把你吹来了，孩子？"

若泽一直盯着地板，从背后拿过纸袋递给了姨妈。

"生日快乐，姨妈！"他喃喃地说，"我给您带来了生日礼物。"

若安娜接过纸袋，感到纸袋很轻，或者说毫无分量。

"这是什么？"她奇怪地问。

"我给您买了半打椰蓉饼。"

姨妈打开已经有些破损的纸袋，往里面看了看。

"可是，在哪呢？"

若泽感到浑身不自在，意识到自己的重要日子终于到来了。

"我吃了。"

他已经成了一个有罪过的人。

八

感谢上帝,随着时间的推移,若泽的罪过越来越严重,却并非总是小若泽能左右的。一股强大的力量影响着他,有人吸引、掌控着他,把他拉向"犯罪"。

当然,是安东尼奥。

哥哥闲在家里无处打发时间,或出于恶意,或纯粹因为无聊,将弟弟引入了"禁区"。为了消磨时间,他教弟弟揪下玉米穗的尖儿,把玉米须碾碎,用报纸把它们卷起来,将纸卷的顶端用火点着,贴在嘴上吸。

第一次,若泽被呛到了,感觉刺鼻的气味穿过喉咙,直呛到了他的肺。他问哥哥这是什么。

"我独创的烟。"安东尼奥解释说,他的嘴上贴着两截冒烟的烟蒂。

安东尼奥与若泽一样嘴馋;这一定是在家里养成的坏毛病。虽然年龄的差距造成他与弟弟之间的距离,但实际上,他把若泽当成满足自己嘴馋的理想工具;毕竟,弟弟对他言听计从,简直像一只天真而且忠诚的小狗,是他手中可以任意摆布的木偶。安东尼奥毫不犹豫地使用他的这一权力。

临近1944年假期,哥哥准备与雷伊斯大夫和他全家一起去福什-杜杜罗海滨度假。一天,他决定在家里搜索一番,便开始上上下下地找寻起来,发现了不少感兴趣的东西,特别是法式面包和炸南瓜饼。傍晚,他把自己关在阁楼上的卧室里,吃着皮雷斯先生从里斯本寄给布兰科全家的甜杏仁。这已经成为一种习惯:父亲的老朋友每年都会寄一大袋杏仁到佩纳菲尔,然后给家人平均分配。

可想而知，安东尼奥和若泽总是把他们分到的杏仁一次性吃光，他们对眼前的美味毫无抵抗能力。家中的两个女孩却更有耐心和自制力，吃了一两颗杏仁之后，便按照父亲关于节约的教诲，把其余的杏仁收进了卧室一个柜子的抽屉里。当然，抽屉是带锁的。这正是问题的要害所在、核心所在，或者用最恰当的表达方式来说，就是关键。

钥匙。

安东尼奥知道钥匙藏在什么地方。

他一边吃着自己分到的最后几颗杏仁，一边开始考虑一个"进攻计划"。这将是一次高效、协调、彻底的行动，就像英国广播公司说的盟军诺曼底登陆一样。虽然安东尼奥在做计划的时候专心致志、费尽心思地考虑所有他能想到的细节，但是，事实上，要找到执行计划的人并非难事，因为他已经想到了一个熟悉的名字。这个人叫若泽。

那天晚上，布兰科家里最后几盏灯熄灭、人们坠入梦乡的时候，安东尼奥蹑手蹑脚地来到弟弟的房间，摇了摇他的肩膀。

"泽泽，"他急促地低声喊道，"泽泽！"

弟弟吃惊地晃了晃脑袋。

"啊？"

"泽泽！醒醒！"

小家伙睡眼惺忪地望着安东尼奥。

"啊？怎么了？"

"醒醒！"

"醒了！"小家伙嘟囔着，直起身子，用一个胳膊肘支撑着身体。"怎么了？"

"嘘！"安东尼奥把食指放在嘴唇上轻声说，"小声点。都睡了！"

若泽困惑地环顾四周，发现还在夜里，夜色漆黑，家还在沉睡之中。

"几点了?"

"十一点。"

"这么晚了?"若泽一惊,"什么事,安东尼奥?出什么事情了?"

"出了。咱们聊聊,"安东尼奥拉着若泽的胳膊不耐烦地说,"来,起来!快点!"

不明就里的若泽听话地从床上跳起来。安东尼奥示意他穿好衣服。男孩穿上衣服,但是还没有穿上鞋子。当他做完这一切之后,按照哥哥的指示,坐在了床上。

"什么事?"他满怀期待地问。

安东尼奥站在旁边,做出居高临下的样子。

"你听说过蒙哥马利将军吗?"

"谁?"

"蒙哥马利将军。他是世界上最棒的将军。是英国人。"

"爸爸说最棒的将军是阿吉尔。"

"什么?"

"爸爸说世界上最棒的将军是阿吉尔。"

安东尼奥露出疑惑的眼神,迟疑了片刻之后才明白弟弟说的名字。

"丘吉尔吧?"他笑着说。

"是,阿吉尔。"

安东尼奥摇了摇头。

"不对,那个人不是将军,傻瓜。他是指挥将军的人。"

"是世界的主人?"

"这个嘛……差不多吧。可是,真正的将军是那种指挥战争的人,是蒙哥马利。懂了吗?"

"懂了。"若泽说。显然他并没有听懂。

安东尼奥用手捂住胸口。

"你听好。现在,我就是蒙哥马利将军。明白吗?"他用食指点了点自己的头。"我这里正准备在糖果店登陆。"

"诺曼底登陆?"若泽惊奇地问,模仿着大人们近来在晚餐时反复提到的词。

"糖果店登陆。"安东尼奥神情严肃地重复道,似乎真的要做出生死攸关的决定。

"什么意思?"

"这是我们马上就要开始的行动,"他歪着头,嘴唇靠近弟弟的右耳,"你想吃法式面包吗?"

若泽睁大了眼睛,用力地点了点头。

"想。"

"还有炸南瓜饼,想吃吗?"

"想啊。可是想能怎样?"他皱着眉头,满脸疑惑。"可是,妈妈让吗?"

"当然不让。所以这是一次秘密行动。"

"哦!"若泽惊呼一声,不想表现得很无知,却仍然不完全理解哥哥的想法。"什么意思啊?"

"你是指秘密行动?是……听我说……就是咱们偷偷去,溜进去拿糖果。"

"哦。"若泽犹豫起来,不确定这个计划是否明智。"万一妈妈发现了怎么办?"

"她不会发现的。如果你一切都做得很好,她什么也发现不了。"

"如果我一切都做得很好?"

"对。"

"我?"

"对,你,当然是你。你以为是谁去?"

"你呢?"

"我?我不去。我是蒙哥马利将军啊,记得吗?将军命令士兵做事。

我是将军，你是士兵，明白吗？我下命令，你执行。没什么复杂的，你只要听从我的命令，糖果店登陆行动一定成功。"

若泽若有所思。

"可是，安东尼奥，这不算罪过吗？"

"当然，傻瓜！所以才要你去完成这次行动嘛。你还不明白？"他用食指指着若泽说，"你需要有罪过好做忏悔呢。如果你不去，星期天你拿什么向奥古斯托神父忏悔？！你忏悔偷偷放屁？你趁爸爸不注意挖鼻孔？"

弟弟想了想哥哥这些尽显其高明的话，便和往常一样，认为哥哥说得有道理，自己的确需要"赚"一些罪过，而眼前就有这样一个黄金机会，浪费这样的机会就是犯罪。

"谢谢，安东尼奥，"若泽微笑着喊道，"你真是我的朋友。"他跳下床，站起来，挺直了身体。"咱们去拿法式面包吧？"

整个夏天，哥俩都在谋划定点突袭，这成了他们在宁静的夜色中从事的常规地下活动。夜幕降临，当全家进入梦乡、家里暂时无声无息的时候，安东尼奥便去叫醒若泽，小家伙就像侦察兵一样出去冒险，搜索家中的各个角落。哥哥准确标记的第一个目标是母亲放在围裙里的一串沉甸甸的钥匙。若泽几次溜进父母的卧室，最开始他爬着走，当他掌握了些许技巧的时候，便弯着腰走，总是非常小心翼翼。他打开衣柜，摸索挂在衣架上的衣服，轻轻地摸一摸所有的衣服，直到发现那条围裙；他的手指滑过所有的口袋，直至触摸到冰冷坚硬的钥匙串时才停下来，然后，他极其缓慢地掏出钥匙，免得金属碰撞的响声成为告发者。

钥匙在手，哥俩便投入了美味的狂欢。他们打开厨房和餐厅的橱柜，或者走进一楼的食品储藏间，每人吃两片法式面包和一个炸南瓜饼。虽然看似一场狂欢，但是实际上，两个人在吃上都保持着克制。毕竟，重要的是不要太过分，不然的话，母亲第二天早上就会发觉蹊跷，事情就会变得复杂起来。他们不能把所有的美味一网打尽，只能从盘子里拿走几片；几天后，母亲会重新把盘子装满，却不会发觉法式面包和炸南瓜饼由于两个儿子夜晚一片片地偷吃而越来越少。

  问题是安东尼奥不满足于法式面包和炸南瓜饼，他已经吃腻了，决定向妹妹们的杏仁发动进攻。想要得到的"宝藏"被锁在一个抽屉里，奇妙的巧合是，抽屉的钥匙竟也在母亲那串钥匙上。安东尼奥决定在假期开始前的最后一周采取行动；为此，他说服若泽，派他对女孩的房间发起了决定性袭击。正如期望的那样，这次行动同往常一样大获成功。若泽腋下夹着姐姐们的甜杏仁回来了，两人风卷残云般吃完了各自那一份，若泽把剩余的放回了原处。第二天晚上，他们如法炮制，第三天晚上依然故伎重施，就这样一而再、再而三地溜进女孩们的房间，直到安东尼奥开始休假。

  只是杏仁不像法式面包和炸南瓜饼那样可以得到补充。杏仁吃一粒少一粒，皮雷斯先生不会想着再寄杏仁来填补夜间失踪的部分，他肯定不会这么大方。安东尼奥对此当然心知肚明，可是，若泽从来没有考虑过这个问题。可想而知，该发生的事情终究还是发生了。

  七月初的一个早晨，洛德斯想吃皮雷斯先生寄来的美味的杏仁。她打开抽屉，惊讶地发现抽屉里只剩下三粒小小的杏仁，看样子，似乎是她那份杏仁里面最小、最可怜的那几粒。在询问了姐姐和妈妈关于剩余杏仁的下落以后，她马上有了结论：是男孩子干的。

  随后而来的当然是一个哭泣的早晨，玛娜和洛德斯为永远失去的杏仁流下了伤心的眼泪。

  "是你拿了姐姐们的杏仁吗？"

  小若泽被叫到父亲的书房，站到了父亲面前。父亲打量着若泽，眼神里充满了威严和正义,这让若泽浑身颤抖,感到害怕。

"是你吗?"父亲厉声追问道,"你拿走了姐姐们的杏仁?"

布兰科家的小儿子连眼睛也抬不起来了。他的下巴开始颤抖,眼睛湿润。恐惧之中,他终于点了点头。

"只有你?安东尼奥也拿了?"

哥哥早就预见到了这一切,为了让自己尽可能置身事外,他已经去了福什-杜杜罗海滨,正与雷伊斯大夫及其家人一起享受悠闲快乐的生活。因此,若泽此时此刻感到了委屈,感到了独自面对这个必须做出交待的时刻带给他的痛苦。

"他也拿了。"他声如细丝地承认。

父亲仍然盯着小儿子,叹了一口气,靠在椅子上。他把手放在书桌上,若有所思地用手指有节奏地敲击着木制桌面,向儿子做了一个手势。

"过来。"他招呼道。说着,用手掌拍了拍自己的大腿。"坐这里。"

若泽一时被父亲的命令弄糊涂了,无法理解他的意图。他害怕那个坚定的声音透露出的威严,但是实际上,他不记得自己曾经挨过打,就像在学校里被老师打过那样,或者一些同学讲过的被家长打过那样。难道父亲现在要对自己下手了?

"过来,"父亲用同样的语气重复了一遍,再次拍了拍大腿的位置,"坐在这里。"

抗命不遵,想都不要想。对父亲的敬畏令若泽一动也不敢动,听到父亲的话,他走了过去,坐到父亲的腿上,脸转向书桌对面挂着许多家庭照片相框的墙。

"杏仁好吃吗?"

问话的语气意想不到的温柔,这让若泽放下心来。这次也许不会挨父亲胖揍了。若泽因此觉得有了底气,提高了声音说:

"好吃。"

"生活过得不错?"

"是。"

布兰科上尉将身体稍稍向后挪动了一下，望着儿子的眼睛。

"你还小，但是我希望你现在就开始考虑我下面要问你的这个问题，"布兰科说，"什么是好生活？"

若泽对这个问题感到惊讶，眨了眨眼睛，目光转向父亲。什么是好生活？这算什么问题？父亲想说什么？

"想想看，你能活很久呢，"上尉继续说，他察觉到小儿子对他的问题感到困惑，"但是总有一天我们都会死，对不对？当你死的时候，上帝会召唤你到他身边并且会问你：'你的生活过得好吗？'你会怎么回答？'好，我过得很好。我吃了别人的东西。我偷窃，我欺骗，我不诚实。我的生活过得很好'，"他停顿了一下，"你就这样回答他吗？"

若泽想象着父亲描述的场景，自己面对的上帝像父亲一样威风凛凛，或许更加大义凛然，自己一生的所作所为在他面前等待最后审判。若泽吓得呆若木鸡，无法回答这个问题。

"有一次，我在波尔图认识了一个很有钱的人，他告诉我他生活得很幸福。他有一辆车，在福什－杜杜罗有一幢大房子，在里斯本也有，在里约热内卢还有另外一幢，并且在雷瓜和阿马兰蒂都有大量房地产。他经常旅行，去过马德里、巴黎、伦敦。可是，他因此远离家人，他的朋友们亲近他只是因为他很有钱。所以，我也问了他同样的问题：'您的生活过得不错，可是，您真的认为您的生活幸福吗？'他沉默了很久，然后对我说：'不。'你知道为什么吗？因为生活过得不错和生活幸福是不同的。生活过得不错的意思是生活得舒适、奢华，有大房子和漂亮的汽车，就是满足物欲，享受当下。生活幸福就不同了。生活幸福就是有爱和朋友，有价值观，乐于助人，有道德，并且诚实，自己幸福，也让别人幸福。这样的人才是生活幸福的人。懂吗？"

若泽点了点头。父亲伸出一根手指，指着小儿子的脸说：

"你吃了姐姐们的杏仁，你的生活过得不错。但是，重要的是你要知道，你的生活并不幸福。你偷了姐姐们的东西，欺骗了她们。你带着一个不光彩的秘密生活。活得好并不等于活得自在、活得干净和快乐。"

儿子低下了头，感到痛苦极了。

"那是一个坏罪过？"

"是，特别糟糕。"

"上帝会送我下地狱？"

布兰科上尉深深地吸了一口气，仿佛小儿子不该在此时问这种问题。

"也许吧，我不知道，"他回答道，"不过，一些人认为上帝并不存在，即使这样，他们也是好人。如果说我们生活得挺好，那不是因为我们害怕下地狱，也不是因为害怕别人对我们有什么看法，而是因为那是正确的生活方式。懂了吗？"

小家伙看着他的父亲，显然没有听懂。上尉意识到必须换一种方式把事情说明白，他想起了柏拉图的一篇旧文，于是摘下手指上的婚戒。

"看到这个戒指了吗？"

"看到了。"

上尉把戒指重新戴在手指上。

"你来想象一下。当你戴上这枚戒指的时候，你就变成了一个隐身人，连上帝都看不到你。你隐身的时候，谁都不知道你在做什么，是不是？这就是说，你做的任何事情，不论好事，还是坏事，都不能归于你。你可以抢劫一个人，可是，谁都不知道。你也可以救一个人，但是，也不会有人知道。在这种情况下，你会怎么做？如果人们能看见你，你还会去做你想做的事吗？还是你会以不同的方式做事呢？"

若泽想象了好一会儿那个可以隐身的本领，以及自己可能会用它做些什么。然而，他的想象被父亲打断了。父亲抱住他的腰，把他放到了地上，以此表明谈话结束。

"这是对好人的考验，"他总结道，"你要永远做一个诚实的人，不管别人能否看到你，也不管你是否得到奖励。这样，你就会生活幸福。"

九

"这是伦敦。这是英国广播公司。"

无线电波传递着关于战争的大部分新闻,同样,也带来了结束敌对状态的消息,尽管任何人都不觉得意外。最近传来的关于阿道夫·希特勒死亡的消息已经让所有的人都感到欧洲战事随时会结束。因此,当午餐后,奥古斯托·席尔瓦庄重而缓慢的声音带着重大新闻在房间里响起的时候,迎接它的是如释重负的笑容,而不是欣喜若狂的欢呼。

当全家人听到收音机里传来的消息,举起传统的波尔图葡萄酒庆祝冲突结束的时候,只有九岁的若泽对事情的重要性已经有了足够的判断。自从他对自己的存在有了意识以来,世界一直处于无休止的战争状态,因此,他也就一直以为战争是事物自然规律的一部分。敌对状态的结束让他感到从未有过的不确定性;他无法想象,如果没有了新闻中播报的关于希特勒、丘吉尔、罗斯福或斯大林这样的神秘人物,以及维斯图拉河、莱茵河、亚尔丁森林或卡西诺山这些外国地方的新闻,生活还怎么可能继续下去。

当然,剩下的就是日本人。在太平洋战场,战争依然持续了一段时间,这给了若泽一种错觉,使他认为战争仍然是常态。一天,父亲很晚才从军营回来,带来了一条重大新闻。从此,一切都改变了。

"看来美国人掌握着一种可以摧毁世界的炸弹,"他忧心忡忡地透露,"他们投了一颗,日本人投降了。"

可以摧毁世界的炸弹?在若泽看来,这是一条可怕的消息,它远远比日本人投降的消息重要得多。天啊,他们会不会在第一时间扔这样的炸弹？世界真的要毁灭了？

若泽一连几天感到害怕，甚至不敢出门。可是，由于世界末日并未到来，而外面有许多事情需要他关心，具体来说就是学校的课程和周日的弥撒，他的担心逐渐烟消云散了。

变化在不同层面渐渐显现。在布兰科家，土豆短缺或橄榄油少而差引发的争论随着时间日渐其少，竟至完全消失了。

阿梅丽亚发现，自己很有成效地管理了原本不多的必需品；仿佛是掌握了神奇的技术，自己竟然轻松地做到了从前似乎不可能做到的事情。

"要说以少胜多，没有人能与我比，"1947年春天一个凉爽的晚上，阿梅丽亚在餐桌旁骄傲地大声说，"甚至只用一颗小小的生菜，我就能做出美味佳肴！"

然而，几个月后，马里奥·布兰科上尉复员了，这清楚无误地表明，功劳毕竟不归他一人所有。换句话说，一些听到这个消息的人认为，他根本没有功劳可言。不是到处都有更多食品吗？事实上，当时的市场上有各种产品。随着形势的发展，政府取消了配给委员会，佩纳菲尔步兵团不再需要他的服务。军官回家了。

的确，事情真的正在发生变化，只需读一读《波尔图商报》字里行间透露的信息就可以明白其中缘由。政府在与盟国和德国人贸易往来中积累了黄金和外汇，开始从国外进口消费品，然后以规定价格在零售店销售。事情在向好的方向发展时往往不如其向坏的方向发展时那么容易被感知。几乎在不知不觉之中，囤积居奇的现象和黑市不复存在，同时，配给政策也因为不再需要而寿终正寝。

生活终于恢复了正常。对于若泽来说，"正常"这个概念太深奥，他善于拥抱生活给予他的一切，即使是令大人们感到惶恐不安的困境，他也视其为自然而然的事情。安之若素，这是孩子们的特权。只有他们具有这种惊人的接受能力,甚至能接受不可接受的。即使他们并无深刻了解,却能很快随遇而安。布兰科家的小儿子不过是一个孩子,尽管他已经迈出了少年的第一步。

若泽对米米卡斯的着迷渐渐变成了热恋。似乎他的性格也随之一分为二:有一个安静的若泽,沉溺在自己的事情中,关注大人们的谈话,仿佛是因为本能告诉他,外面世界发生的一切都会对他的生活产生影响,因此应该予以密切关注;还有另外一个若泽,一个恋爱中的少年,他和米米卡斯一起在星期天散步,他喜欢听她谈论非洲、她那浅棕色的卷发、她口中好笑的一个接一个的"那个",还有能让他没了脾气的调皮眼神。

"你听说那个可笑的炸弹了吗?"一个星期天望弥撒之后,若泽遇到米米卡斯劈头问道,"一场爆炸,是吧?"

自从听父亲提到把日本炸成碎片的那枚炸弹后,若泽就常常兴奋地想与米米卡斯聊一聊这件事情。实际上,他每天都在心里与她交谈,有时甚至相信这样的对话是真实的,不过,在内心深处,他知道唯一有用的是他们两人星期天回家路上"那样"的交谈。

"什么炸弹?那个,美国人的炸弹?"

"就是那个。你怎么看?"

女友耸了耸肩膀,似乎对这个重要问题并不关心。

"没有什么可说的。"

"没有什么可说的?"若泽吃了一惊,"他们现在可以毁灭世界,米米卡斯。你不害怕?"

米米卡斯漠不关心地摇了摇头,这让若泽有些失望。通常情况下,他的女邻居是一个叽叽喳喳、对什么事情都要发表议论的姑娘,但是那天上午,她显得有些奇怪,似乎神不守舍,一副心不在焉的样子。若泽还发现，就连自己母亲的脸上也露出茫然的神色，似乎人在那里，心思却开了小差。若泽认为，这些都是女人才有的问题，因此并没有在意。

他们就这样默默地走着，两人都感到与往常有些异样。直到来到家门口，米米卡斯才终于打破了缄默。

"我走了。"

"好，"若泽叹了一口气，挥手告别，"下星期天见。"

但是，米米卡斯没有动。

"我要回佛得角去了。"

若泽已经向自己家走去，迈出的脚步停了下来，好像撞到了一堵看不见的墙。他转回身，满脸疑惑地望着米米卡斯。

"什么？"

一滴大大的晶莹泪珠顺着姑娘柔美的脸庞流下来，仿佛她的思念已经被流金般的泪珠点燃了。

"妈妈叫我呢。"她强笑了一下，声音哽咽地说。

"我明天出发。"

米米卡斯突然离开对若泽造成的打击或许是他无法承受的，他俨然成了孤儿。他第一次因为爱而泪崩，却还没有意识到，从那一刻起，米米卡斯已经成为他日后衡量所有其他女人的标准。

女友的离开令若泽情绪低落，在经历了最初的内心孤独之后，他逐渐从麻木中走出来，并将精力投入到他一直以来倾心的本领和兴趣上。首先是连环画。他开始阅读《一月一》日报的星期日副刊，这是若安娜姨妈在弥撒之后的星期日午餐时带给他的，然后，他开始读《蚊子》周刊，其中大放异彩的是主人公路易斯·西克伦，之后，他读了《蚱蜢》，书中的主要英雄人物是库托。

连环画似乎是若泽情有独钟的兴趣所在，但是，这种兴趣与听广播不可同日而语。听广播是布兰科家的传统爱好，父亲一直收听英国广播公司的节目。然而，在没有英国广播公司播出节目的时候，大家的喜好则转向国家广播公司，尽管有时也听一听波尔图电台或葡萄牙无线电爱好者俱乐部电台的节目。

阿梅丽亚和两个女儿，认为《两姊妹的爱情》的播出时段神圣不可侵犯，贝阿特丽丝也加入她们的行列。而家里的男孩子们却偏爱系列广播剧《雷雷爱上泽基妮亚》和幽默节目《戏仿巡礼》，当然，他们也没有忘记葡萄牙无线电爱好者俱乐部电台每个星期天播出的传统节目《医生大人》，尤其是《青年活报剧》，其最精彩的部分是男孩托内卡斯和一位教授充满荒诞不经内容的对话，常常引得全家人哈哈大笑。

"男孩托内卡斯，"收音机里传来节目开始的声音，"请问，克里斯托弗·哥伦布发现了什么？"

"他发现了一个蛋，教授先生。"

也是通过广播，若泽喜欢上了法多。虽然阿玛利亚、埃米尼亚·席尔瓦和埃尔西利亚·科斯塔都是当时的大明星，但是，布兰科家受哥哥影响希望去科英布拉上学的这个最小的孩子只对男声演唱的法多感兴趣。[1] 实际上，也许是因为年龄相仿，若泽一开始喜欢的是绰号为"比卡的小家伙"的费尔南多·法里尼亚的演唱风格，但是不久，他的注意力便转向了伟大的歌手阿尔弗雷多·马尔塞内罗和他令人神魂颠倒的传统法多。

从收音机里，他从听马尔塞内罗的歌开始，喜欢上了他洪亮的声音，进而跟着他唱，并开始关注报刊上的评论。他看到时而在佩纳菲尔出现的一些马尔塞内罗风格的模仿者，便也开始模仿自己的偶像，经常

---

[1] 法多是葡萄牙的一种歌唱艺术。科英布拉法多热衷于歌唱爱情，从伴奏到演唱都由清一色的男性演绎。只有读过科英布拉大学的人才有资格演唱科英布拉法多。

穿上黑色的衣服，脖子系上彩色围巾，如此偷偷地打扮一番之后，站在父母卧室衣柜的大镜子前，双手插进口袋里，学着摇摆乐歌手的样子，唱一首《玛丽基娜斯之家》或当下其他热门歌曲。

> 在一条奇怪街道上
> 有玛丽基娜斯之家
> 客厅里有一把吉他
> 还有百叶窗

若泽听着收音机里的歌词和旋律，开始轻声哼唱，当他有了信心的时候，便会大声唱起来。事实是，他常常令人吃惊地轻松学会所有的歌。

一个慵懒的下午，一切似乎都在长时间缓慢而单调的生活节奏中昏昏欲睡，空气中飘浮着尘埃，客厅里巨大的时钟有节奏地滴答作响，记录着平静流逝的时间。忽然，一阵奇怪的响亮声音打破了寂静，给萎靡不振的下午注入了生命的活力。若泽被这声音所吸引，抬起头，发现了它的来源：原来是从姐姐们的房间传来的。"滴铃""叮当"的声音悠悠摇曳着，似乎想要到达某个位置，却停了下来，显得举棋不定，然后，这声音向另一个位置挪动了一步，却还是跌跌撞撞，犹豫不决，毫无把握，仿佛它们喝醉了酒，一路磕磕绊绊。

若泽好奇地走过去，发现玛娜盘腿坐在椅子上，手里拿着吉他，面前放着一张乐谱。她正在学弹吉他。若泽停下脚步靠在门上，仔细观察着姐姐、那张奇怪的乐谱和撩拨心弦的吉他的诱人曲线，感受着琴弦的振动和它在自己心中的共鸣。乐器拿在如此没有经验的人手上让若泽很痛苦，女孩犹犹豫豫演奏的一串串跳动的音符也令他焦虑得颤抖。他就这样一言不发静静地看着她，时而平静，时而焦躁，心在这种矛盾的感觉中快速跳动，为美妙的音色倾倒，也为弹奏吉他的粗暴方式而沮丧。他想打断她，却不敢这样做。

"你干什么？"终于，姐姐在又弹错了两个音符之后烦躁地问道。她望着弟弟，露出责备的眼神。"不知道你分散了我的注意力吗？"

"对不起。"

玛娜叹了一口气，把吉他放在膝上，缓和了口气问：

"你干什么？有什么事情吗？"

若泽耸了耸肩膀。

"没什么，姐姐。我只是听听。"

"哦，"她的脸红了，"你觉得我弹得好吗？"

弟弟笑了笑。

"那倒不是。"

"哦！"

"嗯……弹得不错，"他连忙澄清，为了不得罪姐姐，他耍了一个滑头，"问题是咪咪是最好的。"

玛娜笑了。咪咪是葡萄牙无线电爱好者俱乐部电台儿童节目的一名小歌手，很受孩子们的欢迎。

"当然啦！咪咪是……是艺术家。"

"我可以弹得和咪咪一样。"

姐姐又笑了。

"傻瓜！咪咪不弹琴，她是歌手。弹琴的是另外的人，懂吗？他们在后面弹吉他，咪咪跟着他们的伴奏唱。"

"那又怎样，我和其他人弹得一样。我弹你唱，怎么样？"

"可是，你弹过吗？"

"没有。"

"那你怎么说你会弹？"

"我会。"

玛娜向弟弟招了招手。

"过来。"她说。她拍了拍膝盖,让他坐在自己腿上。"咱们看看你会还是不会。"

若泽坐在姐姐的腿上,开始用手指拨弄琴弦。几分钟练习之后,他用吉他弹奏出了第一段旋律,这是在几年前的战争时期克拉克·盖博和费雯丽主演的一部很火的电影《乱世佳人》的主题曲片段。若泽弹得效果极佳,以至于玛娜吃惊得鼓起掌来。

"天啊!"她叫了起来,"咱们家出了艺术家!"

姐姐用了一个小时教若泽和弦,特别是拿吉他的方式。她还想教他识谱,可是,弟弟对这部分并不感兴趣。与大多数天赋异禀的人一样,若泽是一个懒散的人,只愿意做那些让自己开心的事情,而识谱绝对不是能让他度过一个快乐下午的主意。

若泽开始在自己所到之处寻找音乐。除了对电台播放的歌曲感兴趣之外,夏天,他经常陪家人去市中心游玩。第六步兵团乐队常常参加星期四或星期天在广场临时搭建的剧场里举行的热闹的音乐会。若泽从不错过任何一场演出,但是,他更喜欢星期四管乐队的三件套服装,尤其迷恋号手和鼓手们演奏的鸣金收兵的节目。在家里,玛娜总是独占着吉他,若泽只好用父亲的一个旧曼陀林自学弹奏。

在此之后,若泽开始了新的挑战,那就是父亲书房里的一架走调的钢琴。他不顾钢琴上蒙着的薄薄一层灰尘,满怀热情地敲击着琴键,高喊着唱出国家电台经常播放的那不勒斯咏叹调,特别是所有歌曲中最古老而浪漫的那首。

还有个太阳

比这更美

啊我的太阳

那就是你

啊太阳，我的太阳

那就是你

那就是你

当家人发现的时候，大家都围拢过来，为唱着《我的太阳》冉冉升起的才子感到错愕不已。毋庸置疑，这个孩子很有音乐天赋。

"艺术家！"父亲说。

若泽·布兰科或许可以成为艺术家，然而，斗转星移，他的表现却更像戏仿艺术家。小学毕业后，他进了卡尔莫中学并结交了另一位模仿达人儒斯迪诺。他们经常下午在一起游戏，游戏的内容往往与当时的重大体育赛事相关。

那时正是本菲卡俱乐部的自行车运动员若泽·马利亚·尼古劳与竞技俱乐部的车手阿尔弗雷德·特林达德双雄并立的时期，广播电台经常报道他们的巅峰对决。凭借其天赋，若泽在硬纸板上画出自行车运动员，儒斯迪诺则用剪刀剪下图案，根据运动员所在俱乐部将图案涂成红色或画上绿色和白色的横纹，再把这些卡片的底边折叠一下让它们直立起来，然后，两个人在阁楼的地板上展开角逐，若泽持尼古劳的自行车，儒斯迪诺则代表特林达德。他们如此喜爱这两位运动员，布兰科家的小儿子不可避免地成了本菲卡俱乐部的支持者，而他的朋友自然而然成了竞技俱乐部的粉丝。

可喜的是，比赛和游戏延伸到了足球，并且他们起初更喜欢的是巴西足球俱乐部。尽管这看上去多少有些奇怪，但也是有原因的。若泽的叔叔，布兰科上尉的兄弟，十五岁时移民巴西，成了瓦斯科·达伽马俱乐部的运动员。这是旅居里约热内卢的葡萄牙人的组织。若泽的叔叔名字叫亚当，但是，认识他的人都叫他图雅，他是巴西足球史上第一个身穿瓦斯科·达伽马俱乐部球衣进球的运动员，这令他在佩纳菲尔的亲属们倍感骄傲。图雅叔叔知道自己在布兰科家族中体育明星的地位，所以会定期寄来刊登着有关巴西足球，特别是有关他引以为豪的瓦斯科·达伽马俱乐部信息的里约热内卢报纸，还会寄一些贴纸，上面带有足球明星的照片，当然也包括他自己在内。

两个男孩拿着这些贴纸，把它们粘到硬纸板上，按照剪贴自行车选手图案的方法把它们剪下来，这样就完成了球员的"制作"。比赛总是在阁楼进行，那个地方成了家里的焦点。每天下午，他们都会在地板上铺开一张大大的绿色硬纸板，上面带有严格按照球场标准画好的线，紧接着，两人便进入激动人心的比赛，充当足球的是一粒纽扣。

若泽英勇无畏地捍卫瓦斯科·达伽马俱乐部，他们的明星是门将巴尔博扎和令人生畏的前锋阿德马尔，虽然球队的主要人物必然是伟大的图雅，他是在佩纳菲尔布兰科家举行的巴西锦标赛中的最佳射手。儒斯蒂诺则指挥着奥拉里亚俱乐部，这家俱乐部有一大堆名字怪异的明星，包括儒拉西、马尔穆拉托、毕鲁鲁、苏拉、雅努阿里奥和阿达尔托，这些名字与俱乐部实际拥有的足球运动员一一对应。至少，图雅叔叔寄自里约热内卢的贴纸上是这么写的。

但是，激发若泽对足球的热爱的并不只是巴西球星。在图雅叔叔寄来的贴纸影响下，布兰科家的小儿子对本地俱乐部也开始感兴趣。佩纳菲尔有两支队伍，一支是由商人和医生组成的穿黑红相间队服的体育队，另一支是获得下层居民青睐的穿绿白相间队服的联盟队。由于体育队的队服以红色为主，若泽更喜欢体育队，出于同样的原因，儒斯蒂诺更喜欢联盟队。

自然而然地，对足球的热爱又为若泽赢得了一些小小的可以向奥古斯托神父忏悔的罪过，这倒是一个不容忽视的好处。大多数情况下，这些逐渐存入过失纪录的小罪过常常与他讲话时的用词有关，例如在激烈"战斗"中他常常向对方球员，甚至令人大跌眼镜地向尊贵的裁判出言不逊，污言秽语中还不时提到人家的母亲，诋毁女士的声誉和品格。

可是有一次，若泽的罪过超出了这类无恶意犯错的界限，成了家中女人们和望弥撒的女教友们抨击的话题。三月的一个星期天，体育队和联盟队之间将举行一场众人盼望已久的比赛，这也是红杉队急不可待的比赛：他们必须为不久前在永恒的劲敌脚下输掉的一场比赛复仇。然而问题是，阿梅丽亚以儿子不可以缺席《玫瑰经》第三部讲经为由，禁止兴奋的若泽去看这场年度大战。

"上帝比球更重要，"母亲坚持说，为小家伙的央求画上了句号，"就这么定了，不要再说了！"

若泽面带愠色地去了教堂。一个小时后，阿梅丽亚也出了门，前往山上的萨梅罗教堂，想为几天前自己做出的承诺去布施还愿。在花园小湖的桥上，她遇到了伊达丽娜太太，热情地与她打了招呼。她们是教会里的老朋友。

就在这时，阿梅丽亚问伊达丽娜太太此时到这里做什么，伊达丽娜解释说自己刚刚听了《玫瑰经》第三部，这令阿梅丽亚想起向她询问是否见到自己的儿子，并说他是一个好孩子，也去履行他的宗教义务了。

"哦，是吗？"伊达丽娜故作吃惊地问，"我在那里没有见到他呢。"

"可不是嘛，"阿梅丽亚接着说，"他可能在人群里，这个孩子。"

"哪有人群？教堂里空着……"

"空的？"

"是。"

"你没有看见他？"阿梅丽亚感到纳闷，"他很虔诚，总是坐在前排……"

"可是他不在那里。"

"怎么搞的！"

阿梅丽亚突然心生疑惑，匆忙告别教友，加快了上山的脚步。她来到教堂，径直走到相应的盒子前完成了布施，然后，去找教区神父。正在圣器室附近的雅辛托神父为她祈求上帝保佑，一番寒暄之后，神父表示自己的确没有见到过她的儿子来这里。

阿梅丽亚含混不清地道了一声再见，便怒气冲冲地离开了教堂。一路上，她一边上气不接下气地往山下赶，一边生气地问自己，到底是怎么回事，她的若泽竟然不听话了。一进家门，她便问小家伙在哪里，得到的回答是他还没有到家。十分钟后，她听到大门砰的一响，接着，便听到儿子上楼梯的声音；若泽气喘吁吁，两颊通红，显得很兴奋。

"嘿，你这个小流氓！"她连招呼也不打便开口问道，"你去哪了？"

若泽慌乱地愣在原地，显然没有想到母亲会问他刚刚去了哪里，脸上的表情则无可挽回地暴露了他内心的愧疚。

"我？"

"对，你！你去哪了，可以说出来吗？"

他的脸红了，显得拿不定主意。他知道自己应该说实话，可是，实话有很多很多，而要他说实话从性质上来说似乎不切实际，并且可能会带来毁灭性的后果。一次望弥撒的时候，自己不是听雅辛托神父讲过善意的谎言吗？

"我去……去了。"

"你根本没有去！"

"去了，我去了！"

"撒谎，你没有去听第三部！你去哪里了？说！"

男孩差点噎住。

"妈妈,我去了,去了,"他胡乱地说,"你不相信?"

"撒谎!"

"是真的!……"

"谁都没有看见你在那!谁都没有!"

若泽困惑地摇摇头。

"可是我去了。"

"谁都没有看见你,你怎么说你去了?"

"我是去了,妈妈。"

"你没有去!"

"去了,真去了,"若泽嘟囔说,不知所措,"我直接去了那里。真的。只是,我到那里的时候,已经是三比零了。"

十

在一节体育课之后的卡尔莫中学更衣室里,身材瘦小的若泽·布兰科意识到自己的"小鸟"比同学们的大很多。当时,这一发现并没有让他感到骄傲,就像任何一位得意于自身男儿之躯的男性那样认为这是天经地义和自然而然的,而是让他感到尴尬,甚至羞愧。事实上,似乎是他的朋友儒斯蒂诺第一个注意到了这个细节,当时他面向小便器,眼角的余光望见同伴手中晃动着什么,忍不住瞥了一眼。

他吃了一惊。

"嘿,兄弟们,"他在更衣室里喊着,引来了大家的注意,"你们看见泽的'小鸟'了吗?那可不是'小鸟',兄弟们,那是大号香肠!"

事已至此,可想而知,如此爆炸性的话在更衣室里引起了怎样的轩然大波。孩子们争相寻找最佳位置,都想看看"瘦猴"的"小鸟"是否真像儒斯蒂诺说的那样像大号香肠。又吃惊又尴尬的若泽突然发现自己被推到了更衣室的角落,裤子和内裤被扯了下来,"小鸟"暴露在众目睽睽之下,耳边听到的是肆无忌惮的议论和笑声。

"我去!"一个同学谑笑地喊道,"真的呀!"

"真大!"另一个人说,"你看起来像一头牛,哥们儿!"

若泽觉得自己像一个怪物、一个弃儿,变成了集市上的稀罕物。他的嘴唇开始颤抖,泪眼汪汪,想到自己被如此对待、自己与朋友们的不同、自己两腿之间的怪物、大家都已经看见了它、整个学校都会在粗鲁的笑声中说三道四,他羞愧地哭了起来,觉得自己成了所有人眼中的倒霉蛋、嘲讽的对象和笑柄。

"为什么是我?"那天,他无数次地问自己。

"为什么是我?"

遭受羞辱的若泽垂头丧气地回到家。晚餐时,他连一句话也没有说。那天晚上,在阁楼的房间里,当家里的灯都熄灭,全家都进入睡梦的时候,若泽跪在床边,以从未有过的方式向圣母祈祷,恳求圣母让他和其他人一样,让他的"小鸟"变得和朋友们的一样小、一样正常、一样不引人注意。他梦想的地平线已经缩小成一个简单的愿望:有一天,自己拥有一个小小的不显眼的"小鸟",一个卑微的小虫子,而绝不是这种口径的大炮。

接下来的星期天,若泽上山去萨梅罗教堂望晨间弥撒,他裸露着膝盖跪在石头上,痛苦地祈祷和恳求,并且庄重而虔诚地向圣母许下诺言,发誓自己再也不偷姐姐们的杏仁,再也不说一个脏字,并承诺每个星期三都来望弥撒,甚至保证再也不看竞技队的比赛了。他愿意做任何事,甚至做出最残酷的牺牲,只要她,慈悲为怀又善解人意的圣母,赐予他恩典,并赐予他一个奇迹,让他拥有与其他所有人一样一般般的"小鸟"。若泽做出那么多承诺,又是那么恳切、虔诚,以至于他自己最终相信,马利亚,我们的圣母、上帝之母,除了接受他谦卑的恳求、让他拥有和其他人一样的"小鸟",别无他选。

一个月以来,若泽的生活变成了真正的仪式。每天,他醒来后第一个动作是掀开被单,望向睡裤下面,看一看恩典是否在那天晚上兑现了。他可以很快从失望中恢复过来,责怪自己祈祷时还不够虔诚,并郑重承诺下次会更加诚恳。然后,一切重新开始。为了让自己的真诚得到祝福,他不断做出新的承诺,立下新的拒绝罪恶和诱惑的誓言。

若泽甚至到了每天都去望弥撒的地步。他突然变得如此投入而恪守教规引起了阿梅丽亚的疑心。母亲对儿子变得如此虔诚感到十分惊讶,甚至开始暗中观察，揣测儿子是否又在玩什么花样。可是，他并没有。富于同情心的母亲后来得出这样的结论：孩子确实去望弥撒了，教区神父每天都见到他，并对他突然醒悟的心虔志诚大加夸奖。自从阿梅里科神父离开佩纳菲尔去创立儿童福利院以来，在这里就再也没有见过比若泽更虔诚的孩子。

"他还会成为教皇呢，"雅辛托神父开玩笑说，用食指指了指天空，"教皇，我告诉你！"

然而，母亲可没有把这句无心之言理解为玩笑话或纯属幽默，而是把它理解为大得超乎想象的大事、伟业的预言。在她看来，这些话让她有了一种预感！事实上，若泽所表现出的虔诚如此强烈，以至于阿梅丽亚开始萌生出一种假设，对这种假设的期望甚至超过了对儿子所有的其他假设。自从妹妹失去了丈夫以后，阿梅丽亚一直在宗教世界寻求慰藉，这在众人看来是姐妹之情、同甘共苦的最有力证明。在灵魂中寻求解答痛苦之谜的阿梅丽亚认为，是上帝的恩典点燃了指引她的小儿子走向萨梅罗祭坛的那盏灯。

就这样，阿梅丽亚开始悄悄关注若泽，在她的眼里，她看到的是教堂圣器室管理者。然后，梦想越来越强烈，她看到了一位神父、一位主教、一位红衣主教，甚至……甚至……谁能说萨梅罗神父不是一语中的？也许某些真正伟大的东西，呣……呣……她敢说出这个词吗？敢，一位……一位教皇。教皇！哦，阿梅丽亚长舒了一口气，有些陶醉了。上帝的安排是何等奇妙美丽！

失望是痛苦的。

有多少梦想、多少钟爱的事业、多少对荣耀的渴望，就有多少徒劳无功的事情；没有发生任何奇迹。若泽没有成为神父，圣母也没有让他的"小鸟"变小。

尽管心中不悦，但阿梅丽亚还是懂得如何以令人称道的尊严和顺其自然的坚韧态度战胜失望，只是她的儿子却做不到这样。若泽·布兰科无法理解为什么圣母看到自己如此痛苦、如此热切地祈祷却无动于衷。莫非她没有听见自己的话？自己是否可以认为，耶稣那么强大而善良的母亲不愿意为自己解决这么小的问题？莫非这是圣女在耍脾气？这个隐隐约约却危险的小小疑问有时会侵蚀若泽整个心灵，但是很快便被他近乎愤怒地排除了。不，这不可能。自己是什么人？怎么有资格怀疑她？圣母一定是在考验自己的信仰，看看自己对她到底有多么忠诚。他深信不疑地想，如果自己能通过她的终极考验，奇迹必定发生。

布兰科家的小儿子选择了复活节向圣母展示他的虔诚，并希望作为奖励让他的梦想成真。节庆活动一开始，若泽便投身其中。他参加了那么多各种各样的活动，以至于让人们觉得，无所不能、无处不在的是他，而不是上帝。他参加城市各处举行的圣像巡游，去各个教堂出席自耶稣受难日以来举办的各种仪式，甚至克制自己不吃复活节的传统糖果，而是代之以教堂里连咸味都没有的圣饼，这些圣饼肯定不那么好吃，却绝对是圣洁的。

若泽尽其所能向圣母表示他对她的忠诚。然而，在接下来的星期一，当他掀开被单查看自己做了那么多事情、那么多牺牲之后的结果时，奇迹却并没有发生。对于坚信自己的心虔志诚一定会有回报、坚信马利亚无限善良的若泽来说，这样的结果是他根本连想都没有想过的。在企盼奇迹出现的那个至高无上的时刻，他唯一关心的竟是圣母为他选择的"小鸟"的新尺寸。

若泽的信仰终究没有抵抗住现实带给他的毁灭性冲击。他向被单下望去，发现奇迹没有发生，于是，从这一刻起，他决定不再踏进教堂，也不再相信圣母马利亚。

然而，造化弄人，正是一个看上去已经失去了贞节的姑娘玛丽亚让若泽重新有了信仰。这一切都发生在1950年秋天，刚满十四岁的若泽开始经常感到两腿之间越来越强烈的无法忍受的燥热，尤其是晚上。

他时常难以入睡，燥热的感觉令他很不舒服；早上醒来的时候，在睡裤里常有一团东西，而且他会感到身体僵硬，头脑昏沉，总要大约五分钟以后才能去后院小解。他发现，可以通过按摩减轻燥热，便用指尖用力地按摩，或者在两腿之间涂抹酒精，这让他有了一种温暖的感觉，令他放松下来。但是，这些都是扬汤止沸的办法，是减轻莫名其妙欲望的手段，是对付两腿之间难以遏制的膨胀感的邪恶方式，而在放松之后，却令他心灵负疚。

那年的秋天，若泽出生时担任助产士的女佣贝阿特丽丝走了，她需要离开一个月，回家乡照料一位患病家人。三天后，阿梅丽亚向丈夫报怨，说自己无法料理这么多家务，自己不是女佣，更不是天生做这些活计的人，说自己一辈子从来没有洗过这么多盘子。哪见佩纳菲尔上流社会的太太被迫打扫厨房、给地板打蜡？所有这一切都表明，她需要有人暂时替代忠心耿耿的女佣。马里奥·布兰科上尉禁不住妻子的纠缠，在盘点家中开销之后认为，如果这里压缩一点，那里节约一点，还是可以挤出一些钱再找一位年轻女佣。

选中的姑娘是一位名叫玛丽亚·无玷的十八岁乡下女孩，她的皮肤白皙，脸蛋红扑扑的像红色彩椒。乡下姑娘住进了贝阿特丽斯平常住的房间，阿梅丽亚也许没有经过认真考虑便把原先女佣负责的事情一股脑儿全交给了新来的人，而这其中一项正是在两个女儿和小儿子每月洗澡时为他们送热水。不巧的是，新女佣开始工作短短几天之后便第一次赶上了给孩子们送洗澡水。

玛丽亚做事勤快而利落。她把锅坐在厨房煤炉的火上，水烧热之后，她气喘吁吁地下楼，把水送到女孩们洗澡的一楼内院。玛娜和洛德斯洗完之后，轮到若泽被母亲叫来洗澡。男孩对每月一次的这个老规矩总是很不情愿，听到妻子抱怨的父亲厉声高喊：

"泽！……"

在父亲的催促下，小儿子虽然心里不痛快，却只能服从，来到平时洗澡的内院。当他听到女佣端着热气腾腾的水走下楼梯时，男孩脱掉衣服，走进铝制浴缸。问题是，家里新来的女佣并不知道若泽男儿之躯某个天生的、广为学校的同学们所知的情况，因此，这就难怪当她走进内院漫不经心地向浴缸里的孩子瞥了一眼时，险些把锅掉到地上。她的眼睛看到了她从未想过会看到的东西。

"啊！"她惊叫道，"我的上帝！"

女佣的脸变得通红，她极力让自己镇静下来，一边掩饰失态，一边转移注意力；她努力让自己看着前方、看着地面、看着锅、看这里、看那里，看任何地方，看所有的一切，除了那里。那里。可是，她的努力却显得那么愚蠢。那里好像一块强大的磁铁，令她眼睛不想、不能、也无法抗拒。

玛丽亚·无玷已经知道男孩有睡觉前去厨房喝水的习惯。那天晚上，她久久坐在床上，仔细听着从楼上传来的声音。当她听到若泽下楼时发出的沉闷脚步声时，立即将房门半开，脱下身上的毛衣，露出圆润、白皙的乳房，然后，拿起睡衣，假装正要穿上它。

然而，令玛丽亚失望的是，若泽从她的门外走过，径直去了厨房，对虚掩的门连看都没有看一眼。可是，她不是肯服输的姑娘，那天上午的景象点燃了她的欲望，让她感到欲火中烧。女佣依然裸露着上身坐在床上，手里拿着睡衣，油灯摇曳的灯光在她凹凸有致的身体上晃动着。她突然灵机一动，装腔作势地哼唱起经常和乡下女伴们唱的一首歌。

我走在小河边，

湿了我的脚，湿了我的袜子，
湿了脚，湿了袜子，
湿了脚，湿了袜子。

我离开了故土，
远嫁他乡，
远嫁他乡，
远嫁他乡。

这招果然奏效了。

在返回自己卧室的路上，若泽被姑娘悦耳的声音吸引，从虚掩的门向她的房间里瞟了一眼，然而，这纯属不经意的一眼却让他挪不动双腿，呆立在原地喘不过气来。玛丽亚摆弄着睡衣，好像要穿，却在穿与不穿的犹疑中裸露出上身。她的胸部曲线完美而丰满，娇嫩的皮肤在油灯忽闪忽闪跃动火苗的照耀下显出橙红色。若泽又感到了燥热，其程度是他从未体验过的，他觉得自己像气球一样膨胀起来，快要在他见到的第一个裸体女人面前爆炸了。

女佣转过脸，看到他在偷窥，脸上露出一丝微笑。若泽从观看者一下变成了被观看的人。他愣了一下，吓得连忙后退，准备逃上楼去，在女佣开始喊叫之前从她门前立刻消失。

"你好，泽泽，"玛丽亚用几近悦耳的声音低声说，"帮我一个忙？"

姑娘平静的语气令若泽呆若木鸡。她说话的样子好像是他们在走廊相遇，似乎并没有意识到自己裸露的胸部被人偷看到了。若泽以为女佣什么也没有发现，勉强笑了笑。

"好……什么……帮什么？……"

"帮我拿一杯水来？"

若泽垂下眼帘，返回厨房。他满脸通红，心脏在胸膛里咚咚地跳，脑子陷入一片混乱，不明白到底发生了什么，也不知道该如何面对，该说什么，眼睛该向哪里看。他拿起一个杯子，倒满水，回到了走廊，然后，来到女佣的卧室门外站住脚步，局促不安地紧盯着地板。

"水来了。"他低声说。

"进来。"

若泽犹豫了一下，显得有些害羞。他偷眼看了看周围，好像在偷姐姐们的杏仁时怕被逮住那样；他知道，这一步是向禁区迈出的危险一步，但虽则如此，他不知从哪里来的勇气，身体遵照萦绕于脑海的指令，几乎踉跄着向前走去，推开门，进入房间，递上了水杯，在完成这一切的时候，他的眼睛总是小心翼翼地避开厚脸皮女佣裸露的诱惑人的乳房。

玛丽亚拿起杯子喝了一口水。此时的若泽感到自己做得过分了，勇气已经不见了踪迹，开始担心自己在不该被人看到的地方被看到，他想离开，却被女佣用一个手势阻止了。女佣又喝了几口水，水从她的嘴角流下来，滴落在胸前。她喝光了杯子里的水，直起身体，眼睛看着男孩，右手划过胸部，将滴在胸部的水抹到乳头上，这使她雪白的皮肤在跃动的火苗映照下闪闪发亮，仿佛金色蜜汁在柔软的天鹅绒上滑动。

"你没有见过女人的胸部吗？"

若泽机械地摇了摇头。

"没有。"他说，声音很小，眼睛盯着地板。

女佣摸了摸自己的左胸，像在挤压一个柔软多汁的果子。

"想试试吗？"

一片沉寂。若泽不知道该说什么。

"你想试试吗？"她声音甜蜜地说。

若泽鼓起所有勇气，拿出所有胆量，觉得自己的脸涨得火辣辣的，身体又冲破了一道不得逾越的羁系，肯定地点了点头。

"那就来吧，"她一边说，一边把身体向前挺了挺，"来啊！试试！"

若泽迟疑地抬起手,缓慢地将手靠近女佣起伏的胸部,用指尖触碰了一下她白如象牙的光滑而温暖的皮肤,心中感到快意,便用整个手掌抓住她的乳房揉捏起来。此时,他感到自己的"小鸟"在勃起,像气球似的不断膨胀,几乎要冲破睡裤。

玛丽亚感觉到若泽的手贪婪地抚摸着她的胸部,看到他越来越大的性器官,再也控制不住自己。她越来越亢奋,感到腹部燃起从未有过的欲火,便拉下了若泽的睡裤。当她看到若泽的巨型"小鸟"时几乎要晕倒了;那"怪物"毫无顾忌地从它的藏身处闪出,在那一刻,它就像一个确信自己如愿来到了人间天堂的"巨人"。

只是玛丽亚·无玷纯属徒有其名。

十一

是女人让若泽意识到他那个"怪物"并不是神的惩罚,而是上天的恩赐。这一发现使他与上帝和解,并重新开启了他通往教堂的道路。然而,他的头脑里已经有了其他方向。

在玛丽亚·无玷填补贝阿特丽丝留下的临时空缺的那一个月里,布兰科家的小儿子体验了情绪过山车。时而,身体登临感官的天国,时而,心灵陷落负疚的炼狱。无玷是一个欲火旺盛的姑娘,从男性身上得到快乐让她激情似火、想象力飞扬。

若泽每天都暗自发誓,这一次一定要顶住,绝不再犯错,绝不屈服于诱惑,一定要保持纯洁无瑕,美德高于身体的本能。但是到了晚上,当全家都睡去的时候,他便禁不住冲动,轻手轻脚地在地板上滑过,避开偶尔会不合时宜吱吱作响的木板,在情人滚烫的臂膀里、在她饥不择食的嘴发出的呻吟声和喘息声中度过美妙的半小时。当这一切都不可能的时候,他会用枕头或被单代替。

在第一个星期天,他还曾认真地想了想是否要向雅辛托神父忏悔这一切,但是,羞耻感占了上风。在忏悔室里,他仅仅含糊不清地说了些无关紧要的小罪过,小得只需说三次"万福马利亚"和两次"天父"就可赎罪。那天,他在离开萨梅罗教堂的时候,一脸庄重地发誓,说下个星期天做忏悔的时候,一定要匍匐在神父脚下,把玷污了自己的那些弥天大罪向他和盘托出。

然而,随着时间的推移,内疚感慢慢地减弱,肉体似乎逐渐战胜了心灵。在接下来的星期天,他仍然没有对与玛丽亚鬼混的事情做任何忏悔。很快，他就不再满足于夜晚的生活，开始抓住所有额外机会。每当阿梅丽亚叫上孩子们一起去"巴西"糕点店吃小蛋糕，或者去看望若安娜姨妈的时候，若泽一面难掩激动的心情，一面却哭丧着脸，几乎懊悔地低下头。

"我得留在家里，妈妈。"

"哦？真的？"阿梅丽亚第一次听到这样的拒绝时感到吃惊。"为什么？"

"我需要学习。"

阿梅丽亚惊叹小儿子的勤奋，她还从未见过他如此专心致志地学习。实际上，她不反对这种值得称赞的表现，甚至把小儿子立为哥哥姐姐们的榜样。

"你们看到泽泽了吧？"每次带着其他孩子出门时，她总是这样问他们。"只有这样学习，这辈子才会有出息！"

若泽的确在学习，只是他专注的学习内容是女性人体解剖学的火热"课程"。正是在这位火辣辣的女佣身上，少年发现了人体最重要的一些秘密，并步入了成年生活。尽管回忆依然甜蜜，可是，年轻人对米米卡斯的迷恋已成过眼云烟，那不过是最终被时间吞噬了的一段天真无邪的往事。若泽的纯洁与他的卷发女友一起离开了，留下的是迷失在被玛丽亚·无玷唤醒的那个"怪物"身上的灵魂。

"你们听说了吗？"

一天早上，当兄弟姐妹们离开家去上学的时候，洛德斯问大家。此时，安东尼奥已经在上大学，若泽准备独自去卡尔莫中学，两个女孩手拉手去萨梅罗教堂后面一所大宅子里开办的学校，那是在西班牙战争期间逃到葡萄牙的修女们开办的。

"什么？"

"贝阿特丽丝今天就回来了。"

这个消息让若泽局促不安起来,以至于哥哥姐姐们以为他会当街出什么状况。他脚步踉跄,只好在家门前的人行便道上坐下。大家以为他情绪激动是因为女佣就要回来,绝想不到背后令人不安的真相。只有若泽知道,让他感到心跳的不是忠心耿耿的贝阿特丽丝就要回来的消息带来的喜悦,而是已经感到了对不那么圣洁的玛丽亚的思念。

就在那天下午,消息得到了证实。当若泽放学回到家的时候,发现贝阿特丽丝已经在工作了。他偷眼望了望厨房旁边的房间,不觉心里一惊,橱柜的抽屉里现在装满了原先女佣的衣服。他开始寻找自己秘密情妇的迹象,却一无所获。他感到心烦意乱,神情失落,一边想象着最坏的情况,一边拖着脚步来到母亲面前,竭力装出漫不经心的样子打听起玛丽亚。

"到帕谢科的店里买米去了,"阿梅丽亚淡淡地答道,她正在壁炉旁边织毛线,"怎么了?"

这绝对不是若泽期待的答案。

"去……去帕谢科的店了?您是说……是说她没有走?"

"因为贝阿特丽丝回来了?没有走。我们算了算账,决定留下她。这么大的家,贝阿特丽丝一个人可应付不来。可怜见的。她现在负责厨房、洗衣服,玛丽亚负责打扫卫生和购物。"母亲停下手中的活计,抬起满是疑惑的眼睛。"你怎么问这个?"

若泽顿时觉得自己被母亲锐利的目光看透了,一边努力掩饰如释重负之后涨红的脸,一边赶紧抽身走开。

"问问而已。"

白色的数字符号割裂了黑板的板面,看上去像是粉尘形成的干巴巴的线条。若泽沮丧地叹了一口气,计算错误。他恼怒地用手在黑板上涂抹几下，数字模糊成一片白色：这道数学题必须从头开始重做，只有当计算正确的时候，他才可以抄到本子上。他拿起粉笔，草草写下数字和平方根的符号。

当他开始向方程式中添加数据时，他听到地板吱吱作响，便转过身去：一个影子正沿着楼梯向一楼移动，仿佛一片水正在家里漫开。若泽意识到，那是玛丽亚·无玷在回房间，自从贝阿特丽丝回来以后，她有了自己的房间。贝阿特丽丝回来以后，若泽曾以为可能因此会失去玛丽亚并虚惊一场。现在，她的身影更激发了他的想象。看着她下楼回房间去，若泽开始渴望两人相拥时她颤动嘴唇的热吻、颤抖的皮肤丝绒般的触感、急促的喘息、女性体内的温暖湿润，以及偷吃禁果时的紧张感觉。

必须占有她，而且越快越好。

于是，就在那天晚上，一感觉到整个家都安静下来之后，若泽就跳下床，踮着脚尖走到楼梯上，蹑手蹑脚、悄无声息地来到一楼。他的行动可能开得有些早，本应当再晚一些，以确保全家人都酣然入梦后开始。然而，若泽已经急不可耐，渴望释放白天令他窒息的紧张情绪。他被欲望征服了，无法出于谨慎而等待那么长时间。

一楼的地面没有像楼上那样铺着木质地板，而是花岗岩石板。整座房子漆黑一片。当若泽光着的脚感觉到光滑石板冰冷的表面时，他知道自己已经到了。从左边飘来酒窖葡萄酒的香味，可是，若泽转向了右边的走廊，边走边用手摸着墙壁，直到他触摸到了第一扇门。那是父亲书房旁边的一个小房间，现在是玛丽亚·无玷住在这里。

若泽慢慢推开了门，把头伸进那片伸手不见五指的黑暗中，感觉自己仿佛被一件厚厚的、密不透风的斗篷包裹住了一样。

"玛丽亚，"他喊道，"你在吗？"

他听到床发出"吱吱"的响动。

"是泽泽吗？"

已经冻得瑟瑟发抖的若泽溜上床去,被女佣温暖的臂膀拥入怀中。玛丽亚·无玷身上散发出强烈的洗涤剂和肥皂味,可是,若泽全然不顾这股强烈的气味,让自己被裹挟在女人丝滑的皮肤和舒适的温暖中,冲动得不能自已。但是,在最初的冲动之后,他停了下来,因为他听到一个可疑的声音。

"什么声音?"

"是床,"玛丽亚低声说,"吱——"两人轻声笑起来。这张床不像以前他们在上面做爱的那张,生锈的弹簧随着每一个动作发出吱吱的响声。不过,热恋中的这对恋人根本不在乎这种小事,他们继续爱情的"舞蹈",彼此紧紧搂抱在一起,动作一致,如饥似渴,竟至完全忘记了自己是谁、身处何地,让感官释放出难以遏制的欲火。

"若泽?!"

他们无法停下来,仿佛一列行驶中的火车,车头在有节奏的运动中加速,铁轨"哐当、哐当"的声音变成了身体的"砰、砰"声,烟囱散发的不是烟雾而是呻吟和喘息,在燃烧的不是煤炭而是情人的肉体。

"若泽!"

当这个声音第二次划破寂静时,这对恋人颤抖了一下僵住不动了。若泽看到墙上摇曳的影子,意识到一盏油灯的蓝光正在房间里晃动。直到这时,他才听出那是一个男人的声音在他们身后喊他的名字:他们被人看到了。玛丽亚伸着脖子,越过若泽的肩膀朝声音的方向望去,发出一声尖叫。于是,若泽转过头,认出了正站在门口注视着他们的那个人。

"爸爸!"

十二

挂钟的钟摆平稳地来回摆动,发出嘀嗒、嘀嗒的响声,令人昏昏欲睡,书房里死气沉沉、静寂无声。相框里,在安东尼奥照相馆精心拍摄的黑白照片上,那一个个永远定格的面孔正气凛然地望着眼前的景象,仿佛一群沉默的目击者正透过岁月注视着他们。闪烁的灯光下,懒洋洋飘浮的尘埃像空气似的悬停着。只有神经质般闪动的油灯似乎给这个驻足在时间中的小小书房带来些许生气,在它蓝色火苗的映衬下,焦躁不安的身影出现在墙壁上。

马里奥·布兰科上尉已经很多年没有在书房教训儿子了。毕竟,他们都长大了,安东尼奥在科英布拉学习法律,女儿们也从修女开办的学校毕业了。布兰科上尉一直相信,他给孩子们从小灌输的价值观能够确保他们懂得负起作为绅士和淑女该负的责任,但尽管如此,他仍然意识到,出现需要自己进行干预的情况是在所难免的,而此时坐在自己面前的小儿子就证明了这一点。

"你经常戴那个戒指吗?"

听到父亲的问话,若泽羞愧地抬眼向他望去,一脸疑惑的表情。

"什么?"

上尉举起左手,指了指手指上闪闪发光的金戒指。

"我曾经对你说过,通过那枚戒指,可以检验一个人的品质。还记得吗?"他问,"变成隐身人,你就可以做你想做的事情,只要没有人看到你。这就是衡量一个人品质的方法。你戴着那枚戒指吗?"

儿子在椅子上不安地扭动一下,又垂下了眼睛。

"我没有做什么坏事,"他嘟嘟囔囔地说,"没有偷窃,没有欺骗,也守本分。"

"那你为什么面带羞愧?"

"因为爸爸发现我和她在一起,"若泽反驳道,身体竟有些颤抖,似乎谈论那一刻发生的事情让他极其痛苦,"可是,我们所做的根本不是坏事,是我和她之间的事情,是我们自愿的。难道这会伤害到其他任何人吗?"

"你认为没有什么不好?在我们家里?和女佣一起?你考虑过我和你母亲的感受吗?"

若泽想起自己在那极其丢脸的时刻是多么尴尬,不禁又颤抖了一下,更加蜷缩在椅子上。

"我承认,我可能应该更小心。可是,我还是要说,我并不想伤害任何人。我可能太粗心,但是,我没有恶意,而且,我的空闲时间做什么,这是我的事情,与其他事情无关。"

"你认为没有关系?"

"当然没有。"

父亲若有所思,用手指敲打着书桌的桌面,仿佛在抚摸一架无形钢琴的琴键,弹奏他脑海中的音符。

"告诉我,若泽,好人是什么意思?"

儿子眨了眨眼睛,试图理顺自己的思路,弄懂父亲提出这个问题的真实用意。玛丽亚·无玷已经立即被解雇了,他以为自己也会受到惩罚,但是,父亲的问题似乎并没有这个意思。他想,也许最好的办法就是将计就计。

"我想,就是做好事的人吧。"

"不错。可什么是好事呢?"

父亲到底想说什么?若泽暗暗问自己。他意识到,所有的问题都指向同一个目标,但是,在自己还不能准确认清这个目标的时候,也许最好还是小心为妙,步步为营。

"就是……就是帮助别人,就是诚实……"若泽吞吞吐吐,不知道该怎么说,"反正就是……就是很多事情。"

令人意想不到的是,上尉的脸上露出了温柔而和蔼的微笑,但是,并没有任何迁就的意思。

"我们都可以轻而易举地辨别什么是好事,"他说,"但是,你看,要想给它下一个定义有多难?什么是好事?一个如此简单的概念竟如此难表达,真是不可思议,不是吗?"

"嗯……是。"

父亲环顾四周,目光落在放置在桌角的一张照片上,那是一个男人和一个女人,男人留着小胡子,面容严肃,女人则神情安详,头发扎在脑后。

"那是奶奶和爷爷的旧照,看到了?有什么共同点?这张照片和……和……"他指了指门旁边书架上封面已经褪色的一本书,"和那本旧书?答案是它们都是旧物。"他又指了指地板,然后指了指自己的书桌。"木地板和这张木桌有什么共同点?答案是它们都是木头。"说完,他身体前倾,表示下一个问题很重要。"那么,一本好书、一双好鞋、一瓶好酒和一个好人,它们之间有什么共同之处?"

父亲停顿一下,让儿子想一想。

"我认为,他们都是好的。"若泽答道。

"对。可'好'到底是什么意思?木地板和桌子因为都是木头做的就一样好吗?"

"这个……不是。"

"当然不是。要定义什么是'好',这很困难。什么是好东西?什么是善?什么是恶?我们怎么知道一件事情是对还是错?为什么撒谎是错误的?它永远、在任何情况下都是错误的吗?而你有……有身体上的接触吗?错了吗?如果这不是错,那就意味着它是好事吗?谁来定义对与错呢？"

一连串的问题像机关枪扫射般一个接一个，每个问题都一样无解，那么简单却又复杂得离奇，以至于若泽很难决定先回答哪一个问题，甚至怀疑是否能给出答案。他突然有一种冲动，想马上知道自己会受到什么样的惩罚并离开这里，不过，他还是克制住了自己的冲动。既然父亲以这种方式与自己谈话，那么，他一定有他的理由。于是，他想了想父亲提出的问题。

"也许是上帝吧，"他试探着说，"只有他才能定义什么是善与恶。"

听到儿子提到上帝，父亲苦笑了一下。

"你母亲也许会这么说！"他说，"有很多人，比如你的母亲，相信道德来自上帝。上帝不是给我们规定了十条戒律吗？戒律不就是良好行为的准则吗？不可杀人，不可偷盗，不可贪恋他人妻子……这些戒律指明了善行之道，没有人会否认这一点吧？一个不杀人、不偷窃、不欺骗、帮助他人、保护被压迫者的人一定是好人。那么，做一个好人就要遵守上帝的十条戒律，反其道而行之的就是恶人。这么看来，你会说你和那个姑娘的行为是对的吗？"

原来这就是父亲想要说的，若泽想。事实上，他从来没有怀疑过这一点。可最终自己还不是因为头一天晚上的那件事被叫到这里来了？不过，他意识到父亲是聪明的。父亲没有使用暴力，而是用他的方式来对付自己。

"错倒也不算，"他犟嘴说，准备与父亲争辩一番，"我又没有杀人，没有偷窃，没有贪恋别人的妻子……"

"听着，上帝的十条戒律之一就是'不可奸淫'，"上尉提醒道，"可是，即便接受你没有违反这条戒律的说法，因为你可能不检点，她也不再贞洁，难道你就可以认为你的行为是对的吗？"

儿子深深吸了一口气，无法直接回答父亲的问题。虽然父亲提到的戒律确实存在，但是，他仍然觉得自己并没有错。然而，这是否意味着自己是对的呢?

"如果上帝让我有对女人的欲望,那肯定是因为他想让我渴望女人,"若泽争辩道,再次回避了父亲的问题,"我承认违反了社会规约,仅此而已。"

"你不能明确地说你在那个房间里的行为是正确的,这可有意思了,"父亲说,"这表明你心里有上帝的道德。总之,不相信上帝的人的确有,但是,他们可以是好人、是正确的。这证明了道德可以超越上帝。但是,如果说善与恶的概念并非来自上帝,那么,它们又从何而来?"

这是一个不错的问题,若泽陷入了思考。他不能确定父亲是否试图借此向他表明他的行为是不能接受的。

"您不觉得这一切都是相对的吗?"

"当然是相对的。"父亲表示同意。他举起手指,补充了另一个形容词。"道德是相对的,也是主观的。如果我为了吃而杀了一只鸡,对我来说是善,对鸡却是恶。换句话说,相对而言,一件事情可以是好事,同时也可以是坏事。"他指了指书架上几分钟前提到的那本书,"另一方面,我可以认为那本书非常好,而你却认为它很糟糕。这是善与恶同时存在的另一种方式,尽管这是从主观的角度看问题。因此,善与恶的概念既是相对的,又是主观的。"

"那就是说没有绝对的善。"

"不一定,"上尉纠正道,"在某些情况下,道德是相对的、主观的,这是事实,但是,这并不意味着它是任性的。某些规范具有一定普遍性,比如'不可杀人'。在所有文化中,甚至在异教文化中,都可以见到这一神圣戒律。在我们基督教文化中,谋杀是错误的,但是在亚马逊印第安部落或南非布须曼人的文化中也是如此。他们同样禁止通奸。"

这是在暗示前一晚发生的事情,若泽羞愧地低下了头。他捋了捋头发,挠了挠脖颈,似乎这样可以帮助他洗清自己。

"在您看来,我已经恶魔缠身了是吗?"

"关于善恶问题，我没有最终答案，"上尉微笑着回答说，"我能告诉你的唯一一件事情就是，你要对得起自己的良心。我不想用昨晚在那个房间发生的事情来评判你，也没有把握说你真的做了什么错事。我只想告诉你，我希望你这一辈子都做好人。在生活中，你肯定会遇到困难的情况，遇到令你进退两难的痛苦局面。最简单的解决办法并不总是最好的。有时，恶行能助我们的生活顺遂得意，善行却让生活步履维艰，而我们必须做出选择。愿你总是选择善行。"

"即使它伤害了我？"

马里奥·布兰科上尉的胳膊肘支在书桌上，两手合掌，嘴唇贴在指尖上，好像一位法官正在权衡如何做出判决。

"如果善行是容易的，孩子，那世上就只有好人了。"

父亲的语气斩钉截铁，仿佛这就是关于昨晚那件事情他要对儿子说的所有的话。若泽觉得这是父亲在提示他可以离开了，几乎松了一口气。父亲没有惩罚他，而是让他思考。若泽向后推了推椅子，想站起来。

"请原谅，爸爸，那我就……"

上尉猛地坐直了身体。

"你去哪里？"

若泽一下不动了，意识到自己可能操之过急。

"那个……我……总之，我要去……"

"坐下。"

若泽重新坐到椅子上，看见父亲从一个信封里抽出一张纸打开，扫了一眼纸上的内容，以他特有的方式撇了撇嘴。每当对某些事情不满意时他都会这样撇嘴。还有什么事情？惩罚？谈论了半天善行，谈论了半天需要做出正确的决定，难道都只是更糟糕事情的前奏吗？父亲还没有开口，若泽脑子里充满了各种可怕的假设。

布兰科上尉叹了一口气，将那张纸递给儿子，似乎准备直奔主题。

"看到这个了？"

若泽几乎颤抖着双手接过了纸,看了看前几行。

"这是我的成绩单!……"

"而且并不漂亮,"父亲说,"尽是 10 分、11 分,还有一个法语 8 分。"

"可是,我有两个 18 分……"

"是啊,音乐和绘画!我绝不是反对艺术,可是我知道,在咱们这个国家,没有人靠艺术生活。"他又叹了一口气,显得很无奈,"我们该拿你怎么办,孩子?"

"用不着担心,我会处理好自己的事情。"

"但愿如此。不过,生活可不是滑稽戏。世事艰难。"他长长地叹了一口气,无可奈何地说,"我与银行的马蒂亚斯博士谈过,他说正好要找一个柜员帮忙。我看这是一个好机会……"

"爸爸,您是想把我关在银行里?"若泽打断了父亲的话。

布兰科上尉不习惯看到做儿子的这样打断他的话,但是,考虑到事情的重要性和微妙性,儿子感到紧张也属自然,于是,没有计较。

"你给我好好看看你的成绩,若泽,"他指着成绩单说,"这样的成绩,你哪儿也去不了。"

"但是,我不想站柜台。"

"那你要去哪里?你想做什么?"

儿子盯着油灯顶端跃动的蓝色火焰看了好一会儿,似乎他被催眠了,似乎摇曳的火光蕴含着对未来的神谕,尽管萦绕在他的脑海的是过去的一个承诺,那是曾经的一天,当他知道一个卷发姑娘的父亲因为她所生活的那个非洲地区没有医生而去世的时候,他对她许下的诺言。

"我要学医。"

这句话似乎太令人意想不到,父亲竟一下子噎住了,突然咳嗽起来,他用了几秒钟才恢复了镇静。

"你一定是开玩笑,"缓过劲儿来的父亲说,"你?当医生?"

"对。"

"可是，你了解学医要付出多少努力和它所要求的水平吗？"说着，父亲又指了指那张成绩单。"你在中学的学业已经……已经是一塌糊涂，想想看，你学医的成绩会是什么样子！算了吧！这纯粹是浪费时间和钱！"

"可是，爸爸，您难道不想我做一个好人，指引我的生活走上一条明路吗？"

面对这样的问题，尤其是想到自始至终都在谈论的事情，上尉犹豫起来。

"想，当然。"

若泽小心地把成绩单折叠起来，递向父亲，脸上露出灿烂而自信的微笑。

"那就让我报名学医吧，"他大声说，"我向您保证，我一定会成为一个好人。"

十三

九名学生围在床边，一位虚弱的病人盖着被单躺在床上。这是一位瘦骨嶙峋、面容憔悴的老人。阳光透过巨大的窗户照进病房，在地上形成一个个白亮的几何图形，这些方形的光影仿佛组成了一个巨大的象棋棋盘。或许是因为这个原因，散发着医院特有乙醚气味的病房里竟洋溢着些许欢快气氛。

教授慢腾腾地走到病人身边。学生们忍住笑声。

"可怜的老人家，"有人在若泽耳边小声说，"我估计他连一个字都听不懂！……"

这位"老人家"是里贝罗教授的病人。里贝罗教授开设的神经学和传染病学课程在医学院很有名，然而因为这位教授口讷，说话时经常词不达意，只能代之以软弱无力的手势。

一场堪称课堂哑剧的怪诞不经的对话就要开始了。像是为了满足学生们的期待似的，教授先深吸了一口气，然后准备开口讲话，最终却只发出了咕哝一声，胳膊随之无关痛痒地摆动了一下。立刻，教室里响起几声忍俊不禁的笑声。对此，里贝罗教授并不理会，他重新开始，在一番努力之后，终于提出了他的问题。

"您哪里不好？"

又有人笑出了声；费尽全力竟只问了如此简单的问题，实在滑稽。

"大夫，"病人带着浓重的波尔图口音说，"我尿尿困难，活见鬼。"

学生们哄堂大笑起来。教授愤怒的目光制止了笑声。学生们收敛了笑声，教授重新把注意力集中到老人身上。

"背痛吗?"

"唉,痛,痛啊,大夫。太痛苦了。有的时候,痛得连走路都困难,见鬼。昨天,我的格拉齐埃拉来了。真是辛苦她,总给我送吃的。那个姑娘真是圣女,而且还很漂亮。她看我病成这个样子,对我说:爷们儿,是人就要活出个人样,加油,别像个窝囊废似的!"

老师看了看学生们。

"诊断一下吧?"

课堂画风突变,学生们不再寻开心,目光似乎有些凌乱。若泽认为有可能是膀胱炎,毕竟他们现在上的是神经学和传染病学的教学实践课,但是,又看不出膀胱炎和背部疼痛之间有什么联系,于是,为慎重起见,他选择了沉默。

教授又做了一个夸张的手势,努力说些什么,却依然只发出了几个让人摸不着头脑的声音,只是这一次没有人笑了,大家都想知道,仅凭两个症状如何能做出诊断。

"这个人,"教授终于结结巴巴地说,"是前列腺癌伴随脊柱转移。"

诊断结果令所有人瞠目结舌。怎么能从如此少的信息中得出这样的结论?教授虽然很难用恰当的词表达自己的想法,但还是让大家明白,在他的分析中,病人的年龄是一个关键因素。然而即便如此,大家仍然露出质疑的目光。

于是,教授叫来了护士,请她向大家展示了病人的 X 光片并介绍病情。令众人惊叹的是,她证实教授的初步诊断是正确的。

"这家伙在讲话方面可能是一个低能儿,"若泽笑着赞叹道,"可是,在诊断病情方面,他真是火眼金睛的鬼才。"

若泽十分享受波尔图自由自在的学习生活,他观察世界的视野愈发开阔,甚至延伸至从前没有听说过的领域。远离了佩纳菲尔的乡下环境和家人如影相随的目光,这位医学院新生觉得,在这个大城市里,他像一只无拘无束的鸟儿,可以张开自由的翅膀,在辽阔的蓝色天空独立、任意地飞翔。

为了儿子有一个最合适的住所,母亲曾征询萨梅罗教区神父的建议。在她一再坚持下,若泽住进了塞多菲塔街的天主教大学青年会。每天早晨,当太阳升上屋脊,城市被唤醒迎接新的一天的时候,若泽便穿上黑色斗篷和长袍,快步前往圣安东尼奥医院旁边的医学院上课。

大学一年级都是大课,一百多名学生在一间阶梯教室里上课,大部分都是空谈和理论课,若泽并不喜欢。接下来迎接他的是解剖室里令人毛骨悚然的尸体、高年级学生捉弄新生的吓人恶作剧,甚至有人将一截断手藏进若泽的书包里。课程与若泽理想中的样子有所不同,这让他开始怀疑:自己真的适合做医生吗?

然而到了大学二年级,当神经学和传染病学教授带领大家在圣安东尼奥医院的病房上了最初的几节教学实践课后,一切都改变了。医学不再是一堆晦涩难懂的术语和需要死记硬背的图表,相反,它突然变成了一张人脸,比如里贝罗教授在第一节教学实践课上诊察过的那位老人,在若泽此前记忆中的那些原本极其抽象的癌细胞变得具有了生命。

"医学的诀窍,"口讷的教授以他独有的风格说,"在于诊断。"

在教学实践课上,若泽意识到,他所选择的职业并不局限于必须掌握的那一串串佶屈聱牙的名称,而是一种探查工作,学生或医生通过病人的症状寻根溯源,揭开人体的奥秘。还有比这更令人兴奋的工作吗?

在所有理论科目中,若泽只对医学义务论感兴趣。这门课的核心内容是古希腊时期的希波克拉底阐释的伦理学,在偌大的阶梯教室里,面对半睡半醒的学生们,授课的皮纳教授讲得神采飞扬。

"医神阿波罗、阿斯克勒庇俄斯、海吉雅、帕那克亚及诸神为证,"

皮纳教授的第一堂医学义务论是这样开始的，"鄙人敬谨宣誓，愿以自身能力及判断力所及，谨遵以下誓言。"

整个一学期，教授详细讲解了希波克拉底誓言开篇的这些话所包含的承诺，特别是每一位医生的职责是永远不拒绝帮助他人，无论何人何地，无论白天或黑夜，随时救助有需要的人，永远不伤害病人，即使病人要求，也不向病人提供对其有伤害的药物，甚至在收取费用时，始终顾及病人经济条件的可能性。

"从某种意义上说，伦理学的历史就是不断寻求解答关于善的诸多问题的历史，"皮纳教授说，"什么是善？什么是好人？伦理学给我们提供了指导，赋予我们力量，使我们勇于面对困境，为大众福祉工作。亚里士多德说过，某物之所以被称为善，皆因为它是被追求之目的之所在。如果有人写了一本有趣的书，读者也认为它有趣，那么，这本书就是一本好书。如果一个人想帮助另一个人，而被帮助的人从那个人的行为中受益，那么，我们可以说那个人是好人。但是，请注意，亚里士多德的这个定义也引起了一些问题。例如，请注意报纸和电视报道的关于德国人杀害犹太人的新闻。一个德国人要杀死许多犹太人，他也的确杀死了他们，他的行动达到了目的。可是，这使他成为好人了吗？他的行为是善行吗？"

对于大多数学生来说，这门课不过是品德课的一种，用心虽好却不接地气、充斥着说教，因此变得十分可笑，让他们感觉似乎在重学《教理问答》。若泽是一个例外。这位来自佩纳菲尔的学生很喜欢这门课的内容，或许是因为它们与他和父亲多年来经常讨论的关于善与恶的话题吻合。不过，在他看来，善的问题像一个无处不在却不现身的幽灵，总是以某种方式出现在课堂上，尽管如此，教授却从未正面论及这个问题，似乎羞于启齿。

若泽苦苦思考着这个问题，令他感到五内俱焚，直到临近学期结束前的一天，他再也忍不住内心的好奇。他本想在课堂上向教授提问，却害怕成为一向以玩笑方式对待这个话题的同学们的笑柄,于是,还是选择了一种较为稳妥的方式。

当老师宣布下课、全班散去之后,若泽一路跟着皮纳教授,直到避开了睽睽众目的时候,他才在教授的办公室门口提出了问题,问他为什么总是谈论伦理道德,却闭口不谈"善"的问题。

"医学义务论与善行有直接的联系,"教授一边说,一边将钥匙插入钥匙孔,"你看,我在课堂上讲的那些规范,不是叫我们这些做医生的不惹麻烦,相反,它们可能会给我们带来麻烦。"他打开门,却转过身面对若泽伸出拳头比画一下。"伦理旨在给我们指出一条笔直的道路,赋予我们力量,让我们不惜一切地沿着这条路走下去。伦理创造内心的力量、人际关系的力量、群体的力量。遵守伦理道德的人是有力量的人,遵守伦理道德的群体是有力量的群体。"

"教授,"若泽争辩说,"希特勒有力量,但是,我不认为他是一个讲伦理道德的人……"

"我说的是道德力量,"他走进办公室,继续解释道,"进来,小伙子。"他示意若泽跟着他,指了指一张书桌前摆放的一把椅子。"坐那儿!"他自己则在书桌的另一边坐下,背对着一扇脏兮兮的窗户。"椅子还舒服吗?"

"可以。"

"很好。"他清了清嗓子,显然,终于遇见了一个和自己一样喜欢这门课的学生,这让他感到兴奋。"在生活中,人类精神尤其追求三样东西:真、善、美。我们的生活不能没有它们,它们每一个都是我们生命的一部分。但是,当我们试图定义它们的实质时,却总是感到语竭词穷。什么是真理?什么是善?什么是美?"

学生皱起眉头,目光中充满了疑虑。

"教授您无法定义真理？"

"你能？"

"这个，真理是……是一个符合现实的东西。我这样认为。"

"那我们就来说说现实问题，"教授连忙说，"告诉我，在动物界你属于什么物种？你是一只昆虫、一只猫、一个人……你是什么？"

若泽笑了。

"据我所知，我是一个男人。"

"是吗？想象一下，你明天醒来发现，原来你是一只梦见自己是男人的猫。做梦的时候，我们天真地相信梦境就是现实。这种事情在我们身上屡见不鲜吧？谁又能向我们保证，说你现在不是在做梦？"

这个问题引起了学生的兴趣。

"也就是说……我认为我不是，"若泽意识到自己的话听上去显得信心不足，于是纠正道，"我肯定不是在做梦。"

"你现在如此肯定，我猜，当你做梦的时候，同样肯定你的梦就是真的。来吧，说实话……"

"嗯……"学生忐忑不安起来，"是，真是这样。"

"所以，我们无法定义真理，是不是？真理符合现实。可哪个是现实呢？"教授顿了顿，略微思考了一下，"美或善亦如此。"他回头指着窗外的一棵树说，"看到那棵栗子树了吗？树冠上的叶子是什么颜色？"

"绿色。"

"现在你想象一下，我天生就是一个盲人，你给我解释一下什么是绿色。"

若泽胡噜了一下头发，试图理清思路。

"意思是……绿色是……反正，我不知道该怎么解释……"

"对啊！"教授大声说，几乎从椅子上跳起来。"绿色是一个基本属性，可是，要向一个从未见过它的人解释什么是绿色，那是不可能的。'温暖'啦……'善'啦，同样是这种情况。"他挥手在整个办公室划了一圈,继续说道:"生活中有一些东西,尽管它们是现实存在的,却不可能用语言加以概括或阐述。如果你非要这样做,只能凭直觉描述它们的属性。即使我们无法精准描述它们,它们依然存在。对于它们的准确定义,我们不甚了了。当我们试图定义它们的时候,从来不是从正面去定义,而是从反面。"

若泽摇了摇头,没有听懂教授的意思。

"反面?这是什么意思?"

皮纳教授像法庭上的原告似的用手指着若泽。

"你不可杀人!"此刻,他自己俨然变身成一个手握《律法书》的人。"你不可偷东西!你不可贪婪!你不可这样,不可那样!"他张开双臂,表示这就是自己的解释。"全都是反面的,看到了?"

"所以,'善'没有正面的定义……"

"善是存在的,我们都知道它是什么,只不过就像我们谈论'真'或'美'一样,我们无法通过语言捕捉到它的本质,"他用手在空中比画一下,"亚里士多德说,所有人类都追求幸福。我想说的是,善良就是我们每一个人为人人都得到幸福而努力。"

"这是您的定义?"

皮纳教授耸了耸肩膀。

"可能不完美,但的确是我的定义,"他点了点头,"当然,接下来,就是如何定义'幸福',是不是?这下我们又回到了原点。"

"这么说,没有令人满意的定义。"

"可不是嘛,没有。"他犹豫了一下,"也就是说,还有另一层意思,我认为也很有意思。它不是直接给'善'下定义,却比较贴近。你想听吗?"

"当然想听。"

医学义务论教授在椅子上转了一圈,望着窗外楼下树丛之间不知疲倦地穿梭往来的学生,似乎学院这生机勃勃的景象本身给他带来了灵感。

"善者爱人且物尽其用，"他说，"恶者喜物且损人利己。"

大家很快发现，年轻的若泽·布兰科对人友善，谈吐风趣，与同学们关系融洽，总是随时准备参加聚会。当然，毋庸置疑，他更喜欢与异性交往。

虽然男生都住在天主教大学青年会宿舍，但是，每天不论什么时间，"姑娘们"永远是他们闲时的话题。每个人都有自己心仪的姑娘，一般来说，都是学院走廊里柏拉图式的两情相悦，但是，这并不妨碍男生对这个或那个女生品头论足，大谈特谈值得称道的女生"品质"，只是这些住在天主教会宿舍的学生口中的"品质"并不是指姑娘们精神层面的"品质"罢了。

久而久之，若泽明显感觉到自己缺少了什么。于是，他开始寻找姑娘，希望建立一种更为严肃的关系，可问题是，他需要知道到哪里去找。

这时，若泽意识到，也许艺术天赋可以助自己一臂之力。还是在进入大学的第一年的年中，他就加入了合唱团，因为会弹吉他和钢琴而大放异彩；他每天斗篷和长袍不离身，以至于衣服因为过度使用而出现了磨损；同时，他开始为几家大学杂志撰写幽默文章。多才多艺使他很快在学生中小有名气并且自然而然地有了一些人缘。

他筛选了几位姑娘，最后选中了同在医学院就读、比他低一级的一位具有雕塑气质的棕色皮肤的女生。他经常在学院的走廊里见到她，于是，他开始打听这位女生的情况，得知姑娘名叫茹丽亚娜。

一次，就在塞多菲塔街的"苏亚维"糖果店里，他认出了这个女生。她经常到这里买一些小点心，以备学习的时候打打牙祭。若泽以猎人的高效开始研究并很快掌握了茹丽亚娜的"活动轨迹"和习惯。

一天下午学习结束之后，若泽决定采取行动，来到糖果店等待姑娘。茹丽亚娜像往常一样准时出现在糖果店，在靠近柜台习惯的老位置坐了下来。若泽等待着糖果店里坐满顾客。终于，他觉得时机已到，突然走到姑娘面前，借口没有座位，希望与姑娘共享一张桌子。惊讶之余，茹丽亚娜同意了。

那是一个愉快的下午。若泽讲了许多笑话，茹丽亚娜觉得很好笑。若泽"发现"两人都是医学生，表示一起学习效率更高，并且几乎一气呵成，成功说服茹丽亚娜一起去看了电影。就这样，"苏亚维"糖果店相会和看电影成了他们的常规活动。在第三次约会时，若泽不失时机地利用奥黛丽·赫本和格里高利·派克主演的甜蜜爱情片营造的浪漫气氛，在黑暗中得到了茹丽亚娜的初吻。

他们正式成了一对恋人。然而若泽不知道，这段恋情是短暂的，只是他在向另一个目标前进的路程中的一段插曲。

十四

天气闷热,"苏亚维"糖果店里的气氛几乎令人窒息,茹丽亚娜再也忍受不了了。由于女性自身月事的关系,她一早醒来就心情不好。糖果店里环境沉闷,空气中弥漫着烟草白色的烟雾,这更令她感到难受。

"泽,咱们走吧。"

若泽正在看从邻桌借来的报纸《一月一》,本想多坐一会儿。看到茹丽亚娜脸色苍白,便没有坚持,将咖啡钱放在桌子上,还了报纸,示意可以离开了。

走到街上,似乎凉爽的空气令两人顿觉神清气爽,于是,他们打算散散步,一边谈情说爱,一边逛逛商店。阴天慵懒的午后,灰蒙蒙的天色映在建筑物临街的门脸上显出金属的色泽,乌云低垂,城市最繁华的商业街被笼罩在阴影之下。

塞多菲塔街挤满了刚吃过午饭正赶着去上班的人,尽管如此,行人中的大部分还是利用忧郁的下午逛一逛波尔图下城区正在激烈竞争中的专卖店。橱窗中陈列着1955年紧跟巴黎时尚款式设计的第一批秋季新品,以及打折的过季夏装。

茹丽亚娜和男友手牵着手,漫不经心地看着商店橱窗。突然,有人问他们:

"逛街来了?"

两个人抬起头,在塞多菲塔街上竟看到一张熟悉的面孔。

"卢多维娜!"

原来是合唱团的一个姑娘和站在她旁边的朋友。若泽随意摆了摆手，目光转向她的朋友，她也正好看向若泽。若泽连忙垂下眼睛，心里有些慌乱。卢多维娜的同伴是一个高个子姑娘，一头棕色直发，猫眼镜框后面露出撩人的眼神和水汪汪的绿色眼睛，这一切都为她平添了高不可攀的女人才有的精致美感。

若泽觉得这个姑娘似曾相识，却不记得自己什么时候见过她，或者自己在什么地方认识她，又或者她让自己想起了什么人。他试图将她定位，将她的面孔放在不同的场景中进行身份识别，结果一无所获，仿佛话到嘴边却消失得无影无踪。他移开视线，可是，那张精致的脸却依然留在他的眼眸中，正如我们在直视太阳之后，虽然只是短短的瞬间，它的光芒仍然会让我们感到目眩。

"我们在那边看中了一件连衣裙，很喜欢，"卢多维娜指着街对面的一家商店说，"但是，价格呢？天啊，吓人！"

"唉，可不是嘛，"茹丽亚娜附和道，"物美价廉的，没有！"

若泽努力想把注意力放到卢多维娜身上，可是，她朋友的面孔已经变成了一个不肯离去的幻影，又仿佛一个强大的磁场，使他再次将目光转了过去。他始终感觉自己认识这个姑娘，拼命在记忆中寻找她的身影。

卢多维娜注意到若泽不安的眼神，转过身来，示意她的同伴走近些。

"你们在这里见过我的朋友吗？"她问，"她是药学院的同学。"

姑娘笑了笑，朝这对恋人点了点头。

"你们好，"她打了一个招呼，"我叫玛丽安娜，不过，在佛得角，大家……"

若泽睁大了眼睛，终于认出了她。

"……他们，那个，叫我……"

"米米卡斯？！"

姑娘看着若泽，第一次仔细打量起来：方脸，棕色的大眼睛，眉毛给他带来几分弗兰克·辛纳屈式的坏坏的表情。一瞬间，姑娘犹如被闪电击中,也认出了他。

"泽?"

他们对视良久,都感到难以置信,几乎惊呆了。他们彼此打量着,比较着对方刻在自己记忆中的模样,都认出对方就是那个曾经多少个星期天从萨梅罗教堂一路相伴回家的人。

"你们认识?"卢多维娜惊叹道,"天啊,泽!我早就听说你和所有的人都合得来,可我一直以为那不过是说说……"

若泽认出了他的老朋友,确切地说,他的初恋。他想起,在一个星期天的早晨,就是这位姑娘泪流满面地与他在家门口告别,或许这就是她印在他记忆中最清晰的样子。现在,她的老样子让他感到陌生,她的变化却让他感到亲切。她顽皮的绿眼睛、雪白的皮肤和精心画过的嘴唇一如从前。不过,她身体婀娜的曲线、高耸的胸部已经是女人的身材。猫眼镜框在她也是新奇之物,但让她的脸更加甜美,像是又一个伊丽莎白·泰勒。若泽不由自主地伸出手抚摸她的头发,体会它的手感。

"你的头发变了,"他几乎恍惚地说,"更黑了,而且还是卷发。"

她也抬起手,用手指划过他的脸,像是在画画。

"你呢?不再纯真……"

他们就这样,在塞多菲塔街上互相抚摸,像两个雕塑家抚摸他们的作品,为自己的才华而感叹,为自己双手创作的作品感到欣慰,他们既是创造者,也是作品本身。

"泽,咱们快走吧!"

茹丽亚娜声音中带着急迫感,但若泽清楚那不是真的,因为他知道他们并不急着去哪里,女友的声音传递出的不是急切,是担心。可她担心什么呢?他很奇怪。然而,就在他走出几步准备陪女友离开却又回过身向米米卡斯道别的时候,这一刻一切都清楚了,他意识到茹丽亚娜颤抖的声音背后是什么。

是米米卡斯。

与青竹梅马的初恋相遇打开了若泽自以为已经忘却的记忆的闸门，唤醒了他自以为已经淡漠的感情，他惊奇地发现，往事和过去的情感并不如烟，它们只是被压抑着，无处排解。当隐藏在他意识里的魔鬼被毫无先兆地释放出来的时候，与米米卡斯的重逢成了灵光显现的时刻，它让一切都浮出水面，也成了一个神奇的时刻，像是证明他此前被魔咒附身。

"在吗，亲爱的？"

一句问话将若泽从幻想世界拉回到现实的课堂上。他重新集中注意力，米米卡斯精致的面容渐渐散去，出现在眼前的是皮纳教授的大胡子，他正使劲盯着自己。

"嗯？"

"我们到了月球，是不是？还是回来听课吧！"

重逢带给若泽的激动过于强烈，令他仿佛踏上了穿越回过去的始料未及的旅程。他开始郁郁寡欢而不能自拔，眼前的一幕幕景象几乎总是令他陷入痛苦的怀旧情绪中，似乎一切可以成为借口，让他重返已经失去的与米米卡斯在一起的纯真年代，那时，世界是单纯的，选择是明确的，身体听从心而不是裤子里那个"怪物"的召唤。

若泽陷入了对自己与米米卡斯离开萨梅罗教堂一起回家的奇妙回忆中，他还在上学，却只记得自己与那个一头浅棕色卷发的女孩的谈话。当他与其他人说话时，总是在每个人的脸上寻找童年的朋友那狡黠和叛逆的眼神。

一连几天萎靡不振而不能自拔之后，若泽意识到自己必须做些什么，准确地说，是要做一件事情。他拟定了计划，然后直奔药学院去查学生名单和课程表。当他掌握了这两项有用的信息之后——自从开始行动以来，他的状态也好了起来——便开始执行第二步计划。

守株待兔。

傍晚时分，天色阴沉，城市下着小雨，这预示着更加寒气逼人的秋天即将来临。米米卡斯从学院出来，在大门口遇见了若泽。

"你怎么在这儿？"若泽假装诧异地问。

"应该是我问你嘛，"米米卡斯笑了笑，"你来我们学院做什么？"

"我来找一本药学学生用书，药学课要用。我不知道你是不是了解，医生也要懂药……"

姑娘翻了一个白眼。

"了不起！"她讽刺地说，"真的？"

若泽望着她，显出若有所思的样子，好像刚刚想起什么事情。

"不过，有你在，我要学生用书做什么？你愿意帮我吗？"

"我？可是我现在要回家了！……"

若泽走近前去，向街道伸了伸手，邀请姑娘一起走。

"我陪你一起走吧，"他说，"当然，如果你不介意的话。"

米米卡斯耸了耸肩膀，似乎表示自己并不介意，然后继续走路。

"可是，我是步行，而且要走好远……"

"这也不错嘛。和你一起，边走边聊，我喜欢。要是换一种方式，反而会有些奇怪呢。"

姑娘笑了，知道若泽是在暗指从前在佩纳菲尔时他们在萨梅罗教堂做完弥撒后一起回家的事。的确，童年时，在从教堂回家的路上，他们无话不谈。

"所以，"她说，"好像我们又回到了过去的美好时光。"

"可不是嘛！"若泽大声说，显然，对于过去的时光，米米卡斯全都记得，这让他感到高兴。"你住在哪？"

"那儿。"

"哪儿？"

"在……博阿维斯塔。"

"你在那边有房子?"

米米卡斯大笑起来。

"在博阿维斯塔有房子?我倒是希望有呢!"她摇了摇头,"没有。我住在多洛特亚修女会。在帕斯广场那边,是女生宿舍,不过,那里挺好的。"

两个人并肩而行,聊得很开心,边聊边信马由缰地走着,并不在意走到了哪里。

"你想念佛得角吗?"

"有一点,"她承认说,"可是,欧洲很不一样。我喜欢葡萄牙的街道和马路。它们太棒了!"她指着街道说。"看看这个!多漂亮的路面啊!那个,佛得角可没有这样的路,那里都是土路,尘土飞扬。简直恐怖!"

若泽看着街上典型的波尔图和北部地区才有的石子路。他从没有想过,竟有人如此喜欢像石子路面这么简单的东西。毫无疑问,没有的才是值得宝贵的。

"你为什么报药学院?"他问,"你就这么想当药剂师?"

她脸红了。

"其实,我想当医生,"她喃喃地说,"可是,一想到要在解剖室里做的事……天哪!我从来没有见过死人,也不想见!"她把脸转向若泽,"你呢?就不害怕?"

若泽撇了撇嘴。

"我才不怕呢。"

"一点都不怕?"

"不怕,"他得意地说,对于他来说,好像处理死人是司空见惯的事情,"有点像走进肉铺……"

"天啊,太可怕啦!"米米卡斯大声说,双手捂住了脸。"你是怎么做到的？"

"小菜一碟。"

"我可做不到！我原来想当医生，可是，我永远学不了解剖学，所以，我报考了药学院。在这里，至少不用和尸体打交道。"

"你在波尔图唯一的事情就是上学？除了药学，就没有其他了？"

"看你说的！这已经不容易了！还想让我学什么？"

"我不是指学习。可是，你还可以做其他事情，比如，我参加了合唱团。你不想参加？"

"我不会，那个，演奏任何乐器。"

"你可以唱歌……"

米米卡斯又大笑起来。

"我？唱歌？我这嗓子可不行，泽。我唱什么？扯嗓子唱法吗？"

米米卡斯哼唱了几个音符，可是，当她提高两个音调时，一向清脆的声音却立刻跑调，竟至完全失声，这让她的朋友笑起来。

"好吧，唱歌不是一个好主意，"若泽承认，"我们得考虑其他事情。写文章怎么样？我们现在有一份刊登幽默文章的报纸《妙语连珠》，需要新稿件。既然你是一个有趣的人……"

米米卡斯摇了摇头。

"恐怕我毫无艺术造诣。音乐、写作、绘画……我就是聋子的耳朵——摆设。我喜欢读书，读过阿加莎·克里斯蒂的每一部小说，但是要说写作，我是一塌糊涂。"

"太可惜了……"

"你可是真正的艺术家哦，"米米卡斯说，"我看，你真正的才华是在音乐方面。"

"你这么认为？"

"当然，"她的语气中带着一丝调侃，"自从咱们相遇后，你对我可是'歌声'不断呢！"

"嘿！你怎么会这么想？"

"因为你来找我，说你有一些药学方面的疑问，可却没有问过我一个关于药学的问题。你的那些'疑问'到底是什么？"

若泽一惊，脸一下子红了，连忙转移目光向街上望去。他早已计划好了一切，却忘记了这个细节。他哪里是需要知道什么药学课的事情？

"我……总之，留到下次，好吗？"

她的眼神变得比平时更加撩人。

"你要先去找那本书吗？"

"对。"

看到若泽急忙就坡下驴、如释重负的样子，米米卡斯又露出了笑容。

"毫无疑问，"姑娘喃喃地说，与其说是在对朋友说，不如说是自言自语，"你真像音乐家。"

十五

若泽的生活规律发生了新变化。当米米卡斯下课准备离开学院时，若泽总是准时"正巧"遇到她，一脸"惊讶"地微笑着与她打招呼。他的守时一定是从他父亲那里继承来的。

"你好！"他每次都这样说，"你怎么在这儿？"

闹剧变得十分有趣。如果米米卡斯身边有一两个同学，若泽便会自顾自地向前走，然后消失在街的尽头，完全无视姑娘们的笑声。可是，如果米米卡斯偶尔一个人走出学院时，他就会在打过招呼后，照例送上那句每当这种情况下必说的套话。

"嘿，别告诉我你被抛弃了！别烦，我陪你回多洛特亚修女会。"

他们仿佛又回到了佩纳菲尔星期天的漫步，只不过现在是在另一座城市，有了新的路线和不同的缘由。事实上，从学院到米米卡斯家所在的帕斯广场这一路上，他们聊得很开心。虽然两个人都发生了变化，但是从来不缺少话题，他们似乎有共同的兴趣，都以良好的心态面对生活。他们海阔天空地聊着，可奇怪的是，也许并不奇怪，却从不谈药学的相关内容。

两个星期后，到了根本无需假装在学院门口偶遇米米卡斯的时候了，若泽觉得自己已经做足了"功课"，迈出下一步的时机已到。在此后的一次散步时，他们并肩走着，在即将走到博阿维斯塔时，若泽用手碰了碰米米卡斯的手。姑娘没有反应。他们继续向前走了几步，若泽鼓起勇气，再次碰了姑娘的手，并且试图牵她的手指。姑娘立即抽回了手，却小心翼翼闭口不提此事，仿佛一切都不言而喻。若泽意识到，自己必须再耐心些，便克制住第一次试探。

然而不久，事情却突然高歌猛进。接下来一周里的一天，他们在学院门口遇到了卢多维娜。大家免不了彼此微笑寒暄，但是，卢多维娜尽管彬彬有礼，眼神里却多了一丝怀疑。

三天后，他们在途中又遇到了卢多维娜。这一次，他们无法掩饰短短几天之内再次被人撞见的尴尬。

"糟了，糟了，"米米卡斯一边走一边嘟囔着说，"我可不喜欢这样。"

"好烦，"若泽也有同感，"这已经是卢多维娜第二次撞见我们在一起了。"

"这会引来闲言碎语的。你最好不要再来学院门口等我了。"

听到这句话，若泽几乎有些恼火。

"瞧你说的！我不觉得有这个必要！……"

"可是我觉得！"米米卡斯打断他的话，依然因为他们被朋友看到而懊恼，"我们最好结束这一切。"

在若泽看来，"结束"是万不得已的事情。听到米米卡斯这样说，他几乎陷入了慌乱。自己一次次送她回家怎么可能没有打动她？

"为什么？有什么不好吗？"

米米卡斯在街角停下脚步，转身用犀利的目光直视若泽。

"为什么？你脸皮真厚！"米米卡斯一边用出乎意料的指责语气大声说，一边用食指使劲戳了戳他的胸口，"你很清楚为什么！……"

"不，我不清楚。"

"因为你需要先解决一个问题，"米米卡斯提高了声音说，似乎因为要求她解释如此显而易见的问题而感到很不高兴，"在你解决这个问题之前，不必再来找我了。听到了吗？"

说完，她转身拔腿匆匆走了，以此表明自己不希望别人来陪。若泽愣在人行便道中央，想弄明白自己说错了什么或做错了什么。他张开双臂，显得疑惑和无奈。

"到底是什么问题？"

米米卡斯停下脚步，回过身来。

"问题就在我和卢多维娜在塞多菲塔街见到你时与你牵手的那个人身上。"

米米卡斯继续向前走，转过街角消失了。

与米米卡斯不欢而散令若泽无法接受。这是他一生中第二次与米米卡斯分开。事实上，没有了米米卡斯，若泽感到怅然若失、不可思议和震惊，但是，他知道自己不能失去儿时的朋友。他甚至重新到学院门口去等米米卡斯，可是，当她问及"问题"是否已经解决而他无奈地垂下眼睛的时候，姑娘便抛下他，继续走自己的路，不再理他。

若泽万分痛苦，男人们在分手时刻总是缺乏勇气。几天过去了，他终于豁然贯通，意识到自己已经没有回旋的余地，不能让势在必然的事情拖下去，自己已经没有了退路。于是，他鼓起勇气去找必须面对的茹丽亚娜。不出所料，茹丽亚娜反应激烈，泪如雨下地责骂他。若泽无法否认她是对的，却因此既感到解脱又心存歉疚，最终与她分手。出门走在街上，此时的若泽已经是一个单身汉了。

心情轻松、拿定了主意的若泽又回到学院门口去等米米卡斯。幸运的是正看到米米卡斯独自一人，便拦住了她的去路。

"你好，"他打着招呼，"想一起走走吗？"

姑娘用审视的目光看了他一眼。

"你很清楚我的回答是什么……"

"走吧，你不会后悔的。"

若泽出奇自信的样子打动了姑娘,她点头同意了,跟着他上了一辆公共汽车。汽车穿过波尔图的一条条街道,向福什-杜杜罗河口开去。

大海低吼着迎接他们的到来。那天,海浪很大,浪拍打着人行便道护墙的墙体,在墙上激起翻卷的泡沫。浪花随着巨浪一排排飞溅着,空气中弥漫着咸咸的、冒着气泡的、有些刺鼻的海的气味,像异域的香水味钻进他们的鼻孔里。

"波涛汹涌啊,"若泽说,"你冷吗?"

"有一点……"

若泽指了指街对面的一家咖啡馆。

"去那家'卡拉维拉'吧。"

像可以想见的那样,在这个地方和这个时间,咖啡馆里几乎空无一人。两人在窗边可以看到大海的位置坐下,点了两杯牛奶咖啡和烤吐司面包。

"我有一件事要告诉你。"利用两人单独在一起的机会,若泽说,"我已经和茹丽亚娜分手了。"

米米卡斯挑了一下眉毛。

"这话是什么意思?"她小心地问,"你想下课的时候再回来等我,并陪我回家?"

若泽做了一个深呼吸。前一晚,他明明反复练习过今天要说的话,但此刻,像通常这种时刻会出现的情况一样,他突然感到喉咙发干,心跳加速,一个字也想不起来了。练习的时候,他准备的甜言蜜语像清澈的小溪潺潺流淌,可是现在,到了关键时刻,它们却卡壳了,挤在一起,变得吞吞吐吐,语无伦次。他想,现在最好的办法就是快刀斩乱麻。

"我想告诉你我原本的计划。"他嘟嘟囔囔地说。也许是太紧张的原因,他干咽了两口唾沫,避开了米米卡斯的目光。"我梦到你了,当我醒来时,我发现自己已经坠入爱河。我本该早告诉你这个,而且我有很多话想对你说,都是好听的话。可事实是,我没有这样做。"这时,若泽的话愈发流畅起来,他的目光也不再躲避,而是直视着米米卡斯。"不过,我只是现在没有这样做。其实,你是我的初恋。有一天,我看到你在你家的阳台上,那一刻,我惊得喘不上气来。见不到你的时候,我寝食不安;每次见到你,又越来越想能再次相见。当你离开的时候,就好像带走了我的一部分。你还不知道,你带走的是我的心。你去了非洲,连我自己都没有意识到,我的心和你一起去了。"若泽又说不出话来了。"我一直都知道,你是我的初恋。可是,我以前不知道、现在才知道的是,你是我的唯一。"他把手放在桌子上,像是想靠近米米卡斯的手,却又在等待她的允许,浑然不觉自己已是满头大汗。"我想……我想知道……如果……如果你愿意……我……那……我们做恋人吧。"

他们相互凝视了许久,若泽期盼又紧张,米米卡斯则显出古怪精灵的神情,疑问在彼此的心头萦绕,时间在那一刻仿佛静止了。终于,笑容在米米卡斯的嘴角绽放开来,她的手臂落在桌上,握住了他的手。她没有回答"愿意",却好像已经回答了。

十六

阴天慵懒的午后,灰蒙蒙的天笼罩着整个城市。低垂的乌云将阴影布满了波尔图的大街小巷。那天傍晚,有人看到若泽和米米卡斯并肩坐在电车里,这是只有情侣才会做的事情。消息很快传遍了多洛特亚修女会、他们所在的学院和合唱团。若泽和米米卡斯谈恋爱了。

可传言却变成了谩辞哗说。有人指责米米卡斯,说她"抢走了"茹丽亚娜的男朋友,在他们眼里,茹丽亚娜是品德高尚、受大家尊敬并且值得同情的姑娘。面对指责,米米卡斯感到十分痛苦,她申辩自己是无辜的,反复向愿意听她解释的人说明原委,说事实不是传闻中的样子,是他主动接近她,说她告诉过他,在他有女朋友的情况下来接近自己是不对的,说是他向他的女朋友提出分手的,说自己答应他的时候他是单身汉,尽管实际上,她从来没有说过"愿意",当他在海边的"卡拉维拉"咖啡馆要求与她建立恋爱关系时,她只是报以微笑并默许了。

"你看看现在?"米米卡斯向男友抱怨说,"现在我被当成了小偷!……"

然而,若泽却并不在意那些飞短流长,满心想的是接下来的事情。自从玛丽亚·无玷唤醒了他肉体的快感以来,他就知道自己得满足裤子严密保护的那个"怪物"。诚然,米米卡斯是他心中真正的女主人,并且在若泽看来,爱情似乎与肉体的事情无关,但是,也不用把她视为圣母马利亚,这甚至是因为他自己还与《圣经》里的若泽[1]同名呢,理当像

---

[1] 即约翰,《圣经》中耶稣的养父。

《圣经》里那样与心爱的人在一起。

可是在这个问题上,难以投入的是米米卡斯,从一开始她就拒绝接吻。在那个年代,只有追求前卫的人或恋爱关系成熟的人才会做出接吻这种亲密举动。这令若泽十分沮丧,如果她连接吻这么简单的事情都如此抗拒,其他的事情又会怎样?

为了激发米米卡斯的欲望,他采用了新办法,比如贴身拥抱,后来,他开始穿紧绷的裤子,以此突出他异于常人的部位,想引起她的兴趣。

然而,女友似乎对这些毫无反应,这倒让若泽感到好奇,莫非是自己没有品味?莫非是自己对她做错了什么?自己的阳刚之气吸引了那么多人,为什么对她竟毫无作用?莫非她不喜欢这些?久而久之,若泽终于找到了最后这个问题的答案,原因非常简单:米米卡斯还是处女,身体的那片领地还从未开垦过,而她对此类事情知之甚少,所以,她对男友的诱惑毫无感觉。更糟糕的是,她对他的做法越来越抗拒。

"别净想这些,"每次拒绝后她都会这样说,"学习去吧!"

一天晚上,多洛特亚修女会举办了一场派对。第二天,照例是住宿生们自己负责打扫和整理工作。禁止男生入内的规定是为了保持修女会的清誉,就是对这样一个受人尊敬的机构本身来说也是应该的。然而,那一天却是一个例外,因为一些工作需要男生的力气。

就这样,若泽终于看到多洛特亚修女会的大门向他敞开了。他向人打听米米卡斯,并按照指引,在厨房找到了她。

"人家让你进来的?"姑娘看到若泽,好奇地问。

"我说我是来帮你的,"若泽解释说,"派对搞得怎么样?"

"棒极啦。"她开心地笑着回答,但马上又做出可怜兮兮的样子,继续说道,"可是,我吃得太多了,真有些后悔……"

"你在干什么?"

姑娘指了指水槽中歪歪扭扭堆得像简易的比萨斜塔似的一摞用过的盘子。

"我在洗餐具,你没有看到?"

"需要帮忙吗?"

若泽的问话让米米卡斯顿感吃惊,她怀疑地看了他一眼。

"你?帮忙洗盘子?什么时候学会的?"

"只要你需要。你到底需要不需要?"

"当然需要啦。"

米米卡斯向旁边挪了一步,为他腾出站的地方来洗餐具。可是,男友接下来的行为却让她一头雾水。他不但没有走过来,反而一转身消失在走廊里。不到一分钟之后,他手里拿着一把吉他回来了。只见他从厨具间抓起一把椅子,拖到厨房中央,然后,像一位征服者那样用一只脚踩在椅子上,卷起袖子,摆出中世纪吟游诗人的姿势开始演奏。

我要

唱

伊拉里奥[1]的

法多……

"喂,"米米卡斯打断了他,双手叉腰,生气地说,"你在做什么?"

若泽把吉他抱在怀里,一缕深棕色的头发耷拉在他的额头上,两眼紧紧盯着琴弦,熟练地弹奏着。听到米米卡斯的话,他停止了弹奏,脸上露出惊讶的表情,似乎米米卡斯的问题毫无意义,而答案再明显不过了。

---

1 葡萄牙著名法多歌手。

"我在帮你洗餐具啊。"

很快,米米卡斯意识到,若泽属于他那个时代的人,在做饭和操持家务方面,他的职责就是做一个食客或躺在沙发上。他不是一个会把房间搞得乱七八糟的人,但他也不是打扫或整理房间的人。

米米卡斯对此并不介意,她自己也是那个时代的姑娘。按照性别进行工作分工是两厢情愿的事情。若泽和米米卡斯都认为自己是现代人,是文化人,但是,在某些事情上,也有遵循传统的一面,家务事就是其中之一,在这个问题上,米米卡斯无法改变若泽,而且不试图改变他,或者说,根本不想这样做。

如果说米米卡斯对若泽有什么影响的话,那就是凡事要学业优先。懒散的早晨,不务正业的下午,被法多、喝酒和聚会填满的夜晚,包括对学业的漫不经心,都一去不返,短时间内发生的这一切都要归功于米米卡斯的铁腕。

变化始于他们相约一起学习的第一个下午,地点在"金锚"咖啡馆。这是波尔图最受学生欢迎的咖啡馆,究其原因,据说因为这里是"自习"的最佳场所,不过,其中的真正含义似乎要看说这话的人是男生或女生而定。

那天,"金锚"咖啡馆与往常一样坐满了学生,人多得像虱子似的,正是因为这个原因,咖啡馆获得了"虱子"这个绰号。一团团烟云飘在桌子上方,低语之声不绝于耳声。两个刚到的人等了十分钟,才有了一张空桌子。桌子位于靠墙的角落,紧挨着吧台,这是通常留给医学生的位子。理科生的位子集中在入口处,而工科生和经济学的学生则喜欢坐在另一端靠近镜子的地方。

米米卡斯把一摞书放在桌子上,等男友点好了咖啡,便拿起第一本翻阅起来并拿着铅笔准备做笔记。

"你知道那个按门铃的泽基纳斯吗?"若泽问。

"嗯?"

"男孩泽基纳斯很想让楼里的邻居们都叫他'按门铃的泽基纳斯'。他住在四楼,每天下楼去上学的时候,他都会按一下三楼、二楼和一楼邻居的门铃。下午放学回来……"

"泽……"

"……又按一下一楼、二楼和三楼邻居的门铃。傍晚,他去倒垃圾,下楼的时候还要再按三楼、二楼……"

"泽!"

女友严厉的语气和严肃的表情让若泽不得不停止了说笑。

"你不想听?很有意思啦!……"

"下午喝茶的时候再讲给我听吧,"她又拿起了书,"好啦,现在该学习啦。"

若泽愣了几秒钟,看着女友在手里拿的书上画线。

"你听过蝉和蚂蚁的故事吗?"他好奇地问,"为了让蚂蚁工作,需要蝉来给它打气……"

"那天我洗餐具的时候,你已经当过一次蝉了。现在你应该变成一只蚂蚁,"她指着书说,"赶紧,看书吧。"

角落恢复了安静。米米卡斯继续看书,不时在书上做着标记,而若泽则用手指敲着鼓点,寻找可以分散注意力的东西。他绕着"虱子"环视一圈,看到一个服务生正两手各托一个摆满咖啡杯的托盘在桌子之间紧张地穿梭,一边绕开桌子,一边平衡着手中的托盘。

"你看那个……"

"看书!"

就这样,在米米卡斯不断地敲打和收紧的"缰绳"约束下,若泽被"驯服"了。女友看书的时候,他几乎被禁止说话,这让他觉得自己必须在这段无聊的时间干点什么,以便度过无法忍受的单调的下午。于是，他开始带上笔记本和医学课本。

"总有一天，"他一边翻阅一本解剖学课本，一边咬牙切齿地嘟囔道，"我甚至能学会这该死的乳突！……"

实际上，这种方式奏效了。没过多久，若泽的学习有了起色，渐渐找到了学习的动力。虽然他还不是模范生，但是，成绩已经从以前的 10 分、11 分上升至 12 分、13 分，并且再也没有出现过不及格的情况。另一方面，他变成了尖子生。大学一年级、二年级的两年之中，他仅仅有七门课通过了考试，可是，在之后的两年，他却通过了二十门课的考试，一改学业落后的状况。诚然，现在的课程大部分是他比较感兴趣的实践课，但是，这并不妨碍在他身上发生的变化令人称奇。

问题是米米卡斯依然坚决拒绝与若泽发生肉体关系，无论他如何好说歹说，也不管他的尝试多么别出心裁、花样翻新。

"来吧，就这一次，"每通过一门课的时候，若泽都会这样说，"就当是一个小小的奖励……"

"通过努力完成学业才是奖励。"

米米卡斯的回答令若泽光火，让他不知该如何面对积累在心中的挫败感。他已经习惯了玛丽亚·无玷的有求必应，对米米卡斯如此冷酷无情的考验感到无所适从，而用"冷酷无情"形容他正在经历的情形是再恰当不过的了。

"可是，为什么？为什么呢？"

"我对你说过了，"米米卡斯已经重复过无数次，"那种事情只有结婚后才可以做。"

若泽知道，女友太缺乏阅历，以至于她似乎对"那种事情"的准确含义只有一个模糊的概念。可是，这非但没有让他感到安慰，反而令他更加绝望。没有人希望得到他自己不知道的东西。若泽苦于没有办法向米米卡斯表明,她当时不屑一顾的正是足以令任何其他女人发疯的事情。该如何让她明白这一点?

大学五年级[1]的学期中,若泽再也忍受不了这种禁欲的生活,终于下定决心。那是冬季的一天,若泽要整个下午在合唱团排练,于是,两人约好下课以后米米卡斯去合唱团找他。

一切如常,姑娘如约而至。她走进音乐厅,坐在后排的一个角落,合唱团团员正在排练几首科英布拉法多,再有不到半小时排练便结束了。米米卡斯一边听音乐,一边看书,偶尔望一眼男友,看他弹吉他,或听他唱几句。

终于,排练结束了,合唱团团员们迅速散去。天色渐晚,临近晚餐时间。米米卡斯从座位上站起身,走到舞台旁边迎接男友。可是,若泽磨蹭了很久,直到所有人都走了他才收好吉他。就在这时,他做出了一件出人意料的事情。只见他扫视了一眼大厅,显然是想确定这里只有他和米米卡斯两个人,然后,他似乎没有一点想离开舞台的意思,转身背对空无一人的观众席,在钢琴前坐了下来。

"泽,"米米卡斯不耐烦了,"你在干什么?"

"只弹一首曲子。"

"快一点!我要饿死了!"

"坐下来听听嘛,"若泽说,"这首曲子是献给你的。"

米米卡斯深深地吸了一口气,恢复了耐心,在第一排的一张椅子坐下。天已经黑了,她急切地想在餐桌前坐下吃晚饭,更何况因为看排练,她连下午茶都错过了。可是,男友的神秘举动还是引起了她的好奇心,她想知道此时此景他要弹奏的是一首什么音乐。

---

[1] 葡萄牙的医科学制为六年。

此刻，若泽俨然舞台的主人，他久久凝视着气派的三角钢琴，仿佛想要引诱它，并且有的是时间这样做。他张开双臂，做出一只准备腾空而起的鸟儿的样子，深吸一口气，缓缓地将手放在那一排光滑的琴键上。在黑色的乌木琴键衬托下，白色琴键表面的象牙发出柔美的光泽，他似乎被它们迷住了。在最后的寂静时刻，他的身体晃了晃，像是因预感到快乐而颤抖了一下，最后，他的手指落到了琴键上，好像在抚摸它们。终于，琴键奏响了第一串充满力量而富于节奏感的音符。米米卡斯立刻听出了这首庄严的乐曲。

婚礼进行曲。

他们在夏天结婚了。之所以选择这个时候，是为了利用米米卡斯的母亲来葡萄牙的机会。她在佛得角明德卢邮政部门工作，这一年正可以享受免费休假。

婚礼在圣蒂尔苏镇本笃会修道院的辛热维加小教堂举行。修道院院长、若泽的堂兄加布里埃尔主持了婚礼弥撒，一切都遵循葡萄牙北部的传统、良好的风俗和天主教优秀家庭应有的婚礼仪式进行。全家都到场参加了婚礼，包括住在山后省的远房表亲。唯一缺席的是姐姐洛德斯，若泽上大学的时候，她已经结婚，并且和丈夫以及接二连三生下的孩子去了安哥拉。

婚礼上，新郎的内心激动万分。在恋爱的这些年，米米卡斯泥古守旧地追求贞洁，这使得若泽对被她一再剥夺的欲望愈加向往。他一度绝望过，甚至想到过分手的可能性，可是，当欲火冷下来的时候，他便清醒过来，彻底打消了分手的念头。米米卡斯是他的初恋，事实上，也是他唯一爱过的女人，失去她将会是一场永远不可挽回的灾难。结婚是他解决问题的办法。既然他已经认定她就是自己生命中的女人，为什么还要将必然的事情拖下去呢？更何况他深信，一旦米米卡斯品尝过此前那么愚蠢地拒绝的禁果，必然会从此觉醒，获得她以前不知道的快乐。足以令她永远不忘的这样的觉醒即将在短短几个小时内发生，因为酒会结束后，他们将离开修道院前往波尔图的酒店，在那里度过他们的新婚之夜。

长期以来心心念念的事情就要实现了，期盼令若泽的"怪物"从一早就进入了高度紧张状态。若泽无法控制它，只得强忍着已经影响走路的膨胀感参加在小教堂举行的婚礼和之后举行的酒会，然而，他的窘态都被小教堂里所有在场的女士们看在眼里，成了不满的人交头接耳议论的对象，也引来不少贪婪者的叹息。如果说她们并没有亲眼见到，至少听说过，几乎所有在场的女士都知道新郎天生的，或者说，是上帝无比慷慨恩赐的阳刚特质。

因此，在婚礼仪式上，在那么庄重的时刻，许多女人都忍不住将贪婪的目光投向新郎与燕尾服相搭配的西裤中间的敏感部位。但是，与其说贪婪的目光，不如说她们的眼神中透露的是对仍然保持贞洁的米米卡斯不可遏制的嫉妒。天意却令纯洁质朴的米米卡斯还不知道与若泽的结合会给她带来怎样的命运。

对新郎而言，酒会似乎太长太长，他的耐心是那么短暂，而与米米卡斯行夫妻之实的愿望又是那么强烈。为了显得有基本的品味，无论它对于他们的眼睛有多么大的诱惑和磁石般的吸引力，来宾们当然要避免不加掩饰地盯着新郎的尴尬部位，而是纷纷询问新人的婚后计划，以此分散注意力，抵御诱惑。

一些人问他是否打算在波尔图定居，另一些人问他是否计划在佩纳菲尔开诊所，甚至还有的人建议他们去派瓦堡。对于所有这些问题，若泽含糊其辞地搪塞过去了。

然而，当父亲问他同样或类似问题的时候，他便无法回避。布兰科上尉仍然是他的经济来源，除此之外，是他的父亲，他怎么能回避父亲理所当然地向他提出的问题？

"不是波尔图,也不是佩纳菲尔,"他回答道,终于宣布了他的计划,"我要去里斯本。"

"里斯本?"父亲面露惊讶,"去做什么?在北方这里、在家人身边不是更好吗?有什么必要南下去那里?"

"为了学习一技之长,"若泽解释道,"波尔图没有这个专业。"

上尉不解地看着儿子,甚至露出不信任的神色。

"什么样的专业只能在里斯本学?懒惰吗?"

"热带医学。"

不信任的表情变成了吃惊。

"那不是疟疾和黄热病之类的东西吗?为什么想学热带医学?据我所知,咱们这里可没有这些怪病……"

"是没有。但是,在我想去的地方,那里有。"

父亲瞪大了双眼,终于猜到了若泽的心思。

"你不会告诉我,你要去海外吧?!"

儿子的脸上绽放出灿烂的笑容,像孩子面对一粒太妃糖。

"莫桑比克。"

第二部　炼狱

圣洁的灵魂啊，若不先经火的燃烧，你们不能前行。

——但丁

一

随着一阵长长的欢快却低沉的"突突"声划过空中,布兰科夫妇向码头上挥手的人们告别。这倒不是因为聚集在阿尔坎塔拉码头上为启程的人送行的几百人中有若泽或米米卡斯的熟人;他们常常在美国电影中看到人们激动地挥手与启航的邮轮告别的画面,如果不加入这欢腾的仪式,他们会觉得自己并不是真正的跨越大西洋的旅行者。

红顶白墙的房屋似乎拥抱着宽阔的水面,宁静而惬意,然而,随着"恩里克王子号"邮轮昂首挺胸驶离特茹河,它们变得越来越小,里斯本被甩在身后渐渐消失。这时,一阵带着咸味的微风吹过,凉爽却让人感到不适。米米卡斯一向怕冷,连忙裹紧大衣。

"太冷了,泽,"她抱怨说,"咱们进去吧。"

此时,大部分乘客已经返回舱内,每个船舱都有供暖的设备。夫妻二人随着人流参观这艘漂亮的邮轮。"恩里克王子号"是非洲航线上的邮轮中的一颗明珠,它曲线优雅、现代,内部装饰前所未有的豪华,以至于它刚一首航亮相时,便由于过于惊艳而受到"好得过分"的批评。

"真漂亮!"每发现一处细节,米米卡斯便要这样重复一遍,"真的太漂亮啦!"

为了体面地庆祝他们的生活翻开了新篇章,丈夫买了头等舱的票。夫妻二人都认为应该尽情享受这一时刻。他们决定到处参观一下。快乐从头等舱的门厅开始,这里安放着一尊恩里克王子的镀金铜像,铜像背后的墙上作为背景的是梅西亚·德维拉德斯特斯的一幅平面球体地图。

"你知道让我印象最深刻的是什么吗?"米米卡斯走下中央天井高

大的楼梯时说,"是平稳。你看外面,海面波涛汹涌,是不是?可是,站在这里……瞧,我们好像在陆地一样!……"

"是减摇装置的作用,"丈夫很懂行似的解释说,其实他只是转述了在国家航运公司的小册子上看到的内容,"这是一个很先进的系统,可以抵消船的颠簸。"

他们从邮轮的一端走到另一端,还去了一等和二等旅游舱的区域,用了两个小时,参观了四个大厅、三个餐厅、船上图书馆、写字间,出于医生的好奇心,甚至参观了船上医院。夫妻两个所到之处,看到了宽敞明亮的空间精美的装饰,大大的窗户向无垠的大海敞开,仿佛大海是一幅画,而船就是展示海洋的博物馆。

他们继续游览,突然,米米卡斯做了一个鬼脸。

"我好饿……"她说,"那个,几点了?"

丈夫看了看手表。

"晚餐?现在去吧。"

他们快速回到位于右舷第二个瞭望塔的船舱,换好精心挑选的服装,上楼来到餐厅,在为他们安排的座位坐下用晚餐。餐桌旁已经坐着两对夫妇,整个旅途中,他们都会一起用餐,因为根据"恩里克王子号"的规定,客人用餐的座位是固定的,这样似乎是为了方便服务。除了布兰科夫妇之外,坐在同一张餐桌的还有席尔瓦夫妇和他们的两个儿子,以及罗科夫妇。

"你知道这里让我想起了什么?"若泽·布兰科坐好后说,"冠达航运公司的一艘船!"

"哪个冠达?'泰坦尼克号'的那个?"

调侃出自多明戈斯·罗科。他和他的妻子是船上最奇特的一对夫妇。多明戈斯身材魁梧,性情安静,他身穿浅色亚麻西装,虽然剪裁合身,却凸显了他肥胖的身躯；他的妻子阿尔贝蒂娜则身材瘦小，留着短发，神情不安地在餐桌上看来看去。没有比他们反差更大的夫妇了：他，高大而安静，她，娇小而紧张。不过，让真正令他们显得与众不同的是，多明戈斯是黑人，阿尔贝蒂娜是白人。

"没错，"若泽·布兰科笑着说，"但是，没有冰山。"

"这片水域没有那样的危险，"多明戈斯一边说，一边向席尔瓦夫妇的方向讽刺似的做着鬼脸，"这里更多的是鲨鱼！……"

席尔瓦眯缝着眼睛，瞟了一眼多明戈斯，露出令人捉摸不透的表情。席尔瓦个子不高，留着寸头，目光锐敏。也许由于不信任感，当若泽·布兰科问及他的职业时，他简单地应付道：

"我是警察。"

关于他自己，席尔瓦只是告诉大家自己本名叫阿尼塞托，妻子叫格拉谢特，他出生在波尔图，却是"本菲卡球迷"，除此之外，便不再多说。在余下的旅途中，恰恰是"本菲卡球迷"这一点成了他与若泽·布兰科在单调的餐桌谈话中的共同话题。

由于席尔瓦一家四口人，父母和两个儿子，他们总是在听，很少讲话，布兰科夫妇便与罗科夫妇更亲近一些，颇有一见如故的好感。

"这艘船真的很神奇，"阿尔贝蒂娜说，"你们去过小教堂了吗？"

听到阿尔贝蒂娜的问话，米米卡斯露出惊讶的表情。"哦，是吗？这还有小教堂？那个，什么都有？"

"两个小教堂。想象一下！两个教堂的祭坛都是用萨格里什角的石头建的呢。"

"真的啊！太好啦！我和泽把邮轮走了一个遍，也没有看到教堂。它们在哪？别告诉我在……那个后面。"

"今天晚上我们带你们去看看。"

"今天晚上不行，有宾果游戏，"米米卡斯说，"明天早上怎么样？"

"那就只能明天下午了。早上，我要去理发店。"

"什么？还有理发店？"

"你不知道？看来你还没有把这艘船逛遍！这样吧，如果你愿意，咱们可以一起去。"

米米卡斯捋了捋自己的头发，感觉一下头发的厚度。

"一言为定。"

在接下来的旅途中，两对夫妇变得形影不离。早上，他们在邮轮的游泳池边会合，下午一起在甲板上散步，晚餐后一起去赌场。

他们在交谈中了解了彼此的生活经历，布兰科夫妇因此得知多明戈斯·罗科出生在莫桑比克的伊尼扬巴内，在葡萄牙托马尔读书，并在里斯本大学学习法律。他在大学里认识了来自阿连特茹的阿尔贝蒂娜，并在登上"恩里克王子号"邮轮的前几天娶其为妻。现在，多明戈斯要回到莫桑比克，在洛伦索－马贵斯[1]工作，担任大西洋银行的法律顾问。

"有很多人从事法律工作……我是说……莫桑比克人？"

一天早上，若泽·布兰科这样问。当时，邮轮在经过了马德拉群岛的丰沙尔和普林斯比岛并短暂停留后，正驶过几内亚湾的温暖水域，向罗安达航行。米米卡斯和阿尔贝蒂娜去了图书馆，两个男人正躺在游泳池边的躺椅上。

"你说'莫桑比克人'的意思，"多明戈斯·罗科略带讽刺地笑着说，"我猜你是指黑人。"

若泽·布兰科说不出话来，这是他在与新朋友聊天时第一次触及种族问题。

"是……是的，就是这个意思。"

多明戈斯双手枕在脑后，在躺椅上伸了一个懒腰，眼睛望着天空。

---

[1] 莫桑比克首都马普托的旧称。

天气温暖,早晨淡蓝色的天空飘着几片云彩。

"我是莫桑比克的第一个黑人律师。"

"真的?"

"真的。也是第二位大学毕业的莫桑比克黑人。"

若泽·布兰科若有所思。他一直以为非洲人都是原始人,就像他在"葡萄牙世界"展览会非洲馆里平生第一次见到的那个半裸的非洲黑人一样。在很长一段时间里,杂志、电影,甚至提到非洲人时经常使用的当地表达方式,无不在加深他的这种认知。

在国家航运公司最豪华邮轮上头等舱客人的餐桌旁,他结识了多明戈斯,这迫使他重新审视此前自己以为正确的那些事情。非洲原住民真的可以当医生?为什么不?看看身边这个活生生的例子,他开始想象在莫桑比克肯定还有其他类似的例子,脑海中又浮现出第一次见到的黑人形象,展览会上那个半裸的黑人,这让他心里五味杂陈。多明戈斯不是原始人,若泽认为他比自己所认识的绝大多数白人聪明得多、有文化得多,也更善言辞。

"所以,你是一位开拓者,"若泽·布兰科说,"会有越来越多的人追随你的脚步。"

多明戈斯大笑起来。

"也许会有一些人。但是,恕我直言,我们永远不过是一小撮。"

"我不明白为什么会这样。"

"因为种族歧视,泽。"

若泽·布兰科用手摸了摸下巴,犹豫着是应该接受还是反驳这种说法。

"我经常听行政当局说,葡萄牙'从米尼奥到帝汶'的所有居民,不论其肤色或信仰,都是葡萄牙人。这么看来,并不存在种族歧视。"

"那就只能说他们是在美化它,"多明戈斯说,"但是,这显然不过是一个障眼法。如果我们都同样是葡萄牙人,为什么我仅仅是第二个获得高等教育的莫桑比克黑人？如果黑人和其他葡萄牙人一样，为什么黑人受到歧视？显然，这种话就是廉价宣传罢了。"

"莫桑比克的种族歧视很严重吗？"

律师用手肘撑着坐直身体。

"哼！不严重？！从官方来说，葡萄牙好像不是种族主义国家。如果说葡萄牙人是欧洲见到的种族歧视最不严重的人，我甚至可以接受这种说法。可是，种族主义存在于习俗中，存在于日常生活的待人接物中，甚至以隐秘的形式存在于法律中。"

"法律中？如何做到的？"若泽·布兰科吃惊地问，"有没有法律，例如规定白人可以做而黑人不能做的事？"

"没有，"多明戈斯答道，"实际上，没有针对白人或黑人的专门法律。"

"但是，你知道的，在美国有。他们甚至有种族主义的法律，还有禁止黑人进入的公共场所。"

"是啊。在莫桑比克没有正式的类似规定，这是事实。但是，看看实际发生的情况吧。比如，洛伦索－马贵斯的一些学校只有白人去上。从法律的角度来看，事情有其自己的发生方式：通过社会阶层歧视达到种族歧视。"

"我没有听懂……"

"事实很简单。任何黑人，只要他能够证明自己是文明人，就可以享有与白人一样的权利。他们被称为'被同化的人'。黑人必须证明自己的经济状况稳定，而且要高于葡萄牙的平均水平。他们必须像欧洲人那样生活、纳税、服兵役、正确读写葡萄牙语。只有做到这一切，才可以被视为被同化的黑人，才可以获得与白人同样的权利。"

"就像你这样。"

"对，我是一个被同化的人。"

若泽·布兰科揉了揉下巴，思索着刚刚听到的这番话。

"嗯,乍一听上去,甚至觉得有道理。一个住茅草屋、穿着丁字裤上街的人很难让人相信他是文明人,你不觉得?"

多明戈斯在躺椅上坐起来,调整了一下帽子,让帽檐遮住眼睛免得被太阳直晒。

"你这样认为?"律师反问道,仿佛突然来到了法庭上,刚刚抓住了做伪证的人。"好吧,让我来给你解释一件事情。这几年,我一直住在葡萄牙,在里斯本这座大城市读书,但是,我也在托马尔上过学,在那里,接触过乡下的实际情况。你知道我看到了什么?一个落后的国家。统计显示,40%的葡萄牙人是文盲,他们的生活水平在欧洲是最低的,也就是说,如果按照在非洲实行的衡量被同化者文明程度的标准来衡量葡萄牙人,那么,几乎一半葡萄牙人根本无权获得被同化者所享有的地位!你明白吗?"

若泽·布兰科露出困惑的表情。"对……"他结结巴巴地说,"那就是说,从你那个角度看……确实!……"

"那么,为什么在非洲要分同化和未开化?"多明戈斯问道,"为什么葡萄牙没有这种区分?答案只能是一个:这就是种族区分。"

若泽·布兰科表示同意,他还是第一次从这样的角度思考这个问题。

"我承认,确实如此。可是,不论怎么说,你必须承认葡萄牙对非洲的教化作用。"

多明戈斯笑了。

"听着,我给你讲一个故事,"他改变了语气,"在伊尼扬巴内,一个来自贝拉内陆的人在林地建了一个农场。他把妻子从家乡接来,开始在莫桑比克搞畜牧养殖。你知道是谁帮他读信、替他写信吗?是仆人!这个黑人曾在一个天主教教团学习过,有文化,可是,他的主人却没有。"

"真的?"

"这种事情在葡萄牙非洲殖民地多着呢,泽!葡萄牙殖民者没有文化，没有接受过教育，也没有钱。文明程度高的民族应该对文明程度低的民族进行殖民统治，如果按照这个原则，那么，葡萄牙也必须被殖民统治！这样一个国家竟能对任何其他国家产生教化作用，那简直是奇迹。"

轮到若泽·布兰科从躺椅上坐起来。

"等一下！"他打断多明戈斯的话，"据我所知，这种情况已经改变了！不是已经有法律规定去非洲的人至少需完成三年级学业吗？"

"对，"律师确认道，"文盲的移民数量可能已经有所减少，但是你看，并没有停止啊。问题在于，葡萄牙是一个落后国家，却把自己装扮成伟大的教化者。"他耸了耸肩膀，继续说："无论如何，这也是种族主义问题的一个侧面吧。核心问题是，黑人在自己的土地上受歧视。你看，在葡萄牙非洲殖民地，仅有 0.3% 的黑人被视为已经同化的人，其余 99.7% 的人都被视为未开化的人。法律对未开化的人有什么规定吗？什么都没有。这意味着，他们拥有的权利和……比如说，和牲畜一样多。殖民当局可以把一个未开化的人带走，强迫他工作，或者，把他作为劳动力出口到南非，好像他是一台机器。就凭这种行为，还能指望人们不造反？"

最后这个问题虽然是反问句，却充满了暗示。

"你指什么？"若泽惊讶地问，"发生过暴动吗？"

"当然。有些事情，人们根本无法接受！……"

"是什么时候的事情？在哪里？我从来没有听说过……"

"你从来没有听说过，那是因为当局讳莫如深，"多明戈斯说，"去年，莫桑比克就发生过。马孔德的农民在北方的穆埃达举行抗议活动，葡萄牙军队向人群开火，造成六百人死亡。"

若泽·布兰科脸上露出难以置信的表情。

"军队去年杀了六百人？"

"对，先生！"

"六百？他们挨个数过尸体？"

这个问题令律师感到不安。

"这个……没有。"

"那怎么知道有六百人死亡?"

"是按遗弃的自行车数量计算的。"

若泽·布兰科本来就不相信律师的话,现在更加怀疑起来。他做了一个鬼脸。

"对不起,可是,在我看来,这种计算死亡人数的方法很不靠谱呢,"他说,"实际确认身份的尸体是多少?"

"我认为有十七具,"多明戈斯说,"但是,不管真实数字是多少,这就是一场暴动,结果是无辜平民被屠杀。"

若泽·布兰科点了点头。

"如果真如你所说,那就是犯罪。无论受害者数字多少,犯罪就是犯罪。但是,尽管如此,你必须承认,杀死十七个人和杀死六百个人是不同的。"

"我不同你争,"律师说,"重要的是你应该意识到,极不公正的处境引发暴动。去年在穆埃达发生的事情可能再次上演……"他迟疑了一下,目光望着远处。"注意,她们来了。"

若泽·布兰科朝同一个方向看去,见到米米卡斯和阿尔贝蒂娜正从甲板走过来,手里拿着两本侦探小说。他又在躺椅上躺下,感到阳光正晒到脸上,便将遮阳伞倾斜下来挡住阳光。

"我们最好换个话题,"若泽建议说,"她们可能会紧张。"

"有道理。不过,考虑到你们现在要去莫桑比克生活,有一件事情我要提前告诉你。"

"什么?"

多明戈斯估计了一下两个女人所在位置的距离。大约二十米,不超过二十米。而且,他已经能听到她们叽叽喳喳的声音,米米卡斯一连说了三次"那个"。他必须快点说出要说的话。

"战争即将来临。"

二

迪奥戈·梅雷莱斯的生活发生改变是从他发现母亲读报纸时满脸愁容的这一天开始的。那年他十岁,此前,他所了解的母亲是一个自信、开朗、无忧无虑的人。但是那天早上,母亲却显得心烦意乱,脸色苍白,十分不悦,双手紧紧抱着头。

"哦,我的上帝,我的上帝!"母亲把早报的第二页读了一遍又一遍,嘴里不断这样重复着。"我们怎么办啊?上帝,怎么办啊?"

母亲如此惊恐不安,这是家里从未出现过的情况。迪奥戈感到害怕。

"怎么了,妈妈?"他鼓起勇气问道。

"没什么,迪奥戈,"母亲回答说,连眼睛也没有抬一下,"和你的兄弟们玩去吧。"

男孩带着未解的疑惑走开了。去找兄弟们一起玩?她这话是什么意思?难道她不知道马内尔和米梅已经和父亲去了军营吗?她想让他做什么?是让他和小不点儿若热或是还在摇篮里的小格拉萨一起玩?那到底是什么事情?为了不惹母亲生气,迪奥戈决定先待在房间里,等母亲冷静下来再说。

母亲在虔诚地追报纸连载的文图拉·雷斯的长篇小说《废弃的农场》,也许她又读了一期。只是,过了一会儿他才想起来,这天是星期五,星期天副刊才会连载小说。因此,小说情节不是母亲情绪激动的原因。那是什么呢?事实是他毫无线索,只得接受一无所知的现实。他躺到床上,拿起一本《佐罗》杂志,再次翻看已经看过无数遍的故事。

十分钟过去了,他听见母亲穿过走廊,匆匆下楼去了。他走到窗前，看到她正在敲邻居家的门，两个女人热烈地交谈起来。然后，邻居将母亲让进家门，两人消失在他的视线里。他觉得这一切非常奇怪，决定弄清楚究竟发生了什么事情。于是，迪奥戈溜进客厅，看到报纸掉落在地上，像一块被扔掉的抹布皱巴巴地躺在扶手椅脚下。那是这个家里每天都看的报纸《安哥拉省》。

迪奥戈拿起早报，先看了一眼报纸的第一版，并没有发现什么特别的内容。他翻到第二版，他几乎是不知不觉地被感兴趣的内容吸引住了，那是电影院上映影片的信息。"热带"电影院将要上映桑德拉·狄和詹姆斯·达伦主演的《怀春玉女》，声称这是"一个情窦初开的姑娘坠入爱河的故事"。关于女孩子的烂片，迪奥戈想，露出不屑一顾的样子。"殖民"影院的广告称，次日，也就是星期六下午三点三十分，将放映《罗宾汉归来》，这则广告立刻唤醒了他的好奇心。绿林好汉罗宾汉？这可是不容错过的电影！

迪奥戈将目光移到报纸的左侧，发现几行字的下面有铅笔画的线，很可能是母亲画的。这篇新闻的标题是"外部势力煽动新一轮示威活动，犯罪行为扰乱公共秩序、危害民众安全"。不过，迪奥戈好奇的是带有下划线的那几行，几分钟前自己亲眼见到母亲惴惴不安的样子，一定是这些画线的内容令她不安。

"外国……人员……指挥……或训……练的本地团伙，"迪奥戈结结巴巴地小声读道，"袭……击了……稽查……队和……警……察……的……边……境……哨……所。"

迪奥戈将报纸放在腿上，望向窗外。他什么也没有看懂。"外国人员指挥的本地人"？这到底是什么意思？这有什么特别的含义令母亲那么愁眉苦脸？这一切让他感到一丝泰山冒险般的刺激，除此之外，毫无头绪。

这时，他听到房门打开的声音，意识到是母亲回来了，连忙将报纸放回原处，匆忙回到自己的房间，重新拿起《佐罗》杂志。他听到母亲拿起了电话，便仔细听着。

"喂？……我找梅雷莱斯上尉，麻烦叫他听电话？……告诉他，是他的妻子……对，急……他不在？……那，好吧。谢谢。"

她挂了电话。

母亲的焦虑情绪具有传染性；迪奥戈看着她坐立不安，烦躁地在家里走来走去，甚至迁怒于小格拉萨，朝她大喊大叫，怪她弄脏了尿布。母亲的失态让他很惊讶：她平时那么温柔、安静，现在却紧张、焦躁得好像变了一个人。

这种时候需要的是父亲的安抚，迪奥戈把杂志放在床头柜上，走到窗前，望着街道，希望看到父亲的身影。他们住在马伊昂加区[1]上城的军事区一所住宅的二楼；远处蓝色的大海风平浪静。男孩平静下来，想起父亲服兵役的军营就在附近，那一刻，他觉得街道静悄悄的。

迪奥戈回到床上，又拿起《佐罗》杂志，以为自己现在可以沉浸在布莱克和莫蒂默在埃及冒险的故事之中。可是，他很快意识到，自己被母亲的紧张情绪传染了，连《佐罗》的故事也与往日不同，变得索然无趣。

不到半个小时，他听见父亲一步跨两级台阶上楼来的声音，然后，一阵风似的冲进家里来。

"洛德斯！洛德斯！"

母亲从厨房里跑出来。

"天啊，金，你终于回来了！"

"你没有出门吧？"

"当然没有。我看了报纸，去告诉了奥尔加太太，然后，给军营打电话找你。他们告诉我，说你不能接电话。我真担心！……"

---

1 安哥拉首都罗安达的一个区。

声音越来越近，迪奥戈知道他们正经过走廊。紧接着，跟在父亲后面回来的哥哥马内尔和姐姐米梅闯进了他的房间，他们一声不响，面色阴沉，大家坐下来一起关注着客厅里父母的谈话。

"谁都不许出门。"是父亲的声音，"我们正在组织巡逻，保护这个地区。"

"上帝保佑，到底发生了什么？报纸的消息说，黑人正在袭击边境地区的商铺和农场，有八人受伤。奥尔加太太说，似乎还有更多受害者，但是，情况不是很清楚。"

丈夫叹了一口气。

"不幸的是，情况比这更糟。"他压低声音说。孩子们只好屏住呼吸，侧耳倾听父母的谈话。

"黑人们拿着砍刀，屠杀农场里所有的人。男人、女人、孩子……他们要杀掉所有白人。"

"我的天啊！这是在边境吗？你觉得他们会杀到罗安达这里来吗？"

"什么都可能发生。这附近也发生过杀死白人的事件。"

客厅里出现一阵短暂的沉默。

"你这是什么意思？报纸上说，暴乱发生在边境哨所。"随即是翻动报纸的声音。"报纸上就是这样写的，你看！……"

"报纸上说的什么我很清楚，"父亲打断母亲说，"库因巴[1]那边的确有麻烦，可是，我们这里似乎也有事发生。"

"这里，哪里？"

"基卡博和南邦贡戈。还有金本贝和扎拉。"

"那是哪里？"

"就是这里，在罗安达区。"

一听到城市的名字，洛德斯几乎吓坏了。

---

1 位于安哥拉西北部现萨伊省。

"什么？在罗安达？在罗安达杀白人？"

"不是。别紧张！不是在城市，是在农场。"

客厅又一次安静了。迪奥戈与哥哥姐姐交换了一个眼神，大家的目光中都充满了惊恐。全家人不久前才去附近的一个农场度假，农场主是父亲军营里一个战友的朋友。迪奥戈记得，他们在一个咖啡种植园住了一个星期，还在一个养牛的农场住了两个星期；他甚至亲眼看见用烙铁在公牛和母牛身上做标记，就像"重兴"电影院日场放映的约翰·韦恩的西部牛仔片中那样。可是现在，父亲却说黑人在那些农场里杀了白人？

母亲从未像现在这样感到害怕，她继续低声说道："你觉得上个月发生的事情会在罗安达重演吗？"

"不知道，"父亲回答，"有可能。"

听到这里，孩子们立刻明白了。迪奥戈非常清楚地记得几个星期前就在市里发生的事件。当时，事件闹得人心惶惶。父母说，黑人袭击了警察，所有的人都害怕极了。据说警察狠狠教训了匪徒们，事情才平息下去。可是，如果他们开始袭击所有的白人呢？父亲刚刚还说，他们还杀小孩子。其实，迪奥戈虽然在"重兴"电影院看过一部牛仔片之后便满脑子胡思乱想，但是，他心里很清楚，自己还只是一个完全依赖大人的小孩而已。这是不是说那些黑人会杀他？他会有危险吗？兄弟姐妹呢？父母自己呢？他在自己的房间里静静地听着父母的谈话，他们的语气似乎预示着最糟糕的情况。

"那我们怎么办，金？"

"目前能做的就是谁都不要出去。从现在开始，咱们这个区会有巡逻。但是，局势很微妙。全市有五万白人，周围有二十万黑人。如果土著人举行全面起义，我认为我们根本无法自保。"

"那军队呢？"

"什么军队，洛德斯？你知道在整个安哥拉省有多少白人士兵吗？你知道有多少人吗？"

"不知道。我想总有一些吧。"

"一千五百人。"

"不够吗?"

父亲毫无喜悦之情地大笑一声。

"一千五百人?等于一个都没有,夫人!整个殖民地有三个团。你知道罗安达有多少兵吗?只有一个团。全市和地区只有唯一的一个团!"

"我的天啊!如果局势失控,我们该怎么办?"

迪奥戈听到父亲在回答之前深深叹了一口气,显然,这个问题已经在团里讨论过了。

"咱们都去军营吧。"

迪奥戈·梅雷莱斯不是在安哥拉出生的,然而,他最早的记忆却是周末在沙维斯英雄公园做游戏、荡秋千,在"重兴"电影院看儿童日场电影和早上洗海水浴。

1957年,迪奥戈全家来到罗安达,父亲若阿金·梅雷莱斯上尉在炮兵联队任职,为期四年。那个时候,罗安达还是一个乡里乡气的安静小城,生活节奏愉快而轻松,洒满阳光的大街和海边的棕榈树为它平添了几分迷人的异国情调。迪奥戈不去戈雷蒂中学上学的时候,就去军营跟着父亲学习数学,或者在家与家里的其他成员在一起。母亲洛德斯婚后随丈夫姓了梅雷莱斯,不过,她原姓布兰科,来自葡萄牙佩纳菲尔的一个家庭。

迪奥戈从小长得很瘦,不爱讲话,个头高得与年龄很不相称,行动异常敏捷。他的课余爱好是在《佐罗》杂志的页面上,尤其喜欢在家里的地板上"开汽车"。他用粉笔在卧室的地板上画出轨道,举行火柴盒迷你跑车比赛,他对汽车的这份热爱是受了一年一度的罗安达汽车大奖赛的影响。福塔莱萨赛道轰鸣的车声、色彩艳丽的汽车和带着汽油味的烟尘汇聚成的场面令少年成了赛车爱好者,让他比任何人都感到热血沸腾。就在前一年,他还曾为驾驶着了不起的捷豹赛车冲过终点线获得胜利的罗得西亚人约翰·洛夫而血脉贲张,虽然当时他是赛车手阿尔瓦罗·洛佩斯的粉丝,在那次比赛中,这位安哥拉王牌车手驾驶着一辆玛莎拉蒂荣获第四名。

虽然他毫不知情,但是,那样的日子已经一去不返。自从母亲在报纸上看到那条新闻、父亲回家带来震惊军营和全省的消息后,家里和市里的气氛彻底改变了。

"葡萄牙那边怎么样?"这是洛德斯在两天后丈夫回家时问他的第一个问题。"有关于葡萄牙的消息吗?"

"一个字都没有,"他愁眉不展地回答道,"他们根本不关心我们。"

"可是,部队已经来了……"

"对,一个伞兵连。还有四个猎兵连已经在路上了。"

女人松了一口气,抬起眼睛,仿佛在祷告感谢上帝。

"唉!聊胜于无吧。"

"是啊。可是,萨拉查对这里发生的事情绝口不言,"梅雷莱斯上尉恨恨地说,"只字不提。绝对默然无声。假装一切正常。"

家里、军营,或者说,整个罗安达都在议论这件事。在安哥拉,出现了黑人杀害白人的事件,可是,葡萄牙却保持沉默。怎么会这样?人人都感到愤怒和恐惧。莫非安哥拉的白人被里斯本抛弃了,只能听天由命吗?意识到警察和军队不堪一击的男人们开始清点武器,商定战术以及极端情况下的行动方式,而女人们则躲在家里与孩子们在一起。

迪奥戈和哥哥姐姐们关注着父亲从军营回家时带来的消息。所有的信息都汇集到军事指挥中心,梅雷莱斯上尉回家成了获得可靠消息的时刻。

"我们正在组织疏散最孤立无援的农场的人员,"一天晚餐时,他这样说,"今天已经有人员和飞机出发前往北方了。"

"哈利路亚!早该采取行动!"

"不过,不可能顾及所有的事情。登博斯[1]人是要消灭我们。我们看了地图,那里没有公路,也没有机场。我真不知道怎么去那里。"

"啊,糟糕!"母亲感慨道,"那怎么帮助那里的人?"

"我们需要时间。"

洛德斯把热气腾腾的汤倒在盘子里,是南瓜汤。她从丈夫开始,然后分给孩子们。

"奥尔加太太紧张得要死,"她说,"她简直疯了,逢人便说比属刚果[2]的事情也会发生在我们身上。你认为这可能吗?"

"我不知道。"

显然,女人对这样的回答并不满意。洛德斯瞥了一眼孩子们,知道有些话不能当着孩子们的面说,但是,依然无法掩饰自己的担忧。

"金,"她随口遮遮掩掩地嘟囔说,"在比属刚果,他们用……最后用砍刀……你知道的,是不是?你认为他们在这里也会这么做吗?"

父亲把勺子放进嘴边,一边咕噜一声咽下一勺汤,一边琢磨着妻子的问题。

"有幸存者来了,"他双眉紧锁低声说道,"咱们听听他们怎么说吧。"

---

[1] 登博斯,位于安哥拉西北部现本戈省。
[2] 原比利时殖民地,1960年6月30日独立,现为刚果民主共和国。

三

凤凰树的绿叶和橙红色的花在风中摇摆着，沙沙作响，树冠像一把把硕大的扇子，掩映着昏黄的城市里尘土飞扬的人行便道，遮挡着刺眼的阳光。暑热之下，就连天气好像也在流汗，林间低吹的热风迂回穿过街道，裹挟着尘土掀起一阵阵小旋风，也算是火炉般的天气里人们感到的唯一慰藉。空气轻抚人们汗津津的皮肤，给身体带来些许凉意，但也仅是一瞬间，犹如转瞬即逝的香膏味；短暂的舒爽之后，又一拨炙热、沉闷、令人窒息的热浪再度袭来，烫得让人觉得空气都在燃烧。

"噗，太热了！"米米卡斯用力摇着扇子，脱口说道，"简直受不了了！"

两对夫妇走出高大的港务局大楼，身后跟着为他们搬运行李的三个黑人男孩，来到一棵凤凰树下休息。若泽·布兰科坐在一件行李箱上，扇着手帕降温，看了一眼同行的夫妇。"怎么样，多明戈斯？终于回到家乡了，高兴吧？"

身穿深色西装的律师似乎热得喘不上气来。他松了松花纹领带，用手背擦去额头上的汗珠。

"唉！我都不记得这种炎热的感觉了！"他回头望了一眼不久前停靠在洛伦索－马贵斯港的邮轮。"还是那里舒服，嗯？"

"那里当然舒服，"医生点了点头说，"可惜这里街上没有空调！……"

大家都被这荒唐的想法逗笑了。一群黑人在广场的另一边挥手大喊，多明戈斯一下乐了，也朝那边挥起手来。

"我的人来了！"他大声说，"有人来接你们吗？"

"啊，有。别担心！"

"你留了我们的联系方式，对吧？"

若泽·布兰科指了指衬衫口袋。

"都在这里。回头我给你打电话，咱们喝一杯去。"

"一杯可不行，"阿尔贝蒂娜纠正道，向米米卡斯传递了一个心领神会的眼神，"我们还要一起去购物呢，对吧？"

"对呀！我还要那个……买一些东西呢！"

系着领带、身材魁梧的黑人多明戈斯和妻子示意衣衫褴褛的男孩们拿起他们的行李，同他们的朋友布兰科夫妇道别。

"那我们就先走了，"多明戈斯说，"祝你们在洛伦索－马贵斯玩得开心！"

若泽和米米卡斯继续待在树荫下，坐在行李箱上，看着街道和眼前的广场。大广场布局合理，四周绿树环绕，地面是葡萄牙式的用石块精心铺就的各种几何图案，广场周围矗立着"美好年代"[1]风格的铁艺建筑，中央有一个带拱顶的音乐台，旁边有一些雅致的小亭子，散布着一些灯柱和宽大的长椅；要是没有黑人男人和女人，甚至会让人有置身于欧洲地中海地区的感觉。唯一令他们感到奇怪的是这里的车辆靠左行驶，他们不明白在葡萄牙领土上怎么会采用英国的行车方式。

"接下来呢？"米米卡斯问，长途旅行让她感到烦躁和疲惫，"现在怎么办？"

若泽看了看海外部的信，因为放在衣袋里，信纸已经皱皱巴巴。

"我也没有搞懂，"他大声说，展开信再次确认信里的内容，"他们

---

[1] 来自法文 Belle Époque，一般指欧洲自十九世纪末至第一次世界大战爆发的时期。

说会在这里等咱们……"

一辆黑色汽车出现在广场上,车身布满了泥土,尤其是车轮、车的下部直到车灯处。车停在了港务局的门口。那是一辆老式"斯图贝克"汽车。

车门打开,从车上下来一位瘦削的老人,他留着尖尖的山羊胡子,戴着白帽子,穿着奶白色西装。陌生人环顾四周,似乎在寻找什么。当他看到坐在高大凤凰树下的夫妇时,稍微犹豫了一下,便拄着手杖,缓慢地向他们走了过去。他来到这对夫妇面前,尊敬地摘下帽子。

"若泽·布兰科大夫?"

若泽站起身。

"是,我就是。"

那人微笑着。

"我是弗洛里亚诺·卡瓦略,省卫生局长,"说着,他伸出骨感十足的手,"欢迎!"

若泽和米米卡斯同局长打过招呼,局长示意搬运工将行李放在"斯图贝克"汽车巨大的后备箱里。夫妇俩坐进车里,弗洛里亚诺坐在驾驶座上。

"我还以为我们被抛弃了呢,"米米卡斯说,"我们正打算叫一个出租车送我们过去。"

"抱歉,我来晚了,"弗洛里亚诺说着,看了一眼后视镜,以确认道路畅通,"我以为邮轮要傍晚才到呢。"

"没关系,"若泽息事宁人地说,弗洛里亚诺毕竟是他的上司,"我们要走很久吗?"

弗洛里亚诺笑了。

"在洛伦索-马贵斯,去哪儿都很近。"他启动了发动机,汽车开动了。"您看到那个了吗?"弗洛里亚诺指了指港务局旁边的城墙。"那就是'孔塞桑圣母'要塞。两百年前,这座城市就是在那里诞生的。"汽车沿着要塞缓缓行驶,车上的乘客观看着焦黄色的城墙,那是一座方形的低矮城堡。"很长一段时间里,它是这里唯一的建筑。"

"在这个区域?"

"不,是在整个城市。刚开始,洛伦索-马贵斯发展非常缓慢,知道吗?"汽车加快了速度,开进了若泽和米米卡斯在凤凰树的树荫里看到的"美好年代"风格的大广场。"上个世纪,城市开始扩展到这里。以前,如果我没有记错,它原先叫皮科塔广场,曾是人们集会的地方。"

斯图贝克围着广场绕了一圈之后回到起点,然后,沿着阿劳若街向麦克马洪广场方向驶去,一路经过了海关大楼和戈尔让栈桥。坐在后座的夫妇俩目不暇接地观赏狭窄街道两旁的建筑物,令他们吃惊的是,满眼看到的都是独具魅力、富有异国情调的热带建筑,尤其是带有木制露台的砖石结构的房舍,其中很多房子门前都有贸易活动。一些卡巴莱歌舞厅关着门,只在晚上开门迎客,也有一些带花园的木屋和独栋平房。

在风景如画的阿劳若街,黑色汽车放慢了速度,贴着便道在一个街角停了下来。这时,不知道从哪里冒出两个黑人服务员,只见他们身穿带有金色纽扣的白色长袍、头上戴着红色无檐圆帽,走近汽车,打开了车门。

"我们到了?"若泽问,将信将疑地摇了摇头。

车子没有开多远,港务局和这个地方之间的距离不超过四百米。

"到了,就是这里。"弗洛里亚诺一边说,一边费力地走下车。他向一位服务员示意,让他去后备箱取行李,然后,望了一眼转过街角的建筑物。"这就是你们住的酒店。"

这是一座长长的V形白色建筑,它有用奇异木材做的柱子和阳台,屋顶上铺着砖色瓦片。建筑物分两层,二楼有一个贯通整层的木质露台,一些住客正从阳台探身瞭望;一楼摆放着一些大花盆,里面种植着小型热带植物。建筑物的正门坐落在V字形的顶点,门的上方写着"中央酒店"。

"我们要在这里住多久?"

"在你们找到住所之前可以一直住在这里。"弗洛里亚诺看了看自己已经熟悉的酒店门脸,显得有些犹豫,似乎没有理解新来的人的话。

"您不喜欢这家酒店?"

"喜欢,我喜欢。"

卫生局长指了指同一条街另一个街角的一幢三层楼的建筑。

"您看那边!如果喜欢,我可以安排你们住那家卡尔顿酒店。"他又指了指隔壁第三栋建筑,"或者那边的萨沃伊酒店。随你们挑。"

"不用,这家酒店挺好。"

弗洛里亚诺满意地看着酒店的门脸。

"您可以安心住下,这家中央酒店很有格调,整洁,位置也非常好。"说着,他指了指来时的方向,"那是三月七日广场[1]和港务局。你们看,这里是商业区,离港口仅几步之遥。"他又指着相反的方向说,"那边,直行三百米,是麦克马洪广场,火车站也在那边。"然后,他转向另一个方向,"那边,向前两百米,是市立商场。"

他们走进大门,向酒店前台走去,服务员跟在身后。

"您知道我们会被派到哪里去吗?"若泽·布兰科问。

"我们正在研究几种方案,不过,在没有具体决定之前,我还不能答复您。我已经想到一个地方,那里的一位医生即将离开,可能会安排您去那里。"

"噢,真的?那位同行要走了?"

"对。"

"要回葡萄牙?"

弗洛里亚诺张开臂膀,像是要把街道和周围的一切都包括进来。

"回葡萄牙?亲爱的,这里的一切都是葡萄牙。"

---

1 即皮科塔广场。

"我的意思是,他是不是要回宗主国葡萄牙……"

上司做出有些夸张的样子,露出惊讶的神色。

"回宗主国葡萄牙?做什么?"

"这个,"若泽慌乱地说,"也许他还没有适应,谁知道呢……"

"听着,大夫!凡是来到这里的人都不想回去。"

"噢,您怎么这么肯定?"

"因为这里是世界上最美丽的地方。"

若泽和米米卡斯在中央酒店住了几天,这段时间让他们逐渐适应了洛伦索-马贵斯的生活。

罗科夫妇第二天早上就发来消息,约他们出去在市里逛一逛。

"我要先吃早餐,"米米卡斯说,似乎永远饿肚子似的,"可是,酒店的那个太难吃了!……附近就没有什么地方有好吃的吗?"

"嗨,米米卡斯,"多明戈斯说,"这里美食如林呢!"

米米卡斯被这个说法吓了一跳,睁大了眼睛,用手捂住了嘴。

"什么?只有进入丛林才能搞到美食?太可怕了!这可让我们怎么活啊?!"

罗科夫妇大笑起来。

"我们说一个东西如林,意思是说这种东西随处可见,"阿尔贝蒂娜解释道,她指着街上继续说,"比如,汽车如林,就是说有很多汽车,明白了?"

"啊,太好啦!"米米卡斯松了一口气。"噗!吓死我了!……"

"你要是饿了,咱们就先去那边的'斯卡拉'*matabichar*[1],"多明戈斯决定,"然后,去皮涅罗·沙加斯。女人们都说那是一个购物的好地方。"

---

[1] 意为:吃早餐。

"哦,是吗?在这附近吗?"

"不,米米卡斯。我们要坐 machibombo[1]。"

布兰科夫妇再次露出疑惑不解的神情。

"什么?"

罗科夫妇又笑起来。多明戈斯把手搭在两个朋友的肩膀上。

"你们得习惯莫桑比克人的语言,"他以家长的口吻说道,"咱们先去吃早餐,好不好?然后,去坐 machibombo,因为皮涅罗·沙加斯很远呢。"他从口袋里掏出一小包红色包装的口香糖。"来一块 chuinga[2]?尝尝就知道好吃哦!……"

大家在"斯卡拉"咖啡馆吃了一顿丰盛的早餐。米米卡斯津津有味地几乎吃掉了桌上一半的食物,她望着自己面前的空盘子,惊讶地摇了摇头。

"哎哟,我吃得太多了,"她哼唧着说,"真后悔哦……"

两对夫妇在咖啡馆对面上了公共汽车。一路上,大家好奇地看到大教堂、市政厅大楼和周围的房屋,发现整座城市似乎井井有条,街道宽敞,阳光明媚,到处是大片的绿地;殖民地风格和现代风格的建筑为城市增添了独特魅力。

大家乘车经过一条条宽阔的大街。弗洛里亚诺曾对布兰科夫妇说到过,洛伦索-马贵斯只是一座小城,可是,他们看到的情况却并非如此;虽然它比里斯本小,但是实际上,整个城市规模相当可观,而且一眼望去,它是经过精心规划的,有美国式的长长的平行大街,路旁种着树。

"到了。"

一行人在皮涅罗·沙加斯下了车。这是一条又长又宽的大马路,路两旁有一些高大建筑物。大家驻足片刻,吃惊地望着一排排楼房,在

---

1 指公共汽车。
2 指口香糖。

葡萄牙都没有见过这样的景象。然而，吃惊归吃惊，大家很快回到现实中。太太们手挽着手去"葵花"美容院打理头发，只留给丈夫们拜拜的手势和一声忠告。

"好好表现！"

女士们离开之后，两位男士做的第一件事情是去报亭买了当天早上的《新闻报》，这是洛伦索－马贵斯的主要报纸。若泽想了解两天前本菲卡队战胜巴塞罗那队那场比赛的细节，因为这场比赛的胜利，本菲卡队捧得了欧洲冠军杯。他们在人行便道上翻阅着报纸，欣赏若泽·阿瓜斯将奖杯举过双肩的样子。仔细看完体育版，他们开始看头版新闻，这时，一条关于安哥拉的新闻标题映入眼帘，笑容立刻从两人的脸上消失了。

"我有一个姐姐在罗安达，她一定吓坏了，"若泽沉默片刻之后突然说，"洛德斯给我写过一封信，说城市处于戒备状态，她不能离开军营。可怜的姐姐，她现在很害怕呢。"

"我提醒过你，"多明戈斯说，"战争不可避免。"

"就像现在这样？那些人用砍刀杀害妇女和儿童！你认为这是对的？"

多明戈斯摇了摇头。

"我认为是大错特错，"他说，"你别误会我的意思。我绝不赞成那些屠杀行为。但是，这不意味着我不理解他们。责任在1956年成立的安人运[1]，泽。他们用了五年时间试图与葡萄牙当局讨论安哥拉的未来。结果如何？"他用拇指和食指比画了一个"0"。"零。"他耸了耸肩膀，"后来傻眼了！……"

---

1 指安哥拉人民解放运动。

若泽被这条新闻搞得心烦意乱，叠起报纸，不想再谈下去，这个话题让他感到不安，特别是因为他刚到非洲，就看到事情在恶化。多明戈斯看到朋友情绪不高的样子，想用本菲卡队对巴塞罗那队的胜利给他打打气，决定带他去萨拉查街一家叫"本·菲卡"的衬衫店买猎装衬衫。

"在这里，最好穿轻薄的衣服，"多明戈斯建议说，"比你在葡萄牙穿西服、打领带更适合热带气候，"他向一边歪了歪头，"也许他们已经有胸前缝着欧洲冠军杯的衬衫呢！"

"本·菲卡"衬衫店之行缓解了气氛。商店的名字让若泽沉浸在好消息中，也就是本菲卡俱乐部的胜利上，不再想最新战争的新闻。可是，他心里仍然记挂着安哥拉，就在试过几款轻薄夏装并选中了其中一件的时候，话题又回到了安哥拉。

"白色的。"

"白色？"多明戈斯吃惊地问，"你看，米色更实用。如果你想找奇装异服的感觉，为什么不选红色？"他开玩笑说，"正好庆祝胜利！"

"我要那件白色的。"

"可是，为什么要白色的？"

"和我的名字匹配嘛[1]，"若泽一边照镜子，一边解释说，"而且，我是医生，不是吗？白色代表和平和人道。这正是我们需要的。"

若泽·布兰科在"本·菲卡"衬衫店决定买白色衬衫，这个决定反映了他此时此刻的想法。在战争开始的时刻，他还能选择什么更好的颜色？自此，他开始穿白色衣裤和白色鞋子，以体现他全部的个人感受。一小时后，在事先约好会合的茶馆，他就这样出现在女人们面前。

"威尼斯"茶馆里有人在唧唧喳喳地聊天。在这个时间，店里的人

---

[1] 若泽·布兰科（José Branco）中的"布兰科"在葡萄牙语中意为"白色"。

不是很多,有很多空位。太太们先到,选了靠窗的座位。透过窗户,她们看到丈夫们走进门来,便使劲儿地向他们招手示意。

这一时刻显得有些古怪,因为若泽和米米卡斯都改变了装扮:若泽一身白色,像一只鸽子,而米米卡斯则摘掉了时刻不离的眼镜。

"我好看吗?"米米卡斯眨了眨眼睛,急切地问,"阿尔贝蒂娜带我逛了'皮卢'眼镜店,我买了隐形眼镜。喜欢吗?"

若泽·布兰科笑了笑。

"真漂亮。"说完,他转过身体,展示自己的新衣服。"我怎么样?"

米米卡斯从头到脚仔细打量着他,意识到丈夫外在的改变和选择白色有比眼前看到的更深的含义,代表丈夫迈入了人生的新阶段,但是尽管如此,她还是忍不住调侃一下。

"你看起来像穿长裤的修女。"

四

迪奥戈陪母亲来逛"金塔斯兄弟"商店,他径直走向玩具区去玩最喜欢的火柴盒迷你跑车。曾经有一段时间,他爱上了黑莲花系列的一辆迷你跑车,可是,这辆车像是店里最珍贵的宝贝似的被放在高高的货架顶上,令他可望而不可及。这一次,他鼓起勇气向店员走去,想拿下来看看。当时,店员正在接待一位女顾客,迪奥戈便很有礼貌地坐在收银台旁边耐心等待,无意中听到了他们的谈话。

"很多难民被安置在里斯本大街的一栋楼里,在《罗安达日报》社旁边,你知道那里吗?"

"知道,我当然知道,"女顾客十分肯定地说,"我儿子的小学也变成了难民收容所,你以为呢?而且不是唯一的哦!七号那里挤满了刚从北方过来的人。"

"只好如此,"店员无奈地说,"难民人数已经达到三千多了,奥罗拉太太!这么多人,能安排到哪里?只能动员学校和工会,没有别的法子!……"

"难民倒也不算大问题,努诺。只是难民的话,我们还好。你知道让我真正担心的是什么吗?"女顾客压低了声音,有些诡秘地说,"是死人。"

"哎呀,可不……"

"听说有五六百呢。吓死人哦!"

"这都是谣言,奥罗拉太太!"店员怀疑地说,"谣言真可恶!"

"可是,报纸的消息少之又少!你想想看,新闻审查不允许他们公布那些……不相信自己朋友们说的,还能相信什么?你认为那是撒谎?你认为没有死人吗?"

"不是这样的,当然有死亡。连报纸也说有农场主死亡。这是毫无疑问的。"

"可是,他们不提死亡人数,"女顾客继续说,"你不觉得这很奇怪吗?知道吗,有人跟我说,死亡人数已经快要达到六百了。你看……"

这时,店员突然发现坐在收银台旁边等候的迪奥戈。

"嘘!"他示意女顾客注意身边的孩子,随后,微笑着俯身问迪奥戈,"你好,淘气鬼。你想要什么?"

男孩指了指放在高处的火柴盒迷你跑车。

"莲花。"

迪奥戈感觉到周围的焦虑气氛和父母、许多大人们的躁动,同时也察觉到,当周围有孩子的时候,所有的大人们便沉默了,似乎他们约好了制造一切如常的虚假状态。然而,这骗不了他。到处三三两两聚在一起的人们和他们阴沉的脸色都说明发生了很严重的事情。大人们到底在隐瞒什么鬼东西?

在变得越来越严峻的环境下,迪奥戈早已没有了玩耍的心情。自从在"金塔斯兄弟"商店听到大人们的谈话之后,他变得像一个间谍。每当看到大人们在悄悄说话时,他就会凑过去,假装心不在焉或躲在角落偷听他们说话。

让迪奥戈感到震惊的是他从"金塔斯兄弟"商店回来的第二天听到的一段最直白的对话。那天,他正在卧室的窗前,看到母亲从附近杂货店买水果回来。

"你好,邻居,"奥尔加太太喊道,让正要进屋的母亲吓了一跳,"你听说马丁巴[1]发生的事情了吗?"

母亲让奥尔加太太稍等片刻,自己去把买来的东西放到家里。迪奥戈连忙抓起一辆玩具消防车飞奔出去,来到奥尔加太太家旁边一棵树后面玩起来。当母亲返身出来与邻居聊天时,他已经处于一个绝好的位置准备听她们谈话了;他藏得很近,但是,她们却发现不了他。

"说吧,奥尔加太太?"母亲问,"什么消息?"

"我丈夫去汽车司机工会总部帮忙安置来自北方的一些家庭,他们是从靠近刚果的边境过来的。那些人真可怜,简直遭了大罪。黑人杀害了卢瓦卡[2]的行政长官和他的女人。马丁巴的情况就更糟糕了,他们抓住了区公所的头头,杀死了他、四个女人和五个孩子。"

"哦,可怜的人!……"

"你看!真是糟糕!"

两人不禁怜悯地叹息起来。

"昨天,我丈夫金回家时心情糟透了,"母亲说,"你知道的,他一直与幸存的人们在一起,就是从南邦……南贡……"

"南邦贡戈。"

"就是这个!要知道它离这里才大约一百五十公里啊,你不知道?"

"我怎么会不知道,洛德斯太太?天啊!自从出事以后,我一直都在看地图,计算他们离我们有多远。我担心死基卡博了,那里在乱杀白人。你看,基卡博离罗安达只有六十公里……"

"这太可怕啦,太可怕啦!如果事情发展到这里,咱们该怎么办啊?"

"圣母一定会保护咱们。"

"可是,你看,她没有保护住那些可怜的人!……"

她们再次叹息起来。迪奥戈靠在树身上,手里的玩具只是在被母亲

---

[1] 位于安哥拉北部。
[2] 位于安哥拉北部。

发现时作为他在那里的借口。

"你刚才说到南邦贡戈。"

"对,是的,"洛德斯说,"你听我说,我丈夫金最近一直和南邦……南贡……哎!就是这个地方的幸存者在一起。你知道有多少白人被杀死吗?三百多!"

"太可怕啦!"

"这是屠杀!……"

"看,南邦贡戈也在罗安达区……"

"谁说不是呢!"

奥尔加太太咂了咂舌头。

"我丈夫告诉我,据他们统计,从当热到基泰谢的农场里,已经有大约三百个白人被砍刀杀死了。看来那些黑人甚至会把孩子们碎尸万段呢!"

"哎哟,快别说了,我不行了!我不行了!"

"我不也是?一想到这个,我就睡不着觉。"

"别人一跟我提到孩子,我立刻就想到自己的孩子。"

"可不是嘛!那个太可怕了,"奥尔加太太大声说,然后,换了一种口气问,"你要喝杯茶吗?"

"哦,不了。我的小格拉萨还在家里等我呢。过一会儿她该喝奶了。"

"你什么时候要给她喂奶?"

"大约半小时以后。"

"那就进来吧,来喝杯茶,就十分钟,你会感到好受一些。"

母亲愣了一下,考虑是否接受邻居的建议。

"只十分钟?好吧。"

"来吧。你知道我丈夫跟我说……"

两个人的声音渐渐远去,随着房门关上,彻底听不见了。迪奥戈几乎被听到的谈话吓呆了,他手里拿着玩具消防车站起身来,跑回了家。

两天以后,父亲从军营回来了,带来一位大家都没有见过的人。此人个头不高,有些秃顶,耳后油腻的黑发向上梳起,却掩盖不住他的秃头;不过,他最突出的特点是他大大的黑眼圈,这让他看上去神情阴郁。

"洛德斯,我请洛佩斯先生来吃晚饭,"梅雷莱斯上尉说,"让小家伙们去厨房里吃吧。"

"去厨房吃?"母亲不解地问,"说的什么话!为什么孩子们不能和我们一起吃?"

"洛佩斯先生是从登博斯来的。"

这句话令母亲大吃一惊。她从头到脚打量了客人一番,像是在对他做重新考量,接着,她毕恭毕敬地问候了客人,转向孩子们,拍了拍手。

"听着!你们都到厨房去!"

孩子们去厨房吃饭,父亲与客人在客厅坐下。打发完孩子们,洛德斯查看了一下小女儿是否睡着了,便把饭菜端到餐厅,并且关上了门。

大人们心照不宣的样子没有逃过孩子们的眼睛。迪奥戈与马内尔和米梅交换了一下眼神,立刻有了主意。他拿起玩具消防车,来到走廊里,在餐厅门口玩起来。

"你在做什么?"马内尔问。

迪奥戈将食指放在嘴唇上。

"嘘!"

他将头倚在门的下部,注意地听大人们在餐桌上的谈话。虽然不能听清楚每一句话,但一两个词的缺失并不妨碍对整个句子意思的理解。

"……第一件奇怪的事是,那天早上六点钟,被一位农场主叫醒。"

一个声音从门的另一边传来,肯定是那位客人在说话。"我想,这个人到底要干什么?他看上去心情沉重,告诉我说,就在前一天,他的农场,就是扎拉拉农场,有一百多人失踪了,剩下的人情绪非常激动。"

"激动?什么意思?"父亲打断了他的话。

"我说不清楚,紧张吧……也许是工人们与他说话的口气、看他的眼神让他很担心。"

"嗯……后来呢?"

"后来,农场主回农场去了。我心想,是不是去看看到底发生了什么麻烦事?我决定去农场转转。当时,妻子和孩子们都还睡着。我穿好衣服,上了车,开车去那里转了一圈,一切看起来很正常。我正准备返回基泰谢的时候,想起不久前新划定的一处咖啡种植园。那是最近的事,我一直犹豫去不去看看,但是还没有去过。这个种植园就在附近,所以,我决定去看看。我到达那里的时候,看上去一切都很平静。我按了按喇叭,想叫来农场主,但是,没有人出现。如果是清晨,我可以认为他还在睡觉,可是,当时已经快到中午了,所以我觉得,那个时候竟没有人回应,这似乎不太正常。我下了车,走到房子跟前。我看到了什么?一具尸体躺在血泊中。我走近一看,发现是农场主,已经被砍刀砍死了。我马上掏出枪,浑身哆嗦着检查了其他房间,发现有一个黑人也被砍死了,他是农场雇员。再往前走,是农场主的妻子,可怜,也被砍死了。"

"孩子们呢?"

"幸运的是他们没有孩子。我赶紧离开那里,去各个农场提醒大家警惕这种情况。当时,我在路上遇到了一群白人,我认识他们;是基泰谢的人。他们问我去哪里。我说我要回基泰谢。他们说,别去!没有活人了。什么,没有活人?!我大吃一惊。黑人已经杀了所有人。我的心咯噔一下。什么?全杀光了,他们说。我的妻子呢?我的孩子呢?没有活人了,他们又说了一遍。我的家人也是吗?有人看到我的妻子和孩子死了吗？没有人知道，大家都在匆忙逃跑。"

"哎呀，太可怕了！"母亲喃喃地说，"好可怕，真可怕啊！"

"我崩溃了，你们可以想象。我该怎么办？我应该冒着被杀的风险回基泰谢？我还是应该留在农场，不去理会发生在我家的事情？我完全不知所措，你们无法想象。"

"我可以想象，可以想象，"父亲说，"你怎么决定的？"

"我知道，我必须冒这个险。我带了一把手枪，我必须知道妻子和孩子们怎么样了。一路上，我害怕得要死，颤抖着，为他们哭着。"

"可怜的家伙……"

"我到达基泰谢，仿佛走进了地狱。街上到处都是尸体，都是用砍刀砍死的。我的心里紧张极了。我一刻也没有停留，直接赶回家，准备面对最坏的情况。我哆哆嗦嗦地走进屋里，很害怕会看见什么，可是，我发现家里没有人。幸运啊，既没有活人，也没有尸体。我去找经常帮助我的行政助理，在浴室里发现了他的尸体。另一名勤务兵死在了岗位上。你知道他当时的样子吗？他手里还抓着无线电发报机！那场面简直是但丁式的，你们无法想象。我找遍了基泰谢，但是没有找到我的家人。后来，我想起来去我的仆人家看看。我去了奴隶住地，来到他的草房，直接闯了进去，我看到了什么？是我的妻子和孩子们！哦，我高兴坏了，语言无法描述！救他们的是仆人若昂，上帝保佑他。"

母亲紧张地笑了。

"哎哟，可松了一口气！"她感叹道，"我以为会是一个不幸的结局呢。"

"幸亏不是，我们的情况是这样。可是，在有些人那里，情况就不同了，知道吗？在有些地方，是仆人自己杀死了主人。有些人在主人家里已经干了好多年呢！"

"太可怕了！"母亲叹道。"你的家人呢？他们在哪？"

"今天下午，他们都上了'超级星座'，现在正飞往葡萄牙，感谢上帝。我收拾好东西之后，也要回去，不能再待在这里了。"

餐桌上的气氛凝重起来，大家陷入了沉默。靠在门上的迪奥戈突然听到盘子的响动，似乎有人招呼大家把注意力转移到食物上以缓和气氛。

"快吃吧，吃吧！要什么肉？腿还是胸？"

"胸肉，"客人说，"有辣椒吗？"

"厨房有。你要来一点？"

"谢谢。"

迪奥戈听到拖动椅子的声音，毫不犹豫地急忙起身，走到走廊的另一端。餐厅的门打开了，母亲走了出来，看到迪奥戈在那里，立刻投来怀疑的目光。

"你在走廊做什么？"

迪奥戈装出漫不经心的样子。

"玩呢。"

母亲严厉地看着他。

"去你的房间玩。"她指着门命令道。

"去啊！离开这里！"

儿子不高兴地站起身，手里拿着玩具消防车迈着沉重的步子、垂头丧气地离开了。他打开卧室的门，看到哥哥姐姐们都转过身，向他投来期待的眼神，好像在等待他带来的消息。

迪奥戈有很多话要告诉他们。

五

邀请函出现在第二个星期。洛伦索－马贵斯中央酒店一位服务员敲响了布兰科夫妇的房门,将省卫生局发来的一个信封交给了若泽。若泽将小费塞到服务员的手里,打开信封,发现是弗洛里亚诺·卡瓦略局长的邀请函,约他当天下午三点见面。

若泽与妻子在"辣椒"啤酒屋用过午餐,在约定的时间来到皮涅罗·沙加斯大街的一处住所。这是一幢十九世纪殖民地风格的典雅住宅,四周环绕着漂亮的花园,一楼建有老式的连廊式露台。

"您好,亲爱的布兰科大夫。"弗洛里亚诺一边打招呼,一边走下楼梯迎上前来。他将若泽领到办公室,指着自己办公桌前的椅子说。"请坐。"

医生坐下来,环视办公室。房间宽敞,木板墙上挂着一个巨大的时钟和一些相框。局长办公桌后面的墙上挂着一张萨拉查的大幅照片。

"办公室真漂亮。"

弗洛里亚诺露出兴奋的眼神。

"是,漂亮吧?"他指着墙上的一个相框,"您看到这张照片了?"

若泽·布兰科向相框里的照片望去:那是一栋别墅的黑白照片,周围都是空地;显然,这是此刻他们所在的这栋建筑物的旧照。

"就是这栋房子吗?"

"这张照片是 1914 年拍摄的,"局长得意地微笑说,"它是洛伦索－马贵斯最古老的建筑之一,是给米格尔·邦巴尔达医院院长盖的寓所。您看,这栋住宅真是别具一格呢。"

若泽的目光从照片移向房间宽大的窗户。

"的确,这栋房子真的很有魅力。"

阳光穿过玻璃窗,在异域风格的木地板上投下一个明亮的长方形光影。尘埃在阳光下一闪一闪,仿佛成千上万只小小的萤火虫在灯前飞舞,一件木制家具发出吱吱的响声,似乎在抱怨高温天气。

谈话出现了冷场。弗洛里亚诺使劲清了清嗓子打破了尴尬局面,随即进入了正题,谈起此次请医生来见面的事情。

"这是您的派遣函,"他说,拿出一个盖有省卫生局公章的信封,"不过,在交给您之前,我想和您谈一谈。一般来说,来我这里的每位医生在被派往他们的岗位之前,我都会和他们进行一次谈话。"

"您是想提醒我关于非洲病理学专业的事情吗?"若泽问。"不用了。我与很多同行不一样。在来这里之前,我在里斯本学过热带医学。我很清楚等待我的是什么。"

弗洛里亚诺心不在焉地用手指在桌子上有节奏地敲着。

"那就好!"卫生局长大声说,"但是,无论如何,我还是要问您一个问题。您知道我们要在这片土地做什么吗?"

若泽觉得这个问题有些奇怪,一时没有理解局长的意思。

"这个嘛,我想,我们是要努力为老百姓看……"

弗洛里亚诺不等医生说完,知道他的回答不会是自己想要的答案,便自己给出了答案。

"一件大事。"他站起身,走到临街的窗前。"您看外面,大夫。好好看看。"他停顿了一下,夸张地用手划过窗外的景象,说,"您看到什么了?"

若泽伸长了脖子。

"我看到大街上行驶的汽车、便道上的行人、随处可见的楼房。为什么?"

"不到两百年前,洛伦索-马贵斯只不过是一个要塞,就是你们刚到这里的时候我带你们看的那个要塞,还有旁边的一个木屋,当然,还有一些草房。仅此而已。"

"那是多久以前?"

"十八世纪,我亲爱的朋友。"

"可是,葡萄牙人不是在1498年就到达莫桑比克了吗?"

"对,的确。瓦斯科·达伽马是第一个踏上这片土地的白人。可是,这些都没有得到重视,我亲爱的朋友。谁都不关心这里,重点放在了其他地方。唯一感兴趣的是一些葡萄牙商人。当船队前往印度时,他们被莫诺莫塔帕王国的传说所吸引,来开发莫桑比克海岸。据说那里有巨大的金矿。"

"就像所罗门王的金矿?"

"差不多。当时,他们在索法拉和莫桑比克岛设立了商栈,其他什么也没有做。四百年来,葡萄牙人在这些地方的影响随着我们周期性的扩张和退缩,以及奴隶、铁矿和黄金贸易而起起伏伏。直到十九世纪九十年代,莫桑比克都还不算葡萄牙领土,仅仅是充斥着无休无止部落之争的土地,在这里,部落长们和姆宗古人[1]之间战事不断,他们时而与葡萄牙人结盟,时而与穆斯林结盟。这片土地只是名义上隶属于葡萄牙王室。"他打开窗户,街上的热气立刻涌入办公室。"就这么听天由命,结果最先在这里,也就是如今的洛伦索-马贵斯站住脚的欧洲人不是葡萄牙人,而是荷兰人。接着,是英国人,甚至还有一家奥地利的公司。看看现在!"

"可是,咱们不是在这里吗?"

"在莫桑比克?"

"不,不是,"他指向地面,"我是说洛伦索-马贵斯地区。"

弗洛里亚诺的头向窗外随便晃了晃。

---

[1] 非洲一些地区居民对白人的称呼。

"我们在海湾另一边的伊尼亚卡岛建了一个货栈,用来做象牙贸易。可是,我们是1781年才来到洛伦索-马贵斯,那个时候,伊尼亚卡岛的人穿越海湾,已经开始在这里修建要塞了。整个十九世纪,要塞都没有什么发展,可是,在德兰士瓦[1]发现黄金和钻石之后,他们需要修建一个港口运输这些珍贵矿物。现在,洛伦索-马贵斯港是东南非最好的港口,这个众人皆知。海湾护佑,港阔水深。于是,人们开始在这里投资。连接德兰士瓦和港口的重要的铁路已经建成,好了,就像现在这样!洛伦索-马贵斯真的发展起来。"他将两手分开,似乎有一个东西在双手之间膨胀起来。"无论在规模方面,还是在影响力方面,这座城市发展迅速,仅仅用了四年,就替代了莫桑比克岛作为殖民地首府的地位。可以说,洛伦索-马贵斯几乎是二十世纪的杰作。从前这里的一切都不值一提,微不足道。"

"可是,已经有莫桑比克……"

"不,没有。那个时期,只有小片地区或多或少在我们管辖下,仅此而已。大部分地区仍然掌握在未开化的人手中,直到1914年,殖民地才最终建立起来。但是,其疆域也只停留在纸上而已,您可以想象到,葡萄牙并没有实际占领它。问题是英国人和德国人开始觊觎莫桑比克,想从我们手里夺走它。当时的葡萄牙既没有钱,也没有人占领这里,王室于是转向外国私营公司,将三分之二殖民地领土五十年的专属开发权交给了他们,并赚取7.5%的利润。您懂了吧?"

"也就是说,我们把殖民地租给了外国人。"

"正是这样。当时成立了三个公司,分别属于尼亚萨[2]、赞比西亚[3]和莫桑比克。作为条件,葡萄牙需确保对该领土的实际控制,这迫使葡萄牙发动了几次军事行动,比如针对莫西尼奥·德阿尔布开克的军事行动,

---

[1] 指南非德兰士瓦省。
[2] 指葡属莫桑比克省尼亚萨地区。
[3] 指葡属莫桑比克省赞比西亚地区。

还逮捕了一些当地的国王，包括冈冈哈纳。"

若泽·布兰科捋了捋头发，用疑惑的目光望着自己的上司。

"这一切的确非常有意思，"他尽可能言之凿凿地说，"可是坦白地说，我没有看出这些事情与我的工作有什么关系……"

局长深深吸了一口气。

"我想对您说明的是，尊敬的大夫，这一切都被忽视了。先是君主制的白痴们，后来是共和国的混蛋们，他们过分地纠缠于自己的烂事，对殖民地缺少应有的关心。共和党人对英国人的最后通牒全都愤愤不平，可是，他们当政的时候，却只会耍嘴皮子，毫无作为。"弗洛里亚诺离开窗户，坐回到椅子上。"您知道是谁改变了这一切吗？"

听到这个问题，若泽挑了挑眉毛，答案是明摆着的。

"新政权？"

上司的目光转向书桌后面墙上的画像。

"萨拉查。"

医生几乎出于本能的反应，也将目光投向固定在相框里的部长会议主席半身照片上。

"哦。"

弗洛里亚诺踱着步子，来到画像前停下来。

"萨拉查是第一个为帝国制定清晰战略的人。我们现在付诸实施的正是他提出的思想，那就是，让海外省实现自给自足，葡萄牙集中发展工业，殖民地集中发展农业和原材料。萨拉查取消了给外国人的私营特许权，建立了强大的中央政府。他投资棉花和稻米，事实上，本省的出口增长超过了百分之五百。"他稍做停顿，让数字沉淀一下，"百分之五百啊。您能想象这意味什么吗？"

"很多。"

"是一无所有和应有尽有之间的区别，亲爱的朋友。是从无到有。"局长拉过椅子，重新坐在办公桌前自己的位置上。"但是，我们没有止步于此。国家加大了对以洛伦索－马贵斯这个地区为中心的工业化建设和旅游业的投入，目的就是吸引罗得西亚和南非的英国佬来这里花他们的兰特[1]。"他用手指着属下，"这就是您要做的事情。"

若泽睁大了眼睛。

"我？"

"对。您、我、这里所有的移民。为了让莫桑比克在地图上占有一席之地，我们需要合格的人员。你知道，我们的人不多，这甚至是因为葡萄牙不能把优秀人才都派过来，不然的话，本土就没有人了。我们人员有限，所以需要最大限度地用好每一个人，"他继续指着属下说，"你就是有限的少数人中的一员。虽然这里条件恶劣，可是，祖国要求你尽你所能。这里条件艰苦，可是，来到海外殖民地的都是干事业的人，是建设者，是热爱工作的人，他们可以由弱变强、化土为金。他们可以将悲观、懒惰和名誉扫地的葡萄牙抛在身后。这里才是乐观、勤奋、建设性、团结、积极的葡萄牙，是实干者的葡萄牙。在这片广阔的土地上，百废待兴。我希望你在开始履行新职责的时候牢记这一点。"他举起了手指，"来到非洲的人都负有使命！"

"当然，"医生点了点头，"我就是来这里工作的，我很清楚这里要做的事情很多很多。不过，老实说，您刚刚的一番话让我有点惶恐。您到底要把我派到什么鬼地方去填补空额？"

弗洛里亚诺笑了，再次站起身，来到办公桌旁一个木架上放置的莫桑比克地图面前。

"放心，一个好地方，"他一边说，一边用食指指在地图的一个点上，"这里。"

若泽·布兰科走近前去，盯着局长指定的地点。这是洛伦索－马贵斯附近的一个城市，位于省会的北部，距离只有几公里。

---

[1] 南非货币单位。

"赛赛？"

局长拿起装有派遣函的信封。

"那是一张老地图，"说着，他把信封递给了若泽，"现在叫若昂贝卢。"

若泽仔细看了看地图上那个点。

"这就是派我去填补空缺的地方？"

"哪里是什么空缺，大夫。若昂贝卢可是一座美丽的城市！"他歪了歪头，"还有一个优点就是离这里不远。我们在那里给您和您的妻子安排了工作。如果你们有什么需要，我随时都在这里恭候。"他伸出手，表示见面结束。"祝你好运！"

两人握手，弗洛里亚诺把医生送到办公室门口，再次道别之后，若泽转身下楼去了。

"布兰科大夫？"

已经走到楼梯中间的若泽收住脚步，回过头，见到局长仍然站在办公室的门口。

"您叫我？"

"当心身边的坏人，听到了？"

说完，不等若泽的回应，弗洛里亚诺关上了房门，只留下站在两级台阶之间的若泽满腹狐疑地努力破解此番提醒的真正用意。

六

收音机喇叭发出的高一声低一声的杂音像跑调的口哨声。梅雷莱斯上尉转动旋钮,想收听某个频率的广播。空中传来一个声音,上尉仔细听了一会儿,确定是不是自己要找的频率。

> ... mais le président De Gaulle, après avoir reçu le premier-ministre Debré, a déclaré que la situation en Algérie est...[1]

是一家法国电台。

"扯淡!"梅雷莱斯上尉失望地大声喊道。

他立刻换了频率,杂音又出现了。他搜到一个正在播送音乐的频率,停了下来。是一首阿拉伯语歌曲。他重新旋转收音机的旋钮,微调的过程让他不耐烦起来。他迅速转动旋钮,以至于跳过了好几家电台。

妻子心不在焉地织着毛线活,挑了挑眉头。

"金,不是这样的,"她放下毛线,走到收音机前,"我在家经常看父亲搜英国广播公司的频率。听短波电台是有技巧的。"

洛德斯转动旋钮,短短几秒钟后,天电干扰的杂音消失了,客厅里的人都听见一个熟悉的声音。

> ……这里是国家广播电台,短波频率为……

---

1 法语:"……但是,戴高乐总统在与德布雷总理讨论后宣布,阿尔及利亚的局势……"

她以胜利者的姿态看了丈夫一眼。

"看见了,金?只要冷静,什么事都能做到。"

葡萄牙广播电台的声音令全家都安静下来。迪奥戈正在翻阅《安哥拉省》的体育版,寻找他最喜欢的关于赛车的新闻,此时,他的注意力一下子被短波无线电广播吸引住了。

几分钟以后,晚上九点报时的声音响起,新闻节目开始了。国家广播电台的新闻说,在博特略·莫尼兹将军领导的反政府政变之后,军事领导层被更换。播音员说"安全部队的及时介入令政变企图立刻化为乌有"。

这条新闻震惊了在场所有的人,但是,谁都没有发表任何评论,生怕错过新闻广播的一个字。

"在这些严重事件发生后,"播音员继续说,"部长会议主席先生本人接管了国防部。安东尼奥·德奥利维拉·萨拉查教授欣然同意在他的办公室通过我们的广播解释他做出这一决定的原因。"

接着就是一个又尖又细的声音响起,大家立刻听出这是政府首脑的声音。

"如果需要解释为什么在政府改组前接管国防事务的话,那么,所有的解释可以概括为一个词,这个词就是'安哥拉',"熟悉的声音说,"我们的目的是采取迅速、强有力的行动,这是对我们决策能力的考验。"

听到这番话,餐厅里的人们发出一阵欢呼。梅雷莱斯上校像庆祝波尔图俱乐部进球时一样,用力地在空中一击,全家人也跟着一起庆祝起来。

"终于等来了!"妻子大声说,露出灿烂的笑容,"天呐!我简直不敢相信……"

丈夫又蹦又跳,拉着迪奥戈和米梅跳起舞来。他情不自禁地打开窗户,大声高喊。

"为了安哥拉,强有力的行动!"

海上吹来带有咸味的温柔的风,可是,天气依然炎阳炙人。保罗·迪亚斯·德诺瓦伊斯大街两旁的人行便道上人潮涌动,像是行进在罗安达美丽滨海大道的仪仗队。海边楼房的阳台上挤满了人,巨幅彩带从窗口垂挂下来;街上有人在售卖爆米花和冰激凌,五颜六色的遮阳伞下人头攒动。空气似乎都兴奋得颤抖,每一个围观者都努力守护着自己的方寸之地,以便从最佳角度观看这一盛事。

"金,"洛德斯挤在狭窄的空间里,目光扫过人群,"你觉得这里有多少人?"

"天晓得……大概有三四万吧。有人连买卖都关了,好让员工过来围观!……"

迪奥戈手里的葡萄牙小国旗轻轻飘动着,可是,他却显得并不那么兴奋。过久的等待令他感到倦怠,也令他对奇怪的空空如也的滨海大道很快失去了兴趣,他现在宁可坐在棕榈树的树荫下,观察一大早就停靠在城市港口的那艘大船。他把手掌放在额头上充当帽檐挡住刺眼的阳光,以便看清船身上的字。

"尼……亚……萨,"他拼读出单词,"尼亚萨。"

他转过头,看见父母和家里其他孩子还挤在人群中,坚守着他们两小时前在人行便道上占的位置。他佩服他们的毅力,但是,自己却无法陪着他们,那得把腿都站疼了。

"看啊,部长!部长!"

一位围观者的喊声引得人们议论纷纷。好奇的迪奥戈站起身,钻过人群,回到父母身边。他望向街道,滨海大道仍旧空荡荡的,人行便道仍旧挤满了人,骚动的人群望着港口的方向。迪奥戈伸长了脖子,也向港口望去,想发现骚动因何而起。

顺着人群的视线，迪奥戈发现大家都在盯着安哥拉汽车和旅游俱乐部大楼。这一发现让他感到吃惊，毕竟，那是他神往的地方；激动人心的福塔莱萨赛道比赛和险象环生的利奥波德维尔－罗安达汽车拉力赛都是那里组织的。

可是此时此刻，人们激动似乎另有原因。俱乐部的露台已经变成了一个观礼台，站在中间的就是那位诡计部长。天啊，怎么能给人起这么一个名字！诡计部部长？！似乎是一个重要人物，这不值得大惊小怪；看来，这位部长喜欢搞阴谋诡计[1]，一定是厉害人物。其实，在家里，父亲非常尊重他，称他阿德里亚诺什么的[2]，是一位"无畏部长"。

一阵军号声打断了迪奥戈的思绪，他向旅游俱乐部的露台张望着。紧接着，鼓声突然响起，空气都在颤抖。

"他们来啦！"

从麻木中醒来的人群一阵骚动，大家纷纷往前走，寻找最佳位置。

"军队万岁！"有人喊起来，"葡萄牙万岁！"

喊声引来了此起彼伏的"万岁"，气氛被点燃了。手中拿着国旗的人们都高高举起国旗，迪奥戈也学着他们的样子举起了旗子。没有抢到第一排位置的人们站在后排踮起脚尖，努力越过人头的海洋向前张望。

"为他们喝彩！向他们致敬！"

在安哥拉军区乐队震耳欲聋的乐曲声中，五辆宪兵的吉普车驶来，拉开了阅兵式的帷幕。跟在后面的是刚刚登陆的第一批士兵的方队，他们把武器斜背在身上，军靴擦得锃亮，随着乐队的节奏，迈着有力而整齐划一的步伐前进。

这一幕点燃了人们的激动情绪，大家为刚刚抵达的士兵们欢呼起

---

1 指海外部部长。在葡萄牙语中，"诡计"（trama）和"海外"（Ultramar）比较相近。迪奥戈把这两个词搞混了。
2 指葡萄牙当时的海外部部长阿德里亚诺·莫雷拉。

来。情不自禁爆发出的鼓掌声甚至盖过了军乐团演奏的进行曲和军靴整齐地踏在柏油路面上的脚步声；围观的人们高声呐喊，为士兵、萨拉查和葡萄牙欢呼。真是人声鼎沸，鼓乐喧天。从楼上抛下的彩带、花朵和五彩纸屑像彩色的雨点布满了天空，士兵们微笑着向人们挥手致意，人群满怀爱国激情地唱起了国歌《葡萄牙进行曲》。有的妇女掏出手帕擦拭激动的眼泪，有的男人像孩子一样手舞足蹈；他们望着士兵，看到了自己的救赎者。

迪奥戈被眼前的景象震惊了。与其说他被士兵方阵所震撼，倒不如说是被人群高涨的热情所打动，也拼命地高举旗子挥舞起来，并且满怀激动地眼望天空，小声立下了一个发自内心的庄严誓言。

"上帝，等我长大以后，让我成为一名葡萄牙的士兵！"

七

蜿蜒的林波波河如同一条大蟒，擦着房舍的边缘一个急转弯静静地奔腾而去；太阳在平原上升起，一只鸟孤独的叫声在波平如镜的水面上回荡。面对如此壮丽的景象，布兰科夫妇坐在自己家后院一棵柠檬树的树荫下，面朝河流，一边吃着早餐，一边低声说着话，仿佛担心他们的声音会打扰大自然。从平静的水面上吹来的微风依然带着凉意，但是在他们看来，清晨时节，这并不奇怪。

两人几乎有些遗憾地结束了早餐。米米卡斯最后一次嘱咐了仆人一番之后，他们拿起各自的东西，打开家门。早晨悄然来到，若昂贝卢似乎还没有醒来。夯土路上，一辆吉普车隆隆开过，带起淡红色的灰尘，不过，街上的人不多，只有人行便道上有一些行人，满不在乎地走着。

确认过不会沾上扬尘后，若泽来到街上，用手指蹭了一下家门前停着的"欧宝"汽车引擎盖，估计一下夜里汽车上落了多少灰尘。这是一辆漂亮的白色汽车，车顶是松石蓝色。若泽缺少开车的经验，也不熟悉莫桑比克靠左侧行驶的习惯，于是，第一天停车时，就把车撞出了凹痕。

"你不打算开这个东西吗？"妻子指着汽车问。

"在药房主任这里总是不及格，让我很害怕呢，"若泽开玩笑说，俯身吻了妻子，"再见，主任女士。"

米米卡斯脸一红，笑了起来。

"讨厌！"

两人就此分手，若泽步行去医院，米米卡斯转身回到家中。这已经成为他们在若昂贝卢三年来每天早晨的习惯。因为缺少人手，米米卡斯这个刚刚毕业的学生被任命为国家药房主任,并因此有权得到一套房子。事实上,这不是一套房子,而是包括寓所、医疗站和国家药房在内的一组设施,一个宽敞的露台将三个部分连在一起。

妻子职务级别高于丈夫的情况并不常见,以至于被若昂贝卢的上流社会当成笑柄。不过,若泽却总是喜欢以此开玩笑。在公共场合,他当众称妻子"主任女士",从没有表现出当时人们尊崇的男人总是高于女人的想法。就这样,他们成了一对独特的夫妇:她是药房主任,他则保持着自从来到莫桑比克便开始的习惯,总是穿着一尘不染的白色衣服。

那天早上,他就是照常穿着一身白衣去上班的,手提箱在手里晃来晃去,眼睛小心地观察着车流。每当有汽车开过时,他都会小心地避开路上免不了的扬尘;穿白衣服让他更加小心,否则,他就得穿上衣柜里备用的衬衫。

与往常一样,若泽在差十分七点时到达了医院。他和内尔森护士打了招呼——这是一个聪加人,在洛伦索-马贵斯读完护理学课程,然后,来到他的诊室做准备工作。他从衣架上取下白大褂穿好,打开手提箱,取出听诊器挂在胸前,走到门外,对像哨兵似的等待他的护士做了一个手势。

"走吧?"

内尔森犹豫起来。

"大夫,院长先生已经来了。"

若泽做了一个惊讶的鬼脸,看了看手表,想确认自己没有搞错。指针显示马上就到七点钟了。

"这个时间?"

护士没有回答,随着医生一起来到病房。若泽走到每一位病人身边,询问他们晚间的情况,给他们听诊、测量体温。他很关心一位脑型疟疾患者，在这位病人身上花了更多时间。每当他有疑问的时候，便询问在医院值夜班的内尔森，而内尔森总能立刻解答。医生就这样履行他在病房的职责。

接诊八点开始，时间一到，若泽便匆匆向诊室走去。这时，他发现一个人影躲在隔开病人的帘子后面，他皱了皱眉头，但是，很快就认出了这个神秘的身影：是院长。

"早上好，阿布雷乌大夫！"若泽好奇地问候道，"这个时间您怎么在这里？起得太早？还是有什么其他原因？"

人影一动不动，似乎没有想到会被认出来，但是很快，他向一旁移动了一步，或许是他意识到继续藏下去也没有什么意思。

"哼！"院长面有愠色，做出一个难以理解的回应。

若泽·布兰科心里暗自发笑，摇了摇头，对院长的行为感到不解。院长又在搞鬼名堂，他想。

若泽加快脚步向诊室走去，他喜欢守时，看到诊室门口小小的候诊区里已经有病人在排队等候。他向大家道了一声"早上好"，便走进诊室，向护士打了一个手势。

"叫第一位。"

第一位实际上是两个人：一位牧师和一位遇到难言问题的修女——肚子隆起。医生让修女在床上躺下，按了按隆起的部位，用听诊器仔细听了听。

"是胀气吗，大夫？我们在教团那里吃了很多豆……"

神父说话带有贝拉[1]人特有的"唑唑"的齿音，若泽听了半天才听懂。

"不是。"

"哦，我的上帝！"神父痛苦地抹了一把脸，"是癌症？真是恶性肿瘤？淋巴瘤？癌？"

---

1 指葡萄牙贝拉地区。

他满怀期望甚至带着希望提出这些问题，这让若泽感到奇怪。检查结束后，若泽收起听诊器，默默地回到自己的座位，从旁观察来看病的这两个人的面容。修女看上去十分窘迫，面带羞愧，几乎不敢正视神父的眼睛。旁边的神父不看任何人，大汗淋漓，一副焦虑不安的样子，这在医生看来显然明确无误地表明他与修女的情况脱不了干系。

"不是肿瘤，"终于，若泽带着令人难以捉摸的表情说，"她怀孕了。"

直到上午十一点，候诊区终于空无一人了。若泽像往常一样稍事休息，喝一杯咖啡。他把脚放到桌子上放松一下，其实更想躺在床上打个盹儿；三个小时不间断地工作让他感到疲惫不堪。

"可以进来吗？"

医生一下从椅子上跳起来，咖啡洒在他的白大褂和衬衫上。他向门口望去。

"多明戈斯！"

满脸笑容的多明戈斯·罗科出现在门口，朋友的反应，尤其是溅到衣服上的咖啡污渍，让他忍俊不禁。

"这件衬衫完蛋喽！"他调侃说，"看来你得去'本·菲卡'再买……"

若泽甩了甩洒在手指上的咖啡，将杯子放到桌子上，走上前去迎接朋友。

"你怎么来了？"他一边问，一边与朋友握手，"我们以为你周末才到呢。"

"本来是的。可是，我接到一封电报，让我赶紧来伊尼扬巴内，所以，噔噔噔，我就跑来了。"

"出什么事情了？严重吗？"

"没有。家里的事而已，没有什么特别的。"

医生示意他坐在通常病人坐的椅子上，可是，不等他落座，若泽向门外瞥了一眼。

"阿尔贝蒂娜呢？"

"我一个人来的，"多明戈斯解释道，"星期六，我就得回去，我们约好在比莱尼会合。你们常去那里，不是吗？"

若泽在自己椅子上坐下。

"去比莱尼？当然！本来就是这么说好的。"他伸长脖子向窗户的方向望去，看到朋友的雪佛兰汽车停在医院门口。"你看啊，如果你从伊尼扬巴内回来，最好先来我们家，然后咱们一起去。你看怎么样？"

"哎呀，太棒啦。"

医生指了指刚才打翻的空杯子。

"喝一杯咖啡？"

多明戈斯笑了。

"谁喝，衣服吗？不，谢谢。"他摇了摇头，略显认真地说，"我离开洛伦索-马贵斯之前吃过早餐了。"

"工作怎么样？一切顺利吗？"

"大西洋银行的诉讼工作总是忙得不可开交，老兄，"他说，"唉，那些人总是没完没了。"说着，他的脸上露出既怪诞又神秘的表情。"而且，我不是还在外面兼职吗？许多土著来找我办事，"他用讽刺的口吻说出"土著"，"他们让我破费不少呢。这些人问题不少，可是，钱却不多。不过我想啊，这就是作为莫桑比克唯一黑人律师的代价吧。他们全都跑到我家找我，你可以想象，我无法拒绝。"

"皮德[1]还来找你麻烦吗？"

"哎哟！别提了。两年来他们从来都没有放过我，"他扬了扬眉毛，

1　皮德（PIDE，Polícia Internacional e de Defesa do Estado）是二十世纪三十年代初期葡萄牙建立的秘密警察机构。

"自从莫桑比克解放阵线成立以来,他们就盯着我不放,把我当成其中一员了。"

"你不是吗?"

律师笑了起来。

"我不否认。"他承认。

"解放阵线要把葡萄牙人赶出莫桑比克并且立刻宣布独立,而你又是其中一员,皮德当然会盯着你不放。你不这样认为?"

"嗨,老兄!不是这样的。解放阵线说要驱逐葡萄牙人,并非字面上的意思。解放阵线只是希望驱逐葡萄牙政权。当然,那些愿意留下来的葡萄牙人将受到欢迎。我们的运动不是激进派的。别忘了,蒙德拉纳[1]是从美国学成归来的,解放阵线有福特基金会的支持。非洲国家纷纷宣布独立,这一进程得到了美国人的支持。我不明白为什么莫桑比克就该不一样。"

"我认为葡萄牙政权不会参与对话,"若泽说,"如果葡萄牙不让步,你觉得接下来会发生什么?"

"泽,这个话题我们曾经谈过一次。如果萨拉查不让步,事情可就复杂了。"

"也就是说,莫桑比克会有战争……"

律师沉默了片刻,然后,微微点了点头。

"我已经提醒过你,不是吗?战争已经在安哥拉开始了,几内亚也是。莫桑比克将是下一个……"

"你呢?你会参加吗?"

多明戈斯深深吸了一口气,无奈地耸了耸肩膀。

"不知道,"他说,"不过,我认为别无选择。"

---

[1] 爱德华多·奇万博·蒙德拉纳(Eduardo Chivambo Mondlane,1920—1969),莫桑比克解放阵线的创建者、首任主席。1969 年遇刺身亡。

若泽望着窗外。

"那是我工作的优势,"他若有所思地说,"与律师不同,医生没有必要插手政治。我们仅限于人道主义工作。"

朋友举起手指,像是在提醒他。

"你错了,泽。生活中一切都是政治。"

若泽抱着双臂,显出下定决心、义无反顾的样子。

"医生例外。"

"那是你的想法。亲爱的,无论我们如何想逃避政治,它最终都会找上我们。走着瞧吧!迟早有一天,政治会来给你下绊子,而你将被迫面对它。走着瞧吧!"

但是,若泽仍然不肯相信。

"你知道,多明戈斯,我的职业有一些你不了解的特殊性。首先,希波克拉底誓言非常明确地规定……"

若泽停了下来,因为他发现一个身影出现在门口。他向门口看去,认出那是早上在诊室曾被他当场认出的院长瘦瘦的身影。阿布雷乌大夫是一位老派医生,有很多讲究,不苟言笑,因此,为了表示对上级的尊重,若泽从椅子上站起身,多明戈斯也站了起来。

"阿布雷乌大夫,"若泽说,"需要帮忙吗?"

院长甚至没有看他一眼,而是带着不屑的表情从头到脚仔细打量起来访者。

"这个黑鬼在这里干什么?"

院长的问话随着沉闷的吼声在诊室炸响,令周围的一切鸦雀无声。若泽一动不动盯着他的上司好一会儿,他被自己刚刚听到的话惊呆了,脑海中闪过无数个回应之策。应该假装没有听懂?应该表现得让人觉得他认为院长的话很正常?还是应该对院长大吼大叫?也许应该狠狠揍他一拳?当你的上司对一个人,而且是你的朋友,说了那样的话,你该何去何从?

"抱歉,阿布雷乌大夫。"若泽终于喃喃地开口了。他的心怦怦地跳着，纠结着。他想骂院长一通，可是，又担心因为不服从上司而招致纪律处分；他必须说出自己的想法，可是，又要掌握措辞的分寸。"罗科博士是我的朋友，他来看我，是一次礼节性拜访。您的语气和措辞，恐怕，不是最合适的。应该说，让我感到难为情。"

院长继续盯着来访者。

"这个黑鬼不是病人，对吗？他不是病人，在这里什么都不做，你必须把他赶出去。进到医院来的野蛮人只能是病人。"他指着门口继续说，"其他人该待的地方是外面。"

"罗科博士不是野蛮人，"若泽反驳道，他感觉血液已经沸腾起来，"他是我的朋友，我要求您尊重他，这是他应得的。"

院长仍然举着胳膊指向门口。

"出去！"他命令道，"我要这个黑鬼出去！马上！从我的医院滚出去！滚！"

多明戈斯和若泽交换了一个眼神，意识到事情不可能得到解决。

"算了，泽，"多明戈斯一边说，一边拿起他的东西准备离开，"我出去转转，咱们一起吃午餐，好吗？"

"这样不好，"若泽说，再次转向他的上司，"如果罗科博士离开，我也离开。"

事情发生后，院长第一次直视他的部下。

"妄想！"他吼道，"黑鬼离开，但是，大夫留下，因为您要履行职责！"

这正是若泽想听到的：一个他可以违抗的命令。他把听诊器装进手提箱，脱下脏衣服扔在地上，拿起手提箱，和朋友一起离开了医院。

阳光下温度很高。他们默默地走到雪佛兰汽车前。坐进车里，若泽觉得车里热得好像一个火炉。多明戈斯坐在驾驶位上，发动了汽车。他把手臂放在座椅后面开始倒车，面对着朋友，厚厚的嘴唇带着挖苦意味的微笑。

"我怎么说的？"他问，"政治总会找上咱们。"

八

一辆轻型"奥斯汀-莫里斯"汽车在桑巴海滩边停下来。它看起来像一个沙丁鱼罐头;车里的人太挤,有人把腿和胳膊伸出了窗外。车门一开,迪奥戈、带着婴儿的父母、其他三个兄弟姐妹,以及为全家服务的勤务兵,纷纷从车上跳下来。原来,车里一共坐了八个人。

乘坐"奥斯汀"汽车到海边之旅令人挨肩叠背很不舒服,不过,这也是全家人每个星期天的乐趣所在。这一次却不同。第一批军队登陆引起的亢奋令全家人重新获得了安全感,但是,随着时间的推移,这种感觉逐渐消失,忧虑再度回到这个家庭。每天,父亲从军营带来更多消息,但是,并不总是好消息。

来海滩是为了缓解影响着所有人的沉闷气氛。雨季已过,天气愈加热起来,好在桑巴海滩总是那么令人向往,金色的沙滩延伸到温暖的半透明的海水中。刚到的人们把浴巾铺在沙滩高处,小心地将装有食物和水壶的篮子放好,以免被阳光直晒,然后,一起向海跑去,跑在前面的孩子们兴奋地尖叫着。

然而,与兄弟姐妹不同,迪奥戈不喜欢游泳,也不喜欢在海边玩耍,他早早地躺在浴巾上晒太阳。几分钟后,他听到父母游泳回来了。虽然他们在远处说话,但是,说话的声音随着微风在沙滩上飘啊,飘啊,一直传到迪奥戈的耳朵里,仿佛他们在同一个隧道里。

"水真好,"母亲说,"尤其沙滩入水的地方真的很舒服呢。"

"这点的确不错,"父亲赞同道,"但是,我不知道我们能坚持多久。"

"瞧你！为什么这么说？"

"还能为什么！因为袭击事件不断。就在前几天，空军刚刚结束对穆卡巴[1]的围剿，不是吗？可是，恐怖分子昨天再次袭击了穆卡巴。"

"我的天啊！就没有办法阻止他们？"

"似乎没有。他们还袭击了桑扎蓬博[2]和丹巴[3]。现在政府已经下令暂停这些地区的棉花种植活动。"

"这些恐怖分子到底是什么人？"母亲问，"他们想干什么？杀光我们所有的人？"

"有些人自称是安哥拉人民联盟，有些人自称是人民运动……都是那一套。他们说安哥拉是黑人的。"

"无稽之谈！"

"也许是无稽之谈，但是，美国人支持他们，共产党人给他们提供武器。你知道吗？甚至联合国都投票支持那些恐怖分子！"他强笑了一声，妻子却笑不出来。"简直就是一个笑话！"

"你的意思是葡萄牙孤立无援了？"

父亲点了点头。

"难以置信，不是吗？他们砍杀妇女和儿童，世界都做了什么？鼓掌叫好！"

洛德斯不以为然地摇了摇头，俯身从一个篮子里取出一个三明治，打开包裹着的餐巾纸，坐下来望着大海。孩子们还在水里嬉耍，洛德斯留心地观察孩子们的举动，想从中发现他们是否在某种程度上被罗安达的生活环境打扰。她一定不喜欢自己看到的，因为她忽然摇了摇头，转向丈夫。

"金，你说你的服役期什么时候结束来着？"

---

[1] 位于安哥拉西北部。
[2] 位于安哥拉东北部。
[3] 位于安哥拉西北部。

丈夫咽下嘴里的三明治。

"下个月,"他说,"塔瓦雷斯上校已经问过我,问我是否愿意续期四年。"

"你呢,怎么回答他的?"

"我要考虑一下。"

妻子一边嚼着嘴里的东西,一边继续凝视着大海。

海面上,几条渔船在滑行,其中一条渔船在波浪中摆动着慢慢靠近海滩。孩子们也发现了那条船,拦住了它的去路,想看看筐中活蹦乱跳的鱼儿。

"明天我就去亚特拉斯航空公司售票处买票,"洛德斯一边说,一边仍旧小心留意着孩子们,"下个月,我们都回葡萄牙去。"

九

上午十一点的钟声响起,若泽·布兰科还没有被叫到。他在那张椅子上坐了太长时间,腰痛令他脸上露出痛苦的表情。已经过去了两个小时,谁都没有和他说一句话。他起身放松放松,在洛伦索-马贵斯市中心这栋雅致住宅的一楼走一走,正看到一位女工作人员正坐在办公桌前乱写乱画,两人尴尬地相视一笑。

"请耐心等待,"她说,"局长很快就会叫你了。"

医生的目光扫过办公桌,瞥见看上去好像是报告的东西下面露出一页纸,通常,这是报纸用纸。

"是今天的吗?"

女工作人员抽出报纸,是一张大开本的报纸,她把报纸递给了若泽。

"你看,这写着1964年4月16日,"她指着报头下方的日期说,"你要看?"

实际上,这是当天早上的《新闻报》。若泽接过晨报,回到椅子上,为终于找到在等待中打发时间的事情而高兴。他本该在来开会的路上买一份,但是,他绝没有想到省卫生局局长竟让他等待这么久。

他先看了一眼头版,发现头版新闻都没有什么意思。他正要直接翻到体育版时,注意到藏在右边角落的一条小窄框里奇怪的标题"内罗毕电台播出关于莫桑比克的假新闻"。他的确对新闻学了解不多,可是,如果新闻是假的,为什么要公布它?

他好奇地看了这条新闻。"肯尼亚的内罗毕广播电台播出了以下内容的新闻,"文章开头写道,然后,援引肯尼亚的新闻,"据莫桑比克消息人士透露,葡萄牙当局已宣布进入紧急状态,并向赞比西亚省赞比西河以北派出了2500名士兵。部队正在对一个月前向葡萄牙人宣战的反叛者采取行动。根据他们亲手递交的信件中的信息,游击队'突袭'了若干葡萄牙办公机构,然而截至目前,尚未抓获任何游击队队员。"

他放下报纸,一脸惊愕。紧急状态?派2500名士兵去赞比西亚?一个月前反叛者宣战?"突袭"葡萄牙办公机构?游击队?可那都是什么?他继续看报道。"以上转录新闻纯属捏造,现正式辟谣。目前莫桑比克省全境绝对平静,无任何冲突事件发生。"接着,文章与往常一样开始抨击葡萄牙的敌人,并没有交代更多有用的信息,不过,《新闻报》在头版用加框的方式刊登这样一条内容,虽然不起眼,这个事实似乎还是让他不安。如果一切都是假的,为什么要播那条新闻?为什么审查委员会通过了那条新闻?

"大夫?"

刊登这条非同寻常的文章背后的真正意图是什么?这是不是在用隐蔽的方式传递真相?莫不是……

"大夫?!"

一个声音打断了若泽的思绪。他看向门口,一位中年妇女正看着他。"嗯?"

"局长先生叫您,"女人说,"请上来吧。"

沉闷的上午接近尾声,半明半暗的办公室一片寂静,死气沉沉中只听到某件木制家具偶尔发出的嘎吱声、墙上挂钟催眠般的滴答声和翻动文件的沙沙声。若泽进门已经一分钟了,弗洛里亚诺·卡瓦略却连头也不抬一下。局长正在阅读一份文件,看上去聚精会神,但是,若泽明显感到上司在假装工作很忙。

弗洛里亚诺任时间一分一秒地过去,对于不时清一清嗓子表示自己存在的若泽毫不理会。终于，他哗啦哗啦地收拾起文件，把它们整理好放在办公桌的一角，清了清嗓子，看着他的部下。

"布兰科大夫，"他劈头盖脸地说，"我不能否认，我对您的表现感到失望。"

既无寒暄又无征兆的开场白让若泽忐忑不安。弗洛里亚诺·卡瓦略，这个三年前曾热情迎接自己的局长，现在却以近乎冷漠的态度接待自己。若泽犹豫起来，不知道自己该说些什么还是继续保持沉默。可是，既然局长在第一句之后没有继续说话，他觉得自己应该做出某些回应。

"您好。"他先打了一个招呼，希望弗洛里亚诺能意识到，这个举动是在影射他不礼貌的接待方式。"我可以坐下吗？"

上司高傲地指向办公桌前的椅子。

"坐。"

医生拉出椅子，故意在地板上拖动着发出噪声，然后坐下。他翘起二郎腿，以掩饰内心的不安，甚至让人觉得，尽管言语谦和，但他丝毫没有感到害怕。他直视着上司。

"抱歉让您失望了，"他开口说，"可是，我的确什么也没有做。"

"您做了，而且，您很清楚您做了。"

"我没有……"

"请让我说完。"弗洛里亚诺打断若泽的话说。虽然他有所控制，但是，他的语气仍然出人意料的紧张。他从椅子上站起来，走到窗前。"您知道，大夫，我有一个梦想。"他停下来，双手交叉在背后，望着窗外的城市风景。"我的梦想就是葡萄牙的强盛。像我和您这样的人站在这里，是为了发挥一个作用，完成一个使命。教化的使命。"他指了指窗外的建筑。"一百年前，这里什么都没有，到处是灌木丛、沼泽和茅草房。仅此而已。我们用很短的时间建起了这座城市。如果我们可以，如果人们愿意，我们会做得更多、更好。"他用右手指了指自己和若泽。"我和您都是教化的使者。重建帝国、恢复祖国的荣耀、让葡萄牙在世界占有一席之地是我们的职责。这一切,亲爱的大夫,需要通过工作来实现。"他竖起一根手指,转向医生,阳光照着他的半边脸。"工作,那就是关键。我们在这里正是为了工作。为了工作、为了做事情、为了建设文明、为了开拓地平线、为了国家的荣耀。"他缓缓走回座位。"我们忙自己的工作就可以了。做我们懂的,尽我们所能,其余的我们管不了。"他坐下来。"这就是为什么我对您感到失望。您懂的事情,您做了,但是,您不懂的事情,您依然决定去做,就这样,玷污了我们的事业。"

弗洛里亚诺盯着他的部下,就像老师在课上讲到关键点时,观察学生以确认学生学会了所讲的内容一样。若泽在椅子上扭动一下身体,虽然上司的话让他很不舒服,但是,他还是竭力控制住自己的情绪。

"亲爱的局长先生,"他说,"我尽我所能并且我懂得我的工作。而且我相信,没有人会怀疑这一点。把我带到这里的……或者说,您把我叫来的原因不是我工作的质量问题,而是个人关系问题。关于这个,请允许我明确一点:人们如果想得到尊重,必须懂得尊重别人。阿布雷乌大夫不尊重来医院看望我的朋友,用最有辱人格的方式侮辱了他。在这种情况下,我不懂他怎么还能希望我尊重他。"

局长的头一直处于阴影中,他向前靠了靠,用胳膊肘支撑在桌子上,让光线照在他紧张的脸上。

"亲爱的布兰科大夫,如果你的朋友没有卷入颠覆活动,事情可能不至于此。"

"颠覆活动?我的朋友是大西洋银行的律师。据我所知,他是一位行动自由的公民。如果他参与了颠覆活动,为什么不拘捕他?"

局长做出不耐烦的样子。

"这个嘛,我不知道,也不关心。"他反击道,重新靠在椅子上,头又回到阴影里,形成一个半明半暗的剪影。"我不是警察。我只不过是殖民政府省卫生局的一名官员,仅此而已。现在这个时候,我又不蠢,我很清楚，与莫解阵[1]的人搅在一起只会惹来麻烦。"

"抱歉，可是我不明白。我给自己惹来了什么麻烦？"

弗洛里亚诺拿起若泽进来时他一直在看的那份文件翻起来，眼睛飞快地扫过页面。

"麻烦，亲爱的大夫，"他说，目光却一直没有离开文件，"是阿布雷乌大夫报告说你在医院工作期间不服从上级，而且，他还汇报了此后发生的一些情况，包括内尔森护士明显是在你的影响下所做的煽动性言行。"他抬眼看着部下。"这就是麻烦。"

若泽指了指那份文件。

"阿布雷乌大夫称我的朋友'黑鬼'，这个他汇报了吗？"

省卫生局长睁大了眼睛，显然感到震惊，但是，他很快恢复了自两人见面之后一直保持的冷漠表情。

"他没有解释，这个也不重要。"

"这很重要，非常重要！"

弗洛里亚诺把文件重新放回桌角，用冷冰的目光看着站在面前的人，仿佛要用手术刀解剖一位受害者。"重要的是，亲爱的布兰科大夫，"他咬牙切齿地吼道，"他报告了四件真实发生的事情。"他伸出四个手指，示意每个手指就是一个事实。"第一，在医院，您在工作时间与一个颠覆分子过从甚密。第二，您的上级把这个人赶出医院，这是他的职责，而您却公开不服从上级，还擅离职守。第三，内尔森护士受您的影响，拒绝工作两天。第四，您的妻子，国家药房主任，本应履行她的职责，却拒不执行医院院长关于配置一些药品的命令。换句话说，由于您的缘故，在若昂贝卢县医院出现了不服从领导的气氛。您知道的，省卫生局不会容忍或对这种情况视而不见。"

"在我工作的医院并没有发生抗拒领导的情况，"医生反驳说，"有

---

[1] 指莫桑比克解放阵线。

的只是独断专行和种族主义。当时,我是在喝咖啡的休息时间,并且是在完成了我的工作之后与朋友聊天的。我离开医院,您应该知道,那是因为在我应履行的职业责任中,没有接受院长胡搅蛮缠的义务。内尔森护士罢工?是,先生!他这样做是因为他目睹了种族歧视行为,这种行为不但是不道德的,而且在我看来,它是非法行为。药房主任没有配置药品?她做得很好!院长先生可不是不知道,他给她下了命令,但是,却没有提交申请单。他是想让她在没有申请单的情况下配置药品吗?要是那样,她就违反了规定并会因此受到处罚。"

局长一言不发地望着若泽,手指交叉放在办公桌上。

"您是在暗示阿布雷乌大夫给您妻子设圈套吗?"

"我什么都没有暗示,纯粹是在陈述事实,"若泽坚持说,"自从院长知道我和罗科博士是朋友以后,他的态度让我觉得他就是在想制造不睦。他将罗科博士赶出医院的那天早上,我看到他躲在诊室监视我的工作。我只能假设他是在检查我是否按时到岗,是否严格履行职责。"

弗洛里亚诺撇了撇嘴,对若泽的话做出不以为然的样子。

"我认为这很正常,"他说,"据我所知,监督管理好工作人员是院长的职责。"

"我没有说不正常,"医生承认,"可是,他为什么只监视我?为什么自从知道我是罗科博士的朋友后他才这样做?还有,为什么他从那之后就开始找我妻子的麻烦?找不出更好的解释之前,我只能认为他是想抓到我的把柄。"

"这个我不知道,也不想知道,"省卫生局长不耐烦地说,"您谈到的这些,如果想谈,不要和我谈,我不是警察。去找省长、部长谈,爱跟谁谈跟谁谈,但不是跟我。我只负责管理卫生工作,贯彻各项规章制度,与各个医院的院长们协调工作,听从上级指示。"

"当然。"

弗洛里亚诺猛地拉开一个抽屉。

"我把您叫到洛伦索-马贵斯来,正是因为收到了上级的指示。"

他从抽屉里面拿出一张纸。

"这是您的调令。"说着,他把纸递给若泽。"您要离开若昂贝卢。"

若泽接过调令,瞥了一眼前几行,看到上面用红色大写字母写着自己的名字。

"我可以问一下根据什么……"

"这是上级的命令。"

医生把纸放在腿上,似乎心不在焉地望着窗外一棵开满橙色花朵的凤凰树。

"如果我拒绝呢?"

"您不能拒绝。先生,当您被编入海外机构时,您签署过一份文件,承诺愿意去任何需要您去的地方。您肯定还记得……"

"嗯……"若泽默默地点了点头。

"内尔森护士也要被调走,他会被调往基雅[1]工作。"

若泽面无表情地望着窗外,似乎这一切都与他无关。然而,平静的外表之下是怒火中烧,他在考虑据理力争的可能性。当时,他签署文件是另有初衷,而且按照规定,调动应出于工作需要,而不是惩罚的手段。他还想为护士辩解,他只是和自己一样,为多明戈斯在医院受到的不公正对待感到愤怒。但是,若泽忍住了,觉得一切似乎都已经不重要了,该发生的都会发生,最重要的是要明白等待自己的是什么。

"请问,我去哪里?"

"太特[2]。"

若泽慢慢地转过头,好像刚刚从昏睡中醒来,面向局长办公桌旁边的地图。

---

1 位于莫桑比克南部。
2 位于莫桑比克西部。

"上边,对吗?"

弗洛里亚诺再次从椅子上站起身,走到地图旁边。

"对,北边。"他指着一条蓝线标记的河流上的一个点说。

"就在这里。在赞比西河旁边。"

医生的目光停留在太特的位置上,想着是否该问出萦绕于脑海中的疑问。他本想放弃不问,因为事情很敏感,但是,他最终还是决定说出来;既然他们要去北方,必须知道等待他们的是什么。

"那个地区不是进入紧急状态了吗?"

"谁说的?"

"报纸。"

局长指了指地图上一条曲折迂回流向贝拉北部的蓝线。

"赞比西河在这里,"他肯定地说,"据我所知,这里一切都很平静。报纸上的内容只不过是在撒谎,造成人们的不安情绪。我们不必理那些事情,只需做好自己的工作。"

若泽深深吸了一口气,平心而论,这也是他的想法。但是,他的心中还有其他考虑。

"我妻子怎么办?"

局长坐回椅子上,将手伸进一直打开着的抽屉里,拿出第二张纸,递给若泽。显然,这是另一张调令。

"这次她和您一起去,"他用家长式的语气仿佛是在施舍似的说,"但是,要是有下一次的话,你们就会分开去不同的地方了,明白吗?"他伸出一个手指,像老师告诫不听话的学生。"不要再卷入政治!"

斥责也斥责过了,警告也发出了。若泽感到委屈,却必须努力压制内心的反抗。他想说自己从来没有也不打算参与政治,可是,他意识到这毫无用处,眼下他所需要的是,把注意力集中到关键点上,也就是地图上的那个地方。

"为什么是太特?"他问,重新面对莫桑比克地图,"是不是被处罚的人都会被派到那里去？"

局长点了点头。

"那的确是一个非常令人讨厌的地方，"他叹了一口气，这也许是他唯一一次表现出怜悯之心。"抱歉，可这是上级的命令。我必须提醒你，亲爱的大夫，太特确实臭名昭著。"

"什么方面？"

局长关上抽屉，站起身，表示谈话到此结束。他整理了一下外套，最后看了一眼地图。

"人们称它'白人的墓地'。"

十

迪奥戈在葡萄牙加亚新城的雷戈阿瓜长大，这里是马达莱纳教区的社交中心。迪奥戈从小喜爱排球，从安哥拉回来后不久就开始打排球，还参加了马达莱纳合唱俱乐部成立的排球队。俱乐部有一个露天球场，教练是为人十分严厉的锁匠托内卡·梅尔洛，他曾经移民莫桑比克，现在利用工作之余训练孩子们打排球。

马达莱纳合唱俱乐部的这支排球队是一支令人敬畏的队伍。孩子们每天晚上在土地上认真训练，迪奥戈的大力扣杀常常令球飞到管工维洛佐家的后院，那里种着卷心菜。

"快去捡球！"总是站在球网旁边的梅尔洛教练命令道，"下次击球再准一点！……"

然后，迪奥戈就会爬上墙头，溜进隔壁家的后院去捡球，在维洛佐种的卷心菜和莴苣之间跳来跳去。训练课之后就是比赛，形势变得很清楚，首发阵容中的主力队员是教练的儿子、擅长传球的安热利诺·梅尔洛和球队的大明星迪奥戈，出色的弹跳和进攻能力使他成为当地的传奇人物。

安热利诺是一个沉闷的男孩，与迪奥戈一样寡言少语。相似的性格加上两个人都曾有过的在非洲生活的经历，使得他们彼此亲近；在雷戈达瓜，人人皆知，他们是形影不离的朋友。

在两位"球星"的带领和梅尔洛教练的高明指挥下，马达莱纳俱乐部球队如日中天，接二连三击败对手，从圣蒂尔苏队到圣马梅迪学院队一路过关斩将，最后，竟出人意料地夺得了新人赛的区冠军，成功晋级。

球队的每个人都知道，全国新人锦标赛将会是残酷的考验，每个对手都很强大，其中最难对付的是全国体育界大名鼎鼎的本菲卡队和波尔图俱乐部队。小小的马达莱纳球队如何能在与这些巨人的比赛中活下来？这成了雷戈达瓜四家咖啡馆里人们热议的话题，人们都认为，尽管梅尔洛教练和"我们的孩子们"具有不可否认的价值，但可以肯定的是，球队一定会屡战屡败，最后，在锦标赛垫底。

尽管如此，人们都来到俱乐部等待比赛分组抽签的结果。在这个重要的日子，雷戈达瓜的男人们都聚集到这里等待消息，年轻人手里晃动着夏派饮品绿色的瓶子，年长的人们无精打采地趴在桌子上，不厌其烦地晃着酒杯中一小口一小口渐渐少去的葡萄渣。中午时分，电话响了，梅尔洛先生拿起电话。是去里斯本参加抽签的协会主席打来的。当时，迪奥戈正在与安热利诺争论哪个队会是首战的最佳对手，但是，在电话通话开始的那一刻，所有人都把注意力转向了那里，屏住呼吸，看着教练贴在电话听筒上的脸，等待着最终结果。

然而，在整个通话过程中，梅尔洛教练的表情始终令人难以捉摸。教练的话只是干巴巴的"对，主席先生"和"很好，主席先生"，所以，大家只得耐着性子忍受着小火慢炖般的煎熬，等待电话结束。

在漫长的一分钟后，梅尔洛教练挂断了电话，阴沉着脸转向一张张期待的脸。

"是本菲卡。"

十一

随着"达科塔"飞机接近跑道,从小小的舷窗向外望去,太特市无非是一片不起眼的房舍,河流穿过黄色的稀树草原,似乎是因不想打扰这座城市而绕城而过。飞机着陆了,弹跳了几下才稳定下来,翘着机头在跑道上滑行,这是"达科塔"飞机的标志,最后在不大的塔台前的停机坪停了下来。

直到机舱门打开,乘客开始走下飞机的旋梯,布兰科夫妇才意识到,他们已经来到了一个不一般的地方。一股热浪像烤炉灼人的热气冲入机舱,引得从过道一直排到舱门的乘客一齐叹息起来。

"毫无疑问,"一位印度游客带着无奈的微笑说,仿佛这种烤炉的感觉是这个地方独特的签名,"我们到太特了!"

若泽和米米卡斯愕然地交换一个眼神。已经有人告诉过他们太特很热,可是,这么热?他们没有想到,地球上竟然有一个地方热得像烤炉,更不用说还是在莫桑比克了。

"哼!"米米卡斯冷笑一声,"简直是地狱!"

丈夫也被这股热浪惊呆了,觉得空气随时都可能被点燃,着起火来。他们跌跌撞撞地走出机舱,感觉阳光灼烤着他们的皮肤,仿佛一堆燃烧物用它的火舌烧着他们。惊讶之余,若泽向德塔航空[1]的空乘们投去为难的近乎乞求的目光。

---

[1] 指葡萄牙殖民当局于1936年建立的莫桑比克航空运输发展局(DETA, Direção de Exploração de Transportes Aéreos)。

"总是如此吗?"

空姐耸了耸肩膀,保持着很职业的露齿一笑。

"欢迎来到太特!"

汗味充斥着行李提领处狭小的空间。航站楼里热得可怕,但是,那里至少可以避开似火的骄阳。若泽和米米卡斯看着自己的行李被运离停机坪,发到抵达大厅,拿起自己的行李,摇摇晃晃地走进大厅,一群接机的人正在等待刚刚到达的人;那是一张张写满疑问的面孔汇成的海洋,有白人、印度人、混血和黑人,所有的人都满头大汗地期盼着他们要接的人走出来。

"布兰科大夫!"

若泽向喊他名字的声音传来的方向转脸望去,认出了来者。他个子不高,留着短发,一副小巧的长方形眼镜衬托出他敏锐、冷峻而热切的目光,那是怀有深藏不露秘密的人才有的眼神。那是他在"恩里克王子号"邮轮上的旅伴,然而三年过去了,他努力地回忆却没有马上想起他的名字。

"哦!你好!"

来人与他握了握手,并与米米卡斯打了招呼。

"还记得我吗?"

"当然。我当然记得。"若泽点了点头,好像是想用晃一晃脑袋的方法解锁记忆中他的名字。"你是本菲卡的铁杆球迷,咱们在邮轮上一起吃过饭。我怎么会忘记呢?可是,坦白地说,你叫……算了!……"

"阿尼塞托,"他自我介绍道,"阿尼塞托·席尔瓦探长。"

"对啊!"若泽大声说,"抱歉,是我的问题。你是治安警察,对吧?"

阿尼塞托薄薄的嘴唇微微一动,勉强笑了一下,做了一个毫无幽默感的鬼脸。

"是警察,没错。"他一边说,一边用一块绣花手帕擦了擦额头上的汗。"不过,在那次美好的旅行中,碍于咱们同一张餐桌上有一位与反对派有牵连的人在场,所以我认为,关于我的职业,最好不透露太多细节。我不是治安警察。我是皮德的探长,现在负责太特站的工作。"

阿尼塞托的话令若泽大吃一惊。他知道皮德,那是国家国际防卫警察,负责监视、预防和恫吓任何可能危害政权的行为。批评萨拉查或政府的人会被皮德逮捕、虐待,据说,甚至被杀害。无论真假,事实是他们的名声足以令人生畏。对于任何旅行者而言,被一个秘密警察在机场接机肯定不是最希望有的经历。

"啊?!……你是……皮德?!"若泽结结巴巴地说,"有……有什么问题吗?"

阿尼塞托突然收起友好的表情,露出蛮横的神色。

"您被逮捕了!"

他说话的语气坚定、斩钉截铁。若泽犹豫了一下,被自己听到的吓了一跳,如坠五里烟云。妻子紧紧抓住他,好像这样就可以阻止秘密警察一声令下之后不可避免的事情发生。

"指控……指控我什么?"

阿尼塞托放声大笑起来,连忙把手放到若泽的肩膀上安抚他。

"嗨,老兄!这一招真是百试不爽!"

"什么?"

"我逗你呢,大夫!"皮德的探长说,做了一个开玩笑的鬼脸。"每次我开这种玩笑,对方都会脸色煞白!也不知道为什么!……"

夫妇俩也笑了笑,虽然终于松了一口气,却依然显得有些紧张。

"真是的,"若泽无奈地点着头说,"您可太搞笑了!"

阿尼塞托还在笑。

"有意思,是不是?百试不爽!"他又大笑起来。"你们真应该看看自己此刻的表情！"

夫妇俩不再理会皮德的玩笑，长舒了一口气，既是因为天气热，也是因为放下心来。他们重新拿起行李，准备离开机场，尽管他们并不确切知道该去哪里。医院会有人在等他们吗？外面有出租车吗？他们该去哪里？

"好吧，探长先生，"若泽说，"我们要走了。很高兴……"

"慢着，大夫，"阿尼塞托拦住若泽，"我是来接你们回家的。"

"您？！"

"对，我。怎么？别告诉我你对我有意见！……"

"当然没有，"医生急忙澄清，他最不想招惹的就是皮德，"不过，我想会有医院或卫生部门的人在这里。皮德的一位探长来接我们……不管怎样，这可不正常！"

"大夫，我们不是在葡萄牙！"探长大声说，"这是一个小地方，我们大家得互相帮助。医院院长去佐布埃了，赶不过来。所以，我来了。"

天气酷热难耐，让人无力抵抗。夫妇俩只想赶快离开这里，到达他们的新家。

"好吧，"若泽同意了，"我们去哪里？"

阿尼塞托·席尔瓦看了一眼他们的行李。

"嘿，老兄。这看起来很重啊。"他转过身去，招了招手。"喂，希科！过来！"

一个身材魁梧的人向他们走过来。他看起来四十岁开外，也许五十岁左右，看上去是一个粗人，脸上布满了饱经风霜的人才会有的一道道皱纹。

"他是我最好的搭档。"当大个子走到他们面前时，阿尼塞托介绍道。"弗朗西斯科·拉蒂诺，参加过西班牙战争，经历过很多更惨烈的事情。大夫认识他吗？"

弗朗西斯科紧紧地盯着若泽，像是在研究他。

"不,"医生说,"我还没有这种荣幸。"

"不过,希科认识你的父母,"阿尼塞托说,"他们从来没有和你提过他?"

若泽听到这个消息有些惊讶。

"真的吗?你们什么时候认识的?"

弗朗西斯科深深吸了一口气,移动了一下身体的重心,这个话题好像令他感到不自在。

"很久以前,"他轻描淡写地说,显然不想继续聊这个话题,"过去的事情了,不会有人感兴趣。"

"哦,我倒觉得从前的故事很有意思呢,"皮德的探长说,"其实,我也认识你的父母。"

又一个让若泽震惊的事情。

"真的?"

"真的!我们在里斯本和佩纳菲尔都见过。"他的头向部下晃了晃。"不过,像希科刚刚说的,那都是过去的事情了,有趣固然有趣,但是现在已经没人想知道了。"他指了指行李,"希科,找个人搬大夫们的行李!……"

从钦戈兹伊机场到太特市距离不算远,却耗时很长。这是一条红色的夯土路,看起来像红砖粉末的颜色。开往镇子的车辆掀起一路滚滚尘土,好像它们的轮胎就是排气管。车外的景色单调,除了平坦的地势,只有一些高大的树木,树根又粗又长,树干粗壮,看上去像是健壮的肌肉,树冠光秃秃的,裸露的树枝支棱八翘,好像一团乱糟糟的铁丝。布兰科夫妇从没有见过这样的植物。

"这些是什么树?"米米卡斯问。

探长仔细看了看路旁的一棵参天大树。

"猴面包树。"

目力所及除了像巨型雕塑般屹立的一棵棵猴面包树之外,还有一个他们从未见过的奇特景象:沿路偶有橙色的圆锥形小土丘,有些比人还高,夫妇俩猜那是蚂蚁窝。

"是白蚁,"阿尼塞托·席尔瓦纠正道,"当地人称它们为蚁丘。不要碰它们。以前,有人开拖拉机碾过其中一座蚁丘,结果,成千上万的白蚁从下面钻出来,把他活活吃掉了。"

"你开玩笑!……"

"要不是我亲眼见到了他的尸体,我也不信。"

米米卡斯听得津津有味,可是车里热得令她喘不上气来,她打开车窗,把头伸出窗外,想吹吹风凉快一下,火辣辣的太阳和呛人的灰尘让她立刻改变了主意。

"热死人啦!"她抱怨道。"知道现在多少度吗?"

探长向后面转过头。

"差不多 50 度。"

两个新来的人惊得张大了嘴。

"50 度?"

"这还是在阴凉下的温度呢,"阿尼塞托解释说,"要是在太阳底下,温度更高。"他挥手指了指周围的景色。"太特是非洲赤道以南最热的地方,仅次于撒哈拉沙漠。有的时候,热得让我觉得赞比西河马上就要开锅了。"

"太可怕了!"

皮德的探长看了一眼干旱的景象。

"可不是嘛。这里的条件非常恶劣,"他承认道,"可是,这是一个有故事的地方。利文斯通[1]曾经到过太特。卡佩罗[2]和伊文思[3]也来过。"他悠悠思古似的叹了一口气。"你已经进入非洲腹地了。"

开下一个坡道,前面有几辆随意停放的车辆,有的车甚至停在了平静而浑浊的水边。皮德的"路虎"汽车在这里停了下来,大家下了车,和其他人一样,站在汽车旁或是躲在黑金合欢树的树荫下等待。赞比西河宽阔的水流切断了道路,将车辆与对岸的房屋隔在了河的两岸。显然,对面就是太特市。

"出什么事了?"若泽问。"我们在这里做什么?"

探长指着河中央慢悠悠靠近的一个奇形怪状的家伙,它看起来像一个宽体金属筏子,上面挤满了汽车,还有一辆卡车。

"我们等一下驳船,"他解释说,"这是去太特的唯一办法。"

他们在岸上站了很久,看着驳船驶来,停靠在岸边。烈日炎炎,酷暑难挨,连河似乎都在出汗。驳船停好后,船上的汽车和卡车开走了,停在城市对岸马通多河岸边的车辆开上了船,沿着浮动平台一辆紧挨一辆地停好。

驳船上停满了车辆,登船桥被移走,驳船再次缓慢地穿越赞比西河。紧贴着水面吹来的微风让空气变得凉爽起来,波平浪静的河中央只有驳船的发动机单调而有节奏的轰鸣声,乘客们也趁着这片刻的惬意站在船边欣赏起两岸风景。

"我看了医院的相关文件,发现一件奇怪的事情,"若泽说,"院长是一位外科医生。"

阿尼塞托·席尔瓦点了点头。

---

1 指大卫·利文斯通(David Livingstone),十九世纪英国探险家、传教士。
2 指埃梅内吉尔多·卡佩罗(Hermenegildo Capelo),十九世纪葡萄牙海军军官,非洲探险家。
3 指罗伯托·伊文思(Roberto Ivens),十九世纪葡萄牙海军军官,殖民地官员,非洲探险家。

"的确，他是外科医生。这有什么奇怪的？"

"根据省卫生局的规定，医院的院长必须是全科医生。只有当没有全科医生的情况下，才能由专科医生担任院长。"

"马丁斯医生是外科医生，也是医院唯一的医生。"

若泽歪了歪头。

"那是以前，"他说，特别强调了"以前"，"现在还有我，而且我是全科医生。"

皮德的探长摘下小眼镜，在镜片上哈了一口气，然后，用他的绣花手帕擦了擦镜片。

"我明白你的意思了，"他一边擦拭镜片，一边嘀咕道，"可是，看看你的交际圈，加上在若昂贝卢发生的事情，这些都是严重问题，所以，没有办法按照那个规定办。虽然有规定，但是根据上级指示，马丁斯医生还是继续担任院长。"他收起手帕，重新戴好眼镜。"我希望这不会影响你的工作。"

医生耸了耸肩膀。

"不会，"他说，"我只是想了解一下情况。"

太特是一座尘土飞扬的城市，这与它周围的环境如出一辙。

马路无非都是夯土路，到处都能看到打着赤脚或穿着凉鞋的人。空气中总是弥漫着一股烧草的味道，像细小的灰尘和干燥炽烈的热气一样无处不在。

皮德的"路虎"汽车驶过赞比西河酒店的十字路口，停在了一条上坡弯道的坡底。席尔瓦探长跳下车，招呼新来的人和弗朗西斯科把行李搬下车。

"医院和药房在坡顶上，"他说，"你们看到了，两位的工作地点离得比较近呢。"

布兰科夫妇望着探长说的那栋建筑。那是一座两层小楼，呈弧线形的正面外墙上带有一个长长的露台。他们跟随东道主，沿着后院的楼梯上到了二楼。

"就是这里。"

公寓不大，但是，足够他们居住。后面的大院子里面种满了果树，巨大的树冠形成了大片的树荫，站在弧形露台上眺望整个街道尽收眼底。

"你们旅途辛苦，"阿尼塞托·席尔瓦说，"先安顿下来，休息休息。接下来你们想做什么？四处走走？还是去医院看看？"

"不麻烦你了。"

"一点也不麻烦。我答应过马丁斯大夫，他不在，我自然要尽地主之谊，我必须完成任务。他交待了护士长带你们参观医院和药房，不过，如何安排，全听你的。"

夫妇俩交换了一下眼神。旅行舟车劳顿的确疲惫，但是，他们不想待在家里。既然他们也想看看将来工作的地方，恭敬不如从命岂不更好？

"那好吧。"若泽同意了。"我们休息一小会儿，然后，去医院看看。"

院长不在期间，阿尼塞托·席尔瓦一丝不苟地尽到了东道主的职责。他先把弗朗西斯科打发走，下午陪同布兰科夫妇第一次去医院和药房。他们沿着街道开车上坡，来到坡顶上裸露着土地的圆形小广场。

广场的一侧有一座漂亮的白色建筑，建筑物带有中央楼梯和贯穿整个外立面的大露台，门上方一角的旗杆上飘扬着葡萄牙国旗，"医院"两字的下方可见到卢济塔尼亚人的国徽。"路虎"汽车绕过一个圆形花坛，停在楼梯前面。大家刚一下车，就见一位身穿浅蓝色衣服、身材娇小的修女面带微笑走下楼来迎接他们。

"*Bienvenidos a Tete*[1]！"她用奇怪的夹杂着葡萄牙语的西班牙语向他们打招呼。"*Chamo-me Lúcia y soy la enfermeira-chefe do hospital. El doutor Martins está no Zobué y pediu-me para hacer las honras da casa. Bien venidos! Espera-vos mucho trabajo*[2]。"

"这有一个西班牙人？"若泽惊奇地说。

"我可能是生在西班牙，"露西娅修女大大方方地说，"*pêro soy una cidadã del mundo*[3]。"

西班牙修女带着大家沿着医院的走廊一路参观，向他们介绍各个部门和各种功能。到处都是酒精和乙醚的味道，对于从大学时代就经常出入这种环境的人来说，这是一种熟悉的味道。他们从病房开始，走到急诊室，还参观了放射科、检验科、口腔科、理疗室和心肺复苏室。

在非洲腹地的一方土地上竟有一家设施如此齐全的葡萄牙医院，这让若泽十分惊讶，忍不住大声议论起来。

"*Verdad*[4]，"露西娅随声附和道，"*Pero ainda vamos tener mais valências*[5]。"

"真的？"

"我们计划明年增加产科。"

"你们现在在哪里接生？"

修女示意大家跟着她穿过走廊。

"*Los partos normales são feitos na enfermaria*[6]，"说着，她带大家走进一间中间放着一张手术台的房间。"*Pero las cesarianas são aqui, em el*

---

1 意为：欢迎来太特！
2 意为：我叫露西娅，是医院的护士长。马丁斯大夫现在在佐布埃，他让我代表医院接待你们。欢迎！有很多工作在等着你们。
3 意为：不过，我是世界公民。
4 意为：的确。
5 意为：但是，我们还将有更多功能。
6 意为：自然分娩是在病房完成。

bloco operatório[1]。"房间里有消毒剂的味道,手术台上方有几盏大功率的灯。"*El único bloco operatório dei distrito*[2],"西班牙修女的语气中既有几分自豪,又略带遗憾。"院长就在这里工作。"

新来的医生观察一下房间,对他所看到的惊叹不已。

"到目前为止,院长是医院唯一的医生,他能满足所有病患的需求吗?"

露西娅修女咂了咂舌,做了一个鬼脸。

"*Dios mio, nem mismo com cien médicos seria posible dar respuesta a todas las necessidades*[3]。"她停顿了一下,寻找最能表达此刻想法的词。"*El trabajo é colossal*[4]。"

当晚,阿尼塞托·席尔瓦在自家后院的灯下为布兰科夫妇举办了接风晚宴。皮德驻太特站站长邀请了太特市主要官员出席晚宴,包括太特县县长、市长、工务部主任、赞比西河拓居事务办公室主任、治安警察局局长,以及他们的太太。在所有这些人物中,只有治安警察局局长安东尼奥·特罗旺中尉和她的太太卡洛琳娜与布兰科夫妇年龄相仿,因此,若泽和米米卡斯与这对夫妇更为亲近些。卡洛琳娜个子高挑,打扮得很花哨,不停摇着怀抱的婴儿。

"我家努诺是在太特这里出生的,"她一边说,一边亲吻了一下婴儿的额头,"但是,上帝原谅我,我实在受不了这里的条件。我是在病房生下他的!"

"我知道,"医生点了点头,"不过,我听说明年我们会配备一个产科。"

"那也不行!如果我再生孩子,你们知道我会怎么做吗?我要坐飞

---

1 意为:但是,做剖腹产是在这里,在手术室。
2 意为:这是这个县唯一的手术室。
3 意为:天啊,就算有一百个医生也不可能满足所有的需求。
4 意为:工作非常繁重。

机去洛伦索-马贵斯生孩子!"

"不知道德塔航空是否允许妊娠晚期的孕妇上飞机,"若泽说,"我相信对这类情况一定有相关规定,避免出现在飞机上分娩的情况。"

一直安静地听大家聊天的安东尼奥·特罗旺中尉在椅子上挪动了一下身子。

"谁说德塔航空不让上飞机?"他插话说,"让!肯定让!"他拉了拉佩戴的表示其治安警察局局长地位的绶带,笑着说。"否则,我就给机长一张逮捕令!"

漫长的第一天终于结束了,接待任务完成,席尔瓦探长把布兰科夫妇送回了他们的新家。他在门口道别后,以脚后跟为圆心向后转,钻进了汽车。

"等等!"若泽叫道。

阿尼塞托·席尔瓦已经启动了发动机,向窗外看去。

"还有什么事吗?"

医生俯身趴在吉普车的车窗上,看了看他的脸,指了指他的印堂。

"你这里有一个情况,我一点都不喜欢。"

"情况?"

若泽转向他的妻子。

"米米卡斯,你看到这个了吗?"

药剂师走过来,显得有些担心,她把头伸进车窗,眼睛几乎贴到了皮德探长的脸上。

"这里,可不是嘛。有一个东西在他的额头上!……"

"怎么了?"阿尼塞托焦急地问,"有什么问题吗?"

医生专注地看着他的额头,很专业地查看起来。

"探长啊,你去找过肿瘤医生吗?"

阿尼塞托·席尔瓦睁大了眼睛，神色惊恐。

"什么？肿瘤……肿瘤医生？"他摸了摸额头上布兰科夫妇刚刚仔细查看的部位。"为什么，医生？为什么……为什么说这个？"

"我也不知道！"若泽做了一个鬼脸，嘟嘟囔囔地说，好像是在自言自语。"不能说一点问题没有，但是我看，这是肿瘤！……"

"可不是嘛，是啊！"米米卡斯确认道。"而且是恶性的！我见过得类似肿瘤的病人。"她摇了摇头，露出同情的表情。"唉，倒霉的家伙！"

若泽也跟着摇了摇头。

"真是太糟糕了。"

坐在"路虎"车里的阿尼塞托在座位上晃了晃，被自己刚刚听到的话吓坏了。"什么？什么？"

医生露出十分同情的样子，把手搭在他的肩膀上。

"真是百试不爽啊。"

"什么？"

若泽向他眨了眨眼睛。

"我逗你呢，探长！"他洋洋得意地说，终于报复了席尔瓦探长。"每次我开这种玩笑，对方都会脸色煞白！也不知道为什么！……"

十二

在雷戈达瓜，比赛日是令人激动的一天，尤其是排球队的小伙子们，当他们看到车身上印着巨大金鹰的红白颜色大巴车出现在俱乐部前十字路口时，更是兴奋不已。简直不能再气派了！大巴车从遥远的首都而来，沿着一号国道开了六个小时，足足跑了三百公里，这一切就是为了来与马达莱纳队一争高下。多么鼓舞人心啊！

更令人震惊的是他们的对手从车上下来的那一刻：各个趾高气扬，整齐划一地穿着鲜红色的队服，胸前的图案是一只雄鹰和球队的座右铭 *et pluribus unum*[1]，旁边是阿迪达斯公司的标志。与此形成鲜明对比的是马达莱纳俱乐部球员的服装，他们的服装全都是母亲缝制的，每个人穿的都不一样，有的队员穿着黄色球衣，有的穿着绿色，迪奥戈穿的是白色球衣。

但是，最令合唱俱乐部的小伙子们印象深刻的装备还是本菲卡队球员们脚上穿的球鞋。

"你看到他们的运动鞋了吗？"安热利诺问，目光却紧紧盯着对手的球鞋。那是最新款的名牌排球鞋，是他只在专业报纸、杂志上看到过的球鞋。

"怎么没看到？"迪奥戈说，"他们从哪搞到的？"

安热利诺用力拍了一下迪奥戈的肩膀，令他差一点摔倒。

---

[1] 拉丁文：众志成城。

"人家是本菲卡,大傻瓜!人家是拥有尤西比奥[1]的本菲卡!"

"我知道。但是,他们从哪搞到的鞋?我从来也没有在商店里看到过,就连塞多费塔都没有!……"

安热利诺依然目不转睛地盯着刚刚到达的球队队员的鞋,此时,本菲卡的球员们已经开始做热身活动了。

"只有在德国才能买到,"安热利诺说,"而且需要很多钱才能买得起。"

梅尔洛教练喊他的队员们集合,球队在球场的另一侧开始了赛前热身。队员们一边跑步、垫球,一边总是看向对手,大家被对手高端大气的派头和漂亮的装备镇住了,这令梅尔洛教练大发雷霆。

"你们盯着那边看什么,浑蛋?"梅尔洛教练吼道,"那边有中看的辣妹吗?"

比赛开局不利。迪奥戈很紧张,几次拦网失败。尽管安热利诺的传球一如既往的完美,可是,迪奥戈由于起跳时间没有掌握好,本来强大的右路扣球却因为错失了最佳进攻角度而频遭失败。最终,本菲卡队轻松赢下第一局,合唱俱乐部球队的主力队员听到的只能是教练的训斥。

"你今天到底怎么了?你怕了对面那些娘娘腔吗?劳驾,上场打出你该有范儿!"

然而,第二局开局依然很糟糕,迪奥戈两次扣球失误,本菲卡连连得分。比分越拉越大,主场的观众个个垂头丧气。真丢人!更糟糕的是,惨败影响了队员们,尤其是主力迪奥戈。迪奥戈不但越来越紧张,而且内心对自己产生了怀疑,完全失去了信心。对手接连得分,一路杀

---

[1] 尤西比奥(Eusébio da Silva Ferreira),二十世纪六十年代葡萄牙著名足球运动员,有"黑豹"之称。

到局点。

这时，眼见队友浪费了一个又一个他的完美传球，安热利诺怒不可遏地转过身，愤怒地盯着迪奥戈。

"迪奥戈，我要杀了你！"他咬牙切齿地咆哮道，"那帮混蛋在看咱们笑话呢！"

正是安热利诺的骂声点醒了迪奥戈。他被侮辱激怒了，意识到队友和观众们的尴尬处境，合唱团俱乐部的主攻手突然找到了球感，连续得了好几分。尽管本菲卡队遇到了意想不到的困难，但是依然夺下了第二局。

马达莱纳俱乐部0：2暂时落后，而这也成为整场比赛的转折点。迪奥戈化愤怒为动力，打得越来越自信，发挥越来越稳定，带领球队一举拿下了第三局和第四局，并且最终在满场难以置信的观众和在他们的欢呼声中赢得了第五局比赛，每一个在场的人简直不敢相信眼前发生的奇迹。主场球队，一群没有装备、每晚在土地上训练的孩子，竟然击败了强大的本菲卡队。

从那以后，一切皆有可能。出人意料地战胜红衣队之后，合唱俱乐部的队员们相信自己可以做到看来不可能的事情，接连击败了波尔图俱乐部队和里斯本健身俱乐部队。最终，马达莱纳俱乐部队令人惊讶地获得全国排球新人锦标赛的冠军。

十三

来到太特之后，布兰科夫妇仍然保持着在若昂贝卢养成的晨间习惯。他们每天早上六点左右起床，利用一天中唯一凉快的时间，在公寓的大露台上吃早餐。然后，离开家，钻进那辆蓝色车顶的白色"欧宝"汽车，一路开到位于坡顶上医院和药店所在的小楼。

若泽与妻子道别之后来到自己的诊室，穿上工作服，七点整准时在露西娅修女的陪同下去病房查房，了解病人前一晚的情况，处理需要特别关注的病例。八点，他回到诊室开始接诊。由于小城只有两名医生，所以，工作十分繁忙。

"今天有从 *muy lejos*[1] 的地方来的病人，"修女每天都会向若泽简要介绍当天候诊病人的情况，"*Ay, Dios mio*[2]！病人真多。"

除了太特或附近的居民，许多病人来自一些名字很奇怪的地方，例如穆昆布拉、卡尔达什沙维尔、富兰孔戈、芬圭、松戈、宗博、马圭。起初，它们只是排成一列的地名，对医生来说毫无意义。直到有一天，若泽向赞比西河流域拓居事务办公室的庞特斯工程师要来一张太特县地图，并把它挂在诊室墙上，他用红色图钉标记出有卫生站的地点，如希奥科、尚加拉、曼迪埃、佐布埃、科迪纽镇、富兰孔戈、芬圭和穆塔拉拉。

从那天开始，若泽在出诊时增加了一个环节。每次在询问病人的

---

1 西班牙语：很远。
2 西班牙语：唉，上帝！

姓名之后，他总会询问病人是从哪里来的，得到答复后，便起身走到地图前，查看那个地方与最近的卫生站或与太特之间的距离，再坐回椅子上，将情况记在一个小本子上。

"他们果然是从很远的地方来的。"一段时间之后，一天上午工作结束后，若泽说。"如果不看一看地图，我都不敢相信呢。"

"我告诉过您，大夫，"露西娅修女大声说，似乎因为自己的话得到了认可而颇有几分得意，"他们来自很远的地方。"

医生指着插在地图上的红色图钉。

"可是，有一些病人住的地方或附近就有卫生站，"他说，"他们为什么还要来太特而不是在当地就医呢？"

"他们会在当地看病，大夫。不过，他们来这里有很多原因。一些卫生站没有医生，只有护士。另外，有的卫生站有医生，可是却没有足够的医疗条件。比如，没有检验科或X光透视设备，有的病人需要做外科手术，可是只有太特有一位外科医生，又或者……"

"够了，够了，我明白啦，"若泽说，"可是，他们是怎么来的呢？"

"嗨，*de todas las maneiras*[1]！有的时候，是卫生站的人员因为没有办法处置病情，就把病人送到太特来。有的时候，是病人自己来的，坐长途汽车或船，还有徒步来的。我亲眼看到过，一个病人骑着 *ginga* 从卡尔达什沙维尔来。"

"*ginga*？"

"就是自行车。"她摇了摇头。"*Ay, pobrecito*[2]！他得了黄热病，还从那么远的地方骑车跑到这里。不可思议，*no*[3]？"

---

1 西班牙语：各显神通。
2 西班牙语：唉，好可怜！
3 西班牙语：不是吗？

这个问题令若泽难以释怀。理想的办法是完善各个卫生站医疗设备和整个太特县医疗资源的配置，但是他非常清楚地意识到，这根本是不可能的；整个省都缺乏医护人员。即便没有这样的问题，单是这项事业的经费，包括对人员和设备的投资在内，就是中央政府预算负担不起的一大笔钱。

他感到担心，决定去找医院院长商量一下。

"为什么不能搞一些救护车？"他建议，"这或许是一个没有办法的办法。"

"我们已经有救护车了。"马丁斯大夫说。

"只有两辆。我们需要更多救护车。"

院长看了一眼太特县地图，做了一个鬼脸，显然不同意若泽的建议。

"我可以说服洛伦索－马贵斯再给我们一两辆救护车，"院长说，"但是，这并不能解决问题。你注意到整个县的面积了吗？"他指着地图画了一个圈。"你看，十万平方公里！这相当于……我不知道，比如说葡萄牙！明白了吧？这就好比我们在科英布拉，却要去对法鲁和布拉干萨施以援手啊！更何况在这样一个到处荆棘载途的地方！"他摇了摇头，加强语气说。"救护车根本解决不了问题！"

与院长谈话之后，若泽站在地图前沉思良久，显得情绪有些低落，他意识到马丁斯是对的。增加医生不能解决问题，因为没有医生可派；也不是增加医疗站能解决的，因为那样过于昂贵；也不能靠增加更多更好的医疗设备，负担难以承受；更不能靠增加救护车，因为土地虽然辽阔，但道路却崎岖不平坑坑洼洼。太特县比葡萄牙本土还要大！几辆救护车如何能覆盖如此广阔的地区，将需要特别处置的病人从各个角落带来太特市呢？

若泽只得投降。虽然他极其不情愿，却对问题的解决无计可施。

那天早上，若泽带着黑眼圈来上班。前一天晚上，他和妻子参加了在特罗旺中尉家举行的派对，派对时间比预想的要长，所以，很晚才睡觉。

他走进诊室的时候已经差三分钟七点了，而每天七点整是去病房查房的时间。若泽匆匆穿好工作服，瞥了一眼桌子上放着的工作日程簿，只见打开的这一页刚好是1964年9月最后一周，他轻声诅咒了一句。雨季就要到了，他知道，病人跑很远的路来医院求医会更加困难。

这时，他身后的门突然开了，露西娅修女娇小的身影闪进门来。

"大夫，您听到消息了吗？"

"早上好，露西娅。"他说，似乎是在强调早上见面的第一件事情应该是互致问候。"一切都好吗？"

"消息，大夫。您听说了吗？"

露西娅修女追问道，她看起来心事重重，已经顾不上回敬一声问候了。这让若泽觉得奇怪。

"什么消息？"

西班牙修女瞥了一眼放在诊室一角的收音机。

"您最好听听广播，大夫。"

若泽有些犹豫，想开始工作，坚持像往常那样七点整去查房。然而，露西娅修女的眼神告诉他，最好还是先听广播。他无可奈何地深吸了一口气，走到收音机前蹲下。他感到露西娅离开了诊室，一定是去做查房的准备工作了，并没有在意。他喜欢独自一个人听收音机，按下了收音机的按钮，听到一个熟悉的声音。

　　……你用河水洗涤，
　　你用斧头雕刻，
　　我的棺木。
　　也许有人护佑着你，

也许有人买走你神圣的土地，
却不是你的生活。

跟随着阿玛利亚的歌声，若泽唱完《河水中洗涤的人》的一段，听到类似海涛声的背景声中有两个男声在讲话。

"昨天，我带着伊莎贝尔去了海滩。"第一个声音说。

"哦，是吗？"第二个声音显得有些吃惊。"怎么样？"

"它躺在沙滩上，烤得焦黄，"第一个声音继续说，"伊莎贝尔那么诱人，我那么向往。它越诱人，我越向往。哎呀，我忍不住了，扑了上去，把它吃掉了！"

"什么，你吃了伊莎贝尔？"

"当然！它是马霍塔禽肉食品公司生产的一只肉鸡！"第一个声音宣布道，"马霍塔肉鸡，最好的肉鸡，最美的味道！"

第二条广告吹嘘加茨德拉燃气公司的好处，"燃烧的火焰，伴随生命之火，随时随地"。第三条是整点报时之前经常播出的那条广告。

"现在是几点钟？"广播中一个懒洋洋的声音在问。

"喝一杯劳伦蒂娜黑啤的时间到了，"第二个声音回答道，"劳伦蒂娜黑啤，每时每刻总相宜！"

整点报时的信号之后，收音机里传来一个播音员的声音。这一次是直播。

"现在是早上七点整，"他说，"早上好，您正在收听的是太特俱乐部电台。现在播送新闻。"

接着，是新闻节目的开始曲。

"在刚果，战斗仍然继续，"是同一位播音员的声音，"刚果反叛者试图控制通往斯坦利维尔的道路，昨天上午……"

"*Qué está haciendo*[1]？"

露西娅修女出现在诊室的门口。听到她的话，医生一下愣住了。

"我嘛，我是听从你的建议呀，"他解释说。"不是你让我听广播吗？"

修女不耐烦地咂着舌头，蹲在收音机前，转动旋钮。

"*No es la rádio portuguesa*[2]！"她用责备的口吻说道，"葡萄牙广播从来都不播送有用的内容。*Es la BBC*[3]！"

收音机发出一阵嗞嗞的杂音和电波的交流声之后，终于找到了英国电台葡萄牙语的播出频率。

"……宣布袭击了莫桑比克北方德尔加杜角的沙伊镇区公所，"收音机里传来一个抑扬顿挫庄严的声音。"据在坦桑尼亚的莫桑比克解放阵线人士透露，这是该阵线发动的第一次武装行动，其目的是从葡萄牙殖民主义手中解放莫桑比克。同一消息来源称，此次行动还破坏了莫辛布瓦－达普拉亚、埃斯波森迪、穆埃达河、楠加德区和马乔马的若干桥梁，切断了电话线。从四月份以来，赞比西河以北整个地区处于紧急状态，葡萄牙向当地驻军增兵2500人。上个月，另一支起义军杀死了南戈洛洛传教团的一名神父，并用土枪击伤了一名非洲人。"

这些事件发生后的几个星期里，人心惶惶，谣言四起。当然，生活还如往常一样，报纸和广播仅仅报道一般的新闻，主要是西贡西南方向与南越游击队的战斗、苏联关于拒绝支付联合国在刚果、塞浦路斯和中东行动费用的声明、本菲卡俱乐部队4：0击败竞技俱乐部队。为了庆祝本菲卡的胜利，大家又在席尔瓦探长家举行了一次派对。表面上

---

1 西班牙语：你在干什么？
2 西班牙语：不是听葡萄牙的广播！
3 西班牙语：要听英国广播公司！

看，生活一切如常，但是，事实并非如此。人们低声议论着街谈巷议未经证实的消息；甚至有人说一场针对太特市的大规模恐怖袭击已经迫在眉睫。没有人真正相信这个说法，直到最初的事件发生两个月以后的一天，露西娅修女出现在若泽·布兰科的诊室，说太特县发生了一起袭击事件。这是人们第一次听说发生在太特的袭击的消息。

"在穆塔拉拉，"露西娅修女说，"昨天晚上。"

"谁告诉你的？"

"我认识的一位西班牙神父。"

这时候，若泽对钉在墙上的地图已经烂熟于心，但是，他还是去看了看地图。

"穆塔拉拉在这里，在太特南部，"他指着地图说，"紧挨着马拉维。显然，那些人是通过边境渗透过来的。"

西班牙修女咬着下嘴唇，用眼睛测量着太特市和穆塔拉拉之间的距离。

"您觉得他们会攻击我们的城市吗，大夫？"

若泽耸了耸肩膀。

"谁知道呢？"

然而，有两个人知道。退一万步讲，如果连他们也不知道，那就再没有人知道了。一个是治安警察局局长，他们平常私交不错。那天晚上，他请特罗旺夫妇吃饭，但是，关于在穆塔拉拉发生的事情，特罗旺中尉并没有透露多少细节。

"他们向哨位开了几枪，"他说，"我们的人做出了反击，恐怖分子便逃跑了。"

"没有人被击中？"

"没有。"

若泽还可以去找第二个人,而就在接下来的那个星期天,他的机会来了。葡萄牙队将对战刚刚设立的欧洲锦标赛的冠军西班牙队。席尔瓦探长是一个球迷,像每个星期天下午的足球比赛时间那样,他邀请布兰科夫妇和另外两对夫妇在他家的后院一边吃午饭,一边收听葡萄牙国家电台的报道。

这顿饭吃得很热闹,尤西比奥用两个进球确保了葡萄牙以2∶1锁定胜局,这是值得隆重庆祝一下的大事,于是,大家在皮德探长家的后院痛饮威士忌,甚至波尔图葡萄酒,为比赛所在的城市欢呼。

"咱们打败了西班牙人,亲爱的露西娅要不高兴喽,"若泽笑着说,"明天她肯定不会理我了。"

"他们没有什么可抱怨的,"阿尼塞托·席尔瓦反驳道,"我们打得他们屁滚尿流。有了新教练曼努埃尔·达卢斯·阿丰索,再加上奥托·格洛里亚,我们的实力可以进军世界杯。"

"哦,这个我看有难度……"

"你不信,布兰科?"皮德的探长面露愠色。"本菲卡不是已经赢了两次欧洲冠军杯了吗?我们今天不是还打败了欧洲冠军?有尤西比奥、科隆纳和科斯塔·佩雷拉组成的莫桑比克军团,再加上托雷斯和其他队员,我不明白,我们怎么就不能去英格兰世界杯!……"

来宾们,尤其是东道主,都沉浸在胜利的喜悦之中,在这样气氛中,若泽觉得,是时候提出那个大家真正关心的问题了。

"也许你是对的,"医生同意道,"我们的确击败了西班牙人。不过,你知道我们真正需要的是什么吗?是打败恐怖分子。"

阿尼塞托咂着舌头发出啧啧声,在这么欢乐的时刻,他显然不想有人跟他谈论工作。

"哦,*turra*[1],*turra*!……"他大声说。这是在场的人们第一次听到

---

[1] 指葡萄牙殖民战争期间非洲独立运动游击队。

游击队被称作"*turra*"。"亲爱的布兰科医生,那是又一场冠军赛!"

"这一点没有人怀疑!问题是现在情况如何。你明白吗?现在,那些人已经在太特县发动了第一波袭击。什么时候会结束呢?"

席尔瓦探长深吸了一口气,似乎在考虑当着这些人他可以或应该说些什么;他知道,在这座城市,自己是一个令人生畏的角色,不习惯被当众问到如此敏感的事情。但是,另一方面,他必须传达一些信息,否则,危言耸听的谣言会在太特的白人社区疯传起来,而在他看来,没有比现在更合适的机会。

"听着,游击队正试图破坏莫桑比克北方地区的稳定,"他承认道,"我们已经得到消息,但是,请各位保密,他们的计划是在赞比西河以北所有的县制造麻烦,包括尼亚萨、德尔加杜角、赞比西亚、莫桑比克和太特。他们想在各地发动暴乱。"

"啊!"医生惊呼,"这么说,北方宣布进入紧急状态是真的!……"

阿尼塞托·席尔瓦做出不以为然的表情。

"我不想否认这一点。但是我可以向你们保证,袭击事件只限于尼亚萨和德尔加杜角。那些匪徒绝不可能在其他地区得手。"

"你肯定?"

探长伸手关掉了收音机,现在播出的是关于下午比赛的评论。

"就像我们要去世界杯一样肯定!他们有坦桑尼亚的帮助,因此可以确保后方和后勤支持。除此之外,他们掌握着马孔德人。所以,他们才可以在坦桑尼亚边境地区如此活跃。不过,他们无法南下,因为马夸人站在我们一边。另外,这一点很重要,他们人数不多,最多大约三百人。"

"太特这里呢?"

"从目前的情况来看,我认为在我们这个地区,那些人并不会构成大麻烦。别忘了,太特与坦桑尼亚不接壤。游击队虽然有赞比亚支持,但是,他们还是需要马拉维的配合才能攻到这里,这样的话……看他们的运气！班达总统[1]是站在我们这边的。"探长向刚才还在播送足球评论的收音机指了指。"班达总统就是我们的尤西比奥！"他向前倾斜身体，显得有些神秘。"我告诉你们，他已经批准我们在马拉维收集有关敌人的情报了！"他直起身，观察了一下大家的反应。"等着瞧吧。如果没有马拉维的帮助，游击队在这里能做的最多是一些无关痛痒的小打小闹，也好说自己攻到了太特，"他拍了拍医生的肩膀，"别担心，各位亲爱的。一切尽在掌握之中。"

此时，后院里一片寂静，所有的客人都在听一个皮德讲话。事态严重，在太特很难找到比探长更消息灵通的人。如果连他都不担心，并且保证没有问题，谁还会继续怀疑？所以，大家如释重负地低语着，露出了笑容。

"这么说，"若泽追问道，"恐怖分子不会进入太特？"

"休想。"

"他们现在做的，在你看来，是什么？打家劫舍？"

阿尼塞托·席尔瓦在椅子上扭动了一下，显然这个问题搞得他有些不舒服。他环顾四周，发现大家都在看着他，等待他的判断。他拿起一瓶尊尼获加红标威士忌，倒入杯中。

"我不这么认为。"他看着褐色玻璃杯中晃动的金色液体，终于开口了。"我们必须认清一个事实：我们面临的形势与安哥拉和几内亚一样……"

"你这么认为？"

汗珠从席尔瓦探长的额头滑下来，他喝了半杯威士忌，发出一声长长的"啊"，放下杯子，转向宾客们，龇着牙，似乎想笑却笑不出来的样子。

"是战争。"

说完，一口喝干了杯子里的酒。

---

[1] 指马拉维前总统海斯廷斯·卡穆祖·班达。

十四

来访者彬彬有礼、很有修养,主人说请坐之后才在沙发上落座。迪奥戈的目光无法从他身上移开,不敢相信大名鼎鼎的波尔图俱乐部的教练会出现在自己家里。

然而,他知道其实自己并不应该感到吃惊,马达莱纳俱乐部在锦标赛中意外夺冠使他们的主力排球队员身价飙升,尤其是他自己。普加教练被这些年轻人的素质打动,这天上午来到雷戈达瓜叩响了他们的家门。

他首先拜访了梅尔洛教练,教练同意让儿子安热利诺转会到安塔斯。现在,他是来聘请迪奥戈的。

"你要不要来一杯波尔图葡萄酒?"迪奥戈的母亲洛德斯问。

普加教练做了一个坚决的手势。

"进餐之外的时间我不喝酒。"

若阿金坐在正对着电视的一家之主的椅子上,显得坐立不安,按捺不住想开门见山进入正题。他知道波尔图俱乐部教练已经访问过梅尔洛,因此很清楚普加教练此次登门来访的目的,但是,总要按程序办事,比如互致问候啦,介绍介绍情况啦,特别是有一些重要的事情需要探讨一下。

"那就请谈谈您此行的目的,先生。"

"先生"这个称呼是迪奥戈的父亲从报纸上学来的,大家通常都是这样称呼足球教练的。可是实际上,他并不知道,是否也可以这样称呼其他运动项目的教练。不过,或许因为这个称呼恰如其分,或许纯粹因为他有涵养,普加教练表现得似乎用"先生"称呼他是自然而然的事情。

"我想,如果我说你们的儿子在本赛季锦标赛一鸣惊人,你们一定不会吃惊吧。"教练首先说道,"小伙子很有打排球的潜力,尤其是他的柔韧性和弹跳力。他在马达莱纳俱乐部这样的球队都能取得这样的成绩,我相信,他在波尔图俱乐部会走得更远。注意,我不是有意贬低梅尔洛教练的工作,对于一个没有专业背景的教练来说,他已经非常了不起了。但是我相信,我可以把你们的迪奥戈打造得更完美,让他成为全国最棒的排球运动员之一。"他打开放在腿上的公文包,抽出一叠文件,递给若阿金。"所以,恕我冒昧,我直接把合同带来了,希望迪奥戈加盟波尔图俱乐部,成为俱乐部的一员。"他指着最后一页,说,"如果你们同意,只需在下面这里签字。"

若阿金翻了翻文件,看到自己心爱的俱乐部那个具有魔力的标志,感到喜出望外。不过,向来以务实为特点的妻子从他手中抢过合同,翻阅着寻找关键信息。

"你们付多少钱?"她问。

"每月40埃斯库多[1],"波尔图俱乐部教练回答说,"另有交通费。"

洛德斯在第二页中间位置一个条款中看到了这个数字,显得不屑一顾地说:"太少了。"

迪奥戈一直安静地坐在电视机旁,他低下头,对这个回答感到有些失落。这时,父亲刚刚从妻子抢走合同的举动中回过神来,他清了清嗓子,像一个学生似的举起手要求发言。

"喂,瞧你说的!"他插话说,"我们可是在讨论波尔图队!"

洛德斯向他投去责备的目光。

"他们的工资不高,金!"她固执地说,"孩子必须去上学,而不是拿着球蹦来蹦去。打球不是教育。"

"这可是波尔图,该死的!"

---

[1] 葡萄牙加入欧元区之前使用的货币。

"就算是佩纳菲尔也不行!……"

若阿金出人意料地一拍自己的大腿,妻子、儿子和普加教练都吓了一跳。

"扯淡!"他大吼一声,蓝白衫俱乐部的球迷出手了。"波尔图俱乐部的铁杆球迷绝不阻止自己的儿子加入俱乐部!更何况,人家还付40埃斯库多,该死的……还有问题吗?"

十五

上午的出诊在几分钟之前刚刚结束,若泽·布兰科正准备脱掉工作服,这时,他察觉有一个身影在门外观望。他朝那个方向看去,认出是医院院长马丁斯大夫蓄着大胡子的脸。

"我可以进来吗?"

"请进,"若泽说着,把工作服挂在了衣架上,"您要去吃午饭吗?"

马丁斯大夫靠在门框上,交叉着双臂。

"去,当然。可是,我要先接待一位访客,带他参观一下医院。我希望你能陪我们一起去。"

"我妻子在等我呢。"

"给她打一个电话,告诉她你稍晚一会儿到。事情总有个优先嘛。"

若泽把挂着外套的衣架放进衣柜,转过身用疑问的目光看着他的上级。

"怎么了?出什么事了?"

"哎,布兰科大夫,"院长略显不快地说,"现在已经是1968年了,你已经在这儿工作四年了,怎么还问我出什么事了?"

若泽转头看了看周围,确保自己没有遗漏什么。

"是啊,出什么事情了?"

"是卡布拉巴萨,大夫。你不是一直都关注新闻吗?"

"当然。好像我们总是要建水坝。"

"不是好像。我们的确要建水坝。我们已经与南非达成协议,要建卡布拉巴萨水坝,另外还要在安哥拉的库内内河建三十个。"

若泽耸了耸肩膀，觉得这些对他来说并不算新闻。

"这算什么？"

作为回答，马丁斯大夫离开门框，向走廊里探了探头。

"尼科勒，请过来一下？"

一阵高跟鞋踩在水泥地面上发出的哒哒声之后，一个身材高挑的女人走进了诊室，她身穿浅蓝色轻薄紧身的连衣裙，这与她颜色淡得像草一样的金发很相配，而最吸引人的是她发达的胸部，乳房在衣服里显得松松垮垮，这显然表明她没有穿文胸。

"我来了。大夫？"

她的口音带有奇怪的音乐感，像是一位英国女人在说巴西葡萄牙语。

"这位是布兰科大夫，"院长介绍双方说，"布兰科大夫，这位是尼科勒·索恩大夫。"

女医生用她那略呈杏仁状的蓝色大眼睛盯着若泽，微笑着，像猫一样喘着粗气。

"很高兴认识您。"

"南非人？"

她摇了摇头，依然保持着微笑。

"罗得西亚人。"

"但是，你的葡萄牙语说得很好……"

"我在索尔兹伯里医学毕业，不过，我是在巴西圣保罗读的研究生。"

"来这里做什么？"

尼科勒摊开双手，做出不言自明的样子。

"嗨，还能做什么？"

"卡布拉巴萨水坝，"若泽明白了，"但是，那不是与南非人做的项目吗？"

医院院长打断了他们的谈话。

"负责执行这个项目的赞比西水电财团是由南非、法国、瑞士、意大利和葡萄牙企业组成的,"马丁斯大夫解释道,"但是,罗得西亚人将会参与赞比西河的安保和通航方面的工作,水坝建成后,他们也将利用水库的能源。"

"说了这么多,我还是觉得您是工程师!……"

罗得西亚女人大笑起来。

"那倒不是。我来是为了调研这里的卫生状况,以便了解工程师们和与建筑相关人员的愿望并确定他们的需求。"

"我明白了,"若泽说,"所以,你们是来视察……"

"我们就称之为调研访问吧。"医院院长纠正道,示意他们到走廊去。"走吧?还是先去参观吧。"

医院之行的高潮是在"赞比"餐厅的午餐,这是太特最讲究的酒吧餐厅。餐厅环境舒适,主要是因为这里安装了空调。此时,比起平时这个时间,餐厅里更加拥挤,仔细观察一下顾客,便知其中缘由。除了一些熟悉的面孔,比如正坐在靠窗的位置吃饭的阿尼塞托·席尔瓦探长和他的手下弗朗西斯科·拉蒂诺,这里出现了许多新面孔,特别是一些目光炯炯,皮肤呈虾红色的金发男人,一看就知道是南非人和罗得西亚人。

"很多英语佬哦,"若泽在侍者引导的位子坐下后介绍说,"而且源源不断。"

马丁斯医生扫了一眼其他桌子。

"水坝带来了繁荣,嗯?"

三个人看过菜单,点好了餐。侍者离开后,大家陷入了冷场。若泽坐在一个角落的阴影里,打量起尼科勒。她像美国电影里看到的女人一样迷人,从他们走进"赞比"餐厅到坐在这里的这一刻,她的光鲜艳丽吸引了所有人,包括外国男人的目光。

"哎?"尼科勒打破了冷场,"谁都不想说点什么吗?"

"对不起,"若泽说,"我在想,我不认识几个英语佬……直说吧……南非人或罗得西亚人。事实上,你是第一个。"

"真的?这我可没有想到呢!不过,我倒比较习惯和葡萄牙人打交道。小的时候,我经常和父母来贝拉度假。我还谈过两个葡萄牙男朋友呢。哦,他们都很不错哦!……有点大男子主义,真的。可是,我还是被他们迷住了。"她叹了一口气。"我想,我后来去巴西读研究生、学葡萄牙语,也许就是因为这个吧。"

"你学葡萄牙语是因为你在贝拉的男朋友?"

她不说话了,目光显得神秘而诱人,不过,或许她只是在怀念过去。

"我命中注定要找地中海男人,"她说,"当然,我来这里度假时没有错过什么。但是那个时候,我还是一个乖乖女,而且那个时候,也没有现在发生的这些事。你明白吗?"

若泽摇了摇头,不解其意。

"什么事?"

尼科勒不好意思地笑了,身体晃动着像在跳舞,蓝色连衣裙轻薄布料下丰满的乳房也跟着晃动起来。

"没有披头士乐队唱《你需要的只是爱》,没有药丸,也没有致幻剂……"

在不知不觉中,若泽不由自主地想象一个英国女人在床上的样子。他从来没有搂过一个外国女人,好奇心让他倍感折磨。她会害羞还是性格外向?他很清楚,床上没有两个一样的女人。如果葡萄牙女人是这样的,那么,英语妞能有什么不同吗?他看着尼科勒,觉得她不是一个单纯的女人。可是,在男人面前,她是什么态度?被动还是主动?会呻吟吗?她容易还是难以达到高潮?她会?……

若泽晃了晃头,努力打消那些胡思乱想。自己是已婚男人,自从与米米卡斯结婚的那一刻起,就与放浪形骸的日子说再见了。即使自己没有结婚,他想,也不能保证这个罗得西亚女人对自己感兴趣。然而,他意识到,这正是尼科勒留给他的第一印象。他们是临近中午的时候认识的,从那个时候开始,她就一直对自己微笑。起初,他以为她这样做完全是出于礼貌,甚至是文化修养。当然,他不认为英国人特别爱笑或是很热情,但是,除了在洛伦索-马贵斯海边远远看到过的南非游客和在贝拉海滨远远看到的罗得西亚人,他对那些人又有多少了解呢?

此刻,他们坐在"赞比"餐厅的桌子旁,他一边与尼科勒聊天,一边更加留意地观察她。他发现尼科勒很少朝马丁斯微笑,便努力回想起来,发觉这个罗得西亚女人在参观医院时提出的大多数问题都不是提给院长的,而是提给自己的。也许,她这样做是因为她觉得自己是员工,或许能给出更多答案。也许,她只是出于好感而微笑,而自己竟像傻瓜一样开始胡思乱想了。可实际上,这个罗得西亚女人却在东拉西扯地谈论她的葡萄牙前男友、地中海男人、披头士乐队的自由爱情、药丸和致幻剂。她究竟想说什么?这一切都是率性而为吗?

"大家又不说话了,"尼科勒噘着嘴再次抗议,"喂,怎么搞的?不愿意和我在一起吗?"

"当然愿意,"若泽急忙解释,"我们就是有点累……"

尼科勒把金发向后一甩;头发不长,刚好及肩,但是,它像丝绸一样顺滑,柔软而丰盈。

"哦,我明白了。水坝意味着有很多工作要做,是不是?"

"是啊,不敢想象。"

"我一直在看关于卡布拉巴萨项目的资料,有一件事我不明白,"尼科勒若有所思地说,"水坝距离亲恐怖分子的赞比亚只有两百多公里。建成以后,要在莫桑比克建造八百公里输电线路,这需要大约六千根电线杆。这些设施很容易遭到破坏。这还不算,那些能源在莫桑比克并不能物尽其用,因为它没有可用的工业生产,更不用说南非了,对于南非来说,那些能源不是必需的,因为它有替代能源。换句话说,这是一项投资成本高、风险大且可有可无的项目。因此,在这种情况下,为什么要建水坝?"

若泽和马丁斯交换了一个眼神,笑了起来。

"你说得很有道理!"医院院长大声说。

"当然。可是,您还没有回答我的问题。为什么要建这个水坝?"

"政治原因,"若泽打趣道,"仅此而已。"

尼科勒做出好奇的样子。

"我不懂。什么政治原因?"

医生挪了挪面前的餐具,与其说为了让自己的手在桌子上放得更舒服,不如说是找点事情做。

"卡布拉巴萨项目是葡萄牙为战争战略部署的第一步,"若泽字斟句酌缓缓说道,"政府希望通过这个项目吸引大约一百万白人到太特县定居,从根本上改变这个地区的整个人口结构。如果莫桑比克北方有大量白人,敌人就会寸步难行。"他放下手中的餐具,看着尼科勒说,"但是,最重要的是,通过大规模的国际投资,葡萄牙可以引来西方世界的巨额资金和利益。美国一直支持游击队,但是,如果西方大型经济集团的利益在葡萄牙一方,恐怕美国人就难以为继了。"

"你是说卡布拉巴萨项目只是因为战争的原因而存在?"

侍者手中托着几个冒着热气的盘子走到桌前,大家向后闪开身体,让他放下盘子。开始用餐前,若泽给出了他的回答。

"仅此而已。"

午餐结束,医生们准备离开"赞比"餐厅。经过席尔瓦探长和弗朗西斯科·拉蒂诺所在的餐桌时,出于礼节,他们向两位皮德介绍了罗得西亚客人。阿尼塞托·席尔瓦向尼科勒鞠了一躬,亲吻了她的手,天花乱坠地夸赞她漂亮，尼科勒听了不禁一笑。

"情报人员就是会逢场作戏。"尼科勒说。

"不是情报人员，"席尔瓦探长纠正说，他在语文方面一向要求严格，"关于我所从事的工作，英语中'情报'一词在葡萄牙语中译为'信息'。"他歪着头说，"在我们的工作中，才智[1]也是多多益善，如果我可以这么说的话。"

"当然，"尼科勒点了点头，"我敢说，有这么多聪明人，这场战争一定会赢。"

"我可没有这么说，女士。"

这个回答让尼科勒感到不安。

"您为什么这么说？您认为会输？"

"当然不！"阿尼塞托·席尔瓦做了一个强调的手势。

"游击队只是在德尔加杜角和尼亚萨给我们制造了一些麻烦，其余地区都在掌控之中。"

"我想，在太特也是。"

"当然。在战争这四年来，太特的确发生过这样或那样的事件，但是总体上，这里的局势一直很平稳。"

"所以您认为建造水坝不会有问题……"

皮德做了一个鬼脸，似乎对这个问题有所保留。

"一些人觉得没问题，但我表示怀疑。"

"真的？为什么？"

阿尼塞托·席尔瓦用食指点了点鼻尖。

"我凭'嗅觉'，"他说，"游击队已经宣布，他们会尽其所能阻止赞比西河谷的开发，认为卡布拉巴萨项目是一个巨大的危险，并表示当前他们的首要任务就是阻止水坝建设。所以，想想就知道了。"他压低了

---

[1] 在葡萄牙语中 inteligência 有聪明、才智和情报工作的意思。

声音,显得神神秘秘地说,"我们已经接到可靠消息,他们已经在赞比亚开始行动,准备派人来太特。或者是我大错特错,或者随着卡布拉巴萨项目推进,这里的局势会变得越来越严峻。如果什么都没有发生,我就不是阿尼塞托了。"

"我相信你的上级知道……"

"知道肯定知道,"警官点了点头,"但是,我认为他们更相信圣母,如果我没有理解错的话。他们认为游击队派来的不过是几个游击小组,只要在富兰孔戈和贝内部署几个营就可以阻止来自赞比亚的渗透。"他又用手指敲了敲自己的鼻子。"不过,我已经嗅到了,敌人会派大量人员来这里。如果他们目前的首要任务是阻止水坝建设,如果关于赞比亚方面有大量人员活动这个情报是真实的,那我们最好为大戏开场做好准备!"

罗得西亚女医生似乎被席尔瓦探长的话惊呆了,探长的这番话令她从一个意想不到的角度考虑去莫桑比克的问题,去则意味着她将陷入战争的麻烦。若泽察觉到席尔瓦探长的话令尼科勒不安,他向两位皮德挥手道别,又对着尼科勒指了指门。

"时间不早了,"他说,"我们告辞了。回见!"

阿尼塞托·席尔瓦用手臂拦住他。

"等一下,大夫!"他大声说,"你还没有跟我谈谈那个重大新闻呢!……"

"什么新闻?"

"瞧你!……就是关于……院长那个。"

"什么院长?你在说什么?"

看到若泽全然不知所以的样子,席尔瓦探长转向了马丁斯大夫。

"您还没有告诉他?"

若泽也转向了他的上级,觉察到他有事瞒着自己。

"说什么?出了什么事?"

马丁斯勉强笑了笑,捋了捋胡须。

"我要回洛伦索-马贵斯去,"他说,"调动已经获得了批准。"

"谁来接替您?"

"新来的外科医生叫费托尔,他会在两个星期内到达太特。"

阿尼塞托·席尔瓦略显不满地皱了皱眉头。

"院长啊,"他再次转向了马丁斯,"您还有事情没有告诉我们呢。全说出来吧。"

"接下来的就由您来宣布吧,"马丁斯说,"毕竟,您才是最后批准的人,不是吗?"

"批准什么?"若泽问,"你们到底在说什么?"

皮德探长的脸上绽放出灿烂的笑容,向若泽伸出手。

"握个手吧,你这个家伙!"他热情地说,"你将被任命为太特医院的院长。恭喜你!"

十六

父亲赢得了上风，普加教练把迪奥戈和安热利诺的名字加入了他的招聘名单。从此，这两个雷戈达瓜年轻人的生活发生了意想不到的变化。

每天从加亚中学放学后，两个朋友便一起乘坐公共汽车或当时波尔图市很常见的出行方式顺风车去安塔斯开始下午的训练。训练结束回到家已经是晚上，吃过晚饭，迪奥戈便和兄弟们一起听父亲讲数学和物理课，或是去找德蒂尼亚太太上化学和生物课。这位女邻居是中学老师，在梅雷莱斯夫妇五个孩子的教育上常常给予帮助。除此之外，迪奥戈还要参加每个周末的比赛，日子过得辛苦而忙碌。

迪奥戈每天都在付出超乎寻常的努力，事实上，他在波尔图俱乐部的排球生涯也正蒸蒸日上。第二年，他就被选拔进入了高水平运动队，很快成为重要比赛主力阵容中那个总是穿着6号球衣的队员。他与安热利诺组成了无敌二人组，朋友的二传和他自己的扣杀令这对黄金组合为球队赢得了一场又一场胜利，也预示着这一对球星的美好未来。

然而，生活却对他们虚晃一枪。一天下午，在等车前往安塔斯的路上，迪奥戈发现安热利诺一改往常的样子显得沉默寡言，便问他发生了什么事情。

"我父亲在贝拉铁路公司找到了一份工作，"安热利诺说，不敢面对迪奥戈，"两个星期以后，我们就要走了。"

消息来得太突然，竟让迪奥戈怀疑自己是不是听错了。

"什么？"

安热利诺呆呆地望着街道尽头，终于转过脸面对迪奥戈。

"我要去莫桑比克了。"

波尔图队这位年轻球星的世界从此彻底改变了。安热利诺的离开让他深感失落，也让他觉得自己再也没有了朋友。为了填补情感的损失，他更加专注于训练和比赛，而屡战屡胜让他的排球事业如日中天。

除了国内的对手，例如本菲卡和里斯本大学体育中心之外，波尔图队还跨出国境对战皇家马德里队、贝尔格莱德游击队、蒙彼利埃队和加拉塔萨雷队，等等。青春期发育和顶级排球赛事的历练不但塑造了迪奥戈的体魄，他长高了，柔韧性更强了，同时，也锻炼了他的思维能力，使他成长为一个做事有条理并且有很强求胜意识的运动员。波尔图队之所以能连续多年蝉联全国冠军很大程度上得益于迪奥戈惊人的弹跳力和强大的网上扣杀能力。

很快，俱乐部这位年轻的球星便穿上了国家队队服。在里斯本举行的国际天主教学校运动联合会比赛的揭幕战上，他身披国家队战袍首次亮相，迎战的第一个对手是黎巴嫩队。

连马达莱纳俱乐部都用香槟来庆祝迪奥戈在国际赛事的首秀。这一壮举也传到了遥远的莫桑比克贝拉，安热利诺给他寄来了一张明信片，送上了祝贺的同时也没有忘记调侃。

"这么说，黎巴嫩现在是一个天主教国家喽？"

十七

吉普车绕过医院前小广场的声音从若泽·布兰科诊室的窗户传了进来。当时,医生正在给一位来自莫阿蒂泽的老人听诊,不过,当他听到有汽车到来的时候,便放下手中的工作,跑到大楼门口。绿色吉普车的轮胎和下半部污泥满布,仪表盘上覆盖着厚厚一层橙红色的灰尘。

医院新任院长若泽从楼梯上下来,看到身穿浅蓝色工作服的露西娅修女从改装成救护车的"奥斯汀"大吉普上下来。

"哎?我们的人呢?"

露西娅面容憔悴,眼睛周围带着黑眼圈,整个人看起来疲惫不堪。

"*Muerto*[1],"露西娅修女有气无力地说,"我们用了十个小时到达那边,又用了十个小时返回。全白费了,"她朝身后的吉普车比画着说,"我们到芬圭的时候他还活着,*pero*[2],他没能坚持到太特。*A carretera estava muy mal*[3],开到松戈的时候他已经不行了。"

若泽双手垂在身体两侧,一动也不动,看着护士们将死者的尸体从车上抬了下来。

"他妈的。"

骂声似乎唤醒了呆呆发愣的露西娅修女。她双手叉腰,生气地看了一眼若泽。

"骂'他妈的'解决不了任何问题,大夫!"她按捺不住愤怒大声

---

1 西班牙语:死了。
2 西班牙语:但是。
3 葡萄牙语和西班牙语:道路非常糟糕。

说,"我们要让整个县各处都有医院。我们不能再这样继续下去了,必须做点什么!"

若泽叹了一口气,他理解护士长的愤怒,却感到心有余而力不足。他转过身,慢慢走回他的诊室继续接诊去了。他刚刚来到太特的时候就已经注意到,太特县地域辽阔,现有的医疗卫生能力远远不能满足其需求,自从几个星期前他接手医院的领导工作以来,这个问题就一直沉重地压在他的心上。

新职责固有的责任使他开始反反复复考虑同一个问题,特别是当失去一个用更及时的救助便可以挽救的生命的时候。显而易见的办法就是提高服务能力,可问题是,这意味着无法承受的高昂费用。更何况他能从哪里找到具有足够资质的人员来加强医院的医护队伍,并为全县各地安排适当数量的人员呢?这一切在他看来都是无法实现的。但是他感到,面对这样的局面,自己无权听之任之。怎么办?是否可以……

"*Doctor*[1]?!"

一句带着鼻音的英语把他从沉思中拉回到现实。他正在医院的走廊里,病人正在排队候诊,叫他的人是队列中的一位,看上去像罗得西亚人或南非人,头发花白,戴着牛仔帽。

"请讲。"

男子紧张地用手指了指自己的帽子。

"*Doctor*,我是 *American*[2],在卡布拉巴萨工作,"他用带有浓重口音的蹩脚葡萄牙语自我介绍道,"我拉肚子,需要看病。"

"当然,"若泽说,"轮到您的时候,咱们好好看看,好吗?"

美国人指了指排在他前面的十几个人。

"可是,他们要在我前面先看吗?"

---

1 英语:大夫。
2 英语:美国人。

"他们比您先到吗?"

"是的,但是……但是他们是 *nigger*[1] 啊,"他不满地提高声音喊道,"哪有白人排在 nigger 后面的?在美国这是不可能的!你们怎么能先给 nigger 看病,然后才给白人看呢?"

若泽·布兰科白了那人一眼。就在刚才,他容忍了愤怒的露西娅用葡萄牙语夹杂着西班牙语抱怨糟糕的医疗条件,现在,他又不得不忍受一个来得晚却想 *camone*[2] 的葡萄牙语夹杂英语的美国人。这一天还有什么在等着自己?若泽深吸了一口气,不再理会那个美国人,走进自己的诊室,在办公桌前坐下,回到了几分钟前中断的工作上,用突然感到疲惫的目光望着面前的老人。

"我们刚才说到哪里了?"

在太特,街上的酷热是一种常态。白天,汽车里变成了真正的烤炉,于是,他摇下车窗,欣赏着赞比西河的景色。就职新的岗位意味着生活将发生一些变化,最令人高兴的事情莫过于乔迁新居。布兰科夫妇从赞比西河酒店街角附近的套房搬进了院长的房子,一栋位于医院小山顶上的舒适寓所。站在新家前面,不但下方的城市尽收眼底,还可以欣赏迷人的河上风光。

若泽启动发动机,开动"欧宝"汽车,经过医院的门口,一路开下山前往市中心。酷热难耐,他把头伸出车窗。行驶中的车带来的热风拂过他的脸庞,仿佛是热辣辣的阳光直接打在脸上,但是,相比快要燃烧起来的空气,多少也有所缓解。

这天下午,他本来要去皮德驻太特站出诊,为那里的员工提供定期

---

[1] 英语:黑鬼。
[2] 英语 come on 的葡语说法。这里是"马上看病"的意思。

的医疗服务，但是在此之前，他要先去完成一项临时接到的工作。他沿着河边的阿明多·蒙泰罗大街向目的地行驶，眼睛虽然注视着前进的方向，头脑却在思考上午出现的问题。又一位患者因为这个县糟糕的医疗服务而失去了生命。问题一直困扰着他，特别是他担任医院院长以后，可是，他非常清楚，自己没有办法解决问题。

右前方出现的一个飞机库将若泽从思绪中唤醒。他看到突然出现在眼前的大门，将欧宝车开了进去。

"怎么样，大夫？"正在门口等他的庞特斯工程师打着招呼，"来我们国际机场的路还好找吧？"

医生笑了一下算是对工程师调侃的回应，然后下了车。

"在太特，没有什么地方是难找的。"他说着，伸了一个懒腰放松身体，扫了一眼飞机库，估计建筑物的体积。"这就是拓务办公室藏小飞机的地方？"

"正是，"拓务办公室主任说，"想看看我们的飞机吗？"

"我猜你们的病人该着急……"

这才是若泽被紧急叫到赞比西河拓居事务办公室飞机库的原因。给他家打电话的人说怀疑是疟疾，但是，此刻的庞德斯工程师并没有表现出非常担心的样子。

"他睡着了，"他拉着医生的胳膊说，"趁他还没有醒，来吧！来看看我们会飞的新奇玩意儿。"

河从附近流过，河面宽阔，浩瀚而壮丽，阳光照到水面上反射出无数道闪闪的光芒，如同一个镶嵌着璀璨珠宝的斗篷覆盖在如镜的水面上。他们来到柏油跑道上，若泽看到停机坪上停着几架飞机。跑道旁边有两架直升机，再向前看，还有两架飞机，一架小飞机在机库内，机头安装着一台发动机，另一架较大的在机库外，机上有两个发动机；它们静静地一动不动，看上去像站着睡觉的马儿。

"该死！"医生感叹道，"这根本是一个机群啊！早晚你们可以和德塔航空、作战部的空中出租车一争高下了，嗯？"

"这还不是全部呢，"工程师说，"我们还有一架飞机，现在在奇科阿。"

"你们要这么多飞机干什么？"

他们走进飞机库，工程师带若泽来到一间小办公室。办公室墙上挂着一张太特市大地图。

"因为我们的工作队，"庞特斯走到地图前面，回答说，"不知道你是否听说了，因为卡布拉巴萨工程的原因，拓居事务办公室要改名称了。过不了多久，它将更名为赞比西规划办公室，负责盘点赞比西河谷现有资源，并且考虑到战争形势，对太特县人口居住地的分布进行重组。"

"我没有听明白。你这话是什么意思？"

"我的意思是，我们要在各地建立居民点，把居民都集中到那里去。军方称这样做是为了更好地保护居民，但是，依我看，这恐怕只是说辞罢了。他们的目的是对居民实行控制，明白了吗？不过，其实……"

"如果人们不愿意去怎么办？"

工程师耸了耸肩膀。

"那就是军方的问题了，"他解释说，"我们只负责规划并建设居民点。为此，我们已经派工作队去各地了，在富兰孔戈、奇科阿、欣代……各地都有。但是，棘手的问题就是这个县太大，你一定注意到了。所以，我们搞来了这个'机群'确保工作队的给养。陆路交通糟糕透顶，领土面积辽阔，所以，只有飞机能胜任工作。飞机可以运送食品、邮件，以及各地人员需要的后勤物资。"

两人站在飞机库挂着地图的墙面前，不经意间，若泽对比起眼前这张地图和自己在医院诊室的墙上挂了四年的那张地图。这张地图也许更详细。

"这是一个大胆的想法。"若泽缓缓地说，目光扫过地图上每一个钉了图钉的点，那是拓居事务办公室的工作队已经到达的地方。"你知道吗？这正是……是……"

他忽然顿住了，睁得大大的眼睛直勾勾地盯着地图。他转过头，看了看停在身后的小飞机，看了看地图，又看了看飞机。

"怎么？"庞特斯工程师担心地问，"怎么了？出什么事了吗？"

若泽的大脑在飞速运转，掂量着刚刚出现在脑海里的那一闪念意味着什么。那不只是一闪念，那是一个伟大的想法！伟大，伟大！可是，要是万一？……万一……

他转向拓居事务办公室主任，目光炯炯急切地凝视着对方。

"你会用到所有飞机……每天？"

若泽出人意料地焦急和他的问题让庞特斯工程师感到奇怪。

"每天？见鬼，当然不是！我们的人员分散，不过，飞机数量多，足够我们轮班使用。有时候是这几架飞，有时候是那几架飞。根据工作需要。"

"你觉得……我可以偶尔借用一架飞机吗？"

"借给你一架飞机？借给你？干什么用？"

"不是给我用，"若泽纠正说，"是给医院，老兄。有没有可能借给医院一架飞机？"

"这个……你们什么时候要用？"

"说不好，偶尔。看你们方便。你觉得可能吗？"

拓居事务办公室主任看了看停在机库里的飞机，转身面对站在眼前的医生，陷入了思考。若泽毫不掩饰自己的急切，眼巴巴地望着他。庞特斯权衡了一下自己的需求和若泽的请求会引来的问题。最终，他耸了耸肩膀，张开双臂，表示妥协。

"好吧，"他说，"没问题。"

听到这番话，若泽·布兰科忍不住一下跳了起来。上一次跳得这么高还是在两年前英格兰世界杯葡萄牙对阵北朝鲜的那场比赛,当他从收音机里听到播音员说尤西比奥连续踢进了第四个球的时候。他脸上带着灿烂的笑容重重地落到地上,激动而热烈地拥抱了呆若木鸡的庞特斯。

"嘿,工程师!"他喊道,"如果你不是这么丑,我真想给你一个大大的吻!"

十八

飞行员调整好脸上戴的雷朋墨镜,照了照镜子,整理好制服,抚平带有金色"特谢拉"名字的小贴牌。收拾停当,他按下仪表盘上的按钮,随之而来的是一连串短促的咔嗒声。在完成所有这些看似无关紧要的动作之后,他按下一个红色按钮,发动机哼的一声轰隆作响,螺旋桨从慢到快开始旋转,继而发出越来越大的隆隆声。

"塔台,这里是D-C-R-T-E,"他对着无线电对讲机说,"请求滑行。"

对讲机里先是传来噼里啪啦的声音,然后,一个清脆的声音响起。

"收到。同意滑行。滑到130跑道。准备好离场报告。"

特谢拉检查了指示灯和仪表盘,松开一个操纵杆。一连串操作之后,飞机轻轻向前一跃,在略微有些颠簸的跑道上开始滑行,发出隆隆的响声。飞行员向风向袋望了一眼,确认微风,北风风向,然后,按照塔台的指示,将飞机停在了130度的方向上。他再次测试了后面的发动机并检查了仪表盘,看上去一切正常。

飞行员向旁边看了一眼,干瘦的脸上露出了笑容。他是想告诉乘客,一切尽在掌握中,不必担心。

"咱们起飞?"

若泽·布兰科蜷缩在座位上,全神贯注又好奇地看着眼前发生的一切。赞比西河拓居事务办公室的派珀步行者是一架小型飞机,机头有一个螺旋桨,舱内只有两个座位,这使得乘客看起来好像是一位副驾驶。

任何人坐在这个位置上也许都不得不关心飞行员的健康情况,一旦飞行员突发疾病失去知觉,自己该怎么办?但是,若泽作为一名医生并没有表现出特别的担心。他很清楚自己该如何处理那种情况:自己不会驾驶飞机,那就必须救活飞行员。这是他第一次有机会坐进飞机的驾驶舱,因此,与其说他关心特谢拉的身体状况,倒不如说他此时对飞机的起飞程序更感兴趣。

"加油,"若泽回答,"走吧。"

飞行员做了最后一次检查,启动了发动机。嗡嗡声震耳欲聋,甚至让人觉得螺旋桨会转得力量过大而爆裂。特谢拉对飞机的状态很满意,再次把对讲机放到嘴边。

"D-C-R-T-E,请求起飞。"

"D-C-R-T-E,允许起飞,"对讲机里立刻传来了塔台的回应,"一路平安!"

飞机在跑道上加速滑行了短短的几米后,只见特谢拉拉动摇杆,飞机以惊人的轻盈离地而起,在发动机隆隆声中抖动着,随风摇摆着,机头直指浩瀚深邃的晴空。

若泽向窗外望去,看到河水蜿蜒地流过城市,驳船在赞比西河上穿梭往来,建造中的大桥桥柱像一个个铁制骨架立在水中,房屋变得越来越小,橙红色土地上的猴面包树渐渐从视野中消失,右边是马通多,山丘在地平线上形成一道道剪影,片片云彩飘浮在无边的蓝天上……空中的风很大,小小的派珀步行者被吹得晃来晃去,但是随着高度上升,它很快稳定下来,发动机也不再发出折磨人的隆隆声,而是发出单调的嗡嗡声,令人昏昏欲睡。终于,飞机向北飞去。

乘客的座位,其实就是副驾驶的座位,紧窄局促,但是,让若泽感到惊讶的是,自己竟然很享受这次旅行。气派的"超级星座"、大块头的"达科塔"都让他印象深刻,却也因此在乘坐时总有一种恐惧感。与那些庞然大物相比,派珀步行者如同一只蚂蚁,随便一阵风都能让它在空中颠簸起来,可奇怪的是,他坐在这个小巧的火柴盒里飞行竟一点不感到害怕。

那是一种难以言说的感觉。乘坐其他飞机的时候,他常常觉得自己是在一个飞行的棺材里旅行,死亡随时可能发生,可是,坐在这片不折不扣的风中树叶上,他反倒有了展翅自由飞翔的感觉。如果把这种感觉告诉米米卡斯,她肯定不相信。事实上,乘坐这么精致的小飞机旅行,对她来说不是什么壮举,纯属娱乐。

他们在离与马拉维边境不远的富兰孔戈一条夯土建的跑道上降落了。拓居事务办公室的两名工作人员已经在舱门口等候他们,可是,他们不是上前帮忙卸下给养和物资,而是抓起邮包查看是否有自己的信件。两个人都很幸运。一个人收到了妻子的来信,另一个人收到了一份《球报》。

"这下我有竞技队的新闻看啦,"他哈哈笑着说,"让那些本菲卡球迷连报纸的味都闻不到,这样他们就不用烦人喽!"

"注意您的言论哦,"若泽开玩笑说,"小心,本人可是本菲卡……"

那人耸了耸肩膀。

"人无完人嘛!"

医生的第一批"客人"是拓居事务办公室富兰孔戈工作队的工作人员。他询问了每一个人,但是,他们的问题都是些可忽略不计的小毛病。大部分人抱怨的都是蚊虫叮咬问题,若泽给了他们一些药膏便解决了,只有一个人的问题稍显严重,但也只是常见的肠胃炎,若泽很快就处理好了。

"现在,"医生说,"看看居民的情况。"

"什么居民?"工作队队长疑惑地问。

"我可不是拓居事务办的私家医生,"若泽解释道,"我来到这里是为了向所有需要的人提供医疗服务的。我在哪里可以见到他们？"

拓居事务办公室的工作人员面面相觑，感到意外。工作队队长做出无奈的样子，似乎认为这个要求很奇怪却又不想争辩。

"我不知道医生您是否能找到您想找的，"他说，"但是，如果您真的想去，我带您去。"

队长带着若泽来到富兰孔戈的一片草房。这里像往常一样，上午天气很好，男人们坐在土坯房前聊天，妇女们有的在提水，有的背上用布带背着婴儿在舂米。空场的中央有一堆火，一锅水架在火中几块焦化的石头上慢慢地烧着。工作队一行人的到来引起了居民的注意。若泽像平时一样穿着习惯的一尘不染的白衣、白裤、白鞋，因此，在人群中十分显眼。

"大家注意！"队长大声说，"我们这里有一位医生来给大家看病。谁受了伤，或者身上哪里疼痛，或者有不舒服的感觉，可以来找他。医生是朋友，可以治好大家的病。"

为了确保每个人都能正确理解他的话，工作队队长叫来了他的翻译，这个人用当地的恩仰圭语向大家解释了一番。人们一边认真听，一边好奇地打量着若泽。待翻译说完，若泽准备接待第一批患者，可是，却没有人动一动。

沉默中，场面变得有些尴尬，一些人继续聊起天来，好像他们的事情才是真正重要的，而刚刚听到的一切只不过是打断了他们的事情。为了为尊贵客人挽回颜面，队长重复了一遍，翻译也跟着又解释了一通，但是，他们的努力仍然未能奏效。

"很抱歉，大夫，"队长说，"但是，您看，他们……"

若泽举起手。

"没关系，"他挥了挥手，"请跟我来。"

若泽开始在草房之间转来转去,队长、翻译和特谢拉跟在他的后面。他发现一个孩子的腿部肿胀,便跪下查看起来,可是,孩子的母亲看到这一幕,立刻把孩子领开了。

"告诉她,我没有恶意,"若泽对翻译说,"这孩子的腿必须接受治疗,否则,可能会有麻烦。"

翻译把若泽的话用恩仰圭语翻译给孩子的母亲,但是,她却摇了摇头,简单说了些什么,然后带着孩子消失在草屋之间。

"她说她的儿子没有任何问题,很快就会好起来。"

若泽叹了一口气,继续在村子里边走边看。他又遇到了两个在他看来值得关注的病例,但是,人们仍然躲躲闪闪,迅速消失在草房组成的迷宫里。他意识到,人们是害怕他这个口口声声要给他们所有人治病的陌生人。因此,他决定改变战术。

他继续在村子里转,看看这里,看看那里,不时向草房里望一望。这时,他发现在一间草房里一个女人躺在席子上。房子的主人看到一群白人,尤其是一个身穿白衣的白人,站在自家门口,感到十分惊讶,于是,连忙走到女人身旁,想要保护自己的家人和财产。

"她怎么了?"若泽问。

"哎呀,长官,她快要死了,"村民用葡萄牙语回答,"请别打扰她。"

若泽俯下身,用手电筒照了照,仔细检查起来。她的身体布满了溃烂和各种伤痕。手电筒照到她的手上,医生发现女人少了几根手指头。若泽本能地往后一退。

"麻风病!"

挤在小屋门口观望病人的一行人赶紧跑开了。然而,医生却留在原地继续他的观察。

"大夫!"特谢拉叫道,"快出来!"

"没事!"医生回答说。"来帮我一下,把她抬出去!……"

大家你看看我,我看看你,被医生的要求吓了一跳,一时不知如何是好。第一个反应过来的是房子的主人。

"别管我母亲,"他几乎用央求的语气说,"就让她安安静静地死去吧。"

"胡说,我不能不管!"若泽坚决地说,"来吧,大家伙儿。快点,帮我把她从这弄出去。"

大家不知所措,终于,还是队长说出了所有人的担心。

"可是,大夫,她是麻风病……"他争辩说,"这个病传染性很强,不是吗?"

若泽察觉到大家的抵触情绪,于是,走出草房,蹲在门口的地上,打开总是随身携带的手提箱,从里面抽出两块像是白布的东西,递给他们。

"你们如果害怕,就戴上口罩吧,"他命令说,"但是,没有什么可担心的。麻风病是由一种微生物引起的疾病,只会通过唾液传播,而且,也不是轻易就被传染的,也就是说,这个病只有与病人长期生活在一起并且性生活十分混乱的情况下才会传染。懂了吗?"

三个人点了点头,却依然没有人动。

"你们任何人都不属于这种情况,对吗?有人与这位女士有过亲密接触吗?有人亲过她吗?"他的手使劲指了指草房,"那就马上把这个女人带到工作队去,你们这些懦夫!她必须得到治疗。"

"可是麻风病有治吗,大夫?"

"当然有。麻风病杆菌会自己杀死自己。难道你没有听说过抗生素吗?"

打消了最后的疑虑,队长派人取来了担架,两名工作人员抬着麻风病人穿过村子尘土飞扬的小巷,向他们在富兰孔戈的工作站走去。

烈日炎炎,戴着雷朋墨镜的特谢拉趁机悄悄靠近医生。

"大夫,"飞行员压低声音说,他担心他们的谈话会被任何其他人听到,"我们拿这个女人怎么办?"

"我们必须把她带回太特。"

"怎么带?"

"飞机啊。"

特谢拉早就猜到了医生的计划,所以,没有表现出丝毫惊讶。他摘下眼镜,对着墨镜的镜片哈了一口气,用衬衫擦拭起来。

"可是,谁留在这里?"

若泽皱起了眉头。

"这话什么意思?"

他们离工作站越来越近,已经可以看到远处的停机坪,飞机就停在风向袋的杆子旁边。

"飞机只有两个座位,大夫。"飞行员提醒他,重新戴上眼镜。"如果她上飞机,谁留在这里?我?还是您?"

若泽一愣,站住了。他看了看远处的飞机,又看了看工作人员抬着的担架,最后,他转向等待回答的特谢拉。

"我留下继续查看这里的健康状况,"他决定了,"您马上带她回太特,明天早上来接我。"

后来的飞行经历表明,富兰孔戈居民的抵触态度并非个案。接下来的几个星期,若泽利用拓居事务办公室或太特航空俱乐部的飞机偶尔提供的机会飞往奇科阿、科迪纽镇和欣代,在这些地方,人们普遍不信任他,对他唯恐避之不及,因此,医生每次出诊能见到的患者寥寥无几。

"都是巫医闹的,"特谢拉说,他总是戴着雷朋墨镜,"巫医吓唬人,说大夫会从天上带来妖魔。"

麻风病人已经住进了太特医院,病情有了明显好转,皮肤表面的疮伤消失了,此前弱不禁风的身体现在也逐渐恢复了气力。可是,过了一段时间，她开始显得坐立不安，总是在医院里走来走去，不断追问何时送她回家。

一天早上查房结束的时候，若泽·布兰科发现她正要爬上一棵青枣树，这完全不像一位重病患者的表现。医生安排她做了涂片检查，看到化验结果后，终于放心了。

"麻风病病毒完全被消灭了，"若泽一边看化验报告，一边说，"送她回家吧。"

当地居民不愿意找白人医生看病，他们的抵触情绪影响到了医院院长。若泽本以为，利用拓居事务办公室或太特航空俱乐部的飞机提供覆盖全县的医疗服务是一个绝佳办法，但是现在，他开始对这个办法产生了怀疑。如果谁都不愿意接受治疗，那么，飞到这片广阔地区的各个角落去的努力岂不是毫无意义？待在太特不是更好吗？也许他应该仅仅将飞机作为运输紧急病例的手段，毕竟这才是他的初衷。

若泽·布兰科决定再尝试一次。由于麻风女的缘故，他再次选择了富兰孔戈。如果此行仍然一事无成，至少可以看一看曾经的女患者目前的状况。于是，在麻风女出院回家两个星期以后，若泽和特谢拉一起飞回了东北边境附近高原上的那个村庄。

和往常一样，派珀步行者飞机降落在机场夯土建的跑道上，然后，一路颠簸着滑行到停机位。特谢拉关闭了发动机，飞机的轰鸣声消失了，螺旋桨的嗡嗡声逐渐减弱，一切都安静下来并归于寂静。飞机上的两个人解开了安全带，飞行员还在做最后的安全检查，医生已经打开舱门跳了出去。长时间坐在窄小座位上，他此刻感到腰酸背痛，但是，这种不适感很快就消失了，他向来接他们的吉普车走了过去。

"你好！"他打了一个招呼，"一切都好吗？"

"*Maningue naice*[1]," 工作队队长回答说,"你今天心情不错嘛!……"

若泽把一只脚踏进吉普车,身体向前一蹿坐进车里。这时,他注意到机场大门口出现了一阵骚动,于是向那边望去:一些村民挤在大门口,人数肯定在一百以上。

"怎么了?"医生问,"披头士乐队来了?"

队长从口袋里掏出一包 L&M 香烟,点了一支。

"大夫,你有麻烦了。"

"我,为什么?"

"还记得那个麻风病人吗?"

若泽心里一惊,警觉地望着队长。

"怎么?她出事了?"

"可不是嘛。"

"什么?什么?"

"她好着呢,这个鬼女人。已经和家人下地干活了。你一定要去看看,简直是奇迹!"

医生一时感到莫名其妙。

"到底发生了什么事?"

工作队队长吸了一口烟,让烟从鼻孔慢慢地飘出来,然后,向机场大门口人群聚集的方向指了指,叹了一口气,显出近乎苦恼的样子。

"现在的问题是,所有的人都想找你看病呢。"

---

[1] 莫桑比克俚语:你好。

十九

好事多磨。最初几个星期，若泽·布兰科所到之处情况都一样。一开始，这位从天而降的医生遭到普遍质疑。然而，当看到他成功治好了在人们看来必死无疑的一些病人后，大批患者开始涌向派珀步行者飞机降落的每一个机场。

"大夫现在已经是披头士乐队的歌星了，"特谢拉一边打趣地说，一边准备在跑道上降落，不久，这里就会涌入新一拨人群，"总有一天，为了看一眼你走下飞机的样子，那些女孩子们会尖叫、撕扯头发、露出乳房……"

医生翻了一个白眼，故作不高兴的样子。

"开玩笑！……"

每一次出诊都会引来越来越多的人，甚至在以前看上去人烟稀少的村庄，也开始出现很多人，好像他们是从地底下钻出来的；在一些地方，患者的人数竟达到一千多。这时，若泽意识到了成功的代价，他必须做点什么了。

若泽去见拓居事务办公室主任，向他说明情况。

"人太多，"若泽介绍完情况，总结性地说，"我无法接待这么多病人。"

庞德斯工程师无可奈何地苦笑了。

"大夫，我懂，"他说，"但是，你想让我为你做什么？"

医院院长的手指有节奏地敲着木制办公桌，他很清楚接下来自己要提的要求，对庞德斯来说，一定不合胃口、难以接受。

"我需要借用更多飞机。"

"更多？"拓居事务办公室主任疑惑地问，语气似乎透露出被人冒犯后的愤怒。"你每个月都要占用我的飞机一两次呢！"

"那不够。"若泽说，"我需要每星期去富兰孔戈，不能像给国王过生日，一年一度一祝寿嘛。去了富兰孔戈，就得去奇科阿，去所有我还没有去过的地方。"

"去找过航空俱乐部那些人了？他们不帮你？"

"当然帮我。有了他们的飞机和你们的飞机，我每个星期都可以飞了。可是，这项工作大受欢迎，我需要你给予更多帮助。"

庞特斯摇了摇头。

"大夫，虽然我很愿意帮你，但是，有一件事你必须明白，"他郑重其事地说，"每月让你使用一两次飞机，我已经是在承担某些风险了。但是，如果我让你更……我的上帝，让我怎么跟你说呢？而且，我也需要飞机，对不对？无论你的工作多么崇高，我们拓务办也有我们的工作，我们不能放下我们的工作只为了帮助你吧。"他使劲地摇了摇头。"不，这不可能。"

"这不是帮助我个人，"医生反驳道，"这是为了帮助老百姓。"

工程师深深吸了一口气，下定了决心。

"你所做的事情非常值得称赞。但是实话实说，我没有办法比现在更频繁地把飞机借给你，那会影响我们的工作。这是我不能允许的。"

若泽对拓居事务办公室主任的拒绝态度早有准备，本想继续争辩，但是，他克制住了自己。还有什么该说的话没有说？还有什么该陈述的理由没有陈述？如何才能推翻那个决定呢？他审视着庞特斯的脸，那一刻，他意识到，庞特斯已经尽其所能，再要求他提供比现在更多的帮助实在过分了。

他向后推开椅子，缓缓地站起身，显得无可奈何。

"你是对的，"他承认，向办公室主任伸出手，"不管怎样，我还是要感谢你的帮助。"

拓居事务办公室主任与他握了握手,送他到办公室门口。

"现在呢,大夫?你准备怎么办?"

医生最后看了他一眼,说:"我要去找县长谈谈。"

说完,他走进走廊,离开了拓居事务办公室。

太特县县长是个瘦骨嶙峋的矮个子男人,以少言寡语著称,比起当一位演说家,他更喜欢听别人讲话。一听说市医院的院长打电话求见,县长便同意安排在当天下午会面。

县长在约定的时间接待了若泽,请他坐在自己最喜欢的正对着空调机的沙发上,使他直接感受到令办公室里凉爽的冷风。医生对获得当局的支持并没有抱很大希望,他知道政府有很多其他优先的工作,在各项工作中,医疗问题并不在首位,但是,他还是要试一试。因此,他开始讲述他坐着特谢拉的派珀步行者飞机飞往太特县各个村庄的冒险经历。

县长习惯性地一言不发地听着,直到来宾终于停下来不再说话,才说出了第一句话。

"我已经听说了,您若昂·塞马纳式[1]的出诊取得了巨大成功,"他慢吞吞地说,似乎在斟酌每一个字,"真是这样吗?"

"县长先生肯定知道,"若泽显得很自豪地说,想通过各种方式让感动自己的热情也感动面前这位有权势的对话者,"有一千多人。人多得有时候我都转不开身……"

县长的脸上露出一丝赞许的微笑。

"大夫是说一千人?"他问,显然对此印象深刻。"嗬,人真的不少!"

---

[1] 葡萄牙作家儒利奥·迪尼斯《两姐妹的爱情》一书中一位乐善好施的老医生。

"可不是吗。所以,我需要您的帮助,县长先生。只有能够每个星期飞到各地出诊,否则,我无法满足这么大的需求。"

"我明白。"县长若有所思地点了点头。他略微停顿了一下,将双手放在膝盖上,样子显得坚定,似乎已经有了想法。"您知道,我对您的项目很感兴趣。"

"真的?!"若泽惊喜地说,他感觉到了希望,却努力不让自己期望过高。"您是认真的?"

县长慢慢地从沙发上站起来,走到一个巨大的图板前,上面有一张非常详尽的太特县地图。这是他用来与军方领导人讨论地区局势的地图。

"在这些事情上我从来不开玩笑,"他答道,"你知道吗,大夫,一些迹象表明,战争可能在我们县蔓延。游击队已经开始从赞比亚渗入境内,已经有大约四百人散布在这个三角地带的若干基地。"他用手在赞比西河以北的三点之间比画了一个三角形,说出三个地方的名字。"绍丰博、卡布拉巴萨、富兰孔戈。"他转向来宾,说:"袭击事件目前还只是零星发生。在一些地区,他们的地下活动猖獗,企图给民众洗脑,我们正在针对这个情况做民众的工作。不过,我认为,局势很快会升温。究其原因?"他指着赞比西河上的一个点,"当然就是卡布拉巴萨水坝。今天我还在思考,下令建造这个该死的水坝究竟是不是一个好主意!"他深吸了一口气,两手随便比画一下,显得很无奈。"因此,我想说的是,您的工作可能具有至关重要的意义,让我从中看到了巨大的潜力,帮助我们使民众站到我们一边,从而阻止颠覆活动,就像有些人说的,要赢得这场战争,我们必须赢得民众的心和头脑。"

一向惜字如金的人发表的这番宏论令若泽不安。

"县长先生,我关心的事情,"他连忙解释,"与政治和军事局势毫无关系。我认为,医生的职责要求我在这个问题上保持中立,我不想也不应该插手其中。我关心的是我们县的就医困难及其结构性问题。我的责任完全只有这件事。"

县长走回自己的座位,重新在沙发上坐下。

"知道,知道。"他安抚道,"不过,这两件事互不相扰,对不对?您的想法是否能为我们所用这是我们的问题,您不必考虑。我甚至认为,如果它能帮到我们,那么对您也更有利:您更容易得到您所需要的。"

若泽望着县长,想从他的脸上看出他的意图。"明白。可实际上这是什么意思?"他问,仿佛在黑暗中摸索。"您能不能与拓居事务办主任谈谈,说服他多借我几次飞机?另一种可能性是动用航空俱乐部资源。"

县长再次面露微笑,他身体前倾,向医生伸出手,以此示意会面结束。

"我要做的不止这些,"他用道别的口气说,"我会把这件事向洛伦索-马贵斯汇报。"

一个头戴白色头巾、身穿浅蓝色衣服的身影出现在诊室门口,那人向房间里看去。

"布兰科大夫?"

若泽抬起头,认出了修女那张布满皱纹的脸。

"什么事,露西娅?"

"邮局的人来了,"护士长说,"有一份给您的电报……"

露西娅走到一边,让一个身穿带有葡萄牙邮政标志制服的年轻人走进诊室。邮递员立即将手里拿着的信封交给了收信人。若泽接过信,随手递给他五毛钱小费。

"拿着,"他说,"买一罐可口可乐喝。"

若泽甚至没有听到邮递员说谢谢。他知道电报向来都不是好兆头,便努力克制自己的担心,撕开信封,从里面抽出一张纸。当他看到信纸的那一刻,立刻如饥似渴地读起来。

"真是神了!"

露西娅修女站在旁边观察若泽，试图从他的表情中猜出信里的内容，若泽的惊呼和紧锁的眉头吓了她一大跳。

"严重吗，大夫？"

若泽的脸上流露出一丝疑惑不解的神情，可是，听到惴惴不安的护士长的问话，他却摇了摇头。

"不，严重倒也不……"

他默默地又看了一遍电报，但是，这并没有让护士长放下心来。

"大夫，*qué pasa*[1]？"

医生看了一眼钉在墙上装着帝舵牌电池的月份牌。

"天哪，才过了一个星期！"他惊讶地喊道，"真快啊！"

"什么快？*No entiendo*[2]……"

若泽把电报递给她。

"是一张会议通知，"他解释说，打开手提包，放好听诊器，"省长叫我后天去开会。"

露西娅好奇地看了一眼电报。

"和省长开会？这是什么意思？"

医生快速关上并提起手提包，向诊室门口走去，准备离开。

"意思就是说，我得去一趟洛伦索－马贵斯了。"

---

[1] 西班牙语：怎么了？
[2] 西班牙语：我不明白。

二十

德塔航空的"达科塔"飞机舱门打开，若泽·布兰科踏上舷梯，当洛伦索－马贵斯甜甜的空气浸润他的面颊的时候，他竟有些惊愕地发现，原来还有气候如此宜人的地方。这一点他当然知道，只是他在太特生活了那么久，在某种程度上已经认为那种热得像火炉的天气才是正常的，而不是这种温和宜人的天气。

一来到加戈·科蒂尼奥机场航站楼，若泽就拿起从飞机货舱运过来的行李箱，向机场出口处走去。大门打开，眼前出现了一大群人，是等待不断到港的航班上的家人或朋友的接机人。在若泽乘坐的飞机之前，一架来自阿梅利亚港的飞机刚刚降落，然后是一架来自约翰内斯堡的南非航空公司的飞机，因此，几个航班的乘客汇聚在到港区里。

若泽在陌生的人群中发现一个黑人拿着一张纸，上面潦草地写着自己的名字，便走了过去，表明身份。

"我是省卫生厅的司机，大夫，"那人说着，拿起若泽的行李，"车在外面。"

"你是来接我的？"若泽感到受宠若惊，同时也觉得受到如此重视或许有些夸张。"哎呀，不必如此！……"

司机露出一排又亮又白的牙齿。

"那大夫准备怎么去酒店？坐公交车吗？"

司机带着若泽沿着洛伦索－马贵斯宽阔的大街行驶，经过萨拉查中学综合大楼，看到里面一群群穿着白色校服的学生，最后，他们来到位于山边的卡多佐酒店。这是一座拥有奶白色外墙的美丽建筑，酒店下方印度洋湛蓝的海水拥抱着的城市,远处,偶有一艘入港的货船驶过风平浪静的海面。

司机帮若泽办理了入住手续,约好次日早上在酒店门口接他,挥手道别,离开忙自己的营生去了。

"回见。"

下午过半,天气有些热。若泽把行李放在房间里,然后把衣服放进衣柜的抽屉,坐在床边,拿起电话。他先在电话簿里查找多明戈斯·罗科的名字,然后拨通了他记下的号码:2、8、9、7。

在第三声铃声响起时,一个女人接了电话,是阿尔贝蒂娜。

"我一个人在公寓里。"互相问候之后,阿尔贝蒂娜说。

"多明戈斯在吗?"

电话那头突然陷入了沉默。

"不能在电话里说,"她终于开口道,"我们必须见面说。"

如此小心令若泽摸不着头脑。是什么神秘的事情不能在电话里谈?他本想追问,但是,一想到阿尔贝蒂娜一定有她的理由,便忍住了。

"我住在卡多佐酒店。你方便来一趟吗?"

"卡多佐不行,人太多,"她说,"而且我现在也不能来。晚上八点在'赞比'餐厅怎么样?"

若泽下意识地看了一眼表。还有四个小时。

"不见不散。"

他发现自己有四个小时空闲,便开始考虑该如何打发这段时间。他可以在城市里散散步,不过,他的确有些疲倦,更想躺下晒一晒太阳。他从房间的窗户向外看去,看到酒店建筑和草坪之间的游泳池。晶莹剔透的绿松石色的池水熠熠闪光,竟如此诱人。太特没有这样的游泳池;最好的泳池在航空俱乐部,但是,那儿的水也不如这里这般清澈透明。

他脱掉衣服，换上泳裤。他从来不喜欢穿泳裤，向镜子里望了一眼让他想起了个中原因：泳裤的弹性让他代表男儿之身的性器官显得更大了。说实话，他觉得很尴尬。可是，他能怎么办？不去海滩或游泳池？穿长裤？有的时候，他无法不穿泳裤。纵使内心五味杂陈，如果想享受酒店的游泳池，他必须穿泳裤。

　　他来到游泳池，要了一杯威士忌，放在躺椅旁边的小桌子上，然后，在躺椅上躺下。在他的面前，美丽城市脚下的印度洋风平浪静，其独特的淡蓝色水面波光粼粼。他手持酒杯，欣赏着大海、港口和城市的美景。

　　他下了几次水，虽然在温暖的水中连一步也没有离开过站立的地方。然后，他在阳光下晾干身上的水，就这样一直待到天近傍晚。天气还是很热，在美滋滋懒洋洋的感觉中，他的动作变得迟缓，欣赏起在天空中放射着万道金光和紫色霞光的落日。人们都说从卡多佐酒店看到的黄昏是洛伦索－马贵斯最美丽的景色。面对此刻美不胜收的天空景色，若泽觉得此言不虚。

　　"哎呀，真巧！能在这里见到你太好啦！"

　　若泽听到一个带着奇特英国巴西口音女人的声音，不禁转过头去。一位金发女郎正笑眯眯地看着他。她的皮肤长满雀斑，曲线婉转的身体像一把中提琴，丰满的乳房让人觉得随时会撑破紧紧裹住它们的蓝色比基尼。

　　"啊！"他惊呼，认出了她。"你好！"

　　"记得我吗？"

　　"怎么会忘记呢？"他笑着说，努力回忆她的名字，却一时没有想起来。"你是……罗得西亚医生。"

　　金发女郎的目光投向他的身体，一时竟被他的泳裤惊呆了，似乎看到了什么，但又不敢相信。但是，她很快回过神，脸上恢复了快乐的表情。

"我也没有忘记你,"她俏皮地低声说,"若泽,对吧?你是来度假的?"

"出差,"他纠正道,"你呢?"

"我在松戈待了一个星期,现在准备去索尔兹伯里。经过洛伦索－马贵斯的时候,我心想:尼科勒,你的冒险精神哪里去了?为什么不给自己放几天假呢?这个地方不错啊。于是,我就在这里啦!"

她叫尼科勒,若泽想起来了。

"这里的确不错,"他指了指周围的环境,"你要在这里待到什么时候?"

尼科勒做了一个鬼脸,好像有些不高兴。

"后天我就要飞去罗得西亚了,"她显然有些恼火,"不过,等卡布拉巴萨的事情正式开始以后,我会经常去松戈。到时候我可以去找你吗?"

"可以,当然啦。只要你愿意。"

"太好了!这样,我们就可以讨论关于……关于医疗卫生的问题,是不是?"

"当然。"

尼科勒看了看手表。

"天哪!已经快七点了!"她惊呼道,蓝眼睛却望着若泽。"我饿了。你愿意和我一起吃晚饭吗?"

听到尼科勒的邀请,若泽犹豫了一下,但是,最终还是露出遗憾的神色。

"不了,"他说,"我有约在先了。"

若泽早早来到"赞比"餐厅,在一张桌子旁坐下,从这里望着门口。他觉得阿尔贝蒂娜电话里的神秘语气很奇怪,猜测他的朋友与当局之间又有麻烦了。然而,当他看到阿尔贝蒂娜走进门来,掩饰不住伤心地朝他苦笑时,他意识到这一次,事情比他想的要更加严重。

"多明戈斯被捕了,"阿尔贝蒂娜一坐下就告诉他,"他们把他关在马沙瓦。"

这个消息像一记重拳击中了若泽的腹部一般令他猝不及防。

"被逮捕了?"他含糊不清地嘟囔着,一下愣住了。"可是……为什么?"

阿尔贝蒂娜翻了一个白眼,无奈地叹了一口气。

"哎,为什么?当然还是老问题。皮德那些人一直监视着他,发现多明戈斯是莫解阵在洛伦索-马贵斯这里的核心成员。他、克拉韦里尼亚、翁瓦纳、马兰加塔纳,所有的人。皮德指控他们犯颠覆罪,逮捕了他们。"

"天啊!"若泽惊得不知道该说什么。他第一次有朋友身陷囹圄,不知道该如何面对这样的情况。"他现在怎么样?"

"现在的情况,还在坚持,"她做了一个鬼脸,"情况很糟糕。马沙瓦监狱人满为患。有的单人牢房却关押着十多个犯人,挤得像金枪鱼罐头。有的人甚至没有睡觉的床,只能睡在地上的棉毯上。"

"多明戈斯也是这样?"

"万幸,"她低声说,"他们把他单独关押在一间牢房里,有床,感谢上帝。里面还有便桶,他就蹲在地上吃饭,不过,至少比大部分人好得多。"

"你觉得有可能去探视他吗?"

她摇了摇头。

"你疯了?当然不可能!"

"你呢?你现在怎么样?"

"比他好。"阿尔贝蒂娜淡淡地微笑着说。

"除了多明戈斯被捕,让我痛心的是工作毁于一旦。你看,皮德逮捕了多明戈斯和其他人员，一下捣毁了莫解阵在莫桑比克南方的所有组织。什么都没有剩下。"

若泽一边听，一边陷入了沉思。

"有一件事我不明白，"他喃喃地说，"他们把他和其他犯人分开关押，你不觉得奇怪吗？我的意思是，如果他们认定他是一个颠覆者，正常情况下应该……"

"是萨拉查。"

"什么？"

"部长会议主席不许他们虐待他。你知道，他们两个人在里斯本就认识。你不知道？"

若泽睁大了眼睛，感到不可思议。

"多明戈斯认识萨拉查？"他惊愕地问，"认识托尼尼奥？开玩笑！……"

"嗨，你不知道？那是战争开始前的几个月。他与你们在若昂贝洛出了那件麻烦事以后，就去了里斯本处理一些事情。他准备回来的时候，被皮德没收了护照。多明戈斯觉得反正也已经一无所有了，便要求见部长会议主席。虽然不抱多大希望，但至少努力试过。现在你肯定能想象出当他被叫去与那个人见面时有多么吃惊。"

"真的？托尼尼奥派人来找他？"

"生活总有些惊喜，"阿尔贝蒂娜点了点头，"萨拉查在他的办公室接见了他。"

"这可非同寻常！后来呢？"

"没有什么特别的。萨拉查让他畅所欲言，多明戈斯提议立即建立一个葡语国家共同体，有点类似英联邦，以便将帝国治下的国家留在卢济塔尼亚范围内，防止'共产主义在非洲推进'。"

"托尼尼奥呢？他作何回应？"

"他没有正面反对，但是他说，问题是非洲独立运动将会把这种做法视作一种软弱的表现,继而立刻要求独立,因此,这是不可能的。后来,他还邀请多明戈斯担任国民议会代表,但是,不用说,被多明戈斯拒绝了。"

在当晚后来的晚餐时间里他们一直在谈论多明戈斯,但是,很快就发现,这个话题太沉重,并终于转而聊起了太特的生活和若泽利用飞机为整个地区提供医疗服务的计划上。医生讲述了自己下村的历险之旅,阿尔贝蒂娜尤其赞赏他讲的关于"白人巫师"救活了麻风病人致使富兰孔戈民众蜂拥而至的事情。

吃完饭,两人相约第二天共进午餐。

"我想去'希腊人',"阿尔贝蒂娜说,"你觉得怎么样?"

"一言为定。"

若泽结了账,他们走出餐厅。在"赞比"餐厅门口道别时,阿尔贝蒂娜抓住若泽的胳膊,紧张地看着他。

"你明天见省长的时候,"她在上车前问若泽,"能不能打听一下多明戈斯的情况?"

"一定,"若泽答应说,"我会尽全力。"

二十一

第二天早上，若泽醒来时天气很舒适，这让由于长期身处太特恶劣的炎热气候的他感到有些不习惯。若泽身着几乎与他去乡下出诊一样一尘不染的白色服装离开卡多佐酒店，按时到达省政府大楼，打听"省长先生"办公室的位置。

有人让若泽在一个小房间里等候，房间天花板上一个大吊扇转着，这让若泽觉得房间里很凉快。在这里，他读到了洛伦索－马贵斯的主要晨报《新闻报》和刚刚从葡萄牙运过来的最新几期《球报》，从中了解到关于本菲卡再度挺进欧洲冠军杯决赛的最新消息，这次本菲卡将在伦敦对战曼联。他把这些文章读了两三遍，两个小时后，正当他以为自己已经被人遗忘了的时候，突然听到一双女士高跟鞋在省长办公室的地面上咔哒走动的声音。一个身材娇小却丰满的女人出现在门口向他示意。

"请跟我来。"

莫桑比克省省长办公室像一个大厅。满墙安装着书架，书架上摆满了精心装帧的书籍、精美画作和精致的非洲黑木雕像，大部分都是马孔德人的作品。办公室里有一面巨幅国旗、一幅共和国总统的画像、一幅部长会议主席的画像，以及一张巨大的用外国木材制作的做工精良的办公桌，漂亮的地毯上摆放着几张雅致的沙发。

"万岁，布兰科大夫！"一个声音雷鸣般响起，"我听说了很多关于您的事迹！"

若泽认出了向自己走来的这个人的脸，这是他长期以来经常在报纸刊登的照片中看到的脸。莫桑比克省省长是一个中年男子，身材削瘦，穿着显然与热带环境格格不入的西装。当然,这天早上的天气不冷不热,是洛伦索－马贵斯典型的好天气,可即便如此,省长穿成这样出现还是令若泽感到匪夷所思。

"省长先生,感谢您这么快就接见……"

"不客气!您来一杯威士忌?"

"兑苏打水。"

直到进入省长的办公室,若泽才意识到为什么他会如此打扮。那是因为几台空调机都开到了最大,办公室里冷得几乎像在极地。若泽冷得皮肤上起了一层鸡皮疙瘩,他几乎想要一件外套穿上,但是他忍住了,不想让人觉得自己弱不禁风。

省长走到吧台前,准备了两杯加冰的威士忌,一杯加了苏打水,另一杯只加了水,他把冒着气泡的一杯递给了客人,并示意他在沙发上坐下。茶几上散放着几份文件、几小盘腰果和一个装着一些热带水果的果篮。

"请原谅,大夫,让您久等了。"省长说着,自己也在沙发上坐下。

"我们正面临自北方几个邻国展开的颠覆活动,这消耗了我大量精力。我刚刚与托梅将军临时开了一个会,马上还要去港口参加新来部队的欢迎仪式,我又要迟到了,所以如果您不介意,我就直奔主题吧。"

"当然,省长先生。"

"关于您这件事情,我收到太特市市长发来的一份报告,我很感兴趣。我认为,将人道主义援助扩大到整个太特县这个计划符合当下局势而且及时。我知道,您一直使用拓务办和太特航空俱乐部的飞机,但是,他们不能满足需求。当然,事实上,医疗援助不属于拓务办的工作范围,他们另有职责。这给我们提出了一个关键问题:难道就没有其他解决方法吗?"

若泽把酒杯放在茶几上,深深吸了一口气。

"有,省长先生,"他说,"我需要的是一架专门供我们使用的飞机。

鉴于整个地区的工作量，只有这样，才能充分满足我们的需求。至于这架飞机属于拓务办，还是属于任何其他机构，这都不重要。重要的是，它可以飞，可以在土路上降落。"

"太特航空俱乐部不能提供更多帮助吗？"

"他们已经在帮助我，并且会继续这样做。但是，他们不是专门的医疗服务机构，资源有限，而且您知道，他们也有自己的工作。"

省长手托着下巴，环视办公室一周，若有所思。

"那么您觉得，比如，空军怎么样？"他建议道，"他们肯定有一些可用设备……"

若泽考虑了片刻，最终皱起眉头，摇了摇头。

"我觉得不行，省长先生，"他说，"空军是作战单位。我认为，将医疗服务与这样性质的机构联系起来并不合适。军人有军人的工作重点，而提供民事服务的医生们也有他们的重点，或许会有冲突。另外，民众会怎么想？游击队会作何反应？不，我认为使用军用飞机不合适。"

"那么，您有什么建议？"

若泽耸了耸肩膀，显得沮丧且无奈。

"我承认我不知道。"他说。

省长用审视的目光看着他，似乎在向他发起挑战。

"那就挑战一下不可能！"

若泽尴尬地笑了。

"不可能？买一架飞机，当然，这不可能。但是，这……"

他知道这是一个荒唐的想法，便没有继续说下去，但是，却惊讶地发现省长眯起了眼睛，似乎在认真考虑这个建议。

"这种飞机需要多少钱？"

听到这个问题，若泽感到喉咙里哽住了。

"一……一架飞机？谁知道……很多钱。"

"多少钱？"

"这个……这个要取决于飞机型号,对吧?我一直用的是一架很小的飞机,一架派珀步行者,只有两个座位,但是,它可以在丛林地区的土路降落,很方便。一架派珀步行者大约需要六百康托[1]。"

"买吧!比'超级星座'便宜多了……"

听到省长把小小的派珀步行者与葡萄牙航空在非洲航线上使用的大型商用机相提并论,若泽神经质地笑了一声。

"可不是嘛,这一点毫无疑问。"

"而且派珀步行者是你的梦想……"

若泽犹豫了一下。

"梦想,这个……倒也不算吧。"

"来吧,大夫,"省长大声说,俨然斗牛士在引诱公牛,"说出您想要的!"

若泽说不出话来。赌一把?

"这个,最理想的是……一架派珀切诺基。我在航空俱乐部坐过这个机型的飞机,觉得很棒!不知道您是否了解,这是单引擎飞机,很小巧,可以在丛林地区那种狭窄土路上降落,但是,它有六个座位。非常不错。更重要的是,它的后排座椅可拆卸,这样就可以腾出空间运输必需的物资,比如,药品、仪器,甚至两张担架。"

"多少钱?"

"比较贵一点。"若泽回答,他压低了声音,生怕吓着省长。"大约八百康托。"

省长拿起酒杯转动起来,一边看着冰块在金色液体中旋转,一边考虑问题。他沉默了几秒钟,若泽也保持着沉默,知道此时不能打断省长的思路。

"我认为,八百康托这个价格可以考虑,"省长终于开口了,"省

---

[1] 葡萄牙旧时使用的货币名称,一康托(conto)为一千埃斯库多(escudo)。

政府可以提供三百。我想，还可以从大西洋银行和蒙泰皮奥银行各筹一百，还差三百，对吗？这部分必须由您想办法了，大夫。"

"我，省长先生？"若泽吃惊地问。"我去哪里筹三百康托啊？"

省长身体前倾，把酒杯放到茶几上，盯着他的对话者。

"您可以给维克托·萨·马沙多博士写一封措辞恳切的信，谈谈您的想法，"他说，"您想在太特推行的这个计划涉及慈善事业，我相信，萨·马沙多博士一定会感兴趣。"

"马沙多博士？"若泽问，努力回忆却徒劳无功。"说实话我不认识这个人……"

省长看了一眼手表，发现时间快要到了，猛一下站起身，以此表示会见结束。

"是古本江基金会的，大夫，"他大声说道，"基金会将帮您搞到还缺的资金！"

省长将医生送到门口，伸手同他道别。医生犹豫了一下，没有立刻握手，他还有最后一个问题要与省长谈。

"省长先生，"他鼓足勇气提出问题，"如果可以的话，我想和您谈谈我的一个朋友，他现在被关押在马沙瓦中央监狱。他……"

"罗科博士，"省长打断了他的话，已经猜到了他要说什么，"我知道。"

若泽不解地看着省长。

"您知道？"

"我知道你们是朋友，他被关在马沙瓦，"他说，"但是，我帮不上什么忙。罗科博士不幸卷入了重要的颠覆行动，当局不得不逮捕他。看来，他甚至在马沙瓦继续制造麻烦，煽动其他犯人造反，"他叹息一声，"总之，是一件不幸的事情。"

"是否有可能……保证，至少，不要虐待他？"

省长盯着医生，脸上露出莫名其妙的神色。

"罗科博士最值得称道的,就是他有不少好朋友,"他神秘地说,"恕我直言,我不是在说您。萨拉查博士已经为他提供了某种保护,好像他在大学的老师马尔塞洛·卡埃塔诺教授[1]也在努力保护他。有这样的朋友,他不会出什么事。"省长再次伸出手道别。"请放心,他很快就会离开马沙瓦。"

听到这个消息,若泽高兴地笑了,这一次,他一边做出回应,一边几乎满怀热情地握住了省长伸过来的手。

"那就好,省长先生!"若泽大声说,显然松了一口气。"那就好!您不知道我有多高兴。"

省长转过身去,迈开步子准备返回办公室,但是,他忽然停下脚步,看了一眼若泽,临别之前给了他最后一个消息。

"罗科博士会被转送到葡萄牙,"他透露说,"将被关在佩尼谢[2]。"

说完,他关上了门。

---

1 马尔塞洛·卡埃塔诺(Marcello Caetano),曾任里斯本大学教授、校长。后接任萨拉查担任葡萄牙总理。
2 指葡萄牙萨拉查时期关押政治犯的佩尼谢监狱。

二十二

若泽离开政府办公大楼后所做的第一件事就是来到位于市中心的"斯卡拉"咖啡店给阿尔贝蒂娜打电话,想告诉她自己刚刚得到的消息,但是,无人接听,他意识到阿尔贝蒂娜不在家。于是,他离开咖啡店,找到省卫生厅安排给他的司机。

"带我去阳光海岸。"

汽车沿着宽阔的滨海大道悠闲地行驶,海风从打开的车窗吹进来,令人神清气爽。右侧是印度洋那长长的蓝色海平线,却被远处的伊尼亚卡岛分割成两段。海滩紧挨着滨海大道,沙滩旁尤其是靠近柏油马路一侧种了很多树,树木成荫遮蔽着炎炎烈日,三五成群的女人在树下售卖五颜六色的卡普拉纳[1],一些衣衫褴褛的男孩手中挥舞着一袋袋腰果,身穿白衣的男人们则站在"爱斯基摩"大冰柜旁等待来买冰激凌的人。

滨海大道通向一个大型停车场,但是,此时空车位已经不多。医生下了车,脱掉鞋,赤脚沿着沙滩一直走到水边,两脚被海水打湿。他继续在浅水处走了几步,看到前方百米开外的水中有一些人,水深也刚刚及腰,但是,若泽从来没有学过游泳,只得调头,在一棵松树的树荫下坐了下来。

午餐时间到了,他穿上鞋,走进餐厅,这是一座装饰派艺术风格的白石灰色的长条建筑,宽宽的露台每隔一段距离便有一个蓝色廊柱,支撑起建筑的二层。这家餐厅名叫"阳光海岸",因为店主是希腊人,大

---

[1] 一种布料,多用于制作莫桑比克妇女传统的半身长裙。

家便称它"希腊人"餐厅。他扫视了一眼露台,没有看到阿尔贝蒂娜。他本想再回海滩待一会儿,但是发现只剩下不多的几张空桌子,觉得为稳妥起见还是先占上一张。

阿尔贝蒂娜姗姗来迟。她没有解释原因,若泽猜想也许因为政治原因,也许仅仅是因为丈夫或多或少的秘密工作的原因,所以,他什么也没有问。他们点了这家餐厅的看家菜烤大虾和两瓶劳伦蒂娜啤酒。当侍者走开后,若泽告诉阿尔贝蒂娜她的丈夫将被转送到葡萄牙的一所监狱去。

"我一点也不吃惊,"她沉着脸说,"他们制定了一项法律,允许在葡萄牙本土和海外省之间转移犯人。我一直怀疑这条法律是针对他制定的。"

"你应该从积极的一面想,"若泽建议说,"这意味着,他们想确保他不出事并且得到善待。省长向我证实,连托尼尼奥都在保护他。"

若泽和阿尔贝蒂娜聊起上午与省长的会面,直到烤大虾端上桌来,才改变了话题。"希腊人"延续着传统,大虾做得美味可口,这让两个人觉得无法一边吃着如此美味,一边谈论令人难过的事情,聊天随之变得轻松起来。

若泽很担心朋友的妻子,觉得在这种情况下,自己有责任照顾她,所以,他一整天都陪着她。午餐后,他们去市中心散步,还在"瓦利埃塔"电影院看了一场美国电影。

最后,他们决定去洛伦索-马贵斯最好的餐厅共进晚餐。这座城市的社会精英们一如既往聚集在高雅的波拉纳酒店滨海花园里。客人们喝着穿戴整齐的侍者们端来的威士忌和香槟,有的谈论着旁边索默斯菲尔德豪宅区那令人梦寐以求的带花园和碧绿游泳池的别墅,有的聊着即将在蓬塔-杜欧鲁、比莱尼或在波拉纳酒店对面印度洋上闪烁着微弱灯光的伊尼亚卡岛度过的美好周末时光。

"洛伦索-马贵斯这里的人丝毫没有意识到莫桑比克正在经历一场战争。"阿尔贝蒂娜听了一会儿邻桌的谈话,然后说道。"在他们看来,那不过是一些土匪在北方闹事,仅此而已。一些人甚至说,派这么多军队去那里是小题大做!……"

若泽将朋友送回家,返回卡多佐酒店,与司机约定第二天一早来接他,送他去机场。漫长的一天过去了,他走到客房门前,终于松了一口气,感觉很累,只想扑到床上倒头便睡。他把钥匙插进钥匙孔,打开了门。

如若泽希望的那样,床已经铺好,但是,令他感到奇怪的是,椅子上放着几条叠好的牛仔裤。他一下站住了,心想:我不穿牛仔裤啊。若泽完全糊涂了,甚至觉得自己走错了房间。他后退一步,转身面向门口,就在转身之际,看到了地上放着的手提箱,并认出那是他的手提箱,或者至少与自己的那个一模一样。他愣住了,不知道该怎么想,也不知道该怎么做。这到底是不是自己的房间?他看了看钥匙上的号码,206,又看了看房间号,206。

"你好!"身后突然传来一个声音,"你回来了?"

一听便知的英语夹杂着巴西葡萄牙语的口音。若泽转过身,看见尼科勒出现在蒸汽腾腾的浴室的门口,她的身上裹着酒店的浴巾,湿漉漉的金发像草一样垂落在裸露着的肩膀上,像弹球似的蓝色大眼睛露出意味深长的目光。

"你怎么会在这里?"

罗得西亚女人装出生气的样子。

"我的浴室坏了,"她抱怨道,"没有水。只好来这里洗一个澡。你不介意吧?"

若泽难以置信地看着她，还是不明白发生了什么。

"可是……可是你怎么？"他结结巴巴地说，"你是怎么进来的？"

"我和服务员搭讪，假装大大咧咧。我告诉他，说我丢了钥匙，你是我的男朋友，我着急进房间。然后，他就开了门。"

若泽一面暗自思忖，一面目不转睛地望着尼科勒。她的浴室没有水，就到自己的浴室洗澡来了？这个故事不靠谱。其实，只要看一看她裹着浴巾、无拘无束、面带微笑的样子，他就意识到了这一切绝非偶然。

他本想叫她穿上衣服离开，却发现身体不由自主兴奋得颤抖起来。头脑中闪现出了两个声音：一个声音提醒他要谨慎，身为已婚男人，放纵享乐的日子一去不复返了；但是，另一个声音立刻强调说，他还从来没有碰过外国女人，况且是她自己投怀送抱，更何况米米卡斯不在这里。如果他不把握住这个唯一的机会品尝如此美丽迷人的尤物，那么，他就是一个十足的傻瓜，一个像波尔图教士塔那么大的大笨蛋。

他感到自己要分裂了。此时，虽然他仍然疑虑重重，仍然感到进退两难，仍然挣扎着想在欲望的迷雾中看清楚，但是，罗得西亚女人似乎察觉到他内心的纠结，因为她已经把身上的浴巾扔到了脚下，露出弯曲有致的身体、硕大的乳房和像奶嘴似的粉红色乳头，以及若泽从没有见过的并且不知为何物的金色的耻毛。

"我冷。"她喃喃道。

她的脸慢慢凑近，眼睛满含期待，嘴半张着，露出性感的表情，活像一只发情的猫。忽然，她伸出滚烫的舌头舔了舔他的嘴唇。这是致命的一击。

若泽无法控制住自己，一秒钟的工夫，他的意志被诱惑之火融化了，他任由那个怪物主宰了自己的身体。

二十三

　　迪奥戈·梅雷莱斯的体育生涯一路凯歌高奏。他身穿象征荣耀的蓝白色球衣为波尔图俱乐部赢得了一个又一个冠军,在国际赛事中也屡有建树。仅仅用了一年时间,他便从初级、中级跃升成了高级队员,赢得了他所参加的所有国内比赛的胜利。

　　他成了球队的骄子,他的成就,除了排球场上那些了不起的胜利之外,开始扩展到其他领域。温柔的目光、披头士式的长鬓角,甚至他总是不服帖的棕色头发,都让他成为女观众们关注的焦点。

　　加亚中学的女生,除了一两个之外,从未引起迪奥戈的注意。校服让她们变得普普通通,几乎毫无女性魅力。但是,女性观众们不同。为了看波尔图俱乐部队的比赛,她们总是精心打扮,低领口和紧身裙凸显她们曼妙的身材。比赛结束时,一些人会守候在更衣室的出口处向他索要一个简单的签名,甚至要求与他合影。

　　"我真的特别喜欢看你打球。"一个褐色皮肤的女孩眨着绿眼睛对他说。这是迪奥戈第一次在更衣室门口遇到骚扰。"你很有魅力。"

　　在下一场比赛的时候,迪奥戈又见到了她,他克服羞涩,终于问到了她的名字。

　　"你叫朱丽叶?"迪奥戈显出吃惊的样子说,认为这是搭讪的一个由头。他感到脸一阵发烧,不知道自己有没有勇气这样做。

　　"我……你知道我想干什么吗?"

　　她期待地望着他,激动得绿色的眼眸闪闪发亮。

　　"什么?"

赌一把？

"做你的罗密欧。"

这并非朱丽叶听过的最有创意的搭讪方式；其实，每当她向别人做自我介绍时，"罗密欧"这个名字总会随之而来，她已经接受了与莎士比亚作品息息相关的命运，并且她对这个有着梦幻般眼神和乱蓬蓬头发的男孩的兴趣丝毫也没有因为这句被用了无数遍的梗而减少。

他们有一搭没一搭地聊着，渐渐地，双方相约去安塔斯地区最受欢迎的一家咖啡店喝葡式浓缩咖啡。"好日子"咖啡店的葡式浓缩咖啡变成了"维拉斯奎兹"咖啡店下午茶的乳酪肉酱烤三明治；当餐后甜点上场的时候，迪奥戈已经克服了怯懦，尝到了她颤抖的嘴唇和火热的舌头带来的甜蜜，并对更多餐后甜点胃口大开。

那天晚上，安塔斯体育馆已经关门，但是，在更衣室管理员的帮助下，排球明星把他的朱丽叶带进了对手球队的更衣室，在尽情的呻吟和喘息声中，朱丽叶在按摩床上失去了处女之身。

迪奥戈与朱丽叶的这段感情似乎吉星高照，这甚至是因为朱丽叶是一个可爱风趣的女孩。然而，三个星期以后，一个叫玛加丽达的姑娘在埃斯皮尼奥体育馆的出口处向迪奥戈索要签名。这位坚持要迪奥戈称她"吉蒂娜"的姑娘，除了同样拥有棕色皮肤之外，还有一双浅棕色的眼睛和好似吉娜·劳洛勃丽吉达[1]进入小伙子梦乡的胸。

迪奥戈无法承受来自两个方面的争吵，于是，在埃斯皮纽海滩附近松树林中一个隐蔽的角落，在朱丽叶父母的"沃克斯豪尔·维瓦"汽车的后座上，他们大吵了一场之后，他决心换女朋友。与新女朋友的关系，当然，只维持到接下来的那个月的月中，因为在与莱雄伊什队比赛

---

[1] 活跃于1950年代及1960年代早期的意大利女演员。

的中场休息时，他认识了巧嘴姑娘劳拉。

事实上，迪奥戈连续谈了几个女朋友，但是持续的时间都不长。姑娘们要的是浪漫和稳定，而迪奥戈更热衷于性和新鲜感。对于他来说，重要的是，旧的刚去，新的即来，球队帅哥身上散发出的光芒总是能吸引姑娘们，而他则凭借这一资本确保恋爱的新体验不断进行下去。

迪奥戈的事情进展顺利。直到有一天，那是他去阿尔及利亚与当地球队比赛的前夕，他回到家中，听到母亲在厨房里叫他。

"迪奥戈？你回来了？"

"我回来了，妈妈。怎么了？"

"有你的信。"

迪奥戈以为是安热利诺的来信，他的朋友已经有一段时间没有给他写信了，他急忙来到厨房。可是，当他走进厨房，却看到母亲湿润的红红的眼睛，不禁大吃一惊，心生疑窦。原来她一直在哭。他马上注意到母亲紧张的手指间抖动的信封，顿感五雷轰顶。他意识到，那是坏消息。发生悲剧了？死人了？各种假设瞬间涌入他的脑海，一个比一个更可怕，他好像陷入了恐惧的旋涡中。

"这……这是什么？谁来的信？"

母亲把信封递给他，泪眼婆娑，神情悲伤。

"是军队来的信。"

二十四

　　这是一条上坡道路，女孩鼓足勇气继续大步流星奔跑着，心里只想着探视的时间即将结束。但是，没有跑几步，她就感受到上坡路给双腿带来的沉重感，大腿像灌了水泥一样抬不起来，热气让整个肺都灼烧起来。

　　"我必须在三点前赶到，"她上气不接下气地对自己说，努力给自己打气，"三点钟关门。"她感到气喘吁吁。"加油！我一定能做到！"

　　道路似乎越来越陡，女孩望着蜿蜒而上的路开始感到沮丧。

　　"我不行了！"她喘着粗气，"我不行……"

　　女孩继续拼命向前跑，挣扎着不让自己倒下，但是，双腿不听使唤，渐渐麻木得像石头一样失去控制，脚底拌蒜，路开始旋转。女孩突然倒在地上，头一阵晕眩，气喘不止，浑身酸痛。膝盖感到一阵刺痛。

　　"哎哟！"她疼得叫起来。

　　她大口喘着气，努力让自己的呼吸平稳下来。好一会儿之后，她缓过劲来，看了看周围，直起身体，这才发现自己摔倒在了人行便道上。她动了动腿，膝盖疼得更厉害了。

　　"哎哟，哎哟！"

　　她慢慢抬起一条腿，看到膝盖摔破了，巧克力色皮肤上的伤口处正滴着暗红色的血。她摔得很重。女孩试着站起来，但是，另一个膝盖的剧痛让她站不起来。

　　这时，她听见一声很重的关门声，于是转过头去。一辆蓝色车顶的白色"欧宝"汽车停在路边，一双白鞋向自己走来。

　　"怎么搞的？摔倒了，小姑娘？"

那是一个男人的声音，说着和葡萄牙本土的人一样的葡萄牙语。女孩抬起头，望着陌生人：他一身白衣，俯身看着自己，棕色的眼睛看着正在流血的膝盖。

"很疼吗？"

女孩呻吟着点了点头。来人看了看她身体的位置，双手抓着她的胳膊，小心地扶她站起来。

"来吧，我带你去医院。"

稍微一动，女孩大叫起来。

"疼！"

陌生白衣人放缓了动作，但是，仍然扶着她。

"我知道，小姑娘。我们马上处理一下伤口，别担心。"

男人紧紧扶着她，慢慢向"欧宝"汽车走去。他打开车门，让她坐在副驾驶座位上，自己从车前绕过去，坐到了驾驶座上。打火，倒车，调整好方向，汽车向坡上开去。

"现在呢？好点吗？"

女孩牙关咬紧，强忍着疼痛，点了点头。

"你叫什么？"

"希拉。"

白衣男子注视着道路，偶尔看一眼女孩，确定她没事。

"你这么着急要去哪里？"

"医院。"

希拉对眼前的陌生人感到害怕，简短地回答道。

她不习惯与葡萄牙本土的白人打交道，平时只是远远地看着，他们偶尔走近她时，她就会感到不自在。

"哦，现在就是去医院了，"他说，"可是，去那里做什么，可以告诉我吗？"

"去看姥姥。"

司机瞥了女孩一眼，目光中闪现一丝疑惑。

"你姥姥在医院？"

女孩快速点了点头。

"她得了什么病？"

"血吸虫病。"

白衣男子皱了皱眉头，头脑开始搜索信息。

"血吸虫病？"他喃喃自语，他的反问显然是在问自己，而非问女孩。他好像心中已经有了答案，睁大了眼睛。"你是说14号床的女士就是你的姥姥……"

女孩听到这里，眼睛一亮，露出了惊讶的表情。

"对呀，"她回答道，"你怎么知道？"

白衣男子微微一笑。

"我是医院院长。"他表明了自己的身份。

希拉皱了皱眉头，不相信自己听到的话。她听人无数次说起过医院院长，眼前的这个人肯定不是。

"您，是医院院长？"

她怀疑地问道，从她的语气中不难听出，她很了解医院院长，不会轻易上当受骗。

"我就是。"

希拉摇了摇头，表示不相信。她也不喜欢开玩笑。

"哦，你开玩笑！大家都知道院长是布兰科大夫。"

开车的人把脸转向前方，将车开上一段平缓的路，轻踩刹车，在医院大门前放慢了速度。

"你认为我是谁？"

露西娅修女扯开胶布，剪下一条，贴在棉球上，接着，又如法炮制做了一个并垂直交叉贴在了第一条上面。她跪在小患者面前,向后缩了一下,看了看刚刚贴好的纱布,露出满意的样子。

"好了!"

修女站起身来,把女孩从床上扶下来。

"还有一点疼。"希拉说。

"一会儿就不疼了。"露西娅修女用夹杂着葡萄牙语的西班牙语说,比这严重的情况她也已经司空见惯了。"可以回家了。"

女孩噘起嘴。

"可是,我想看看我姥姥……"

"探视时间已经过了,小姑娘,"露西娅说,"你只能明天再来了。"

希拉无奈地叹了一口气,小心翼翼地向门口走去。露西娅从旁观察着,想看看她是否可以自己走路。女孩痛苦的表情让她有些担心。

"等一下,你去哪里?"

"当然是回家。"

"走路回去?"

希拉愣住了。

"是……对,当然啦。"

修女做了一个鬼脸,犹豫了一下,探头到走廊里。

"布兰科大夫!"

"来了。露西娅?什么事?"

从大厅尽头的办公室传来院长的声音。

"La nina vai para casa, pero mal puede andar[1]。"

若泽从门外走了进来;他的胸前挂着听诊器,脸上露出疑惑的神情。

"哎,希拉?你不去看姥姥吗?"

女孩局促地看了一眼西班牙修女,低下头。

---

[1] 西班牙语和葡萄牙语:这小丫头要回家,可是,她走不了路。

"露西娅修女说,探视时间结束……"

若泽·布兰科在小患者面前停下来,看了一眼她的膝盖,确认受伤的部位得到了很好的处置。他很清楚其实不用检查,露西娅修女对工作很有自觉性。

"说得很对,"他说,"但是我认为,这次我们可以破例。"他向女孩点了点头。"来吧,我们去看看你姥姥。"

希拉瞪大了黑眼睛。

"真的?"

"你想待多久就待多久,但是离开时,要来告诉露西娅修女一声,听到了?"医生转向修女,"露西娅,回头让路易斯送她回家吧。"

"*Muy bien*[1]。"

院长带着女孩离开主楼,穿过院子,走进一间病房。他走过一张张病床,来到14号病床前。一位头发花白、身体干瘦的老妇人好奇地望着他。

"艾莎太太,我给您带来一位客人。"

老妇人的目光望向医生身后的纤细身影。

"希拉!你怎么来了?"

"我来看您啊,姥姥。"

"都这么晚了?你的膝盖怎么了?"

若泽·布兰科并不关心祖孙俩的谈话,他拿起床栏杆上挂着的病例查看起来。病例是费托尔大夫写的,记录了有关艾莎·穆萨太太血吸虫病的诊断。现在,她正在服用硝咪唑,这种药适合她目前的病情,不过,医院院长知道,这种药会引起中枢神经系统紊乱。他努力回想了一

---

[1] 西班牙语:很好。

下，终于记起自己曾经给这位患者开过住院通知书，当时她完全认不出自己的家人。

他整理好病例，清了清嗓子，打断了祖孙俩的谈话。

"打扰一下，艾莎太太？您今天感觉怎么样？"

病人消瘦的脸转向医生。

"还可以，大夫。有时还有一点疼，但是，可以忍受。"

"咳嗽还带血吗？"

或许是问题的暗示作用，老人接连咳嗽了几声，然后，深深吸了几口气。

"是，很少一点。但是，已经好多了。"

"排便怎么样？"

听到医生的话，艾莎显出没有听懂的样子。

"什么，大夫？"

"大便，"他解释道，"大便中带血吗？"

老人瞥了一眼孙女，似乎不想在孩子面前谈及如此令人尴尬的事情。

"也好多了，大夫，"她喃喃地说，"带血的次数越来越少了。"

"最后一次是什么时候？"

"昨天，午饭后。没错，但是，只有一点点。"

医生走到床头柜前，拿起柜子上装着硝咪唑的白色小袋。

"吃这个药感觉还好吧？"

老人撇了撇嘴。

"有时候，有一点犯糊涂。"

"还不算那么糟糕，"若泽和气地微笑说，"刚才您不是毫不费力就认出了孙女……"

艾莎把脸转向女孩，伸出无力的手摸了摸她的胳膊，咧开没有牙齿的嘴巴微笑着。

"今天我可不糊涂,谢天谢地。我的希拉,我认得很清楚呢。伟大的真主啊!"

"家里其他人呢?他们来看您的时候,您认得出他们每个人吗?"

"什么家里其他人,大夫?"

若泽一下子懵了,目光在艾莎和希拉之间徘徊,好像在寻找这个令他意外的问题的答案。

"这个……我不知道,"他结结巴巴地说,"比方说,您外孙女的父母。他们没有来看您吗?"

艾莎冰凉的手用力拉住孙女的手臂。

"希拉是孤儿,大夫。我的女儿在希拉五岁时就死了,后来,女婿也死了。现在是我在照顾她,可怜的孩子,她和她的弟弟们,穆罕默德和马拉基亚斯。他们都是由我照料。"

医院院长挠了挠头。

"那么,现在您住院了,谁照顾您的外孙子?"

艾莎深深地叹息一声。

"唉,大夫!别提了!随他们去吧,可怜的孩子们!我现在也很操心这件事呢!您是无法想象的!"她比画着指了指自己的床。"可是,我能做什么,大夫?我住在医院里,根本帮不了他们……"

"您的外孙们自己照顾自己?"

"伟大的真主会保佑他们。"

医生不安地换了一条腿站着,突然有些烦躁。

"听着,我不是怀疑真主的力量,但是在我看来,那是不够的。"

"我能怎么办,大夫?"她悲切地问,"是您让我住院的,您很清楚我还不能离开这……"

若泽若有所思地看着女孩。希拉是一个漂亮姑娘,深褐色的皮肤,是葡萄牙人、黑人、但是以印度血统为主的奇怪混血;她有一张胖胖的圆脸、长长的黑头发和灵动的眼神。

"听着，希拉，"他问女孩，"你会做什么？"

当女孩意识到院长是在同自己讲话时，几乎吓了一跳。

"我，大夫？我在学做针线活。"

"你喜欢这个？"

希拉低下头不说话了，好像不好意思说这个事情。还是姥姥替她作了回答。

"她不喜欢，可是她必须这么做。我们需要她给家里挣钱呢，大夫。"

医生看着一直低着头的女孩，对她产生了莫名的怜悯。

"你不想做裁缝？"

希拉微微摇了摇头。

"那你想做什么？"

她深深地吸了一口气，好像在给自己打气，害羞地看了看周围。病房沉浸在傍晚时分金属般半明半暗的光线中，一道微弱的光从窗户照进来，在地上和墙上投下幽灵似的人影。室外，昏黄的灯光引来嗡嗡叫的虫子，在走廊投下一个梦幻般的光圈。有的病人在咳嗽，有的则轻声呻吟，他们或许不关心、或许也在听着14床正在进行的却一时间陷入沉默的谈话。

希拉终于克服了胆怯，抬起头看着院长。

"护士。"

一段时间以来，若泽·布兰科感到医院需要一名来自本地的护士。除了修女们，医院的女护士都是不懂太特方言恩仰圭语的葡萄牙人或佛得角人，因此，他需要招募一名当地人。

除此之外，医院的工作将会大大增加。大西洋银行和蒙泰皮奥银行已经批准了省长要求的捐款，古本江基金会也同意提供购买飞机所需的资金。基金会对若泽的想法表现出浓厚的兴趣，甚至承诺支付飞机前两年的维护费用。但是，资金仍然不够雇佣一名飞行员，所以，若泽已经开始在太特航空俱乐部学习飞机驾驶课程，并希望尽快拿到飞机驾照。

另一方面，若泽的职责范围也扩大了。不久前，他被任命为医疗卫生代表和太特红十字会主席。

各方面的事情进展迅速，他需要组建合适的医疗卫生人员队伍。那个女孩能说一口流利的葡萄牙语和恩仰圭语，而且希望成为一名护士。还有什么疑问吗？

一番考虑之后，若泽告诉露西娅，希拉再来医院探视姥姥时，让她来见自己。第二天下午，医生正将一名患者送到门口时，见到了坐在诊室对面的女孩。他招呼她进来，让她坐在通常病人坐的椅子上。

"你愿意来医院工作吗？"他说，"我们有一个导诊员名额。"

女孩的目光亮了起来。

"您是认真的，大夫？"

"难道我像开玩笑吗？"医生问，假装出严厉的样子。"我当然是认真的。你愿意还是不愿意做这个工作？"

"愿意，我愿意！"她连忙说，生怕医生收回他的建议，但是，她立刻露出好奇的神情。"导诊员是做什么的，大夫？"

"导诊员负责接待病人，"他解释说，"我需要一个会说恩仰圭语的人，他可以让病人有宾至如归的感觉。过不了多久，我们可能就有一架飞机，用来运送丛林地区的患者，他们不会说葡萄牙语。你需要与他们沟通，翻译他们说的话和我们对他们说的话，让他们不会对医院环境感到特别陌生。你觉得自己能胜任这项工作吗？"

希拉兴奋地坐不住了，她感到热血沸腾，一下跳了起来，好像身下装了一个弹簧。

"我什么时候开始？"

院长看到她如此兴奋，脸上露出了笑容。

"星期一。"

这个工作是为了测试女孩的能力。希拉表现得很努力，认真完成她的工作，因为她知道，生活就是一场机会的角逐。她立刻放弃了缝纫课程，转而几乎是全身心地投入到医院工作中，整天陪着病人，为各类病患做翻译。

一段时间以后，一次，极其辛苦的一天结束后，若泽·布兰科发现新来的导诊员坐在医院露台的一张长椅上，出神地望着内院的某个地方。

"哎，希拉？累了？"

"唉，大夫！别提了！有一家人全家得了天花，我去帮费托尔大夫跟他们谈。用了整整一个下午！"

医生在阳台上踱了几步，在女孩旁边的长椅上坐下。

"这比看上去要辛苦，"他叹了一口气，也感到一些疲惫，"还想当护士吗？"

正在下午的酷热中蔫头耷脑的希拉突然振作起来，仿佛有人瞬间为她充满了电。

"怎么不想，大夫？！这是我的梦想！"

"你看，生活不易！……"医生慢吞吞地说，"需要智力、体力和精神力量。一个护士要面对最悲惨的人类苦难，需要坚强地承受这些。这个工作可不简单，孩子！绝不是身穿护士服、头戴护士帽地扭来扭去。那只是演电影，不是现实。现实是残酷的，需要有巨大的牺牲精神。不是任何人都能当护士。"

"我懂，大夫。看看医院里发生的事情就能明白。"

"然后呢？"

"我还是想当护士。我告诉过您，这是我的梦想，什么都不能让我改变主意。"

若泽·布兰科望着夕阳染红的天空中一棵猴面包树的黑色剪影，又叹了一口气，不过，这一声叹息代表的是他刚刚做出的一个决定。

"你多大？"

"十七岁，大夫。"

医生慢慢地从长椅上站起来，站直身体，像锻炼身体似的做了一个伸展运动。

"很好！"他说，"我去和洛伦索-马贵斯那边谈一谈，把你的名字列入候选人名单。"

最难的是说服希拉的姥姥。关于让外孙女离开家去南方一个遥远的而且听说还是一个花花世界的城市考护理课程的事情，艾莎连听都不愿意听。

"嘿，长官！那不是我的希拉该去的地方！"

老人已经出院，回到家中照料三个孙男孙女，面对她的执拗，若泽发挥自己的影响力，说服省卫生厅的工作人员飞来太特，对这位年轻的候选人进行考试。

考试当天，希拉走进考场，紧张得发抖。开始回答问题的时候，她觉得自己的心快要从嘴里跳出来了，嗓子发紧，双手颤抖，但是几分钟以后，她已经把控好局面、镇定下来。在医院工作中积累的经验发挥了关键作用，连她自己都感到吃惊，考官提出的所有问题她都答上来了。

几个星期以后，莫桑比克所有考生的考试结果出来了，同时，一个新闻在等待着她。她考了第一名。这是她的成功，然而同时也带来了一个问题。护理课程的授课地点在洛伦索-马贵斯，这是一个无法解决的难题。

"不，不！"艾莎听到这个想法后不容商量地说，"想都别想！"

若泽·布兰科已经预料到老人会如此反应，但是他知道，要说服她，除了不放弃，还需要智慧。

"听我说,我来承担她的学费。"

"不是这个问题,大夫!我不想让我的外孙女去洛伦索-马贵斯!那个地方会让人学坏的!"

"您在说什么,艾莎?不会的!"

"怎么不会,大夫?!您以为我不知道?"

"她有我的保护,我的朋友们也会照顾她。您尽可放心。"

"希拉是属于这里的,必须和我、她的弟弟们在一起。"

"他们也可以和她一起去。我支付所有人的学费。"

"不,不,不!"

医生歪着头,露出责备的眼神。

"艾莎,想一想您的年纪。如果您出了什么事怎么办?您的孙男孙女们怎么办?过着贫困的日子,听天由命吗?"

穆斯林老人凝视医生良久,她的确被这个问题吓到了。她知道自己随时都可能死去,无论真主多么仁慈,老了就是老了,这是无法逃脱的。她的孙子们会怎样呢?他们将怎样生存?许许多多个夜晚,她都想过这个问题。现在,死亡可能就在面前,这是天意。难道是真主通过那个白人的嘴在向她发出警告吗?

若泽察觉出她在犹豫,知道门已经半开,需要最后加把劲。

"上学就是一种保障。让他们去洛伦索-马贵斯吧。我来支付他们的学费,这样,他们将拥有属于自己的锄头,帮助他们耕种生活的田野。艾莎,这是您能送给他们的最好礼物。"

他们继续聊了半个小时,其实,艾莎在点头之前,早已经被说服了。

"就请您安排吧,大夫,"她终于同意了,"把过日子的锄头交给他们。"

然而,希拉的弟弟们根本不想听这个计划。去洛伦索-马贵斯上学？穆牢默德直截了当地拒绝了，马拉基亚斯拒绝得更快。令人吃惊的还有希拉的反应。虽然她没有表示拒绝，但她明显缺乏热情的态度让医生很是诧异。

"我不知道，大夫。"

"怎么，你不知道？现在终于有机会实现当护士的梦想了，你却说不知道？"

她低下头，眉头紧锁，不敢看他。

"是啊，我不知道……"

"那你为什么要报名呢？为什么参加考试？就是为了不去吗？"

女孩想着自己的心事，断断续续、只言片语地嘟囔着什么当作对院长的回应，这令若泽感到生气。既然无法说服女孩，他决定放弃，离开草屋向汽车走去。希拉垂头丧气地跟在他的身后，可是，当离姥姥足够远的时候，她喃喃地说：

"我有一个男朋友。"

若泽瞪大了眼睛。

"什么？"

她向周围看了看，唯独不看医生，刚刚说出的话让她觉得很尴尬。

"他叫伊斯梅尔。如果我去了洛伦索－马贵斯，就再也见不到他了。"

医生凝视女孩良久，先是感到吃惊，继而脸上渐渐露出了笑容。

"噢，我明白了！"他大声说，"这就是你不想去的原因？因为你的男朋友？"

她点了点头。

"他是做什么的？"

"他已经参军了。"

若泽想了想，努力寻找解决的办法。医院的确需要能与不会说葡萄牙语的患者沟通的莫桑比克护士，在他看来，希拉很适合这个工作。无论如何，她都该完成护理课程的学习，协助他改善医院的工作。现在，他只需要解决这个问题。

"如果我想办法让他转到洛伦索-马贵斯呢?这样可以解决你的问题吗?"

希拉抬起头,第一次直视他,眼睛闪烁着希望的光芒。解决办法找到了。

二十五

先是一阵轰鸣声。人群似乎从昏睡中醒来，头来回转动着在蔚蓝的天空中寻找声音的来源。有人喊道"那里！"，很快，一只只手臂举起指示着方向，将人们的目光引向划过天空的像绿头苍蝇一样的小点。

飞机迅速下降高度，飞临太特航空俱乐部停机坪上聚集的人群。特罗旺局长命令他的手下疏散在跑道上走来走去的人，保证飞机顺利降落。但是，飞机没有对准夯土跑道以便降落，而是直接转向了人群。"啊！""哦！"声在航空俱乐部机场响成了一片，一些人吓得奔跑起来，试图躲开向他们飞来的、越来越大的飞机，此刻，它已经不再是一只毫无攻击性的苍蝇，而是一只来势汹汹的金属猛禽。

当派珀切诺基飞机低空掠过人们的头顶重新上升高度时，天空中传来阴森森的咆哮。人群中爆发出一阵兴奋的喊叫声，仿佛一股电流将正在骚动气氛中交头接耳、议论纷纷的观众连在了一起。

"看到了吗？看到了吗？"

"是他！真的是他！"

"呀！"

尽管那一个冒冒失失的操作对此也起到了一定作用，令在场的人们激动不已的并不是飞机的突然袭击，而纯粹是飞临头顶的飞机。飞机在空中闪闪发亮，白色机身上涂有一条蓝色条纹，机翼和尾翼上带有巨大的红色十字，驾驶舱刻着注册号CR-AKS，这使人对其身份确信无疑。

派珀切诺基终于对正跑道摇摆了几下，触碰地面，刹那间橙色的尘土漫天飞扬，接着，飞机在几米之内减速慢行离开跑道，带着发动机轻声的轰鸣滑向停机坪,螺旋桨像一台发怒的风扇卷起尘土的旋风。

人们站立两厢,飞机在权当塔台的房子前停下,官方机构人员已经在此等候,其中包括县长、主教、拓居事务办公室主任、治安警察局局长、皮德驻太特站站长和航空俱乐部主任。

发动机突然熄火没有了声音,好像人被掐住了脖子。螺旋桨"嗡"的一声慢慢停了下来,停机坪上一下安静了。接着,飞机舱门打开,若泽探出身来,向前来迎接他的几十人挥手致意。

这时,人群爆发出长时间的掌声和欢呼声,迎接现在化身为飞行医生的人。若泽以胜利的姿态走下飞机,俨然是一位在新大陆登陆的发现者。直到治安警察局乐队奏出国歌的第一个音符,掌声才停下来。众人纷纷立正,放声高唱歌颂海上英雄的诗句。

随着人们喊出"前进,前进!",乐队奏乐结束,县长从口袋里掏出几张纸,扶了扶眼镜,走到塔台前临时安装的麦克风前,"吭、吭"地清了清嗓子,根据这种场合要求,开始充满激情地讲话。

他首先引用了诗人[1]的"不朽之言",说"天之意,人之梦,功竟成"时,他指着飞机解释说,那就是"功",并继续说"上帝之盼,世界一统,空中联通,永不分离"。喜爱诗歌的人觉得"空中"这个词很奇怪,因为他们知道,这首诗本来用的是"海洋",不过他们明白,这是由于"功"的性质改变了,现在它指的是飞机。他们理解得很好,这就是优秀的演讲者的意思。这时,沉默寡言的演讲者指着人群再次引用起诗人的诗句"你得神授脱胎为葡萄牙人",然后,他用言简意赅的"葡萄牙万岁"结束了演讲。威严的喊声消失在非洲稀树草原无声摇曳的草中。

掌声过后,穿着得体的主教在两名辅祭的陪同下走到飞机前,举起十字架,用拉丁语说了几句话。人群中有人显得很有学问似的低声议

---

[1] 指费尔南多·佩索阿(1888—1935),葡萄牙著名诗人。此处引用诗句出自其作品《使命》。

论，说主教在做 urbi et orbi[1]，但是立刻遭到一位更细心的听众的驳斥："胡说，urbi et orbi 是圣诞节和复活节教皇说的祝福语！"不一会儿，主教改用葡萄牙语说出"以圣父、圣子和圣灵的名义"，每提到三位一体中的一个名字，就向飞机泼洒一次圣水，引来人们阵阵掌声。

政府代表已经发过言，教会也给予了祝福，现在轮到非教会人士出场祝贺。若泽·布兰科穿着一贯的白色西装，胸前多了金色徽章，徽章是带着翅膀的圆圈，中间写着"莫桑比克"，这是他自己设计、妻子绣上去的。他接过露西娅修女递给他的一瓶香槟酒，交给了被称为"飞机教母"的米米卡斯。医生的妻子走近飞机，这时，有人喊道"加油！"，她估计了一下距离，用尽全力把瓶子扔了出去，瓶子砸在带有蓝色条纹的白色派珀切诺基的驾驶舱上，唐培里侬香槟别致而甜蜜的泪水打湿了机身上的红十字。

就这样，1968 年的那个傍晚，在太特创建的空中医疗服务正式启动，其宗旨是"空中联通，永不分离"。

跑道旁边有一块写着"芬圭"的木牌。若泽刚刚着陆，将飞机向右侧开去，一直开到停在一群人旁边的吉普车旁。他关掉发动机，目光扫过飞机降落清单进行最后的检查，然后转向坐在旁边座位上的露西娅修女。

"去里面，"他指着机舱内部说，"麻烦你帮我把邮件和药品卸下来。"

"好，大夫。"

然后，他打开机舱门跳了出去。所有的目光都聚焦在他身上。

"做好准备吧，大夫，"从吉普车里传来一个声音喊道，"人很多。"

若泽看着聚集在附近的人群。人们显得躁动不安，似乎见到飞机这

---

[1] 拉丁语：降福罗马城及全世界。

件事情令所有人感到紧张。他看了看表，时间安排得很紧，留给芬圭居民的诊治时间不多，一分钟也不能耽搁。他绕过机翼走到飞机的后面，向吉普车上的人示意。

"我带来了邮件，"他说，"来拿吧。"

他打开飞机的后舱门，露西娅修女把两箱药品推给他。他搬起药品放到低矮的草丛上，然后，拿出一个侧面印有葡萄牙邮政缩写字母的袋子，从里面翻出三个信封和一个小包裹，上面都写着在芬圭的收件人地址。一些男人围拢在飞机旁边，目光越过若泽的肩膀张望着，他们已经为此刻等了足足一个星期。

"这是给我的吗，大夫？"

几只焦急的手向医生伸过来。若泽把信和包裹递给他们。

"应该是，我不知道。这些信上都有名字。"

一个人抓起一个信封看了眼，立刻手舞足蹈起来。

"哇塞，真是我的！"

若泽把露西娅修女从飞机上扶下来，转向刚刚收到邮件的人们。

"让他们过来吧。"

大家露出钦佩的神色。

"可是，大夫，您不先喝一杯咖啡？"

医生抬起手臂，用手指敲了敲手表。

"我只有两个小时，"他说，"我需要三点赶到宗博，六点返回太特。来吧，快点！"

他在门口坐下来，看着人们纷纷向他走来。露西娅修女拦住病人，颇有军人威严地喊道："排队！"一眨眼的时间，人们排起了长队，队伍一直延伸到机场出口处。

若泽看了看长长的队伍，差一点晕过去：他只有两个小时，人实在太多了，自己需要采取更迅速有效的办法对这么多患者进行诊治。他急中生智，有了主意。他了解生活在丛林地带的居民有哪些常见病，因此，要解决的只是如何有效地分类处理的问题。于是，他站起来，双手放在嘴的两边拢成喇叭状。

"凡是尿里带血的人过去排队！"他一边喊，一边指定了排队的地点。"左边！"

一些听得懂葡萄牙语的村民立刻在指定地点排成一队，并招呼其他有同样疾病的村民。人们叽叽喳喳一阵忙乱之后，很快平静下来，在飞机旁排成两队。

"这一队是血吸虫病。"医生低声对修女说。他指了指放在草地上的一个装着药品的箱子，说："露西娅，把硝咪唑分给他们，告诉他们正确的服药方法，好吧？我马上开始给其他人看病。然后，我们筛选出昏睡病患者，你分发药品，我检查结核病患者。这样，我们可以加快工作速度，然后去下一个点。你认为可以吧？"

西班牙修女拿起装着硝咪唑的箱子，向刚刚排好的队列走去。

"*Muy bien*[1]，医生。"

若泽在飞机后方的空地重新坐下，为接下来的工作做最后的准备。然后，他把目光投向排在他面前的队伍，示意排在第一位的妇女过来。这位妇女怀中抱着一个婴儿，两个女孩拉着她的卡普拉纳长裙。

"你好！"他向她打了一个招呼。"哪里不舒服？"

一场马拉松开始了。

若泽·布兰科的生活彻底改变了。飞机让他有了更大的主动权和更加广阔的视野，但是，也给他带来了新的责任与挑战。虽然他身兼数职，太特医院院长、市红十字会主席和医疗卫生代表，还要为太特市各机构和组织提供医疗服务，但是他的主要精力开始集中在空中医疗服务

---

[1] 西班牙语：很好。

上，因为这项服务能将医疗工作扩展到整个地区，让他有机会接触到之前被忽视的民众。

每个星期，机翼和机尾绘有红十字的白色派珀切诺基小飞机都会在早上七点钟从太特航空俱乐部起飞，飞往全县各个医疗点，从佐布埃到马佐伊，途经芬圭、博罗马、奇科阿、希佩拉、马圭、富兰孔戈、科迪纽镇、埃斯蒂马、宗博和其他散布在广阔稀树草原的村落。甚至连用来安置建造卡布拉巴萨水坝工人而在松戈新建的居民区也成了小飞机每星期巡诊路上的必经之地。

飞机在每个医疗点停留的时间很短，一般两个小时或略多一点点，然后便飞往下一个地点，那里又会有一群人在等待它。不过，若泽通常都会先对患者进行分类，这使他效率很高地诊治大量病患。

"血吸虫病站左边！"这已经成了他挂在嘴边的话，"疟疾站右边！"

根据经验，若泽知道这里的主要地方病包括疟疾、血吸虫病、昏睡病、肺结核、小儿麻痹症和天花，针对每一种最常见的病，他会采取专门的技术治疗。开始的时候，他的主要精力放在给患者开药上，比如给疟疾患者分发雷素欣，给血吸虫病患者开硝咪唑。

可是第二年，他开始对工作成效产生了怀疑。

"露西娅，"结束了科迪纽镇的工作，也是最忙碌的一站的工作之后，若泽说，"我们不能这样继续下去！……"

"哎，大夫！您为什么这么说？"

"病人还是这么多！你发现了吗？"

"的确，"她点了点头，"但是，要往好的方面想：我们已经治愈了许多病人。"

"对。可问题是，过不了多久，他们就会故疾复发，回来看病……"他翻了一个白眼。"真叫人恼火！"

跑道穿过草丛，上面还散布着一些奇怪的黑点。若泽·布兰科向下面定睛看去，发现是正在吃草的牛，他只能自己解决问题了。

"你瞧那边，"他指着跑道上挡住他降落的动物对修女说，"这不是机场，露西娅，是牛场。"

他推了一下操纵杆，飞机在跑道上跳了一下。驾驶舱前，地面快速迎面扑来，在最后一刻，飞行医生摆正了飞机，冲向开阔地，然后重新上升高度。他向左侧一拐，重新对准了绿色地带，检查了一下这一番操作的效果。

"可以啦。"看着逃跑的牛，他满意地笑着说。

"跑道已经清除！"

几分钟以后，飞机在希佩拉降落了。就在这天上午希佩拉的工作结束后，若泽萌生了一个想法，他的想法后来促成了一系列事情的发生并最终改变了一切。在希佩拉的降落成为这一系列事情中的第一桩。

与每个星期巡诊时一样，当若泽把派珀切诺基停在居民点的机场时，飞机就成了卫生站，飞机的侧门就是他的诊室。他在这里做好准备，开始接待跑道入口处排队的病人。

第一位患者是一位上了岁数的老年人，他没有牙齿，微微有些驼背，艰难地拖着脚步来到飞机旁。

"我拉肚子，大夫，"老人手捂着肚子说，"我吃了很多青枣。"

这个病例诊断简单，解决快速有效。

"两天之内不要吃水果，听到了吗？"医生建议道，伸手拿了一盒药。"吃米饭，多喝开水。唯一可以吃的水果是香蕉。"他递给病人一个标有益生菌的蓝白色盒子。"吃这个药。"

那人看看医生，看看药盒，又看了看医生。

"只有这个吗？"

"对，明天就好了。"

若泽向下一个病人看去，请他上前，但是，腹泻患者仍然站在原地,显出失望和怀疑的神情。

"没有其他的?"

"吃米饭和香蕉,喝大量开水,吃那个药,"若泽耐心地重复道,"明天就好了。"

"不用打针?"

"不需要。"医生坚持说,想尽快处理完,因为时间紧迫。才刚刚开始,第一个病人就已经影响了他的进度。"下一个!"

那人不情愿地走开了,显然对这个处方不大信服。接下来的病患是一位带着两个孩子的妇女,孩子们患有结膜炎。医生将药膏交到她的手中,并向她演示了应该如何给孩子们涂抹药膏,可是,女人似乎并不满意,指了指注射器,又指了指孩子们的手臂,用恩仰圭语大声说着什么。

"不用打针!"若泽很肯定地说,"药膏就可以了。"

自从他到太特医院工作以来,这种事情时有发生,但是,他从没有特别注意过。然而这一次,人们执拗地要求打针,这让他感到奇怪。他看完所有病人,在机场与前来送行的希佩拉区公所的负责人谈起了此事。

"您以前从没有注意到这个情况吗?"那人笑着说,"他们喜欢打针!在葡萄牙,如果医生不给开几种药,谁都不会高高兴兴离开诊室的。不是这样吗?那么在这里,就是打针喽。对于他们来说,不打针就不算治病。他们喜欢注射!哇,那才是看病的感觉!"

此后一整天,若泽·布兰科一直在琢磨希佩拉区公所负责人的话,作为医生和太特市医院院长,自己的经验与他所说的完全吻合,因此,一个想法开始在他的脑海中生根发芽,沿着一条缓慢但明确的方向生长。如果他们这么喜欢注射,为什么不好好利用它呢?

事实上,他越来越兴奋地发现,资金竟意想不到地够用,既然有用处,那自己的责任就是充分利用它们。他越想越觉得自己的想法具有重要意义，甚至认为，唯一真正令他感到惊讶的是自己何以没有早一点想到这些，自己何以会如此大意呢？

若泽需要的是一个战略性健康计划，这正是当天晚上他回到太特后着手做的事情。他兴奋得没有回家，而是直接赶到医院，把自己关在办公室里，看着钉在墙上的地图，手中拿着笔记本，计算起全县的人口、医院库存的针剂，以及计划实施所需的数量。

计算完毕，他坐在办公桌上的打字机前打了一封信，签上名字，把信装进一个信封，快速在信封上舔了一下封好，然后，从办公室的门探头朝走廊望去。

"露西娅？！"他喊道，"请过来一下好吗？"

修女立刻出现了。

"什么事，大夫？"

"把这封信交给路易斯好吗？"他说着，把信递给她。"让他送到邮局发出去。急件。"

西班牙修女接过信，看了看收件人位置上潦草的字迹。是写给总部设在洛伦索－马贵斯的莫桑比克省卫生厅的信。

"好，大夫。我马上去找他。"

"让路易斯小心，"医生提醒说，"这封信非常重要，知道吗？"

医生说这话好像信封里装的是黄金似的。看到院长小心翼翼地卷起信封，露西娅修女眯起了眼睛，做出心领神会的样子。

"*Muy bien*，大夫。我知道您在为了工作申请更多经费。我们的确很需要呢。"

"我不是在申请经费，露西娅。"院长纠正说，他拿起手提箱，准备回家。"是疫苗。大批疫苗。"

若泽·布兰科深知，仅凭他一人之力无法推行他计划的疫苗接种行动。当大批疫苗到达时，他该怎么办？难道要在丛林地区的停机坪上花一整天时间给所有人接种疫苗吗？自己一个人，或者靠露西娅帮助？这不可能。

因此，他立即开始实施第二阶段计划。若泽在第一封信发出后的第一次巡诊时，决定减少每天巡诊的医疗点数量，同时延长在每一个医疗点的时间。

"呀，大夫，*no entiendo*[1]！"露西娅修女看到巡诊计划后不解地问，"这样的话，我们就不能去所有医疗点……"

"放心，你会明白的。"

那个星期巡诊的第一站是马佐伊。在给机场入口处等待的患者看完病以后，若泽拿起一个盒子，向当地区公所的两位工作人员走去。

"怎么，大夫？"负责人是与当地酋长的女儿姘居的一个来自葡萄牙山后省的中年人。"您这就要走了，是吗？"

"不急，我还有一件事情要和您商量呢，"他说，"可以去区公所谈吗？"

听到若泽的话，两位工作人员显得有些吃惊，他们已经习惯了看医生的飞机降落，给他们带来邮包，给几百个患者看病，工作两小时以后出发奔赴下一个目的地。他想离开机场去区公所，这还是第一次。

"为什么，大夫？发生什么事情了吗？"

"对。你们会注射疫苗吗？"

两人面面相觑，似乎也在询问对方。

"这个嘛……不会。"

若泽举起盒子，暗示盒子里面有解决问题的办法。

"那我就来教你们。"

于是，他开始培训每个地区区公所的工作人员，教他们如何准备并

---

[1] 西班牙语：我不明白。

为居民接种疫苗。

当大批疫苗从洛伦索-马贵斯运抵太特时,培训工作已经全部完成,一切准备就绪。若泽分秒必争地干起来,他将一箱箱疫苗装上飞机,发往将在未来两个星期内前去巡诊的每一个医疗点。

疫苗接种行动在太特全县大规模开展起来。行动在富兰孔戈启动。在最后的培训工作结束后,医生将一个个箱子留在了当地,立即前往下一站科迪纽镇,然后是佐布埃,行动就这样依次展开。在一个星期之内,他跑遍了空中医疗服务线路上的所有医疗点,给每个地区带去邮件,并分发了装有疫苗的箱子。

在接下来的星期一,他们第一次重返每周巡诊的第一站富兰孔戈,若泽和露西娅修女惊奇地发现,停机坪竟然没有一个候诊的人。这种情况在最近的几次巡诊时是绝无仅有的。

"出事了?"医生故作轻松地说,极力掩饰自己的担心。这实在不正常。"太奇怪啦!……"

露西娅耸了耸肩膀。

"我可不知道!"

眼前的情况让若泽惊呆了。的确,居民们曾经对他视而不见,但那只是在刚刚开始的时候。一年前,当特谢拉驾驶着派珀步行者飞机带他前往各地巡诊的时候,人们确实不信任他。然而,自从人们克服了不信任感之后,巡诊就成了当地的节日。既然如此,为何自己此次巡诊却无人前来呢?

若泽和露西娅修女迈开双腿,沿着一条小路前往区公所。当他们走到区公所前的山坡附近时,听到一阵喧哗声,这令他们感到奇怪,于是,加快了步伐来到山坡,却看到区公所前人头攒动。如此人潮汹涌的情景在这里还从未见过。

"搞什么鬼！……"

他们拨开人群，不顾地狱般的高温和汗臭味，终于走进了区公所。人们在门口排起了队，队伍一直延伸到两把椅子前，在这里，区公所的几名工作人员正为众人接种疫苗，其动作像机器一样惊人的熟练。患者伸出手臂，工作人员用棉球和酒精擦拭其臂膀部位，注射器扎入皮肤，注射疫苗，取出注射器，将棉球贴在患者皮肤上，眼睛都不抬一下，一边准备下一个注射器，一边喊道：

"下一个！"

若泽和露西娅感到不可思议，悄然离开了区公所，回到山坡上望着区公所进进出出的人流。若泽瞠目结舌，露西娅修女泪如雨下，几乎不相信自己看到的一切。

露西娅激动得抽泣起来，此情此景中，只有她说出话来。

"疫苗接种行动，奇迹啊！"

二十六

男孩们在体育馆里排成队,场面并不好看。赤身裸体的男性形象中总归有些十分不雅的东西。从正面看,是一个长着一团浓密体毛和干瘪阴茎的裸体男人;从背后看,便不得不忍受他那毛茸茸的肥臀、方形的胯和细腿。迪奥戈无法确定还有什么比这更丑的。与他的吉蒂娜或巧嘴姑娘劳拉那白皙、凹凸有致的身材比起来简直是天壤之别!

"迪奥戈·梅雷莱斯!"一个军人的声音喊道。

他照着前面人的程序跑到叫他名字的军人面前,立正站好。

"到,中士!"

军人对照手中拿着的名单查看片刻,最后抬起眼睛盯着男孩的两腿之间。"这就是你的命根子?"他表情严肃地问。

在排队等待的时候,迪奥戈已经听到过他对其他男孩的戏谑,所以,没有理会他的问题,保持沉默。

"二十个俯卧撑!"

他趴在地上,只用了短短十五秒便非常标准地完成了俯卧撑,他伸直身体,手臂像液压弹簧一样上下活动。然后,他站起身,再次立正,军人的脸上露出疑问的表情。

"五十个仰卧抬腿!"

这一次,他仰面躺下,展开身体,高高抬起双腿,然后放下双腿,却不碰触地面,接着再举起,再放下,始终保持快节奏,两个大脚趾紧紧挨在一起形成完美的对称。不到两分钟,他就完成了五十个仰卧抬腿,再次站起来,面不改色,身体挺得笔直。

"嘀，好家伙！"中士说，迪奥戈的表现令他印象深刻。"看来，我们这来了一个超人。往前走！"

他做了一个手势，示意迪奥戈去一张办公桌前的两位穿白大褂的医生那边，然后，看着手中的名单叫了下一个名字。

"若泽·保罗·卡多佐！"

迪奥戈来到其中一位医生面前，医生对他从头到脚检查一遍，听了听他的心脏，给他量了血压，抽了血，然后，递给他一个小塑料瓶让他留小便。

程序比较简单，当天上午，迪奥戈在征兵处做完了体检。几个星期以后，又一封军队的信寄到了家里。当着父母的面，他拆开了信封。

"怎么样？"母亲问，紧张地攥着围裙，"上面说什么？"

迪奥戈深吸了一口气，知道这份文件将改变自己的生活。

"他们录取我了。"

新兵在卡尔达斯·达赖尼亚军营接受军事培训。对于迪奥戈而言，生活的一切都突然改变了，他不得不辍学离家，不过，由于其他同学也遭遇了同样的处境，这使得他即使没有把这一变化视为命运的安排，也能坦然面对。

如果说天翻地覆的变化带来的算得上一场猛烈冲击的话，军事训练对体力的要求却显得云淡风轻。对于迪奥戈这样一位高水平运动员而言，其他新兵叫苦连天的操练和身体训练都不过是"小儿科"。军事培训成了他的理论培训，并让他了解了《军纪条例》。

尽管迪奥戈开始服兵役，生活也因此发生了种种改变，但是，他仍然是波尔图俱乐部和国家队的球员，但凡有国内比赛，比如全国和地区锦标赛或葡萄牙杯，他都能顺利获得军方批准前往参加。

直到有一天，他来到指挥员面前提出了一个不同的申请。

"报告上校,波尔图俱乐部队要出国比赛,"在指挥官的办公室里,他站得笔直地说,"请求批准。"

上司瞠目而视。

"出国?"

"是,上校。"

"见鬼!"指挥官大声说,挠了挠头。"对手是谁?"

"报告上校,是希腊的奥林匹亚科斯俱乐部队。这是欧洲冠军杯第一轮淘汰赛,离第一场比赛还有十五天。"

指挥官靠在座位上,考虑这个请求背后的意义。

"这个嘛,如果是在苏联或类似的共产主义国家,你绝对不可能去,"他首先说,"不过,在希腊……这个,我要考虑一下。"

迪奥戈没有想到指挥官会犹豫不决。作为顶级运动员,他已经习惯了在军营中享受特殊待遇,而且他因为比赛原因提出的请假申请从来没有被拒绝过。这一次有什么不同呢?一大堆问题在他的脑海中闪过,但是,他保持着沉默。虽然他无法理解指挥官此时表现出的顾虑重重,但是他知道不能质疑上级。

指挥官也觉察出新兵的困惑,他本想不做任何解释便打发了他,但最终还是决定说出自己的担忧。

"出国可是一件麻烦事,"他叹了一口气,"不久前发生过类似情况,那是去巴黎比赛。上面批准了他去比赛,狗娘养的,一到法国就开小差了。你是不是也这样想,不是吗?"

这句话差点儿激怒了迪奥戈。

"报告上校,我从来没有想过逃跑,"他信誓旦旦地大声说,"在我的家庭,言出必行。如果您批准,我就去雅典打球,和球队一起回来。这是必须的!"

指挥官一边摸着下巴,一边打量着这个新兵。

"回来,你说的?"

"报告上校,请您放心。"

"听着,我不想有麻烦,知道吗?百分之二十的年轻人从军队开了小差,这些混蛋要么逃出国,要么转入所谓的'地下'。你要知道让你去是有风险的,明白吗?"

"请让我去,您不会后悔。"

两天以后,申请获得了批准,迪奥戈随队前往雅典。第二个星期,他带着在帕特农神庙附近一家商店买的一个小双耳瓶,想必是现场制作的仿古纪念品,来到指挥官办公室报到。

"这是送给您的。"

二十七

那天，太特医院院长夫妇邀请治安警察局局长夫妇来家中共进例行的主日午餐，他们的家位于一座小山上，从这里可以俯瞰赞比西河河景。太特的生活比较单调。除了工作、午睡以躲避下午的酷热、与朋友聚会之外，没有什么特别的事情可做，布兰科夫妇入乡随俗，习惯了这样的生活方式。

午餐的主菜是烤羊肉，但是，从贝拉回来的安东尼奥·特罗旺却带来了爆炸性新闻。他是去参加全省治安警察局会议的，尼亚萨和德尔加杜角警方负责人在会上报告了一些轰动性消息。

"考尔扎[1]三月上任，已经开始折腾了，"特罗旺面对东道主夫妇好奇的目光透露说，"他在德尔加杜角发起了一项美式军事行动，还给行动起了一个花哨的名字，叫'戈耳狄俄斯之结行动'，听听。这家伙真以为自己能解开战争的'戈耳狄俄斯之结'呢。"

这个话题很快成了餐桌上聊天的内容。

"他们总是这样说，"若泽怀疑地说，"去年，我就听席尔瓦探长肯定地说过战争几乎就要胜利了，可现在，战争还在继续。"

"是啊，可是这一次，看来要动真格的，"特罗旺坚持道，"他们已经在与坦桑尼亚接壤的整个边境线进行了一次大扫荡。听说考尔扎动用了大量手段，包括 *search and destroy*[2] 行动和其他从美国人那里学来的新

---

[1] 考尔扎·德阿里亚加（Kaúlza de Arriaga，1915—2004），葡萄牙将军，葡萄牙殖民战争期间在莫桑比克担任陆军司令（1969—1970）和武装力量的总司令（1970—1973）。
[2] 英语：搜索并歼灭。在越南战争中应对丛林游击队的一种战术。

词。好像有直升机、飞机、凝固汽油弹、化学落叶剂、装甲车，还有数以千计的士兵、若干突击队、伞兵……我说不全！"他笑着说，"这家伙以为自己在越南呢！"

"那个行动进展如何？"若泽问，关于战争，除了看见送到医院来的伤员，他懂得不多。"有什么结果了吗？"

治安警察局局长盛气凌人地撇了撇嘴。

"我看有了，"他说，"听说游击队确实在向坦桑尼亚逃窜。但是，我不确定这是否意味着战争结束了。考尔扎下令烧毁游击队所在的村庄，向农田投掷凝固汽油弹和落叶剂，切断他们的给养。这家伙一定认为，杀光所有人就赢了战争，但是我不认为这种性质的冲突能以这种方式获胜。"

餐桌上的聊天常常会变成对事态发展的讨论。米米卡斯不喜欢听那些血淋淋的细节，趁着谈话的间隙跑进厨房，不一会儿，端着一个盘子回来了，大家发现那是一盘焦糖色的甜食。

"谁想来一个阿劳若布丁？"

阿劳若布丁是米米卡斯最拿手的甜品，自然要在午餐压轴登场。这是一款发泡布丁，用打散的蛋清和融化的糖做成；浓郁的核桃味刚好平衡了焦糖的甜味。大家立刻向布丁发起了"进攻"，不到两分钟，便将其一扫而光，只留下边缘还流着金色糖丝的空盘子。

"哎哟，我吃得太多了！"米米卡斯看着面前的空盘子吵吵着说，"我真后悔吃这么多！……"

若泽注意到大家都不想再谈论"该死的战争"，于是，他坐在钢琴前，把一杯兑了苏打水的威士忌放在琴键旁边，弹奏起自己最喜欢的一首音乐，这是在葡萄牙家喻户晓的老电影《舞台春秋》中的音乐。

"哒啦啦啦啦……一万件衬衫！"他随着旋律唱着，令特罗旺觉得很是好笑。

一阵突如其来的嗡嗡声传入屋内，声音从遥远的地方持续不断传来，令人不安。大家都听出来那是一架直升机的声音，但是，住在医院附近的人早已熟悉了这种声音，所以并未在意，东道主继续演奏着卓别林电影中的音乐。

然而，第一阵表明直升机起飞的嗡嗡声刚刚远去，又一阵嗡嗡声传来，说明第二架飞机正在靠近，接着是第三架。这时，大家意识到事非寻常。在不绝于耳的嗡嗡声中，若泽的手指在琴键上停住了，房间里也随之突然安静下来。若泽与客人们交换了一下眼神。

"搞什么鬼！……"

治安警察局局长安东尼奥·特罗旺仔细听了一阵直升机的声音。

"一定出事了。"

大家来到花园，向大约两百米开外的医院前的山丘上空望去，只见几架"云雀"直升机在空中排成一排，像是架起了一座空中桥梁或是正在参加一场大型军事演习。这些直升机像巨型蝗虫一样在赞比西河上空盘旋，依次降落在医院中心地带的小型停机坪上。

"看起来情况严重，"米米卡斯用手捂着嘴说，"到底出什么事了？"

站在这里不可能有答案。医生立刻做出了决定。

"对不起，"他转向客人们说，"我必须去看看出了什么事。"

大家返回屋里。特罗旺局长抓起电话打给军营了解情况，若泽去卧室取药箱。他把听诊器像项链一样挂在脖子上，向客人们挥手道别，钻进了汽车。"云雀"直升机丝毫没有减少的迹象，仍然在空中来回飞行。这时，若泽确信，一个紧张繁忙的下午正等待着自己。

医院里乱成了一锅粥，到处是尖叫声和呻吟声，地上和墙上血迹斑斑，像是屠宰场。伤员们有的被安置在走廊上，有的被送进手术室。院长查看了他们的身体,有的人肢体严重伤残,他从伤口情况判断,伤员都是被炸伤的。

医院的护士们都围在伤员身旁工作,若泽帮他们制作敷料,准备输血,插上输液管。在他看来,一些伤员需要做截肢,但是,他犹豫是否要亲自进行手术。医院有一位外科医生,若泽此时却没有看到他。

"费托尔呢?"他问露西娅修女,她的工作服上已经溅满了血。"他在哪里?"

"不知道,大夫。今天是星期天,对吗?费托尔大夫休息。"

若泽在病房四处看了一下,想找到外科医生,但是只看到了护士和伤员。他向窗外望去,看见司机正在帮门东萨护士抬担架。

"路易斯!"他喊道,"去找费托尔大夫!让他尽快赶过来!"

若泽看着司机上了车,计算了一下时间,外科医生到达医院还需要足足半个小时。他看了看受伤最严重的伤员,思索着该怎么办。虽然这名伤员已经输上了血,但是,他的情况急需手术,他的腿血肉模糊,必须尽快截肢。若泽看到随"云雀"直升机来的一位卫生员,便向他点头示意。

"把伤员送到手术室去,"他命令道,"我给他做截肢手术。"

卫生员汗流满面,一脸倦容,但是,当他看到医生时,眼睛立刻亮了。

"是,大夫。"

卫生员把躺着伤员的担架放到一辆手推车上,向手术室推去。若泽在担架旁加快了脚步。

"出了什么事?"

"遭遇了伏击,"卫生员说,"部队从罗得西亚护送一批重要物资前往水坝。在松戈附近,大家以为危险已经过去,就放松了防备,开始吊儿郎当。结果出事了……游击队设了埋伏，发射了数枚'巴祖卡'[1]，击中了重要物资，"卫生员深吸了一口气，"就像地震一样，大夫，您是没有看到呢。我们赶到现场时，一片狼藉。至少死了十名士兵，还有大约四十人受伤。科蒂尼奥大夫还留在松戈救治无法移动的重伤员，他叫人把这些伤员送到太特来。"

他们在走廊中央的一扇门前转身，进入了手术室。手术室里开着空调，空调机呼呼的微风使房间里近乎舒适。伤员被抬到房间中央的手术台上，医生去洗手。露西娅修女带着手术器械来到手术室，开始对器械进行消毒，而卫生员给伤员注射了麻醉剂。若泽戴上了口罩、手套和帽子，开始检查伤口，考虑从哪里开始切割。在他看来，最安全的办法是截肢到膝盖以上。

露西娅修女来到手术台旁边，递给若泽一把医用锯子。医生最后一次检查了一下伤员的腿，似乎是在确认真的别无他法，然后，无可奈何地叹了一口气。

"我们开始吧。"

他拿起锯子，示意卫生员使劲按住伤员的腿以便截肢，然而，就在他抓住伤员的大腿，摆好锯子，准备锯开肉和骨头的时候，他感到有一只手拉住了他的胳膊。

"你是外科医生吗？"

他回头一看，尽管来人穿着医生的大褂，头上戴着帽子，脸上戴着口罩，他还是认出了这位医生。

"尼科勒！"他惊讶地喊道，"你怎么在这儿？"

"我正要去松戈，来帮忙处理伤员。"她说，随即将目光移向手术台上的伤员。"你马上要手术，可你是外科医生吗？"

"呃……不是，但是，我们的外科医生还没有到，伤员情况紧急。

---

[1] 指"巴祖卡"火箭筒。

我们必须立即为他截肢。"

尼科勒俯身向前，看了看伤口，评估伤员的情况。

"我懂了，"她喃喃地说，似乎赞同若泽的诊断，"你常做截肢手术？"

"当然，我做过几次。在非洲，我们都得是多面手，对吧？不过，我得承认，这不是我的专长……"

尼科勒轻轻地从他手中抽走了锯子，站到了他的位置上。

"可是，它是我的专长，"她以不容置喙的语气说，"你别管，让我来，好吗？你去照顾其他伤员吧。"

正如若泽离开家时预料的那样，医院经历了一个极其困难的下午。费托尔大夫及时出现，帮助尼科勒完成了手术，若泽和女护士们则集中精力照顾轻伤员和不需要截肢的伤员。途径太特准备前往佐布埃的阿罗斯医生也赶来帮忙。

夜幕降临时，院长和露西娅一起回到办公室准备第二天的工作。手术结束了，局面似乎得到了控制，伤员们都在病房里休息。若泽根据医院和空中医疗服务的需要安排好第二天的工作，希望第二天凌晨空中医疗队照例出发执行任务，可是，露西娅修女却不同意他的计划。

"这个星期我不能去，"她用力摇了摇头说，"*No hablar! Hay mucho trabajo para hacer!*[1] 大夫自己去吧！……"

院长在椅子上坐直了身体。

"怎么回事，露西娅？费托尔大夫在呢，军医们也马上赶来照顾伤员，而且，我们还有其他工作人员。我们完全可以去做空中服务的工作。"

---

1 西班牙语：别说了！有许多工作要做呢！

"*Tenemos médicos suficientes* [1]，"修女承认道，"但是，没有足够的护士。我要留下。大夫您一个人去吧。"

"一个人？一个人怎么去？这不可能，女士！我需要帮助才能完成工作。哪里见过单独一个人照顾全县所有居民健康的？"

"您还有区公所里的那些'护士'啊。"

"露西娅，你很清楚，他们掌握的只是很基础的东西。"

修女望着自己的上级，意识到了问题所在，考虑着自己该怎么办。

"您说得没错，大夫，"她承认，可还是觉得自己分身乏术，"但是，这里也有很多工作……怎么办？"

"每个人都必须尽自己最大的努力，这是唯一的办法。"若泽说，"别忘了，这些伤员还有费托尔大夫和其他医护人员照顾他们，可是，谁去照顾那些居民呢？没有人。你很清楚，我一个人不可能完成这个任务。我需要至少一个合格的护士来协助我。如果露西娅你不和我一起去，谁去？"

西班牙修女低下了头，几乎就要妥协了。

"*Es verdad* [2]，大夫，"她说。"问题是，空中医疗服务很重要，而我们的人手太少。如果从洛伦索－马贵斯派人手来……"

一阵敲门声打断了他们的谈话。医生和修女将目光转向办公室门口，只见一个长着金黄色头发的脑袋伸进来。

"打扰一下？"

是尼科勒。

"请进，请进。"若泽一边邀请着，一边显得有些犹豫，因为他觉得自己应该尽地主之谊，却又担心这个罗得西亚女人会做出或说出什么出格的事情。"一切都好吗？"

---

1 西班牙语：我们有足够的医生。
2 西班牙语：的确。

"一切都好,"尼科勒回答,双手藏在身后,"我给你带来一件礼物。"

"礼物?"若泽吃了一惊。"给我?"

尼科勒伸出双手,捧出一顶帽檐向上翻起的宽檐帽子,与电影里牛仔戴的那种帽子一样。

"这是我们在罗得西亚农场戴的帽子。喜欢吗?"

若泽接过帽子,仔细看了看。帽子上有一圈豹子皮做的皮带。他把帽子戴在头上,转向两个女人。

"好吗?"

"*Muy guapo*!"[1]露西娅修女称赞道。

"你看上去像克林特·伊斯特伍德[2],"尼科勒说,"你要保证去丛林地区出诊时也要戴着它哦。"

"我保证。"

尼科勒突然露出一丝不安的神情。

"我遇到一个问题,"她说,"直升机都飞走了,我需要搭车回松戈。"

若泽摘下帽子,挠了挠头。

"搭车去松戈?呀,那太糟糕了!"他想了一下,有了办法。"最好和部队谈谈,"他说着拿起了电话,"我想,他们后天会安排一个纵队……"

尼科勒歪着头,深吸了一口气,似乎不赞成这个建议。

"这个星期你不去开展空中医疗服务吗?"

"去啊。明天一大早我就出发。"

"你的飞机不经过松戈吗?"

若泽手里拿着电话,迟疑了一下,开始明白了她的意思。

"也就是说……经过,但是,要星期三。我明天要先去富兰孔戈,

---

1 西班牙语:真帅!
2 美国著名电影演员。

然后去科迪纽镇等地方。"

"带上我吧!"

医生刚要张嘴拒绝这个他连考虑都不愿意考虑一下的主意,却看见露西娅修女喜笑颜开,便没有勇气拒绝了。

"您看,大夫?"西班牙修女带着胜利者的表情说,"在我们需要的时候,上帝就来帮我们了。尼科勒大夫与您一起去,我留下照顾伤员。"

陷阱埋好了。

二十八

当派珀切诺基飞机从佐布埃机场起飞时,若泽就很担心会发生最坏的情况。第一天过去了,一切正常,没有发生任何问题,这是情理之中的事情,因为他们多带了一名乘客。阿罗斯大夫也搭乘了空中医疗服务的飞机,因此星期一全程与他们在一起。飞机先飞到富兰孔戈和科迪纽镇,直到夜幕降临时,才在佐布埃降落,大家在此过夜。阿罗斯就留在了佐布埃,因为这里有专为防治锥虫病而设立的卫生站,而他就是被派到这里的医生。

第二天早上,若泽和尼科勒登上了飞机。自从在卡多佐酒店度过了难忘的一夜之后,这还是他们第一次独处。

"我们今天去哪里?"罗得西亚女人问。

飞行医生在驾驶舱内打开地图,指着太特县西部的一个地方。

"终点是芬圭,"他说,"不过,中途我们会在卡祖拉和贝内停留。"

"我们什么时候到松戈?"

"星期五。按照惯例是明天到松戈,但是我做计划的时候,把松戈作为这个星期的最后一站,这样你就可以在每个降落的地点协助我工作了。要看的病人很多,我一个人应付不过来。"

尼科勒露出赞许的目光。

"好。"

飞机开始上升,一路向西,朝着卡祖拉飞去。柔美、半透明的蓝色天空上孤零零地飘着一朵朵白云;无边的天空之下,干涸的土地犹如一块宽大的橙色地毯,上面点缀着棕色的斑斑点点,那是猴面包树,从空中俯瞰好像是散落在地上的小小橡子。

从那个高度看，世界显得那么静谧而淡定。若没有发动机发出的单调轰鸣声，真可以说详和拥抱着天空。像往常飞行的时候一样，此刻若泽正被一种甜蜜而舒适的幸福感所包围。他想关掉发动机，让飞机平静地滑行，让自己像躺在母亲温暖怀中的婴儿那样享受随遇而安的安宁，然而，他知道这不过是自己的幻想，于是努力不再胡思乱想，专注驾驶飞机。

尼科勒打破了沉默。

"你试过吗？"

"什么？"

她向他投去一个意味深长的眼神。

"在天上做爱。"

若泽感觉自己的脸涨红了，说不出话来。

"拜托，千万不要。"

罗得西亚女人脸上露出狡黠的笑容。她的手挑逗似的滑到飞行员的腿上。

"我猜你已经想……"

若泽推开她的手。

"老实点！"

她不情愿地笑了一下，像一个娇生惯养的女孩被人抢走了布娃娃。

"唉，真扫兴！在卡多佐酒店的那天晚上，你可没有让我老实点，记得吗？"

"卡多佐是两年前的事情了，"飞行医生冷冰冰地说，"从那以后，我们就再也没有见过面。"

"可是，相信我，我可没有忘记！"她显出怀旧的样子，叹了一口气,仿佛回忆让她很享受。"天啊,我从来没有想过一个男人有……一个……总之,那么大。我的天啊,那天晚上我想到了什么!"

若泽不以为然地摇了摇头。

"我们已经两年没有见面了,现在你来这里是想再玩一次?你以为这是什么?"

"我们没有再见面,那是因为他们让我回索尔兹伯里去了。"她辩解道。"我能怎么办?可是现在,卡布拉巴萨水坝工程全面展开,我会常驻松戈,离你非常近。这样我们会经常见面了,对吧?"

"你常驻松戈?为什么?科蒂尼奥不是在那里吗?"

"人多,只一个医生不够。科蒂尼奥大夫人很好,可是,那些讲英语的工程师们需要一个精通英语的医生,你明白吗?"

她坐在若泽身边,衬衫敞开着,露出满是雀斑的胸部和乳沟,尤其是勾引的眼神,这让飞行医生难以自持,仿佛有人按下了他两腿之间的按钮,随着一声意外的咔嚓声,那个"怪物"醒了。

"听着,"他拼命抵抗自己身体蠢蠢欲动的欲望,"我是已婚男人,我必须尊重我的妻子。"

尼科勒的蓝眼睛翻了一下,不想听他的说教。

"太特这里的生活太无聊了!"她感慨道,"没有电视,没有海滩,什么都没有!我们靠什么消遣消遣呢?织毛衣吗?"她的手又滑向他的腿。"为什么不利用一下大自然赋予我们的最好消遣呢?这有什么不好吗?你什么都不用告诉你的妻子……"

"可这样是不对的!"

他反驳道,但是这一次却没有移开抚摸他右腿的手,这个细节没有逃过罗得西亚女人的眼睛。

"你以为在太特或松戈,大家都在做什么?"金发女郎甜蜜地低声说。"他们,不管是男人找女人,还是女人找男人,都是在一起胡闹。一场游戏罢了,亲爱的。哎,这有什么问题?不过是大家的一种消遣方式而已……"

"别人做什么我不知道，"若泽反驳道，显得比说话时的语气更坚定，"我只知道我们必须……"

他打住不说了，尼科勒的手已经从他的腿移到了"怪物"，而"怪物"正越来越膨胀起来。罗得西亚女人心怀叵测地笑了，在那一瞬间，她觉得自己赢了。

"那该死的东西没有自动驾驶吗？"她指着仪表盘问。

"当然有。"

"启动它。"

这是罗得西亚女人在投入他的怀抱之前说的最后一句话，而陶醉在湛蓝色天空中的若泽意识到，在身体完全主宰意志之前他要做的只有一件事：滑向这个女人炽热的深渊。

他按下了自动驾驶按钮。

从空中俯瞰，一个个草房似乎与土地和草丛融为一体，只有圆锥形的屋顶和显然来自厨房炉火的两缕冉冉上升的烟雾指示若泽那里隐藏着一个村庄。

"卡祖拉。"

若泽看了一眼敞胸露怀的尼科勒，示意她穿好衣服，然后，操纵着飞机准备着陆。他检查了一下风向和充当跑道的草丛位置，调整了飞机的姿态，使其正对地面的长方形草地。派珀切诺基飞机像一片树叶在风中摇摆着、颠簸着下降了，像是走下一个看不见的梯子的台阶。飞行医生按下一个按钮，起落架"咔哒、咔哒"地开启了。

突然，一个身影跑入下方的草地中央，使劲挥舞手臂，似乎是在拼命地向飞机发信号。

"那是什么？"罗得西亚女人吃惊地问，一边用手在背后扣上胸罩。

"那人是谁?"

若泽犹豫了一下,拉起飞机操纵杆。

"他们不希望我们降落。"

派珀切诺基的发动机发出一阵轰鸣声,飞机再次上升,放弃着陆。尼科勒对刚刚发生的事情感到疑惑不解,问她的情人,可是若泽没有回答她。他收起起落架,驾驶飞机转了一个圈,再次逆风对准了着陆场地。他再次下降,但是这一次他没有放下起落架,而是低空飞过跑道,观察下面到底发生了什么。

他看到一些人在挖掘跑道,并注意到其中一个人从土里取出一个金属的圆形物体。

"是地雷!"他惊呼,"跑道上埋了地雷!"

尼科勒像是被人猛击了一掌。

"*What*[1]?"她大吃一惊,感到难以置信,眼睛贴在飞机的玻璃上向下望去,想看清下面发生了什么,可是,飞机已经飞过了跑道,她只看到了猴面包树。"地雷?你说跑道上有地雷?"

"这种情况时有发生,"飞行医生若无其事地耸了耸肩膀,"一些跑道被埋了地雷,特别是有游击队活动的地方。这就是战争。"

尼科勒用手捂住嘴,把脸转向情人,蓝色的眼睛里充满了恐惧。

"*My God*[2]!现在怎么办?离开这里,对吗?"

若泽轻轻摇了摇头。

"等待。"

"等待?等什么?"

"就是等待。"

罗得西亚女人沉默了,她无法理解,但是相信飞行医生知道自己在

---

1 英语:什么?
2 英语:我的上帝!

做什么。派帕切诺基飞机再次上升，在卡祖拉上空盘旋，像一只正在伺机扑向猎物的巨大猛禽。飞行员紧紧盯着跑道上像蚂蚁似的走来走去的小小身影，留心观察他们的行动。

大约过了十分钟，若泽看到人们离开了长方形场地，其中一人用手臂再次向天空示意。这时，他再次将飞机调整到逆风位置，对正了长方形草地，下降高度，并放下起落架。

"你干什么？"尼科勒问，"你要降落？"

"当然。"

"你疯了？！"她提高了嗓门惊呼道。"跑道上有地雷。这种情况没有人可以降落！不行！咱们离开吧！"

若泽不理罗得西亚女人的抗议，继续保持方向，按照程序操控飞机下降。尼科勒开始绝望地尖叫起来，直到片刻之后，飞机在轮子猛烈碰触地面的作用下剧烈抖动了一下，她才面对现实，停止了喊叫。

他们着陆了。

在卡祖拉出诊顺利，虽然这里的居民和区公所工作人员的神经都明显绷得很紧。这个地区有游击队活动，两天前，一支突击队被派来在附近追捕敌人。那天晚上，人们听到从远处传来的枪声和爆炸声。

"我们不得不在跑道上布雷，"区公所负责人一边解释，一边用手背擦拭着在清晨灼热的阳光下从额头淌下的汗水，"是为了阻止游击队夜间从那个方向袭击。"他深深地吸了一口气，忧心忡忡地向跑道远处的地平线上那一排像静静伫立的哨兵似的猴面包树望过去。"我可不想挣这份钱了，大夫。事态越来越糟。总有一天，我要带着我的黑人妻子到贝拉去。"

考虑到跑道上埋设了地雷，而人们的脸上隐隐显出担心的神色，若泽认为也许更多的人需要就医却不敢靠近飞机。过往的经历告诉他，危险让居民变得更加胆怯,于是,他示意尼科勒跟着自己。

"来吧,"他一边说,一边戴上他的罗得西亚帽子,"我们去那边看看。"

"为什么?"她吃惊地问,不愿意下飞机。"我们不是要继续飞行吗?"

"对,我们要继续飞。可是,我们先要看看这里是否还有需要帮助的人。"

他们离开了草原上的临时小型机场,乘坐吉普车前往村庄。若泽从一个草房走到另一个草房,确实找到了一些需要帮助却不敢去停机坪的老人和妇女。

当他们准备离开最后一个草屋返回机场重新起飞时,医生看到一个身影突然拦住了他的去路。

"布兰科大夫,"那人问道,"可以跟我们走一趟吗?"

说话的人蓄着大胡子,大滴大滴的汗珠顺着黝黑的脸庞流下来,他穿着卡其布军装,汗水湿透了胸前和腋下。然而,最抢眼的是他手中拿着的东西:一个由金属装置和简易木制支架组成的物体。

一把"卡拉什尼科夫"冲锋枪。

一行人吓得站在原地一动不动。若泽望着区公所的工作人员,想听听他们怎么说,但是,他们似乎和他一样大吃一惊。尼科勒发现出事了,吓得缩到了区公所工作人员身后,仿佛想钻进地里消失不见。

医生转向武装分子。

"你想怎样?"

"我们需要你的帮助。"陌生人说,脑袋朝着草丛中的一条小路晃了晃,示意那是他们要去的方向。"请跟我来。"

若泽拿起药箱,毫不犹豫地朝那人所指的方向走去。

"大夫,"区公所负责人喊道,"别去!"

医生一边继续走着,一边转回头,然后,将目光落在游击队员手中的"卡拉什尼科夫"冲锋枪上。枪的位置并不构成威胁,但即便如此,它的存在足以构成威胁。

"我看,您也没有任何其他选择,对吧?"

二十九

医生随着大胡子游击队员沿着草丛中的小路走了大约两公里。在卡祖拉村村口,几个同样穿着有些破烂的卡其布军装的武装人员加入了他们。大家沿着小路一个接一个默不作声地走着,大胡子在前面带路,若泽紧随其后,其余人跟在后面。

医生很紧张,心跳越来越快,尽管他双腿发软,但还是极力掩饰自己的恐惧。实际上,这已经不是他第一次与游击队打交道;他经常在村庄里遇到受伤的人,虽然他们不承认,但可以明显看出是敌对分子,他都来者不拒。然而这一次,是他第一次被绑架,他不知道他们将把自己带到哪里去。但可以肯定的是,他们带他走不是为了杀他,医生自我安慰着,既心存希望,也有些担心。如果他们想那么做,就不会用礼貌的口吻跟他说话,而且,也不会等到现在,早就把他打死了。可是,如果他们不打算杀他,他们究竟想让他做什么?

一行人来到一片草房中间的空地停了下来。大胡子游击队员把医生领到其中一个草房示意他进去。若泽摘下他的罗得西亚帽子,弯腰穿过一段昏暗的入口。小屋里很凉,空气中弥漫着一股强烈的汗液和尿液混合的味道。他看到好像有一个人躺在一张垫子上,可是,直等到眼睛适应了黑暗,才看清了那人的样子。

是一个伤员。医生注意到,伤员的大腿裹着被血染红的绷带。他必须仔细检查一下。他看向伤员的面部。只见那人闭着眼睛,满头大汗。伤员的呼吸不规律,似乎睡得并不安稳。若泽把手放在那人的额头上试一试他的体温:发烧,但不是高烧。

"怎么样，大夫？"

医生回头看了一眼，见到大胡子游击队员正从自己肩膀伸过头来望着伤员。

"他在发烧，但是我看，不是高烧，"医生回头说，"我要检查一下他的腿。怎么搞成这样？"

大胡子面目狰狞起来。

"是突击队干的。他们搞突袭，打死了我们两个战友。还有四个战友受了伤，其中三人回赞比亚了，可是，埃内斯托倒霉，只能留在这里，他的腿被击中，不能走路。本来我们想给他处理一下，但是我们处理不了。"说着话，大胡子瞥了一眼门口，似乎担心有人进来。"我们必须马上离开，留在这里很危险，可是，我们又不知道该拿埃内斯托怎么办。这时，我们突然看见你的飞机，心想：布兰科大夫治疗过莫解阵游击队员，一定会帮助可怜的埃内斯托。我们就去找你了。"他挺直身体，仿佛他的任务终于完成了。"现在我们要走了。"

医生看了看伤员腿上带血的绷带，再次转向大胡子游击队员。

"你们要走，怎么走？你这是什么意思？"

"我们不能留在这里，大夫。"他指了指从草屋门口透进来的光束。"游击队员必须不断移动，而且，我们还去那里找大夫，突击队可能会回来。现在，你在这里，我们就可以走了。"

"谁留下与伤员在一起？"

"大夫留下。"

若泽又看了看躺在垫子上的人，摇了摇头。

"不，这样不行，"他加重语气说，"你们要帮我把他送到机场去。我们必须把他送上飞机。"

大胡子听到医生的话似乎愣住了。

"大夫，你是说飞机？"

医生指了指绷带血渍边缘的淡黄色泡沫。

"看见这个了吗?"他问,"是脓。他的伤口感染了。这个人必须立即送到医院去。我不知道时间是否还来得及保住他的腿,但是至少我要试一下。"他指着草屋,说,"他不能待在这里。"

"可是,我们不能去机场,大夫。那会给很多人带来麻烦的。"

若泽陷入了沉思。

"至少要把他送到村子里去,"他建议,"然后,剩下的事情就交给我来处理。"

游击队员喊来几个同伴,大家马上做了一个担架,将伤员抬上担架。几分钟以后,医生和游击队员们抬着伤员出发返回卡祖拉,一名侦察员在前面探路。烈日当空,若泽叫一个人找来一些棕榈叶,让他走到担架旁边,用棕榈叶当作遮阳伞保护伤员。

这是一支奇怪的队伍,几个穿卡其布制服的人抬着担架,一个白人从旁随行,像是一只白鸽落到一群乌鸦中。大胡子游击队员快步走到医生身旁。

"大夫连突击队的人也管吗?"游击队员好奇地问。

"有时会,"若泽回答道,"我给所有需要的人看病。"

"可他们是畜生,"游击队员说,"最残暴的是突击队的黑人。葡萄牙突击队里四分之三是黑人。这些人简直坏透了。没有一个好人。"他歪着头,"我要求你别管他们。"

"不管谁?黑人突击队员?"

"对,我要求你别管他们。"

医生调整了一下帽子,拉了拉帽檐以更好地遮挡日晒。炙热的空气在草丛的上方蒸腾着,越过草丛的上方边缘,已经可以远远望见卡祖拉村最外围的草屋屋顶,这明确意味着此次小小的冒险接近了尾声。

"你一定要明白,"若泽温和地说,"我是医生,我有我的责任。即便你带到我面前的是杀害我母亲的凶手,我也会给他治疗。"

类似无法预料的情况常常会迫使空中医疗队改变每周的巡诊计划。每当若泽·布兰科在某地发现有患者需要立即送往医院时,就会更改飞行线路。他不是按照既定的计划飞往目的地,而是飞往太特送患者到医院,然后再继续飞往原定目的地。

这一次也不例外。游击队员们将医生和躺着伤员的担架留在了卡祖拉村边。重获自由的若泽去找来区公所的人员,请求他们帮忙把伤员送到派帕切诺基飞机上。他钻进飞机,拆掉了两把椅子,腾出了后面的空间,安排好伤员的担架。

"那个家伙是谁?"他们在驾驶舱内坐好之后,尼科勒问,显然对身后那位乘客的存在感到紧张。"是游击队的吗?"

飞行医生正在检查仪表盘,忍不住笑出声来。

"别招惹他,"他建议,"小心,他会开枪的。"

罗得西亚女人睁着恐惧的眼睛紧紧盯着躺在担架上的人,饶有兴趣却又惊恐万状地观察着他。

"*My God*!是恐怖分子!"

若泽专心检查完仪表盘,结束了起飞的准备工作,开始启动发动机。

"不,"他说,"他是患者。"

从卡祖拉出发,他们本应前往贝内,并在芬圭结束当天的巡诊,但是,由于伤员的出现,并考虑到伤员目前的状况,若泽不得不改变飞行计划,因此,飞机起飞后没有向西北方向飞行,而是在空中转了一个大弯后向南飞去,飞向太特县城。

没有过多久,他们就飞到横跨稀树草原的一大片水域上空,那是奔腾的赞比西河,它从非洲腹地蜿蜒流向温暖的深深的印度洋。飞机降低了高度,若泽为了让紧张的罗得西亚女人放松心情,指了指在河岸上嬉戏的成群大象和一旁的河马和羚羊;他们还看到了两只长颈鹿和几匹斑马。

"看到那边那个了吗?"若泽指着水中漂浮着的一些树干似的东西问。"是鳄鱼。"

他们沿着赞比西河飞行,半小时以后在太特降落了。飞行医生从航空俱乐部打电话到医院,让露西娅修女派一辆吉普车来接伤员,并指示她让费托尔医生立刻救治这名伤员。

他们与病人一起等待医院的车辆到达。交接完伤员后,若泽和尼科勒再次登上了飞机出发,又一次在赞比西河上空飞行了一段时间,只不过这一次是朝相反的方向飞去,目的地是贝内。

三十

　　空中医疗服务的工作总是很忙，这个星期又过得十分辛苦，若泽盼着赶紧回家。与尼科勒重蹈覆辙让若泽悔恨不已，所以，星期五傍晚时分刚刚在太特航空俱乐部降落，他就按捺不住地想要冲入妻子的怀中。然而，他清楚此刻自己还不能这样做，他必须先去医院处理自己不在期间积累的文件。

　　当若泽开车穿过太特尘土飞扬的街道向市中心驶去时，他对米米卡斯的愧疚感愈加强烈起来。过去的几天里，与罗得西亚女人之间的关系都是两性之间的行为，让他愈发感到空虚，而且想念妻子。怎么可以这样背叛她？他一直觉得，两年前在卡多佐酒店发生的事情只是一个意外，时间已经让那次的失误变成了一段模糊的记忆，遥远得几乎不过是一场梦。

　　但是这一次不同。他已经背叛过一次，现在又一次背叛了妻子。他一连几天有意识地这样做，甚至是在太特县，而不是在遥远的洛伦索-马贵斯。最糟糕的是，他缺乏与尼科勒一刀两断的勇气，这才是真正困扰他的问题。大脑发出了指令，身体却拒绝执行。

　　为什么这样做？毫无疑问，体验一个外国女人带来的新鲜感只是答案的一部分。事实上，还有并且一定有更多原因。他与妻子的关系里缺少了一些东西，他怀疑是孩子。多年以来，米米卡斯一直想怀孕，但是，一直都没有成功。是她有什么问题吗？还是他自己有问题？实际上，他没有找到答案。

　　若泽把车停在医院门前。他郁郁寡欢地望了望像一座俯瞰城市的城堡般骄傲地矗立在山边的家的方向,然后,登上楼梯,走进了医院。

他同门卫打了招呼,在走廊碰到了露西娅修女。

"这一趟顺利吗?"她问,更多的是出于礼节,而不是真的好奇。

"正常。"医生漠然地回答道,"这里情况怎么样?"

"阿尼塞托·席尔瓦探长打电话来了,说让您一回来就去向皮德报到。"

若泽停下了脚步,对露西娅修女的话感到不解。

"真的?"

"真的,当然。他说'立刻'呢。"

"他解释为什么了吗?"

西班牙修女翻了一个白眼,仿佛那是一个游戏,而她已经玩腻了。

"没有,"她叹了一口气,"不过,他把游击队员带走了。"

"什么游击队员?我从卡祖拉带回来的那个人?"

"就是他。费托尔大夫对他的腿进行了治疗,没有截肢。可是,他刚刚好一些,皮德就把他抓走了。"

这个消息让若泽感到震惊。

"啊!"他惊呼。"见鬼,皮德怎么知道那人住在医院?"

露西娅耸了耸肩膀,表示毫不知情。

"*No sé*[1]。"

若泽没有等多久就得到了国家安全警察驻太特办事机构阿尼塞托·席尔瓦探长的接见。作为为警察们提供医疗服务的医生,他在这里是知名人士,受到了一杯新鲜卡比雷[2]饮料的欢迎,并被带进了负责人的

---

1 西班牙语:不知道。
2 Capilé,一种用铁线草制作的冷饮。

办公室。

"我让人叫你来是因为我们这里遇到一个小麻烦。"探长首先开场。

"什么？"医生问。"可别对我说你在担心本菲卡的新教练……"

虽然略施小计，却很奏效。每当他预感到与阿尼塞托·席尔瓦之间关系紧张时，就会提起本菲卡俱乐部，以此缓解一下谈话的气氛。

"才不是呢，大夫！"探长大声说，不禁露出了笑容。"我对我们从英国请来的这位黑根很有信心，一个穷得叮当响的英语佬。有了他，我们还可以再次征服欧洲。你等着瞧吧。"

"阿贾克斯俱乐部现在风头正劲，已经赢了冠军杯。他们那个克鲁伊夫，听说是一个假动作机器！……"

"瞎说！我们有尤西比奥！他是断球机器！"

"倒也是，可他也不能一直踢……"

阿尼塞托·席尔瓦似乎陷入了沉思，好像在考虑本菲卡巨星渐渐老去的年龄问题。他示意若泽坐在沙发上，自己也在他通常的位置坐下。

"你看，大夫，我希望的是，这该死的战争不要永远持续下去，"他突然画风一转改变了聊天的主题，"我派人找你过来正是因为它的缘故。"

"哦？出什么事了？"

"出事嘛，我听说大夫与游击队有过接触，还将其中一人带到了太特。别以为我不知道，你以前在丛林地区也给那些人看过病。在我看来，一切都没什么问题。可如今让我没有想到的是，大夫用飞机把游击队的人带到太特来，更有甚者，还让他住进了我们医院的病房，该死的游击队的人竟然睡在我们士兵旁边的病床上，成了他们的邻居，与他们并排躺着！大夫，这已经超出了我的底线。现在，您就差把游击队的人带到洛伦索－马贵斯去了，然后……然后请他住进波拉纳酒店的房间里。他妈的！哪里见过这种事情？！"

席尔瓦探长的口气越来越强硬，他气得脸涨得通红，越说声音越高，越说越激动，说到最后，竟气得几乎咆哮起来。他像一位口若悬河的演说家几乎一口气说完他要说的话，停下来大口喘着气，像是在等待听众的掌声。房间里突然安静下来，两人彼此凝视了长长的两秒钟。

"说完了？"

医生平静地问，话里没有一丝讽刺的意味，语气几乎不带任何倾向性。

"说完了，"阿尼塞托·席尔瓦点了点头，还在喘着粗气，"我在等你解释。"

"我的解释就是自从我们认识以来我一直在和你说的，"若泽说，"我是医生，我有保持中立的义务。我不是在与游击队或军队打交道，也不是在与黑人或白人打交道，我在与患者打交道。哪里有人需要，我就在哪里。我不在乎他是黑人还是白人，我也不在乎他们是……"

"可是，大夫，"探长打断了若泽的话，语气已经平静了很多，"你利用国家资源把一个游击队的人运到了太特，把他安置在病房里，可那里全是我们的人，也许他们之中有些人就是被游击队的那个人打伤的。你觉得这样正常吗？"

"我没有运送游击队的人，"医生争辩道，"我运送的是一个需要立刻救助的受伤的人，我不能见死不救。"

"如果他不拿起武器反对我们，他就不会死！……"

"对不起，探长，可是，这不关我的事。我只知道，我遇到了一个受伤的人，而我有办法救他。这就是我所做的，因为这是我的职责。至于把他送进病房，你应该知道，这种情况也不是第一次发生了。"

"什么？"

"你没有听错。"若泽继续说，为自己竟然告诉国家安全警察驻太特负责人一件让他感到新鲜的事情，从而证明身为探长也未必对所有人都了如指掌而感到有些得意。"我们有多少次从丛林里接走受伤或生病的人？你觉得我会问他们是不是游击队的人吗？我不知道他们是谁，他们身上也没有携带写有'游击队'的证件，对此我不感兴趣。如果他们需要帮助，我就会给他们提供帮助。我们已经把很多这样的人送进医院，对此你怎么看？他们都住进了男病房，躺在空出的床位上，不管旁边的人是谁，也不管旁边的人是不是军人。顺带说一句，他们之间从来没有发生过任何争执。医院里没有突击队、游击队或敌人，有的只是人。"

阿尼塞托·席尔瓦探长深吸了一口气，盘算着如何处理这个问题。他本想粗暴地解决这个问题，这样更简单、更迅速，但是，他知道自己不能那么做。太特县缺医生，因此，动其中一位就会带来麻烦。而眼前的那位医生，他除了是医院的院长、太特红十字会主席和医疗卫生代表之外，还担任空中医疗服务的负责人，执行的是洛伦索-马贵斯政府所认为的具有战略意义的任务。不能因为一个虽然毫无疑问与原则相关却实际上并不算大的问题与这样的人发生正面冲突。他认定，最好的办法就是向医生作一番解释，向他那个冥顽不化的脑袋里灌输一些常识。

他靠在沙发椅上，深深吸了一口气，考虑了一下能说与不能说的话。

"大夫，你要明白一件事情，"他慢条斯理地说，像是在权衡接下来要说的话，"自从颠覆行动开始以来，情况发生了很大的变化。当然，现在是1970年，颠覆行动已经持续了六年，这是事实，对不对？我们这边，萨拉查去世了，现在的部长会议主席是马尔塞洛·卡埃塔诺教授。他们那边，蒙德拉纳死了，现在的负责人是一个叫马谢尔[1]的。"

"探长，这些我都已经知道了，"医生打断说，"你到底想说什么？"

"我想告诉你，新领袖带来新想法，这是不可避免的。连名称都改了，他妈的！"他拍了拍胸脯。"看看我们，以前我们叫皮德[2]，现在改名叫DGS[3]。看到了？"

若泽听了忍俊不禁。

---

1 萨莫拉·莫伊塞斯·马谢尔（Samora Moisés Machel，1933—1986），莫桑比克解放阵线主要领导人，莫桑比克独立后第一位总统。
2 葡萄牙秘密警察组织的缩写"皮德"（PIDE）。
3 葡萄牙安全总局的缩写。

"抱歉，探长，这个名字像是一款汽车的型号。"他在空中比画了一下，像是在比画想象中的车牌。"雷诺 DGS！"他摇了摇头。"不过我想大家还会叫你们皮德……"

"我也希望如此，但是，我做不到，"阿尼塞托·席尔瓦说，"他们决定了，称我们'安全总局'，我们只能尊重他们的决定。萨拉查曾经说过，能指挥的指挥，该从命的从命。但这都无所谓。重要的是，如果改变从名称开始，想象一下，战术和战略，还有其他方面会怎么变。你一定能想象到，这些在舒适的办公室里谋划的东西现在开始落地生效。"他用食指敲了敲沙发椅前的茶几，似乎那就是"落地"。"我们的新任部长会议主席派来了考尔扎·德阿里亚加将军，他的想法有些美国化。因此，莫桑比克这里的战争即将进入一个新阶段，而且……"

"你是说考尔扎·德阿里亚加在德尔加杜角发起的那个大行动？"

安全总局的探长试图掩饰自己的惊讶，但是，他情不自禁的眨眼出卖了他。

"哦，大夫已经知道了？谁告诉你的？"

若泽的脸上露出矜持的微笑，如同一个扑克牌玩家藏起手里的牌。

"这么说吧，我有我的来源……"

"那你的消息来源告诉你什么了？"

"说这是一次美国式的行动，动用了多种军事手段，结果是成功的。"医生扬了扬眉毛，等待探长的认可。"确认吧，是真的吧？"

阿尼塞托·席尔瓦做了一个鬼脸，好像刚刚在他的沙发椅上发现了什么让他不舒服的东西，或许是一根朝上的大头针呢。

"这要看如何理解'成功'，"他冷冰冰地说，"这次行动的目的是将游击队赶出德尔加杜角和尼亚萨。这方面嘛，我认为它达到了目的，你可以说它是成功的。"他清了清嗓子继续说，"可问题是，这次的成功带来了一个不可预见的影响，我担心，它会给我们造成很大麻烦。"他用手势在整个办公室比画了一圈。"我说的'我们'是指我们太特这里。"

"我们?"若泽不明白,"什么意思?"

"我的意思是说游击队正在向我们这里运送武器和弹药,大夫,"他睁大了眼睛强调说,"是武器和弹药。"

"真的?"

安全总局的人从衬衫口袋里掏出一包L&M香烟,从中抽出一根,用打火机点燃。

"很不幸,是真的。"他吐出一口烟,然后说。"你知道,两年前,游击队把卡布拉巴萨作为他们的优先目标,但是当时,那纯粹是说说罢了。那些人仍然集中在靠近坦桑尼亚的德尔加杜角和尼亚萨,他们无法南下进攻,因为我们利用与马孔德人的民族矛盾,把马夸人拉拢到了我们一边。后来就有了迫使他们后撤的'戈耳狄俄斯之结行动',当前正在开展的'边境行动'就是要切断来自坦桑尼亚的游击队的通道。这让他们必须面对一个问题,你能猜得到,那就是接下来该怎么办? 尝试重新夺回已经被我们变成不毛之地的领土吗? 还是继续留在坦桑尼亚,就这样黑不提白不提地接受军事上的失败? 他们无路可走,便选择了第三方案:改变战区,来到了太特。倒霉的人是谁?"他用拇指抵住胸口,示意自己是受害者。"是我们! 如果说在此之前,这里还相对平静,游击队只是在民众中搞宣传活动,偶尔搞一些袭击,那么,现在他们已经开始进攻了。"他又吐出一口烟。"突发事件越来越多,大夫没有注意到吗?"

若泽肯定地晃了晃头。

"确实如此,"他说,"而且,我在卡祖拉降落时,跑道上布满了地雷,我带到太特来的那个人正是那场战斗的伤员。这样的事情我现在遇到的越来越多了。"

阿尼塞托·席尔瓦吸了一口烟,看着灰色的烟雾缓慢地螺旋式向上飘去。

"问题是,"他若有所思地低声说道,"他们常常出其不意陷我们于困境之中。"

"什么意思?"

"打得我们猝不及防呗。六年前,他们进攻德尔加杜角的时候,我们早就采取了防御措施。但是现在不同了。太特毫无防守。"

"考尔扎不派兵来这里吗?"

"当然会,"探长点了点头,"但是,我所说的防御措施不是单纯的军事术语。我们需要把居民转移到准备好的村落里,这样可以阻止颠覆行动渗透到民众之中。我们本应该对各民族开展工作,利用他们之间的分歧,瓦解土著人对游击队的支持。但是,我们什么都不做,什么都没有做成。现在,恐怕已经太晚了。"

"但是,庞特斯工程师不久前告诉我,拓居事务办正在筹建这些村落,而且……"

"是规划办。"

"什么?"

"拓居事务办也改名字啦,大夫。它现在叫'赞比西河规划办公室',简称规划办。"

医生翻了一个白眼,不明白探长为什么会因为这种细枝末节的问题打断他的话。他很清楚那个机构更名为"赞比西河规划办公室",但是,他已经习惯了以前的名字,积习难改罢了。

"随他们叫吧。他们实际上已经在建设村庄,让人们搬进去,"医生压低了声音,"在很多地方,好像有违人心呢。"

探长看了看表,在茶几上熄灭了香烟。

"听着,大夫,我跟你说这些是希望你明白,太特这里的情况有变,你要理智处事。"他似乎想加快谈话的进度。"我所要求的只是理智。我的要求并不多,对不对?像你所做的那些事,救治游击队的伤员,就是帮助敌人。我不知道在目前的情况下,你这样做算不算明智之举。"

阿尼塞托·席尔瓦站了起来,若泽也跟着站了起来。

"你有你的职责,我也有我的职责,"医生争辩道,"如果有人需要帮助,我有义务帮助他。如果你不能理解……那就算了。"

探长轻轻挽着他的胳膊向门口走去。

"如果大夫理解我,我就理解你,"他的脸上露出神秘的微笑,"如果你理解我的话。"

安全总局的人打开门,让院长先走。在走廊里,若泽犹豫了一下,好像忽然想到了什么,他转回身去。

"探长,我想请你帮一个忙。"

"说吧。"

若泽又犹豫了片刻。他知道自己的想法很大胆,需要定一定神。

"我可以看看我从卡祖拉带回来的游击队员吗?"

三十一

男人躺在地上一张席子上，当门打开时，他微微欠起身体。若泽的眼睛扫视着这个狭小的空间，它像一个炽热的烤炉，看上去很脏，空气不流通，散发着尿液和粪便的臭味。光从牢房顶部的一个小窗口射进来，照在对面的墙上，像电影院里电影结束后依然开着的放映机。

医生的注意力落到囚犯身上，只见他坐在席子上，正好奇地看着医生。他没有穿着之前在丛林里穿的那身破烂衣服，而是比较干净的衣服，显然是在医院换的，大腿上还绑着绷带，看样子该换一换了。

"你好，埃内斯托，"医生打了一个招呼，在他面前蹲下，"我是布兰科大夫。你的腿怎么样了？"

囚犯向他投来疑问的目光。

"布兰科大夫？是您把我从丛林中带来的？"

"对。"

埃内斯托的脸上露出真诚的微笑。

"谢谢您的好意。我住院的时候，露西娅嬷嬷对您赞不绝口。特别感谢您对我的帮助和关心。"

若泽眉头一挑，对这个游击队员的谈吐感到奇怪。在丛林里，很少遇见像他这样把葡萄牙语说到这种程度的黑人。

"我只是履行我的职责，"他看着绷带说，"那条腿怎么样了？"

"明显好多了。费托尔医生和露西娅嬷嬷干得漂亮，他们救了我的腿，"他显得有些无奈地看了看四周，"可是我担心在牢房里，一切努力都白费。伤口需要照料，否则会再次感染。"

"咱们看看吧。"

医生打开药箱,取出一卷新绷带和两个小瓶子,一瓶酒精,一瓶红药水。然后,他开始处置病人的腿,解开脏了的绷带。

"哎哟。"埃内斯托叫了起来。

由于他的伤势严重、恢复时间短、牢房的卫生条件又差,有一点疼是不可避免的,所以,若泽尽量让自己的动作轻柔些。他检查了伤腿的情况,发现有些瘦弱,明显比另一条腿萎缩了许多,这种情况也属正常,因为病人一直没有使用这条腿,只有恢复它的功能,肌肉才会增加。如果腿不发挥其功能,肌肉当然就会消失。

"你是游击队员?"医生问,他这么问并不是出于好奇,而是为了分散埃内斯托的注意力。"你向我们的军队开枪了吗?"

病人犹豫了一下,似乎在思考应该怎么回答。

"我对打仗的事情一无所知,大夫。"

"哦,你不知道?那你怎么受伤了?"

"长官让我做什么我就做什么。他命令我进入丛林,我就进入了丛林。长官们负责决策,而我们承担后果,难道不是这样吗?"

若泽笑了。

"这个我懂。"绷带已经全部拆掉,伤口暴露了出来。伤口已经缝合,可是,医生在简单检查之后发现,缝合处需要换线。医生准备好针,拿起一块药棉和一个小瓶子,在药棉上倒上酒精。"准备好。"

"准备什么,大夫?"

"会疼。"

他把药棉按在伤口上,病人大叫起来。

治疗持续了半个小时。医生离开牢房之后,直接来到阿尼塞托·席尔瓦的办公室。探长正在空调机前一边若有所思地踱步,一边向女秘书口授一份公文，但他还是停下工作接待来客。

"看过你的宝贝疙瘩了？"他打趣地说，"是不是挺好的？"

"探长，那间牢房的状况不适合恢复期的病人。"

皮德的探长耸了耸肩膀，表示推卸自己的责任。

"那不是医院，大夫。也不是酒店。"

"可是在那样的条件下，伤口会再次感染。其实，伤口已经开始感染了。要不是我及时发现，它会越来越厉害，那就麻烦了。"

阿尼塞托·席尔瓦把身体的重心换到另一条腿上，显得有些不耐烦。

"是啊，但是，绝无可能让他回医院。"他低声狠狠地说。接着，他好像陷入沉思，开始重新考虑问题。"除非大夫每两天来看他一次……"

他还没有拿定主意，不过，已经暗示他刚刚提出了一个解决方案，就看对面的人能否把握住机会。医生立刻明白了探长的意思。

"这是可能的，"若泽随声附和地说，"或者我来，或者我派人过来。他的伤口需要换线、换绷带。"

探长拍了拍他的肩膀，仿佛他们刚刚达成了一项协议。

"就这么说定了，"他说，"你能让他在一个星期内走路吗？"

"一个星期？"医生有些吃惊。"不可能！他至少需要一个月恢复期，再加一个月理疗，才能恢复肌肉力量，现在他的大腿肌肉功能已经退化了。然后他才可以正常行走。"

安全总局的人咂吧咂吧舌头。

"妈的！要两个月才能恢复？你确定？"

"两个月，至少。"医生坚持说。他皱起了眉头，好奇心又戳了他一下。"很抱歉，可是，为什么这么着急？"

"我必须把这家伙交给突击队。"他用手指了指办公室里的一张地图。"我们希望他能帮突击队确定游击队的基地、行动线路和补给点。但是，这必须尽快，否则，游击队就会改变线路，他的信息就过时了。"

"如果是为了这个，那你就别指望他了，"若泽加重语气说，"他需要时间康复。"

阿尼塞托·席尔瓦沮丧地张开双臂,深深叹了一口气,面露愠色,转头望着走廊。

"那他们要这个家伙有什么用?"

这个问题超出了医院院长的考虑范围。

"这个嘛,我不知道。你把他交给突击队后,他们会如何处置?"

探长抿住嘴唇,看着院长,他甚至觉得自己在和一个白痴说话。

"这个,大夫,有去无回。"

"'无回'是什么意思?"

"交给突击队的游击队员没有一个能回来的,难道你不知道?"

探长的话令医生顿感不安,他以为自己听错了。

"你说什么?"

安全总局驻太特负责人翻了一个白眼,深吸了一口气,觉得医生无知且幼稚得到了无以复加的地步。

"这是战争,大夫。"他用教训的口吻说,像小学老师在教儿童字母表。"游击队的人到了突击队手中,就不会回来了。你治好了那个家伙,他还是要死的。他已经被带到这里了,我们怎么处置他?送他去贝拉度假吗?不过是又多了一个麻烦。所以,突击队要做的就是把他彻底清除,然后在报告上写他企图逃跑,事情就此了结。"

若泽难以相信自己听到的,愣了好一会儿,脑袋里一片空白,不知道该说些什么。他在开玩笑吗?可是探长言之凿凿的语气打消了他的疑虑。

"他们能这么做吗?这不是违法的吗?"

阿尼塞托·席尔瓦耸了耸肩膀,似乎这个理由毫无意义。

"哦,大夫!……生活中不合法的事情太多了!我们是在打仗,不是吗?在战争中,就会发生这样的事情!……"

医生不安起来,甚至有些惊慌失措,他用拇指指向走廊,走廊的尽头就是牢房,包括关押从卡祖拉带回来的游击队员的那间牢房。

"你们要对他做什么?"

探长无奈地叹了一口气。

"目前嘛,什么都不做。我们得等两个月,然后,把他交给突击队。没办法!"

"可是,这就是说他们会杀了他!……"

安全总局的人摊开双手,表示这个问题已经超出了自己的职责范围。

"我告诉过你,这是战争。"

这不是医生想听到的回答。若泽僵硬地挺直身体,深深吸了一大口气,似乎在寻求能量来面对这个问题。

"听着,探长,这不可能。"他压低声音紧张地说,使劲摇了摇头。"把这个人交给我,我来负责。"

阿尼塞托·席尔瓦的脸皱成一团,露出不理解的神色。

"你负责?我没有听懂……"

"把这个人交给我,"医院院长重复道,"如果你不知道该怎么处置他,那就别把他交给突击队,把他交给我。"

安全总局的探长简直不敢相信自己的耳朵。

"你疯了吗,大夫?你想让我把游击队的人交给你?你要把游击队的人留在身边?一个游击队的人?目的何在?"

"因为你不知道怎么处置他。但是,我知道。把他交给我,我会照顾他。"

阿尼塞托·席尔瓦摇了摇头。

"休想!"他非常坚定地大声说。"你根本不知道自己面对的是什么人!这家伙是游击队的人!他会在第一时间逃走,去找他的人。"他用手指着医生。"如果他在逃跑前没有砍断你的脖子,你就算幸运之极了!……"

"不会的，"若泽同样坚定地回答，"再说，那是我的事情。我会对他负责，你的麻烦也解决了。"

探长走到走廊上，向门口方向走去，以此表示谈话已经结束，客人该离开了。若泽意识到事情几乎没有救了，可是直觉告诉他，唯一可以扭转局面的办法是抛出自己的王牌。如果连它都不能奏效，那就真的无计可施了。因此，他没有跟上阿尼塞托·席尔瓦，而是站在原地一动不动。

"如果你不把那个人交给我，"他向渐渐走远的探长说，"空中医疗服务将终止。"

牌已抛出，而且是很厉害的一张牌，至少得以让安全总局的负责人在走廊的尽头停下脚步，原地转回身来。

"什么？"

"我说过了。如果你不把犯人交给我，就不会再有空中医疗服务。"

阿尼塞托·席尔瓦一时竟无言以对，他试图理解却怎么也看不出游击队员和空中医疗服务这两件事之间的因果关系，脸上露出困惑的表情。

"大夫你疯了吗？"他老老实实地问。"你想终止空中医疗服务，就因为……就因为一个游击队员？我真的不明白！……"

直到这时，若泽·布兰科才一边做出息事宁人的姿态，一边向安全总局太特县负责人走过去。

"很简单，"他语气平静而颇具职业风度地说，像是在陈述一个客观事实，"游击队在丛林中把伤员交给了我，我答应给他治疗，并且把他带到了太特。他们会得出这样的结论：我把他交给了皮德，皮德把他交给了突击队，突击队杀了他。你看清这个局面了吗？"

"看清了，所以呢？"

医生来到探长面前站住不动了，似乎要与他决斗。

"下次如果我再飞去丛林地区，游击队会来找我，到那时会发生什么？他们会跟我说：我们信任你，将一个伤员交给了你，而你们却杀了他。然后会发生什么？你认为游击队会对我做什么？你认为在这种情况下,空中医疗服务是否还具备继续运行的安全条件呢?"

这些问题让阿尼塞托·席尔瓦动摇了,他的眼神黯淡,开始考虑医生说的这意想不到的局面:自己怎么没有想到这些呢?

"妈的!"

这时,若泽觉得自己赢了,但他还是忍住没有笑;他知道,永远不要取笑一个失败者,尤其是像探长这样有权势的失败者,这一点很重要。他没有那样做,而是近乎安慰地把手放在了席尔瓦探长的肩膀上。不过,当他问出接下来的问题时,还是抑制不住地流露出一丝欣喜,甚至可以说是一丝骄傲。

"我什么时候来接犯人?"

三十二

黏稠的黑色泥浆令人生厌,但是迪奥戈·梅雷莱斯别无选择。他在草丛中匍匐前进,在令人作呕的泥里摸爬滚打,直到在一片小高地旁边找到这个看似更为有利的角度。他手持G3步枪瞄准目标藏身的方向等待着。苍蝇飞来飞去,嗡嗡叫着落在泥沼地面上,挥之不去,让人心烦意乱。迪奥戈没有理会它们,他不想错过眼前的机会。

一个身影突然从草丛中跃起,迪奥戈将枪口转向它开枪扫射。仿照武装分子制作的人形木靶应声倒下,表明它被准确击中了。

"中了!"迪奥戈低声吼道。"打中一个!"

在卡尔达斯·达赖尼亚三个月军事课学习结束之后,迪奥戈被调往塔维拉,开始学习射击课。在塔维拉的三个月,迪奥戈每天黎明起床,握着自己的第一支G3泡在盐沼地里进行日常的作战和伏击训练,进行实弹射击,就像现在这样匍匐在泥地里击中教官预先藏在草丛中的木靶。

初来塔维拉训练时,他有些难以习惯枪支射击带来的巨大后坐力和似乎要震裂耳膜的枪声,但是三个月之后,他已经像熟悉排球一样熟悉了G3步枪,成为一名可以上战场的合格士兵。

他学习了将法国、英国和美国作战经验融合一体的基础上研发的反游击战战术,对《颠覆战争中的军队》使用手册,特别是关于"颠覆战争本质上是征服民众的问题"的理论几乎倒背如流。手册指出,战斗可能是反颠覆战争中最悲剧性的却不是最重要的方面;关键是民众的支持。

接着,他被调往瓜达军营,在这里等待接受新的安排,很可能是被派往海外省的某个岗位。他询问过战友,并且阅读了报刊上的所有新闻。通过各种信息,他大致猜出了自己未来的去向。1971年的复活节周末,迪奥戈去了一趟佩纳菲尔,与姥爷谈到自己未来去向的几种可能,正是姥爷让他对此有了更加明确的判断。

"最糟糕的是几内亚和莫桑比克北部。"马里奥·布兰科上尉告诉他,老人的脸上布满皱纹,闪亮的脑袋上头发已经几乎掉光了。"如果你去的是安哥拉,孩子,那就去法蒂玛感谢圣母吧。"

"佛得角呢?"

"嗨,那可真该去罗马朝圣啦!"上尉笑着说,"眼下嘛,佛得角、圣多美和帝汶简直就是军人的天堂。"

全家人聚集在一楼的书房里,等待神父复活节来访。[1] 阿梅丽亚听着祖孙二人的对话,也为外孙的前途感到担忧,忍不住开口问道:

"马里奥,你是军人,而且在里斯本参谋部又有朋友,你难道不能去说句话看看……咱们的小迪奥戈能不能不去?"

祖孙二人互相看了一眼。

"不可能!"

似乎神灵们都忙于其他事情,或者是有意捉弄迪奥戈,他的疑虑又持续了几个月。不过,漫长的等待终于在跨入1972年的时候结束了。那天早上,迪奥戈正躺在宿舍裹着毯子抵御山区的严寒。

"还在睡觉?"

一个声音闯进了他的梦乡。他浑身一颤抬起头,看到军邮少尉正俯身在自己床前,向他递过来一个信封。

---

[1] 葡萄牙复活节习俗之一。在复活节当天,教区神父会带着耶稣塑像登门访问教徒,让他们亲吻塑像。

"啊？什么？"

"还能是什么，老弟？"少尉问，晃了晃手中的信封。"你的调令！"

"什么？"

"接着吧，破玩意儿！"

迪奥戈几乎不假思索机械地伸出手准备接过信，但是他没有拿住，信掉在了床脚下。军邮送出信就算完成了任务，他转过身，和来时一样迅速消失了。

"祝你好运，老弟！"

迪奥戈完全清醒过来，他坐在床上，忽然忘记了寒冷，久久盯着那个棕色信封，用手抓着自己凌乱的头发，心脏焦虑地跳动着。他想，如此小得可笑的一个信封怎么竟可能装着决定自己未来的钥匙？他几乎害怕再拿起它，甚至连碰都不想碰它，但是，他很快想到，如果连对这样一件简单无害的东西都感到害怕，当有一天面对敌人的时候，自己会怎么做？

这样一想，迪奥戈不再犹豫，他捡起信封撕开一角，抽出其中的信纸，展开一看，的确，这是一张调令。这份文件告知他，他现在已经是一名替补兵，这意味着他将替补一名减员士兵，也许是一名伤兵，或者，天晓得，是一名阵亡士兵。

他的目光滑过信纸，扫过军队官僚机构正式而冰冷的文字寻找关键信息，即他将前往的目的地，终于，在格式信的倒数第二行看到了两个音节组成的地名。

太特。

三十三

若泽·布兰科照常于上午在太特医院出诊。一段时间以来,他固定每周四天开展县级空中医疗服务,每星期二出发,星期五返回,以确保每星期一在医院出门诊。他有时甚至经常在每星期的中间或当天返回太特,因为丛林地区患者的数量有所减少。事实上,疫苗接种行动取得了惊人的成绩,甚至根除了一些疾病,为此,大家还在医院的酒吧里喝着威士忌庆祝了一番。

那天上午,若泽刚刚处理完几例腹泻和两例疟疾患者,一个自称是丰塞卡少尉的军人走进了诊室。他的身后站着一个怀抱婴儿的女人。有趣的是,女人是黑人,而军人是白人。

"这是我们的女儿,大夫。"军人指着女人怀里的孩子说,眼睛露出痛苦的神情。"她病得很重,我们真不知道该怎么办。"

"她怎么了?"

"开始的时候,她有些发烧,但是到了晚上,开始剧烈地呕吐,我们很害怕。"

母亲将孩子放在床上,医生走了过去。他只看了一眼,就通过嘴里的两个脓包诊断出孩子的病。

"这是天花。"

他说得很轻松,像是在说普通感冒一样,但是,少尉是一个善于观察的人,捕捉到了医生目光中的不安。

"可以治吧,不可以吗?"

若泽·布兰科没有立即回答。他看着孩子,似乎在下决心。

"孩子还在哺乳期吧？"

"对，大夫，"少尉肯定地说，试图从医生的表情中读出他的想法，"刚刚六个月。为什么问这个？"

医生嘴角发出"啧"的一声，似乎少尉的消息不大合他的心意。

"哺乳期的孩子得天花，这个情况比较复杂，"他说，"她必须住院。"

军人夫妇对医生的这个决定大为震惊，女人将孩子搂在怀里，似乎这样就可以保护她，少尉也露出吃惊的神情。

"可是……可是，她才六个月大，大夫！……"

"正是因为这个。"

一切正常，这是若泽始终示人的表情。他走到诊室门口，向走廊里看了看，但是没有看到护士，于是，他示意这对夫妇跟他走，带他们去病房。孩子的父母对住院这个决定显得忧心忡忡。若泽知道，此刻最需要的是让他们冷静，而最好的办法是分散他们的注意力。

"你的妻子大可放心。我们会让她留在医院陪着孩子。"

"谢谢您，大夫，"少尉说，忽然显得有些不自在，"您看，玛丽安娜……其实，她不是我妻子。我们想结婚，当然，不过，军队里有些限制……真是麻烦！"

医院院长打量了一下双臂紧紧抱着女儿的黑人妇女：一个漂亮的女人，高挑的身材，厚厚的嘴唇，一定适合接吻。

"你们认识很久了？"

"两年了，大夫。我是 OPV 的指挥官，不知道您是否听说过，就是志愿警察组织……"

"我很清楚。你们负责监管赞比西河规划办在全县建设的村子。"

"没错。我的工作是招募和培训当地人，让他们管理村子，阻止游击队的渗透。"他随手指着一个方向说，若泽知道那是赞比西河。"我在马通多军营那边工作，不知道您去没去过那里。"

"去过，当然。"

"有一次，我遇到玛丽安娜，她是住在军营附近的一个农民的女儿。后来……您知道怎么回事，我们相爱了。军队不鼓励与当地人发生关系，所以，我们不可能结婚。"他耸了耸肩膀，转回头温柔地看了妻子一眼。"但是，我们跟结婚了一样。"

他们来到女病房，院长仍然没有见到一位护士。他来到休息室，看到一个穿着白大褂的人坐在那里看书，但是，他发现这个人不是护士。而是尼科勒。

"露西娅呢？"

罗得西亚女人抬起她的蓝眼睛，认出了若泽，对他笑了笑。

"来了一位西班牙神父，他们吃午饭去了，"她眨了一下左眼，"我觉得这是一个借口，对不对？神父和修女在一起？咿……"她笑起来。"他们应该在祈祷！……"

最近两年，若泽和尼科勒之间的联系时断时续。她因为工作原因常常来往于松戈和索尔兹伯里之间，但是，也经常会来太特，借口在松戈有一些配套性的工作，这一点并非不准确。她会在医院帮一两天忙，借此保持与他的葡萄牙情人的联系，然后，返回松戈或罗得西亚。现在，就属于这种情况。

医院院长叫来玛丽安娜和她的女儿，把她们介绍给这位罗得西亚女医生。

"听着，你来看一下这个小姑娘，"他说，"她六个月大，得了天花。"他向病房里的一排病床看了一眼。"给她们安排一个单人病房，好吗？"

尼科勒看了看孩子，又看了看母亲，最后惊愕地望着若泽。

"单人病房？"她问，目光再次落到黑人妇女身上，似乎觉得院长的命令很荒唐。"但是……可以吗？"

"当然可以，"院长反驳道，一边看着手表，一边返回了走廊。他要回家吃午饭，但是，他还要完成门诊的工作。"好好照顾这个小姑娘。"

米米卡斯做的馅饼是若泽的最爱,也是家里星期一午餐的必备美食,但是那天,他吃馅饼的时候,却感觉妻子一直用探寻的目光看着自己。

"怎么样?"她问,"好吃吗?"

"一如既往地好吃,"若泽称赞道。"你知道,没有人能做出像你做的这么好吃的馅饼。"

米米卡斯开心地笑起来,向正在观望的雇员投去一个心照不宣的眼神,雇员专注的样子让若泽意识到事出蹊跷。

"不是我做的,"妻子说,"是埃内斯托做的!"

丈夫看了看埃内斯托,像是在寻求确认,却立刻看到了他的笑容。

自从若泽把埃内斯托从安全总局带出来以后,埃内斯托一直在他的家里工作。他们达成了协议:若泽雇他工作并支付给他一笔工资,但是,他必须保证自己不再回到丛林去,否则,这将给他的保护者带来麻烦。与阿尼塞托·席尔瓦的预判相反,事情很顺利,两年来,双方都遵守了协议,甚至建立了某种信任关系,以至于埃内斯托悄悄告诉若泽,说自己在卡祖拉受伤的时候,曾是游击队的布雷和埋设陷阱的高手。现在,他在太特是一个自由的人,已经结婚,并与妻子住在医院院长家配套的房间里。刚开始的时候,他专门负责花园的工作,但是那天,看来米米卡斯已经成功地让他爱上了烹饪艺术。

"看出来了,"若泽赞许地点了点头。"看来,我们要失去埃内斯托了。你们知道太特的下一家餐厅叫什么吗?"他用手指比画着想象中的招牌,"'游击队之家'!我敢打赌,连席尔瓦探长也会去那儿吃饭的!"

听了若泽的一番话,埃内斯托露出狮身人面像般的微笑和一排雪白发亮的牙齿。

"给那个人,"他用准确的葡萄牙语低声说,"我会在菜里下毒。"

医生不喜欢这个想法,用责备的眼神看了埃内斯托一眼。

"埃内斯托,怎么回事?这是什么话?家里不谈政治!我们不能……"

他还想说些什么,却听到外面传来一个女人的两声"布兰科大夫"。医生站起身,走到后院的露台看发生了什么事情,只见护士马本达的妻子正拉着自己的一个孩子站在院子中央青枣树的树荫下。

"布兰科大夫,警察把我丈夫带走了,"她焦急地说,"请把他带回家来吧。"

若泽·布兰科叹了一口气,他已经厌倦了这种反复发生的事情。马本达护士有15个孩子,也是他命里注定,两个最大的孩子逃到了丛林里,成了游击队员。安全总局得知这件事情后,便经常拘留他,这成了家常便饭,所以,马本达告诉他的妻子,只要警察把他抓走,就立即通知医院院长。这就是她现在正在做的事情。

"好,"院长点了点头,"回家吧,放心,我一会儿就去找皮德。"

可是,女人两臂交叉抱在胸前,仍然站在原地不走,似乎还有话要说。医生望着她,鼓励她继续说。

"他们还带走了门东萨先生,"她接着说,丝毫没有因为提了这么多要求而感到有什么不妥,"还有他的朋友们。"

医院院长捋了捋自己的头发。孔吉拉·德门东萨也是医院里常常陷入困境的护士之一,他经常晚上和自己的三个黑人朋友一起学习,而这几个朋友与反对派有联系,安全总局怀疑他们的所谓"学习",因此经常会"邀请"他们去牢房住一住。若泽成了那个每次去牢房接他们的人。

"我会一并处理,"若泽承诺说,"忙你的事吧。"

女人似乎很满意,带着儿子走了,留下院长一人在自己家后院的露台沉思。若泽缓缓走回餐桌,重重地坐在椅子上,馅饼在盘子里还冒着热气。他环顾四周,发现餐厅里只剩下自己一个人;埃内斯托已经回到厨房,米米卡斯去卧室换衣服。

他拿起餐叉,插到食物中。正当他准备把食物送到嘴里时,电话响了，他只好停了下来。

"这次会是什么事?"

他放下餐具,无奈地叹了一口气,起身去接电话。电话的另一边是护士长。

"喂,露西娅?和神父的午餐怎么样,疯丫头?好好祈祷了吗?"

"大夫,"她紧张地说,也许还顾不上理会医生的玩笑,"请您和米米卡斯太太马上到医院来。"

修女一反常态的生硬语气让若泽立刻紧张起来。

"为什么?出什么事了?"

电话那头一阵沉默。

"刚刚有一架直升机到医院来了。游击队在安哥尼亚地区发动伏击,打死了一个人,"她停顿了一下,"直升机把尸体带回来了。"

"哦,那要怎样?"

电话另一端再次沉默了,很明显,露西娅知道自己要讲的消息会让院长感到震惊。

"是特罗旺局长,大夫。"

三十四

穿着短裤、光着膀子的下士正在写信,突然,他感觉有人走进了帐篷,抬起头,正与一个又高又瘦的小伙子打了照面。只见来人身穿迷彩服,军容整洁无可挑剔,清瘦的脸庞青春洋溢,从军帽下露出来的棕色头发发梢微微卷曲,肩上戴着下士的徽章,背上背着一个巨大的背包。

"哟嗬!"赤裸上身的人惊呼道,"来了一个保罗·德卡瓦略?"

新来的人一动不动地站着,显得有些吃惊,对方竟说出这位当红歌手的名字,这可是葡萄牙电视台歌会的新星,已经成为葡萄牙那些小女孩心中的偶像。他环顾四周看看帐篷里是否还有其他人在。没有,所以他断定这位战友是在说自己。

"保罗·德卡瓦略?"

"对,保罗·德卡瓦略,"打着赤膊的军人说,"你跟他简直是一个模子抠出来的,哥们儿。"他大笑起来。"别告诉我你也会唱歌。来吧,唱一个!……"不等新来的人回答,他就自顾自地哼唱起了里斯本的电台当时经常播放的歌曲。"同样的街道,同样的色彩,爱人快乐地走着,微笑着……"

新来的人没有理会战友刺耳的声音,他核对了一下手中的文件,将背包放在与纸上标明的号码相对应的行军床上,然后坐在床上,放松身体,满足地咕哝一声。

"嗨!终于到了!"

光膀子的人对新来的人这种不见外的举动颇感不屑,歌唱到一半停了下来,从自己的床上站了起来。

"喂,那不是你的地方!"

"从现在开始就是了。"

"不,不是。那是一位战友……是我们一位战友的。"

新来的人皱起了眉头。

"遭遇伏击牺牲的战友,"他补充道。"我知道,我就是来接替他的。"

赤膊男人一动不动,似乎是在平复自己的情绪,考虑接下来该做什么。有人要占据倒下战友的床位,这让他心里很矛盾,一方面,他觉得这不尊重他对逝者怀念的感情,另一方面,他知道这是生活在继续的确凿信号。他深深地吸了一口气,对于不可避免的事情显得无可奈何,在部队,死人的事情发生之后,生活还要继续。

"你叫什么?"

"迪奥戈,"新来的下士回答说,"迪奥戈·梅雷莱斯。"

"你是捷克人?"

迪奥戈满脸疑惑。

"什么?"

"我问你是不是新来的[1]!新兵蛋子,菜鸟……"

新来的人明白了。

"啊,对。我刚从葡萄牙来。"

"又是一个'投机分子'。"

迪奥戈没有听懂这个词。

"什么?"

"你来这里做什么,哥们儿?统计、帮厨、处理行政事务?……"

一连串的工作清单惹得新来的人大笑起来。

"什么行政事务?"迪奥戈问,嘲弄似的撇了撇嘴。"据我所知,我

---

[1] 葡萄牙语 checo 有"捷克的""捷克人"的意思。但是在莫桑比克俚语中,checa 是双性名词,指新来的、没有经验的人。

是来打仗的。"

"这么说，你不会躲在铁丝网后面？！"

"除非逼我这么做。"

赤膊男子点了点头，仿佛完全认识了这位走进下士帐篷的新人。他在床上坐直身体。

"我叫亚历山大，"他自我介绍说，"但是在这里，大家都叫我'猛子'。和你一样，我也不是来投机的。"

迪奥戈听说过这个名字。

"哦，原来你就是'猛子'？上尉说，你给我发枪……"

听到这里，"猛子"不耐烦地翻了一个白眼。他长长叹息一声，放下纸和笔，一边懒洋洋地嘟嘟囔囔，一边费力地站了起来。他挠了挠浓密的胸毛，不满地看了看新来的人，好像在责备他给自己带来了麻烦。接着，他把手伸进短裤里挠了挠，又咕哝了一串让人费解的话，最后一句几乎听不见，好像是在说"该死的"之类。迪奥戈不知道这位战友口中的"该死的"指什么，是否是说自己这个给他添了麻烦的新来的人，还是让他瘙痒的东西。"猛子"整理了一下内裤和短裤，向上拉了拉，闻了闻自己的指尖，喃喃地说："嗯……这味儿不错！"然后，他扔下一句简短的"我马上回来！"走出了帐篷。

从表面看，"猛子"不像是一个特别守时的人，可事实是，他很快便兑现了承诺，几分钟以后，带着一支G3步枪和一个装满手榴弹和补给的木箱回来了。

"这是你干活的家伙什儿，"他将自动步枪递给新来的人，"拿着。"

说着话，他把弹药箱扔到行军床旁边。"这是你的'李子'[1]和'鸟'[2]。要像爱护你的'命根子'一样看好它们，听到了吗？"

迪奥戈坐在行军床上，掂量着 G3 的分量。他将食指伸进枪管抹了一下，然后看了看自己的手指；手指脏了，这说明他得花一些时间把枪好好擦拭一番。他又闻了闻自动步枪，意识到它该上油了。

"你说说看，'猛子'，"他说，可眼睛并未从 G3 步枪上移开，"这里是'炮营'，对吗？"

刚递给他枪支弹药的下士仍然站在行军床旁，或许他是懒得再走五米回到自己的位置。

"是啊，怎么了？"

"据我所知，'炮营'的意思是炮兵营，"他指着帐篷的入口，"但是，外面连一门炮都没有……"

"猛子"哈哈大笑，竟笑得咳嗽起来。

"你真幽默，哥们儿，"他刚缓过气来，便大声说道，"这个破玩意儿是叫炮兵营，但是，这里只有步兵。"

"那为什么叫'炮兵营'？"

战友耸了耸肩膀。

"谁知道！"他冷冷地说，"全都疯了，哥们儿。这里没有什么是有意义的！……"

"也不能这么说。"迪奥戈反驳道。他习惯面对激烈比赛中的风云变幻，拒绝悲观态度，而他的座右铭是，胜者从积极的方面考虑问题。"无意义的事情可能确实有，不过，其实我们在这里有重要使命。我们需要赢得人心。为此，我们要用文明的态度，而不是……"

"猛子"突然令人意想不到地从迪奥戈手中一把夺走了枪。迪奥戈

---

1 指手雷。
2 指子弹。

惊愕地不作声了。赤膊的下士拉开枪栓，将一颗子弹填入枪膛，瞄准帐篷的入口，做出准备射击的样子。

"文明的态度？"他吼道，"这里的规则是随时准备杀人，听到了吗？"他将目光从准星转移到新来的人。"你这套鹦鹉学舌的屁话，傻瓜才会听。这里是现实世界，不是他们在学校教科书里教你们的虚幻世界。"他的头向迪奥戈的行军床晃了晃。"知道以前睡在你这张床的战友为什么死吗？因为他废话太多，却没有做好杀人的准备。这就是现实。想知道不杀人的人结果怎样吗？答案很简单：被杀。"他放下枪，把它还给迪奥戈。"如果你不准备杀人，最好做好准备。明白吗？"

"明白。"

"猛子"转过身，慢吞吞地朝自己的床走去。躺下之前，他的手又伸进短裤里，骂骂咧咧地狂抓起来。

在希奥科，日子过得难以言表的乏味。防御阵地位于丛林深处一条长长的小路尽头，小路从太特和松戈之间的公路一直延伸至一条只有在雨季才会涨满水的干涸河床。

"炮营"的全称是 7220 炮兵营，指挥部设在尚加拉，这是位于太特和佩里镇[1]之间的公路旁的一个小镇，从这里可以控制通往罗得西亚的要道，周边在希南加、希尼扬达和希奥科更孤立的位置派有驻军。

抵达后的第一个早晨，迪奥戈在希奥科营地转了转，很快发现这是一个被战壕和铁丝网包围的狭小空间，到处都是功能各异的草房、窝棚和帐篷，有的是宿舍，其中一个是指挥所，一个是秘书处，一个是食堂；这里还有医务室、厨房、通讯室、车辆修理厂和仓库。弹药库是迫击炮和无后坐力炮的攻击目标，需要特别加以保护，因此，设在地下，

---

[1] 现莫桑比克中部马尼卡省省会希莫尤的旧称。

外面还做了适当伪装。

"喂,'猛子',"迪奥戈第一次走遍了整个营地后问,"你们在……那个,在哪里方……方便?"

"你要拉屎?"

话问得过于直白而令新来的人感到十分尴尬,他本想假装淡定,但是却无法掩饰脸上的微红。

"就是……是。"

刚刚睡醒的"猛子"仍旧光着膀子、穿着短裤,用手挠了挠身上浓密的毛发,抽了抽鼻子,往旁边吐了一口痰。

"如果我是你,我就憋着。"

迪奥戈十分惊讶。

"是这样啊!为什么?"

战友做了一个手势算是回答,示意迪奥戈跟自己走。他们穿过士兵住的帐篷和两个草房,来到干涸的河床旁边营地最外围的地方,只见在土地与河床之间的坡地上方有三个用沙袋围着的小木屋。

"过来,保罗·德卡瓦略,""猛子"边说,边招手示意迪奥戈,"闻到令人一激灵的味道了?"

还没有走到跟前,迪奥戈就已经闻到了粪便的臭味。

"怎么,没有闻到?"

"猛子"指了指三间小木屋。

"这里就是厕所,"他说,然后,他指着干涸的河床和对岸的丛林继续说,"你看,这个位置非常暴露。有时,游击队躲在对岸,就在我们'种花'的时候向厕所开枪取乐。所以,只能天黑了再来。"

"我明白。"

"猛子"的眼睛糊满了眼屎,他的目光从厕所转移到新来的人。

"你还想拉屎吗?"

迪奥戈挠了挠头,考虑了一下肚子的压迫感;一方面,事情确实有些着急，另一方面，也不能忽视厕所后面空旷地点的问题，那里确实太暴露。怎么办？正在左右为难的时候，他突然想到也许医务室有药可以缓解他的痛苦，让他足以坚持到夜晚降临。

"也许我最好再等一等。"

    他真的坚持到了黄昏，还借着暮色中散射出地平线的金色、深红色和紫色的明亮霞光解决了肚子的问题，免得面对漆黑一片时的窘境。如厕是一场与成群苍蝇的苦战，还得做出难度很大的肢体动作，以免屁股碰到肮脏的厕所的任何地方，与此同时，隔壁小屋不时传来战友的哼唧声和叹气声，他们也在利用最后的阳光清空肚子。

    如厕完毕，他像醉汉似的跌跌撞撞地在转眼之间便笼罩了四野的黑暗中摸索着穿过营地，并且还自我安慰着，此刻的自己绝对安全，因为没有光的指引，敌人的子弹打不到他。他找到了食堂，发现自己是第一个到的，便走了进去，坐在一张长椅上等待晚餐。

    其他人三三两两地陆续来到食堂，先来的人惊讶地发现黑暗中有人。

"怎么？你不开灯？"

问话让迪奥戈吃了一惊。据他所知，营地没有电。

"什么灯？"

他的话引起了哄堂大笑。

"'巴祖卡'灯啊，哥们儿。你一个都没有吗？"

"巴祖卡"灯？迪奥戈听他们提到肩扛式火箭筒感到纳闷。火箭筒怎么能照亮帐篷？战友们在说什么？

"这个……没，"他结结巴巴地说，努力掩饰自己的不明就里，"一个都没有。"

"怎么搞的！"一个士兵大呼小叫起来，"一个都没有？去'冰川'拿吧，哥们儿！那里有很多'巴祖卡'。"

冰川？

"噢，好，"迪奥戈应道，他假装明白了，但实际上什么也没有听懂，"也许，你是对的……"

士兵们看着他，出乎意料的对答也让他们感到愕然；显然，他们在帐篷里遇到的这位战友什么都不懂，这引起了他们的怀疑。是游击队的人？黑暗中，很难看清他的样貌，因此，他们担心是敌人渗透进来了。然而，他们察觉到，这个陌生人说的是葡萄牙的葡萄牙语，甚至还带有波尔图口音。不可能是游击队的人。塞多费塔[1]可没有游击队……

"咳，是那个新来的，哥们儿！"有人喊道，"是昨天新来的下士，该死的！"

这一发现引来一阵如释重负的笑声，士兵们纷纷拍了拍迪奥戈的后背，为没有认出他而道歉。一个士兵走到帐篷的一角，打开了一个以油为动力的冰箱，冰箱的灯光照亮了他的身影，只见他蹲在那里，回过头看着迪奥戈。

"我的下士，你看到这个了吗？"他指着冰箱说，"在莫桑比克，这个叫'冰川'！"他又指了指冰箱里像排成方阵的士兵似的整齐摆放的一瓶瓶马尼卡啤酒，"这些就是'巴祖卡'！"

士兵取出一瓶啤酒，拉开瓶盖，把它递给大家，于是，大家手递手传着啤酒直到把酒喝光，然后几乎同时打了一个嗝，并为这一巧合笑了起来。这时，一个人开始往瓶子里倒入液体，迪奥戈从强烈而独特的气味闻出那是汽油。然后，他们把一块抹布塞在瓶颈里，有人划了一根火柴，点燃了用抹布搓成的捻子，瓶子发出颤抖的光，照亮了整个帐篷，将一个个晃动的人影投射到帆布上。

"好啦！"第一个士兵一边把瓶子放到桌子中央，一边喊道，"启动发电机！"

---

[1] 葡萄牙波尔图的一个教区。

另一名士兵指着燃烧的抹布冒出的烟示意下士。

"你闻到'巴祖卡'的味道了吧?"

迪奥戈吸了一口气,立刻闻到刺鼻的燃油味。

"闻到了。"

"这是晚上用火箭筒的另一个好处,"那人说,挑了挑眉毛强调这东西的妙用,"立刻让蚊子'立正'。"

点燃的瓶颈形成跃动的光晕,照亮了帐篷。对于美食家来说,这顿晚餐乏善可陈。珍珠鸡配米饭和豆子,一切都在超现实的环境中就着"巴祖卡"的光进了肚子。

迪奥戈一边吃着鸡腿肉,一边观察坐在桌子周围的人。在半明半暗的光线中,他们的样貌随着火苗闪烁的节奏晃动着,飘过桌子,映在瓶子上。白天,他就发现连队有不同种族的士兵,晚餐时正好确认了这一点。一半战友是白人,另一半是来自莫桑比克的黑人或混血儿。这在他看来是自然而然的事情;政府不是说葡萄牙从米尼奥延伸到帝汶吗?在他看来,他的祖国确实辽阔:始于雷戈达瓜,止于希奥科。

"怎么了,下士?"一名士兵问,"鸡肉不好吃吗?不想再吃一点?这里还有面包和奶酪……"

迪奥戈听出来这是一个阿尔加维[1]人。

"我饱了,谢谢。"

一连串的问话让迪奥戈注意到,来自葡萄牙的战友们口音各有不同。他还发现有一些白人士兵用手抓饭吃,他们的脸向前伸着,鼻子几乎贴到盘子上,嘴巴张得很大,发出响亮的咀嚼声;让他并不感到意外的是,"猛子"就是其中之一。

---

1 葡萄牙阿尔加维省。

"你是哪里人,'猛子'?"

"我是雷东杜[1]的。"

他问了另外三位白人战友同样的问题,发现在葡萄牙士兵中间,即使不是大部分,也是有许多人来自农村,是因为战争从山后省、贝拉省或阿连特茹省来到非洲丛林的农民。

的确!他心想,目光在粗鲁的士兵中徘徊,晚饭时,他们发出很大的声音,饱嗝连连,还用手背擦嘴巴。如果教化者自己都需要教化,那么,他们该如何执行教化的使命?

1　葡萄牙埃武拉省雷东杜市。

三十五

通常，在太特医院里见到的军服都是迷彩服，但是那天午后，当若泽·布兰科和妻子匆匆赶往医院急诊室时，他们却发现到处都是治安警察制服。所有的人都被震惊了，米米卡斯一直拒绝相信丈夫几分钟前告诉她的那个消息，可是，警察们凝重的表情证实了她听到的消息是真的，直到这时，她哭了起来。

这时，露西娅修女提着一桶水从院子经过。

"特罗旺在哪里？"院长问。

修女用头示意医院工作人员专用的急诊室的门。

"里面。"

若泽穿过门走进房间，床上躺着一具尸体。他认出了朋友，瞬间感到喉咙一紧，仿佛一道无形的屏障阻止了他，使他无法向前一步。他转过身，忍住眼泪，急忙离开房间，来到米米卡斯身边。

"布兰科大夫。"有人在喊他。

沉浸在痛苦中的医生转过身，认出了喊他的人，是治安警察局副局长洛佩斯中尉。他穿的衬衫敞开着，一副茫然不知所措的样子。

"中尉，"医生同他打了一个招呼，此时此刻，最需要与之谈一谈的人或许就是他了，"出了什么事？"

洛佩斯中尉摘下帽子，用手背抹了一把满头的汗水。

"这是今天早上在安戈尼亚发生的。"他说。几个小时之内，他无数遍重复着同样的事情，但是，似乎他需要这样一遍又一遍地讲述。"特罗旺局长是去那里视察的。在返回的路上，游击队突然出现在路边，当车队经过时,他们用机枪向车队扫射,"他压低了声音,"他就是被侧面打过来的子弹击中的。"

"当场毙命?"

中尉摇了摇头。

"不是。"

医院院长心情沉重地叹了一口气。像露西娅修女告诉他这个消息的那一刻一样,他想起最后一次见到朋友的情形。那是两天前的星期六,特罗旺和妻子在他家吃过晚饭以后。特罗旺和正怀着第二孩子的卡洛琳娜走到门口道别。他记得,当时,特罗旺向他点了点头,这就是他留给自己的最后印象。

"有件事情我不明白,中尉,"若泽说,打破了缅怀好友时的沉默,"特罗旺局长的吉普车不是防弹的吗?"

洛佩斯中尉点了点头。

"真是活见鬼,大夫。安戈尼亚的区长想和局长谈一谈,就邀请他上了自己那辆车,可是,他的车不是防弹车。在回来的路上,一开始,区长的车走在前面,防弹吉普车走在后面。游击队进攻的时候,他们全力向汽车开火。局长正好坐在后座受到攻击的一侧,结果被击中了,不过,区长逃过一劫。"

中尉的话说完了。米米卡斯一直在默默地听着他们的谈话。

"卡洛琳娜一定崩溃了,"她边摇头边说,"太可怕了!……"

洛佩斯中尉清了清嗓子,几乎显得局促不安。

"恐怕还没有人通知局长的太太,"他说,"今天早上忙得焦头烂额,我们的首要任务是把他送到医院来。现在,我们要办理各种手续,然后……通知家属。"

若泽和米米卡斯交换了一个眼神,感到责任重大。他们是特罗旺夫妇的好朋友,不希望以官方的形式告知卡洛琳娜这一噩耗。

"这样不行。"米米卡斯喃喃自语,深深吸了一口气,似乎在为即将面对的事情做心理准备。"让我们告诉她吧。"

若泽和米米卡斯一路沉默不语地来到特罗旺家。这是一幢具有殖民时期特点的别墅,离河边比较近。他们把车停在治安警察局警队旁边的一棵树下,克制住紧张的情绪,朝大门走去。

卡洛琳娜正坐在后院的一棵芒果树下,一边乘凉,一边读着放在腿上的阿加莎·克里斯蒂写的一本侦探小说,左手漫不经心地驱赶着周围嗡嗡叫的苍蝇。她的儿子在地上玩小推车,膝盖脏兮兮的沾着泥土,一头金发在阳光中熠熠发亮。

卡洛琳娜察觉有人推开了大门,便抬眼望去。见是布兰科夫妇,她感到奇怪,因为他们很少在这个时间来看她,但是她转念一想,觉得这并无不妥,说到底,朋友相聚,什么时间都合适。于是,她把书放在地上,马上站起身,挺着大肚子,笑眯眯地迎接他们。

然而,布兰科夫妇却没有回以同样的微笑。在那一瞬间,卡洛琳娜看到来访者脸上流露出一种奇怪的肃穆神情,她意识到一定出了大事,感觉两腿发软。

"出什么事了?"

在回家的路上,若泽一边操纵着方向盘,一边考虑是否应该重新制订这个星期余下几天的计划。车里只有他一个人,米米卡斯留下来陪卡洛琳娜,以便在需要时提供帮助。若泽一边开车,一边掂量着此时他想到的两种选择的利与弊。

"去?"他嘟囔一声,似乎这样可以帮助他更好地思考。"还是不去?"

根据原定的空中医疗服务计划,他应该在次日也就是星期二的早晨出发,飞往全县各地巡诊,并且于星期五傍晚返回。他应该坚持既定的计划,还是取消全部计划呢?朋友的牺牲令他心里一片混乱,一时竟难以想清楚。

考虑到他与特罗旺局长的关系,并且他的家人现在需要帮助,取消本周的空中医疗服务计划无疑是最明智的选择。然而,当他倾向于这个选择时,他脑海中马上浮现出问题的另一个方面。由于暂停空中医疗服务,这个星期将得不到治疗的数百人怎么办?如果有些人因为医生决定不出诊而死亡呢?他如何能面对这种事情?想到这些问题,他便断然倾向相反的选择。可是,当他决定继续执行原先的计划时,特罗旺的脸便浮现在他的脑海中,他心里很清楚,包括他自己在内,没有人能理解他缺席特罗旺局长的葬礼或对朋友家人的帮助。

"我到底去还是不去?"

当他开到小山顶上时,依然犹豫不决。他本来应该回家,并且也是这么想的,但是,米米卡斯不在家,他回去做什么?所以,在最后一刻,他决定左转,开上了医院和药店之间的狭窄通道。

他把车停在内院,打开车门准备下车,但是,他刚从车里伸出一条腿,就见露西娅修女圆滚滚的脸出现在车窗外。她显得上气不接下气。

"大夫,我们有麻烦了!"

"什么?出什么事了?"

"两个警察来找您。"

医生一脸诧异。

"警察?找我?"

西班牙修女点了点头。

"他们想找您谈谈。"

医生若有所思地向急诊室的方向望去,特罗旺的遗体还在那里。

"治安警察局可能想要死亡证明。"

露西娅使劲摇了摇头。

"不是治安警察,大夫,"她说,"是皮德。"

三十六

　　黑人女孩抬起明亮的眼睛看着迪奥戈微微一笑；她长着一张清新可人的脸，线条匀称，牙齿闪闪发光。两个人的眼神只接触了一秒钟，虽然只是一瞬间，却长得足以达到期望的效果。她立刻垂下眼睛，假装专心手中的杵。下士在铁丝网旁边停了下来，欣赏着女孩身体凹凸有致的曲线。

　　女孩上身裸露着。下士欣赏起她随着杵的节奏晃动的乳房；她的乳房丰满，几乎与吉蒂娜——带刺的劳洛勃丽吉达——的乳房一样秀色可餐。女孩再次抛来的诱人眼神令他的欲望瞬间迸发；他一定要拥有她。

　　黑人女孩再次向他咧开嘴微笑一下，迪奥戈也回以微笑，让女孩知道自己此刻愉悦的心情。他想同她讲话，但是，铁丝网和杵成了他们之间的障碍。除此之外，他还要抓紧时间为当天下午的任务做准备。迪奥戈重新提起袋子，最后瞥了一眼女孩在杵的上方摆动的迷人乳房，继续沿着希奥科营地与赞比西河规划办公室所建的村子之间的铁丝网走去。

　　他来到大门前，寻找在另一侧的洗衣工。

　　"头儿！"见他坐在一间草屋的门口，便喊道，"军服好了吗？"

　　洗衣工见到他，脸上绽放出笑容。

　　"好了，先生。"

　　黑人消失在草屋里，很快便左手拿着一个锅、右手拿着用塑料布包裹的迷彩服返身走了出来。他隔着铁丝网将军服递了过来，迪奥戈闻了闻，军服洗得很干净，熨得很平整。他赞许地笑了笑，本来还想最起码穿上衬衫，但转念想了一下，又用布将军服包了起来。他来这里已经几个星期了,习惯了希奥科的传统"套装":短裤、胶鞋、贝雷帽和光膀子。经过洗衣工洗净熨平的迷彩服只有当天下午去巡逻时才穿;在军营里,没有必要再把它弄脏了。

迪奥戈发现洗衣工有些着急地看着他带来的袋子,他一定饿了。下士拿起袋子,从铁丝网的空隙之间递过去。

"今天有鱼,味道很不错,是从葡萄牙运来的,"他说,"听说过鳕鱼吗?"

黑人打开袋子,把迪奥戈递给他的清炖鳕鱼倒进锅里。

"没有,先生。"

"现在你和家人可以尝尝了。我还放了面包和一些糖果,是给孩子们的。"

"谢谢,先生,"洗衣工犹豫了一下,"家里一个孩子有点问题,先生。"

迪奥戈挑了挑眉毛。

"问题?什么问题?"

"肚子疼。"

下士瞥了一眼医务室的帐篷。门关着。

"唉,哥们儿!对居民的门诊是明天。小家伙能不能坚持到明天?"

"他哭得很厉害,先生。"

洗衣工的语气显得有些急迫。迪奥戈又看了一眼医务室。医务室每星期对居民开放一次,但是在其他时间里,当然是可以处置紧急病例的。但是,那是急症吗?迪奥戈从黑人的神情中看出他的确很着急,于是,他接过军服,转身离开前朝黑人点了点头。

"我去叫莫斯克索护士,"他说,"你过半小时再回来,好吗?"

午后,巡逻队与村里的一名向导出发了。虽然来到希奥科刚刚几个星期,而且"猛子"是更有经验的下士,迪奥戈还是担任了巡逻队的领队。向导走在最前面,迪奥戈紧随其后,没有装吊带的G3步枪贴在他的小臂上,他的一个手指勾着扳机,其余士兵则跟在他后面。"猛子"扛着一把沉重的HK21机枪,这是一支带支架的机枪,连发性能非常好,不过由于它的体量和重量,操作不太容易。

他们一个接一个沿着一条小路前进,眼睛时刻留意地雷或草丛中可疑的动静。他们默不作声地走了一个小时,偶尔低声交谈一下。迪奥戈沉浸在自己的思绪中,尤其是在给洗衣工送食物时在铁丝网附近看到的那个情景。那个春米黑人女孩总是在他的眼前挥之不去,但是,他还不知道该怎样面对这种事情。

"你说说看,'猛子',"他突然转过身说,"在营地,该怎么和……和女孩相处?"

来自雷东杜的下士显出惊讶的神色。

"什么女孩?"

"哥们儿,咱们营地旁边有一个村子,不是吗?村子里有很多女孩。能跟她们干点什么吗?"

"黑人?什么都不能干。如果你跟她们中任何一个扯上了关系,你就违反了规定。"

迪奥戈露出不相信的表情。

"哦,那是规定……可是实际情况呢?能和她们上床吗?"

"能不能?你能,""猛子"耸了耸肩膀说,"搞那些女人不是什么难事,如果可以,她们会咬住你不松嘴。白人是通往另一种生活的护照,不是吗?问题是事情一旦传出去,上尉会马上把你叫去,你就因为违反规定而惹上麻烦了。"

迪奥戈沉思了片刻,思考着"猛子"的话。

"具体怎么规定的?"他问,"当我在葡萄牙应征入伍时,从头到尾看了规章制度,不记得看到过任何相关内容。哪里有明文规定?"

"猛子"轻声一笑。

"傻瓜,我指的是行为准则。正派的军人才不会去招惹当地女人。"

这番话让迪奥戈陷入了沉思。他们继续静静地走了一会儿,下士的眼睛盯着小路,但是脑子里想的却还是那个春米的黑人女孩。他的身体想接近那个女孩,但是理智告诉他,如果他这样做,事情立刻会在如此之小的环境里传开,而且,看起来,这无助于让他得到上尉的同情,还会给自己带来麻烦,也许是一些他不想做的事情,比如打扫厕所。

"这么说,"五分钟过去了,他重拾话题,仿佛他们的谈话从未中断过,至少在他心里这个话题还没有结束,"那些女人,从来没有发生过什么事!……"

"我的意思是……你可以冒险试试,对吗?问题不在和一个黑人女孩上床,而是被抓现行。"

"你试过?"

下士又笑了起来。

"这不能说!……"

"说说吧。"

"听着,如果你想搞一个小妞,又不想让上峰找你的麻烦,就去马克西姆。"

"那是什么?"

"是太特的一家夜总会,"他笑着说,"战友们被该死的祖国扔在这么个鬼地方,那是他们喜欢去的地方。你走进马克西姆,里面全是穿军装的人。还有辣妹,当然。"

"你常去?"

这次轮到"猛子"片刻沉默了,他好像在考虑此刻可以或应该透露的信息。

"保罗·德卡瓦略,"他终于说,"你觉得我能去哪儿解解闷?"

向导突然举起手,示意停止前进。巡逻队立刻停了下来,全体人员警觉地扫视周围。迪奥戈来到向导身边。

"什么事?"

"有地雷,长官。"

下士观察了一下这条小路,竭力看清任何一处布有可疑装置的地方,但是,没有发现任何问题。

"哪里?"

"前面,"向导指了指,一边说,一边示意周围的草丛,"最好绕开这片丛林。"

迪奥戈又仔细看了看小路,还是没有察觉出异样。然而,但凡有所怀疑,最好按向导说的做;地雷有可能藏在树叶下面,或是由路上的绊索引爆。其实,他也无从辨别真假,如果向导说看到了地雷,那么,相信这种可能性不失为明智之举。

他举起手臂,示意巡逻队跟着他离开小路。他让向导在前面带路,与他一起穿过草地,绕过了小路。巡逻队员在茂密的丛林里一个跟一个向前走了几百米,直到向导在前面重新回到小路上,大家才回到原来的路线上。

下士心中依然感到疑惑,他在地图上对这段路做了标记,然后,问"猛子"。

"你在那里看到地雷了吗?"

"没有。"

"那他为什么说那里有地雷?"

"猛子"叹了一口气,似乎觉得这个问题很幼稚。他愣了愣神,想着该如何向这个新来的下士解释。

"你想想看,向导住在哪里?"

"村里。"

"是有游击队活动的村子,哥们儿。"

与其说迪奥戈感到惊讶,不如说他更感到难以置信。

"你在开玩笑！……"

"你觉得我在开玩笑？村里半夜狗叫，你从来没有听到过？你就没有想一想它们为什么叫？"

"我承认我没有……"

"狗叫是因为它们发觉游击队的人进村睡觉去了，哥们儿。这些人就睡在我们营地旁边！"

这句话让迪奥戈更加困惑了。他的确每天晚上都听到狗叫声，就在前一天的晚上，他还听到过，但是，他从来没有特别在意过这种情况。

"真的？上尉知道吗？"

"他假装不知道，""猛子"说，"但是，到底怎么回事，希奥科的人都心知肚明。"

"那我们为什么不找他们去？"

"找谁？找游击队？为什么？"

迪奥戈被"猛子"一连串的话惊呆了，然而，真正让他感到心惊肉跳的是这位军人表现得好像那一切都是正常的。

"抓住他们，当然啦！"他说，几乎提高了声音。向导向他投来责备的眼神。下士意识到自己违反了巡逻队需静默的规定，这很危险，于是压低了声音。"既然我们知道游击队在哪里，"他小声说，"我们就得去抓住他们！……"

"你这么认为吗？你知道之后会发生什么？他们会进行报复，每天晚上向营地发射炮弹，日子变成地狱。"

"那又怎样？我们派出巡逻队，找到那些炮，干掉它们就是了。"

"他们会在路上伏击我们，然后，打了就跑。等巡逻队赶到的时候，迫击炮早不见了。等你回到营地时，他们的手榴弹又来了。整个晚上如此。第二天晚上继续。"

"猛子"的话像"交叉火力"似的击中了迪奥戈，令他觉得自己好像穿上了一件紧身衣而动弹不得，挫败感油然而生，他沮丧地叹了一口气。

"如果是这样,新建那些村庄什么用都没有,"他说,"我们费尽心思建了那些村庄,让居民搬进去,可到头来,却发现他们全都与游击队有染。这样的话,还是别建那些该死的村……"

"也不完全是这样,""猛子"纠正说,"有了这些村子,我们至少有可能控制他们,对他们造成一些心理影响,这有助于我们赢得民心。"

"比如让他们去医务室看病?"

"这是其中之一,但不光是这个。别忘了,太特县大部分人都是反对我们的,这与楠普拉等地的情况不同。这就是为什么我们必须控制他们,新建的那些村子发挥了很好的作用呢,"他若有所思,继续走了几步之后,说,"要知道,这么做还有其他好处。"他指着正沿着小路为大家带路的向导。"比如说,那个家伙。你问他怎么知道那段路埋着地雷。他真的看见了地雷?答案是否定的。其实,在同咱们巡逻队出发之前,这家伙就问过游击队他应该避开哪些路段。"

迪奥戈紧紧盯着向导的后背,似乎等待着他突然转身,手里端着一支"卡拉什尼科夫"冲锋枪。

"真的?"

"毫无疑问,""猛子"点了点头,"这家伙可能不是游击队,但是,他至少是游击队的朋友或怕他们。"他回头瞥了一眼,查看其他士兵的位置。"你知道吗?这算是一件好事!实际上多亏了这一点,我们才能安全地巡逻!……"

迪奥戈目不转睛地看着他的向导,难以掩饰自己诧异的表情。

"我真是一个大傻瓜!"

"猛子"双手做出一个无可奈何的手势,假装天真地笑了。

"在丛林,哥们儿,部队的座右铭非常简单:活着,并且让别人活着。"

他们一言不发地走完了剩下的路。"猛子"刚刚所说的事情震惊了迪奥戈。自己的部队和游击队之间区区几十米距离却能相安无事地睡着，这怎么可能？在他的想象中，战争简单得一眼便可洞穿一切：一边是英雄，另一边是匪徒。只要他们相遇，就是一场厮杀，直到好人获胜，坏人失败。简单又公平。事实上，只要看一看约翰·韦恩的战争片就会明白，一切是多么清清楚楚，敌对双方多么泾渭分明，非黑即白。

　　黑与白。

　　就像在非洲。白人在一边，黑人在另一边。只不过，身处其中的他现在意识到，现实世界不是线性的非黑即白。首先，白人部队里有一半人实际上是黑人！就像他自己这个战斗小组。他回头看了一眼一个接着一个跟在身后的士兵：白人、黑白混血、黑人，比例相同且平衡，简直像是故意安排的一样。

　　还有一个不同寻常的细节，至少在丛林地区的营地是这样，部队和游击队生活在同一个空间。他突然想到那个洗衣工。他会是游击队的人吗？为什么不会？那个人三十岁开外，正是参战的年纪。他把洗干净的军装交给自己，吃完作为工作报酬的清炖鳕鱼，带儿子去营地医务室接受莫斯克索护士的治疗，然而在此之后，谁能保证他不会离开村子取出藏在树林里的"卡拉什尼科夫"冲锋枪也投入战争之中呢？

　　他的目光再次定格在走在他前面那个衣衫褴褛的黑人。当然，也有向导的问题。怎么能继续相信他呢？的确，他们安全地结束了巡逻，但是，在多大程度上……？

　　他注意到右侧灌木丛中有些异样，于是，举手示意巡逻队停止前进，士兵们立刻提高了警惕。迪奥戈离开了小路，极力避免发出任何声响。他走近一片长得很高的草丛，拨开一道缝，查看引起他注意的东西。

　　"怎么了？""猛子"在他耳边低声说。

　　迪奥戈指了指灌木丛中的一片区域，战友终于看到一个圆锥形的房顶。

"一间草房。"他低声说。

下士再次举手向战斗小组发出信号,示意他们跟着自己。迪奥戈感到自己的心脏怦怦直跳,他用手指蹭了蹭G3步枪的扳机,一边拨开草丛,一边弯着腰缓慢前进,留心着任何可疑动静。他感觉到身后队友跟了上来,这让他有了信心。他又前进了几米,小心翼翼地避免踩到干燥酥脆的枝叶,来到小屋前最后一片灌木丛中蹲了下来,穿过灌木枝条之间的空隙,看见两个新建的草屋。他听见一间小屋的门口有动静,一个陌生人提着水桶走出草屋,蹲在一个洞前。那人是去井边打水。

迪奥戈扫视一眼四周,确认他的人已经就位,并示意他们前进。士兵们站起身来,越过灌木丛,突然出现在草屋所在的开阔地,端着G3步枪随时准备开火。已经将水桶放下井去的陌生人回过头来,看见站在自己面前的士兵们,一脸惊愕地立即举起了手,水桶掉进了井里。

控制住这个人后,迪奥戈小心翼翼地走进第一间草屋进行搜查,除了衣服和一些食物外,什么也没有发现。他走出草屋,见"猛子"从第二间草屋走出来,用枪指着一个举着双手的男孩。这里有两个人。

迪奥戈猜测两个可疑的人不会讲葡萄牙语,便叫来了向导。

"问问他们是谁,在这里做什么。"

向导转向年纪较大的那个人,用恩仰圭语交谈了几句后,翻译给迪奥戈听。

"他们叫恩古米和卡舒达。他们说他们住在这里,照看这些田地。"

"难道他们不知道不能住在村外吗?"

"他们说他们饿了,长官,"向导甚至没有询问去井边打水的人便直接回答说,"这就是他们来照顾田地的原因。"

迪奥戈从头到脚打量了他们一番。他们看上去的确可怜兮兮,但是并不像饿肚子的人。

"让他们出示证件。"

向导将下士的话翻译成恩仰圭语,年纪大的人摇了摇头算是回答。

"他们没有证件，长官。他们说证件丢了。"

迪奥戈与站在旁边并不时摇摇头表示怀疑的"猛子"交换了一个眼神，走开两步，"猛子"跟了过去。

"你怎么看，'猛子'？"

"他们住在村外新建的草屋里，这里完全是敌人的活动地区，他们都是有作战能力的年纪，而且没有证件？""猛子"怀疑地说，"嗨……我不知道！……"

"他们会是游击队吗？"

"猛子"又看了看两个可疑人，仿佛这个词刚好符合他们的身份。

"我不怀疑。"

"但是没有证据。"

"猛子"苦笑了一下。

"要什么证据，哥们儿？"他问，"难道你想要一张二十五行的蓝色表格，让那些家伙以他们的名誉起誓说自己是游击队，再当着公证员的面签名画押吗？当然，我们没有任何证据！那又怎样？这并不妨碍他们是游击队的人，不是吗？"

巡逻队长走到向导面前。

"让他们跟我们走，"他命令道，"他们必须住到希奥科村去。"

然后，他向一直负责周围警戒的手下下达了命令，十分钟以后，巡逻队带着两名可疑的人回到了小路上。在士兵们的身后，按照在敌方地区通常的做法，两个草屋变成了火堆，像是两个在熊熊烈焰不停撞击下摇曳的火炬，在一片阴森的噼噼啪啪的燃烧声中，着火的草慢慢扭曲着。

三十七

阿尼塞托·席尔瓦探长心情不好,这从他快快不乐的神情和接待医院院长时生硬的态度就能感受得到。若泽本人对特罗旺局长的死感到沮丧,猜测席尔瓦探长的心情和叫他来谈谈与同一件事情有关。或许他是对的。

"该死,怎么能这样,"医生垂头丧气地说,"我刚刚跟他妻子谈过……"

阿尼塞托一屁股坐在他平时坐的椅子上,甚至没有请若泽坐下。不过,若泽没有在意他的失礼,像机器人一样走到沙发跟前,呆呆地坐下,目光黯淡,满脸憔悴。

"这是为了让你认清现在的形势,大夫,"阿尼塞托·席尔瓦说,"我告诉你,事态越来越糟糕。游击队正在各地发起进攻。他们过了赞比西河,已经到了太特县南部。在经过八年战争之后,就在几天前,他们对马尼卡和索法拉发起了第一次进攻。你看到了吧?现在是1972年,那些家伙已经威胁到佩里镇和贝拉了!"他摇了摇头,看了看自己的左手手掌,一下攥成了拳头。"我们几乎已经赢得了这场战争,妈的!可现在,事情却快要失控了。"

医生挑衅似的看了看探长。

"为什么,探长?"他用质问的口气问。"原因何在?"

"因为我们没有做好民众的工作。"这位安全总局太特县负责人回答说。他用手比画着指了指自己的办公桌,说:"我刚刚写完一份报告,准备送到洛伦索-马贵斯去。在楠普拉,我们终于使马夸人站到了我们这边，但是在这里，没有对各民族开展任何深入的工作。更糟糕的是，我们的许多行政人员不过是一群不思进取的白痴，丝毫也不关心老百姓的福祉，倒像是独断专行的国王，甚至把黑人当成奴隶。谁能忍受这样的事情？然后他们还承认敌人的颠覆性宣传发挥了作用！"

若泽满脸惊讶地看着探长，他从未想过有一天会听到一位安全总局的人为黑人辩护，然而就在刚才，这种事情发生了。

"我觉得你分析得很对，"他谨慎地说，"可是，依你所在的特权地位，你是可以让事情有所改变……"

安全总局的探长叹了一口气，又无精打采地摇了摇头。

"人们以为我们可以做任何事情，仅仅因为我们是安全总局的，其实并非如此。法令不可能改变人的思维方式，或许，我们觉悟得太晚了，"他伸出一根手指强调说，"特罗旺的事，大夫，那只是一个警告。明天，可能就是我们。"

"那是运气实在不好，探长，"医生说，"如果特罗旺没有上区长的车，而是留在自己的吉普车里……"

"如果、如果、如果！"安全总局太特县负责人打断道。"抛开各种可以想得到的'如果'不说，事实是游击队正在壮大，我不知道我们如何能控制这种局面。总有一天，他们会轰炸太特。"

医生瞪了他一眼，不赞成他的话，觉得那是危言耸听。

"太夸张了，探长！"

"你觉得夸张？"

"就是夸张，"若泽毫不犹豫地反驳道，"据我所知，他们不袭击平民。"

"那特罗旺坐的安戈尼亚区长的车是怎么回事？"阿尼塞托·席尔瓦显得神秘地说，"那是一辆坦克？还是一辆'贝利埃'[1]？"

---

[1] 重型军车。

这个讽刺很贴切,若泽闷闷不乐地想。他还记得特罗旺确实是在一辆民用汽车上被打死的,这说明事态的发展令人不安。另外,他也没有忘记,那辆车虽然是一辆民用汽车,可也是一辆公车,这在一定程度上使它成了袭击目标。

"这个嘛……部队可以应付。"

安全总局的探长发出一声冷笑。

"部队?"他盛气凌人地问,"你在逗我吧,大夫!……"

医生不过是说说,但是令他惊讶的是,全县最消息灵通的人竟然都有挫败感。如果连探长都感到心灰意冷,他应该有充分的理由才会如此。

"为什么?你认为部队不能解决?"

"不能。"

"别这么说嘛,探长,"若泽大声说,"前几天,我收到一个姐姐的电报,说她儿子被派到太特县的一个营地来了,我还不清楚具体是在哪里。如果你说军队不能解决这个问题……"

"你外甥是义务兵还是在特种部队的?"

"义务兵,我猜。"

"那你就不必担心游击队的问题了,"安全总局太特县负责人酸溜溜地说,"他面临的问题是黑人女孩和洛伦索-马贵斯的女人们。"

"为什么这么说?"

阿尼塞托·席尔瓦抿了抿薄薄的嘴唇,斜着眼睛看了看若泽,似乎在考虑他的话可以自由发挥到什么程度。

"大夫啊,我们的部队简直丢人,"他终于发泄起来,撇着嘴,露出一副鄙夷的表情,"很多士兵对黑人男子和女人肆意妄为。他们有时酗酒,有时胡乱开枪,我甚至见过他们不尊重上级而不受任何纪律处分的情况。简直丢人啊!"他歪在自己的座位上,仿佛想要倾诉些什么。"有一天,考尔扎到一些营地来视察,你知道发生什么事情了吗?上峰火急火燎地命令士兵穿上迷彩服,到附近的丛林去转几圈。考尔扎来了，觉得一切正常，便离开了，而部队则从丛林中返回营地庆祝一番。这就是能应付局面的部队？"他又苦笑一下。"别跟我开玩笑！"他靠在椅子上，略显紧张地晃着二郎腿。"义务兵部队的精神面貌每况愈下，大夫。咱们的人打仗的时候个个士气低落，心心念念的是和那些妓女厮混，那家……那家该死的夜总会叫什么来着？"

"马克西姆。"

"对，马克西姆！偶尔去丛林执行任务的时候，他们非但不去搜索敌人，反而千方百计避免遇到敌人！"他使劲摇了摇头，"所以，大夫，令姐大可不必为儿子担心。"

"我不知道你说得对不对，"若泽纠正说，"我在各地巡诊时，经常听到关于战事的消息。在我看来，这足以表明部队在行动。"

探长伸出两根手指，似乎摆出表示胜利的"V"，却毫无胜利者的信念。

"这只能是两种情况，"他说，"要么是游击队伏击部队，要么是突击队或伞兵或黑人特种部队追击游击队。特种部队是唯一积极追击敌人的部队。义务兵部队，那些家伙嘛，只想过好日子，不想别人去找他们的麻烦！……记住我说的话：在这场战争中，突击队、伞兵和特种部队在追击游击队，游击队在追击义务兵部队，而义务兵部队则在追女孩。这就是海外作战的方式。"

"你说得好像战争已经失败了一样……"

"失败，我不会说。就让我们说，我们在安哥拉赢了，在几内亚输了，在莫桑比克打了一个平手。"

若泽悄悄瞥了一眼手表，时间不早了，战争不是他的专长，而且他还要决定这个星期空中医疗服务的事情。

"行啦，我得走了，"他边说边站了起来，"我只是想……"

"别急，大夫，"阿尼塞托·席尔瓦打断他的话，"坐！我们还有事情要谈。"

安全总局太特县负责人一动不动地坐在原位，显然还没有打算结束这次会面。若泽想起自己还有一些事情要和探长商量，便回到自己的座位上。

"那还有什么事情？"他问，"我以为你叫我来是为了谈特罗旺……"

阿尼塞托·席尔瓦低头看着自己的手指，像是在检查指甲，然后低声说。

"我让人叫你来还有另外一个原因，大夫，"他用几乎官方的千篇一律的口吻说，"听说你把一个黑人孩子安置在医院的单间，而不是普通病房。"他抬起眼睛，盯着医生。"你能向我解释一下为什么吗？"

若泽瞠目瞪口呆了好一会儿，试图从这番话的措辞或语气中听出一些弦外之音。

"你是在开玩笑吗？"若泽问。

"我是非常认真的，"安全总局的人严肃地说，"你能解释一下让黑人孩子住进单间的原因吗？好像连她母亲也留在那里！……"

医院院长意识到，问题真的严重了。他深深吸了一口气，心中仅剩的一点点耐心即将消耗殆尽。这真是让人想赶紧过去的一天，最后一件要做的事情竟然是向安全总局解释自己一个如此无关紧要的决定。

"孩子是一个军官的女儿，"他开始解释，"染上了天花，病情非常严重。考虑到这是一种传染病，她需要专门的护理。哺乳期婴儿感染天花后存活的情况极少，但是，我们正在尽一切可能救治那个女孩。我认为，处置病情如此严重且死亡率如此之高的病例来说，单人病房是最理想的地方。"他歪着头，言语中透露出恼怒。"我没有听说过我们医院有禁止黑人儿童住单人病房的规定，更没有想到这么大点儿事皮德也要管。"

阿尼塞托·席尔瓦再次看了看自己左手的指甲。

"安全总局，亲爱的布兰科大夫，事事挂心嘛，"他说，"关于黑人儿童住单人病房这件事情，的确没有任何禁止的规定。"他再次抬眼看向院长，仿佛他边看着自己的指甲边说出的话只不过是开了一个头。"有的是禁止失去理智的人担任公职。"

"对不起，我不明白你想说什么，"若泽生气地说，"我不认为把一个军官的女儿安排到医院的单人病房就是失去理智。劳驾你给我解释一下。"

"我不需要向任何人解释任何事，"探长打断了若泽的话，语气突然变得严厉起来，"我需要做的是了解在我的管辖区域发生了什么，以及做某些事情的动机，仅此而已。"

医院院长感到愤怒，本想继续争辩，但是，他重新权衡一下自己的态度。无论他是否愿意，现实情况是他需要阿尼塞托·席尔瓦，不能由着自己的性子公开与他对抗。若泽很清楚，如果想要继续谈下去，他必须换一种口气，采取更为聪明的方式。

"当然啦，我理解这是你工作的一部分。"他说，口气几乎显得很轻松，似乎一切都在情理之中。"但是，有一件事我不明白。刚才我听到你批评那些霸道的行政人员，维护本地人的权利。可是，你却对一个黑人儿童住单人病房疑心重重，你的立场怎么如此大相径庭呢？"

安全总局的人紧绷的脸上流露出一丝笑意。

"这很简单，"他回答说，"我们应该善待黑人，给他们提供教育和医疗服务，实行同工同酬，为他们的经济社会福祉做出贡献。"他举着手，像一位正在指挥交通的交警。"可是，注意，我们不能过分。凡事有度，过犹不及。比如，一个黑人受教育过多，他就会产生驱除白人的想法，等等。我们不能容忍这种情况。这是显而易见的。"

"你是说像罗科博士那样的人？"

"还能是谁！就像你的朋友罗科博士那种人。"

"我不知道你是否知道，就连萨拉查都邀请罗科博士出任国民议会议员呢。所以说，事情不会变得那么糟！……"

阿尼塞托·席尔瓦耸了耸肩膀，似乎这个消息对他而言无足轻重。

"我们的已故部长会议主席应该有他的理由,我无权评论,"他说,"事实是,你的朋友罗科因为与颠覆分子搞在一起而被捕,先是关在马沙瓦,后来又被送到佩尼谢监狱。据我所知,他刚刚被释放,并且获准返回莫桑比克,不过,他必须住在贝拉的固定住所,这说明他仍然被视为危险人物。他就是活生生的例子,得到过多教育的黑人会变成威胁。"

医生强忍住愤怒,他非常清楚在贝拉与他保持通信的这位朋友的处境,意识到现在谈这个话题毫无意义。除此之外,他还需要解决另一个问题,虽然席尔瓦探长目前的情绪也许不是最合适的,但是,问题不能再拖下去了。

"探长,既然我们已经谈到这个问题,我想和你谈谈另一件事情,"他说,"你知道,你让人逮捕了我的两名护士。"

阿尼塞托·席尔瓦微微一笑。

"我以为你不会提这件事呢,"说着,他从裤兜里掏出一张纸,看了看上面的记录。"我猜你是指门东萨和……马本达。"

"就是他们,"医院院长说,"我们人手不足,我今天就需要他们。"

警长快速挥舞了一下手中的纸。

"看看,这就是我说的!"他大声说。"那些家伙受教育太多,马上就开始谋划如何反对我们。"他指着纸上的第一个名字,说:"这个门东萨护士与一伙人到处煽风点火。他们以为我不知道,可是,他们骗不了我。"

"探长,他们只是利用下班后的时间学习。放了那些年轻人吧!……"

"学习,他们说的?他们是在策划阴谋!……"

"可是,他们拿着武器了?他们杀人了?"若泽做出一个无所谓的表情,说,"那就放了他们吧,说话又不会伤害任何人,而且,门东萨护士还救过很多从丛林回来的士兵呢。我不关心他们说什么,只关心他们做什么。门东萨在医院所做的贡献是无法估量的。"

安全总局驻太特县负责人咕哝了一声。

"好吧,我放人,"他不情愿地同意了,"可是,你告诉门东萨,让他醒醒,听到了?我已经受够了他反对我们的那些话。"

"马本达护士呢?"

"拘留那个家伙只是为了让他放尊重些,因为他的儿子们当了游击队。你也可以带走他。"

医生又看了一眼手表,与其说是为了看时间,倒不如说是为了表示自己很忙。

"好吧,最好现在就把人交给我,这样我就可以走了,对不对?"

他们一起站了起来,阿尼塞托·席尔瓦下令释放了两名护士,以及晚上和门东萨一起"学习"的三个朋友。医院院长和安全总局驻太特县负责人一同向楼门口走去,等着被拘留的人办理最后的手续并来与他们汇合。

"你知道最让我闹心的是什么吗?"席尔瓦探长边等边说,"归根到底,一切都是虚有其表。垃圾!"

"你这话是什么意思?"

警察指着空荡荡的走廊。

"看看我们现在释放的那些家伙。咱们新上任的部长会议主席已经在尝试对反对派网开一面了,我看啊,总有一天,那种人会接管政权。到那个时候,亲爱的布兰科大夫,他们会尽其所能从民众的记忆中抹去现政权为国家所做的贡献。一切贡献。"他气愤地撇了撇嘴。"你如果听到我审过的那些人说的话,也是给那些家伙洗脑的人,令人作呕。"他伸着手指,越说越兴奋。"令人作呕,我告诉你!"

"为什么?他们说什么?"

"嗬,还是不说吧,简直一派胡言!"

"可他们究竟说了什么?"

"他们说,当局希望国家贫穷、不发展,你听听!说政府就是希望老百姓是文盲，不要接受教育，说政府阻碍葡萄牙对欧洲和世界开放……都是些胡言乱语。"他看着医生，继续说："好好想想吧，大夫。五十年代以来，葡萄牙经历了历史上最快的经济增长。在君主制和共和制时期，我们国家比最发达国家落后了一个半世纪，并且长期存在预算赤字。萨拉查来了，账目平衡了，经济飙升。利率下降，企业重拾信心，储蓄增加，这些结果有目共睹。经济增长接近7%，与日本的经济增长持平，人均实际工资增长6%。这都是了不起的数据，大夫！我这里昨天刚得到统计数据，它们都很能说明问题呢。"他把手伸进口袋，掏出一张纸条展开。"看，我还做了记录。看这里！1950年，咱们的人均GDP只是世界上最富裕国家人均GDP的35%，今年已经接近这些国家人均GDP的85%了，这意味着咱们越来越接近最发达国家的水平。这不是很好吗？你觉得一个不想国家发展的政府会有这样的政策？"

"让我看看。"

席尔瓦探长将纸条递给医生，若泽看着用铅笔涂写的统计数据。

"而且，还加大了对劳动力培训的投入。在共和制时期，有资质的劳动力不足，这你是知道的。政府增加了中小学数量，在所有村庄建立授课点，聘用实习教师解决师资缺乏的问题，投资海外省的私立中学，现在还投资公立中学和技术教育，等等，等等。实际上，1930年，葡萄牙的文盲率是60%，现在已经下降到25%。你认为这是一个打算让国民保持无知、不受教育的政府所为吗？坦率地说，我不这样认为！还有，我们加入了欧洲自由贸易联盟和经济合作与发展组织，取消了对西欧贸易的大部分数量限制，今年还与欧洲经济共同体签署了贸易协定，怎么能说我们不对欧洲和世界开放呢？他们怎么能这样说呢？还有怎么……"

"他们来了。"若泽打断了他的话。

两个护士和他们的三个朋友出现在走廊里，手续已经办完了。探长向这群人走来的方向做了一个轻蔑的手势。

"都是为了他们！等有一天这些人掌权时，他们会说我们想让所有的人贫穷无知，让葡萄牙与世隔绝。是我们改变了国家，投资殖民地！你知道问题出在哪里吗？就是那些谎言，亲爱的大夫，终将成为无可争辩的事实。"

医院院长一言不发。他去取车，接上护士们，让其他三人步行离开。当他准备开车离开时，席尔瓦探长走到车窗前，朝着刚刚被释放的人挥了挥手。

"动脑子好好想想，嗯？"

三十八

"贝利埃"军车驶过带来燥热的微风,这或多或少驱散了清晨的炙热。碧蓝的天空万里无云,但是,当军车驶上通向佩里镇方向的主路准备向左转时,迪奥戈突然看见从远处地平线升起一片奇怪的淡黄色云朵。

"太特。""猛子"解释说。

他的话让下士感到困惑。他仔细观察那片云朵,心想:莫不是高温造成的海市蜃楼,把房屋变成了云的幻象;他听说这类错觉在非常炎热的地区很常见。

"你确定那是太特?"他问,"有意思。我觉得那是飘在丛林上方的一片云!……"

此话一出,引来一阵大笑。

"那就是一片云,""猛子"说,"永远飘浮在太特上空的尘埃云。"

"尘埃?"

"城市的大部分道路都是夯土路,哥们儿。那个地方几乎没有柏油马路。汽车开过,尘土飞扬,空中一天到晚都尘土弥漫。"

临近中午的时候,车队开进了太特的街道,在迪奥戈的印象中,他仿佛来到了遥远的美国西部村镇,内心奇怪地感到宽慰;这里和在希奥科一样,只是这里地方更大、更安全。

马路上,军车与民用车辆混杂一处,车身都蒙着灰尘,穿着衬衫的白人、穿着五颜六色服装的黑人,以及身着橄榄绿色军装的各种肤色的军人来来往往。如他所愿,他见到了"投机分子",也见到了和他一样戴着棕色贝雷帽的常规部队,还见到了街上戴着红色贝雷帽的突击队、蓝色贝雷帽的伞兵和黄色贝雷帽的非洲特种部队。他讨厌"投机分子",却把其他部队视为竞争对手,尤其不能让他等闲视之的是突击队,他怀疑他们是否真的像他们自己狂热地相信的那样是最棒的部队。

从希奥科来的军车车队在一个十字路口停下来,路旁有一座高大的建筑,上面写着"赞比西河酒店",迪奥戈用手扶着头上戴的棕色贝雷帽,从车上跳到便道上,朝"贝利埃"卡车上的战友们挥了挥手。

"回见!"

他打听了医院的方向,沿着马路来到小山顶上。他从没有来过这里,见到道路尽头小环岛前医院大楼门脸的时候,他的心才踏实了。那是舅舅工作的地方。他走进医院,问了一位护士,被带到走廊尽头的一间诊室的门前。

"你好,舅舅!"

若泽·布兰科正在给一位病人看病,他转过头看是谁在叫他。他花了好几秒才将从门口探进来的那张军人的脸与刚刚听到的问候联系起来,意识到那个军人是自己的外甥。

"迪奥戈!"他终于喊道,"我以为你不会来看我呢!"

医生停下手中的工作迎接迪奥戈。他最后一次见到迪奥戈还是15年前,那时,迪奥戈还是一个小孩子。姐姐后来和全家去了安哥拉,当他们回到葡萄牙时,他已经在莫桑比克了。当然,他收到过五个甥男侄女的照片,但是,照片上只是几个蹭破了膝盖、笑眯眯的孩子,根本无法辨认他们谁是谁。如果他在街上遇到迪奥戈,也不会多看一眼,那不过又是一个军人罢了。

"看,你已经到了可以喝威士忌的年纪了,是不是?"他边问边把外甥拉向诊室前面的一扇门。

"我想是的。"迪奥戈笑道。

若泽·布兰科打开了门，下士顿时感觉到空调机凉爽、舒畅的风扑面而来。

"那就来酒吧吧，"他邀请道，"我加冰，你加苏打水还是水？"

"水。"

酒吧是一个小隔间，但很凉快，一张吧台环绕着一个摆满酒瓶的架子，周围还放着在这个时间总是空荡荡的桌椅。空调机不停地轰轰响，迪奥戈在靠近空调的位置坐下，享受着凉爽的冷气，他已经很久没有感到这么舒服了。他注意到这个地方有些令人振奋的东西，只见舅舅拿出一瓶尊尼获加红标威士忌，倒进一个杯子里，向杯子里加了水和两个冰块，然后，将威士忌递给他。

"你在这里休息，我去把病人看完，好吗？"医生看了看手腕上那块厚重的有好几个指针的飞行员手表。"估计还要半个小时左右。如果你需要什么，就来找我。"他转过身准备回诊室，但是犹豫了一下，想起了一个细节。"等你适应了空调房的温度，开始觉得热了，你可以像太特这儿的人一样：离开酒吧，到外面待一分钟。等你再回到空调房的时候，就会觉得好凉爽！"

迪奥戈听到这个建议忍不住笑起来。

"放心。"

舅舅再次准备离开，却又停了下来。他伸出手指，仿佛忘记说最重要的事情。

"噢！"他大声说，"中午回家吃饭。"

舅舅的家位于小山顶上的医院旁边，看起来像居高临下的讲台，视野宽广壮丽。宽阔而宁静的赞比西河在平原上浩浩荡荡地流淌，像是要拥抱这座城市似的围着它兜了一个大弯之后奔腾而去。水面波平如镜，一个狭长的小岛仿佛一把匕首将正对小山的河心割裂开来。右侧，可见马尔塞洛·卡埃塔诺大桥的桥柱和桥面,大桥宛如一座微型建筑或小号的萨拉查大桥,它将替代传统的驳船。远处,向赞比西河方向望去,是马通多焦黄色的河岸。

"令人惊叹,是不是?"

一个女人的声音令迪奥戈转过身去。花园里,一个肤色黝黑的姑娘端着一杯酒,正摇摇摆摆地向自己走来;她穿着上窄下宽的连衣裙,黑色的头发或搭在肩膀上,或垂在后背;她有一双如巧克力般的浅棕色眼睛,笑容温暖而灿烂;迪奥戈觉得这个姑娘可以融化最冷酷的男人。

下士看着她,仿佛被催眠了。他想辨别这个姑娘的种族,但是却发现任何分类方法都不适合她:黑人的厚嘴唇,白人高挺的鼻子,印度人又亮又直的长发,浅棕色的眼睛,身上唯一可以确定的就是美,匀称的身材散发着罕见的莫名其妙令人陶醉的异国情调。

"是啊,"迪奥戈附和说,几乎因为姑娘的出现而震惊了,"景色的确……令人惊叹。"

姑娘把脸凑过来让他亲吻。

"我叫希拉,"她自我介绍说,"刚从洛伦索-马贵斯来。看来一会儿要一起吃午饭呢。"

这个消息令迪奥戈很高兴,把脸凑过去在她的脸上吻了一下,觉得她的脸颊温暖而柔软。不过,最令他怦然心动的还是姑娘的笑容。在生活中,特别是现在似乎变成飘渺回忆的排球生涯中,他见过许多漂亮女人,然而,却不记得曾经见过谁有如此美丽的笑容。

他们寒暄了几句。可是,在东拉西扯、时断时续的聊天中,经常出现令人尴尬的冷场。

"您是布兰科大夫的外甥?"

"对。他是我舅舅。"

迪奥戈暗暗骂自己如此愚蠢的回答,纯粹是姑娘刚刚说过的话傻乎乎的回音,但实际是他被姑娘惊艳到而失去了判断力。他想骂人,就像当球员时一次本可轻松搞定的扣杀却失误的时候那样,但是,他忍住了,觉得自己还是一个少年,害怕再说出什么蠢话,索性闭嘴沉默。

两个人转向河,好像水里有打破僵局的答案。但是没有。迪奥戈终于无法忍受令人难受的沉默,努力找到一个新的话题。

"你喝的什么?"他问,指着她手中的杯子。

"卡比雷。"

迪奥戈点了点头,想就这个话题说点什么,但却无从说起,脑子仿佛一片空白。关于卡比雷,能有什么高见?这个话题如何能谈得下去?谁能和一个漂亮女孩就这种饮料进行一场聪明的对话?他再次陷入了沉默,再次不知所措,想为自己的愚蠢骂自己一顿,再次将目光投向了赞比西河。

河上,一个黑点在天空中划出一道弧线,转向他们所在的房子。迪奥戈认出那是熟悉的"云雀"三型直升机,空军的直升机正带着震耳欲聋的嗡嗡声向他们飞来。

"看,直升飞机。"他指着飞机说。姑娘也看到了直升机。"一定是刚执行完任务。"

"不对,"希拉纠正说,"是送伤员的。"

迪奥戈向她投去疑问的目光。

"你怎么知道?"

"这个嘛,因为医院在这里啊,直升机是朝这儿飞过来的!……"她说,"每天都是这样。"

迪奥戈恨不得揍自己几拳。自己是蠢还是什么?他望着舅舅家左侧大约 500 米处山上的建筑物:最近的一个是药店,它后面的是医院。似乎实在明显不过了,"云雀"如果朝这个方向飞来,一定载着伤员。自己怎么会这么傻?更糟的是,姑娘会怎么想?他害怕自己再说蠢话,宁愿彻底沉默,看着直升机飞往医院。螺旋桨的轰鸣声在耳旁呼啸,迪奥戈反倒觉得庆幸,因为嘈杂声中,他们无法继续交谈,也省得他继续胡言乱语了。

"咱们吃饭吧?"

从窗户传来舅舅的声音挽救了尴尬局面。迪奥戈和希拉相视一笑,松了一口气,走进屋去。

空调机吹出凉风扑面而来。他们直接在餐桌旁坐下准备吃饭。

"这顿午餐是为了庆祝我们有了一位新护士,"若泽·布兰科说,把头向姑娘的方向晃了晃,"希拉,希望你不介意我还邀请了我的外甥。"

"当然不会。"

医生转向迪奥戈。

"最近两年,希拉在洛伦索-马贵斯,"他说,"她是去学习护理学的。昨天回到了太特,马上就会来医院帮我了,"他望着她,"不是吗,希拉?"

"是。我就是来工作的,大夫!"

"我们缺少莫桑比克员工,有的时候,这很妨碍我们与居民的沟通,"若泽向外甥解释说,"希拉会说恩仰圭语,这对我们太宝贵了。"

这时,米米卡斯走进餐厅来。埃内斯托跟在她的身后,身穿干净的白色制服,手里端着一盘热气腾腾的咖喱羊肉。空气中顿时弥漫着一股香料的香气。

"希望你喜欢印度菜,迪奥戈,"女主人边说边在自己的座位上坐下,"因为希拉要来,我就决定做一个咖喱羊肉,"她闻了闻咖喱菜的香味,"嗯,很香!"她歪着头,像是在说一个秘密,"不是我吹牛,我在厨艺方面可是有两下子的!……"

"这是舅妈做的?"迪奥戈吃惊地问。

听到迪奥戈这么问,米米卡斯有些惊讶,她把手放在刚刚端上咖喱菜的埃内斯托的胳膊上。

"我是说,做这道菜的人是埃内斯托,"她承认道,"不过呢,他是照我的话做的呀,是我加的佐料。我不知道我是不是告诉过你们,我对厨艺还是很擅长的噢。"说着,又招牌式地歪了歪头。"我可不是吹牛!"

大家似乎都喜欢咖喱羊肉,除了迪奥戈,他刚咬了第一块肉,顿时觉得嘴里火辣辣的,眼睛模糊了,泪水在眼眶里不住打转,黏稠的鼻涕从鼻孔流了出来。他一口气喝下一大杯水,拼命想冲淡咖喱的辣味。

男孩的窘态引起餐厅里一片笑声。

"怎么?"希拉一脸坏笑地问,"那是思念的泪吗?"

迪奥戈用餐巾纸捂住脸,擦了擦眼睛,擤了擤鼻子,深吸了一口气,终于止住了眼泪和鼻涕,放松下来。

"哎呀,"他哼了一声,"这是什么?我以前从来都没有吃过这样的东西!……"

听他这么说,米米卡斯一下坐直了身体。

"什么?别说你不喜欢噢!……"

"喜欢,喜欢!"迪奥戈一边连忙澄清,一边擦着不断从眼角流出的眼泪。"我只是不习惯这么辛辣的食物。"

"这在莫桑比克算很正常呢,"希拉解释说,"不过,你们在葡萄牙不习惯吃辣椒,对吗?"

话题于是转到了食物方面,希拉和米米卡斯列举了诸多莫桑比克美食,从香辣鸡一直说到"好吃得像甜点"的贝拉蟹。说到甜点,她们的话题转到了牛奶布丁,这是一种果阿甜点,用女主人的话说,是"我们希拉的拿手绝活",而希拉护士也称赞女主人的阿劳若布丁是"舌尖极品"。

"不是吹牛,"米米卡斯骄傲地说,"我的阿劳若布丁就是好吃!"

"没错,大夫,"希拉表示同意,"我以前都没有吃过这么好吃的甜点。真是一绝!"

米米卡斯看着自己面前的空盘子,懊恼地摇了摇头。

"唉,我吃多了,"她抱怨地说,"我真不该……"

若泽·布兰科和外甥听着女人们闲聊,谈着"零食小吃"的食谱,不过,医生还是及时抓住了一个间隙,询问迪奥戈在希奥科的生活情况。

"也许我该去和瓦雷拉上校说一下,"他建议,"他是太特的新县长和太特军事区指挥官,完全有权给你做一下调动。我明天会和他碰面,而且……"

迪奥戈举起手打断了舅舅的话。

"等一下,"他说,"把我调到哪去?"

"这个嘛,去一个不那么危险的地方。"他解释说,对不得不和盘托出感到些许吃惊。"你母亲前几天给我写信来,你应该想到,她很担心你呢。有一个身处战争之中的儿子,她真不容易。"

"离开希奥科,那我成什么了?一个投机分子?"

医生用审视的目光看着外甥。

"投机分子?我没听懂……"

"'投机分子'就是那些号称自己在打仗却从不离开办公室的军人,"他解释说,简直觉得自己是一个老兵,"舅舅从来没有看到过他们?他们军容一丝不苟,靴子擦得锃亮,可是,绝不会冒险离开有铁丝网保护的区域半步。这就是'投机分子',是军队的耻辱。如果我离开希奥科,会变成什么?抛弃战友,变成'投机分子'?"他摇了摇头。"不,谢谢。"

若泽·布兰科带着矛盾的心情看着外甥。一方面,他希望外甥远离危险,这既是为了他的安全,也是为了让姐姐放心,他觉得自己有责任和义务保护外甥;另一方面,他在迪奥戈身上隐约感到了与自己不同的理想主义,这令他感到一丝自豪。他想夸一夸外甥,毕竟军人拒绝一个更舒适的岗位,这种情况可不是天天都有的,但是,他不是一个会表达情感的人,也不知道该如何处理类似事情,于是,宁愿改变一个话题。

"看看你,"为了缓和气氛,他说,"穿着波尔图的球衣,不害臊吗?"

三十九

迪奥戈和希拉沿着从医院通往市中心的弯曲的街道悠闲地走着。午后，天气酷热难耐，但是，两个人似乎对此并不在意。迪奥戈身体笔直，挺着胸膛，努力展现自己运动员的体魄，希拉抚摸着黑色的长发，仿佛在用手指梳理头发。

"真可惜，我没有车，不能让你搭车，"迪奥戈抱歉地说，"我唯一能用的是一辆'贝利埃'，可是，我想它不适合用来送一位姑娘。"

他们笑起来，各自做着各自的想象。下士想象着战友们看到他和那位美女坐在军车上时的表情，希拉则在脑海中勾勒出自己坐着"贝利埃"回家时邻居们吃惊的样子。

"没关系，"姑娘说，"您愿意陪我，已经很周到了。可是，我不想麻烦您。把我送到老爷车那个地方，然后我自己回家就行。"

"那可不行！"迪奥戈不容分辩地打断了姑娘的话。"我一定把你送到家。这没商量！我不会让你一个人……"

"可是我已经习惯了。"

下士假装生气的样子，用手捂住胸口，摆出骑士的姿势。

"你把我当成什么人了？你认为我能丢下你吗？万一遇到游击队你被绑架了怎么办？我怎么跟我舅舅交待？"他做了一个鬼脸，捏着嗓子说，"你看，舅舅，我把她一个人扔在那里，游击队把她带走了！现在，别生气！你没有护士了！'"

希拉开心地笑起来，露出一排漂亮的牙齿。

"傻瓜！太特这里没有游击队……"

迪奥戈突然在人行便道上停下脚步，眼睛盯着希拉，仿佛他刚刚在她的脸上发现了新的魅力。

"天啊，再笑一次！……"

姑娘也停下了脚步，疑惑地看着迪奥戈，没有明白他的这个要求。

"什么？"

"我说请你再笑一次，"他重复道，"知道吗？在我见过的所有女孩中，你的笑是最美的。你笑的时候，嘴唇、眼睛都在笑，脸和整个身体也都跟着笑。我从来没有见过你这样的笑容！"

希拉的脸红了，慌忙用手捂住脸，似乎这样能掩盖住自己尴尬的笑容。

"胡说！"她嗔怪地说，把脸转向前方继续走路。"您说得我都脸红了……"

"脸红也好看，"迪奥戈边说边紧走两步来到她身边，"但是，你的笑容是我最最喜欢的！……"

姑娘加快了脚步，似乎想要逃跑；她走得飞快，像卓别林电影里一名紧张兮兮的群演。

"放肆！"她明显口不对心地埋怨说，"放尊重些哦！"

"一般情况下我比较腼腆，"他说，"可是跟你在一起，我觉得可以把心里想的说出来。你有一些很特别的地方，知道吗？"

"说得好听！"她打断他的话，"我敢说，您对所有女孩都是这么说……"

下士将手放在自己心脏的位置。

"我发誓我没有！"他向女孩保证说，"我说过，我很腼腆。"

"哼，不像哦。"

两个人你一言我一语轻松地聊着，好像在一起做游戏，全然没有了三小时前相遇时令他们感到尴尬的突然冷场的情况。他们漫不经心地走着，沉浸在甜言蜜语中。时而，一个人调侃一下对方，时而，一个人假装生气；刚刚还在开玩笑，下一秒却变得严肃起来。

他们彼此倾心，仿佛一切都变得无关紧要，直到突然发现已经来到了市中心，这才发觉时间竟过得如此之快。当他们经过乌尼温达斯公司的时候，迪奥戈看见一栋眼熟的建筑，正是那天早上他下车与战友们分手的十字路口旁边那个赞比西河酒店。

突然停下脚步的瞬间让希拉辨清了方向，示意他们应该过马路了。两人向另一条街走去，一直来到装饰独特的梅加扎加油站：加油站平坦的屋顶上有一辆与真车一般大的红白相间的老爷车，像是博物馆在做户外展。

希拉站在加油站入口坡道上，突然一言不发地转向迪奥戈，脸上露出矛盾的神色，既有些失落，又显得心存期待。

"我到了，"她终于说，"谢谢您的陪伴。很高兴认识您。"

戛然而止的交谈和突如其来的告辞让迪奥戈感到诧异。他看了一眼加油站，又看了看希拉，似乎还没有明白发生了什么事情。

"你住在这里？"

她紧张地笑了。

"当然不是。可是，我的 *ginga* 在这里。"

"你的什么？"

"*Ginga*，"她一边说一边继续走着，"我用它回家呀。"

"你要用 *ginga* 回家？"他问，"我还是不懂……"

希拉走进加油站，取来一辆粉红色自行车，车架很低，是一辆女士自行车。她把自行车推出来，骑了上去。

"您不知道 *ginga* 是什么？"姑娘一边抚摸着车把一边问，"是啊，这说明您来莫桑比克时间不长……"

迪奥戈看着自行车，露出赞许的目光。

"这么说,你要骑车回家?明白啦,可是,我没有想到它这么……这么女性化。"

"我去医院的时候,就把它放在这里,"姑娘解释说,"骑车上坡太费劲,我试过一次,骑到一半,腿沉得抬不起来,好像有一吨重。哇,太可怕了!还不如把自行车留在这里,然后走路上去。"

下士点了点头,但其实他并没有听到姑娘最后说了什么,心里正盘算着找一个借口或方法再次见到她,着急自己想不出任何主意。他觉得自己好像走进了一条死胡同。

"那我们要在这里说再见了,"迪奥戈无奈地说,"你真要走了吗?"

她叹了一口气。

"是呀。我得回家了,我姥姥等着我呢。"

好像是在回应姑娘的一声叹息似的,迪奥戈也长叹了一口气。

"我还想再见到你。"

"真的?怎么见?派一辆'贝利埃'接我去希奥科?"

两个人都笑了起来,虽然笑得有些敷衍。

"我会争取多来这里取给养,"他说,"你知道的,我们需要经常来太特补充物资。"他把棕色贝雷帽向上提了提,用手捋了捋头发,鼓起勇气试探着说:"你觉得我再来这里的时候,我们还会见面吗?"

"看情况吧,"姑娘低声说,装出一副无所谓的样子,"我可能会很忙。"

"忙什么?"

"忙什么,忙工作呗!您不知道我已经是护士了吗?穿上护士服,戴上护士帽,一定特别漂亮。知道吗?"

"我想是的!"他想对她说,不穿护士服肯定更漂亮,但是,他不敢。"这样吧,我来的时候会提前通知你,好吗?"

希拉把脚放在自行车的脚蹬上准备出发。

"您怎么做?给我发电报?"

"我给你写信，"迪奥戈说，从口袋里掏出一张皱巴巴的纸和一支蓝色比克圆珠笔，"把你家地址给我好吗？"

姑娘左脚踩在脚蹬上，自行车开始滑动慢慢离开。

"随便！"她说，"寄到医院吧。"

自行车的速度越来越快，迪奥戈跑了几步想跟上去，但是很快意识到这么做毫无意义，于是停了下来，朝她挥挥手臂。

"我一定写。"

希拉一边加快速度，一边回过头挥了挥手。

"再见！"

四十

当车队回到希奥科营地时,太阳已经沉入地平线,大片耀眼的血色晚霞映红了西方天际。迪奥戈乘坐的"贝利埃"卡车发出最后的吼声,筋疲力尽地喘了一口气一动不动了。发动机几乎同时沉默下来,终于,一切都安静了。

一团铁锈色的尘埃浮在空中,像无声无息的幽灵在路上游荡。待在座位上的士兵们懒洋洋昏昏欲睡,享受着舟车劳顿后的片刻闲适。沙沙的风声和旗帜猎猎招展的声音让寂静显得更加深沉。葡萄牙国旗在旗杆顶上飘扬,随着风势时而低垂,时而上下翻飞剧烈抖动。

迪奥戈慢悠悠地从头上摘下贝雷帽,用手背擦去额头沾着橙色灰尘的脏兮兮的汗水。"妈的!"他如释重负地大声说,"我还以为永远到不了呢!……"

"猛子"第一个跳下车,其他战友紧随其后。

"这一路真是受够了!"

得知车队抵达的消息,上尉立刻赶来迎接回来的士兵。还在车上休息的迪奥戈看到军容整洁、裤子和衬衫熨得没有一丝褶皱、靴子擦得锃亮的上峰走过来,不禁露出不屑的神色。他的指挥官是一个百分之百的"投机分子"。

"怎么样?"军官问,"一切顺利吗?"

"猛子"耸了耸肩膀。

"老样子,上尉。我们在两个地方遭遇了伏击:一次是在去松戈的路上,另一次是在回来的路上。"

"妈的！有人受伤吗？"

"没有。大伙儿都顶住了。"

上尉摇了摇头，很是恼火。

"这种差事就是难啊，"他说，"物资呢？齐吗？"

迪奥戈慢慢下了车，看起来浑身酸痛的样子，从一个土黄色的文件夹里取出了货物清单和相关文件。

"都在这里了，上尉，"他说，翻开了文件，"土豆、大米、罐头、鱼干、酒、'巴祖卡'……"

"燃料呢？"上尉打断了他的话，搜寻着油罐车，"来了吗？"

"当然。"

营地指挥官满意地哼了一声。

"嗬！还不错！昨天晚上燃料用完了，冰箱不能用，我以为我们又要喝热啤酒了！……"他指示勤务兵说，"奥古斯托，马上去给冰箱加燃料。这是要紧的事，妈的。不然，大家都没有啤酒喝！……"

迪奥戈感到疲惫得无力帮忙卸下物资。他知道，别看"投机分子"们现在忙碌着，其实在此之前，他们整天除了处理文件或削土豆皮之外什么都不做。就让他们卸货吧。他拿起 G3 步枪，拖着脚步穿过草屋和部队帐篷。

他沿着军事区与村子之间的铁丝网走着，远远看见那个舂米的黑人女孩正坐在石头上吃烤玉米。女孩高耸丰满的左乳从裹在身上的破衣中露出来。她察觉到士兵走了过来，用期待的目光看着他，似乎在等待他的信号。迪奥戈还在考虑是否给她信号。太阳已经下山，找一处黑暗的角落、与女孩躺在一起并非难事。但是，有什么东西阻止了他，迫使他把脸转向前方继续走路，仿佛什么也没有感觉到。

他对自己的反应也大吃一惊。身体渴望女人，而眼前就有一个，现成而且秀色可餐。正常情况下，自己早就向她做一个手势，迅速解决问题了。排球比赛之后是这样，作战之后亦可如此。为什么自己没有这样做？自己的表现像是一个谜。怕违反行为准则？那又怎样？其实，其他战友都是偷腥的猫，"猛子"习惯性挠痒的动作就证明了这一点，但是，这并不是他们发生问题的原因。

事实是，而且惊人的事实是，约束他的不是军人的行为准则。真正约束他的是另一个姑娘。希拉。在返回营地的整个旅途中，他一直在回味他们在午餐前、午餐中和午餐后的谈话，脑海中浮现出姑娘精致的容貌、举手投足、她的笑、甜美的声音、灼热的浅棕色眼睛、性感的嘴唇、身体的摆动、身体……返程的路上，正当他想希拉的时候，车队遭遇了袭击。

迪奥戈一边想着希拉一边走着，当他经过用作厨房的帐篷时，一只手拉住了他。他的目光移到那只手上，又顺着它转向了一处阴影。暮色中，夕阳收敛了最后一丝光芒，非洲的夜像不透明的斗篷笼罩了丛林。士兵没有看清，但是从半明半暗中大腹便便的剪影猜到是物资管理员。

"下士，"那人说，朝黄昏微弱的光线中迈了一步，"听说车队在回来的路上遭到了伏击，是真的吗？"

"真的，"一脸疲惫的迪奥戈说，"不过，只是开了几枪，没有什么特别的。怎么？"

物资管理员挠了挠头，似乎在想自己如何开口。

"物资的问题，下士，"他终于说，"我们那边有一个小问题。"

迪奥戈好奇地看着管理员，不明白他为什么来跟自己这个作战人员谈一个本该由"投机分子"们解决的问题。他们从来没有巡逻过一次，还要拿与物资相关的事情给自己增加负担吗？他很想让管理员、他和那些"投机分子"们，从上尉开始，有一个算一个，统统滚蛋，但是，他实在太累了，甚至没有力气生气。

"说吧，你遇到什么麻烦……"

物资管理员做了一个鬼脸，似乎内心感到纠结，并不想谈这个问题，但又别无选择。

"你看，下士，我们的食品消耗太多了，"他说，"大米、土豆、鳕鱼、肉……所有储备都低于正常数量。"

迪奥戈看着他，不明白他到底想说什么。

"你是在暗示我们吃得太多？"他问，"建议全连减肥？"

物资管理员又做出一副苦脸。

"不是这个意思，我的下士。每个人的伙食量是正常的。但是，伙食开支不正常……不知道你是不是明白我的意思。"

迪奥戈摇了摇头，表示不明白。

"我们吃的是正常量，但是却超支了？"他问。"说清楚点，哥们儿，我还有好多事要做呢！"

物资管理员向前探了探身，像是要耳语，再次压低了声音。

"是洗衣工，下士，"他小声说，"那些洗衣工和他们的家庭。咱们给他们的食物是不在预算里的。明白我的意思了吧！……"

迪奥戈睁大了眼睛。那些洗衣工！他终于明白物资管理员说的麻烦了。士兵们用从厨房拿的食品支付旁边村子洗衣工，这是他们用来养活全家的劳动报酬。在那一刻，迪奥戈意识到了问题所在：营地收到的食品数量只能满足士兵们的需求，不包括提供给村民的额外数量。

"我明白了，"下士说，"可是我能做什么？你不会指望我来禁止给洗衣工们送食品吧？更何况，要下达命令的人是上尉，而不是我，因为……"

"车队不是遭遇伏击了吗？"物资管理员打断了他的话，眼睛里充满了希望。

迪奥戈犹豫了一下，还是不明就里。

"对啊，我已经告诉你了！可是，我不明白这与你的麻烦有什么关系！……"

物资管理员看了看四周，似乎有什么秘密要说，又向下士身旁凑了凑，好像一个准备向敌人透露国家机密的间谍。

"在伏击中，如果子弹打穿了一个米袋呢？嗯？如果还打穿了一个装土豆的袋子呢？在混乱之中，如果装罐头的袋子丢了呢？"他抬了抬眉毛，想和对方串通一气。"听懂我在说什么了吗，下士？"

迪奥戈挠了挠额头。

"让我想想我是不是听懂了你的意思，"他嘟囔着说，试图重新理清思路，"你是想用伏击中所谓的损失解释给洗衣工的那部分额外支出？"

物资管理员的脸上绽放出满意的笑容。

"理解得不能再正确啦，下士！"他又向四周看了看，露出神秘兮兮的样子。"还有劳尔的一个麻烦，你听说了吗？"

"没有。"

"就是前几天不小心用枪托撞了'乌尼莫克'卡车的那个战友，不知道你听说过没有。知道吗，的确有点粗暴，他砸了汽车的后侧灯。现在没有办法解释这笔修理费用。下士，你知道，劳尔得自掏腰包支付修理费，倒霉蛋。"他靠得更近了，像在说悄悄话。"但是，如果有人在这次的伏击报告中写上一笔，在伏击中'乌尼莫克'卡车的后侧灯被子弹击中……"

物资管理员让他的建议在空中飞一会儿，希望对方能够接住。迪奥戈挠了挠下巴，考虑片刻。在他看来，这一切绝对不符合规定，更不要说是违法行为。物资管理员的建议意味着，军队承担士兵的个人开支，甚至为他们粗心大意造成的后果埋单。毫无疑问，这么做既不合法也不道德。然而，要说不合法，却有道德的一面。军队打乱了这些人的生活，令他们远离家人，把他们扔到如此偏远的丛林地区，他们生活艰难甚至会牺牲自己的生命，如果军队连他们为减轻困难而做的微不足道的开支都不能承担,那么,军队的道德何在?

考虑之后,下士微微一笑,伸出手表示成交。

"劳尔,你真不愧是一个'投机者',"他说,"不过,毫无疑问,你算得上是一个伟大的'投机者'!"

"猛子"扭着身体,舌头舔着嘴角,在信纸上画着一个个字母。

"给谁写信这么认真?"

帐篷里,迪奥戈从一侧的行军床上发出的问话分散了"猛子"的注意力,圆珠笔在薄薄的纸上划过,留下了一道不该有的划痕。下士骂骂咧咧地检查了一下信纸,看看能否纠正笔误,却发现错误已经无法挽回,于是,他抬头看了一眼战友。

"什么?"

"每天晚上都看到你躺在床上写信,"迪奥戈说,"给谁写信?"

"猛子"恼火地看着害他在信上留下一道划痕的战友。

"和你有什么关系?"

"嗨,这么敏感啊!"迪奥戈感叹道,举起双手,像是表示投降。"算啦!你不想说,就别说!……"

"猛子"的目光落在纸上的那个划痕上,仔细看了看,觉得可以把它改成一个破折号,当然是一个很长的破折号,但是对于他来说,要紧的是这个办法可以掩盖笔误。他又用舌头舔着嘴角,按照自己满意的方式写起来,然后,他拿起信纸观察了一下,像画家欣赏自己的作品:错误已经完全看不出来了,这让他感到自豪,一时间竟觉得自己是艺术家,也许不是画家,但至少是修复艺术家。

"我在给我的'战时教母'写信。"他终于说,心情好多了。

"真的?谁?"

"她叫玛丽亚·达斯多雷斯,住在雷东杜附近一个村子,"他神色向往地说，"她每星期给我写一封信，我每天都给她写。我们正在热恋中。"

"漂亮吗？"

"美女！"他拍着衬衫口袋找什么东西。"给你看看？我这里有她的照片！……"

"猛子"从行军床上跳起来，来到迪奥戈身边，手里拿着一张长方形小照片。这是一张黑白照片，一看就是在照相馆照的，照片上的姑娘精神抖擞，表情笃定，好像要去完成一项任务。

"漂亮，真的，"迪奥戈说，把照片还给了"猛子"，"在哪里认识的？"

"嘿，哥们儿，没有什么特别的方法。我给全国战时教母运动中央委员会写了一个申请，申请成为'战时教子'。过了一段时间，全国妇女运动给我推荐了玛丽亚·达斯多雷斯。他们通常都会从'战时教子'的家乡找'战时教母'，明白了？"

"你们在信里聊什么？"

"猛子"耸了耸肩膀。

"说不好。什么都聊，又什么都没聊。我告诉她这里发生的一些破事，当然，也会说些好听的，对吧？说她很漂亮，说我回去以后我们应该在一起……类似的废话。"

"她呢？"

"她很善解人意，说为我骄傲。另外，她还告诉我一些雷东杜的消息，甚至还去我家陪我母亲聊天。酷啊，不是吗？"他露出一丝苦笑。"不过，有的时候，她那些爱国言论让我受不了，说我在非洲捍卫上帝和家人……知道是什么人了吧？我甚至怀疑她究竟是给我写信，还是给红衣主教塞雷热拉！"他笑起来。"但是，她人很好，这毫无疑问。"他眨了眨眼睛。"你知道，如果我的信写得好，等我回到雷东杜，还可以会一会她，"他吻了一下照片，"啊，宝贝儿！我真想要你！"

听了他最后这句话，迪奥戈怀疑地撇了撇嘴。

"你告诉她你有些小烦恼?"

"猛子"听到这句话条件反射似的将手伸进内裤里抓挠起来。

"妈的!"他咕哝道,瞥了一眼迪奥戈行军床上的笔记本,看见上面潦草的字迹,发现他也在写信。"嘿,你也在写信?"他说,露出一脸坏笑。"别说你也有'战时教母'哦……"

迪奥戈拿起笔记本,不想他写的东西被战友看到。

"没错啊,我现在搞到了一个。"

"啊哈!""猛子"惊呼道,仿佛当场抓住了迪奥戈的把柄。"姑娘是谁?是你老家的?"

下士笑了起来。

"她就是这里的。"

"这里的,哪里的?""猛子"有些吃惊。"你在莫桑比克给自己找了一个'战时教母'?你是怎么做到的,兄弟?"

迪奥戈把目光投向笔记本,看着已经写好的几行字。

"她是太特的。"

"猛子"吃惊地张了张嘴。

"太特的?"

"今天才认识的,"他说,"是咱们在十字路口分手以后一个小时的事。"

"你去了马克西姆夜总会?开门吗?"

"什么马克西姆,瞎说!她是护士,哥们儿。"

"猛子"盯着他看了良久,仿佛不敢相信。一阵突如其来的狗叫声将他们的注意力转移到了帐篷外,那是附近村子里的狗在叫。两个人心照不宣地交换了一个眼神,他们知道那是混在村民中的游击队员回家的信号。

"猛子"似乎无心继续聊下去,转身慢慢走回自己的行军床,难以置信地摇着头,沮丧地弓着背。

"妈的!"他喃喃地说。"我还没有见过谁这么快就泡上妞的呢!……"

四十一

当若泽·布兰科打开飞机舱门,立刻感受到太特令人窒息的热浪迎面扑来。此时,太阳已经变成一颗明珠亲吻着地平线,仿佛一朵花儿在向世界展示自己最后一抹光辉。若泽看了一眼希拉,疲惫地长舒了一口气。

"很辛苦吧?"

"什么也别说了,大夫,"姑娘说着,指了指自己沾满泥的脚,"泥都快到我的膝盖了!"

"没有什么是洗个澡解决不了的!……"

"我现在这个样子,都不知道洗得动洗不动澡呢,"她笑着说,"我太累了,真想一到家就倒在床上。姥姥一定要吓坏了!"

派珀切诺基飞机的螺旋桨停了下来。发动机发出微弱的咔哒声,好像飞机就要散架了似的。其实,这都是飞行之后的正常声音;不管飞机设备多么疲劳,肯定不如它的乘客更疲劳。

若泽、希拉和开着"奥斯汀"大吉普来接他们的司机路易斯和护士门东萨穿过航空俱乐部停机坪的草坪,路易斯和门东萨帮忙搬运剩下的几箱药品,抬着医生决定转移到太特来的一位病人的担架。

若泽来到吉普车旁边,发现里面坐着一个人。天色有些暗,但是,车内乘客金黄色的头发足以让他看出这个人是尼科勒。他不高兴地翻了一个白眼,但还是极力掩饰自己的情绪,以免护士们发觉自己的尴尬。

"你好,泽。"一行人在"奥斯汀"车上坐好,罗得西亚女人打了一个招呼。"我让门东萨带我一起来了,想看着飞机到达。你不介意吧?"

"当然不会,"医生不加掩饰地冷冷地说,"做得好。"

返回医院的路上,大家都沉默不语,刚刚回来的两个人累得没有气力说话。沉默令车里的气氛变得十分沉重,尼科勒觉得有必要打破沉闷。

"看来,希拉,"她说,"现在是你和布兰科大夫去巡诊吗?"

"嗯,嗯。"

"露西娅修女怎么了?偷懒吗?"

"露西娅修女在医院有工作。"

尼科勒还在不断抛出各种问题尝试打破车里尴尬的冷场局面,但是,她的努力未见成效,得到的只是出于教养的敷衍。尼科勒自觉无趣不再说话,吉普车里恢复了安静。

又是一个星期的空中医疗服务。各种日常的工作和流程静悄悄地、富有成效地完成了。空中医疗服务开展四年来,一套按部就班的工作流程已经建立起来,反复实践使得每个人都很清楚自己该做的事情。

病人被安排住院,药品送回药房,各种表格填好,查完病房。在此之后,若泽向费托尔大夫和露西娅修女了解了一下医院的情况,然后,回到自己的办公室,准备独自处理与洛伦索-马贵斯的往来公文,并且就一周空中医疗服务期间发生的事情写一份报告。

有人敲了敲办公室的门,医院院长咕哝了一声。

"嗯?"

门开了,但是,若泽仍旧在打字机上打字。

"可以给我几分钟吗?"

医生无须抬头就知道是谁。

"什么事,尼科勒?"

罗得西亚医生走进办公室,像探路似的慢慢走到若泽身边。

"见到我你不高兴?"

若泽闻到她身上淡淡的香水味,停止了打字,终于抬起头向她望去。

"如果你想听实话，我不高兴，"他冷冷地说，"你总是连招呼都不事先打一个就出现在这里，现在甚至跑到航空俱乐部的停机坪去等我。你觉得大家都是傻瓜吗？如果再这样下去，用不了多久他们就会怀疑我们之间有些什么，然后就会流言四起。"

尼科勒耸了耸肩膀。

"让他们说呗，有什么不好吗？"

"问题是，我是已婚男人。"

罗得西亚女人做出无所谓的样子。

"那又怎样？你在卡多佐酒店时并不担心这个问题，对吧？我们第一次在飞机上调情时也是如此。我们在松戈做爱、在这里的赞比西河酒店时也一样。"尼科勒扫视了一圈办公室，蓝眼睛里闪过一丝挑逗的目光。"还有那次，我们把这个小房间当作我们的爱巢的时候。"

"所以呢？"

她的声音越来越轻柔，变得像甜蜜的糖果柔软而诱人。

"所以，我在想我们也许可以……"她眨了眨眼睛，暗示说。"就是现在。我本来想带你去酒店，但是，我觉得一分钟也忍不了了。"她指了指办公室的门。"你不想在酒吧里试试？我们从来没有在那里做过，在凉爽的空调房里，可能会很有情调……"

尼科勒的话在空中回荡，似乎在等待若泽的决定。医生疲惫的目光停在打字机打出的文件上。片刻之后，似乎他终于决定说出静静想了半天的话，摇了摇头断然拒绝。

"不，"他大声说，"结束了。"

若泽说出决绝的词让尼科勒大吃一惊。

"结束什么？"

"我们。就这样。结束了，我不想再这样了。"

"你疯了？"

"我以前是疯了，"若泽纠正道，"但是现在我清醒了。我不想再这样了,不想再过这种两面人的、秘密的、偷偷摸摸的生活,不想再回家愧对我的妻子,不想再带着摆脱不掉的负疚感生活下去,也不想总是害怕被周围的人看出点什么而担惊受怕。"他又摇了摇头。"我不想继续这样。够了!"

罗得西亚医生走到他身边,把手放在他的头上。

"怎么了,亲爱的?冷静一下,别发这么大火。"

"我很冷静。"

尼科勒盯着他的眼睛,似乎是在估量他的决心,觉得自己必须强硬一些。她用舌尖舔了舔嘴唇,知道有些事情任何男人都无法抵抗,然后头一歪,迅速吻了若泽。若泽试图抗拒,但是当他感到她的舌头伸进自己嘴里的那一刻还是放弃了,他被那炽热的嘴唇所征服,又一次为了一时的享乐而投降了。他陶醉在温柔的摇摆中,似乎给所有感官都放了假。他已经决定这是最后一个吻,那么,为什么不能享受它呢?

当两个人接吻结束、嘴唇分开的时候,若泽发觉门口忽然有动静,便向那个方向看去。他吓了一跳,心怦怦地跳,胃一阵绞痛,他认出了一脸难以置信盯着自己的人。

是米米卡斯。

四十二

　　仅仅过去了两个星期，迪奥戈·梅雷莱斯就争取到了随车队去太特运给养的机会。虽然他是自告奋勇执行任务，但是，险象环生的旅途还是令他的心情喜忧参半。他知道旅途危险，战友们也显得很紧张，传讲着车队遭遇袭击的经历。其实，半个月前他在这条路上亲身经历的伏击就是最好的证明。

　　硬币另一面是，这可能使他有机会离开一潭死水的希奥科，哪怕只有一天，去城市放松一下，看看不同的风景。不过，更重要的是，真正促使他申请加入车队的，是来自太特献给世界最美丽珍宝的吸引力。

　　希拉。

　　过去的两个星期里，他一直在想她，给她写了几封信，有的已经在一星期前寄往了太特，有的还没有机会寄出，因为没有军邮到来，或者说，这个星期的军邮就是他现在加入的车队，而未寄出的信将随他一同前往太特。他把手伸进口袋里，摸了摸它们。他知道那是直击姑娘心灵的武器，确信或至少他是这样希望，第一批信已经发挥了作用。

　　迪奥戈不知道的是，希拉是否会来赴约，他甚至不确定她是否知道约会的事情。事实上，军邮每星期只有一次，有车队来往于太特和营地的时候，希拉才会收到信，这对于他的"诱惑行动"的确是一个很大的障碍。如果每隔七天才能寄信给她，那么，给姑娘的紧急信息怎么能传递出去呢？

　　正像紧急情况下经常发生的那样，想象力总是能突破现实中的障碍，而这种情况再次发生了。既然无法写信通知希拉自己将随车队去太特，因为信只能同他所在的车队一起到达，那么，他只得发挥一下自己的聪明才智了。正如《迪士尼杂志》里那样，每当山雀发明家想到一个问题的解决方案时，他脑袋上的灯泡就会亮起，迪奥戈也在出发的前一天晚上，体验了脑海中灵光一现的感觉。

坐在"贝利埃"卡车的长凳上，迪奥戈眼睛注视着灌木丛，心里却在回忆那个灵感闪现的时刻。那天晚上，他和战友们在下士们的小屋里一边打扑克牌，一边听罗得西亚电台的广播，当他听到广播里吉姆·莫里森[1]矫揉造作地唱着《暴风骑士》时，他的目光停在了收音机上。这位歌手去年就死了，妈的，却还在这里嘶吼！听着"大门"乐队的演唱，迪奥戈灵光一闪，解决办法就在广播里。他像被弹簧弹起来一样从椅子上跳了起来，不顾战友们的抗议，跑了出去，直奔至通信站的帐篷前才停了下来。

连队的"能人"宾巴下士是通信站的管理人员，对迪奥戈的要求虽然感到奇怪却没有为难他，而是按照他的要求，联系了太特航空俱乐部，并向若泽·布兰科大夫传递了一个口信，告知他第二天迪奥戈·梅雷莱斯将去太特市，需要紧急见希拉护士。迪奥戈既没有向宾巴也没有在传递的口信中说明一定要预约那位护士的原因。宾巴猜测那位护士或许有特殊的能力解决迪奥戈的特殊问题，这在某种程度上倒是真的。至于舅舅若泽，迪奥戈猜不到他会作何设想，但是他想，舅舅也许能猜到真相，不过即使这样也无妨。

有人的胳膊肘撞了迪奥戈一下，令他回过神来，也令脑海里前一晚的回忆烟消云散，把他带回到"贝利埃"卡车的现实来。坐在他旁边的战友，那个肘击他的人，一边露出得意的笑容，一边指了指地平线。迪奥戈把目光转向他指的方向，远远看到灰土悬浮在丛林上空，像是黄色蜡笔在蓝色画布上留下的一片色块。

---

[1] 吉姆·莫里森，美国二十世纪六十年代最重要的乐队之一"大门"乐队的歌手。

"太特。"

在医院接待他的是一个矮个子西班牙女人,她自我介绍说是露西娅修女,当他问起希拉或舅舅时,露西娅摇了摇头。

"希拉和布兰科大夫不在,"她说,"他们星期二去做空中医疗服务了。"

迪奥戈一脸绝望,担心自己白跑了一趟。舅舅是否收到了他通过无线电发送的信息?也许宾巴联系航空俱乐部的时候,他已经走了。

"他们什么时候回来?"

"今天是星期五,他们今天下午回来,"修女说,"如果不出现新情况的话。"

这个消息令迪奥戈振作起来,还好,不是一无所获。他告别修女,去太特转了转,在中央餐厅吃过午饭,路过"克里斯蒂-卢斯科斯"商店时买了几件标有"军队专供"的产品,然后,搭车去了航空俱乐部。

一到航空俱乐部,他马上跑去飞行控制处询问空中医疗服务队的飞机预计返回的时间,并请工作人员在飞机降落时叫他,然后,便独自坐在游泳池边的躺椅上,那里一群孩子正在上游泳课。他要了一杯啤酒,但是,想到喝啤酒口气会不好闻,也许希拉会不喜欢,于是,改变主意点了一杯更有异国情调的饮料。

"劳驾,一杯可口可乐。"

他听很多人说起过这种美国饮料,在葡萄牙没有销售,但是似乎在莫桑比克有很多。可口可乐来了,他很愿意尝试新鲜事物,于是又点了百事可乐、七喜和芬达,这些饮料都有一个他所喜欢的响亮的盎格鲁-撒克逊名称和外国情调。

他悠哉游哉地品尝着这些新奇的饮品,细细品尝每一口,打出各种味道的气嗝。下午时间慢慢流逝,他躺在躺椅上,心不在焉地看着上游泳课的儿童。

他觉得自己奇怪地融入了一个更加广阔的人类世界，这里的边界不再局限于波尔图和里斯本出售的早期夏派饮料，而是对其他含气饮料新品种敞开大门。他忽然发现自己竟然正在思考的是一个出乎意料的可能性：殖民地竟然比葡萄牙本土更发达。对于一个不大留意的人来说，他想，这个想法或许显得荒谬，但是，环顾太特航空俱乐部的舒适环境，感受着经过清爽的游泳池和冰镇芬达调和了的炎热空气，他不能视而不见的是，太特的生活虽然笼罩着战争的阴霾，但是却比空间狭窄、思想落后的冷冰冰的里斯本迷人得多。

"飞机着陆了。"

酒保突然告知的消息打断了迪奥戈的思绪，他从躺椅上跳起来，将十个埃斯库多丢在桌上，离开游泳馆，匆匆向航空俱乐部的停机坪走去。

时近傍晚，飞机降落掀起的灰土还笼罩在夯土停机坪上空。一架机身带有蓝色条纹和巨大红十字的白色派珀切诺基飞机停在航空管制小屋旁边，几个人正围着飞机和一辆绿色"奥斯汀"吉普车忙碌着。

迪奥戈在忙忙碌碌的人群中发现了穿着白衣白裤的舅舅的身影，好像一束光照在了戏剧的主角身上。

"你怎么在这儿？"若泽·布兰科见到迪奥戈吃惊地问。

"您没有接到通知？"

迪奥戈笑着问，不过，他注意到舅舅的目光有些黯淡，那是闪过的一丝担忧，虽然舅舅极力掩饰。也许是外甥审视的目光令他不舒服，医生匆忙从裤兜里掏出一个叠了几折的小信封。

"我刚刚收到你的消息，还没有看，"若泽说，"出什么事了吗？"

"没有，没有什么事，"迪奥戈安慰舅舅说，"就是想告诉您我今天要来这里，"他左顾右盼，"希拉呢？她没有和您在一起？"

舅舅回头指了指正在帮助一个生病的村民走下飞机的身穿护士服的姑娘。

"在那里,"医生大声说,"怎么了?"

迪奥戈笑眯眯地看着舅舅,拿出了藏在背后的花束。

"她和我一起共进晚餐,不过,她还不知道。"

"卡莱蒂斯"餐厅的一位服务员像舞者一样在桌子之间穿梭,"舞步"复杂却娴熟,令人眼花缭乱地躲避着不断涌入餐厅的顾客。他满头大汗,毕竟这么多客人却只有两位服务员。他像是表演杂技似的,先将托盘在空中一转,最后以一个花式动作将它放在了桌子上。

"两位的炸虾,对吧?"说着,他把一盘虾、面包和两杯饮料,一杯啤酒,一杯芬达,放到了桌子中央。"请问还有什么需要?"

顾客示意一切都好,服务员钻进人群消失不见了。

"天哪!"迪奥戈看着盘子大声说,"我从来没有见过这么大的虾。是巨虾还是什么?"

希拉露出惊讶的表情。

"你在开玩笑吗?"她很惊讶,从此刻开始,她对迪奥戈改称"你"。"你在莫桑比克没有吃过虾?"

"我才来了一个半月,"他解释道,"这是我来到这里以后第一次吃虾。你知道,希奥科可没有这个,"他拿起一只整个手掌那么大的虾。"怎么会这么大?别告诉我这么大是正常的!……"

姑娘莞尔一笑。

"当然,这很正常!这就是莫桑比克的虾,迪奥戈!"她也拿了一个,剥下橙色的外壳。"尝尝吧!好吃极了!你吃一个就知道了。"

士兵也学着她的样子咬了一口从盘子里拿出来的虾。

"嗯……真好吃。像甜品一样!"

希拉朝着餐厅晃了晃头。

"'卡莱蒂斯'餐厅的小吃在太特非常有名,"她说,然后,将目光停在啤酒上,"而且,懂行的人都说,这儿的啤酒是全市最好的……"

迪奥戈已经喝了一口啤酒,于是,又喝了一口品尝一番。

"的确不错,"他认可地说,伸手递给她一个杯子。"你也尝尝?"

"啊,不用!"她说,"我不喝啤酒。其实,我滴酒不沾。"

小伙子坏笑了一下。

"为什么?害怕喝醉?"

"不是。是宗教原因,所以我不碰酒。"

迪奥戈露出惊讶的神情。"什么宗教原因?据我所知,耶稣还喝葡萄酒……"

希拉将纤细的手指放在芬达瓶子上,感受着橙汁汽水瓶的清凉。

"我是穆斯林。"

姑娘以为一句话足以解释一切,但她没有想到的是,对方似乎并不理解。

"所以?"

"迪奥戈……穆斯林不能饮酒!……"

下士的眼睛瞪得老大。

"哦,不能?!为什么?"

迪奥戈的问题引来希拉的一阵笑声;葡萄牙人对她所信奉的宗教竟然一无所知,这令她震惊。

"因为这是先知的命令,"她解释道,"虽然我没有虔诚地遵守我们的戒律,但至少我要尊重它。"

迪奥戈慢慢地看着她的脸,仿佛从新的视角发现了她。

"没错。我听说在莫桑比克这里有 *maningue*[1] 穆斯林……"

---

[1] 莫桑比克当地语言,这里是"很多"的意思。

"难道不是吗？"她笑了，因为这是她第一次听到迪奥戈用了 maningue 这个词，这说明他已经快速适应了当地的习惯。

"莫桑比克的人口中大约有 20% 是穆斯林，迪奥戈。你看，我们都是葡萄牙伟大的爱国者。游击队无法进入楠普拉，是因为全省主要人口是马夸人，这是一个信奉伊斯兰教的族裔。马夸人是白人最忠诚的盟友，他们不会受游击队的影响。"

"哦，我知道！马夸人！"迪奥戈大声说。这个民族在军事方面具有重要地位，所以，他并不感到陌生。"敌人入侵了德尔加杜角和尼亚萨，但正是因为马夸人，游击队才无法进入全省其他地区。他们是穆斯林吗？"

"如果你去楠普拉，你会发现那里到处都是清真寺……"

"真的？可你们为什么磨尖牙齿呢？也是穆斯林习俗吗？"

"什么乱七八糟的！"她气呼呼地翻着白眼说。"首先，什么叫'你们'？'你们'是谁？"

"呃……你们，穆斯林马夸族。"

"我不是马夸人！我出生在太特，有印度人、白人和阿切瓦人的血统。大多数马夸人是穆斯林，但不是莫桑比克所有穆斯林都是马夸人，你明白吗？再说了，磨尖牙齿的不是马夸人，这也不是穆斯林的习俗。"她咬着嘴唇，露出一排整齐洁白的牙齿。"看到了？它们并不尖，是不是？告诉你吧，磨尖牙齿的是马孔德人，他们相信万物有灵，是基督徒，是德尔加多角游击队的盟友。"

"啊，你不是马夸人！"

希拉听到这句话乐了。

"当然不是，我告诉过你了。可我是穆斯林。"

下士开心地笑了。

"现在都解释清楚了！"他说。"如果你是穆斯林，你肯定是一个好姑娘！"他又吞下一只虾，做了一个鬼脸，似乎刚刚又想到了什么。

"我问你，穆斯林是不是可以同时娶几个女人？"

姑娘微微皱了皱眉头，对他的话满腹狐疑。

"是……"

"也就是说，如果我和你结婚，我还可以娶其他女人？你不介意？"

希拉举起手阻止他。

"先别急！"姑娘大声说。"不是这样！首先，我已经向你解释过，作为穆斯林，我并不虔诚地遵守戒律。所以，在我这里，谁也别想妻妾成群。第二，莫桑比克实行葡萄牙法律。据我所知，同时与两个或两个以上女性结婚被称为一夫多妻，是非法的。所以，你别做非分之想，听到了吗？"

迪奥戈靠在椅子上，吃着盘子里最后几只虾中的一只，眉飞色舞的表情倒让姑娘心里打鼓。自己到底说了什么，竟让他如此得意？她沉默了一会儿，等待他解释，但是，他什么也没有说，脸上依然是一副憨憨的令人啼笑皆非的怪样，姑娘再也无法忍受。

"喂，你这是什么表情？"

下士做出一脸无辜的吃惊样子，笑出声来。

"我？什么表情？我没有做什么表情啊！……"

希拉指着他的脸。

"看看！……多傻啊，你笑的样子。你在想什么？"

迪奥戈停止了笑声，但依然微笑着。

"在想你说的话。"

姑娘回想着自己刚才说的话，试图理解迪奥戈这句话的意思。然而，无论她如何努力地想，都没有发觉自己的话有什么不妥。他在笑什么？

"告诉我，"姑娘恳求道，"我到底说了什么，让你做出这种……表情……？"

"其实不是你说了什么，"他神秘兮兮地嘟囔着，"而是你的言外之意。"

这句话让希拉一头雾水。她等着迪奥戈把话说清楚，但是，军人却收起了笑容。

"好吧，"希拉不耐烦地说，"我的言外之意是什么？"

迪奥戈察觉到姑娘内心的急切，知道到了必须解开谜底的时候。为了给自己多一些时间，因为他需要胆量说出接下来的话。他拿起酒杯，将杯中剩下的啤酒一饮而尽，然后，放下空杯子，舔了舔嘴唇上的泡沫，用严肃而不可捉摸的眼神望着希拉。

"当我说我还要娶其他女人的时候，你说你不接受，"他提醒姑娘说，"你的言外之意就是，你不会嫁给我。"

四十三

迪奥戈已经陪着希拉离开了航空俱乐部，若泽·布兰科独自坐在吉普车的后座上回医院。路易斯一边开着车，一边与门东萨护士喋喋不休地闲聊，两个人都压低了声音，为的是让坐在后排的医生可以安静地沉浸在他的思绪中。

夜幕低垂，尘土飞扬的太特市在蓝绿色黑暗中沉睡着。飞行医生望着静静从眼前掠过的房屋、树木、路灯的灯柱、商店、行人、自行车和汽车，脑海中却只想着一个星期以来始终挥之不去的问题，它像一个占据了他的内心却无法驱除的幽灵。这个问题就是米米卡斯。

自从在办公室与尼科勒接吻被米米卡斯当场撞破以后，若泽的生活变了，而且每况愈下。那个周末，米米卡斯没有跟他说过一句话，她一言不发地沉默着。若泽试图与她交谈，极力解释当时的情况，努力表明自己心里爱的是她，尽管她看到了那个情况，但是自己已经断了与罗得西亚女人的关系，然而，妻子完全不理他，疏远他，长时间把自己关在卧室里。

星期二早上，若泽只好在这样的情况下再次出发去开展全县的空中医疗服务。他从一个村庄飞到另一个村庄为患者看病，但心里一直想着米米卡斯。诚然，最初的几天是最难熬的，那时夫妻关系刚刚破裂，并且似乎毫无逆转的余地，这给他们关系的未来蒙上了阴影。

然而几天之后，若泽开始从另一个角度考虑这件事情，对待问题的态度变得不那么悲观。他想，或许最好两个人分开一个星期，这可以使他们多一些空间，好好考虑一下，减轻痛苦。人们不是常说时间可以治愈一切吗？

"我们马上就到了，大夫，"路易斯提醒说，"我们先去医院还是先送您回家？"

医生沉浸在自己的思绪中，这么快就已经到达了山顶让他吃了一惊，他犹疑起来，不知道该怎么办。

通常情况下，他会先去医院向费托尔医生和露西娅修女了解自己不在医院期间发生的一切事情，然后，他会查病房，处理积攒的行政事务。可是此刻不同往常，而且，似乎连司机也看出来了。

"送我回家。"

飞行医生已经离开家四天了，他知道自己连一分钟也等不了了。他迫切需要无条件地、刻不容缓地与妻子和解。这个时刻终于来了。

山边灌木的叶子随着温暖的微风起伏荡漾，灰土在路上像无形的陀螺打着旋。山下，城市微弱的灯光闪烁着，房舍笼罩在阴影中。整座城市看起来像黑夜中沉睡的人影。

路易斯和门东萨走了，若泽来到家门口，看见门下透出一丝微弱的亮光。他把钥匙插进锁眼，开门走进屋里。

"米米卡斯，"他像每次空中医疗服务回来时一样喊了一声，"我回来了！"

客厅的角落里有一盏灯亮着，但是却没有人。若泽愈发焦虑地跑遍每个房间，去了卧室、书房和厨房查看，却没有见到一个人。他在餐厅的桌子旁坐下，想知道妻子在哪里。他抓起电话，给她的朋友们打电话，但是，米米卡斯都没和她们在一起。绝望之际，他给她可能去的几家公共场所打电话，包括"赞比"咖啡店、"科帕卡巴纳"酒吧，甚至购物中心，但还是没有找到她。

还是露西娅修女给他出了最好的建议。

"整个这一个星期我都没有见过您夫人，大夫，"她在电话另一头说，"你问过埃内斯托吗？"

若泽用手掌拍了一下自己的额头:怎么竟忘记了如此简单的事情?

"你说得对。他应该知道。"

埃内斯托与家人住在后院车库和主楼之间一排三间的配房里。当若泽来到房后的露台时,立刻看见闪烁摇曳的油灯灯光,听见有人轻声说着恩仰圭语。配房一旁的一个斜坡上铺着毯子,埃内斯托一家就露天睡在那里。

"埃内斯托?!"

院子里突然一片寂静。

"在呢,大夫?"

"夫人在哪里?"

埃内斯托没有立即回答。医生依稀看见阴影中有一个身影在动,知道那是埃内斯托正在向露台走来,油灯逆光之下,却看不清他的面容和身体轮廓。

"她走了。"

"你知道她去哪里了吗?"

仆人摇了摇头。

"她是星期三走的。"

这个消息让若泽一下傻眼了。星期三?星期三已经是两天前的事情了。"她没有回来过?"

"没有,先生,"埃内斯托伤心地嘀咕道,"她拎着箱子走了。"

若泽顿时目瞪口呆。这个消息令事情变得更加严重了。

"没有……她没有说她要去哪里吗?"

"没有,先生。"

医生倚靠在阳台的铁栏杆上,头脑高速运转起来,想确定她可能的目的地。她会不会去了洛伦索-马贵斯?会不会回葡萄牙去了?还是回佛得角去了?三年前,禁止妇女在未经丈夫允许的情况下单独旅行的法律已经废除,所以,有无限种可能性。他无法仅凭猜测确定她的去向。

他转过身，沮丧地挥了挥手道别。

"谢谢，埃内斯托。晚安。"

仆人过了很久才做出回应。

"我听到夫人打过电话。"

若泽站住了。

"和谁？"

"她打电话给莫桑比克国际旅行社订了一张飞机票。"

"真的？去哪里的？"

埃内斯托用手摸了摸自己的头，显得有些不知所措。

"她说话声音太小，我没有听到，"他说，"但是后来她又打了一通电话。这次我听清楚了。"

"打给谁的？"

"给罗科博士。"

医生一下挺直身体，瞬间感到心里一块石头落了地，他终于知道米米卡斯去了哪里。妻子在贝拉。

四十四

　　沾满泥浆的"路虎"呼啸着驶过大街,车后带起的尘土立刻淹没了人行便道。迪奥戈背对着灰土,用身体挡在希拉前面,以免厚厚的土落到她身上。姑娘明白他的用心,于是把脸埋在他的怀里,躲避灰尘。

　　迪奥戈感觉到女孩的黑发扫过他的脸颊,闻到桉树的味道。他用双臂搂着她,为她挡住飘在周围空气中昏黄灯光下闪闪发亮的橙色尘埃颗粒;希拉的身体缩成一条优美的直线,他的手触摸到她如天鹅绒般柔软的皮肤,她这样弱不禁风的模样唤起了迪奥戈的欲望。

　　灯光照在便道上,形成一个个光的间隔,无数小飞虫围着灯泡飞舞,令灯泡看上去一闪一闪的。小情侣犹豫着向前走了三步,穿过尘雾走进昏暗的阴影里。当希拉终于抬起头呼吸新鲜空气时,尘土已经散去。这次,换成是她闻到这个为她挡住尘土的男人脖子上欧仕派香水的味道。

　　偶然但也是必然的,两个人的目光碰撞在一起。迪奥戈身不由己地把脸慢慢挨近姑娘,嘴贴在了姑娘温暖而柔软的面颊上。他亲吻了一下她丝滑的皮肤,将嘴缓慢地,几乎一毫米一毫米地向下移动,直到碰到希拉灼热的半张的嘴唇上。

　　第一次接吻。

　　姑娘的吻热烈而甜蜜,舌头像贪婪的手指在蜂蜜瓶中搅动,她的身体与迪奥戈的身体贴在一起颤抖着。借着阴影的掩护,迪奥戈的右手抚摸着希拉的后背,并滑向她性感的臀部。姑娘咕哝着欣然接受。

　　受到鼓舞的迪奥戈一边吻着希拉,一边将左手伸进了她的领口,感受她天鹅绒般柔软的乳房。又一声呻吟。他的右手继续向下滑去,从她的裙底伸了进去。

"不!"她说着,扭动身体摆脱他的手臂。"不能这样!"

正陶醉其中的迪奥戈睁开眼睛。希拉的身体之旅令他因欲望而神魂颠倒。既然已经走得这么远,为什么不能走到底?此刻叫停,就像让一列在平原上全速飞驰的火车停下来,在迪奥戈看来,这是不可能的,是痛苦的,是无法想象的。不管付出什么代价,他需要到达终点。

"哦!"他抗议道。"为什么?"

"因为不可以!"希拉坚决地说,"我们是在大街上,迪奥戈!"

下士向四外看了看,似乎直到此刻才意识到他们在哪里。实际上,街上几乎没有人,只有远处街道尽头有几个人,仅此而已,而且,他们正靠着一棵芒果树的树干,被黑夜的面纱保护着。但是,她是对的,他们是在街上,有些事情不能在大街上做,就像那些事。

"我们可以去哪里?"他问。希拉把身体往后一缩,终于从他的怀抱中挣脱出来。"我们吃去 aice crime 吧。"

"什么?'罪'?"迪奥戈没有听懂,吃惊地问。"有'罪'?"

"不是,傻瓜,"姑娘笑着说,"是 aice crime,在我们这儿是指冰淇淋。在'索萨'肉店旁边,有一家卖意大利 aice crime 的店。那儿的冰淇淋很好吃!"

"你们搞的什么鬼名字!"下士咕哝说,"不过,告诉我,我要冰淇淋干什么?你就是太特最美味的甜点!……"

希拉一把推开他,假装生气了。

"喂,你把我当成什么了?"

"冰淇淋呀。"

意大利冰淇淋是迪奥戈吃过的最好吃的冰淇淋,他在葡萄牙都从未尝过这种冰淇淋。他选中了一个巧克力甜筒,她挑了一个草莓甜筒,两个人坐在公园对面的人行便道上舔着冰冷的美味。

他们沉默了一段时间。冰淇淋确实很好吃,但是,士兵的心思并不在那儿。虽然他已经完全恢复了理智,但是身体却还处于半小时前释放的化学物质令人陶醉的作用之下,有一种意犹未尽的感觉。

"我得回家了。"她说,好像刚刚履行了职责,可内心根本不想离开。"烦人,天都黑了,可是,我的自行车没有车灯。"

"你住得远吗?"

"不远,但是也得走一个小时。"

"我送你。"

"步行?"她笑着说。"去要一个小时,回来还要一个小时?不可能!"

迪奥戈一下站起来,伸出手,准备拉她起来。

"走吧!"

她抬起头,犹豫要不要站起来。

"现在?"

"你看现在都几点了?"男朋友问,让她看了看自己的手表。"如果要走两个小时,我们最好现在就出发。晚上我得早点睡觉,车队明早五点就要出发回希奥科,我还想睡几个小时呢。"

希拉向男友伸出手,他把她拉了起来。她还在考虑去取自行车的问题,不过最终还是决定把它存放在老爷车那个加油站,第二天从医院回家时再去取。

他们并肩走过太特市中心,一边吃着剩下的冰淇淋,一边沿着一条土路向希拉住的郊区走去。在那个炎热的夜晚,一群人让马路上有了生气,妇女们头上顶着水盆走过,孩子们玩着巧妙地用木棍和铁罐做成的小车。空中传来阵阵欢笑声、交谈声和音乐声；半导体收音机里播送着非洲独弦琴和拇指琴一类的乐器演奏的富有节奏的乐曲，使夜晚充满了欢乐。希拉甚至跟随着音乐跳了几步，优雅的舞姿令同伴喜不自禁，更加被她的动作迷住了。

接着，他们离开了那条热闹的街道，来到一条小路上，将所有的喧闹留在了身后。这是一条狭窄的小路，他们经过了几个草屋之后，来到了连一个人影也没有的路段。漆黑一片的环境重新点燃了迪奥戈的欲望。迪奥戈拉起希拉的手，给了她一个吻，然后搂住了她，一切重新开始。接吻，拥抱……

迪奥戈意识到自己无法再停下来，可是，随时会有人路过这里，于是，他拉着希拉离开了小路，两个人在一片灌木丛后面躺下热烈地拥抱在一起，迪奥戈甚至爬到了希拉的身上。这时，希拉明白了，犹豫起来。

"不！"她说，"这个不行！"

迪奥戈感到自己失去了控制，但还是忍住了。

"为什么？你不愿意？"

希拉发出一种奇怪的声音，声音中夹杂着沮丧和无奈。

"哦，这还用问！但是我不能！不可以这样！"

"为什么？"

"因为……因为太快了。我们才刚刚认识！……"

迪奥戈俯身挨近她的脸，吻了她的嘴唇。

"可是，我爱你。"

希拉犹豫了一下。

"我也是……"她吞吞吐吐地说，"我也……可是我们不能！……我们需要时间。"

迪奥戈忽然贪婪地吻了一下希拉颤抖的嘴唇。

"什么时间，希拉？什么时间？"

"时间，"她重复说，觉得自己的意思已经表达得很清楚了，"我们必须了解对方。我们不能一见钟情就什么事情都做，我不是那种女孩。明白吗？"

姑娘转过身去，试图摆脱压在身上的男友。迪奥戈却不肯，他意识到希拉是在努力控制内心的激情，而且她可以控制住这份冲动。所以，他必须打出最后的王牌。

"我们没有时间了，亲爱的。"

"胡说！我们当然有时间！我们想要多少时间就有多少时间。"

迪奥戈想再次吻她，但是她把头一转，避开了他的嘴唇。机会的窗口已经关上了。

"我是军人，亲爱的，"他喃喃地说，打出了自己手中的王牌，"我们在打仗，我被派到丛林的营地，周围都是游击队，这意味着我甚至不知道自己明天是否还活着。你明白吗？"

"你当然活着！"

迪奥戈把头靠在希拉的身上，这使得希拉在昏暗中只能看到他的身影，然而，她毫不怀疑他正盯着自己。

"每天从我舅舅家门前经过的'云雀'把多少死亡或伤残的士兵送到医院？有多少伤员死在你们的病房里？你给多少尸体盖上了裹尸布？"

希拉浑身一颤，突然感到害怕，将温暖的手放在他的脸上。

"你不会有事的！"

"你怎么有这个把握？我是战区的士兵，身处孤立无援的营地，周围都是游击队。你怎么知道明天我不会出现在第一架降落在医院的'云雀'上？你怎么知道这些？"

姑娘哭了起来。

"不……我不想……你不会出任何事的！……"

"如果会呢？"他追问说，让可怕的问题更加有分量。"你怎么能拒绝我们应有的爱呢？你怎么能背负着根本没有让我像男人爱女人那样爱过你的愧疚生活下去呢?"

"不,不,"她抽泣着摇了摇头,"你不会有事的!……"

"万一呢?"迪奥戈重复说,依然坚持自己的想法,像一个打铁的铁匠,一定要让铁按照他的意志弯曲折转。"我们身处战争,不知道明天会怎样。所以,让我们活在当下。我们应该享受我们此刻所拥有的。我现在就在这里。"他抚摸着姑娘满是泪水的脸庞。"爱我,就像明天你会失去我那样。"

希拉再也无法抗拒,把他拉到自己身边紧紧地抱住,久久地与他拥吻。迪奥戈感到她的身体不再设防,她的腿微微分开,既表示投降,也是邀请,这也是一个确凿的信号,表明铁终于弯曲了。

四十五

若泽·布兰科离开"埃什托里尔"汽车旅馆,沿着错落有致的建筑走过一排商店,他首先听到的是大海轻轻的涛声。印度洋上空,日上中天,带着海腥味的空气温暖而潮湿,各种色泽艳丽的遮阳伞、遮阳棚散布在道路一侧的沙滩上。海滩似乎在招手发出邀请,吸引着那些披着毛巾在沙滩上漫步的度假者,他们大部分是来自葡萄牙的定居者和罗得西亚游客。

若泽找到停在一棵凤凰树的树荫下的汽车,从这里可以欣赏马库蒂灯塔的完美景色。他坐进"欧宝"汽车,沿着滨海大道向航海俱乐部的方向开去。车窗开着,他将手臂伸出车外,感受着温暖的海风。他一边开车,一边不禁想到,自己还从没有见到过像贝拉这样闲在而令人愉快的城市,一时竟想知道其中的原因。也许是因为它长长的海滩和温暖的海水,他想,对那些紧张工作了一天的人来说,这是最好的抚慰。除此之外,另一个原因是这座城市美丽的热带风格,"美好时代"风格和殖民地风格杂糅其间。

若泽一直认为贝拉是一个有吸引力的城市,尽管也许其堪忧的形势对其有些影响。他现在需要去解决一个问题,在找到解决办法之前,还不能停下来休息。他沿着濒临印度洋的滨海大道行驶,转向索菲尔区,查找着门牌号,终于把车停在一栋殖民时期的建筑前面。他很熟悉莫桑比克这类公共住宅特色的建筑。整座房子有两套公寓,一套在一楼,另一套在二楼,这种设计在全省也很普遍。他要去的是二楼。

他穿过大门,走进院子,来到房子角落处的一扇门前,按了一下门铃，听到楼上的铃声"叮咚"作响。不一会儿，便听到人走下长长的楼梯时特有的沉重脚步声。门开了，一脸惊讶的老朋友出现在眼前。

"你好，多明戈斯！"若泽打招呼道。"你好吗？"

"泽！"黑人律师一边喊一边抱住了他。"*Tudo maningue naice*[1]？"

虽然两人一直保持通信往来，但这还是他们自若昂贝卢一别后第一次见面，所以，医生打量着多明戈斯，想发现牢狱之灾给朋友带来了哪些影响。多明戈斯似乎老了一些，鬓角长出了一些白发，但是，他最大的变化还是体型。

"又胖了，你这个家伙！"

"可不是嘛，都是贝拉蟹的功劳，"律师笑着说，"自从他们把我流放到这个天堂，我已经别无他求！"

"好福气！"

现在，轮到罗科"品评"朋友了。

"你和那些大家伙在一起挺美哦，"他说，"武装得像个披头士还是什么？"

"你知道的，我更像詹姆斯·拉斯特[2]……"

多明戈斯发觉这里不是最适合聊天的地方，于是请朋友进来。

"请进，请进。"

主人把朋友拉进楼梯口的暗处，带他沿着狭窄的楼梯来到二楼公寓。天花板上风扇旋转着，使室内空气流动起来，房间里凉爽宜人。律师在留声机上播放了一张保罗·莫里哀的最新唱片，然后去调制两杯威士忌。

"米米卡斯不在？"

若泽尽量显得随意问出这个问题，好像是刚刚想到一样。多明戈

---

[1] 意为："一切都好吗？"
[2] 德国轻音乐大师。

斯背对着客人，将苏打水倒进威士忌中，又将冰块加入酒杯，身体随着留声机喇叭中传出的管弦乐节奏摇摆着。然后，他走过来递给朋友一杯酒，重重地坐在椅子上。

"阿尔贝蒂娜放了几天假，她们俩去海滩了，"他若无其事地说，"应该快回来了。"

若泽从朋友一闪而过的表情猜到他已经知道自己和米米卡斯的事情，却故意假装不知道，不过，这倒是最明智的做法。因此，他们没有再继续这个话题，转而聊起了贝拉和太特的生活。

"你看，葡萄牙正在失去对局势的控制，"多明戈斯说，慢慢摇晃着杯中的冰块，"我们的朋友雅尔丁准备在这里宣布莫桑比克独立。"

"哪个雅尔丁？"医生疑惑地问，他从未听说过游击队领导人中有这个名字。"你们现在的领导人不是马谢尔吗？"

黑人律师大笑起来。

"我说的是若热·雅尔丁，老兄！这是贝拉这里呼风唤雨的人物。"

若泽睁大了眼睛，知道这个人是谁了。若热·雅尔丁是莫桑比克最大的商人，类似非官方省长的角色。

"噢，雅尔丁！"他终于把这个名字与多明戈斯说的消息对上号了，做出恍然大悟的表情。

"他想宣布独立？这不是瞎扯吗？"

"就是啊。我有非常可靠的消息，这个家伙与卡翁达[1]在卢萨卡达成了一项协议，要为莫桑比克建立一个包括莫解阵在内的多党政府，这个政府既是独立的，又继续与葡萄牙的联系。这个计划是不错，可是，马尔塞洛和马谢尔都拒绝了。"他歪靠在座位上说，声音小得近乎耳语。"看来，雅尔丁现在打算效仿罗得西亚英语佬的做法，单方面宣布独立，在莫桑比克这里建立一个白人政权。这个家伙是班达的朋友，马拉维也

---

[1] 非洲民族解放运动代表人物之一，赞比亚前总统。

站在他那边。他还可能得到罗得西亚和南非的帮助,多年来,这两个国家一直企图派军队过来,他们觉得葡萄牙人根本没有好好打仗,而且他们担心如果葡萄牙失败了,自己会成为下一个被打击的目标。"他微笑着说。"他们是对的,顺带说一句……"

"葡萄牙不会同意的!……"

多明戈斯翻动了一下自己的手掌,表示什么都不确定。

"静观其变吧,"他说,"无论如何,葡萄牙已经开始失去对局势的控制权。考尔扎认为战争是军事方式的解决,他要彻底解决,不过,据我所知,马尔塞洛和莫桑比克省长对他不满意。马尔塞洛指责他是残酷的战争思维,省长说那个家伙想靠杀死所有人来赢得胜利,认为这样不能打赢颠覆战争。皮德似乎也持同样的看法。"

医生一脸疑惑。

"你是怎么知道这一切的?"

朋友靠在他的椅子上。

"我虽然待在公寓里,"他笑着说,"不过,我可没有睡觉。"接着,他用食指指着若泽,说:"而且,我再告诉你一件事:太特的局势要升温了。"

"还升温?"

远处的涛声破窗而入。多明戈斯向滨海大道的方向望去,凝视着分开两块蓝色色块的那条线,它像是巨幅画布上一条蓝色蜡笔画的线;那是深蓝色大海和湛蓝深邃的天空之间的那道海平线。

"你从来没有听说过穆昆布拉?"

"是靠近罗得西亚的一个地区,"若泽说,"似乎去年那里出了一些麻烦。"

多明戈斯的目光从远处的海平线移到朋友身上。

"莫解阵杀死了一个帮助葡萄牙人的首长,还埋了一颗地雷,炸死了三个罗得西亚士兵,"他说,"几天后,特种部队开过去,杀死了20

多个向游击队提供食物的村民。几个月后,达克河沿岸和布舒地区的一些村庄也发生了同样的事情。"他摇了摇头。"我不知道这什么时候才是终点,但是,如果考尔扎想用这种方式赢得战争……"

律师故意说到一半停了下来,就在二人沉默时,他们听到了钥匙在锁孔里转动的声音,于是,转身向门口看去。

门开了,阿尔贝蒂娜和米米卡斯走了进来。然而,当米米卡斯看到丈夫在客厅里用期待的眼神望着自己时,她转身走开了。

四十六

"贝利埃"卡车停在了马佐伊河大桥的桥头，宾巴下士第一个跳下车去。他远远地望着大桥的金属结构，估计一下出问题的位置，然后回过头，向卡车方向打了一个手势。

"迪奥戈，"他喊道，"跟我来一下？"

战友正睡眼蒙眬地坐在"贝利埃"的长椅上回忆两天前那个夜晚的经历，听到有人喊他的名字，他似乎一下清醒了。

"啊？"他恍惚地问，"什么？什么？"

他看到宾巴正盯着自己，双手插胯，一副责备的样子。

"嘿，你睡着了还是怎么了？"他指了指大桥，"过来，咱们去检查一下桥柱！……"

这一次，迪奥戈听清了指令。他像被弹簧弹起来一样，跳下了车，查看一下G3步枪的保险是否打开，然后走进草丛，和战友一起走下坡去。远处，河水流淌着，清凉而诱人，流水声在山谷中回荡，像一首奔腾的旋律。迪奥戈一边走，一边来回查看着脚下的路和诱人的河流，直到他踏上露出水面的一块大石头，才顾上欣赏银色的水流。他望着河水，希望完成任务后可以跳进去游泳，不过，考虑到天气如此炎热，似乎现在就下去游一游才更加明智。

"怎么啦？过来啊！"

宾巴下士的声音又把他从幻想中拉了出来。他摇了摇头，担心自己动不动就分心，便加快脚步跟上战友。宾巴带着他穿过灌木丛和高高的草，来到大桥桥面的下方。他们找到一处有利观察的位置，立刻开始检查桥体。

迪奥戈先检查了大桥桥面的下方，然后将目光移向桥柱。第一根柱子上干干净净，但是，当他检查第二根桥柱时，发现上面似乎捆绑着一包奇怪的东西。

"那里有东西。"

宾巴顺着他手指的方向看去。

"在哪里？"他问，开始查看那根桥柱，终于发现了可疑物。"噢，在那里！……"他眯起眼睛，似乎这样能看得更清楚。"好像是一个鸟窝……"

迪奥戈一边考虑这种可能性，一边仔细研究查看可疑物。片刻之后，他摇了摇头。

"根本不是鸟窝，"他十分有把握地说，"是炸药。"

两个军人像蜥蜴似的紧紧趴在桥柱上。迪奥戈检查好拴在身上的绳子，腿用力蹬，终于爬到可疑物旁边。这是一个金属盒，似乎铸在了桥柱上，他无法把它取下来。他研究了一下盒子，发现它是密封的，盒子的四个角分别有四个用来固定盒盖的螺丝。

迪奥戈向下看去，看到宾巴的头随着他的喘息声晃动着。战友正在努力爬到炸药所在的位置；他是一名经验丰富的士兵，只不过他没有迪奥戈的身体素质，无法像迪奥戈那样灵巧地爬上柱子。

"宾巴！"迪奥戈喊了一声。"这个破玩意儿还用螺丝封上了呢。我应该怎么做？要不要拧开盖子？"

"别碰它，妈的！"战友喊道。他停下喘了喘气。"坚持一下！……"

宾巴又用了一分钟才爬到可疑盒子所在的位置。他气喘吁吁，不得不休息片刻平复急促的呼吸并恢复体力。他擦了擦额头淌下的汗，终于缓过劲来，在军装上抹了抹汗津津的手，开始检查盒子。

"哼！"他哼了一声。"看看咱们这里有什么吧？"他用手摸了摸盒盖，检查了螺丝。"咿……可不是嘛，的确需要拧开这个鬼东西。"他觉得自己需要更多的时间恢复体力，于是，看了一眼战友。"你来拧开？"

迪奥戈从裤兜里掏出一个锋利的工具，把它的一端插在一个螺丝上，立即拧下一个，然后一个接一个地拧下所有的螺丝，盒盖松动了，露出了内部。他顺畅地完成了这一系列动作，眼睛跟随着自己手的活动，但是，他的心里依然想着希拉的脸庞、"卡莱蒂斯"餐厅的晚餐、他们手拉手在林荫道上散步和芒果树下的初吻，没有任何一棵芒果树的果实比希拉的嘴唇更甜蜜，意大利冰淇淋……

"咿……不好，不好！"宾巴仿佛在自言自语。"这是新型的！……"

宾巴的话唤醒了迪奥戈。自己又在做白日梦，这让他吓了一跳。他知道，在这种时候，这是万万不可以的。他正吊在一个桥柱上拆除炸药，必须全神贯注地执行任务。

他看了一眼宾巴，仿佛第一次见到他，只见他正在研究盒子内部的装置。然而，引起迪奥戈注意的是，他从战友的目光中读出了疑虑。迪奥戈定了定神，想起战友刚刚说过的话，语气严肃地说：

"你这话是什么意思？"迪奥戈明白了战友刚才的话，立刻警觉起来。"你没有遇到过这种险情？"

宾巴正专注地考虑问题，没有回应，或许根本没有听到迪奥戈的问话。他把手伸进身上斜挎的一个袋子里，掏出一个笔记本立即翻阅起来。迪奥戈低下头，想看清笔记本上的字，只见本子的封面上写着"军队手册"，副标题写的是"爆炸物处置"。

迪奥戈浑身一震，摇摇晃晃地直起身子。宾巴是希奥科营地的地雷和排险能手，据说这方面的知识他能倒背如流。所以，看他需要查阅手册学习如何拆除爆炸装置，尤其是站在他旁边、在他要拆除的炸药旁

453

边,可不是一件令人安心的事情。

"我说哥们儿,"迪奥戈说,显得越来越焦躁,"你知道你在做什么吗?"

宾巴向他投去一个奇怪的眼神,然后,继续认真看起手册来。然后,他开始研究盒子里的线路,将它们与手册里的内容进行对比。

"看,如果我把这根红线拆掉,原则上,问题就解决了……"他喃喃自语地说。然后,他犹豫了一下,看了看手册,又看了看盒子。"不,不是红线。是蓝线。"他又迟疑了一下。"咿……等一下!拆蓝线?如果……哼!……红线不是更好吗?"

迪奥戈的额头又冒出大滴汗珠。与普通人不同的是,顺着他的脸颊流下来的这些汗不像平常那样是因为热,纯粹是因为神经高度紧张所致。他很清楚这一点,因为他出的是冷汗,而且,他几乎同时感觉到胃里一阵绞痛,身体告诉他,趁来得及,赶紧离开那里。

"宾巴,"他说,几乎是在哀求,"你确定知道自己在做什么吗?哥们儿,如果你搞不定,咱们最好下去,让一个懂行的工程师来……咱们别愚蠢地冒险吧,好不好?"

他质疑地看着战友的脸等待回应,却发现宾巴的表情很奇怪:他的眼皮湿漉漉的,眼白似乎充满了血丝。

"要是黄线呢?"这时,宾巴又自言自语起来,看了看手册。"如果我拔掉黄线,这个破玩意儿会爆炸吗?咿……也许最好还是去掉红线……"

拆弹"专家"的手指在三根线之间犹豫不决地跳来跳去。一会儿,它似乎要拔掉一根线,可是,手册告诉它应该拔另一根线,重新看一遍手册之后,它回到了第一种选择,或者继续选择第三种。

"宾巴?!你听见了吗?"迪奥戈继续说,推了推他的左肩膀。"最好别碰那破玩意儿,哥们儿!……咱们叫人来吧,好吗?"

这位地雷和排险能手不但没有理他,反而哼唱起来,迪奥戈听出来那是葡萄牙女歌手托尼沙前年参加欧洲广播电视歌唱大赛时演唱的那首歌。

"清晨，女孩目光如水，灼灼闪烁，"宾巴哼唱着，"她的乳房玉润珠圆，盈盈一握，羊毛小马甲……"

迪奥戈看了看战友不断变化表情的脸，又看了看他在爆炸装置的三根线之间动来动去的手指，想起"猛子"曾经说过，宾巴的服役期快要结束了，人也变疯了，现在，他觉得自己真的面对着这个可怕而确凿无误的事实了。

"你疯了！"

恐惧感控制了迪奥戈整个身心，他匆忙爬下桥柱，不知道是否还来得及自救，也许宾巴唱完了歌曲就拔线，也许这首歌很长，也许……

"好啦！"

宾巴的声音从上面传来，迪奥戈吓得一动也不敢动，蜷缩着身子抱着桥柱，等待最坏的情况发生。他吓得以为世界随时都会崩塌，慢慢抬起头往上看去。

"'好了'，什么'好了'？你干什么了？"

"是红线，"宾巴不慌不忙地回答，双手忙着拆卸爆炸装置。"那些混蛋有时想骗过我们，用改变颜色来迷惑我们，可是他们别想骗过我！"他大笑起来。"狗娘养的，以为你们能骗得了宾巴？！让你们好瞧，你们的炸弹废啦！……"

他们从桥柱上爬下来，将已经拆散的爆炸装置放到"贝利埃"卡车上，继续检查了桥梁的其他部分，再没有发现可疑之处，便返回了车队。连队人员隐蔽在道路和大桥周围的灌木丛中，监视着现场情况，以确保桥梁周围的安全。

远处，无线电收发报机滴滴答答地响，迪奥戈看了看手表。距离他们拆除炸弹已经过去了两个小时。他向"贝利埃"望去，听到负责通信的"能人"宾巴正在那里通话。片刻之后，迪奥戈看见宾巴站起来，招了招手。

"他们来了！"

士兵们加倍警惕起来，紧张地搜索灌木丛中任何可疑的动静。桥上发现游击队放置的爆炸装置，这意味着他们就在附近。道路上越来越清晰可见的尘浪表明此次行动的关键时刻到来了。大约过了五分钟，空气颤抖起来，天空中出现了一些像巨型肉蝇似的嗡嗡作响的小点。

小点大起来，变成了直升机。尘浪近了，突然之间其变得清楚可见，那是一支车队正浩浩荡荡地向大桥驶来。迪奥戈退后一步，越来越近的噪声震耳欲聋，现场一片混乱。

第一批"贝利埃"开上了大桥，车上坐的是戴着红色贝雷帽的士兵，显然，他们是突击队员。接着，在重兵护卫下，开过来几辆长度惊人的带拖斗的卡车；有的是十二轮大卡车。车辆缓缓地行驶，像磁铁一样吸引了人们的目光；每个看到它们的人都莫名地肃然起敬。卡车的样式很奇特，但是大家知道，它们之所以重要是因为正在运送的是卡布拉巴萨水坝工程所需的关键物资，因此，才需要动用大规模军事力量包括空中和几个整营的兵力来护卫车队。

车队令人目不暇接的气势让迪奥戈神魂游离，他站在路边，注意到车辆的车牌都是英文的，这些车显然来自罗得西亚。重型卡车缓缓从桥上驶过，仿佛担心它们的重量会压垮大桥。车队的最后是一长串"贝利埃"卡车，车上坐满了戴红色贝雷帽的士兵，像是一条诡异长蛇的尾巴。

车队开走了，桥上恢复了宁静。炮兵营的士兵们一言不发地走向他们的"贝利埃"车上坐好。迪奥戈有一瞬间觉得自己像一个机器人，他虽然人在车上，思绪却飘到了其他地方。自从那天黎明醒来以后，他无数次地倒数补给运输队去太特市、启程去见希拉的天数。啊，能重逢该多好！下一次再去太特的时候，他们将以不同的方式约会。事实上，一切都已经在计划之中：他不会在军营过夜，而是要住在赞比西河酒店。他一定要……

发动机启动的声音打断了迪奥戈的遐想，士兵们准备踏上返回希奥科的旅程。迪奥戈斜靠在座位上，最后看了一眼对岸。直升机和突击队组成的卫队带起的尘浪已经在松戈方向渐渐消失，让迪奥戈觉得一切都不过是奇怪的海市蜃楼。

四十七

  米米卡斯在客厅看到丈夫，转身跑了出去，刹那间，罗科家里的气氛变得十分尴尬。在此之前，若泽和多明戈斯都没有挑明布兰科夫妇之间有任何不正常的事情发生，此次来访纯粹是礼节性拜访，但是现在，他们不可能再假装一切正常了。

  若泽的第一反应是跟出去追妻子，但是他克制住了自己。他不想继续掩饰自己和米米卡斯之间的问题，但觉得至少要保持尊严，不要让自己出丑。因此，他故作轻松地耸了耸肩膀，对东道主笑了笑。

  "女人啊！"

  他发泄似的说，仿佛这个词足以解释一切，然后点头告辞。他一直努力保持冷静、克制的态度，现在终于出去寻找米米卡斯。

  若泽来到街上，却没有看见妻子，这让他感到困惑。虽然他没有立即追出来，可是他与妻子之间差了大约三十秒。她怎么可能这么快就消失不见了呢？他沿着长长的滨海街道从一头走到另一头，先是粗略地看看周围，然后仔细查看每一个细节，辨认一张张面孔，捕捉一个个动作，从各种蓝色中确认刚刚见到米米卡斯时她身上那件连衣裙的蓝色，然而，事实是，她踪迹全无。

  "你到底钻到哪里去了！"他咬牙切齿地嘟囔着。

  他这样问完全是希望有人能给他带来答案，可是什么回音也没有出现。米米卡斯人间蒸发了。他想向后转，回到罗科家等她再次出现，在他看来，米米卡斯一定会在某个时候回去的，可是，他意识到奇怪的尴尬气氛也会重现，最好还是两个人单独解决问题，所以，他必须找到米米米卡斯。

若泽上了车,开着车在附近寻找。城市的街道到处树影婆娑,一棵棵凤凰树像仪仗队一样排列在便道上。他没有在来来往往的人群中找到米米卡斯,决定去市中心找一找;他来到宽阔的市政广场,慢慢地绕了一圈,仍然毫无结果;然后,他去了大饭店,也没有见到妻子的人影。

他望着空荡荡的海面,心里想着身边的问题。如果自己是米米卡斯,会去哪里?他问自己。他看到蓝色的海平线上升起一团烟雾,像一支点燃的香烟在海面滑行:那是一艘途经近海的货船,也许正驶向纳卡拉方向,或者是去阿梅利亚港[1]。若泽望着货船冒出的烟,就在那一刻,他产生了一个想法。

海滩上热得叫人难以忍受,若泽很想在贝拉汹涌的海水里泡一泡。沙滩上,有的人躺在浴巾上晒日光浴,有的人在海边戏水,几个孩子在被海水打湿的沙滩上拿着水桶玩耍。海浪伴着涛声不停地冲刷着沙滩,一会儿冲上来,一会儿退下去;空气中弥漫着咸咸的海的味道,这味道与一个正在吆喝着卖冰淇淋的流动小贩的冰柜散发出的水果香味瞬间混合在一起。

"冰淇淋!草莓味,巧克力味!'爱斯基摩'冰淇淋!*chuinga*!*Maningue naice*!美味的冰淇淋!"

医生脱下鞋,在海滩上沿着水边走着,让自己振作起来。海是温暖的,像贝拉一样,沿着海滩漫步令人愉悦。若泽抬起头,看见沙地上有一个突起的物体,上面锈迹斑斑,像是从印度洋里冲上岸来的一副金属骨架。他朝它走了过去。

在海滩搁浅的旧船的阴影里,若泽看到一个人坐在沙滩上,他意识

---

[1] 莫桑比克港口城市,现称彭巴港。

到那是米米卡斯。他的预感是对的。

"你总是喜欢来这里,"他走过去对她说,"这是你在贝拉海滩最喜欢的地方。"

妻子向他投来怨恨的目光。

"走开!"

若泽没有理会妻子的命令,继续向米米卡斯走去,走进搁浅船只的阴影中,站在她的身边。这个地方不错,破旧的船体挡住了潮湿、汹涌的热浪。很难理解这艘船为什么还没有被移走,但实际上,它已经成为这片海滩风景的组成部分,就像大家司空见惯的一棵老椰子树。

"回家吧,"他轻柔地说,"我不知道还能对你说什么来表达我的悔恨。我已经向你道歉一千次了,如果有必要,我可以再道歉一千次。"

"你道歉一百万次也没有用。"她说,眼睛始终望着大海。"你走吧!我不想看到你!"

若泽叹了一口气,在她身边的沙地上坐下。

"我知道这不是借口,但是,我想告诉你,不是我主动的,也不是我想要的。全是她……向我投怀送抱。我拒绝过,但是,你知道是怎么回事,男人就是男人……那……"

"住口!"米米卡斯身体颤抖着大喊一声,打断了若泽的话。"我什么都不想听!"

若泽回想了一下自己刚刚说的话,觉得应该避免提及尼科勒,最好是只表达对妻子的感情。

"我想告诉你的是,除了你之外,我从来没有喜欢过其他任何人。"他说。"男人有时很傻,会做傻事。他们在做傻事的时候,也知道自己很愚蠢,但是,好像有什么东西主宰了我们的意志……我不知道该怎么解释,"他深深吸了一口气,"我的意思是,我已经铸成大错,但是,希望你能原谅我。我爱你,而且我只爱你一个人,那样的事情不会再发生了,连一次也不会了。"

米米卡斯突然站了起来。

"我不想再看到你一眼!"她咆哮道,转过身,快步离开,但是她的丈夫还是听到了她最后的宣泄。"你让我感到恶心。"

四十八

留着小胡子的英雄和穿着紫色和金色纱丽的姑娘含情脉脉地对视良久,在凄美的旋律中,彼此的脸缓缓靠近,鼻尖终于碰在一起。然后,画面淡出,灯光亮起,仿佛阳光突然照进了放映厅,观众席爆发出热烈的掌声,夹杂着一阵阵口哨声和因为黄色画面引起的一些抗议声:"又是这个!"

"怎么样?"迪奥戈一边问,一边站了起来,身体贴在前排座位上让女朋友通过。"喜欢吗?"

"好看。"

人群已经挤满了过道,排队离开放映厅。两个人也加入了队伍之中。

"我只是不明白,为什么这些印度电影连一个接吻的画面都没有。"

"你真是傻瓜!"希拉笑着说。"当他们彼此对视的时候,或是鼻子碰在一起的时候,就是那个了。"

"哪个?"

她用手指按了一下他的鼻子。

"你心知肚明!……"

"我不明白,真的。"

"好,好。你就装傻吧……"

他们来到电影院大厅,这里挤满了人,有白人和黑人,儿童和成年人,印度人和黑白混血,有穿轻薄便服的人,也有穿军装的人,全都是被"圣地亚哥"电影院星期天著名的印度电影专场吸引来的人。

迪奥戈伸着脖子,目光越过攒动的人头向左望去,想看看"多米诺"咖啡馆是否营业,却看到一大群顾客挤在咖啡馆门外。

"你想喝点什么吗?"

希拉伸出舌头,露出了一个有弹性的白色糖块。

"我有口香糖。"

"我看到了。"他说,用舌头舔了一下嘴唇。"今天是草莓味。"

"傻瓜!"

迪奥戈笑了。一句"傻瓜"听上去倒像是对他的宠爱。

"来吧,至少陪陪我。"

他们穿过蚁涌蜂攒的人群,好不容易挤到"圣地亚哥"电影院旁边咖啡馆拥挤的柜台前。天气很热,迪奥戈在两个长椅之间找到了一个空位。他举起手,向服务员示意。

"啤酒,"他喊道,"凉的!"

"马尼卡、2M,还是劳伦蒂娜?"

"劳伦蒂娜。"

点完单,迪奥戈转向女友,把胳膊肘支在柜台上。希拉挤在又热又小的空间里感到不舒服,似乎想赶紧逃离那里。但其实她并不着急:男朋友为了让自己开心而做出牺牲来看电影,自己当然可以坚持几分钟,让他在"多米诺"咖啡馆润润嗓子。

迪奥戈的思绪回到了电影中,他还在思考电影中的人物用眼神代替接吻的奇怪细节。他正准备就印度电影里这个特点问问女友,突然觉得有人拍了拍他的肩膀。

"嘿?忘记老朋友了吗?"

他转过头,只见一个身穿常服的士兵站在自己面前。他还没有看清对方的脸,便被士兵头上戴的贝雷帽吸引住了,或者严格地说,引起他注意的不是贝雷帽,而是它的颜色。

那是一顶红色的贝雷帽。

"你说什么?"

"怎么，假装不认识我，哥们儿？"

对方所戴的红色贝雷帽说明他是一名突击队员。迪奥戈觉得自己并不认识任何突击队员，甚至从来没有和一个突击队员说过话，只在街上和在他们驻扎的军营里见到过他们，还曾经见到他们护送运输重要物资去松戈的车队。虽然他确实没有戴红色贝雷帽的朋友，可事实是，此刻就有这么一个人在问自己。

他摇了摇头，努力摆脱自己的思绪，把注意力集中在对方的脸上。对方是一个干瘦的年轻人，脸又长又瘦，而他最有特点也是最奇特的地方在于他眼中流露出的老成的目光。

"安热利诺？！"

突击队员笑了。

"我猜你刚才没有认出我！"

他们像老朋友那样拥抱在一起；迪奥戈已经很多年没有见过安热利诺·梅尔洛了。他们寒暄一番，聊到了各自的家庭，回忆起他们在马达莱纳俱乐部和波尔图俱乐部共同度过的时光。

迪奥戈带着一丝得意向老朋友介绍了自己的女朋友，他知道希拉会给任何一个男人留下怎样的印象；接着，话题转向了他们奇妙的重逢，他们居然会在非洲这个尘土飞扬的偏远城市太特重逢，而且两个人都是战争中的一员。

"你现在是突击队员？"

安热利诺拍了拍自己的左肩，让大家注意到他的少尉徽章。

"而且还是连长！"

迪奥戈吃惊地撇了撇嘴。

"连长？你已经是职业军官了？什么时候的事？"

"从我们连长生病以后。"

"什么？你们连长生病，难道不是副连长接替……"

安热利诺摇了摇头。

"在突击队里可不是这样，"他解释说，"我们连长是雅内罗上尉，属于军官编制。但是，他得了肝炎，现在卧病在床。在突击队中，连长是连队中唯一的职业军官，接替他职位的人通常是突击队里排名最靠前的义务兵。"

迪奥戈从头到脚打量着朋友干瘦的体格，似乎不相信他的话。

"你在突击队排名第一？"

"打排球还是有些好处的，嗯？"朋友说。"只要雅内罗上尉没有回来，莫桑比克突击队第六连的连长就是你的亲密朋友兼前队友。"

迪奥戈似乎并不信服。

"你到底多大了？"

"二十。怎么？"

"你还很年轻呢，哥们儿！"他叹道。"你这个年纪怎么可能指挥突击队的一个连？"

轮到安热利诺观察迪奥戈的迷彩服了。

"让我看看，你呢？据我所知，咱们同岁！你好像嫉妒我哦！……"

"胡说！我认为，任何一个只有二十岁的人都不该指挥一个连，包括我，当然。"

突击队的连长为下士整理了一下肩章。

"可是我认为，一个单位指挥者的任命应该根据功绩而不是年纪来决定，"他说，"要么是我错了，要么就是你已经染上了'乌合之军'的投机心理。"

"什么'投机心理'？什么'乌合之军'？"迪奥戈质问道，假装被朋友的用词惹毛了。"我可是优秀的义务兵神枪手。"

"在哪里优秀？特种部队？"

"炮兵营。他们把我派到了希奥科。"

迪奥戈故意提到希奥科是为了给安热利诺留下一个好印象，但是，这没有达到任何效果。

"'乌合之军',"突击队员不屑地说,"切!你不觉得丢人?"

迪奥戈从来没有觉得丢人,然而,朋友是一名突击队员这个事实却让他有些觉得自己什么都不是,仿佛自己身边的是一只斗鸡,而自己只不过是一只雏鸡。这种感觉让他有些不知所措,心情复杂。为了给自己更多的时间做出体面的回应,他拿起劳伦蒂娜的杯子,一口气喝了半杯。

当他把啤酒放在柜台上用舌头舔了舔嘴唇上的白色泡沫时,还是没有想出合适的办法,他无奈地发现自己只能自认平庸。

"我一点儿也不觉得丢人,"他最后说,"怎么?我应该觉得丢人羞愧吗?"

"当然应该!'乌合之军'都是'娘娘腔',整天什么都不干,只会挠他们的蛋蛋。我从没有想过你是一个'娘娘腔'……"

"拜托!人家派我去哪我就去哪!……"

"如果他们叫你穿裙子,你也穿吗?'乌合之军'就差试穿连衣裙了!"

"抱歉,不过,不是你说的这样,"迪奥戈纠正说,开始认真起来,"据我所知,希奥科可不是海滨度假胜地,大家去那里也不是为了消遣。那里条件艰苦,哥们儿。非常艰苦。"

安热利诺干笑了几声。

"艰苦?别逗我了!"

"随你怎么想都可以,可是,只有我知道我过的是什么日子。我们生活在游击队的活动区域,遭受伏击和炮击,到处都是雷区,我们要去敌对地区巡逻,要保护桥梁、道路、高压电线……你看,据我所知,突击队过得不会比我们更糟。你去过希奥科吗?你能想象那里是什么样吗?"

面对迪奥戈的质疑,安热利诺狠狠地盯着他,一向呆呆的目光中突然闪现出一丝阴狠。

"你觉得你在希奥科那个破地方是在打仗?可是,你知道什么是真正的战争吗?你见过战争真实的模样吗?你了解战争吗?"

朋友令人意想不到的寒光四射的目光吓了迪奥戈一跳，他言之凿凿的神色也让他糊涂了。

"我……我想是的，"他结结巴巴地说，"怎么？你看到了什么我没有看到过的？"

突击队的连长摇了摇头，似乎无法用言语回答这个问题。他张了张嘴，想把心中所想说出来，却不知咕哝了一声什么，闭上嘴不说了。战争是不可描述的，要理解其本质，必须像经历过它的突击队员们那样经历它，这种经历不能用语言描述。在丛林里，在绝对敌对的地区，只有依靠 G3 步枪和战友们的保护，才能看到真相。朋友至少应该跟他来看看！……这个念头一出现，他惊呆了，仿佛直到此时才看清了一直以来自己面对的东西。他有主意了。

"这样吧，"他说，一边慢慢转向迪奥戈，一边在脑子里盘算着，"你想知道真正的战争是什么吗？"

"这个……想。"

"来和我们一起生活一个月吧。"

迪奥戈皱了皱眉毛，一脸不解，不大明白自己刚刚听到的话。

"和谁？"

"和突击队一起，哥们儿。来看看战争有多么痛苦。"

"你在开玩笑？"

"没有。我非常认真！"

迪奥戈指着自己迷彩服上 7220 炮兵营的徽章。

"我已经被分配了，哥们儿。"

"你被分配到了炮兵部队，现在的问题是把你调到突击队来，不过，这根本不是问题。"

"我不这样认为，"迪奥戈纠正说，"据我所知，没有人能这么轻而易举地加入突击队。"

"当然不能，"安热利诺承认，"但是你别忘了，我是连长。我和你们营长很熟,就在前不久,我在卡德梅拉还救他于水火一次呢。他在路上遭遇了游击队伏击,如果不是我们赶过去帮了他一把,他就留在那个地方了。所以,如果我要求借你一个月,那个家伙不会反对的。"

迪奥戈考虑着朋友的主意。他已经来希奥科三个月了,在那个"孤岛"似的地方,生活单调得让人难以忍受,换一个环境也许不错呢。此外,特种部队的经历也许会很有趣。自己有什么可损失的呢?

"可是,我在突击队能做什么?"

"这个嘛,和我们一起执行任务。"

"以什么身份?"

安热利诺手摸着下巴,若有所思。

"你可以担任联络人之类的工作。这个好办,你不用担心,不缺好借口。我去和你的上级谈,准备好文件,这样,1号你就可以来突击队了,"他看了一眼手表上的日历,"也就是说,再过……15天。这样,下个月一整月你都和我们在一起。怎么样?"

迪奥戈还在犹豫,他拿起杯子转了一圈,眼睛看着啤酒在杯子里晃动,心里盘算着这个突如其来的安排是否可行。

"哥们儿,我不知道……"

安热利诺抓住他的胳膊,轻轻拉了拉,似乎想把他带走。

"来吧!就一个月!离开希奥科那个束缚你的地方,到突击队来见见世面,看看真正的战争是什么样的,咱们还能叙叙旧。而且,等这一切结束之后,你还可以在肩膀文一条'1972年12月,突击队'。*Maningue naice*,不是吗?"

"我宁愿文上'母亲的爱,莫桑比克',"迪奥戈开玩笑说,"我还要画上一把'卡拉什尼科夫'冲锋枪。"

"想文什么文什么,哥们儿。来吧?"

迪奥戈一直看着啤酒杯里晃动的金色液体。

"一个月,你说的?"

"一个月内,你不会看到希奥科,连地图上的也看不到!还有比这更棒的吗?"

迪奥戈又犹豫了片刻。朋友说的都是事实,但是他知道,突击队的生活很艰难。值得冒险吗?他看了一眼希拉,似乎想听听她的意见,但是,女友只是耸了耸肩膀:那都是军事问题,她不懂。

"能到太特来吗?"

安热利诺将目光转移到希拉身上,他微微一笑,意识到这个问题对朋友而言非常重要。

"任务间隙可以,"他点了点头,"意思是说你来这里的机会比留在希奥科更多,而且你别忘了,我们是驻扎在马佐伊,对吧?那里离太特比较近,比起远在天边的希奥科要近得多呢!"

安热利诺的这一番话起到了决定性的作用。迪奥戈看着啤酒,似乎在寻找拒绝邀请的理由,但是,他知道从杯子里是找不到任何答案的。最后,他抬起头,面带微笑地看着朋友,仿佛自己已经远离了希奥科,向对方伸出了手。

"一言为定。"

他们用力握了握手,像两个签署了一份正式协议的人那样以此表示他们的决心。安热利诺摘下迪奥戈头上的棕色贝雷帽,换上了自己的红色贝雷帽,似乎他想欣赏这一变化的效果。迪奥戈照了照酒吧的镜子,已经把自己当成了突击队员,然后,他转向希拉。

"怎么样?"

姑娘摇了摇头,翻了一个白眼,对男人们的事情显出顺水推舟的态度。

"*Maningue chunguila*。"

迪奥戈做了一个怪相。

"什么意思?"

"帅,"她翻译说,"非常帅!"

迪奥戈笑了，给了她一个吻。他转向安热利诺，惊讶地发现朋友正一脸严肃地看着刚刚那一幕。

"趁现在好好玩玩吧，"突击队员说，"等你到了我们那边，我会带你到一个你根本无法想象它的存在的地方。"

"真的？那是哪里？"

轮到安热利诺端起杯子，把杯子里的啤酒一饮而尽，然后，他把空杯子砰的一声放在柜台上，轻轻地打了一个嗝，目光阴沉地扫视着"多米诺"咖啡馆。

"地狱。"

第三部　地狱

抛弃一切希望吧,你们这些由此进入的人。

——但丁

一

第一座草房出现在两棵猴面包树之间。安热利诺举起手，命令队伍站住，并示意一名手下前进。这名士兵越过众人，端着G3步枪，枪口朝向前方，走进草地，消失在草房后面。

迪奥戈背上的背囊过于沉重，他把它放在地上，松了一口气，整理了一下武器，准备应对任何可能的突发状况。在他的旁边，安热利诺扫视着草地，全神贯注地听着哪怕最轻微的动静。

"怎么了？"迪奥戈低声问，"我们在哪儿？"

"赞盖亚。"

这是他们要去的那个村庄的名字，也就是说，他们已经到达了目的地。迪奥戈环顾四周，看到突击队员们端着自动步枪半蹲在小路上，随时准备投入战斗。他没有想到任务刚刚开始就遇到这种情况。

"咱们为什么停下来？"

"萨穆埃尔去侦察了。"

这个迪奥戈已经知道，他不理解的是，为什么要在一个被认为是友好的村子前准备战斗。不过，他还是决定保持沉默。这是突击队的行动模式，在这种情况下，他不应该向朋友提那么多问题。时间会给出答案。

实际上，第一个答案不到五分钟就揭晓了。萨穆埃尔再次出现了，用手臂向战友们打着手势，他的身边多了两个面带笑容的村民。安热利诺确认信号之后，站起身来，下达了命令。

"我们走！"

突击队员们不慌不忙地站起来，放松地向草房的方向走去。迪奥戈抓起自己的G3，看到自己的此番"马拉松"就要结束了感到备受鼓舞。他拿起背囊背到身后，准备最后努力一下。自从"贝利埃"把他们丢在路上以后，他们就背负着沉重的压力在这条小路上步步惊心地走着，现在，再走几米，他们就可以解脱了。

士兵们走进了村子，受到热情款待。男男女女的村民走了过来，一些背上背着婴儿的妇女搬来小木墩让客人们坐下，孩子们在圆锥顶草屋之间跑来跑去，用胆怯却着迷的眼神偷偷望着士兵们。

安热利诺与酋长打了一个招呼，同一村之长礼尚往来地寒暄一番，笑着走到迪奥戈身边。

"你看他们！"他指着孩子们说，"把你的礼物给他们看看，你就知道了！……"

迪奥戈把背囊砰的一声放下，喘着粗气，解开封口的带子，伸进手去拿出一辆巨大的红色塑料挖掘机。

"要不要玩具？"安热利诺朝孩子们喊道，"快来拿吧！"

男孩们犹豫片刻，瞪大了眼睛，盯着迪奥戈手中那辆大个的玩具车，其中一个胆大的孩子顾不得害羞跑了过来，其他孩子也有样学样。

笨手笨脚的迪奥戈和他的背囊周围立刻爆发出孩子们的喧闹声，逗得士兵和村民们都哈哈大笑起来。

"嘿，哥们儿！"迪奥戈喊道，试图控制住兴奋的男孩们，让他们远离袋子。"别急！别急！"

他觉得自己变成了丛林里的圣诞老人。他掏出一把塑料手枪，转眼就被一个孩子拿走了。一辆一级方程式蓝色小赛车也遭遇同样命运，那可是世界冠军杰基·斯图尔特的"特瑞尔-福特"赛车。从背囊里掏出来的任何一件玩具都在那些瘦弱的手臂之间消失了。

"女孩呢？"安热利诺问迪奥戈，他的声音盖过了男孩们激动的喧哗声。"女孩们的呢?"

迪奥戈看到女孩子们站在远处看着他们,明白了朋友的意思。他在背囊里翻了翻,拿出一个穿着粉红色连衣裙的娃娃在空中晃了晃。男孩们看着那件玩具,显得不屑一顾,这不是他们所期望的。但是,女孩们立即反应过来,走了过来。最先到达的女孩得到了娃娃。

只要背囊里还有玩具,喧闹声就一直持续。士兵的手中陆续出现了汽车、娃娃和塑料枪。然而,分发一结束,孩子们就丢下迪奥戈去空地上玩耍了。这个背囊曾让他在行军中吃尽苦头,可是现在,他觉得自己的辛苦完全得到了补偿。

迪奥戈在一棵青枣树的树荫里坐下,望着正在许多箱子和袋子前排队的村民们。箱子里装的是药品,袋子里则塞满了作战需要的口粮,都是突击队员们运到村子里来的。安热利诺指挥着物品分发,有时,他会把这项任务交给下士索萨,自己则去检查分布在村子周围的岗哨,以确保整个队伍的安全。

物品分发完毕,安热利诺查哨回来,士兵们被请到村子的一处空地。村民们升起一堆篝火,为了招待客人,他们宰杀了一只山羊。迪奥戈看到他们剥去羊皮,用一根棍子将羊穿起来,架在火上上下转动。几名妇女敲着木杵,沉闷的声音像一首巴图克音乐奏出了村子生活的旋律。接着,一口装满了玉米面粉的大锅也被放在了火上。

主人们把最先烤好的肉分给了客人,迪奥戈忍不住地笑了。

"这就是突击队的战争吗?"他坐到安热利诺身边,嚼着热腾腾的羊肉问道。"第一次跟你们一起执行任务,没想到会这么'暴力'!……"

朋友没有理会他话里的讽刺意味。

"心理工作是我们工作的一部分。"

"工作艰巨啊，先生！运输玩具、药品和食物？妈的！"他又笑起来。"记得你说过，突击队员们的战争是痛苦的！……"

"没错！"安热利诺一边回答，一边啃着骨头上剩下的最后几块难啃的肉。"我们现在做的叫'心理战'。从来没有听说过？走访友好村庄，提供帮助，与村民们交往。"

"得了吧！其他部队也是这么做的，"迪奥戈争辩道，"与老百姓交往是我们的'每日必需'。突击队员能做，任何一个列兵也能做。你们有什么特别之处？"

安热利诺久久看着捏在指尖的骨头，干净了，一丝肉也没有剩下。他把骨头向身后一扔，端着盘子去拿了一块玉米饼，配了一些豆菜。随后，他回到自己的位置，重重地坐了下来。

"你想知道我们有什么特别之处？"

"我就是为了这个来的。"

安热利诺把玉米饼在豆菜里蘸了蘸，用指尖捏着塞进了嘴里。

"明天你就知道了。"

刷子碰了一下泥缩了回去，仿佛是在试探。黎明的光线依旧微弱，迪奥戈不得不像近视眼的人一样把眼睛凑上去查看结果。刷子是干的。他用力在靴子里面的鞋底上迅速刷了一下，又把靴子翻向侧面，研究起鞋带串联着的黑色铜制金属扣眼。上面沾满了灰土。他用刷子刷过两排平行的扣眼，一团细密的灰尘从扣眼处升起来。接着，他检查了靴子的外面，鞋跟处还有很多泥土。他拿着刷子再次用力刷起来。

"迪奥戈，你准备好了吗？"

他抬起眼睛，看到安热利诺和下士索萨走了过来。

"快了，快了。"

"你在干什么？闻靴子的臭味儿？"

"擦泥。"

"动动脑子,哥们儿!穿上靴子过来!时间到了!"

迪奥戈明白自己不能成为突击队员们的累赘。他穿上靴子,抓起G3步枪和背囊,站起身来,快步追上已经从他身边走过的那两个人。

"这就出发吗?"

"对,但是,痛苦这就要开始了。我要你走在队伍中间。"安热利诺拍了拍走在他身边的下士的肩膀。"索萨会跟在你后面,确保你不会出事。对吧,索萨?"

下士笑了笑。

"我连奶瓶都给他准备好了!"

"看到了吗?如果你想要奶瓶,就跟索萨说。对了,*matabichaste*[1]?"

"够了,哥们儿!"迪奥戈不高兴地说,"你可真像我妈!"

"我比你妈厉害,"安热利诺回答说,怀疑地看了一眼朋友的自动步枪,"G3没问题吧?能用?"

"去你的,别烦我……"

"我在问你话!"

迪奥戈想翻他一个白眼。可是,命令的口气显然已经表明,这一次,安热利诺不是以朋友的身份在跟他说话,而是以突击队第六连指挥官的身份。

"我花了一个晚上才把它清理干净。"

少尉歪着头,眯起双眼,露出一副怀疑的表情。

"别跟我开玩笑,哥们儿!我看见你晚饭之后在那边溜达。你不是去找姑娘了吧?"

"当然没有。"

朋友笑了起来。

---

1 意为:你吃早饭了吗?

"看着我,像个娘们儿似的!昨天,所有的人都去找姑娘了,你在干什么?"

"我不需要找村里的姑娘。"

安热利诺的眼睛亮了起来。

"哦,可不是嘛!你有你的希拉,对不对?"他又笑了,显得很得意。"你吃惯了城里的牛排,已经不满足于乡下的土鸡了!嗨,你挺聪明!"

第一缕阳光已经照在了丛林上方,但是天色依然黯淡,阴暗处只能看到手电筒在晃动,低沉的声音在下达命令。迪奥戈加入了队伍,走在睡眼惺忪的马孔德人伊萨亚斯和来自佩里镇的黑白混血索萨之间。迪奥戈瞄了一眼手表:早上六点,的确,预定出发的时间到了。

"咱们走着!"安热利诺从索萨身边走过,低声说。"出发!"

安热利诺低声下达了出发的命令,这是突击队员们的习惯。下士索萨把命令传给迪奥戈,迪奥戈传达给下一个人,直到全体队员行动起来,像幽灵消失在浓雾中一样悄无声息地融入了丛林中。

二

整整三个小时,迪奥戈一直趴在草丛里一簇灌木旁边,监视着马佐尼亚河上。长长的银色河流蜿蜒曲折地穿过平原,在前方五十米处哗哗流淌。艳阳高照,炙烤着他的头顶,所以,他靠向右边,想躲进一棵凤凰树的树荫里。

"别动!"安热利诺低声说,"打伏击就得一动不动。"

"这很无聊,"迪奥戈抱怨道,朝空荡荡的河面晃了晃头。"我们已经在这里待了很久了,一个人影也没有出现。"

"耐心点儿。"

一阵烦人的嗡嗡声划过草地,迪奥戈快速地用手扇了一下,想轰走讨厌的苍蝇。可是,飞虫又卷土重来,在他脑袋周围飞来飞去,下士不得不加大了手臂挥动的幅度。安热利诺只得制止他,以免暴露位置。不过,这一招似乎奏效了,因为苍蝇终于不见了。百无聊赖的感觉重新回到了河岸上。

"咱们什么时候才能离开这里?"

指挥官看了看手表。

"再过三个小时!"

迪奥戈呼出一口气,努力让自己保持耐心,终于平静下来。天气依然很热,尽管从河上吹来的微风让空气凉爽了少许。一只青蛙的叫声分散了他的注意力,他开始寻找青蛙的藏身之所。从声音判断,青蛙似乎在岸边散落的树枝附近,但是,再次响起的呱呱声让他觉得是来自另一个方向,于是,他开始努力在几簇高高的淡黄色草丛中寻找青蛙的踪迹。他在这个愚蠢的游戏里沉浸了许久，极力根据不断传来蛙鸣的方向确定青蛙的位置，可是最后却以失败告终，连一只青蛙的位置也没有确定。

游戏是被一个小时以后从河上突然传来的击水声打断的。迪奥戈朝那个方向看去，在靠近岸边的河上，一圈圈涟漪正离开水面。他打开G3的保险瞄准那里，心脏突然怦怦地跳起来。有情况。

"看见那个了吗？"

安热利诺朝同一个方向望去。

"看见了。"

"是他们吗？"

迪奥戈的声音显得焦虑，但是他的朋友似乎非常镇定。

"他们，谁？"

"游击队，哥们儿！"

指挥官低声笑了。

"是游击队，是他们。"

"你已经看见他们了？"

"当然！"

迪奥戈看着河面上越来越远的涟漪，转头看向他的朋友，没有注意到咯咯的笑声。

"还等什么？咱们不开枪？"

安热利诺又低声笑了起来。

"笨蛋，那是鳄鱼！"

迪奥戈盯着河面，试图确认安热利诺的话。

"鳄鱼？你肯定？"

"马佐尼亚河里都是鳄鱼，"安热利诺回答说，指了指河水，"你看见那边的'树干'了吗?"

迪奥戈顺着他的手望去,看到一截树干漂浮在水中,在闪闪发光犹如镜面的河水中显得轮廓分明。

"看见了。"

"那是一条鳄鱼。"

他更加仔细地观察起来,想看清楚那里的动静,但是,"树干"一动不动。

"真的?"

"信我没错。你仔细看。"

迪奥戈盯着静止不动的"树干"看了好几分钟。在正常情况下,他盯着那个地方看上一两分钟就会放弃,可是这里什么都不能做,于是,这样的蠢事,不管看上去多么不可思议,却能让他分分心。

又过了十五分钟,"树干"动了,河面上泛起新的涟漪。随着快速的移动和短暂的水声,"树干"消失在水底。

"你是对的!"

新奇感让迪奥戈感到高兴,毕竟,总算发生了一些事情。他朝安热利诺笑了笑,露出见证了伟大事件之后的满足。然而,新奇感带来的作用很快就消失了,他发现到,那个小小的吸引力消失之后,自己只得回到青蛙游戏中去。他竖起耳朵,试图再听到蛙鸣,然后烦躁地叹了一口气。

"真无聊!"

离日落还有不到三个小时,安热利诺站起身,环顾四周,寻找他的手下们。他知道所有的人都在看着自己,便抬起手臂,又收了回去,再抬起,再收回。他是在发出开始行动的信号。

在原本只有杂草和灌木的河岸上,几乎凭空出现了一群人。二十五名突击队员，尽管长时间静静潜伏后疲惫不堪，却默默地听从指挥官的指令动起来。

按照在丛林地带行军的技术要求，士兵们彼此拉开距离走着。迪奥戈在好奇心的驱使下加快了步伐，来到朋友身边。

"咱们去哪儿？"

安热利诺从兜里掏出一张地图展开。

"我们必须向敌行军赶到这里，"他用手指指着目的地说，"在这里宿营。明天一大早，会有直升机给我们送来一名游击队员，是皮德安排的。看来那个家伙会给我带路去敌人的一个基地。"

"走吧，走吧，"下士索萨走到近前冷笑道，"如果像上次那样，我想我们又要到处乱撞了！……"

指挥官叹了一口气。

"你怎么想毫无意义，"他冷冷地打断了索萨的话，"这是我们接到的命令，我们必须执行。从这里到目标地点需要在丛林里行军两个小时，"他核对了一下手表，"现在出发，我们必须在天黑前赶到那里。"他面露愠色地看了看站在身边的两个人，说："还愣在这里干什么？出发。"

下士索萨连忙走开了，但是，迪奥戈却还黏在朋友身边。安热利诺皱起了眉头，不太习惯自己的命令没有被立即执行。

"怎么回事儿？没听见我的话吗？"

"听到了，"迪奥戈承认道，"可是，什么是向敌行军？"

安热利诺一脸恼怒，打算走开，但是，他又想了一下，示意朋友跟着自己。全体突击队员已经出发，在茂密的丛林里前进。侦察员萨穆埃尔走在最前面，在灌木丛和树木之间迂回隐蔽地前行。突击队员们排成纵队一个跟一个地前进，彼此之间拉开了很远的距离。只有指挥官和迪奥戈两人走在一起。

"我们现在就是在向敌行军，"安热利诺低声解释说，"你知道，我们是在敌方区域，任务是侦察整个地区，找到游击队或者保护他们的人。任何在这里被我们抓到的人,显而易见,都是敌人或者是亲敌者。"

迪奥戈听着解释,似乎并不信服。

"怎么找到这些人?我们钻进丛林,然后祈求运气?"

朋友温和地一笑。

"你觉得我们是漫无目的地前进吗?"

"看起来是。"

安热利诺停下脚步,指向左边。

"看那边,"他说,"看见那个了吗?"

迪奥戈仔细向朋友指的方向看去,经过一番努力,终于发现某个异常情况:一条与突击队员们的行进路线几乎平行的窄窄的路线,路上的草倒了。

"看见了。"

"那是一条小路。"

一条踩出来的小路,其含义变得清晰起来。

"可不是嘛!"迪奥戈肯定地说。"我们为什么不走那条路?总比我们在丛林里穿行轻松!……"

指挥官继续走着。

"你是蠢还是怎么的?"安热利诺骂道。"那些家伙会发现我们的脚印,哥们儿。而且,这条狗屁小路可能埋有地雷。最重要的是,游击队会走这条小路。我们观察一会儿,也许能撞上大运。"

"他们走这条路?要是埋了地雷,为什么还走?"

"别担心那些家伙。那帮混蛋很清楚地雷埋在哪儿。"

他们又走了几百米。迪奥戈观察着远处的小路,几乎被它吸引了。难道游击队真的会出现在那条小路上吗?这个想法让他心里有些矛盾:一方面,他渴望一场遭遇战的刺激,但是另一方面,又担心战斗产生的后果。

"你在路上遇见过游击队吗?"迪奥戈问。

"我?当然。"

"真的?什么情况?"

安热利诺低声笑起来。

"嘿,哥们儿!那是精心设计的一次诱捕行动!……当时,我们在一条小路上走了大概一两公里,在某个时刻,我打了一个手势,所有人都向旁边迈了一步,踩进草地里。然后,我们就隐蔽起来等待,埋伏在那条小路上。半小时以后,一个家伙出现了,他端着一把'卡拉什尼科夫',走得很慢,弯着腰,跟着我们的脚印一直走到脚印消失的地方。他蒙了,开始搜索我们的踪迹。就在这时,索萨的枪响了,我们结果了他。"

回忆着这段经历,突击队指挥官的脸上露出了笑容,显然为那次成功的伏击而自豪。然而,迪奥戈没有笑,不是因为他觉得这个故事无趣,而是因为他把自己想象成了那个游击队员。

他满腹狐疑地看了看那条小路。

"你看,如果他们现在发现了我们怎么办?"

安热利诺几乎满不在乎地耸了耸肩膀。

"这不太可能,"他说,"我们在小路外面。"

"对。可是,万一遭遇了呢?"

"遭遇就遭遇呗,"他指了指正在丛林里一个跟一个纵队前行的突击队员,"看到我们彼此的间隔了吗?这是基本的安全措施。如此一来,万一发现了我们,他们也很难找到两个以上射击目标。"

迪奥戈看着一个个突击队员在丛林里单兵前进,心里琢磨着朋友的话。

"这么说,咱们俩最好也那样做,对吧?"

安热利诺笑了。

"你害怕了？"

"没有，不过……"迪奥戈有些慌乱，"反正……"

"你是对的，我们最好遵守安全纪律。"

于是，指挥官加快了步伐，与朋友拉开了距离。两人分开走着，突击队员的队伍在丛林里拉长了，绕过了土丘和灌木丛，看上去像一队拉开距离爬行的蚂蚁。

前方几米处传来的一阵骚动引起了安热利诺的注意。指挥官走到队伍最前面，看见萨穆埃尔正在和两个人说话。一个是身上裹着破旧但干净的卡普拉纳的女人，另一个是年纪大概不会超过七岁的女孩。旁边的地上放着一个麻袋，装满了看起来像野果一样的东西。

"怎么回事？"安热利诺问。"她们是什么人？"

萨穆埃尔指了指旁边一个小土丘上的一棵青枣树。

"她们在那里摘枣。"

指挥官有些恼火，深吸了一口气，责备地看了一眼他的下属。

"妈的！你就不能隐蔽些吗？"

身材高大的萨穆埃尔是来自莫阿蒂泽的黑人，他很无奈地摊开双臂。

"我当时正在观察小路，没有看见她们，"他解释说，"当我发现她们的时候，她们都在看着我。我该怎么办？已经没法再隐蔽了……"

这时，迪奥戈也来到了战友旁边，好奇地打量着女人和孩子。她们正一脸惊恐地看着士兵们，几乎一动也不敢动，免得引起更多注意。

"她们是谁？"

没有人回答这个问题，其实根本不需要，答案显而易见。

"问问她们是什么人，从哪儿来的。"安热利诺指着女人命令道。

萨穆埃尔开始用恩仰圭语和那个女人交谈起来，女人回答得很快也很紧张，还做了一大堆混乱的手势。

"她们说住在离这里两个小时路程的村子里,来这边是为了找吃的。"

"她们见过游击队吗?"

来自莫阿蒂泽的士兵再一次用恩仰圭语与女人交谈起来,只见女人使劲摇了摇头。

"她说没有,说这里没有游击队。"

安热利诺摸着下巴,若有所思。这时,其他突击队员也已经赶到了,依然保持着警戒队形以确保安全。指挥官带着询问的表情看着萨穆埃尔。

"你觉得呢?"

"她在撒谎,"萨穆埃尔说,"走两个小时的路来这里摘枣?村子附近没有青枣树吗?"他做了一个怀疑的表情。"哼……她在骗咱们!……"

指挥官点了点头表示同意。

"我也这么认为,"他说着,看了看太阳的位置,"距离天黑只有一个小时了。赶紧处理吧。"

萨穆埃尔举起G3步枪指向女人和孩子,两个人吓得后退了一步。

"别!"安热利诺阻止了他。"G3动静太大。"

黑人突击队员没有放下自动步枪,而是从腰带上拔出了刀。迪奥戈一脸惊愕地看着他的举动,随即转向安热利诺,希望从他那里听到制止萨穆埃尔的命令。然而,令他更为震惊的是,他的朋友也从腰带上拔出刀,向前跨了一步。

"你们要干什么?"迪奥戈问,几乎不敢相信眼前发生的一切。"怎么回事?这是在干什么?"

看见两名军人持刀走过来,女人紧紧搂住女孩,捂住了她的脸。两个人跪倒在地哭了起来。

"*Lekani kutipaah*[1]。"女人一边抽泣一边含混不清地说，绝望地泪流满面。"别杀我们！"

两名突击队员跳过去，从后面抓住了她们。萨穆埃尔抓着女人，安热利诺抓着女孩。

"住手！"迪奥戈恐惧地大喊，不知道该做些什么制止这种疯狂，也无力阻止已经不可避免的事情。"住手，哥们儿！住手啊！"

接下来发生的一切快得让人目眩，却也慢得离奇。两名突击队员用左臂呈"V"字形分别夹住了女人和女孩的脑袋，右手迅速挥刀，悍然割裂了她们的脖子。迪奥戈听到"噗"的一声和令人惊悚的"咕噜"声，眼看着受害者无声地挣扎着，直到突击队员们放开她们。她们倒了下去。血在地上流淌。一息尚存的女人和孩子扭动着身体，垂死挣扎着、抽搐着，终于一动不动了，从她们破碎的喉咙里涌出的红色河流凝固了。

迪奥戈目瞪口呆，过了很久才从丧魂失魄的状态中清醒过来。

"看看你干了什么？！"他突然怒不可遏地问道，一步跳到安热利诺面前，几乎把脸贴在了他的脸上。"刽子手！你是刽子手！你是……"

朋友一把推开了他，试图让他保持距离。

"住口！"

"……罪犯！婊子养的！"迪奥戈再次挨近安热利诺，挥起一拳打在他的肚子上，让指挥官措手不及。

"混蛋！看看你干了什么？！看看……"

一只血淋淋的手捂住了迪奥戈的嘴，使他无法发出声音，与此同时，有什么东西突然让他动弹不得。是萨穆埃尔从后面抓住了他，用他割开七岁女孩喉咙的那只手堵住了他的嘴。迪奥戈仍然发出含混不清的声音，两条腿连踢带踹拼命挣扎着。可是，他终于平静下来，萨穆埃尔

---

[1] 恩仰圭语："别杀我们。"

正用另一只手拿着沾满血迹的刀威胁他,将刀尖抵在了他的脖子上。

"老实点儿。"

倒在地上的安热利诺慢慢站了起来,拿起自己的G3步枪,走到迪奥戈跟前,用手指指着他的脸。

"别再在行动中质疑我,听见了吗?"他咬牙切齿地吼道。"想看看什么是真正的战争?"他指了指两具尸体,"那就是!"

萨穆埃尔放开了他的猎物,仍目不转睛地盯着迪奥戈。他跪在地上,开始在一棵灌木的叶子上擦拭他的刀。

摆脱了萨穆埃尔束缚他行动的臂膀,迪奥戈踉踉跄跄地走了几步,痛苦地望着躺在地上的两具尸体,似乎想要确定它们是真实的,并且这一切并非一场噩梦,而是在现实世界里发生的。他像在做梦似的转了转头,发现周围有几名突击队员正注视着他。这些人刚一察觉到争吵就围了过来,似乎正饶有兴趣地观察他,好像反常的不是杀死那些可怜的人,反倒是试图救她们。

安热利诺也在看着他,好像老师正在审视学生,但是,他并没有看得太久。片刻之后,他转过身去,对他的手下们打了一个手势。

"马戏表演结束,"他说,"出发!"

三

他们在草丛里找到的水绿得令人作呕，水面上甚至漂浮着蚊子的幼虫。但是，这并不妨碍安热利诺把军用水壶没入水坑中，装了满满一壶看起来像蔬菜汤一样的液体。

突击队长并没有被水恶心的样子吓住。他从兜里掏出一个小药盒，取出一粒药片，扔进装满脏水的水壶里。几分钟之后，他解下脖子上的围巾，把它盖在一个空水壶上，接着，把第一个水壶里的水倒在围巾上，直到第二个水壶装满为止。做完这些，他检查了一下过滤后的水，水仍然有些浑浊，但是也不能说它不卫生。

"好了！"他满意地大声说着，把水壶递给迪奥戈。"喝吗？"

下士摇了摇头，什么也没有说，甚至连看都没有看指挥官一眼。

安热利诺转过身，深吸了一口气，拿着水壶坐到朋友身边。他靠在一块岩石上，呼出一口气，似乎这样就能摆脱白天积累的所有疲倦。旅程很长，但是，他必须为另一个可能更糟糕的旅程做好准备。

"还在生气？"

听到这个问题，迪奥戈气得真想翻他一个白眼。他觉出指挥官坐到自己身边，便向旁边挪了挪，离开一拃的距离。显然，他不想讲话。

"怎么了？"安热利诺还在坚持，"我身上有不好闻的味道？"

朋友犹豫了一下，似乎在考虑是应该回应，还是应该继续保持沉默。他也许可以继续保持沉默，但是又担心这样会让他看上去过于幼稚。诚然，他有充分的理由保持拒指挥官于千里之外的态度，但是，这会让人觉得他像个被宠坏的孩子。另外，他已经出离愤怒了，为什么要克制自己？

"有死孩子味！"他轻声呵道，"让我恶心！"

安热利诺一时间陷入了沉默，似乎无话可说，或者他只是在想能说些什么。他喝了一口经过过滤的水坑的水，朝一旁吐了出去，也许是为了摆脱用来杀死蚊子幼虫的那粒药片的苦味。

"你想知道我们为什么要杀了那两个人吗？"他终于还是问出了口。

迪奥戈甚至没有正眼看他。

"这个我已经知道了，"他淡淡地说，"因为你是罪犯。"

"你不觉得有其他原因吗？"

这一次，迪奥戈转过身，轻蔑地看了一眼安热利诺。

"能有什么理由让你割断一个女人和一个孩子的喉咙？"

"为了安全。"

这个回答让迪奥戈不禁大笑起来。

"安全？你一定是在逗我！"他不屑地叫道。"那两个可怜的人能是什么威胁？你是害怕那个女孩咬死你？还是害怕那个女人咬掉你的'丁丁'？别编故事，哥们儿！她们无缘无故地死了！她们是平民，手无寸铁，丝毫不构成威胁。杀死他们就是犯罪。"

安热利诺朝一旁吐了一口唾沫。

"别大吼大叫的，听见了吗？给我控制一下你那愚蠢的笑声！"

说完，他伸着脖子扫视了一下周围，似乎在找什么人。"萨穆埃尔？！萨穆埃尔？！"

夜幕开始降临，已经落山的太阳在地平线上尚有最后一丝光亮，宛如缓缓消逝在天空中的一个幽灵留下的猩红色踪迹。这时，一个弓着腰的身影出现在阴影里。

"什么事？"

是萨穆埃尔。

"你可以来给咱们的朋友讲讲希皮雷山行动吗？"

"哪次？两个孩子那次？"

"就是那次。"

萨穆埃尔担心他的身影会在暮色里被人发现，于是坐在两个谈话者的脚旁，将G3搂在怀里。

"那次行动是由安塞尔莫少尉指挥的，"他说，"我们是带着皮德交给我们的一名游击队员一起去的，据说他知道敌方地区一座军营的位置。那家伙把我们带到一个草房，说那是接收给养的地方。但是，里面什么都没有，我们就在草房附近埋伏起来。结果，一个人都没有出现，我们就把草房烧了，然后，逼迫那个游击队员告诉我们真正的目标。"

"都是废话，"安热利诺不耐烦地打断了他的话，"直接说重点。"

萨穆埃尔深深吸了一口气。

"当我们穿过丛林寻找新目标的时候，发现了两个手拉手的孩子，一个可能七岁，另一个三岁。我们试图从他们嘴里掏出一些情报，但是，他们说的一点儿用都没有。然后，就出现了如何处置他们的问题。那是我们在敌方地区的最初几次行动之一。我们在蒙特普埃兹接受培训的时候，被告知要消灭所有目击者。但是，安塞尔莫少尉特别可怜那两个孩子，所以就……"

"告诉他安塞尔莫说了什么。"

突击队员犹豫着，努力回忆整个事件。

"他说他们是手无寸铁、无害的孩子，丝毫不构成威胁。如果我们杀了他们，那是犯罪。"

"然后呢？出了什么事？"

"我们放走了那两个孩子，继续赶路。两个小时以后，我们遭遇了伏击。当时，我们正穿过草地，远离任何小路，突然，四面八方都朝我们开火。唉！那真是糟糕透顶！游击队甚至动用了迫击炮攻击我们！奥拉里奥被击中了，我们不得不撤退。问题是，那帮家伙追上来，不停地用机枪对我们扫射。我们陷入了困境。我们只好背着奥拉里奥，可是，我们是在敌方地区,又被游击队追杀。那种情况整整持续了两天,他们开枪,我们逃跑。直到安塞尔莫少尉组织了一次偷袭,我们抓住了一名游击队员。我们趁游击队后退重新集结的间隙,呼叫了直升机,这才脱身出来。"

"后来你们审讯了被俘的游击队员,是不是?"

"是。"

"他说了什么?"

萨穆埃尔在回答之前停顿了一下。

"是那两个孩子告诉父母,说他们看到了军队,"他木然地喃喃道,"他们的父母告诉了游击队。游击队向孩子们打听了我们的人数和行军的方向,然后联系了我们要去的那个地区的一支部队。"他咂了咂舌头,"就是那支部队设下了埋伏。"

"你当突击队员以来,在执行任务的时候,遭遇过几次伏击?"

"就那一次。"

"有多少次行动我们出现过伤亡情况?"

"还是那一次,"黑人士兵深深吸了一口气,半张着嘴,露出了泛黄的牙齿,"混蛋孩子!"

三个人陷入了片刻的沉默。安热利诺让沉默持续了一段时间,让他的朋友能够好好消化这些信息。

"谢谢,萨穆埃尔,"指挥官终于说,"你可以走了。"

士兵的身影瞬间隐没在阴影里。夜幕低垂,只有星星与一弯明月的光照在丛林上,银光闪闪。夜色中充满了各种奇怪的声音。那是昆虫和鸟儿的二重奏,这边"咯哩、咯哩",那边"啁啾、啁啾"。士兵们低声耳语,努力保持隐蔽。

安热利诺喝光了剩下的水,放下了水壶。

"你看,在敌方地区,没有哪个平民是无害的,"他总结道,"哪怕是两个不满十岁的孩子。就是因为放过了他们,我们的队伍不仅因为遭遇伏击而没有完成任务，还被敌人追着屁股打，出现了伤亡。你知道为什么吗？因为安塞尔莫不是一个尽责的爷们儿！团队的安全和完成任务是突击队在行动中必须遵守的首要原则。凡是威胁到这个原则的都必须消灭干净，无论付出多大代价，无论看起来多么不得人心。这是我们在蒙特普埃兹训练时学到的，也是经过现实生活验证过的。"他伸展双臂，仿佛要拥抱整个丛林。"亲爱的朋友，这不是好莱坞电影，也不是《冒险世界》[1]里的故事，而是实实在在的战争。在电影和书里，好人从来不杀女人和孩子，也只在最后关头才杀死坏人。但是，现实世界可不是这样。在敌方地区，即便是女人和孩子，尽管不是他们的本意，都对你的安全构成严重威胁。如果你不消灭他们，那你就知道了，你死定了。"

迪奥戈在自己的位置上晃了晃。

"好吧，确实不能放走她们俩，"他承认，又转回到白天的事情，"可是，怎么说我们也可以带她们一起走，没有必要杀了她们……"

"把她们带在我们身边，你说的？"

"对。为什么不呢？你救了她们的性命，也保护了我们的安全。"

安热利诺发出一声低沉干巴的笑声。

"那我再给你讲一个故事，"他说，"是我的亲身经历。前一段时间，为了执行一项任务，我们在丛林中度过了三个星期。在任务结束的时候，我们前往敌方地区的一个直升机接应点，在路上遇到一个女孩。那丫头大概十五岁的样子，不会再小了。我们的第一个反应是干掉她，免得她报告我们的位置，也免得遭遇游击队袭击。但是我想，我们已经完成了任务就要回去了，为什么还要干掉她？这个女孩的危险性微乎其微。为什么不放过她？所以，我们就这样做了。"

"你放她走了？"

"当然没有！"安热利诺马上大声说。"你以为我是傻子还是什么？

---

[1] 二十世纪四十年代至八十年代葡萄牙的一个动漫杂志。

我们不能放了她,想都别想。她可能会危及我们从战区撤出时的安全。我所做的就是带上她,让她跟我们一起走,明白了吧?"他换了一种语气,"可是,哥们儿,你绝对想不到那是怎样的一场噩梦!"

"什么?她跟游击队联系上了?"

"不是,哥们儿!"安热利诺凑近朋友,好像怕被别人听见似的小声说。"你看,队伍在丛林里待了三个星期,也就是说,我们已经三个星期没见过女人了,对吧?我们有二十五个人,得在林子里过夜,第二天才能被接走。这帮人正无处快活呢,突然来了一个长得漂亮又唾手可得的十五岁女孩,你想想,会出什么事?"

这个问题让迪奥戈浑身一震,他开始想象安热利诺话里暗示的问题。

"你们……妈的!你们是不是对她做了什么?你们……"

突击队的指挥官笑了。

"企图是有的,我向你保证,"他说,"所有的人都跃跃欲试,你可以想象。所以,那天晚上,我整宿都没有合眼,就是为了确保没有人碰那个女孩。唉,哥们儿,我告诉你,我真是后悔没有杀了她!妈的!那一整个晚上简直是地狱!但是第二天,我设法让她上了直升机,和我们一起回到军营。她到达马佐伊的时候,干净纯洁得像处女,虽然她可能早就不是了。"

"做得对。"

"这不是问题的关键,迪奥戈。我可以保证没有人碰她,因为那只是一个晚上。现在你想想,我带着咱们今天遇见的那两个女的?你觉得,咱们将在丛林里度过的每个晚上,我都能保护她们?饿狼扑食啊,哥们儿!"

"但至少她们能活下来……"

"我不知道她们能否活下来,"他的头朝突击队员们的方向晃了晃,"这里任何一个性欲爆发的家伙都可能在晚上偷偷把她们拽走,在灌木丛后面强奸她们,再杀了她们,免得她们告发他。这里是突击队,哥们儿，不是芭蕾女郎！"

"我本来可以保护她们。"

"别开玩笑了！"安热利诺笑起来，好像常规军的一个下士单挑一帮突击队员这个想法是他闻所未闻的最荒唐的事情。"但是，假设问题像你说的那样解决，实际情况就是，我们是在丛林里，她们俩只会成为累赘。我和你不可能只为了保护她们总是睁大眼睛，队员们的脑子里会一直想着她们，而不是专注于任务。咱们一直要照顾着她们，而她们在丛林里又总是磨磨蹭蹭，一会儿抱怨累了，一会儿说饿了，一会儿又生出不知道多少事来。最终，因为她们，我们会丧失敏捷、专注和行动能力。带着她们，我们的任务很难顺利完成。"

"可是，她们活着，"迪奥戈坚持说，"这才是重要的。"

"这在美国电影里很重要！如果我们把在丛林里遇到的每一个平民都带上，那么，突击队的任何任务都不会成功，哥们儿。一个都不会！我们的工作不是在敌方地区带着平民走来走去，而是找到并消灭游击队。还有，你最好记住，在敌方地区，民众不是中立的。平民，即便外表看上去是全世界最无辜的那些人，也是敌人的一部分。"

迪奥戈重新调整了一下身体，靠在他们坐的岩石上。

"听着，我不确定……"他突然停住不说了，惊慌地跳了起来。"天啊，哥们儿！这是什么？"

安热利诺反应迅速，立刻站起身，端起G3步枪。

"什么？怎么了？"

"这里有东西，哥们儿！"

"什么？在哪里？"

"这里！石头上！"

突击队指挥官从兜里掏出手电筒打开，向用作夜间掩体的岩石照去。手电的光束在石头粗糙的表面上扫来扫去，照得阴影似乎也随之剧烈跳起来，最后停在了一个亮亮的圆柱体东西上。他们定睛一看，惊讶地发现圆柱体在移动。

"妈的!"安热利诺惊呼一声,"一条蛇!"

几名突击队员被突如其来的嘈杂声吸引,向手电筒的光点围拢过来,看到那个巨大黏稠物体在岩石底部的裂缝旁边扭动。

"是蟒蛇!弟兄们!"萨穆埃尔十分肯定地说。"干掉它!"

他们仍在考虑是否要用 G3 步枪,不过,这个办法声音大,在敌方地区过于冒险,因此并不可取。最终,士兵们选择用刀和棍棒,他们从腰带抽出刀,扑向那条巨蛇,活活把它砍死了,然后,他们把碎块埋进土里,用铲子清理干净痕迹。

"因为石头,"安热利诺一边用湿布擦手一边说,"到了晚上,它还是热的,所以蛇才会来这里。"他拿起手电筒,沿着大块岩石的底部照了照,停在蟒蛇想要爬过去的裂缝。"看那儿!看见了吗?可能还有蛇吧。该死的!"

"这个地方,蟒蛇多得很,"萨穆埃尔说,"我觉得咱们得用火药,会有一点小动静,但是,只能如此!"

突击队员们从弹匣中取出一些子弹,把它们拆解开,将火药倒在一张纸上,堆在一起,然后,他们将纸塞入石缝里,扔进去一根火柴,火药"嗤"的一声被点燃,发出"嗞、嗞"的声音,化作一团亮光。士兵们看到两条小蛇从缝里匆匆钻了出来,消失在黑暗中。

看着逃窜的蟒蛇,士兵们爆发出一阵短暂的笑声。

"今晚它们不会再烦咱们了!"安热利诺靠在岩石上感叹道。"要是待在树底下,应该更安全,可这里一棵树都没有,所以,咱们还是知足吧。"

那天晚上,突击队员们吃的是作战配给。饭后,他们掩埋处置了餐余垃圾,避免留下有人来过的痕迹,然后睡下。安热利诺安排两个人在对面的位置警戒。两个人都趴在地上，这样，他们的身影就不会在地平线上凸显出来。

其他人睡在巨大的岩石旁边。大家围成一圈，头朝外，G3步枪紧贴身边，时刻准备应对突发状况。没有人再低声说话，黑夜中只听到丛林里的声音，有陌生的，有熟悉的，蟋蟀的啾啾声，蜥蜴的嘶嘶声，猫头鹰的咕咕声。突然，远处传来一阵大笑声打断了丛林里的这场音乐会。

迪奥戈抬起头，显得有些惊慌。

"安热利诺！"他低声喊道，"安热利诺！"

突击队指挥官不耐烦地低声回应着。

"怎么了？"

"听见笑声了吗？"

轮到安热利诺笑了，但是，他的笑声低沉而短促。

"那是鬣狗，哥们儿，"他说，"闭嘴，睡觉！"

天空繁星点点，万里无云，星海灿烂，星光洒满了丛林。狭长的银河系沿着苍穹的中轴线延伸，光芒闪亮得在丛林中投下了微弱的阴影。迪奥戈将注意力集中在南十字星座，在他看来，它的结构像一只风筝。他长时间地仰望深邃的天空，以至于开始感到目眩，便转身侧躺，不再看星星。

迪奥戈闭上眼睛，试图入睡，但是，白天经历的画面不断浮现在眼前。他的心里充满了疑惑，躺在那里翻来覆去，最终他得出结论：除非解决脑海中闪现的所有问题，否则，他无法入睡。

"安热利诺！"几分钟后他低声叫道，"安热利诺！你醒着吗？"

朋友睡意沉沉地轻声回应。

"怎么了？"

"我还在想咱们今天杀死的那对母女。"

"睡吧,哥们儿!"

迪奥戈沉默片刻,斟酌着是否值得把他的想法说出来。他同意这件事情到此为止,但是,脑子里的想法却挥之不去。辗转反侧了一阵之后,他欠起身,用胳膊肘支撑着身体。

"我常听马尔塞洛说,只有赢得民众的头脑和他们的心,才能赢得战争。"

"哪个马尔塞洛?"

"卡埃塔诺,哥们儿。部长会议主席。"

安热利诺重重地叹了一口气。

"那个家伙对这里发生的事情一点儿概念都没有,"突击队指挥官嘟囔着说,语气中透出些许不满,"他也是那种认为丛林战争与电影里的战争是一回事的人,一路货色。"

"可是,他说得对,哥们儿。没有民众的支持,你怎样赢得战争?如果我们杀死民众,我们怎么能指望他们帮助我们呢?"

又是一声叹息。

"我看出来了,你也是一点概念都没有。"

"对不起,但是,你还没有回答我的问题。"迪奥戈固执地说,认为自己的想法是中肯的。"如果你杀死所有出现在你面前的平民,你怎么能指望赢得民众的支持呢?你觉得他们的家人会作何反应?"

"我不会杀死所有平民,"安热利诺纠正说,"我只杀在敌对地区遇到的平民,而我这样做,是因为我知道他们已经被敌人毒化了。"

"如果都像你们这样做,还会有人被毒化……"

安热利诺完全醒了,他欠起身子,用胳膊肘支撑着身体。

"可是你认为,敌对地区的某些民众会因为我们放过他们中的几个人而站到我们这边吗?"他提高声音问道,几乎有些激动。"如果我们放过他们,他们会很高兴,因为他们掌握了关于我们的兵力和动向的准确情报,然后,他们就可以任意伏击我们。如果放过他们,他们……"

"嘘！"一名想睡觉的士兵低声示意。

安热利诺意识到自己有些激动，便停了下来，连忙控制住自己的音量。

"你必须明白一个基本道理，"他重新压低了声音继续说，"为什么民众被毒化？答案是：因为敌人存在。我们的部队驻扎在军营，但是游击队混在老百姓中间，懂吗？如果我生活在一个村子里，而游击队就住在我隔壁的草房里，我当然会被他们毒化。如果说我不是自愿接受他们的毒化，也是因为我害怕。军队来到我的村子，然后又走了，可是，游击队依然住在这里。如果我向军队告发他们，其他游击队员就会出现，一有机会就会伤害到我。在这种情况下，我怎么能站在军队一边？"

"我懂……"

"这就是为什么说，马尔塞洛在说要赢得民众的头脑和他们的心的时候，他对这个地区的实际情况一无所知。当游击队渗透到一个村子，这个村子就被毒化了，而我们对此无能为力。如果我们想消灭游击队，必须消灭这个村子。"

"可是，有一些村子是向着我们的，"迪奥戈争辩说，"就在昨天，我们去给一个这样的村子送去了玩具、食品和药品。这说明，通过正确的政策，我们可以获得民众的头脑和他们的心。"

"只有在没有被毒化的村子才会这样。"

"它们没有被毒化，那是因为有我们的帮助。"

"不！"安热利诺纠正说，"它们没有被毒化仅仅是因为敌人还没有下决心要毒化它们。当游击队进入那些村子、开始住在那里的时候，你就会看到发生什么！……"

"酋长可以把他们赶出去……"

指挥官轻声笑了笑。

"他们能答应？！不久前，穆昆布拉的布绍酋长对抗游击队。你知道酋长怎么样了吗？他们杀了他！其他人吓坏了，认怂了。结果就是：

酋长的村子被毒化了。而且,这种情况一直都在发生,哥们儿。游击队会杀死所有站在我们一边的酋长或者长老。因此,你要记住一点:出于信念也好,出于恐惧也罢,老百姓总是站在与他们生活在一起的人一边。只要游击队住在村子里,而军队驻扎在军营里,一切就都注定了!在这种情况下,唯一的办法就是……"

"嘘!"

听到警告,安热利诺陷入了沉默。突击队指挥官看了看表,他知道他们必须凌晨四点起床,所以,他计算了一下看看自己还有多少睡觉的时间。时间不多了。

"很晚了,哥们儿。"他说着,重新躺下,调整到一个舒服的姿势。"睡觉。"

迪奥戈躺在他的席子上,再次凝望着星空,消化着刚刚听到的话。可以,没过多久,之前令他感到晕眩的深邃夜色开始压迫他的眼睛,又过了一分钟,下士陷入了沉睡之中。

四

　　车门关闭，发动机突然爆发出轰鸣声，卡车呼啸而去。行驶中的"贝利埃"的轮子卷起一团团尘土，吞没了一个个草房，笼罩了长老曼迪埃的村子。这位长老款待了突击队员们，而突击队员们也刚刚完成了他们的任务。迪奥戈感到疲倦，看着向后退去的草房变成了一个个剪影，然后消失在暗色的尘雾里。

　　日悬中天，酷热难当。迪奥戈探出头去，吹一吹卡车行进中带来的风凉快一下。又热又干的风打在脸上，但是，总比一动不动时的炙烤感觉好得多。

　　他觉得自己的眼皮越来越沉，看了看周围，发现一些战友正在打瞌睡，全然不受"贝利埃"在路上颠簸的影响。他们起得很早，度过了漫长的一天。返回马佐伊的路程需要一个小时，所以，最好还是像战友那样打打瞌睡。迪奥戈放好G3步枪，回到自己的座位，靠在右侧同伴的身上昏昏欲睡。他想睡觉，但是，这辆车和其他"贝利埃"一样，在车厢中间有两排朝外的长椅，所有士兵都面向丛林而坐，如果睡着了，可能会从车上掉下去，所以，他只能打打瞌睡。

　　砰。

　　他猛地醒过来，环顾四周，看到几位睡眼惺忪的战友也和自己一样查看发生了什么事。这是比平常更剧烈的一次颠簸。大家彼此心照不宣地交换了一个眼神，笑了笑，然后重新坐好继续睡觉。但是很快，又是一次剧烈颠簸，这一次颠簸得太厉害，竟把大家都颠得悬在了空中。

　　"妈的！"迪奥戈骂道，"像坐过山车一样！"

一个身材瘦小的黑人士兵,来自楠普拉郊区的马夸人,张开嘴,露出一排洁白发亮的牙齿。

"突击队员甚至站着都可以睡觉,"他说着,挪了一下位置,让自己更舒服些。"只有葡萄牙的军队才需要床垫,姑娘家家的。你是女的?"

迪奥戈挪了挪位置,对"贝利埃"卡车的硬椅子感到绝望。

"去你的!"

马夸人笑了笑,闭上了眼睛,一下回到了昏昏欲睡的状态。但是,迪奥戈无法让自己放松下来,卡车连续不断的颠簸让他极不舒服,只好望着丛林。毒日头高照,道路两旁没有一点儿动静,只有草地、红土、高大的猴面包树和白蚁的蚁丘。

小路的尽头连着一条夯土路,旅途变得舒服了一些。迪奥戈一直醒着,因为他知道前面就要到太特了。几座房屋首先进入了视野,他开始观察路上的行人,试图看到希拉。他知道,虽然城市不大,但是也很难在这个时候看到她在户外。他想跳下车去医院找她,但是,这也只是一次无谓的冲动。他就这样望着这一片房屋被抛在后面,看着车队驶上了去佩里镇和贝拉的道路,正是经过马佐伊的那条路。

片刻之后,一直坐在副驾驶座位的下士索萨跳上了车,与他手下的士兵们待在一起。有三个人还在打瞌睡,身体随着"贝利埃"车身单调的晃动摇来摇去。其他人在车队经过太特的时候都已经醒了,现在正相互传递着一包 L&M 香烟。

"一切顺利?"

"没问题,下士。"

"要不要一瓶啤酒?"

这个问题令所有人一下兴致高涨。

"还有吗,下士?"

索萨弯腰从面前的椅子下搬出一个随着车身晃动叮当响着的木箱。他把箱子放在士兵们面前,带着得意的笑容,取出一瓶马尼卡啤酒。

"天气热，不过没关系，"他说，"这是啤酒！"

"贝利埃"车上的气氛活跃起来，每个人都抓起一瓶酒，用卡车车门的锁扣启开瓶盖，将热啤酒倒进喉咙。

"现在就缺一个女人，妈的！"

"什么？昨天那个巨乳女人还不够吗？"

"女人永远都不够，哥们儿！多多益善！"

"对。"

这个话题配上啤酒让突击队员们兴奋起来，大家聊起头天晚上在曼迪埃村花二十埃斯库多找来的女人，但是，并没有提及细节。他们亲如兄弟，但有些事情只能各自缄口不言。

迪奥戈也被安排了一位黑人女孩，但是他拒绝了。他的拒绝遭到了突击队员们的嘲笑，对此他并不介意。他既不是突击队员，也不是出生在莫桑比克，他并不觉得自己有义务体验他们的"入行"仪式。因此，虽然加入这支队伍已经十五天，但他仍然认为自己是一个局外人，不愿意像他们中的一员那样和他们打成一片。他正在执行任务，再过十五天就可以结束在突击队的任务；事实上，他迫不及待地想要回炮兵营。在加入特种部队之后，他对战争的看法确实发生了改变，但并没有变好。回到希奥科会是一种解脱。正因为如此，他只是看着突击队员们彼此开着玩笑，仿佛他不是参与者，只是一个纯粹的旁观者。

啤酒喝光了，士兵们歪歪斜斜地靠在座位上，打嗝声此起彼伏，犹如一场音乐会，这又让他们觉得很开心；一切都可以用来娱乐一下。不过，士兵们安静下来，下士索萨担心着安热利诺的保护对象，于是，坐到迪奥戈旁边。

"怎么样？"他问，"开心吗？"

这不是迪奥戈期待的问题，一时间竟不知该说什么。

"我想是的。"最后,他咕哝说。

"你开了几枪?"

"朝天空打了两三枪。"

少尉在他的腿上拍了一巴掌。

"这些天,你必须得打中一个,"他说,"如果不干掉一个游击队员,就不是真正的突击队员,妈的!你还有十天时间来证明自己!"

"但我不是突击队员。"

下士笑了。

"这倒是真的!"

迪奥戈转过身,看着跟在他们后面的"贝利埃",那些车上有他们在那天凌晨的行动中抓捕的酋长和他的儿子们。

"你们怎么处置被捕的人?"

"交给皮德。"

"然后呢?"

"他们会被审讯。"

"然后呢?"

索萨耸了耸肩膀。

"不知道,"他说,"这取决于他们说什么,取决于关于他们皮德掌握了多少情况。如果这帮家伙……"

嗖嗖嗖嗖……

哒哒哒哒……

"贝利埃"卡车上突然陷入一片慌乱之中。子弹在空中呼啸,几颗子弹击中了卡车的防护装置。一曲死亡交响乐开始了。

"有埋伏!"

随着下士索萨一声大喊,所有的士兵已经在车厢里分散开来,躲避着看不见的子弹。迪奥戈觉得血液在肾上腺素的刺激下燃烧起来,他看了看自己周围战友们混乱中延时的反应,就像电影的慢镜头,感官更加敏锐,色彩更加鲜艳,声音更加真实,动作慢得令人难以置信。他听到就在自己身边,混乱中有人大叫一声,他意识到有人受伤了。然而,他此刻的首要任务却是另一个,那就是专注于真正重要的声音:爆炸声和金属弹头划过空中的呼啸声,它们才是真正的威胁,才是需要他全神贯注的声音。

"贝利埃"用力哼了一声,但是,新一波弹雨阻止了它的前进。卡车剧烈颠簸了一下停在了路边。周围响起自动武器连续扫射的哒哒声,镇静下来的士兵们端着G3步枪准备射击。

"打!"

立刻,突击队员们向目标开火了,但是,迎接他们的是又一波弹雨,局势再次变得混乱。一些士兵倒在其他人身上,迪奥戈可以看到腿、胳膊,一切都在跳动、碰撞,像慢镜头。一阵混乱之后,士兵们终于就位,开始向丛林里射击。

敌人伏击的火力减弱了,在草丛里的突然移动暴露了他们的位置。

"那里!那里!"

突击队员们集中火力向发现动静的地方射击。迪奥戈与其说为了击中什么人,倒不如说是为了减轻自己的痛苦,也学着突击队员的样子向那个方向扔出手榴弹,同时,将G3步枪里的子弹和所有恐惧一股脑儿地倾泻出去。

这时,车队其他"贝利埃"上的人赶到了,突击队员的枪口对准了其他可疑位置。

"停止射击!"

交火中,突击队员们听出下士索萨嘶哑的声音,立即停止了射击。道路立刻静得出奇。敌人也停止了射击,丛林里没有了动静。只有草在灼热的微风吹拂下起伏波动,烟雾里混杂着火药燃烧的气味。

"二组,"下士喊道,"侦察!"

五名士兵弯着腰跑起来,他们端着枪钻进草地里。突击队员们警惕地观察着周围的动静,眼睛扫视着各个方向,准备迎接随时会卷土重来的枪声,他们知道枪声会暴露敌人的位置,如果他们确定了火力点,就能确定敌人。

等待持续了几分钟。

"全逃了!"终于,传来了前去侦察的二组的一名成员的声音。"游击队逃了。"

突击队员们警惕地站起来,G3步枪时刻准备开火。

"大夫!"

一名士兵向呼救的下士索萨跑过去。迪奥戈仔细地看了看,发现战斗小组组长虽然还在下达命令,身体却已无法动弹。

呼救的声音接连响起,迪奥戈也赶去帮忙。有一人中弹,两人从"贝利埃"上摔下受伤,一名司机右手受伤,大家不得不给他扎上止血带并注射吗啡。情况很糟糕,不过,迪奥戈得到了前来救助索萨的罗萨班长的帮助,他带着担架来到了伤员身边。

"你抬脚,我抬肩膀,"班长命令道,拉开架势,"一……二……走!"

迪奥戈和罗萨班长将伤员放在担架上。伤员疼得大叫,他们只好停下,片刻之后才举起担架,将伤员安置在最近的一辆"贝利埃"上。军车变成了临时救护车。

"下士怎么样了?"迪奥戈忍不住好奇地问。"他不能动了……"

"我觉得他是盆骨骨折。"

"什么?"

"他摔坏了,浑身都疼,"罗萨班长解释说,"我已经把他固定在担架上,可是那家伙还觉得他能打仗。"

迪奥戈回过头,看见躺在担架上的突击队的下士正在观察草地。他觉得难以置信,索萨遭受盆骨骨折,却还在研究敌人的阵地。为了确定远处的几座草房,他命人打开地图。一个士兵从背包里取出一张地图,在担架旁的地上摊开。

"这个鬼地方叫科尔内塔。"下士索萨确认说,眼睛紧盯着地图。他抬起头,面向他的手下,说:"一组和二组,清剿村子。其他的人在道路附近建立安全区。"

迪奥戈属于一组,所以,他拿起自己的 G3 和战友们一起前往科尔内塔。他们钻进草地,避开埋有地雷的小路,包围了村子。一个人影也没有看见。突击队员们警惕而隐蔽地前进,穿过最外围的几座草房,发现村里空无一人。

"让这帮混蛋逃了,"指挥二组的萨穆埃尔说,"妈的,一把火烧了它吧。"他向迪奥戈和其他人示意。"都离开这儿。这里交给我和伊萨亚斯了。"

迪奥戈犹豫了。既然加入了突击队,他就想看看他们所做的一切。有些事情可能不那么美好,但至少可以开眼界。

"我能留下看看吗?"

这个要求令萨穆埃尔吃了一惊。

"你是蠢还是怎么的?"黑人突击队员大声喊着。"游击队逃走了,但是他们的迫击炮一定正瞄着这里。只要看到草房冒出浓烟,那帮家伙就会向村子开炮。全组必须在我和伊萨亚斯放火之前撤出去。"

"我也可以帮你们放火,"迪奥戈提议说,"三个人,速度更快! ……"

萨穆埃尔耸了耸肩膀同意了。突击队员们离开了科尔内塔村,留下的三个人走到村子里最远处,划着火柴,点燃了几个火把,然后,他们奔跑起来,一边向村口跑,一边将火把扔进草屋里。不一会儿,火势蔓延开来,一个个圆柱形的房子变成了跳动的火堆。当迫击炮弹落向燃烧的村子时,三个人已经离开了科尔内塔。

"看看他们！"已经回到公路的伊萨亚斯面带疲惫的微笑说。此时的村子在连续的爆炸中变得硝烟弥漫，成了一片火海。"他们一定认为我们是胆小鬼。"

一辆"贝利埃"卡车载着六名伤员向太特开去，突击队员们登上其他卡车前往马佐伊营地。大家面色凝重，沉默不语，对刚刚发生的事情感到怒火难平，想追捕打炮的游击队。唯一的例外是来自莫阿蒂泽的身材高大的黑人萨穆埃尔，他把所有人心里的愤懑说了出来。

"狗娘养的！"他低声吼道，"不能就这么算了！"

五

"贝利埃"吱的一声刹住了,扬起一团新的尘土。卡车完全停下,发动机熄了火,安热利诺立刻跳下车,一旁的迪奥戈也急忙追上朋友。

"喂,哥们儿,等等我!"

安热利诺头也不回,举起手臂,亮出了手表。

"现在是十三点十五分!"他高声说,"会议时间快到了,突击队员从不迟到。"

他们要去的是一处平房,屋顶是锌板制的,房子正面有贯穿的门廊。它位于公路在太特市入口旁边的一个军事区里。烈日当空,天气炎热。伸向天边的草地焦黄的底色衬托下,灼热的空气升腾着,干草的海洋中偶尔可以见到零星的青枣树和高大的猴面包树。

太特军事区协调中心位于道路两侧。安热利诺是第一次被叫到这里开会。几乎是出于习惯,他扫了一眼哨兵和大门,不禁对军事指挥机构现有的安全措施颇为诧异。

"瞧瞧这里,"他几乎不屑地叫道,向迪奥戈指了指"贝利埃"卡车开进去的大门,"只要一队突击队员,十分钟就能把这狗屁地方拿下。"

朋友看了看,什么也没有说。见过最近几个星期发生的事情之后,他毫不怀疑那是真的。同时他也知道,任何其他一支训练有素、意志坚定的队伍,都能出其不意地控制这个军事区,尽管时间可能不会很长。

他们走进协调中心里那个指定的建筑,立刻感到阴凉带来的轻松。室内很热,但与室外沸腾的火炉相比,根本算不上什么。一位哨兵给两位访客敬了一个礼。两人走向接待处,一位勤务兵查看了他们的证件,起身示意他们跟上,送他们去作战规划室。

他们沿着走廊来到作战规划室。勤务兵去开门,但是门锁着。会议时间是十三点三十分,不出所料,他们是最先到达的。

"我们上校应该还在吃午饭,"勤务兵对突击队的队长说,然后沿着走廊快步离开了。"我去通知他少尉到了。"

安热利诺靠在墙上,从口袋里掏出一根L&M香烟,用他钟爱的芝宝牌打火机点燃。一团白色的烟雾在他面前升起,在他沉思的眼眸中飘荡。

"你在想什么?"

"报仇。"

"嘿,哥们儿,发生的一切都是战争,"迪奥戈说,"有时,是我们打埋伏,有时,是他们。谁都知道,胜败是兵家常事。"

安热利诺转向他的朋友,目光里充满了愤怒。

"你肯定搞错了,"他低声吼道,"突击队员不败,只能胜。"

"今天败了。"

少尉把香烟叼在嘴上,用力吸了一口,慢慢地吐出烟雾。

"你会看到我们将让他们付出代价。"

"你太紧张了,哥们儿。放松。"

安热利诺瞪着他的朋友,阴郁的表情里似乎带着无声的愤怒。

"听着,迪奥戈,你必须彻彻底底明白一件事,"他用克制的语气低声说,"突击队不像你们'乌合之军'。我知道这一点,你们知道,游击队同样知道。游击队招惹你们是一回事,但招惹我们就不一样了。我们戴的是红色贝雷帽,不是吗?那些家伙很清楚我们是突击队,可还是开火了。好吧。他们马上会得到报应,从此他们就知道谁都惹不起我们!听见了?谁都不行!"

"怎么感觉好像是你被子弹打中了似的,"迪奥戈说,他被朋友冷漠无情的怒火惊到了,"我才是当时在场的人,可也不像你这么光火。所以呢,还是冷静点吧!你又没有被打中。再说,这是战争,哥们儿。"

"你根本不懂这个问题,"安热利诺固执地说,"那帮家伙招惹了突击队,他们不可以这样。这才是他们必须学会的东西。如果这种事情不受惩罚,明天他们还会有样学样地伏击我们,甚至更糟。必须让这帮混蛋听到突击队就闻风丧胆。我们不是来玩的,他们必须清清楚楚地懂得这一点。"

"那你要干什么?把我们已经烧掉的草房再烧一次?那帮家伙逃了,哥们儿!"

安热利诺把香烟扔在地上用靴尖碾碎。

"这就是我们将要做的,"他说,"这次会议就是要制订反击的计划。"

他们沉默了片刻。迪奥戈又去推了推门,确认门是锁着的。

"你觉得他们能让我列席吗?"

安热利诺摇摇头。

"什么?你?跟市长一起开会?开玩笑,哥们儿。"

"所以,我在这儿什么事情都没有,"朋友说,"这破会议要开多久?"

"谁知道!可能半个小时,也可能一个下午。怎么了?"

迪奥戈的目光中闪过一丝希望。

"那我去太特市里转转,行吗?"他说,"一会儿就回来。"

"别告诉我你是想去找你的希拉……"

迪奥戈一下语塞,脸突然红了。看到朋友的反应,安热利诺意识到自己一语中的。这下轮到他的脸涨红了,但却是因为生气。

"你不害臊吗?"他训斥道。"我们的人一个小时前遭遇了伏击,你自己当时也在场。你的脑子里只想女人吗?你这是当的哪门子兵?!"

迪奥戈叹了一口气。

"安热利诺,我不是突击队员,不像你们那样考虑问题,"他为自己辩解道,"一个小时前我经历了枪林弹雨,不知道明天我是否会遇到同样的事情,是否还能逃过一劫。我可能会像索萨那样盆骨骨折,甚至会阵亡。事实上,我不知道我会出什么事。如果我有机会去看我的女朋友,为什么我不抓住这个机会?"

安热利诺紧紧盯着迪奥戈。虽然他的脸上仍旧保持着冷酷、工于心计的表情,但是,他显然已经到了爆发的边缘。然而,自制力战胜了情绪。安热利诺把手伸进裤兜,从兜里掏出一个小金属物扔给迪奥戈。下士条件反射地抓住了空中的物体,张开拳头,看到了手心里的东西。那是"贝利埃"卡车的钥匙。

"你有一个小时。"

担架上躺着一个小伙子,他的左腿打了石膏,膝盖以下做了截肢手术。显然,这个士兵踩到了地雷,现在正在术后的麻药时效期内。医院走廊里,护士推着担架,看到输液瓶就要从钩子上掉下来,赶忙伸手调整了一下它的位置。就在这时,她察觉到身后有一个人,吓了一跳。

"迪奥戈!"希拉转身惊呼道。她把手放在胸前,仿佛要抑制住自己心脏的跳动。"吓死我了!"

"对不起。我不是故意的!……"

"你怎么在这里?"

"我们今天上午遭遇了伏击,而且……"

姑娘惊恐地睁大了眼睛,焦虑地从头到脚迅速打量了他一番。

"天啊!"她打断了他的话。"你受伤了吗?"

"没有,一切都好。"他说,张开双臂证明自己毫发无伤。"但是,我们必须来一趟太特军事区,我就顺便来这儿看看你。"

两人既满怀思念又如释重负地紧紧拥抱在一起。希拉的身体在颤抖,显然是因为男友遭遇了伏击让她感到害怕。当迪奥戈把希拉拥入怀中并感受到了她的激动时,他想的是,自己是否本该编一个借口而不是告诉她真相才更好。然而,实际上,他相信,真相会让两人更加亲近,并且可以对自己关于活在当下、把每一个时刻当作最后一刻来体验的想法有新的认识。不是他相信这个。相反,他认为自己不会死,从来没有想过自己被子弹击中或踩到地雷的可能性。这都是别人身上的事情,而不是他的。不过,他在经历风险,这深深打动了女友,也是迪奥戈想为己所用的优势。

他们久久拥抱着。希拉终于平静下来,松开了手。

"你在太特待多久?"

"时间不长,"他说,"他们给了我一个小时,现在已经过去十五分钟了。"

"这么短?!"姑娘叹了一口气,为男友遭遇的危险而焦虑,同时也为两人相处时间太少而恼火。"晚上不能在这里过吧?"

迪奥戈看了看表,摇了摇头。

"我还有三十五分钟,如果不算返回太特军事区耗费的时间。就这么多时间。"

"我需要和你谈谈,"她说,"我要告诉你一件很重要的事情。"

士兵歪着头,露出玩笑的表情。

"那就说吧。"

希拉看了看担架,伤员还在昏迷中,她不能留在这里。

"现在不行,"她说,"我得把病人送到病房去。"

"那就改天再说。"

希拉摇了摇头,断然否定了这种可能性。

她向走廊的窗外瞟了一眼,想找一个可以畅快聊天的地方,旁边的一幢楼房是一个不错的选择。

"在药店外面等我,好吗?"

药店的围墙上有长长的一排对外打开的窗户。迪奥戈一边等希拉,一边向药店里面望去,只见一位印度药剂师正坐在放着一台显微镜的桌子旁。他想,药剂师一定是在做临床检验。就在这时,他听到一阵低沉的轰鸣声,转向赞比西河望去。一架"云雀"直升机在河面上飞过,划出一道弧线,朝医院方向转了一个弯。它肯定又运来了伤员,可能是一个踩中地雷的倒霉家伙,或者是在又一次伏击里中枪的人。

"迪奥戈?"

士兵转过身,看见希拉正朝他走来。姑娘一脸严肃,手指绕着头发,显得很紧张。他走上前去,两个人又拥抱在一起。

"一切都好?"他问,感觉到了她的不安。"如果你是因为我遭遇了伏击,那就别担心了。我非常好,什么事儿也没有。"

希拉叹了一口气。

"感谢上帝!"她喃喃地说,"如果你出了什么事,我都不知道该怎么办!……"

迪奥戈含情脉脉地抚摸着她的头发。

"我什么事儿都没有,"他重复说,"没事,放心。"

姑娘再次静静地依偎在男友怀里,闭着眼睛,脸颊靠在他的胸上。片刻之后,姑娘深深吸了一口气,抬起头。

"我有一件很重要的事情告诉你,"她举起手,伸出两根手指,"不是一件,是两件。"

士兵皱了皱眉头。

"什么?"他开玩笑似的问,"你不会是想告诉我,波尔图输给了法布里俱乐部吧?我已经知道了!……"

希拉虽然心事重重,还是忍不住笑起来。

"傻瓜!才不是呢!"

"那是什么?"

她移开视线，又深吸了一口气，似乎在努力给自己加油打气。她鼓起勇气，再次盯着迪奥戈。

"我有一个男朋友。"

迪奥戈笑了，觉得女友一本正经说出来的竟是如此显而易见的事情实在好笑。

"你当然有了，小傻瓜，而且我希望你对他很满意。"

希拉翻了一个白眼。

"你没有听懂我的意思，"她说，"我有另外一个男朋友。"

这个消息仿佛一颗子弹击中了迪奥戈。他紧紧地盯着姑娘，眼神里充满了疑问，搂住她的肩膀，似乎怕她与那个家伙跑掉似的。

"什么另外一个男朋友？你这是什么意思？"

"他叫伊斯梅尔。"

希拉肯定的回答令迪奥戈目瞪口呆。他希望她否认，或者告诉他说他理解错了，或者对他随便说一件其他事情，表示他们说的不是同一件事情。但是，希拉说出了名字，这说明没有误解，说明他一下就明白了一切，说明她说的是真心话，而且他听懂了。

"可是……什么……"迪奥戈结结巴巴地说，试图重新整理自己的思路，"他是谁？怎么……那……"

"那是在我认识你之前，"姑娘解释说，已经猜到迪奥戈会有一大堆问题，"两年前，我开始和他谈恋爱，一直到我去洛伦索-马贵斯学习护理。他在城市郊区的马托拉当兵，我们每个周末都见面。但是，自从我完成学业回到太特之后，再也没有见过他，因为他请不下假来。"她温柔地用手抚摸着迪奥戈的脸颊，继续说："也就是说，自从认识你之后，我就没有和伊斯梅尔在一起了。"

迪奥戈点了点头，理解却难以接受。

"你现在才告诉我？"

她耸了耸肩膀，局促不安地低下头。

"我试过好多次,"她喃喃地说,"可是,我没有勇气。"

迪奥戈想大声叫喊,想斥责她,但是,他换位思考了一下,便忍住了。如果自己在葡萄牙有一个女友,会马上告诉她吗?他本想回答说是,但他知道,他很可能闭口不谈。他想,他现在要做的就是像她一样勇敢地面对这个情况。

"那现在呢?"他问,却害怕得到答案。"你打算怎样办?"

"我必须解决这个问题,对不对?"

"可不是嘛。你不能同时拥有我们两个,"他苦笑着说,"穆斯林接受一个男人有两个女人,但是,在我看来,他们不接受一个女人有两个男人。"

她低下了头。

"我知道,"她低声说,"但这不容易。"

"有什么不容易?"迪奥戈大声说。他离开姑娘的怀抱,觉得自己的情绪开始失控了。"我看,这很简单。有两个男朋友,你必须选一个。选吧。"

希拉一直低着头,忍住抽泣。

"我整个星期都很苦恼,老天!我不知道怎么办!"

"在我们两个之间做选择,真有那么难吗?"

"不是这样的,"她低声说,又抽泣起来,"不是这样的。"

"你怎么哭了?"

她抬起头,让迪奥戈看到她泪流满面。

"因为我选择了你。"

她咕哝着说。这一句告白对迪奥戈来说听上去像是音乐。希拉选择了他。迪奥戈张开双臂将她揽入怀中,幸福得大笑起来。

"你是因为这个哭吗,小傻瓜?"他温柔地问。"我觉得你选得棒极了!为什么哭呢?"他有些怀疑地挑了挑眉毛。"别告诉我你还喜欢他!……"

姑娘将头依偎在他的胸前,摇了摇头,吸了吸鼻子,让自己恢复镇定。"不是。"

　　"嗯?那你哭什么?"

　　她再次吸了吸鼻子,抬起眼睛,紧紧地盯着他。

　　"因为我怀孕了。"

　　第二枪。仿佛被又一颗背信弃义的子弹击中似的,迪奥戈惊得后退一步,看着姑娘的眼睛确认自己没有听错。

　　"什么?"

　　希拉满面羞愧,她垂下眼睑,无助地向前倒去,把自己的头再次靠在他的胸前,仿佛绝望地呼唤着保护。

　　"我怀孕了,不知道孩子的父亲是谁。"

六

热气腾腾的黑色液体在杯中荡漾，缓缓地旋转着，看起来就像滚烫的石油。

"来一杯咖啡？"

安热利诺身体挺直，目光凝重，轻轻摇了摇头。

"不，上校。我回马佐伊吃饭。"

瓦雷拉上校很欣赏他的拒绝，他面前的人，如果是常规部队的，可能已经端起了杯子，甚至可能会要求一些饼干作为搭配呢。但是，现在这位不是那种人，他是一名突击队员，在这里是为了执行任务，而不是为了社交。

实际上，阿曼多·瓦雷拉已经习惯于将突击队员视为对手，毕竟他自己就是伞兵部队的上校。但是，自从身兼太特军事区指挥官和太特县长两个职务以来，他再也不能用一个伞兵对手的眼光看待突击队员。他现在超越了竞争，负责协调所有的部队。

上校转头看了看作战规划室，这是一个简单的房间，木制的墙壁，一切似乎都已就位。桌子上摊开着一张大地图，显示了位于太特军事区以南几公里处的甘达利地区，而且，太特军事区的设施距离那里太近，以至于地图上都做了标注。

桌子周围坐着四个人，正在等待军事首长宣布会议。瓦雷拉上校逐一打量着他们。空军的瓦斯科·特莱斯上尉和第十七猎兵营指挥官若苏埃·庞塞斯少校平静地等待着。当然，他们是仅仅等待上级命令的执行者。

突击队的指挥官安热利诺·梅尔洛也以同样的姿态等待着,但是,上校善于读懂这些人,从少尉明显装出来的雄赳赳的面具下,他已经看透了突击队的这位指挥官急于行动的激情。无需太过聪明就能理解他的急不可耐。作为县长,他很清楚,突击队刚刚在路上遭遇了伏击,少尉的血液正因此而沸腾。好在他很了解他们,他们在跟游击队算账之前是不会罢休的。

太特军事首长的目光落在了第四个人身上。此人烦躁地变化姿势,频繁更换他的支撑腿。上校眯起眼睛,试图读懂他的身体姿势。他认识这位安全总局的小个子探长已经有一段时间了,已经注意到,阿尼塞托·席尔瓦表现得如此不安,那一定是他得到了一些重要消息。是时候了解这些消息了。

瓦雷拉上校把杯子放到桌子边缘,双手垂在身侧,就像他过去当伞兵时在飞机舱门准备跳向深渊时那样。

"先生们,"他首先用正式开会的语气说道,"如你们所知,游击队的胆子越来越大,已经来到太特门口了。"他向窗户的方向指了指,窗外是一直伸展到黄色地平线的干旱平原。"事实上,那帮家伙离太特军事区这里只有六公里,威胁着太特以及松戈与卡布拉巴萨之间的道路。考尔扎将军十分关心当前的局势,在过去的几个星期多次给我打电话。必须保证太特和卡布拉巴萨的安全,切断游击队前往佩里镇和贝拉的通道,这一点具有重大的战略意义。另外,还应该记住,军队的荣誉也受到了威胁。如果我们连太特的郊区都控制不住,我们还能控制什么?所以,我们要整顿秩序!为此,上个星期,我们一直在筹划'马罗斯卡'行动,原本是要在圣诞节后开始,但是,似乎出现了一些新情况,可能迫使我们提前实施此次行动。"他指了指安热利诺,说:"我们的少尉刚刚在离这里几公里的地方遭遇了伏击,不是吗?"

突击队第六连指挥官俯身在地图上方,指着公路边的一个村子。

"在科尔内塔这里,上校,"他说,"我不在现场,被伏击的是我们第二组的战友。他们按照命令，昨天在曼迪埃村宿营，今天早上偷袭了塞伯拉村，抓住了酋长和他的儿子们，返回途中在公路上遭遇伏击。我们有六个人受伤，包括盆骨骨折的阿马罗·索萨下士。我们的人向伏击点旁边的村子发动了进攻，但是那里空无一人，我们只是烧掉了草房。"

瓦雷拉上校在地图上比较了从科尔内塔到太特军事区和太特市的距离。

"该死，这些混蛋真的很近了！"他说，随即看了一眼显得不耐烦的阿尼塞托·席尔瓦探长。"皮德有什么关于这个地区的情报吗？"

"那里已经完全被游击队渗透了，上校先生。"安全总局探长回答说。"梅尔洛少尉刚才说的情况与过去二十四小时该地区发生的情况是一致的。刚才作战部的人抱怨说，他乘坐飞机在太特降落的时候，有人从几间草房向飞机开枪。"阿尼塞托·席尔瓦指着地图上标记着科尔内塔的点说，"作战部的小型飞机是从西南方向飞到城市来的，根据我的计算，子弹正是来自这个区域。"

上校皱起了眉头。

"他们是从那个区域向作战部的飞机射击？"

"对，上校。是昨天。"

"你做了什么？"

"我派希科去了解一下出了什么事。他今天早上去了那里，询问当地居民附近是否有游击队活动。"

军事首长大笑起来。

"他们看到希科的时候，一定吓破了胆，对吧？如果是我遇到这样的鲁莽大汉，我马上全招了！"

阿尼塞托·席尔瓦没有笑。

"不过，他们只字未招，"他冷冷地回答，"那里已经全都被游击队渗透了，上校。全部。"探长向安热利诺歪了歪头。"另外，突击队之前在该地区遭到伏击，恰恰发生在当地居民向希科保证那里没有游击队之后不久。但是这次伏击证明，游击队就在那里，当地居民一直在对我们撒谎。"

瓦雷拉上校挺直身体，端起咖啡杯。他喝了一口热咖啡，深深吸了一口气，权衡自己该如何选择。他面对的形势很清楚，现在要由他来作出决定。他放下杯子，像以往下达重要命令时那样清了清嗓子。

"很好，那我们就提前实施'马罗斯卡'行动！"他作出了决定。然后，他转向空军的指挥官。"如你所知，特莱斯上尉，计划要求你派出'菲亚特'战机首先行动。"

"包在我们身上，上校。"

太特军事首长转向突击队第六连指挥官。

"随后，突击队开始行动，"上校说，他看了一下"马罗斯卡"行动计划书，"需要三个小组。两个小组从北面插入，必须在中午之前到达指定位置。"然后，他指着庞塞斯少校说，"第十七猎兵营要派出一支队伍支援遭遇伏击的突击队员们向北前进。"说完，上校指着地图上一个表示公路的标记说，"突击队的第三个小组将在松戈公路交界处这里与'云雀'直升机会合，直升机会把小组成员送到这个地区南面。"

"我知道计划，上校，"安热利诺说，"我需要'菲亚特'战机准确轰炸村子的中心，这样我们会取得更大的效果。"

"村子中心？"特莱斯上尉感到奇怪，"那里全是平民！……"

"的确，"安热利诺肯定地说，"不过，轰炸会在村民中造成混乱，这对于我们部队安全进入最为有利。"

空军指挥官用力摇了摇头。

"不行，根本不行！"他说，"空军不轰炸平民。给我们一个军事目标，一切都好说，但是，目标是平民，不行！"

"这个村庄是一个军事目标，"阿尼塞托·席尔瓦探长插话说，"游击队正在渗透该地区并毒化平民。"

特莱斯上尉举起手指，似乎在说他不会做出让步。

"我再说一遍，空军不轰炸平民目标！"他坚决地说。"给我们一个军事目标，剩下的包在我们身上，但是，不能是平民目标！"

"平民目标就是军事目标，"安全总局的探长固执地说，"难道你不知道今天上午那里出了什么事情吗？当地人向希科保证那个地方没有游击队，可是不久之后，突击队就在那个地方遭到了袭击！这说明，那里整个地区都被游击队渗透了！"

特莱斯上尉坚定地再次摇了摇头。

"那是无差别的空中轰炸，"他解释说，"我们不能在一个满是平民的村子投掷炸弹。"

"即使那个村子被游击队渗透了？"

"那也不行。"

阿尼塞托·席尔瓦恼怒地摇了摇头。不过，空中轰炸主要是一个战术要求，这让安热利诺尝试找到一种解决办法，免得遭到空军的人顽固拒绝。

"至少投一颗小炸弹，"突击队指挥官争辩说，"我们需要它来制造混乱。"

"大的、小的都不行！空军的炸弹不轰炸任何村庄。"

安热利诺极力保持平静，清了清嗓子。

"对不起，上尉。不过，前提是这是空军的新政策，"他说，"前不久，我看见一个村子的地面布满了空军的炸弹造成的弹坑，有些大到可以装下一辆'贝利埃'呢。"

特莱斯上尉不相信地看着他。

"那是在哪里？"

"在德尔加杜角的马佩山。如你所知，那是一个完全被毒化的地区，但是村子里还住着人。那些弹坑就在村子中央。"

"我与空军在德尔加杜角的行动没有任何关系，"空军军官吼道，"在太特，我们不……"

"各位先生！"瓦雷拉上校的声音响起，大家都安静下来。"'马罗斯卡'行动将按计划进行。"他瞥了一眼特莱斯上尉。"空军将根据作战要求，对目标进行轰炸。"他转向安热利诺和庞塞斯少校。"突击队的两个小组和猎兵营的一个小组在北面阵地。轰炸之后，突击队的第三小组乘'云雀'直升机从南面前进。"最后，他转向阿尼塞托·席尔瓦探长，说："皮德派人跟随突击队第三小组并负责审讯。"上校沉默了，再次逐一面对四个对话者，似乎表示讨论到此结束，刚刚那些指示就是最终决定。"明白了吗？"

四个人肯定地点了点头表示明白。太特的军事首长再次查阅了行动计划书。

"'菲亚特'战机的轰炸将于十八日上午七点进行，紧接着……"

"必须是明天。"阿尼塞托·席尔瓦插话说。

瓦雷拉上校睁大了眼睛，对被人打断说话感到惊讶。

"怎么？"

安全总局的探长显出自信的样子。

"如果我们要确保抓住游击队，最迟明天必须行动。"

"明天？"

"对，明天。"

上校叹了一口气，像一位父亲面对任性的孩子。

"探长，大家都想提前行动，"他说，"但是，没有人想提前这么多。为什么这么着急？"

"我已经向您解释过了，上校先生，"安全总局的探长争辩说，"如果我们要确保抓住游击队，我们最迟明天必须行动。"

"可是，为什么是明天？为什么不是十八号？"

"因为我掌握的情报，上校先生。我是说可靠情报。"

安热利诺换了一条支撑腿，对探长所说的"可靠情报"感到不耐烦和恼火。

"我对皮德的'可靠情报'非常了解！"突击队指挥官轻蔑地大叫道。"我已经受够了根据你们那些'可靠情报'到处乱撞！就在前几天，皮德向我们保证，说在佐布埃有一个游击队的营地，可当我们到达那里时，只见到了黑角羚！"

"这些情报是可靠的，"阿尼塞托·席尔瓦几乎咬牙切齿地坚持说，"非常可靠！"

瓦雷拉上校身体前倾，双手撑在桌面上。

"那么，'可靠'到什么程度，探长？我们的少尉是对的。你不知道，我们根据皮德的情报派出了多少队伍，结果却是一场空……"

探长叹了一口气。

"我们的情报显示，雷蒙多就在那个区域。"这个名字似乎具有魔力，一提到它，房间里的四名军人都不再说话，集中精力听着探长的话。"关于这位马孔德人领袖的影响力，不需要我来提醒你们，他是来太特破坏全县稳定的，不是吗？"

瓦雷拉上校交叉双臂，咬着下嘴唇，考虑着这条情报。

"你确定雷蒙多在这个区域？"

安全总局探长的脸上露出了诡异的笑容。

"谁敢在光天化日之下袭击突击队？"他停顿了一下，让几位军人想一想。"他指挥着三百名游击队员，已经渗透到这个地区的各个村子，而且我知道，这家伙明天会出现在其中一个村子。"

安热利诺怀疑地大笑一声。

"这种事情您是怎么知道的？您跟他聊过？"

阿尼塞托·席尔瓦微微眯起眼睛，一副掌握了机密情报的样子。

"这是我掌握的情报。"

"对不起，探长，"瓦雷拉上校插话说，"考虑到其中的利害关系，我想知道这个情报的来源。"

安全总局太特负责人深深吸了一口气，只得认怂。

"是门德斯,"他说,"今天上午,这家伙去那边村子买山羊,被游击队抓住了。"

"哪个门德斯?开红色丰田车的那个?"

"就是他。"

"游击队抓住了他?"

"对,但是,他们没有伤害他,"探长急忙解释,"那些人告诉他,说他们不会杀他,但是需要得到面粉和盐,让他来太特搞到这些东西,明天送到村子去。"他查看了一张便条,说:"他们约好在一块石头旁边见面,叫什么……tombonhapangara……什么破玩意儿!我只知道,倒霉的门德斯被那些人吓得不轻!他跑到太特,立刻就来见我了。"

四名军人目瞪口呆,眼睛死死盯着探长。太好了,难以置信!最初的大吃一惊之后,瓦雷拉上校走到阿尼塞托·席尔瓦身边,在他的背上重重地拍了一巴掌。

"你这个人,怎么不早说?"他毫不掩饰热情地大声喊道。"你有这样的情报却不说?"

探长被上校的一巴掌吓了一跳,踉跄了一下,做了一个痛苦的表情。

"可是,上校先生,这就是我要做的,"他为自己辩解说,"我说过,我有关于雷蒙多下落的极其可靠的情报,不是吗?"

军事首长挑了挑眉头。

"很好,你知道游击队明天会在哪里。但是,你怎么确定雷蒙多也会在那里呢?"

"谁都没有百分之百的把握,可是,这是门德斯告诉我的。"阿尼塞托·席尔瓦解释说。"看来,村子里的人都敬畏雷蒙多。他们说,达雷巴在那儿,有他在,没有人敢惹事。"

大家都知道这是何许人也。"达雷巴"或者"难惹的家伙"是传奇人物、破坏太特县稳定的马孔德游击队员雷蒙多确定无疑的代号。终于,瓦雷拉上校相信了,他激动得握拳锤了一下手掌心。

"非常好，各位！"他一边大声喊道，一边转向突击队的指挥官，用手指着他，强调着命令。"这片区域要清剿，明白吗，少尉？清剿！要一劳永逸彻底清剿！"

这是安热利诺第一次接到这样的命令，但是，他甚至连眼睛都没有眨一下地接受了。在他的字典里，"清剿"意味着消灭。他知道，其他连队在参与行动时曾接到过这样的命令，他一直认为同样的命令一定会落到自己的头上。时候到了，无须质疑，尤其是因为突击队员必须服从命令，而他是连队里最优秀的。

"是，上校！"

太特的军事首长再次俯身在桌子上，分析地图上标出的位置。

"雷蒙多和门德斯的会面地点在哪里？会是科尔内塔吗？"

安全总局的探长摇了摇头。

"科尔内塔太暴露，因为旁边有公路，"阿尼塞托·席尔瓦说，"而且已经被突击队摧毁，少尉刚才已经向大家做了说明。"他指着地图上更北面的一个地点说："游击队在更纵深的村子里。"说着，他也俯下身子，调整一下眼镜，寻找更准确的参照物。他从上衣兜里掏出一些笔记查阅起来，并将它们与地图的图例进行比较。"游击队所在区域的坐标是……让我看看……3334,1618……3337,1618 和……和 3334,1621。"他比画出一个假想三角形，三个顶点分别位于三个坐标上。"就在这里面。"

"这里有哪些村子？"

探长用手指出了它们。

"就是这些。"

阿尼塞托·席尔瓦抬起眼睛，看到四名军人也在看地图，努力辨认图中的标记。

"沙沃拉和……和茹瓦乌？"

"对，上校先生。"探长确认说，然后，将手指滑到第三个点。"但是，门德斯应该把面粉和盐送到另外这个村子。"

军事首长的目光移向第三个地名。

"威拉莫？"

安全总局太特负责人摇了摇头，纠正了他。

"委瑞亚姆。"

七

螺旋桨叶片有节奏地颤动着划过天空,虽然看不见,却能感受到,速度快得在直升机上方模糊成一片,仿佛是一面虚化了天空的透镜。安热利诺·梅尔洛抚摸着自动步枪,控制着紧张的心情,在最后一分钟内第三次检查了弹药。在他看来,一切正常。

"那里!"

他抬眼望去,看到飞行员正一边对他喊着什么,一边指着前方。飞机在天空中轰鸣着,盖过了飞行员的声音,所以他不明白飞行员对他说了什么,只好伸长脖子,努力想搞清楚是什么情况。他隐约看见两股黑烟从树丛中升起,在空中蜿蜒飘荡直上高空后消散,看上去像是从平原喷出一股股黑粉的火山。他观察了一阵升起烟雾的地面,只依稀看见一些树木,随后开始寻找草房,终于在烟雾升起的地方更远一些位置发现它们。

"婊子养的!"他咬牙切齿地骂道,"空军那些家伙真是不可救药!"

"怎么?出什么事了?"

他看了一眼发问的迪奥戈,然后将注意力转向飞行员,希望他什么都没有听见。"云雀"直升机驾驶员仍然专注于自己的工作,这让他放下心来。他必须控制自己的情绪,因为这架直升机隶属空军,此刻不是与这些人发生争执的时候。

"怎么了?"迪奥戈追问道,"出了什么事儿?"

安热利诺晃了晃头示意前方的烟柱。

"那些混蛋没有轰炸村子中心,"他说,"他们把炸弹投到了丛林里。该死的混蛋,我就知道那些人靠不住!"

他的话让迪奥戈一头雾水，只有坐在旁边的萨穆埃尔完全听懂了其中的意思，一言不发地点了点头。"云雀"快速接近战区，安热利诺望向两侧，确保一切顺利。其他四架直升机正编队跟随，没有任何问题。

安热利诺看了看"云雀"直升机上同乘的四名突击队员，其中两人是他的手下，迪奥戈，以及萨穆埃尔——这是被他视为兄弟的黑人士兵，大多数突击队员都是黑人，在突击队里，肤色并不重要。另外两个是阿尼塞托·席尔瓦探长强行指派给他的安全总局人员。

他好奇地打量着他们。两个人中领头的叫弗朗西斯科，身材高大威猛，据说他曾在其他战争中为西班牙人服务过；另一个叫毛里西奥，一个很受弗朗西斯科信任的隆韦人。安热利诺知道，有许多黑人为安全总局工作。他们不比白人更温和。

事实上，安热利诺不喜欢与安全总局一起行动。皮德提供给部队的情报可信度不高，常常令他们无功而返。但是，命令就是命令，与以往时有发生的一样，在这次任务中，他就不得不忍受安全总局的人。指挥部强行塞给他这些人，是因为认为他们对于收集情报至关重要。可实际上，那个作战区域完全被游击队毒化了，那里肯定不缺少情报。

"准备好了吗？"

飞行员的声音把安热利诺拉回到现实中。突击队指挥官示意萨穆埃尔和迪奥戈，三个人站到了"云雀"直升机舱门前。安热利诺打开G3步枪的保险，面对飞行员示意已经就位。

飞机立即下降高度，掠过树梢，快速接近位于最先看到的几个草房前面的一片空地。旋转的螺旋桨发出的巨大响声主宰了一切。直升机下方的草旋转着，随着螺旋桨叶片的疯狂节奏摇曳着，在风的吹动下，扬起一团团橙色尘土。

"云雀"直升机在空地中央减速并下降，悬停在距离地面两米开外的空中。

"走!"

迪奥戈看到安热利诺跳了下去,立刻跟着跳到地面,发现其他人也从另外几架直升机上跳了下来,像撒在地上的种子。他立即向草房的方向跑去。人们四处奔逃,像兔子试图逃过正向他们逼近的网。

空地上站满了突击队员。直升机轰鸣着远去了,空中恢复了安静。

"那边!那边!"安热利诺高声叫喊着,给他的手下们指示方向。"给我立刻包围起来!"

突击队员们迅速散开,按照命令一组向右,另一组向左,包围了村子,以便封锁作战区域。每个人都知道,这一举动对于保护他们免受侧翼攻击和防止村民逃跑至关重要。但是,村民们正拼命地冲破包围圈。迪奥戈紧紧跟着安热利诺。突击队指挥官看见右边有一个男人正在奔逃,举枪指着他。

"站住!"

那个男人还在逃跑,突击队员确认村民在自己的射程之内。

砰!

逃窜的人瘫倒在一间草房旁边。在同一个地方,他看到一个抱着孩子逃跑的女人。

"站住!"

吓得失去了理智的女人没有停下脚步,突击队指挥官再次开枪,将她打倒在草地上。此时,枪声四起,突击队员都在开火,命令村民们站住,凡是违抗命令的立即被射杀。在一片混乱中,迪奥戈听到人的喊叫声和G3步枪怒吼声,看到人们在奔跑,瘦弱的身体在地上翻滚,有男人,有女人,还有孩子。

局面十分混乱,但是持续时间短暂。仅仅几分钟,村民们意识到他们被完全包围了,任何逃跑的企图都会立刻招来惩罚的子弹。人们举起双手,本能地弓着身子,眼睛露出惊恐的目光,试图明白士兵们的意图。

"都到中间去！"安热利诺命令说，觉得终于控制了局面。"快！"

萨穆埃尔用恩仰圭语重复着命令，突击队员们开始将村民推赶向指定的方向。无可奈何的人们顺从地集中到空地上。伸向天空的手臂在村子中央聚集如海，仿佛正在排练一场敬奉太阳的奇特舞蹈。

"男人去那边！"突击队第六连指挥官命令道，指向右边。"女人去另一边！"

萨穆埃尔将命令翻译成恩仰圭语，人们顺从地照做。无序的人群有了初步的组织。男人走向为他们指定的一边，女人和孩子们则走向另一边，中间出现了一条将两组人分开的通道。

"坐下！"

男人、女人和孩子们在空地上坐了下来，少数几个人在低声说话。安热利诺觉得村民们已被制服，他们完全屈服了。他环顾四周，扫过他目力所及的每一处空间，他关心的是确保他的手下完成了既定计划。一些突击队员包围着人群，虎视眈眈地端着武器，另一些突击队员则在村边草房的后面警戒，防范来自侧翼的任何攻击。

他意识到，控制毫无还手之力的村民无需如此多突击队员，而且他们还有其他需要尽快优先完成的任务。

"你们几个站在那里干什么？"他问几个手下。"去搜查房屋！"

突击队员们跑步离开，分散到村里。突击队第六连指挥官仔细看了看周围，发现一切终于就绪，感到满意。他向安全总局的两个人做了一个手势，然后，用询问的眼神看着迪奥戈。

"你来吗？"

"去哪里？"

"我要去检查我们的人所在的位置，"安热利诺解释说，"我可不想在这里出现意外。"

朋友犹豫了。他想按照之前的约定跟随指挥官，但是，他还从没有见过安全总局的人如何开展审讯工作，便想看看是怎么回事。

"都可以，"他决定，"我留下。"

八

等安热利诺离开后,安全总局的弗朗西斯科和毛里西奥才越过突击队员的警戒线。他们从迪奥戈旁边走过,来到村民们旁边停下了脚步。委瑞亚姆的空地上鸦雀无声。

"你们在这里见过土匪吗?"弗朗西斯科问。

村民们动作一致地摇晃着脑袋表示否认。

"没有,长官。"

"撒谎!"安全总局的人吼道,他提高了声音,用当地口音说,以方便理解。"这里有土匪!游击队在村子里!他们袭击部队、向飞机打枪!他们就在这里!游击队的人在哪儿?"

人们沉默着,担心惹怒那个以脾气暴躁著称的白人大汉。弗朗西斯科等待片刻,他的小眼睛从一个村民扫到另一个村民,似乎这样就能从他们身上挖出真相。然而,村民们一眼都不看他,所有人都避免与审讯者的眼神对视。

"村子里有游击队!"弗朗西斯科坚持说。"他在哪里?指给我看,这里谁是土匪!"

人们依旧一言不发,眼睛或盯着地面,或忐忑不安地扫视包围他们的士兵。安全总局的人失去了耐心,皱起眉头,做出更加凶恶的样子。

"如果你们不指认,那就是因为你们也是土匪!听见了吗?如果你们不说出游击队在哪里,那是因为你们就是游击队!"他停顿一下,让人们感受威胁。"游击队在哪里?"

气氛越来越紧张,焦虑不安的人们骚动起来,但是,还是没有人开口。交换眼神,仅此而已。弗朗西斯科深深吸了一口气,准备动大招。他开始观察那些年长者的面容,发现其中有一位似乎占据着主导地位,从围拢在他身边的人们的样子判断,审讯者意识到村长只可能是这一位。

"你,"他说,"叫什么名字?"

"委瑞亚姆。"

"你就是委瑞亚姆长老?"

"对,长官。"

弗朗西斯科用手指示意男子站起来,走近一点。男子服从了,来到安全总局审讯员面前。

"游击队在哪里?"

"这里没有游击队员,长官。"

"当然有游击队员!"弗朗西斯科厉声打断了他的话,"甚至很多游击队!"他突然改变了语气,仿佛刚刚想到了什么。"我听说雷蒙多就在附近。他在哪里?"

那个男人用力摇了摇头。

"我没有见过,长官。"

"那个买山羊的门德斯说他和雷蒙多约好了,就在 tombonhapangara 那块石头附近见面。"

长老犹豫了一下,显然对审讯者掌握这一情报感到惊讶。

"我……我什么都不知道,长官。"

弗朗西斯科紧紧地盯着村长,显然对刚刚得到的答复丝毫也不满意,更不相信对该地区存在游击队毫不知情这样的说法。当他提到门德斯与游击队会面时,长老表现出一丝犹豫,这证明村民们对他这个安全总局的人有所隐瞒。

"你是真的一点儿都不知道?……"他绵里藏针地低声问,语气显得话中带刺。"你在这儿没有看见过雷蒙多?没有看见过任何一个游击队员?"

"没有，长官。"

"你撒谎！"

"我没有，长官。这里没有游击队。"

安全总局特工把头转向空地，似乎在寻找什么，指了指被井水浸湿的一片空地。

"去那边，泥里打滚。"

男人瞪大了眼睛，没有听明白。

"什么，长官？"

弗朗西斯科伸出胳膊狠狠地指向那片空地。

"去泥里打滚！"

长老被这道命令惊呆了，他走到指定的地点，躺在湿地上，看了看弗朗西斯科，想知道这是否是他想要的。审讯者动了动手指，示意他转圈。男子开始来回转动身体，在泥地上滚来滚去。士兵们哈哈大笑起来，看着一位村长打滚翻跟头、黑色皮肤沾满了橙色的泥土，这种滑稽样子让他们感到好笑。丛林里没有太多的娱乐活动，突如其来的场景是他们近来看到的最有趣的。

弗朗西斯科望着眼前的一幕好一会儿，饶有兴趣地看着村子的长老在泥地里翻滚的样子，直到他意识到不应浪费太多时间，才示意男子停了下来。

"站起来！"他命令道。"如果你想活命，逃吧！"

长老没有听明白最后这句话的意思，但是停止翻滚，站了起来，等待着。

弗朗西斯科转向突击队员，指向目标。

"杀了他！"

士兵们立即将G3步枪对准村长开火了。随着突然爆发的扫射，委瑞亚姆长老的身体摇晃起来，然后，像一块被抛弃的抹布似的瘫软地倒了下去。

人群中响起一阵惊恐的低语。如果士兵们连长老都不尊重，那么，没有人是安全的。迪奥戈也被刚刚目睹的事情惊呆了，他闪过上前干预的念头，但是，环顾四周，突击队员的表情告诉他，他的任何一句话都可能带来适得其反的结果，他们甚至可能仅仅为了激怒他而杀死更多的人。他选择了沉默。

"说吧？这里到底有没有游击队员？"

安全总局的人本以为突然处决长老会让一些人松口，但是，没有一个人开口，这让他恼羞成怒。他的手指向一个年轻人：二十岁出头，一定是穿便衣的游击队员。

"你！"他喊道，"叫什么名字？"

听到质问，年轻男子浑身发抖。

"廷塔，长官。"

"游击队员在哪儿？"

"我……我不知道，长官。这里没有游击队员。"

弗朗西斯科拿起通常审讯时携带的木质大头棒，走到那人面前。

"你这么说，因为你就是游击队！"

"我不是游击队，长官。我是……"

不等他说完，弗朗西斯科突然快速挥动大头棒，猛地击中了廷塔的脑袋。年轻男子倒在地上。没有人遭到这样一击还能活下来。审讯者的一只脚踩在一动不动的尸体上，让所有人惊讶的是，他的另一只脚开始踢踏尸体。突击队员们看到他古怪的做法都笑起来。只有那种人的脑子才会有这样的想法。

迪奥戈惊愕极了。如果想了解安全总局是如何审讯的，那么，看一看眼前发生的事情就足够了。他想呕吐，于是，走开了，躲到空地的边缘，从那里远远地看着接下来发生的事情。

弗朗西斯科继续审讯。他有绝对把握游击队已经渗透进那个村子，他需要识别出他们并获取情报。他叫出第三个人，这个人说自己叫库本萨尔。弗朗西斯科问了他与前面几个人相同的问题。库本萨尔什么也不说，弗朗西斯科便拳脚相加，直到打得他浑身是血。很快，弗朗西斯科朝他的头部开了一枪，然后，叫出下一个人。同样的过程在沙普卡、若尼和其他几个正当从军年龄的人身上重演着，他们同样遭到殴打并最后被一枪击毙。

"停止吧！"

审讯被查岗回来匆匆走进空地的安热利诺打断了。

"什么？"弗朗西斯科问。他拄着大头棒，喘着粗气。"怎么了？"

"咱们时间不多，"突击队指挥官提醒说，用食指敲了敲自己手表的表蒙子，"还得把这里一切都处置干净，天黑之前徒步回到公路上。"

弗朗西斯科用手背擦了擦额头的汗水，却在不经意间在额头上留下了一道血痕。

"我知道。"

"还不止这些，"安热利诺补充说，"静态阵地容易受到攻击。想避免出现意外，必须动起来。"

"再给我一点时间。"

朋友的干预让迪奥戈看到了希望，以为这一切会马上结束，但是，事实并非如此。突击队指挥官正要离开，看到躺在地上的尸体时，停了下来。

"这些家伙说什么了吗？"

"没有，"弗朗西斯科回答说，"这些家伙大多是游击队的人。不是游击队的那些人不敢开口讲话。这里可能有游击队的人在监视他们。"

"他们害怕游击队？"

"好像是。"这位前军团士兵皮笑肉不笑地说。"但是从现在开始，他们会更害怕咱们……"

突击队队长点了点头,转过身去。迪奥戈追了上去,抓住他的肩膀,拉住了他。

"你不阻止这一切吗?"他问,指了指人群。"那些冷血的家伙在杀害平民!……"

安热利诺又看了一眼躺在地上的尸体,表情严肃地摇了摇头。

"审讯是皮德负责的。"他说。这是一件明摆着的事情。"别贸然插手。如果不想掺和,就保持沉默。一旦插手,你就有承担后果的风险了。"

"可是……"

指挥官用一个蛮横的手势让他闭嘴。

"根本没有'可是'!"他大声吼道。"我告诉过你,战争不是好人放过坏人的美国电影。"他朝尸体晃了晃头,说:"战争就是这样。"他把食指点在朋友的胸口上,仿佛这根手指是一只枪管。"你可以不是突击队员,但你是跟着突击队员一起来的,我希望你表现得也像一名突击队员。在这次该死的行动期间,我不想再听到你说'可是'。听见了吗?"

不等迪奥戈回答,安热利诺转身离开了,去再次巡视一圈。他操心着外围的安全,没有心情忍受一个"乌合之军"的人。重要的是他要确保他手下的人遵守纪律。他已经抓到两名士兵在一个草屋里准备强奸一个女人,他要确保这类事情不会再次发生,在行动期间离开警戒位置是很危险的。

迪奥戈看着安热利诺消失在草房之间,感到无力阻止自己身边发生的事情,好像有一股强大的水流正将他拖入河底,不管他如何努力自救都于事无补。他摇了摇头,沮丧地转过身去,觉得自己失败了。

"傻孩子们,"他嘟囔着,"他们把枪塞在了傻孩子们手中!……"

弗朗西斯科感觉到了完成审讯工作的紧迫性,却仍然无法从那些人身上挖出任何实在的情报,于是决定改变策略。他转身离开男人一侧,向女人们那边走去。看到他走来，女人们不安地骚动起来。弗朗西斯科指了指其中一个女人。

"你，站起来！"

一个怀里抱着九个月大婴儿的女人觉得那个手指指的是自己，她看了看周围，希望被点到的是其他人，但是，谁都没有应声，她只好接受。

"我吗，长官？"

"对，你。站起来！"

女人挪了一下怀中的婴儿，用蓝色和金黄色相间的卡普拉纳把他裹得更舒服一些，然后站起身。女人向安全总局的人看去，发现他正用一支自动步枪对着自己。

砰！

女人倒下了，额头中间有一个洞。孩子从卡普拉纳襁褓中挣脱出来，坐在母亲的尸体旁边大哭起来，鼻涕从他的鼻孔流到了上嘴唇，又流进了嘴里。人们都惊呆了，没有人敢起身去抱那孩子。悲痛欲绝的哭声在空地响成一片。

"谁是游击队？"弗朗西斯科朝着人群吼道。"把游击队员给我指出来，否则你就是游击队员！"

村民们似乎被吓得动弹不得。有的人伤心地痛哭着，有的人呆若木鸡，似乎被吓傻了的样子，或者他们不相信自己看到的是真的，或者他们以为噩梦在现实世界中发生了。

"谁是游击队？"安全总局的人追问道。"谁……"

"够了！"

巡视回来的安热利诺快步走进空地，再次打断了审讯，这让迪奥戈再次希望一切疯狂行为都被制止。

弗朗西斯科很不满意审讯再次被打断，他几乎毫不掩饰对突击队指挥官的敌意。

"现在又怎么了？"

"我们必须把这些清除干净,然后离开,"安热利诺命令道,"我们在这里太久了。"

安全总局的特工懊恼地叹了一口气,他没能从村民身上获得任何有用的情报。不过,作为一名前军团战士,他理解少尉的急迫。

"好吧。"他投降了。他向萨穆埃尔示意,说:"清除他们,开始吧。"

黑人突击队员指着一个女人。

"你!站起来!"

尽管恐惧让女人行动困难,但是,她还是服从了,却立刻被撂倒了。

"现在是你!"

被叫到的男人不知所措地站了起来,立即被击毙。其他士兵也纷纷效仿,命令一个又一个人站起来,然后,马上将他们击毙。

安热利诺决定再次介入。

"住手!"他命令道。"你们在干什么?"

处决暂停。弗朗西斯科转向突击队第六连指挥官,行动被连续打断让他越来越恼火。

"我们必须消灭他们。"

"但不是以这种方式,"安热利诺坚持说,"把这些人带到别处去不是更好吗?"

"带到哪儿去?"

"谁知道!比如,一个村子。周围有那么多……"

"你是在建议我们带着所有这些人进入丛林,像狗赶着畜群?"

"不是我们,当然。我认为太特军事区不知道这里有这么多人。也许我们最好通知他们,然后,他们会派人来这里安置这些人。"

"你在开玩笑吗?"安全总局的人翻着白眼惊讶地说。"他们当然知道这些人的存在。你别忘了,首长下令清剿整个区域。难道你没有接到同样的命令?"

安热利诺在犹豫。事实上,他在太特军事区收到了清剿战区的指示。在那个区域，只有伪装成平民的游击队和同情敌人的平民，甚至儿童也可以成为游击队宝贵的信息来源或支持者。此外，所有那些人都是审讯和审讯方式的目击者。这些目击者必须沉默。

突击队指挥官点了点头，为弗朗西斯科大开了绿灯。虽然安全总局的特工不是特种部队那个小组的指挥官，但是，他却视突击队第六连的人为自己的属下。

"P'ani wense！"他用恩仰圭语，也就是大多数突击队员使用的语言命令他们。"把所有的人统统杀掉！P'ani wense！谁活下来，谁就会告发我们！"

士兵们重新开始同样的处决程序。他们命令一个男人或一个女人站起来，村民一站起来，立刻就被处决。整个过程看起来像一场实弹演习，真实得用活人当作靶子。

然而，萨穆埃尔厌倦了这种有些重复的方式，决定用一个新的方法。他走到一个四岁女孩的跟前，抚摸她的头，跪在她面前，让自己与她处于一个高度。

"饿吗？"他假装慈悲地问。不等女孩回答，他的G3步枪的枪管已经塞进了女孩的嘴里。"给你奶瓶。"

他把枪向深处插进去。"吸吧！"

砰！

女孩倒在地上，后颈裂开。其他士兵也学着他的样子，开始朝村民的嘴里射击处决他们。枪声四起，村民们像猎物似的翻滚在地上。迪奥戈觉得所有这一切太过分了，他连续呕吐了三次，把脸转向丛林，叫喊声和枪声却不绝于耳。

混乱之中，安热利诺举起双手，再次下令停火。

"咳，不能这样！"突击队第六连指挥官再次介入了。"人太多了，要把他们全部射杀，我们永远也无法离开这里。再说，子弹也不够。如果游击队发动袭击，不费一枪一弹就抓住我们了。"

弗朗西斯科向他投去责备的目光,他已经受够了一个又一个质疑。

"你有什么建议?"

安热利诺查看了一下四周,将注意力集中在空地周围的草房上,立刻有了一个主意,他面露凶光,指了指那些圆锥形屋顶的茅草建筑。

"所有的人,到屋里去!"他命令道,开始推搡他面前的人。"快点!所有人!"

士兵们和安全总局的两名特工呆立着,不明白安热利诺想干什么。

"你干什么?"弗朗西斯科问。

作为回答,安热利诺拍了拍腰带。

"我们用手榴弹。"

安全总局审讯者的眼睛第一次闪烁着赞许的光芒。

"好主意!"

军人们开始效仿少尉,将村民们推向草屋,像牧人把畜群赶去屠宰场。女人们彼此躲闪着、拥挤着,一边用自己的身体和手臂保护着孩子们,一边顺从地弓腰缩背地迈着小步,互相推搡着向草屋走去,像逃窜的蚂蚁。

望着村民们一个接一个地走进草屋,安热利诺或许是对这个能加速清剿的主意感到满意,竟哼唱起来。

"谁愿意娶我?"他唱着歌,这是一首童谣。"我长得迷人又漂亮,谁愿意娶我?"

从队伍中走出一个五岁的小女孩,她抱住了突击队第六连指挥官的腿。

"*N'danhonho cufa!*"

小女孩一边哭,一边用恩仰圭语说着什么。安热利诺惊愕地看着她。在那个地方,在那种时刻,他什么都能想到,除了一个孩子在他唱起童谣的时候走来抱住了他。

"*N'danhonho cufa!*"小家伙继续叫着。"*Faxa vore, lekani kundip'a!*"

Lekani kundip'a! N'danhonho cufa!"

他感觉到那孩子因为害怕而瑟瑟发抖，虽然他不会说恩仰圭语，但有些单词他很熟悉。"Faxa vore"是葡萄牙语里的"faz favor"[1]的误读，特别是"lekani kundip'a"这句，他曾无数次听到过，这是那些面对士兵的枪口求饶的人嘴里说出来的，意思是"别杀我"。但是，以往说这句话的都是成年人，而不是像这个抱着他的腿叫喊"faxa vore"、露出乞求他怜悯的目光、泪流满面的小女孩这样的孩子。

"Lekani kundip'a！"

安热利诺突然痛苦地叹了一口气。如此年幼的孩子就知道自己要死了，就知道来向他求饶，他怎么能杀了她？他以前杀过孩子，但是，没有杀过在绝望中抱着他高声叫喊着"faxa vore"乞求怜悯的女孩子，那些不是这样的孩子。

突击队长转向他的属下。

"这个不进草屋。"

士兵们面面相觑，感到莫名其妙。

"那她怎么办？让她独自留在丛林里？"

安热利诺的注意力转向一个哭泣的女人。她站在死亡队列中，惶恐不安地看着自己的女儿紧紧抓住军人，女儿站在一个如此危险的人物脚边让她吓坏了。

"不，"少尉决定了，"她也待在外面！"

萨穆埃尔走了过去，把那个女人拉到指挥官面前。女人仍然没有意识到自己会面临什么，但是，已经猜到了最坏的结果。她搂住女儿，两个人紧紧地抱在一起，害怕地哭泣着，确信自己会被杀掉。

"叫她们快逃！"安热利诺指着丛林命令道。"逃啊！"

"Tauani！"萨穆埃尔翻译道，指着同一个方向。"Tauani！"

---

[1] 这里的意思为：求求你!

女人睁大了眼睛，看了看安热利诺，似乎在寻求他的确认。少尉点了点头示意她放心，又指了指地平线。女人不再犹豫，她虽然怀疑这是一个圈套，但是，并没有什么可以失去的。她抱起女儿，跑过空地，一直跑出村去，跑过迪奥戈身边和他带酸味的呕吐物，钻进草丛，消失在丛林里。

军人们的注意力回到了聚集在草屋门口的人们。

"把他们关进草屋去！"恢复了冷血的指挥官命令道。"快！"

士兵们和安全总局的人将最后一批村民赶进了草屋，等待着这一过程在全村范围内完成。周围仍然能听到有人在咆哮着发号施令，偶尔传来痛苦的尖叫声或求饶声。但是，渐渐地，关在草屋里的人们因为恐惧发出的喊叫声盖过了其他所有的声音。

空地上一个平民也没有了，士兵们抓起手榴弹，将注意力集中在指挥官身上，等待着命令。

"行动！"

士兵们同时扯下了手榴弹的拉环，将草屋的门打开一道门缝，把爆炸装置扔了进去。然后，他们锁上门，离开了。

炸药像连锁反应一样几乎同时在草屋剧烈地爆炸了。

当爆炸带来的震撼结束以后，村子里一片寂静。一个个草屋冒着烟，空气中弥漫着火药味。士兵们打开破碎的门，看到遍地支离破碎的尸体和沾满了鲜血的草。

每一名突击队员负责检查一个草屋。进入自己负责的草屋后，安热利诺听到一声呻吟，他找到这名幸存者，见到是一个受了重伤的女人。他没有犹豫，将G3步枪对准她的脑袋扣动了扳机。

村子里不时听到枪声；这边的草房里刚刚传来一声枪响，那边的草房又传出一声。

"杀了他!"

附近的一个草屋里传来的尖叫声引起了突击队长的注意,他立即走到空地上,查看发生了什么事。

"杀了他!"

他转向传来叫喊声的方向,见到一个士兵正举枪瞄着村边。在烟雾中,他隐约看见一个男孩正在奔跑,看起来像一只跳跃的黑角羚。

"杀了他,该死的!"

一名士兵正催促举着G3步枪瞄准的下士鲍克开枪杀死男孩,但是,鲍克没有开枪,男孩最终钻进草丛,消失在丛林里,从瞄准的枪口下逃走了。

"妈的,哥们儿!你让他跑了!"

下士放下自动步枪,几乎有气无力地摇了摇头。

"我做不到……"

又一个目击者逃走了,安热利诺心想,担心他们在这个村子里停留的时间过长了。这片区域到处都是游击队,那个男孩很可能会落在他们手里,告诉他们突击队员的位置,危及整个队伍的安全。即便不是那个男孩,也很可能是他自己在愚蠢而软弱的时刻放走的那两个人。如果不迅速行动,突击队员们便可能遭遇伏击。

"我们走!"指挥官大声喊道,挥动手臂向他的属下示意。"全体,行动!我们离开这里!"

士兵们重新集合,一些人找来一块锌板,在上面潦草地写下最后一条留言。安热利诺去找迪奥戈,拖着他来到了空地上,把他像累赘一样丢给了士兵们。迪奥戈看起来像是一个梦游的人,任由安热利诺推来拽去,显然被吓呆了。周围的草房火焰熊熊,浓烟滚滚,到处是尸体,有的姿势怪异,像破碎的人体模型,甚至有一具尸体挂在了树上。

迪奥戈像醉汉似的一副失魂落魄的样子,他注意到一堆尸体旁边有一块锌板,那是士兵们扔在那里的。他无精打采、木然地读着那句话,像是在做梦:"运送地雷,部队消灭。"这既是警告,也是签名。

"出发。"

随着指挥官一声令下,士兵们钻进了草丛。他们观察四面八方,端着G3步枪,搜索敌人的踪迹,分析面临的威胁,侦察地形。

安热利诺的目光扫过他指挥的整个队伍,清点人数确保不缺一人。一、二、三、四……二十五。二十五个小伙子,无一伤亡,没有比他们更勇猛的突击队员。可以肯定的是,并没有发生战斗;他相信,他们消灭的游击队员是村子里伪装成村民的男人和小伙子,他们被抓住时没有携带武器;他们的"卡拉什尼科夫"冲锋枪一定藏在附近。但是,他几乎为他的突击队员们感到骄傲。二十五名勇士,对外人来说,他们是五名白人和二十名黑人与混血,但是,对于他们彼此来说,肤色完全可以忽略不计。只要看看萨穆埃尔、鲍克和塞博拉;没有种族之分,战争中结下的友谊让他们走到了一起,鲜血与死亡让他们成为永远的兄弟。

迪奥戈默默地走在战斗小组的中间,他在自己周围看到的不再是战友,而是被军队剥夺了人性的孩子,是生命的终结者,以及让那灾难性的一天血流成河的刽子手。天边,夜色初上,士兵们集结到了公路边等待接应,浅红色的夕阳照在他们汗津津的脸上,仿佛连太阳都想将那一场屠杀刻录在天空上。

沉醉于杀戮的人们东倒西歪地走着。村庄变成了模糊的记忆;不过是一堆被大火烧过、覆盖着鬼魅灰烬的草房。暮色中,士兵们变成了血色天空的衬托下一个个毫无血色的剪影,仿佛他们已经被死亡的腥臭气彻底浸染了。

九

最初的迹象是弥漫在空气中的怪味。若泽·布兰科正在填写一份申购单，准备为医院再进一批棉纱和红汞。当那熟悉的气味飘进他的办公室的时候，他手中的笔顿时停住了。他循着味道来到身后的窗户，发现怪味来自室外。

"真奇怪，"他喃喃自语。

他以为那是采用电凝止血法产生的气味。尽管他心存疑问，但还是觉得在医院这样的机构中，那也不算异常气味，于是，马上重新把注意力转回正在起草的文件上，只是把这件事记在了心里。可能是费托尔大夫正在处理某些急诊手术；等自己一有时间，一定让人去检查一下，看看手术室是否漏气了。对自己来说，不差这一个问题！

他又犹豫了，想起手术区是在医院的另一侧，那里的味道很难飘进自己的办公室。不过，他转念一想，肯定有更合逻辑的原因，甚至也许是风起了作用，于是决定将这件事留到晚些时候处理。笔继续在申购单上滑行，他的行政工作不能停，也不能受到干扰。

然而，几分钟以后，医生就听见门外传来嘈杂的声音。气氛骤然变得紧张。他再次犹豫了。到底要不要过去看一看出了什么事，还是先把手头的工作做完？他讨厌其职务固有的官僚习气，而那正是摆脱枯燥乏味的文案工作不错的借口。可实际上，他又迫切需要更多棉纱和红汞。既然已经接手了行政事务，最好还是先把所有的文件都一次性整理完。想到这些，他决定将注意力放在申购单的事情上。

门突然开了,露西娅修女冲进办公室。

"大夫!大夫!"

医院的院长抬起头,惊奇地发现护士长一向泰然自若的脸上竟露出了恐惧之色。

"怎么了,露西娅?出什么事了?"

西班牙人喘着粗气,脸涨得通红像一个红辣椒;她看上去惊慌失措。

"您看见发生什么了吗?"

若泽显出毫不知情的样子。

"没有啊,怎么回事儿?"

护士长抓住他的手,将他拉起来。

"*Venga, por Dios! Venga ver*[1]。"

情绪激动的露西娅修女拉着若泽穿过医院的走廊来到大门口。一来到室外,她就指给他看从右边天际升起的一缕缕黑烟,像无形的火山喷出的灰烬在空中盘旋飞舞。医院院长向护士长指的方向看去,发现是佩里镇公路附近什么东西在燃烧,但是,他并不觉得这值得如此惊慌。

"是火灾?"

露西娅着急地摇了摇头。

"*Ay, madre mia*[2],"她急得大声喊起来,"*No siente el olor*[3]?"

若泽·布兰科深吸了一口气,再次确定这就是手术室里常有的电凝止血时特有的味道,只不过在室外变得更强烈罢了。

"是手术的味道,"他说,"费托尔在给谁做手术吗?"

听到他的话,护士长紧张地咂了咂舌头,用力摇了摇头,指向远方丛林上空像小型火山喷发似的黑烟方向。

---

1 西班牙语:来,看在上帝的份儿上!来看看吧。
2 西班牙语:哎呀,圣母啊。
3 西班牙语:您没有闻到异味吗?

"气味是从那边飘过来,大夫!"

"那边?"他吃惊地问。"对不起,可是,什么……"

露西娅猛地举起手,示意医生不要出声。

"*Escuche*! *Escuche*![1]"

医生向那个方向侧耳仔细听了听,隐约听到空中传来低沉的声音。他感到奇怪,再仔细听了听。远方传来的声音令他想起了小时候在佩纳菲尔过圣马丁诺节[2]听到的鞭炮声。但是,会有人在那个地方放鞭炮?想了想,他终于意识到,那些低沉的声音是爆炸声。

爆炸!

他不解地望着西班牙修女,总算明白了她因何惊慌失措,却还是没有理解那一切意味着什么。

"是游击队在发动袭击吗?"

太特市里愁云惨淡。流言像苍蝇一样无孔不入。有关恐怖分子兵临城下的各种自相矛盾的消息传得沸沸扬扬,但是实际上,谁都不知道到底发生了什么。就连那些送伤员去医院或探望住院病人的士兵自己也不知道发生了什么,只能提供大致的推测。

下班后,若泽·布兰科回到家中。山顶上的别墅里空无一人,米米卡斯还在贝拉,没有任何消息。医生端着兑了苏打水的威士忌来到花园,想放松一下。他望着赞比西河,一会儿看着河上,一会儿又将注意力转向五百米开外的医院,偶尔会有发出特有的轰隆隆响声的"云雀"直升机飞来,降落在医院那个小小的圆形停机坪上。

药店里,临时代替米米卡斯的店员是刚巧住在隔壁的一个印度人,

---

1 西班牙语:听!您听!
2 葡萄牙传统节日,也称"栗子节"。

此时,他过来询问"夫人是不是好一点了",因为若泽一直说妻子不在家是因为生病不得不去贝拉的马库蒂诊所接受治疗。交谈中,这位店员告诉若泽药店里的传言,不过,更多谈论的不是具体的事实,而是不确定性。

"大夫,来了很多直升机呢,您不觉得吗?"店员带着一丝焦虑问。"比平时要多,是吧?"

这是一个很好问题。一架"云雀"刚刚在医院着陆,空气中还能感受到旋转的螺旋桨带来的震动。医生分析了一下迄今为止他所观察到的一切,然后,将当天的流量与平日的数据进行了对比。

"正常,"他得出结论说,"我认为直升机的数量正常。"

这个分析结果让他们都稍微安心了。店员告别了院长,留下他独自一人待在花园里。天空的蓝色越来越深,若泽看着夜色笼罩了太特市,然后,他回到家中吃晚饭,埃内斯托为他端来了自己拿手的烤牛肉面,若泽刚吃完饭,电话铃便响了。

"大夫,您的电话,"埃内斯托在餐厅对面喊道,"是露西娅修女。"

医生感到疲惫,他还在体会烤牛肉面的美味,此刻,最不愿意做的事情就是起身去解决另一个问题。

"问问她,我过一会儿给她回电话行不行。"

仆人摇了摇头。

"修女需要您去医院,"他说,"说事情紧急。"

一群人聚集在医院的院子里,若泽·布兰科感到气氛十分紧张,叫声哭声不绝于耳,这种情况在医院时有发生,只不过这一次涉及异常多的人。

在一群衣衫褴褛的女人中间,他看见了护士长平时穿的那件淡蓝色长袍,便走了过去,目光中流露出诧异的神情。

"她们是刚刚坐尚加拉的大巴车到的,"露西娅修女一边向若泽解释,一边拉着他的胳膊带他离开了人群,"说她们生活的地方被摧毁了,没有家人的消息。"

"尚加拉被摧毁了?"医生吃惊地问。"被摧毁了,还能坐大巴车?我不明白……"

修女发出不耐烦的啧啧声。

"唉,大夫,不是这样的,"她纠正说,"尚加拉来的大巴在离太特15公里的路上遇到了这群人。*La mayor parte eran mujeres y niños*[1],还有一些人半裸着。她们说发生了袭击,都被吓坏了。"

"她们被袭击了?"

"她们没有。但是她们说那个地区被摧毁了。"

"游击队干的?"

作为回应,露西娅修女拉起他的手,步伐坚定地穿过医院的走廊。

"*Venga*[2]。"

他们走过病房,来到急诊室外的长椅前,一名佛得角护士正在给一个脏兮兮的瘦弱男孩包扎。男孩惊愕地望着走过来的人,若泽发现男孩害怕得浑身发抖。

"怎么回事?"

护士正在清理男孩右膝的伤口。

"他只会说恩仰圭语,医生,"佛得角人解释道,"但是,从他比画的手势中,我猜他是从那个冒烟的地方来的。"

"他是从那里来的?"

"好像是。"

医生看了看露西娅修女,脸上写满了疑问,他知道修女会说几句恩

---

1 西班牙语:大部分是妇女和儿童。
2 西班牙语:来。

仰圭语。

"*O pobrecito está muy nervoso y no entendi quase nada*[1]，"西班牙护士解释说，感受到院长质疑的目光，"*Solo una palabra*[2]，他不停地重复。"

"什么？"

"军队。他说是军队。"

"军队？"

"是。他指着爆炸声和烟雾的方向说'军队'。"

医生指了指走廊的方向。两位清洁女工正站在走廊的尽头，眼睛紧紧盯着那个受伤的少年，眼神里似乎充满了难以名状的恐惧感。

"那她们呢？她们不能翻译这个小伙子说的话？"

"她们害怕。"露西娅回答说，看都没有看走廊里的那两个女人。"*Pero despues de escucharem el rapaz*[3]，她们叫了起来，都说军队在杀人。"

若泽·布兰科眯起眼睛，一边琢磨着露西娅的话，一边来到窗边，望着挤在医院院子里的人。

"军队杀人？"

露西娅修女走到他身边。

"大夫，*tenemos que ir lá*[4]。"

医生没有说话，默默分析着形势。军队杀人？他想，军队发动攻击，必然是因为游击队的缘故。不过他也知道，那一带有很多村庄，交战不可避免地伤及平民，身后坐在担架上缠着绷带的少年就是证明。

"*Aquilo parece muy mal*[5]，大夫，"露西娅修女近乎恳求地继续说，"一定要过去看看。"

---

1 葡萄牙语和西班牙语：可怜的孩子很紧张，我几乎什么也没有听懂。
2 葡萄牙语和西班牙语：只有一个词。
3 葡萄牙语和西班牙语：听了这个男孩的话以后。
4 葡萄牙语和西班牙语：咱们得去那里。
5 葡萄牙语和西班牙语：看来那里情况很糟糕。

若泽望着人群沉默了片刻。不可能确切知道发生了什么事情,不过,对下午冒出浓烟、传来爆炸声的那个地区发生了什么还是可以有一个大致的判断。那个区域是一个战场,只有上帝知道那里到底正在发生什么。可是,平民呢?

若泽深深吸了一口气,看了看急诊室外的长椅,目光停在受伤的男孩身上,终于作出了决定。

"我知道了,露西娅。"

十

弥漫在太特空气中烧焦的味道飘进了希拉的小屋,但现在还是清晨,姑娘没有留意。她和姥姥约好做咖喱鸡以备午餐,所以,早早起来杀鸡、褪毛。这时,她听到发动机由远及近的声音,接着就是一阵独特的汽车喇叭声。

"希拉!"

是医院院长的声音在喊她。怀有身孕的姑娘一惊,小心地站起身,慢慢走到门口。医院的那辆绿色"奥斯汀"停在马路上,吉普车的两侧印有巨大的红十字,车后尘土飞扬。若泽·布兰科和露西娅修女坐在前排座位上正看着她。

"你们怎么来了,大夫?出什么事了?"

"跟我们走。"

希拉在围裙上擦了擦手。

"去哪里?"

"我们要去那边出诊,需要你一起来。"

护士看了一眼手表,感到吃惊。

"现在,大夫?才早上七点!"

"什么时候有工作,我们就得什么时候工作,"医生回答说,"快点,上车!"

姑娘拿不定主意地看了一眼正在院子里听他们谈话的姥姥。艾莎向她点了点头,表示没有问题,让她去工作。希拉解下围裙,穿上工作服,放心地钻进吉普车。

汽车沿着佩里镇公路向升起烟柱的方向驶去。天空中缭绕上升的烟不再是前一天的黑色，而是白色，但是，那股味道依然存在，甚至因为他们离得越来越近而变得越来越大。

奇怪的是，路上没有一个人影，一片寂静，只能听到吉普车隆隆的声音。

"这里怎么了，大夫？"希拉好奇地问。"这是什么烟？"

医生没有回答，好像根本没有听见似的。姑娘本来满心欢喜，心情不错，关于肚子里的宝宝，她终于作出了决定，正迫不及待想把一切告诉迪奥戈，可是却发现两个同车的人沉默不语，尤其是一向健谈而且幽默的布兰科大夫，脸色阴沉地握着方向盘，一路上一句话也没有，只是仔细察看着道路和烟雾。

他们来到冒出浓烟的区域附近，看见几道浓烟从左边的树林后面升起。就在汽车即将驶过的时候，若泽忽然发现左侧有一条小道，便降低车速，将"奥斯汀"开上了那条土路，向丛林里驶去。汽车沿着小道在灌木丛、猴面包树和凤凰树之间穿行，车后扬起一路红色的尘土。

仅仅数百米之后，眼前的景象彻底改变了。首先映入眼帘的异常情况是一棵烧焦的猴面包树，接着是两棵烧焦的青枣树。

吉普车咆哮着奋力爬上一道高坎，加速，最后在一片不大的空地上"嘎"的一声停下来。三个人环顾四周，透过车辆扬起的尘土，发现了两个被烧毁的茅草屋。

在烧毁的还冒着烟的草屋前，有一些扭曲的东西，在希拉看来，那是倒下的树干。若泽和露西娅修女对那些"树干"观察了好一会儿，似乎是在研究它们。若泽转动方向盘，继续驱车向前，慢慢朝着草屋驶去，汽车轰隆隆地响着，最后停在一片废墟前。

希拉骇然看出，那些扭曲的东西根本不是树干。

是一具具被烧焦了的尸体。

若泽拉上手刹,从车上下来。他摇晃着走了两步,一下跪在地上,开始用听诊器去听那些尸体,显然是在寻找生命的迹象。露西娅修女也跟了过来,但是,她没有听诊器,便拉起他们一动不动的手腕,用手指感受他们脉搏的跳动。检查完所有尸体后,医生和护士长一言不发地摇了摇头,回到车上。关于从前一天开始闻到的所谓"电凝止血"带来的味道,原因找到了:那是肉体烧焦的味道。

吉普车再次启动,继续沿着小路行驶。希拉被刚刚看到的景象惊呆了,她终于完全意识到,他们要去的不是一个普普通通的地方。

"大夫!"她痛苦地喊道。"这是战场!我的天啊,您把我带到了战场!"

医生没有理她,继续察看车外的地形;露西娅修女也做着同样的事情。两个人一左一右观察着,这是检查整个区域最有效的办法。

"大夫!"女孩继续说。"您为什么把我带到这里来?您没看见我怀孕了吗?我不能待在这里,大夫!"

若泽·布兰科回头看了一眼,他满头大汗,平日里明亮的眼神,此刻却黯淡无光。

"听着,希拉,"他说,"我们这里需要你。"

"可为什么是我,大夫?"

"总有一天你会明白的。"

听到这番话,希拉一时不知道该说什么。总有一天会懂?懂什么?她所知道的一切就是,自己十九岁,怀孕了,被院长和护士长拉到了一个战场来。然而,她也意识到,此时此刻,她什么都做不了,自己已经在那里,没有回头的路。于是,她听任他们把自己带到哪里去,不再抵触。

满目疮痍的景象令人愕然。万籁俱静，只有吉普车执拗的吼声充斥着空间；但是，最让人不安的是那里的气氛：压抑、诡秘、沉重，沉重的气氛让人觉得它可以阻止车辆本就缓慢的前进，甚至令人感到呼吸困难；焦黄的着色令白天变得浑浊而昏黄，给它蒙上了阴险的色调。

诡秘。

沉重气氛似乎带给那个地方一丝诡秘。吉普车在颠簸中艰难地行驶着，几乎无法前进。满目疮痍之中，越来越多烧毁的茅草屋和烧焦的尸体出现在眼前，车上的三个人感到，他们的生活再也回不到从前的样子。他们跨越了一个隐形的边界，进入了一个超现实的可怕的新空间，从那一刻起，一切都改变了。医生和修女明白了他们眼前看到的一切，他们把这一切看得太明白，但是，谁也没有说出他们的感悟，仿佛用单纯的语言描述他们所看到的一切已经被禁止了。

"大夫。"

修女带西班牙口音的声音打破了令人感到压抑的寂静，给那个虚幻的时刻带回了一丝人的气息。

"怎么了，露西娅？"

护士长指了指右侧的一处废墟。"看到那边那个了吗？上帝啊，他好像动了……"

"你看见了？"

"看见了。*Pienso que hay sobreviventes*[1]。"

若泽·布兰科停下车，拉上手刹，熄火。周围陷入了死一样的寂静中，连一只鸟、一只虫子的动静都听不到，好像它们也被消灭了似的。似乎空气充满了空虚。医生和修女下了车，向废墟走去，脚踩在深棕色

---

1 西班牙语：我觉得还有幸存者。

的地上发出低沉的响声。天气很热，比太特还要热。大地干旱酷热的景象被猴面包树高大的侧影分割开，与飘着几片白云的淡蓝色天空形成鲜明的对比。

因为被拖到那个可怕的地方，希拉感到心烦意乱。她坐在自己的位子上，目送伙伴离开。若泽·布兰科一边走，一边观察着护士长指给他看的那个身影。那个人的身体好像一动也不动，可是，站在五米开外，可以发现他的身体好像感到冷而瑟瑟发抖。

"你说得对！"医生肯定地说，"他还活着！"

他们冲向那个人。他被严重烧伤，皮开肉绽，尤其是背部，伤口露出了肉，但是毫无疑问，他没有死。

"是 *una mujer*[1]，大夫。"露西娅修女说。

的确，医生证实了这一点，让他感到奇怪的是这位幸存者的姿势：她半蹲着，把身体缩成一团。若泽·布兰科发现她有知觉，便将手轻轻搭在她的身上，想把她扶起来，可是，她的那个姿势让他难以动手。

"这样可不行！"医生懊恼地大声说，"她必须舒展开，我们才能把她带到车上去。"

露西娅修女意识到了问题，尝试着让那个女人展开身体，她想先将女人的一条胳膊拉开，但是，那个女人吓得叫喊起来，拼命蜷缩着身体。

"*No entiendo*[2]。"

医生直起身来，向吉普车望去。

"希拉！"他喊道，做了一个命令的手势。"过来！"

护士不情愿地下了车，向堆满尸体的草屋走去。浩劫的场面太恐怖，希拉只好拼命控制住心中的恐惧，继续走过去。

"怎么了，大夫？"

---

1 西班牙语：女人。
2 西班牙语：我不明白。

若泽·布兰科指了指蹲着的女人。

"我们得把她带到车上去,但是,她很抗拒。"他解释说,"你告诉她,我们想帮她。她得把身体松开,我们才能带走她。"

希拉看着那个女人,吃惊地发现,那个皮开肉绽的人竟还在呼吸,她的身体在不由自主地哆嗦着,好像感到很冷的样子,姿势也很奇怪。希拉明白了,要想把她抬到车上去,必须让她放松蜷缩着的身体。于是,她跪在那个女人面前,身体前倾凑近她的右耳。

她轻声用恩仰圭语说:"我们是来帮你的。让我们带你到车上去。"

女人依然一动不动,虽然身体的颤抖减轻了;显然,她是清醒的,明白希拉对她说的话。希拉受到了鼓舞,再次凑近了女人的耳边。

"布兰科大夫和露西娅修女都是和平的人,"她再次用恩仰圭语低声说,"我们想带你到医院去治疗。来吧,跟我走。"

女人长长地呻吟了一声,低声哭起来。希拉和医生交换了一个眼神,让他放心。他们都知道,这是表示服从的哭声,幸存者相信了希拉用她的语言对她说出的话。

护士挽起病人的一只手,小心地拉着。这一次,女人没有抗拒,张开了胳膊。接着,女子一边低声啜泣着,一边松开了另外一条胳膊。就在这时,身边的三个人看见她蜷缩的身体上有一个模糊的身影。

"这是什么?"希拉一惊,向后跳了一步。

若泽·布兰科俯下身去,想看清那个身影。

"儿子!"他惊呼,"她在保护儿子!"

一个皮肤黝黑、身材瘦小的男孩滚了出来,糊着眼屎的眼睛里流露出惊恐的神色。若泽把他抱起来,仔细查看起来。他看起来只有一岁,头发被烧了,手脚被轻度烧伤,但是除了这些,他看上去并无大碍。

"Pobrecita[1]!"露西娅说,"她保护了孩子!"

---

1 西班牙语:"可怜的人!"

孩子蹒跚地走了几步，转回身紧紧抱住母亲。医生对希拉使了一个眼色，于是，她一只手扶着女人，另一只手抱起孩子，向吉普车走去。

"你要跟她说话，鼓励她，"若泽说，"让她保持清醒，听到了吗？"

在那样的情况下，运送两个幸存者不是一件容易的事情，护士走了几步，转回身想寻求帮助，却看见医生正背对着她查看另一具尸体。希拉转向稍远一点儿的露西娅修女求助，发现她正用手术刀剖开一个已经死去的孕妇的腹部，迅速取出她肚子里的胎儿，感受他脉搏的跳动。好一会儿之后，她才将婴儿的尸体放在地上，确认他已经死了。露西娅修女在空中画了一个十字，掀起长袍，在白色的衣服上擦了擦沾满血的手。

希拉这时才明白，每个人都有自己的任务，自己要做的就是将这些幸存者送上吉普车，并且尽力帮助他们。终于，她镇定地做到了。

几分钟以后，若泽和露西娅修女回到了车里，他们神色阴沉，白色工作服沾上了血迹。医生给车上的两位幸存者做了检查，确定那位被烧伤的女人状况很好。

"大夫，如果有更多的幸存者呢？"露西娅问。"我们该怎么办？"

若泽·布兰科抹了一把额头上的汗，却留下了一道血痕。他坐到方向盘前，发动了汽车。

"我们得去寻求支援。"

吉普车怒吼一声，猛地开动了。"奥斯汀"调转车头，带起了漫天的尘土，开上了来时走过的那条小路。随着车的每一次颠簸，烧伤的女人呻吟声越来越大，医生明白高速行驶会给她带来更多的疼痛，于是放慢了速度，尽量避开路上坑坑洼洼的地方。但是，他也知道，时间是关键，他要尽快回到太特市，启动对屠杀的幸存者的救援手段。

吉普车驶离了小道，开上了前往太特的公路，一路风驰电掣。

"回到太特，我们该怎么说？"在加速行驶的吉普车的轰鸣声中，露西娅修女几乎大叫着问。

"我们做了该做的工作,"若泽回答,"仅此而已。"

修女指了指身后的希拉。

"我不担心自己,但是担心她。"

医院院长皱起了眉头,明白了修女话中的含义,感到有些懊悔,因为自己还没有考虑这个问题。希拉虽然是一名护士,但是,她毕竟还是一个年轻姑娘,从某种意义上说,是三个人当中最容易受伤害的一个。考虑了片刻,若泽等车子开上一条笔直的路后,他转回身来。

"希拉,你好好听我说,"他说,"不要对任何人谈论你所看到的。听见了吗?"

"好,大夫。"

医生坐直身体,控制着行车路线,可是,他忽然再次转过身,每当他有了新的建议时,总会这么做。

"如果有人来问你,你到这里干什么,你就说:我出诊去了,去一个着火的村庄救伤员。明白了吗?"

女孩用力地点了点头。

"你重复一遍。"

希拉咬着嘴唇,努力地重复了院长的话。

"我去一个着火的村庄出诊了,救助伤员。"

"就是这样!"

他转过身,不安地朝后面瞥了一眼,看到树林上方仍然升起的白色的淡淡烟雾。

"大夫,如果他们问我更多细节怎么办?如果他们问我为什么擅自闯入战区怎么办?"

"你只重复同样的话,"若泽举着手指说,"你是同我一起去的,是我命令你做的,因为你是护士,而我们的工作没有边界。懂了吗?"

"如果他们问村子为什么着火呢?"

"你说你不知道。村子着火了,有伤员,你是做你的工作。就是这样。我们的工作没有边界。"

片刻之后,吉普车进入了太特市区。医生放松了一些,将车速降低到城市里合适的程度,开去太特医院。汽车刚一驶入大楼前的小环岛,医生便拼命按响了喇叭以引起工作人员的注意。立刻,有两位护士跑了出来,帮助幸存者下车。希拉帮他们运送女人和小孩,忙碌之间,她只看见若泽和露西娅白色的身影急匆匆消失在医院的走廊里。

那个时候,希拉还不知道,那个画面会永远留在她的记忆中。这变得重要,不是因为若泽·布兰科和露西娅修女做了什么了不起的事情,而是因为一个更加重要的原因。

那是她最后一次见到他们。

十一

太特医院里气氛嘈杂，不安情绪带来的混乱超过了"云雀"直升机送来伤员的时候。急诊区似乎挤满了人，迪奥戈一走进医院，就有一种奇怪的感觉，除了患者因为疼痛带来的自身焦虑之外，空气中弥漫着一种不同以往的情绪。他说不清楚那是怎样一种情绪，只是觉得它虽然看不见摸不着，却无处不在、难以言表。为了确定自己的这种感觉，他的目光落在正接待一位烧伤女患者的护士的脸上，让他吃惊的是她的脸上显出吓坏了的神色。就在那一刹那，他明白了自己感觉到的是什么。

恐惧。医院里充满了恐惧。医护人员在死一般的沉默中处置伤者，表情透露出恐惧，从他们的眼神中可以看出，他们害怕再有人闯进急诊区来。空气中弥漫着渗透进五脏六腑的恐惧味道，从容不迫惶而掩之的是时时可以感受到却弥散在各个角落里潜藏的威胁。迪奥戈观察了很久，想找到恐惧的缘起。他开始得出结论：护士和医生害怕伤员。这让他大吃一惊。他们怎么可能害怕伤员？伤员会构成什么威胁？

一念至此，他感到困惑，便纠正了自己的推测，并有了新的认识。不，他们真正害怕的不是伤员。弥漫在医院的恐惧是因为大家普遍认为他们都在做着危险的违规行为。他们不是怕伤员，他们怕的是为伤员治疗。

迪奥戈离开急诊区，跌跌撞撞地穿过病房区。他看了看自己的身体，不免一惊，自己走路的样子像一个醉汉，实际上，他是被种种令人目眩的事件搞得晕头转向了。他一晚上都没有合眼，脑子里面全是村里的景象，一直到下午，他才请假离开马佐伊兵营来到太特市。他的神经已经麻木了,有一种不确定的虚幻感觉,似乎自己身边发生的一切都是一场梦,甚至在医院见到的混乱情形对他来说也只是一种错觉,一场蒙太奇;他必须努力不要脱离现实世界。

"迪奥戈?!"

这是希拉的声音,她也同样被梦境与现实的奇幻迷雾笼罩着。迪奥戈转过身去,朦胧中他的视线模糊,只依稀看见她穿着护士服。护士服看上去有些奇怪,它是白色的,可是,胸部和衣袖上却有一片片鲜红的污渍。那是血。画面太过荒诞,迪奥戈不禁再次问自己这一切是不是梦里所见。

希拉正在给一个人换绷带,这个患者身上打满了石膏,竟让人无法分辨出是男人还是女人。希拉把手上的工作交代给另一个护士,跑过来依偎在男友的怀抱中。

"迪奥戈!"她喘着气,紧紧地抱住他。"我很害怕,很害怕!……"

下士把她搂在胸前,与希拉的拥抱将他拉回了真实的世界,这使他松了一口气,似乎终于证明了那一切都不是一场想象。他抚摸着希拉的秀发,将嘴唇凑近她的耳朵。

"好了,"他轻声说,"没事。我在这里。别害怕,我在这儿!……"

希拉伏在他的肩头抽噎,身体因为害怕而颤抖着。男友任由她哭,抚摸着她泪湿的脸颊,等她平静下来。他轻轻地拥抱着她,拉着她,带着她穿过走廊,从后门离开了医院大楼。

室外一如既往地热,可他们却觉得异常舒畅。温暖而干燥的风低低地吹过,吹得院子里的绿植摇曳起来,叶子晃动着,像惶恐的蝴蝶随风摇摆,直到重新回到地面。

迪奥戈扶希拉坐到院子的楼梯上,自己也在她旁边坐下,仍然呵护地搂着她。

"你无法想象发生了什么，"刚刚控制住激动情绪的希拉说，"你无法想象！"……

"你是说医院那些伤员吗？"

姑娘猛然抬起头，盯着他的眼睛，仿佛这样她才能告诉他令她感到窒息的恐惧感。

"他们从前天晚上就来了，"她透露，"说的都是可怕的事情，你无法想象。"

迪奥戈心中感到愧疚，难以正视姑娘的目光。他说不出话，用头示意她说下去。

"他们说了什么？"

"最先来的是一个叫沙沃拉的村子的村民。他们说，军队逼迫所有的人拍手告别生命，然后朝他们开了枪。"她停顿了一下，擦了擦脸，吸了吸鼻子。"接着，军队将尸体堆在一起，盖上草，点火焚烧。有的人还没有死，就被扔进了火堆。他们说，看见军队转过身烧毁草屋，强奸了几个姑娘。他们趁机逃出大火，逃出了村子，来到我们医院。真不知道他们是怎么逃出来的。"

迪奥戈吸了一口气。他没有亲眼看到沙沃拉的情况，但是他现在知道了，想要阻止这样的消息外泄是不可能的。这让他既有些担心，又奇怪地感到轻松。他相信，对如此规模的事情不可能永远保持缄默；这不再可能，也不公平。

"好了，"迪奥戈低声说，想安慰希拉，"冷静。这些人需要你，你至少可以帮助他们。"

"对。可是，我害怕。"

"怕什么？不用害怕。你没有做什么错事，没有必要担心。"

她无限悲伤地摇了摇头。

"你错了，迪奥戈。让我担心的理由很多呢。"

这句话令男友吃了一惊。

"你？为什么？"

希拉满眼泪水，抬起头，抽泣着，下巴不停地颤抖。

"我去过那里。"

迪奥戈疑惑地看着她。

"哪里？"

"出事的村庄。我去过那里。"

男友的面部表情僵硬了足足两秒钟，他的脑海中回想着刚刚听到的难以置信的消息。

"什么？"

"我和你舅舅，还有露西娅修女一起去的。"姑娘又哭了起来。"太可怕了，天！太可怕了！"

女友的话让迪奥戈惊呆了。他离开村子时的画面深深印在脑海里，那些燃烧的草屋和屋里烧焦的尸体，有的是完整的，有的残缺不全。希拉看到了那些?

"你去过那里？"

女友说不出话来，点了点头。

"我舅舅也去了？"

希拉放声大哭，好像忍了很久的眼泪，在这一刻，终于像决堤的洪水一样流了下来。她痛哭着。自从从村子回来之后，她所见到的一切便在眼前挥之不去，像妖魔鬼怪纠缠着她。现在，在不断抽泣中，她终于可以摆脱它们了。

"我舅舅也去过吗？"迪奥戈追问道。

女孩弯着腰，好像浑身都在疼痛，又一次点了点头。

"他失踪了。"

"什么？"

希拉强忍住哭泣，好让自己把话说完。

"皮德把他带走了。"

迪奥戈离开医院,匆忙来到小山上那个可以俯瞰赞比西河、离医院仅五百米的舅舅家。他从后门进来,看到米米卡斯拿着电话,一副不知所措的样子。她的手指间夹着一根点燃的香烟,此前,她已经在几个黑木烟灰缸里掐灭了几十个烟蒂,餐厅的桌子上还有皱巴巴的两包 L&M 香烟。

"噢,迪奥戈!"一见到他,米米卡斯就抱住他哭了起来。"还好你来了!我刚刚从贝拉回来。他们一告诉我关于……泽的消息,我就赶回来了。"

"什么消息?"

"你没听说?他失踪了。"

下士扶她在沙发上坐下,想安慰她。

"冷静,舅妈,"他用宽慰的口气说,"出了什么事?"

米米卡斯目光落在黑色的电话上,不停地摇着头。

"谁都不理我,"她说,"一个人都没有。没有。我有那么多、那么多朋友!……他也是。可是现在……现在没有一个人理我。好像他们都不认识我。"

"出了什么事?"

"不是说他们不在,就是说他们不能……"她小声说着相同的话,"玛丽利亚甚至当面挂了我的电话。你相信吗?我回来后第一件事就是给她打电话询问泽的事情,她却当面挂断了我的电话!怎么可能?我们关系一直很好,很好。现在……现在谁都不认识我!"她不停地摇头,像是拒绝接受这样的现实。"我不明白怎么会这样,我不明白!……"

迪奥戈抓住她的肩膀,使劲摇了摇她,想把她从恍惚状态中唤醒。

"舅妈!"他大声喊道,声音一下压过了她的嘟囔声。"舅妈!您能听到我说话吗？"

米米卡斯停止了自言自语的碎碎念，吃惊地望着他，似乎清醒过来了。

"怎么了？"

迪奥戈看着她，确定她已经恢复了自制力，哪怕只是片刻。

"告诉我发生了什么事。"

舅妈低头望着在自己不安的泛黄的手指间颤抖的香烟。

"我一直不在这里，我在贝拉。"她的声音听上去有些紧张，几乎还带着愧疚。"可是，埃内斯托告诉我，说两天前，泽被叫到医院去了。来了一些什么……一些伤员。他回家来的时候，显得忧心忡忡，不过，他对埃内斯托什么也没有说，当然。第二天早上六点左右他就醒了，马上就走了。希拉告诉我，他和露西娅修女去找过她，带她去了那些伤员所在的村庄。他们回到太特以后，皮德的席尔瓦探长就去医院把他带走了。从那以后，他便了无音讯。埃内斯托很紧张，电话打到贝拉告诉我。我是赶第一班飞机回来的。我已经给探长打了电话，已经给她的妻子……可是，没有人告诉我任何消息。我不知道泽是否还活着，是否死了，他们对他做了什么。我什么都不知道，只知道他们把他带走了。"她又痛苦地看了一眼电话。"我受够了，不想再给人打电话了，谁都不愿意理我，以前可都是我的朋友啊，迪奥戈！……谁都不理我了。"

迪奥戈深深吸了一口气。

"我明白了，"他说，若有所思地挠了挠头，"让我看看我能做什么。"

米米卡斯的目光从电话移到迪奥戈的脸上，显出怀疑的样子。

"你，迪奥戈？你能做什么？"她把手放在胸前，"你看看我，我是医院院长和空中医疗服务队负责人的妻子。你舅舅和我是席尔瓦探长家的座上宾，我们是主教的朋友，是县长的朋友……可是却没有一个人告诉我任何消息！你又能做什么？"

迪奥戈朝舅妈望了一眼。是啊，他想，自己能做什么？自己不过是一名被派到丛林中一个营地的义务兵下士,后来被强迫调入突击队的一个连队,后面的事情更是一团糟。自己该怎么办?自己能做什么?找谁去诉说?安热利诺吗?

"您说得对,"终于,他嘟囔着说,承认自己无能为力,"我们现在只能等待。"

米米卡斯的目光重新落在了沙发旁茶几上的电话上。

"我不能干等下去了,"她坚决地说,身体往沙发上一靠凑近电话,"他们可以躲着我,可以说他们不在,甚至可以假装不认识我,但我保证:我绝不会放过他们。"

迪奥戈看见姨妈抓起了电话,站起身朝厨房走去。也许还是喝一杯茶对她有点帮助吧。然而,当他经过餐厅的时候,发现后门门灯的灯光里有一个影子,便向那边望去。一个身影出现在灯光下,那人头上环绕着亮闪闪的光环,推开房门,从黑暗中迎着室内的光走进来,面部的特征变得越来越清晰。

"希拉!"他惊呼道,"你怎么来了?"

女友犹豫着向屋里走了两步,小心地四下张望。

"布兰科大夫?他回来了吗?"

迪奥戈一边摇头否认,一边向姑娘走过去,却收住脚步站住了,因为看到她向后退去,似乎怕他。

"怎么了?"

希拉用一种奇怪的方式望着他,好像一只黑角羚正警惕地注视着逼近猎物的捕食者。

"我到这儿来,是因为……因为医院里来了一个伞兵,他是来看一个住院的朋友。"希拉说得很慢,停顿了一下表示她的话很重要。"我在给他的朋友换绷带,听那个伞兵说,村子里的屠杀事件是突击队干的。"

姑娘再次停顿了,想看一看男友的反应。迪奥戈感觉自己的鬓角正冒出汗珠,心里清楚说出真相的时刻到了。他觉得自己还没有为此做好准备，很想推迟这个时刻的到来，但却无法逃脱：那一刻已经来到了他的眼前。

"是……"

希拉怒目而视，目光中仿佛能喷出火星来。

"他说是突击队第六连。"

迪奥戈低下头表示投降，连看也不敢看她一眼。

"是真的。"

迪奥戈低声承认，声音轻得几乎难以察觉，仿佛一阵微风吹过，却又如五雷轰顶令人难以招架。整个房间陷入了死一样的寂静。

"你当时在那里？"

眼泪如滚烫的雨水顺着男友的面庞流了下来。他张了张嘴想要说话，但是，声音却卡在嗓子眼儿里，只发出咕噜一声。他清了清嗓子，抬起满含泪水的眼睛，鼓足仅剩的勇气，终于面对女友。

"我在。"

希拉怔怔地看了他一眼，转过身去，鼓起勇气，冲出门去。迪奥戈看着她穿过露台，走下通向后院的楼梯，才如梦方醒，连忙追了出去。

"希拉！"他叫道，"等等！等等！"

姑娘已经穿过院子，沿着小路向医院走去。

"别管我！"她头也不回地说，沿着小路脚步坚定地走着。"让我安静！"

但是，迪奥戈在她后面追赶。

"等等！"他恳求道，"听我解释！"

希拉站住了，猛地回过身，气得满脸通红。迪奥戈也停下了脚步，站在后院青枣树的树荫下，不敢再往前走，被似乎失去了理智的女友那出离愤怒的样子吓呆了。

"解释？"她发疯似的大声喊道，"解释？"

"对，"他坚定地说，"听我解释。"

姑娘指了指房子。迪奥戈回头望去，看见米米卡斯正站在露台上吃惊地看着他们。

"向她解释去吧！"

希拉再次猛地转过身去，继续走路，被愤怒和来自赞比西河、窒息着太特的风带走了。

十二

在安全总局驻太特机关里出现了突如其来的棘手问题，令这里的气氛变得极为尴尬。工作人员不知道是应该继续敲着打字机写报告，还是与大家都假装没有羁押他的那个被羁押的人聊聊天。

包括阿尼塞托·席尔瓦探长本人在内，谁都没有勇气把若泽·布兰科关进牢房，更不要说给他戴上手铐。与此相反，他们安排他坐在办公室的椅子上，好像他只不过是为了躲避街上的闷热偶尔进来吹一吹电风扇凉风的访客。事实上，若泽给在这个机关工作的每一个人都看过病，他们怎么能逮捕几个月前还救了他们患疟疾的女儿或患了昏睡病的妻子的人呢？

于是，他们给若泽端来一杯卡比雷饮料和一些饼干，频频朝他微笑，不时拍着他的后背轻声说道"没事，别担心"或"这只是一个误会，局长马上会搞定"，似乎恢复正常状态纯属这里的工作人员的意愿问题。但是，若泽·布兰科知道，绝不是什么误会，问题也不是拍一拍背、表达一下善意就能解决的。

似乎是为了佐证这个想法，身材魁梧的弗朗西斯科带着一脸不那么友好的表情走了过来，或许他是这里唯一不受尴尬气氛困扰的人。他示意若泽站起来：

"跟我去见局长。"

席尔瓦探长坐在办公桌前，医生走进办公室时，他连招呼都没有打，只是示意弗朗西斯科出去，好让他们单独谈话。关上门，他让若泽坐在对面的椅子上。

"布兰科大夫，我跟你说过多少次不要掺和政治？"这是他抛出的第一个问题。"多少次，大夫？"

"对不起，可是我没有掺和政治。"

安全总局太特县负责人怀疑地歪着头，好像一个成年人正在告诉一个小孩自己不相信他编的瞎话。

"大夫啊……坦率地说吧！"

"我不知道你为什么这么说。难道你看见我参与了什么政治活动吗？"

阿尼塞托·席尔瓦胳膊肘挂在桌子上，手指并拢托着下巴。

"这些年来，大夫就没有做过其他事。"

"你怎么能说出这种话？你听我说过一句关于政治的话吗？"

"你的行为本身已经说了，"他用食指指着医生说，"你以为我们不知道？我们连你在床上的表现都了如指掌！"

医生做出困惑的样子，觉得这个说法很奇怪。

"床上？"

探长勉强笑了笑。

"我们的英语妞床上表现不错吧？"

听了这话，医院院长更加不安。英语妞？若泽张了张嘴想说什么，但是，探长的话实在令他大为震惊，竟一时一句话也说不出来。自己没听错吧？

"此……此话怎讲？"

"啊！'英语妞'这个词对你来说很熟悉吧，我看出来了。让你坚挺？"

"你是指尼科勒？"

"是索恩大夫，"他纠正道，"尼科勒·索恩大夫，罗得西亚秘密情报部门的礼物。好医生，好奶子，好线人。你给丛林里的游击队看病，把小黑鬼安排在医院的单人病房里……你认为我是怎么立刻知道这一切的，所有一切事情？"他叹了一口气，做出伤感的样子。"很遗憾，你抛弃了她。她失去的是和你做爱，我们失去的是一位出色的情报人员。"

若泽摇了摇头。

"你应该感到羞耻……"

阿尼塞托·席尔瓦尖起嗓子。

"应该感到羞耻的是你，"他在椅子上坐直，"算了，不说这些吧，说不出所以然。你去村子里干什么？"

尼科勒的真实身份令若泽震惊，自己居然成了她欺骗伎俩的受害者，自己怎么能如此愚蠢？不过，听到探长的问话，他在委瑞亚姆见到的情景浮现在脑海中，罗得西亚女人被一扫而光。

"哪个村子？"若泽恢复了镇静，用神秘的语气问。"军队屠杀无辜平民的那个吗？"

皮德的探长马上指着若泽，仿佛抓住了他的破绽。

"看看，你多么热衷政治啊？"

听到探长指责的语气，医生露出惊愕的神色。

"热衷政治？什么政治？昨天，我去了一个村庄，那里的居民遭到军队屠杀，我是去提供医疗援助的。我在村里做的只是我的本职工作。不多也不少。现在，我被自己看见的情形震惊了，对此我毫不隐瞒，他们用子弹和手榴弹屠杀无辜平民，这……"

"你怎么知道他们是无辜的？"

"这个……我看到了死去的孩子。他们犯了什么罪？"

探长摇了摇头，拒绝与他沿着这个方向争论下去。

"那个村子被敌人毒化了。现在，游击队渗透到了整个县。据我们所知，只有太特市和卡布拉巴萨水坝周边地区例外。军方正在竭尽全力恢复对局势的控制。"

"可是……杀害儿童吗?"

阿尼塞托·席尔瓦耸了耸肩膀。

"我知道,这很可怕。那些人在丛林中待的时间很久了,他们都疯了,而且就在前一天,他们在那个地区遭遇了伏击,作为突击队,他们出离愤怒了。显然,没有人下令让他们杀害平民,对吧?葡萄牙军队也不是这样打仗的。可是,已经发生的已经发生了。现在,我们要的是息事宁人。"

办公室里鸦雀无声,只有空调机慵懒地嗡嗡作响,与热浪进行着无休止的战斗。

"我不明白你想从我这里得到什么,"若泽最后说,"你是在谴责我救了幸存者?"

安全总局的探长将香烟叼在嘴上,用一只银色打火机点着。

"我请你不要将你看到的告诉任何人,"他边说边吐出一团灰色的烟雾。"你完成了自己的工作,我完全接受。现在,请闭嘴。"

这个命令让若泽忍不住笑了起来。

"你很清楚,我作为医生,有责任就我所做的一切写一份报告。考虑到我所观察到的事情的严重性,我会说,形势更加重了我的责任。"

"你应该对祖国负责。"

"也许,但是不止于此。同样是为了祖国,我必须写这份报告。"

阿尼塞托·席尔瓦又吸了一口烟,眼神显得迷离,考虑自己该何去何从。他慢慢地吐出烟雾,让它们在空中缓缓飘荡,像在慢镜头中移动一样。

"难道你没有意识到那样一份报告会让军方尴尬吗?"他说,"甚至会让葡萄牙难堪。"

医生摇了摇头。

"让葡萄牙难堪的不是我的报告,而是我们的士兵们的行为。"

"是某些士兵,大夫,"皮德的探长纠正道,他的语气始终平静,假装平静的语气中暗藏着威胁,"丧失理智的士兵。"

"我同意你说的。但是,不能否认他们的所作所为。"

"我没有要求你否认它。我只是请你闭嘴。为了国家利益。"

若泽·布兰科低下头,查看起自己的指甲,似乎突然之间手指上的污垢成了眼下的一个大问题。

"知道吗,探长,从小我就一直想弄明白什么是'善'。"他一字一顿地说道,思忖着说出的每一个字。"从某种程度上说,正是对'善'的追寻让我从事了现在这份职业。我发现,医生是行善者。对人们的善,或者像你所说的,为了国家利益。然而,善,"他靠在椅子上,盯着探长,"究竟是什么?如果在战前,希特勒快死了,我救了他,我是不是做了好事?如果我帮助一位朋友找到了一份工作,我是不是做了好事?那么,如果其他人仅仅因为我把那份工作给了我的朋友而丢掉了那份工作呢?我在为一个人做好事的时候,难道不是在对他的竞争对手或他未来的受害者做坏事吗?"

席尔瓦探长不耐烦地在椅子上挪动了一下。

"你说这些到底想说什么?"

"我想说的是,与其说善与恶的问题带来不确定性,不如说它引发更多困惑。"若泽靠在椅子上。"什么是善,什么是恶?我们所有的人凭直觉都知道这些概念,却无法给它们下一个准确的定义,直到今天。"他指了指窗户,继续说:"直到我在那个村子目睹了恶,我才终于有了关于这个不解之谜的答案。在散布在瓦砾中的烧焦的尸体上,我看到了恶;当我问自己,是什么驱使人们做出如此残酷的事情时,我看到了恶。后来,我在一个几乎被士兵杀死、烧伤了的可怜女人的身体下发现了一个活着的、毫发无伤的孩子,我才意识到,世界上总有一些事情是恶,无论多么邪恶,都无法战胜的。那位母亲的爱比那些人的恶更加强大。可是直到此时此刻,我在这里听到你的话,终于可以将从那个时候起就萦绕于心头的想法说出来了。"他又一次用犀利的目光注视着对方。

"你知道恶到底是什么吗?"

阿尼塞托·席尔瓦被若泽的目光看得很不舒服,他摇了摇头。

"现在不说这个,大夫,"他说,"别跟我谈这个。"

"就是没有能力设身处地。士兵们杀害妇女和儿童就像杀死蚂蚁一样,他们是邪恶的化身,因为他们无法站在受害者的位置上,无法理解他们的处境和感受。恶就是没有能力想到他人的感受,不懂得感同身受。"若泽扫视了一圈办公室,继续说:"善,就是我们要设身处地,融洽相处。"若泽又看了看强势的对话者。"亲爱的席尔瓦探长,正因为如此,我不能不写我的报告。这份报告将是一个爱的行动,我要完成它,让人们能够站在受害者的位置上考虑问题,让那场恐怖的始作俑者感到羞愧,让爱战胜恶。"

安全总局太特县负责人不耐烦地翻了一个白眼,深深吸了一口气,做出该说的话已经说完了的样子。他无奈地摊开双手,随后两手拍在桌子上,看上去像是在宣判的神圣时刻一锤定音的法官。

"我尽力了,"他一脸沮丧地说,"不过,如果那就是你的态度,我必须马上把你送到你该去的地方,你去那儿讨论吧。"

十三

国产"法梅尔"摩托车发动机的功率不及其噪声一半大，不然的话，它有可能是一辆不可阻挡的火流星跑车。然而，迪奥戈完全知道，他手中驾驶的这辆摩托车虽然噪声大得一塌糊涂，但终究不是一辆跑车，而且，它也不必是一辆跑车，既然一路下坡而且也只是当作出行工具使用。

那天早上，下士一到太特，就去赞比西亚贸易公司租了这辆摩托车，然后去医院找希拉，他已经快三个星期没有希拉的消息了，这期间他一直在丛林的营地等待来太特的机会。他在马佐伊突击队第六连的任务结束了，1973年的第一天，返回了希奥科，重新加入了炮兵营的行列。由于一系列调动手续的问题，在此之后又因为圣诞节和元旦假期的原因，希奥科人手不足，整个那段时间，他一直没有获得批准去太特。他曾多次远程打听女友的下落，得到的却是令人痛苦的沉默，给女友写的无数封信全都石沉大海。

问题是希拉不是唯一失踪的人。三个星期过去了，舅舅也杳无音信，连医院的护士们都不敢提起这件事情。迪奥戈去看望过米米卡斯舅妈，却看见她正在收拾行李，准备去洛伦索－马贵斯找县长谈谈，但是，所有的人都知道，她此行注定会以失败告终。

迪奥戈骑着摩托车，迎面吹来的风让他有些担心。如此大的风不会把兜里的东西刮跑吧？他伸手摸了摸右边裤兜，兜是空的。他吓了一跳，连忙摸了摸另一个兜。他摸到了那张纸，松了一口气：没有丢。这让他感到些许安慰，至少那张带有希拉信息的纸还在身边，那是几乎焦急等待了三个星期之后终于得到的希拉的音信。说起来过程艰难,但是,在他一再坚持下,太特医院的工作人员动了怜悯之心,最终把女友的家庭住址交给了他。

迪奥戈骑着摩托车来到赞比西河酒店的十字路口,向右转,进入老爷车加油站。他看见对面停着一个"贝利埃"卡车车队,戴着红色贝雷帽的士兵正坐在车上喝啤酒。他定睛一看,认出是突击队第六连的人,他们看上去面容憔悴。

迪奥戈犹豫起来,不知如何是好。应该走过去打一个招呼,还是当作什么都没有看见?村子里大屠杀的记忆过于痛苦,因此,他打算选择后一种做法。他踩下离合器,脚一动,挂上一挡。

"喂,伟大的冠军?怎么在这儿?"

他正打算假装没有听见安热利诺的话转身就走,可是就因为稍一迟疑,一切为时已晚。突击队的指挥官拿着一罐劳伦蒂娜啤酒走到他身旁,机会烟消云散。

"你好,安热利诺,"迪奥戈向他问好,脸上没有丝毫笑容,"这个时间喝酒是不是有点早?"

安热利诺看了看酒瓶。

"我喝酒是为了忘记。"

"忘记什么?你杀的那些妇女和儿童吗?"

"也包括他们。"

一股浓烈的须后水的香精味直冲迪奥戈的鼻子。下士做了一个鬼脸,侧过头去,想避开那刺鼻的香气。

"妈的!"迪奥戈叫道。"哥们儿,你这'老香料'味好冲!脑袋上洒了一整瓶还是什么?"

安热利诺做出一副难受的样子,用绿围巾捂住鼻子。

"我身上的味还重吗?"他咂了一下舌头,恼火地说。"妈的!……"

"怎么?"

指挥官翻了翻白眼,又喝了一口啤酒,然后打了一个嗝。

"唉,哥们儿!提这个我就来气,该死的!"指挥官又打了一个嗝。"你知道我刚从哪儿过来吗?"

"马佐伊?"

安热利诺摇了摇头。

"委瑞亚姆,妈的!"

"什么?"迪奥戈吃惊地问。"哪个村子?……"

"就是那个。"

"你去那儿干什么?"

突击队指挥官又把瓶颈贴在嘴唇上,高高举起,把剩下的啤酒一饮而尽。然后,他用衬衫的衣袖擦了一下嘴,做了一个恶心的表情,又打了一个嗝。

"我又被叫到太特军事区了,哥们儿,"他说,"好像有一个医生去过村子,看见了我们和皮德做的那些事。情报泄露给了西班牙的神父们,已经传得沸沸扬扬。就因为那个狗娘养的医生,赞比西河规划办公室明天要派一架直升机,带一个卫生代表处的小组飞到村子去。"

在此以前,迪奥戈只是礼貌性地回应着,但是,安热利诺的这几句话引起了他的注意。

"他们有没有告诉你那个医生现在在哪里?"

"在皮德手上吧,我猜。所以,因为赞比西河规划办公室要派直升机去……"

"太特这里的皮德?"

安热利诺皱起眉头,对迪奥戈的追问既感到惊讶又有些恼火。

"鬼才知道!"他耸了耸肩膀说。"我在太特军事区的时候,听说这家伙被送到楠普拉还是其他什么鬼地方了。这有什么关系?"

听到这个消息,迪奥戈不由地眯起了眼睛。楠普拉?这意味着舅舅被送到考尔扎·德阿里亚加司令部总部去了。可是，他们送他去楠普拉干什么？不管怎么说，这是宝贵的信息，他必须在米米卡斯舅妈动身前往洛伦索－马贵斯之前告诉她。也许可以做点什么通知舅舅。为了掩饰与安热利诺口中那个轻率的医生是亲戚关系，迪奥戈做出漠不关心的样子。

"继续说。"

"我刚才说过了，因为明天赞比西河规划办公室直升机要过去，所以，我接到命令，让我们回村去收拾那个烂摊子。"

"可是，已经收拾过了，"迪奥戈说，"我看，不可能有比那次更彻底的收拾……"

"这次是去埋尸体，把一切都打扫干净，"安热利诺解释说，"行动已经结束二十天了，可是，搞得我的人今天早上不得不回去。"他随意指了指天，"这么热的天，明白我的意思吧？想想看，这种温度下二十天，数百具腐烂尸体的臭味。"他翻了翻白眼。"噗，臭气熏天！"他摸了摸绿围巾。"我只好把须后水洒在围巾上，蒙在脸上，盖住尸体的臭味。那些尸体恶心死了……胀发起来了，成群的苍蝇，看见你就知道了！我们挖了一条沟，把所有尸体都扔进去，实在不容易，哥儿们。你已经不在我们连了，你想不到这是多大的幸运啊。唉，你知道我遇到了什么事吗？我在拉一具尸体时，那家伙的胳膊掉了下来，我手上拿着它，"他神经质地笑了一声，说，"你是没有看见，拿着他的胳膊啊！呃，真恶心！"他瞟了一眼手里的空酒瓶，"我刚从那里回来，已经喝了两瓶啤酒，放松放松。"

迪奥戈听得不舒服，觉得自己必须尽快离开那里，为此，他需要首先转移话题。于是，迪奥戈将目光转向停在街边的"贝利埃"车队。

"现在你们要去哪儿？"

"去莫桑比克岛休假。阳光、海滩、虾……考尔扎希望我们尽快离开太特。正合我意！"

迪奥戈把稳摩托车，挂上一挡，踩下油门，强笑着挥了挥手。

"假期愉快！"

说完，"法梅尔"摩托车在巨大的噪声中出发了，在车后留下一道蓝色烟雾。

市郊的路面坑坑洼洼，迪奥戈不得不放慢速度。太特的路网从来不是以质量著称，这条到处是坑的土路让他有一种在月球环形山中进行摩托车越野赛的感觉，他必须在路上走"之"字绕开一个个坑，摩托车好像一个醉汉，速度慢得连步行的人都可以与之并排而行。

他忽然认出街边的一条小路，心中被怀旧情绪刺痛了一下。犹豫片刻，他很快从激动中回过神来，沿着小路走去。就是在那里，他和希拉在一片灌木丛后面，借着柔和的星光，有了他们的第一次。迪奥戈的目光开始寻找发生那一切的位置，但是，白天与晚上大不一样，他只好放弃。他来过，这就够了。

这条小路通向草屋之间的一片空地，一条繁忙的公路从旁边经过。迪奥戈这才注意到，小路只是自己抄了一条近路，与几分钟前走的那条路一样坑洼不平。

他停下车，坐在车座上单腿撑地，从裤兜里掏出写着医院的人提供的信息的那张纸，对比纸上的内容和眼前的景物看了看。草屋排列得还算整齐，从纸上的内容看，希拉的家应该在第一排临街的位置。

迪奥戈的目光扫过一间间草屋，看见有一个女人从其中一间走出来，背上背着一个婴儿，头上顶着一个塑料桶。

"不好意思，女士，"迪奥戈问，"希拉的家在哪里？"

女人看着身穿制服的军人犹豫了一下，然后，指了指第一排第三间房子。

"那是艾莎的家，长官。"

迪奥戈谢过她，把摩托车停在了那间草屋前。这是一间很大的屋子，四周围着低矮的篱笆，有些地方没有钉牢，但是，足以关住在房子附近走动的母鸡；从篱笆的轮廓看，这里似乎有一个后院。

迪奥戈从摩托车上下来，犹豫地走了几步，整理了一下制服，掸了掸胸前的一片尘土，这才站到了草屋门前。

"希拉！"他叫道，接着，提高声音喊道，"希拉！你在吗？"

一位老妇人从屋子的阴影里伸出头来，面带疑问打量着他。

"下午好。有什么可以帮忙吗？"

"不好意思，女士，"迪奥戈的声音突然变得柔和甜蜜，"我找希拉。她在吗？"

老妇人眯起眼睛，满脸狐疑。

"您找她做什么？"

"我有话跟她说，是很重要的事情。"

"希拉不在。"

"您能告诉我她什么时候回来吗？"

老妇人似乎对站在门前的陌生人产生了好奇。她颤颤巍巍地走了两步，凑近迪奥戈，更近地端详着迪奥戈的脸。

"您是谁？"

"我？"迪奥戈一时被问住了，不知道自己该如何介绍自己。希拉是不是把他们的事全都告诉这位老人家了？或者，她什么都没有说，也不想让老人家知道？迪奥戈决定，自己最好还是临时编一个说法。"我是……嗯……她的朋友。一个朋友，她……希拉护士在医院治疗过的朋友。我是来感谢她的。"

"病人？"

"对。"迪奥戈凑近老妇人。"您呢？您是谁？"

"我是艾莎，希拉的姥姥。"

迪奥戈的脸上绽放出温暖、真诚的笑容。

"哦，很高兴见到您！"他开心地大声说，"希拉经常同我提到您呢。"

"真的？说好话吗？"

"当然。"士兵点了点头，向门口张望着。"您说希拉不在家。您能告诉我她什么时候回来吗？"

艾莎摇了摇头。

"她不回来。"

迪奥戈的心一跳。

"不回来了？为什么？"

"希拉去洛伦索-马贵斯了。"

迪奥戈惊讶地张了张嘴。这个消息让他感到震惊，不过，同时它也说明很多事情，特别是为什么她在过去的几个星期对自己给她写的那么多封信不理不睬。他想，这很重要，因为这说明希拉的沉默只是因为没有收到他的信，他在信里详细解释了村子里发生的事情，以及他自己在整个事件中扮演的角色。迪奥戈坚信，在她读过或者听到那些解释以后，她就会原谅他。这个信念在他得知希拉去了洛伦索-马贵斯，所以才没有收到他的信的时候变得更加坚定。因此，他的第一反应是松了一口气。

然而，他再次想了想女友的姥姥说的话，发现一开始忽视了的疑点。希拉去了洛伦索-马贵斯？

"艾莎太太，她去那里干什么？"

艾莎老人虽然没有了牙齿，满是褶皱的脸上已然绽放出灿烂的笑容，她乌黑的小眼睛闪烁着终于实现了毕生夙愿的人才有的激动的光芒。

"前天，我的希拉结婚了。"

"什么？"

老人家的脸上洋溢着抑制不住的快乐，如同中午照在赞比西河上的太阳。

"感谢老天爷，她和伊斯梅尔很快就要给我生个重孙了。"

十四

乌木雕塑中永生的人的那张脸上,面部和前额都有一道道纹路,尖利的三角形牙齿像是一条鲨鱼的牙齿。这大概是若泽·布兰科第五次来参观民族博物馆了,不过,他已经在楠普拉待了一个半月,这是他打发时光的最好方式。

他往旁边走了几步,端详着下一个雕塑。这也是一个马孔德风格的乌木塑像,是一位身上背着孩子的手持木杵的女人。在太特县出诊的旅途中,有多少次他曾见到过类似的而且是有血有肉的形象?他欣赏这位马孔德艺术家的视角和他捕捉女人姿态的方式。

"舅舅您好。"

他被这突如其来的声音吓了一跳。转过身一看,是一个身着迷彩服、手里拿着棕色贝雷帽的军人。

"迪奥戈!你怎么会在这里?"

外甥看了看周围,确定没有任何可疑的人。上午的那个时间,博物馆里空荡荡的,周围只看到一个职员懒洋洋地坐在椅子上低着头打盹,下巴抵着胸部,一滴口水从半张嘴巴的嘴角流出来。

"我们都很担心您,"迪奥戈低声说,"舅舅还好吗?"

"还好,他们对我不错。"

"他们想从您这里得到什么?"

"这个嘛,我也不明白。皮德把我带到这里,安置在军营的一个房间,我不能与任何人联系。没有电话,不能写信……什么都不能做,完全与世隔绝。后来,有一些官员给我打电话,让我描述在村里看到的情况。仅此而已。"

"嗯,那还好。"

思念涌上心头,若泽犹豫了,几乎有些害怕问这个问题。

"你有米米卡斯的消息吗?"

"她一直很担心您。她本来打算飞去洛伦索-马贵斯打听您的消息,但是,我得知您被送到楠普拉来了,就马上去告诉她。我们用了一个星期做了一个计划。"

"你去贝拉找她了?"

"什么贝拉?米米卡斯舅妈在太特……"

听到这个消息,若泽放心地吁了一口气。

"感谢上帝,她回来了。"他喃喃地说,随后迟疑了一下,好像在梳理思路。"我一直担心露西娅修女和希拉,她们和我一起去了一个村子……其实,那是所有麻烦的根源。你有她们的消息吗?"

"露西娅修女被驱逐了,并且被送回了西班牙。"外甥说。一提起前女友,他的目光变得阴沉,声音也变得有气无力。"希拉去了洛伦索-马贵斯,并且……并且结婚了。"

医生只是点了点头,琢磨着听到的消息,他的眼中露出激动的神色,却静静地思忖着什么也没有说。在正常情况下,那些消息会让他感到震惊,但是此时此刻,已经没有什么能让他感到惊讶的了,他甚至为她们感到了些许宽慰。如果露西娅修女被驱逐,那就意味着皮德已经奈何不得她了;希拉结婚了,这使她安全地待在洛伦索-马贵斯。

"你呢?"他最后问,"你在这里做什么?"

"我请了一个星期的假,是米米卡斯舅妈让我来的。"

"哦,是吗?"若泽问,"这与你刚才说的计划有关?"

迪奥戈点头默认,再次不安地环视四周,确保没有人偷听他们说话。

"如果我们什么也不做,我们担心你会出事。"他紧张地说。"那些家伙已经去清理村子了,让所有尸体消失。我们不知道他们想怎么处置目击者。修女和希拉似乎没有问题，但是，舅舅不同。您是太特医院的院长，更重要的是，您还是医疗卫生代表、红十字会主席和空中医疗服务的负责人，如果您公开这种事情……您会有麻烦，对吧？正是因为这个原因，他们才把您带到楠普拉来，并且让您与世隔绝。我们觉得，他们正在决定怎么处置您呢。"他边说边用手比画着，"所以，我和米米卡斯舅妈去了贝拉，与她认识的一位律师谈了谈，他曾经……"

"罗科。"

"正是他。他联系了国外的一些朋友，得到一个有意思的消息。好像太特附近一个教团的西班牙神父们，是圣保罗……教团，我猜……"

"圣佩德罗。"

"好像是……告诉他，说他们已经就村里发生的事情写了一份报告。据说，几位重要记者已经掌握了这份报告。"

这个消息让若泽感到惊讶。

"真的？这么说，这件事随时可以曝光了！……"

外甥做了一个鬼脸，摇了摇头。

"不一定，"他说，"好像记者们认为这份报告太富有想象力，问神父们是否去过村子并亲眼看见了尸体。西班牙神父们承认没有去过现场，说他们的报告是仅仅根据幸存者的证词写的。结果就是，记者们怀疑那些幸存者是游击队，而那一切只不过是一次宣传行动。"迪奥戈说得太快，不得不停顿一下喘口气。"他们已经告诉罗科博士，说任何内容都不会发表出去。"

这个意外的结果令医生失望，希望像被扔到风中的灰尘一样离他而去。失望让他的声音显得有气无力。

"一点儿可能也没有？"

迪奥戈用力挥了一下手。

"没有，"一阵短暂的沉默之后，他说，"除非……"

话刚一出口便停了下来，仿佛一扇尚未打开的门又被关上了。

"除非什么？"若泽打断他的话问，仿佛看到了最后一线希望。"他们到底发表不发表？"

外甥又看了看周围，再次确保没有人在听他们说话，然后，凑到医生的右耳边。

"他们说只在一个条件下发表。"他小声说，声音小得以至于若泽几乎把耳朵贴在迪奥戈的嘴唇上还是难以听到他的话。"他们需要一个到过现场的独立、可信的目击者，还得是一个不能以任何方式与游击队有联系的人。"

迪奥戈把头挪开，两个人对视着。若泽全面考虑着那个条件的含义及其后果。

"也就是说，"医生最后说，"他们需要我的证词。"

迪奥戈紧张地摆弄着手中的棕色贝雷帽。

"我本来也可以作证。"

"你？"

"我到过村子，并且目睹了一切，"他低下头承认说，"这是一个非常复杂的故事，我以后再讲给您听。只是我作为士兵到过现场，罗科博士说，如果我开口作证，我可能会死。我是军人，他们可能带我去丛林执行任务，然后在我背后开一枪，说我是游击队。所以，证人必须是一个受人尊敬的平民。"他再次看着若泽。"舅舅。"

"所以，他们想发表我的证词。"

"他们想发表神父的报告，"外甥纠正说，"您的证词只是为了保证那份报告不是虚构的。当然，您的证词也可以发表，但是，罗科博士反对。他认为这对您太危险，而且没有必要。您要做的只是证明圣佩德罗教团报告的内容属实，记者们会公布一切。"

若泽考虑了一下这件事情带来的另一个问题。

"你们打算怎么把我的证词交给那些记着？你看，罗科正被皮德监视……"

迪奥戈换了一个语气。

"埃内斯托可以帮忙,"他透露说,"他在丛林有一些关系,能把您的证词亲手送到赞比亚。剩下的事情就交给一位在卢萨卡的英国神父。"

两个人,舅舅和外甥,站在楠普拉民族博物馆的那个角落,互相对视着,彼此之间该说的话已经说完,现在到了作出最后决定的时刻。若泽感到,关键时刻已经来临,也许,他就是为此刻而生,并为此做好了一生的准备。他将注意力转向窗外,深深吸了一口气,眼睛望着一棵棕榈树随风摇曳的叶子,脑海中闪现的一张张脸庞浮现在他的眼前。据说,人在临终前的时刻能回望一生,时光像沙漏倒进永恒的沙子,但是,对于布兰科医生来说,这发生在作做出决定之前的几秒钟里。

一个个形象以快放电影的方式接连出现,像记忆微弱的光投射出的人物剪影。他想起了教导他分辨善恶的父亲;想起了告诫他医生职责的皮纳教授;想起了因为是黑人受到侮辱并被赶出若昂贝卢医院的多明戈斯。他想起了米米卡斯,她用爱的行动原谅了自己的背叛;想起了埃内斯托,自己曾经救过他,现在是他要救自己。他还想到了已经穿越莫桑比克北部、带去了他的救赎的外甥,或许他还没有意识到,他自己其实也在寻求救赎。最重要的是,他想起了那个孩子,在那个不幸的早晨,那个像第二次出生似的从烧伤的母亲呵护的怀抱里走出来的男孩,是一个身穿白衣的白人还生命于他,用爱把他从死神手里救了回来。

在那一刻,若泽也许哭了。眼神中已经闪着晶莹、抖动而倔强的泪光,深深的一声叹息透露出淡淡的哀伤。但是,他忍住了。他忍住了快要窒息他的百感交集,战胜了使他动弹不得的恐惧。他带着面对最恐怖幽灵的勇气,扎进了黑暗中,因为他知道,那终究会是光明。他的脸渐渐舒展开,嘴唇虽然还在颤抖,但最后终于露出了微笑,起初还是腼腆的,后来,变得灿烂,最后,绽放成那么热烈的微笑,坚定而决绝,像戒指戴在手指上就此遁形一样。他终于面对自己,面对他的良知和正义感,义无反顾地尽善行的义务,因为为了正义事业勇于直面强势者的人才是强大的。

若泽·布兰科履行使命的时刻到来了。

尾声

按照那栋官邸里的习惯,小餐桌已经摆好,精致而简单:一杯鲜榨橙汁,几片还热着的马夫拉面包,一瓶山后省金黄色的蜂蜜,亚速尔黄油,盘子里放着一块融化了的埃什特雷拉山奶酪,还有一壶刚煮好的咖啡。穿着西装、打着领带穿着考究的男士走进小房间,坐在他的专属座位上,把餐巾放在膝盖上。

"孔塞桑太太!"他叫道。"孔塞桑太太?"

一个身材丰满、脸蛋红润得像农妇的女人一边在围裙上擦着她胖胖的双手,一边走了进来。

"来了,部长会议主席先生?"

"可否给我搞一些烤面包片?"那人说,"我很想来……"

"当然,部长会议主席先生。我这就去准备。"

孔塞桑太太快步朝厨房走去,把部长会议主席独自留在餐厅。主席将目光转向了窗户外的绿色植物;温暖的早晨,燕子婉转呢喃迎接新一天的到来,初升的太阳照在别墅花园里的树上。天气多好啊,他想,心情惆怅。他很想出去享受一下夏天的早晨,但是他知道,这个愿望只不过是一时兴起,他公务缠身,不能为了无聊的消遣而分心。

他无奈地叹了一口气,拿起办公室主任习惯性地放在椅子旁边的茶几上的一份文件夹。他打开文件夹,又读了一遍准备签署的法令。这份顶部标有"第353/73号法令"字样的文件批准军士长越过军队的编制内军官破格晋升,只要他们在军事学院完成相当于常规课程的强化课程。这项措施很有必要,因为陆军缺少足够数量的尉官以满足作战需要，迫切需要从义务兵中提拔指挥官。问题是，这个解决方法与论资排辈的原则相冲突。他想，职业军官们不会喜欢这个法令，但是，他们能干什么？一场革命吗？

他的目光扫过文件，最终停留在"部长会议主席"下方的空白处。他从外套兜里掏出钢笔，刷刷几下签上自己的名字。

马尔塞洛·卡埃塔诺

电话铃响了，他听见一个男人的声音。那是早上六点就来到圣本笃宫为他安排当天日程的办公室主任。他听到办公室主任的鞋踩在地板上越来越近的声音，这表明他正在走过来，接着，看见他用一个托盘装着黑色电话走进了餐厅，一团电线拖在地板上。

"早上好，奥古斯托，"马尔塞洛·卡埃塔诺问候道，"连早餐也不让我安静地吃，嗯？"

"教授先生，真是这样。"

部长会议主席无精打采地看了一眼托盘上的电话，他知道，给他打电话的人都是有问题要解决或者报告麻烦事情的。要么是与海外战争有关的麻烦，要么是在联合国的抗议，抑或是新一轮石油价格上涨，自年初以来，每桶石油的价格已经翻了两番，导致通货膨胀飙升。总之，电话里很少传来好消息。

"又是什么事情？"

办公室主任把托盘放在桌子上那杯橙汁的旁边。

"是驻伦敦大使先生，教授，"他说，"说有紧急的事情要和您谈谈。"

"哦！"马尔塞洛·卡埃塔诺惊呼，突然兴奋起来，"那是要和我谈下星期我去伦敦的事情，《同盟条约》[1]签署六百周年纪念日。啊，会有丰

---

[1] 指1373年7月葡萄牙与英国签署的关于建立同盟关系的条约。

富的纪念活动！"他指了指一张空椅子。"坐那儿，奥古斯托。不必拘礼。吃点儿东西吧！"

"谢谢，教授先生。"

办公室主任在桌边坐下，部长会议主席抓起了电话。政府工作中有那么多烦人的问题，几乎都因海外战争而来，能谈论一些愉快的事情的确是他的轻松一刻。他预感到，为纪念古老的《同盟条约》，他的伦敦之行应该也是其中之一。

"大使先生，早上好！"他高兴地打着招呼。"访问的事情都准备好了吗？"

"早上好，部长会议主席先生，"电话另一头的声音回应道，"是，一切都在进行中。"

"与女王的会面呢？敲定了吗？"

"招待会将在白金汉宫举行。礼宾方面的事情已经安排妥当。"

"媒体呢？会有全面报道吧？"

另一头的声音犹豫了一下。"这个嘛，部长会议主席先生，媒体……嗯，我正是为这个给您打电话的。"

大使的声音显得低沉，这是一个警告的信号。马尔塞洛·卡埃塔诺皱起眉头，突然担心起来。

"什么？！别告诉我记者们不关注这次访问！……我们缺的就是舆论关注！"

大使再次犹豫。

"问题并非如此，部长会议主席先生，"他说，"我担心他们会对我们过分关注……"

"'过分关注'？先生，媒体什么时候对我们'过分关注'过？"

大使恼怒地咂了咂舌头。

"都是因为《泰晤士报》，主席先生。今天早上的《泰晤士报》整个头版都是关于一件事……总之，令人不快的事情。社论也是如此。这是一个问题。电台已经不谈别的事情了,我这里已经接到了很多媒体的电话。电话一直在响,像音乐会。太可怕了!甚至英国广播公司也来要一份声明,希望在《九点新闻》节目中播出!我已经给里斯本发去了几份《泰晤士报》,当然。报纸应该会随葡萄牙航空公司第一个航班运回去,希望午后到达那边,愿上帝保佑。也许您最好安排人去机场取一下邮包。刚刚我还对我们使馆随员说过,葡航有时对外交邮袋重视不够,而且……"

大使只说有一个问题,却不做解释,甚至东拉西扯一些小问题,这种谈事情的方式是又一个需要警惕的信号。出了大问题。

这时,马尔塞洛·卡埃塔诺毫不怀疑,不管大使说的问题是什么,肯定不是令人高兴的事情。又是一个麻烦!他深深吸了一口气,这已经成为每次准备听坏消息时的习惯,然后,面对电话话筒。

"大使先生,别拐弯抹角。"他低声说,声音突然变得毫无感情,单调得像此刻他的眼神一样冰冷。"《泰晤士报》发布的新闻是什么?"

大使沉默着,他可能是在鼓起勇气面对这条新闻。再次讲话之前,他先清了清嗓子。

"部长会议主席先生,"他开口说道,"您是否听说过一个叫委瑞亚姆的地方?"

完

跋

为确认委瑞亚姆大屠杀事件，父亲发挥了他的作用，但是，他从没有在我面前谈到过那天他在那个被摧毁的村庄看到的情景。严格地说，他不习惯把工作中遇到的事情和问题带回家来。他偶尔在我面前幽默地提起在丛林里职业生涯的某个方面，比如他与那些村子里的巫医之间建立的友谊，或者某次，村民们为了感谢他所提供的帮助而送给他一头象宝宝，但是，却从来没有对他所做的和发生在身上的一切做过条理性的描述。

因此，我对于他直到大屠杀那天为止的生活情况都来自于认识他和与他共同经历过那些情况的人。不过，我记得，我曾经和父亲一起乘坐空中医疗服务队的派珀切诺基直升机往返于松戈的旅行，我们在从松戈到太特的旅途中在赞比西河上空飞行，看到飞机下方大象、河马、羚羊和鳄鱼在河里洗澡的奇观；还有一次，太特治安警察局指挥官的长子、我的朋友努诺·卡尼昂陪我一起进行了每周工作旅行。

从我的话中不难看出，本书尽管是一部虚构小说，但是它的创作灵感却来源于真实的事实。爱情故事纯属虚构，因为此类事情绝少有人会告诉一个小说家，但是在非洲，那个时候一定发生过很多这样的故事，毕竟，没有电视这样的娱乐……其他故事几乎全部取自现实，或者是我受真实发生事情的启发而插入小说各处。

小说的结尾是完全开放式的。虽然我的父亲被带到楠普拉并在几个月的时间里与外界隔绝，但是，他从来没有讲过那里发生了什么，只是说他得到了"良好对待"。我知道，他曾以太特县红十字会主席的身份提出过抗议，而且有很多信息表明，他的确准备了一份关于目睹委瑞亚姆大屠杀的报告，但是，我从未见过这份文件。

安全总局驻太特市的若阿金·萨比诺探长说，他命令父亲不得给任何人看那份报告。我不知道他是否照做了。事实是，在《泰晤士报》上揭露大屠杀事件的黑斯廷斯神父作为信息来源引用过这份报告的内容。我在准备这部小说时，曾在马普托的波拉纳酒店遇到过父亲的一位老熟人，他告诉我，在大屠杀事件发生后不久，父亲把在村里看到的一切都详细地告诉了他，这说明他并没有遵守保持沉默的命令。

无论如何，尽管委瑞亚姆大屠杀是葡萄牙在非洲战争中公开的最难堪的事件，但是，这部作品并不是专门针对在那个村庄发生的悲惨事件，而是一部关于葡萄牙人在我生于斯的非洲的小说，它以虚构的方式记录了一段我们的历史，我试图通过多重矛盾描述这段历史，避免将事件及其原因简单化的意识形态特点。历史是由一个个故事组成的，是这些故事让历史变得鲜活。

我要感谢那些愿意帮助我重建事实，特别是重建那个时代的精神的人们。感谢我的母亲玛丽亚·曼努埃拉·马托斯；我的婶子罗萨利纳·罗德里格斯·多斯桑托斯；我的叔叔马里奥·罗德里格斯·多斯桑托斯上校——他们向我讲述了很多家族故事，给了我很多创作灵感。感谢我的表弟卡洛斯·马尔格斯，与我分享了他在太特的战斗经历；护士贾米拉，在委瑞亚姆大屠杀之后，她与我的父亲、露西娅修女到过现场；奥古斯托·马塞多·平托的帮助、热情，以及当我回到莫桑比克时给予我的热情款待。我还要感谢安东尼奥·梅洛，在最后造成委瑞亚姆大屠杀的行动中，他是莫桑比克突击队第六连的指挥官，他详细地向我讲述了他所做过的、下达过的命令和目睹的一切；幸存者之一温特·帕卡纳特，他向我讲述了大屠杀当天发生的事情；卢西奥·热雷米亚斯，他是皮德在太特县的工作人员。感谢太特治安警察局指挥官的遗孀马加里达·卡尼昂女士；卡斯特罗·丰特斯，赞比西河拓居事务办公室，以及后来的赞比西河规划办公室负责人；奥古斯托·科蒂尼奥，曾经在卡布拉巴萨工作的医生；若阿金·普拉泽雷斯，太特航空俱乐部创始人、空中医疗服务队临时飞行员；奥斯卡·里贝罗，空中医疗服务队的另一名临时飞行员。感谢安东尼奥·费雷拉·多斯桑托斯、莱昂纳多·儒尼奥尔、阿曼多·苏亚雷斯和卡洛斯·萨尔瓦多，他们在太特为我当过向导。感谢波尔图大学医学院的塞拉芬·吉马良斯；同样来自波尔图大学医学院的奥尔加·马加良斯，阿梅莉亚·费拉斯，医学史博物馆馆长；波尔图大学校友办公室的阿松桑·利马。感谢军事历史档案馆的工作人员，他们为我查阅莫桑比克突击队第六连的资料提供了便利；国家图书馆的工作人员；古本江基金会的莱昂纳尔·瓦斯，向我提供了该基金会关于支持空中医疗服务的决定的副本。

主要的参考书目包括：《委瑞亚姆》，阿德里安·黑斯廷斯著；《殖民战争》，阿尼塞托·阿丰索和卡洛斯·德马托斯著；《非洲战争——莫桑比克》，弗朗西斯科·加尔西亚著；《卡埃塔诺和"帝国"的没落——马尔塞洛时期莫桑比克的行政管理和殖民战争》，阿梅莉亚·内维斯·德索托著；《移民战争回忆录》，若昂·保罗·格拉著；《非洲大屠杀》，费利西娅·卡布里塔著；《殖民主义与战争回忆录》《殖民战争中的皮德和安全总局》，达莉拉·卡布里塔·马特乌斯著；《皮德历史》，伊蕾妮·福伦塞尔·皮门特尔著；《非洲战争》，若泽·弗雷雷·安图内斯著。

最后也是最重要的，感谢我永远的第一位读者——弗洛贝拉。